Steve Berry
PLAN ZERO

Buch

Im eisigen Sibirien trifft Ex-Geheimagent Cotton Malone auf Aleksandr Zorin, einem Mann, der auch Jahre später der ehemaligen Sowjetunion die Treue hält und die USA abgrundtief hasst. Malone kann ihm entkommen – vorher findet er jedoch heraus, dass ein weiterer ehemaliger KGB-Agent in Washington, D.C. auf Zorin wartet. Gemeinsam wollen sie am Tag der Amtseinführung des neuen US-Präsidenten einen Anschlag verüben, der die Vereinigten Staaten und die ganze westliche Welt ins Chaos stürzen könnte. Malone muss eingreifen, doch Zorin und sein Gehilfe sind im Besitz einer Waffe aus dem Kalten Krieg, gegen die es kaum Gegenwehr gibt. Ein Wettlauf gegen die Zeit beginnt ...

Autor

Steve Berry war viele Jahre als erfolgreicher Anwalt tätig, bevor er seine Leidenschaft für das Schreiben entdeckte. Mit jedem seiner hochspannenden Thriller stürmt er in den USA die Spitzenplätze der Bestsellerlisten und begeistert Leser in über fünfzig Ländern. Steve Berry lebt mit seiner Frau in St. Augustine, Florida.

Von Steve Berry bereits erschienen:

Die Napoleon-Verschwörung, Das verbotene Reich, Die Washington-Akte, Die Kolumbus-Verschwörung, Das Königskomplott, Der Lincoln-Pakt, Antarctica, Geheimakte 16, Plan Zero

Besuchen Sie uns auch auf www.facebook.com/blanvalet und www.twitter.com/BlanvaletVerlag

STEVE BERRY

PLAN ZERO

Thriller

Aus dem Amerikanischen
von Wolfgang Thon

blanvalet

Die Originalausgabe erschien 2016 unter dem Titel
»The 14th Colony« bei Minotaur Books, New York.

Sollte diese Publikation Links auf Webseiten Dritter enthalten,
so übernehmen wir für deren Inhalte keine Haftung, da wir uns diese
nicht zu eigen machen, sondern lediglich auf deren Stand zum
Zeitpunkt der Erstveröffentlichung verweisen.

Dieses Buch ist auch als E-Book erhältlich.

Verlagsgruppe Random House FSC® N001967

1. Auflage
Copyright © der Originalausgabe 2016 by Steve Berry
Published by Arrangement with MAGELLAN BILLET INC.
Dieses Werk wurde vermittelt durch die Literarische Agentur
Thomas Schlück GmbH, 30161 Hannover.
Copyright © der deutschsprachigen Ausgabe 2018 by Blanvalet Verlag,
in der Verlagsgruppe Random House GmbH,
Neumarkter Straße 28, 81673 München
Redaktion: Werner Bauer
Covergestaltung: © Johannes Frick unter Verwendung von Motiven
von Shutterstock.com (© Orhan Cam, © Durch STILLFX,
© patrice6000, © caesart, © Olga Nikonova, © Matt Gibson)
JB · Herstellung: sam
Satz: KompetenzCenter, Mönchengladbach
Druck und Einband: CPI books GmbH, Leck
Printed in the Czech Republic
ISBN: 978-3-7341-0646-0

www.blanvalet.de

Für die Ducks:
Larry und Sue Begyn, Brad und Kathleen Charon, Glenn und Kris Cox, John und Esther Garver, Peter Hedlund und Leah Barna, Jamie und Colleen Kelly, Marianna McLoughlin, Terry und Lea Morse, Joe Perko, Diane und Alex Sherwood, Fritz und Debi Strobl sowie Warren und Taisley Weston.

Die Amtsperioden des Präsidenten und des Vizepräsidenten enden am Mittag des 20. Tages des Monats Januar.

– US-Verfassung, 20. Zusatzartikel

Prolog

Vatikanstadt
Montag, 7. Juni 1982

Ronald Reagan wusste, dass ihn die Hand Gottes hergeführt hatte. Welche Erklärung sollte es sonst dafür geben? Noch zwei Jahre zuvor hatte er in erbitterten Vorwahlen gegen zehn Mitbewerber zum dritten Mal um die Nominierung als Präsidentschaftskandidat der Republikaner gekämpft. Er gewann diese Schlacht und die Wahl, besiegte den amtierenden Demokraten Jimmy Carter und gewann in vierundvierzig Bundesstaaten. Vor vierzehn Monaten versuchte ein Attentäter, ihn umzubringen, doch er wurde der erste amerikanische Präsident, der ein Attentat mit einer Schusswaffe überlebte. Und jetzt war er hier, in der dritten Etage des Apostolischen Palasts, auf dem Weg zum privaten Arbeitszimmer des Papstes, wo das Oberhaupt von nahezu einer Milliarde Katholiken darauf wartete, mit ihm zu reden.

Er trat ein – und bewunderte sogleich die Gediegenheit des Raums. Schwere Vorhänge schützten vor der Sommersonne. Doch er wusste, dass der Papst jeden Sonntag aus diesen Fenstern hinaus mit Tausenden Besuchern des Petersplatzes betete. Der Raum war spärlich möbliert; das größte Möbelstück war ein einfacher Schreibtisch aus Holz, der mehr an einen Esstisch erinnerte, mit zwei hochlehnigen Polsterstühlen, die sich an den Längsseiten des Schreibtischs gegenüberstanden. Auf der

Tischplatte befanden sich nur eine goldene Uhr, ein Kruzifix und eine lederne Schreibtischunterlage. Unter dem Tisch bedeckte ein Orientteppich den Marmorboden.

Johannes Paul II. stand ganz in päpstliches Weiß gekleidet in der Nähe des Schreibtisches. In den vergangenen Monaten hatten sie sich gegenseitig vertraulich über ein Dutzend Briefe geschrieben, von denen jeder einzelne durch einen Boten überbracht worden war. Sie hatten sich darin über die Schrecken der Nuklearwaffen und die Krise Osteuropas ausgelassen. Vor sieben Monaten hatte die polnische Regierung auf Druck der Sowjets das Kriegsrecht ausgerufen und alle Diskussionen über Reformen abgewürgt. Im Gegenzug verhängten die Vereinigten Staaten Sanktionen gegen die UdSSR und die polnische Marionettenregierung. Diese Sanktionen sollten aufrechterhalten werden, bis alle politischen Gefangenen befreit waren, das Kriegsrecht beendet und der unterbrochene Dialog fortgeführt wurde. Um sich besser mit dem Vatikan abzustimmen, hatte er dem Papst über seine Sonderbotschafterin bergeweise Geheimdienstinformationen über Polen zukommen lassen und ihn stets umfassend informiert. Allerdings bezweifelte er, dass er dem Papst viel mitteilte, was diesem nicht längst bekannt gewesen wäre.

Doch eins hatte er in Erfahrung gebracht.

Dieser zurückhaltende Geistliche, der in eine der einflussreichsten Positionen der Welt aufgestiegen war, glaubte wie er, dass die Sowjetunion scheitern musste.

Der Papst und er reichten sich die Hände, tauschten Freundlichkeiten aus und posierten für die Kameras. Dann machte Johannes Paul ein Zeichen, dass sie sich an den Schreibtisch begeben sollten. Sie setzten sich einander gegenüber. An der Wand hing ein Gemälde mit einer Darstellung der Madonna, die sie aufmerksam betrachtete. Die Fotografen zogen sich zurück, ebenso alle Adjutanten. Die Türen wurden geschlossen, und nun begegneten sich zum ersten Mal in der Geschichte ein Papst und ein Präsident der Vereinigten Staaten unter vier Augen. Reagan hatte um diese außergewöhnliche Geste gebeten, und Johannes Paul hatte keine Einwände dagegen erhoben. Bei der Vorbereitung dieses Gesprächs unter vier Augen waren keine offiziellen Mitarbeiter eingebunden gewesen; lediglich seine Sonderbotschafterin hatte hinter den Kulissen alles vorbereitet.

Also wussten beide Männer, warum sie hier waren.

»Ich will gleich auf den Punkt kommen, Eure Heiligkeit. Ich will das Abkommen von Jalta aufkündigen.«

Johannes Paul nickte. »Das will ich auch. Es war ein unanständiges Konzept. Ein großer Fehler. Ich war immer der Meinung, dass die Grenzziehungen von Jalta widerrufen werden sollten.«

In diesem ersten Punkt hatte seine Sonderbotschafterin die Auffassung des Papstes richtig gedeutet. Die Konferenz von Jalta hatte im Februar 1945 stattgefunden. Stalin, Roosevelt und Churchill trafen sich zum letzten Mal und entschieden darüber, wie ein Nachkriegseuropa aussehen und regiert werden sollte. Es wurden Grenzlinien gezogen – manche willkürlich, andere bewusst als Entgegenkommen an die Sowjets. Zu diesen Zugeständnissen gehörte auch die Vereinbarung, dass Polen weiterhin dem Machtbereich der UdSSR zugehören sollte. Stalin hatte versprochen, freie Wahlen abhalten zu lassen. Das war natürlich nie geschehen, und seither herrschten dort die Kommunisten.

»Jalta hat künstliche Teilungen geschaffen«, fuhr Johannes Paul fort. »Ich und Millionen andere Polen bedauern zutiefst, dass unsere Heimat weggegeben wurde. Unsere Leute kämpften und starben in jenem Krieg, aber das hat niemanden interessiert. Wir mussten vierzig Jahre lang eine Gewaltherrschaft erdulden, die mit den Nazis begann und dann von den Sowjets fortgeführt wurde.«

Reagan gab ihm recht. »Ich glaube auch, dass *Solidarność die Möglichkeit bietet, Jalta ein Ende zu bereiten.*«

Der Riss im Eisernen Vorhang war vor zwei Jahren entstanden, als sich in den Werften von Danzig die erste Gewerkschaftsbewegung gründete, die nicht von den Kommunisten kontrolliert wurde. Inzwischen waren über neun Millionen Polen in diese Gewerkschaft eingetreten, rund ein Drittel aller Beschäftigten. Ein aufmüpfiger Elektriker namens Lech Walesa war ihr Anführer. Die Bewegung war stärker und einflussreicher geworden und hatte immer mehr Zulauf erfahren – so viel, dass die polnische Regierung im vergangenen Dezember das Kriegsrecht verhängte, um sie zu unterdrücken.

»Es war ein Fehler, dass sie versuchten, Solidarność zu zerschlagen«, sagte er. »Man kann nicht etwas für eine gewisse Zeit erlauben, und wenn es dann Fahrt aufnimmt, den Kurs ändern und es verbieten. Damit hat die Regierung ihren Einfluss überschätzt.«

»Wir sind bei polnischen Regierungsvertretern vorstellig geworden«, erwiderte Johannes Paul. »Wir müssen Gespräche über die Zukunft von Solidarność und die Beendigung des Kriegsrechts aufnehmen.«

»Warum sollten wir dagegen angehen?«

Reagan beobachtete, dass diese neue Betrachtungsweise auf offene Ohren stieß. Seine Sonderbotschafterin hatte ihn gedrängt, das Thema anzusprechen, weil sie davon ausging, damit im Vatikan Gehör zu finden.

Der Papst verzog die Lippen zu einem Lächeln. »Ich verstehe. Sollen sie weitermachen. Damit entfremden sie sich nur noch mehr von den Menschen. Weshalb sollte man dem Einhalt gebieten?«

Reagan nickte. »Die Ablehnung von Solidarność durch die Regierung ist wie ein Krebsgeschwür. Es soll sich ausbreiten. Jedes Wort der Regierung gegen die Bewegung macht sie nur stärker. Das Einzige, was Solidarność braucht, um am Leben zu bleiben, ist Geld, und die Vereinigten Staaten sind bereit, es beizusteuern.«

Der Papst nickte und dachte offensichtlich über den Vorschlag nach. Dies war erheblich mehr, als die Leute der Reagan-Administration bisher zu tun bereit gewesen waren. Das Außenministerium hatte sich vehement gegen diese Taktik ausgesprochen und behauptet, das polnische Regime sei stabil, solide und populär. Dieselbe Einschätzung hatte es auch für Moskau und die UdSSR geäußert.

Doch es hatte sich geirrt.

»Der innere Druck wächst mit jedem Tag«, fuhr Reagan fort, »und die Sowjets haben keine Ahnung, wie sie damit umgehen sollen. Der Kommunismus ist nicht imstande, auf Widerspruch anders als mit Terror und Gewalt zu reagieren. Moskaus Ethik ist nur einem einzigen Ziel verpflichtet: Es geht darum, die eigene Agenda voranzubringen. Die Kommunisten nehmen für sich das alleinige Recht in Anspruch, Verbrechen jeglicher Art zu begehen. Zu lügen, zu betrügen und alles zu tun, was sie wollen. Solche politischen Systeme haben noch nie überlebt. Es ist unausweichlich, dass ihr System zusammenbrechen wird.« Er machte eine Pause. »Aber wir können es beschleunigen.«

Johannes Paul nickte. »Der Baum ist verfault. Jetzt muss man ihn nur noch fest genug schütteln, dann fallen die faulen Äpfel herunter. Der Kommunismus nimmt den Menschen ihre Freiheit.«

Dies war eine andere Einschätzung, von der seine Sonderbotschafterin bereits berichtet und auf die er gehofft hatte. Noch nie hatten sich ein Papst und ein Präsident auf eine solche Weise miteinander verschworen, und keiner von ihnen würde jemals eingestehen können, dass es geschehen war. Die Kirche hatte offiziell jeglicher Einmischung in die Politik entsagt. Das war der Welt erst kürzlich vor Augen geführt worden, als Johannes Paul einen Priester rügte, der sich dem päpstlichen Befehl widersetzte, von einem Regierungsamt zurückzutreten. Das bedeutete jedoch nicht, dass die Kirche Unterdrückung nicht registrierte; schon gar nicht, wenn sie sich den Unterdrückten so verbunden fühlte. Was ein weiterer Beweis für ein göttliches Wirken war. In diesem exakten Augenblick der Weltgeschichte schien sich alles auf Polen zu konzentrieren. Zum ersten Mal seit vierhundertfünfzig Jahren saß ein Nicht-Italiener – ein Pole – auf dem Papstthron in St. Peter. Und fast neunzig Prozent aller Polen waren katholisch.

Kein Drehbuchautor hätte sich das besser ausdenken können.

Die Sowjetunion stand vor einer gewaltigen Umwälzung. Er spürte, wie sie näher rückte. Dieses Land war keineswegs gegen Revolten gefeit, und Polen war der Tropfen, der das Fass zum Überlaufen bringen konnte. Das war zwar ein Klischee, traf die Sache aber auf den Punkt. Es war wie mit den Dominosteinen – wenn das erste Land fiel, fielen sie alle. Die Tschechoslowakei, Bulgarien, Ungarn, Rumänien und alle anderen Satellitenstaaten der Sowjetunion. Der gesamte Ostblock. Ein Land nach dem anderen würde abfallen.

Warum sollte man nicht mit einem kleinen Stoß nachhelfen?

»Wenn ich mir die Bemerkung erlauben darf...«, meldete Reagan sich wieder zu Wort. »... Man hat mich einmal gefragt, woran man einen Kommunisten erkennt. Die Antwort ist leicht. Das ist jemand, der Marx und Lenin liest. Aber woran erkennt man einen *Anti*-Kommunisten?« Er machte eine Pause. »Das ist jemand, der Marx und Lenin versteht.«

Der Papst lächelte.

Doch es entsprach der Wahrheit.

»Ich habe meine Zustimmung zu diesem Gespräch unter vier Augen gegeben«, sagte der Papst, »weil ich uns die Gelegenheit verschaffen wollte, einen aufrichtigen Dialog zu führen.

Es schien mir überfällig zu sein. Deshalb muss ich Sie fragen: Was ist mit den Cruise Missiles, die Sie in Europa stationieren wollen? Gegenwärtig findet unter Ihrer Führung eine beispiellose Wiederbewaffnung Amerikas statt, und die Ausgaben betragen viele Milliarden Dollar. Das bereitet mir Sorgen.«

Seine Sonderbotschafterin hatte ihn vor diesen Vorbehalten gewarnt, deshalb hatte er eine Antwort parat. »Es gibt niemanden auf dieser Welt, der den Krieg und Nuklearwaffen mehr hasst als ich. Wir müssen den Planeten von diesen beiden Geißeln befreien. Mein Ziel ist Frieden und Abrüstung. Doch um es zu erreichen, muss ich mich der Mittel bedienen, die mir zur Verfügung stehen. Ja, wir haben die Ausgaben für Waffen erhöht. Doch ich tue das nicht nur, um Amerika stark zu machen, sondern auch, um die UdSSR in den Ruin zu treiben.«

Johannes Paul hörte aufmerksam zu.

»Sie haben recht. Wir geben Milliarden aus. Den Sowjets bleibt keine Wahl, als es uns gleichzutun und ebenso viel und mehr auszugeben. Der Unterschied ist, dass wir uns diese Ausgaben leisten können, sie jedoch nicht. Wenn die Vereinigten Staaten Geld für Regierungsprojekte ausgeben, fließen diese Mittel durch Gehälter und Profite wieder in unsere Wirtschaft zurück. Aber wenn die Sowjets Geld ausgeben, belasten sie damit nur ihren Staatshaushalt. Dort gibt es keinen freien Markt. Das Geld verschwindet einfach und kehrt nicht zurück. Die Gehälter werden kontrolliert, die Profite reguliert, und deshalb müssen sie ständig neues Geld generieren, nur um ihre Rechnungen bezahlen zu können. Wir recyceln unser Geld. Mit ihrem Rubel können sie unserem Dollar nicht Jahr für Jahr das Wasser reichen. Das ist unmöglich. Sie werden implodieren.«

Der Papst war sichtlich angetan.

»Der Kommunismus hat es nie geschafft, sich durch öffentliche Unterstützung zu legitimieren. Seine Herrschaft beruht ausschließlich auf der Macht, die mit Terror durchgesetzt wird.

Die Zeit hat gegen sie gearbeitet, die ganze Welt hat es getan, weil sie sich geändert hat. Kommunismus ist nur eine moderne Form der Leibeigenschaft, und ich kann keine Vorteile gegenüber dem Kapitalismus erkennen. Ist Eurer Heiligkeit klar, dass in der UdSSR nicht einmal *eine* von sieben Familien über ein eigenes Auto verfügt? Wenn jemand ein Auto kaufen möchte, beträgt die Wartezeit zehn Jahre. Wie soll man ein solches System für stabil oder abgesichert halten?«

Johannes Paul lächelte. »Das Regime steht auf einem brüchigen Fundament. Das hat es schon immer getan, von Anfang an.«

»Ich möchte Ihnen versichern, dass ich kein Kriegstreiber bin. Es geht dem amerikanischen Volk nicht um Eroberung. Wir wollen einen dauerhaften Frieden.«

Reagan meinte, was er sagte. In seiner Jackentasche trug er ein laminiertes Kärtchen mit den Codes, die nötig waren, um einen Nuklearangriff zu starten. Gleich vor der Tür saß ein Militärattaché mit einer schwarzen Lederaktentasche, in der sich etwas befand, was genau diesem Zweck diente. Alles in allem verfügten die Vereinigten Staaten über 23 464 atomare Sprengköpfe. Die Sowjetunion lagerte 32 049. Reagan nannte sie »die Werkzeuge Armageddons«. Schon eine Handvoll von ihnen konnte die gesamte menschliche Zivilisation auslöschen.

Es war sein Ziel, dass sie niemals angewendet werden mussten.

»Ich glaube Ihnen«, sagte der Papst. »Ihre Botschafterin hat Ihre Auffassung sehr gut dargestellt. Sie ist eine intelligente Frau. Sie haben sie gut ausgewählt.«

Er hatte sie mitnichten ausgewählt. Al Haig hatte die Wahl unter seinen Attachés im Außenministerium getroffen. Aber Johannes Paul hatte recht. Sie war jung, intelligent und besaß Einfühlungsvermögen – und er verließ sich auf ihr Urteil, wenn es um den Vatikan ging.

»Da wir so offen sprechen«, sagte er, »lassen Sie mich sagen, dass Sie Ihr Licht unter den Scheffel stellen. Auch Sie bedienen sich gewisser Täuschungsmanöver. Dieser Priester, den Sie scheinbar ungehalten auf dem Rollfeld in Nicaragua getadelt haben. Sie haben ihn aufgefordert, sein Regierungsamt niederzulegen, doch er hat sich Ihnen widersetzt. Und das tut er immer noch. Ich vermute, dass der Mann den Vatikan inzwischen bestens mit Informationen darüber versorgen kann, was die Sandinisten tun. Und wer würde ihn schon nach einer solch öffentlichen Zurechtweisung verdächtigen?«

Johannes Paul sagte nichts, doch Reagan wusste, dass seine Schlussfolgerung zutraf. Die Sandinisten waren nichts als sowjetische Marionetten. Seine Leute arbeiteten bereits daran, Mittelamerika von ihnen zu befreien, und Johannes Paul anscheinend auch.

»Unsere Politik muss weitsichtig sein«, sagte der Papst. »Sie muss den ganzen Erdball im Auge behalten und sich für Gerechtigkeit, Freiheit, Liebe und Wahrheit einsetzen. Unser Ziel muss immer der Frieden sein.«

»Zweifellos. Ich habe eine Theorie.« Reagan hielt den Moment für gekommen, sie mitzuteilen. »Die UdSSR ist für mich im Kern eine christliche Nation. Russen waren schon lange, bevor sie Kommunisten wurden, Christen. Wenn wir unseren Kurs weiterverfolgen, können wir nach meiner Einschätzung für einen Stimmungswandel sorgen, bei dem die Einwohner der Sowjetunion zum Christentum zurückfinden, sodass jene lang gehegten Ideale den Kommunismus überwinden.«

Er fragte sich, ob der Papst den Eindruck hatte, dass er ihm nach dem Mund redete. Seine Sonderbotschafterin hatte ihm nach ihren Besuchen eine detaillierte Einschätzung seiner Persönlichkeit geliefert. Johannes Paul legte Wert auf Ordnung und Sicherheit und schätzte es nicht, sich auf Unbekanntes einlassen zu müssen. Er ließ sich von seiner Vernunft und seinen Überlegungen anleiten und mied bewusst Risiken und Wagnisse. Unklarheiten, Impulsivität und Extremismus stießen ihn ab. Bevor er eine Entscheidung traf, durchdachte er immer alles genau. Ganz besonders störte ihn jedoch, wenn er das Gefühl bekam, jemand würde ihm nur das erzählen, von dem er glaubte, dass er es hören wollte.

»Glauben Sie das?«, fragte der Papst. »In Ihrem Herzen? Mit Ihrem Verstand? Mit Ihrer Seele?«

»Ich muss gestehen, Eure Heiligkeit, dass ich niemand bin, der regelmäßig zur Kirche geht. Ich halte mich nicht einmal für besonders religiös. Aber ich bin ein spiritueller Mensch. Ich glaube an Gott. Und ich finde Stärke in meinen tiefsten Überzeugungen.«

Das meinte er wirklich ernst.

»Sie und ich, wir haben etwas gemeinsam«, sagte er.

Johannes Paul war die Verbindung offensichtlich klar. Im letzten Jahr war innerhalb von zwei Monaten auf sie beide geschossen worden. Alle drei Kugeln wurden aus nächster Nähe abgefeuert und verfehlten nur knapp ihre Hauptschlagadern, was den sicheren Tod bedeutet hätte. Reagan wurde in die Lunge getroffen, während die beiden Kugeln, die auf Johannes Paul abgefeuert wurden, seinen Körper glatt durchschlugen, dabei jedoch wunderbarerweise kein lebenswichtiges Organ trafen.

»Gott hat uns beide gerettet«, sagte er, »damit wir tun können, was wir tun werden. Welche Erklärung sollte es sonst dafür geben?«

Er glaubte schon seit Langem, dass jeder Mensch einen göttlichen Auftrag hatte. Einen Plan für die Welt, der sich der menschlichen Kontrolle entzog. Er wusste, dass dieser Papst ebenfalls an die Macht symbolischer Handlungen und die Rolle der Vorsehung glaubte.

»Ich bin Ihrer Meinung, Mr. President«, flüsterte der Papst nahezu. »Wir müssen es tun. Gemeinsam.«

»In meinem Fall war der Schütze einfach nur geisteskrank. Aber in Ihrem Fall würde ich sagen, Sie haben es den Sowjets zu verdanken.«

Die CIA hatte von einer Verbindung zwischen dem Mann, der das Attentat auf Johannes Paul verübt hatte, und Bulgarien erfahren. Die Spur führte direkt bis Moskau. Das Weiße Haus hatte dem Vatikan diese Informationen zur Verfügung gestellt. Ein echter, belastbarer Beweis fehlte, doch es war die Absicht gewesen, *Solidarność* ein Ende zu bereiten, indem man deren geistigen und moralischen Führer beseitigte. Selbstverständlich konnten sich die Sowjets unmöglich unmittelbar an einer Verschwörung beteiligen, deren Ziel es war, den Anführer einer Milliarde Katholiken zu töten.

Doch sie waren darin verwickelt.

»*Soweit es irgend möglich ist und von euch abhängt, lebt mit allen Menschen in Frieden*«, sagte Johannes Paul, indem er den Bibelvers Römer 12,18 zitierte. »Rache wäre also recht unchristlich, nicht wahr?«

Reagan entschloss sich, bei der Bibel und den Römerbriefen zu bleiben:

»*Rächet euch nicht selbst, meine Liebsten, sondern gebet Raum dem Zorn Gottes.*

So nun dein Feind hungert, so speise ihn; dürstet ihn, so tränke ihn. Wenn du das tust, so wirst du feurige Kohlen auf sein Haupt sammeln.«

Und genau das würden sie tun.

Dieser Priester hatte die Gewaltherrschaft der Nazis erlebt. Karol Wojtyla war da gewesen, als Polen jenen unvorstellbaren Horror erduldete und er hatte mit der Widerstandsbewegung zusammengearbeitet. Nach dem Krieg tat er, was er konnte, um den Sowjets entgegenzuwirken, die das Leiden der Polen verlängerten. Johannes Paul war unbestritten eine Heldenfigur, ein außerordentlicher Mann mit viel Erfahrung und großem Mut.

Er konnte den Menschen Kraft geben.

Und er war mit der richtigen Einstellung zur rechten Zeit am rechten Ort.

»In dem Moment, als ich auf dem Petersplatz stürzte«, sagte der Papst, »hatte ich eine klare Vorahnung, dass ich gerettet werden würde. Diese Gewissheit hat mich zu keiner Zeit verlassen. Die Jungfrau Maria ist an jenem Tag persönlich hinzugetreten und hat es mir erlaubt zu überleben. Das glaube ich von ganzem Herzen. Gott möge mir verzeihen, aber ich habe mit den Sowjets noch eine Rechnung offen. Nicht für das, was sie mir womöglich angetan haben, sondern für das, was sie schon seit so langer Zeit so vielen Millionen angetan haben. Ich habe dem Mann vergeben, der mich umbringen wollte. Ich ging in seine Zelle, kniete nieder, betete mit ihm, und er hat wegen seiner Sünde geweint. Nun kommt auch für diejenigen, die ihn schickten, die Zeit, ihre Sünden zu erkennen.«

Reagan sah die Entschlossenheit im festen Blick von Johannes Paul, der wirkte, als sei er zum Kampfe entschlossen. Er selbst war es auch. Er war jetzt einundsiebzig und fühlte sich besser denn je. Seine Spannkraft war nach dem Attentat zurückgekehrt, als wäre er tatsächlich neugeboren worden. Er hatte die Aussagen der Kritiker gelesen. Man schien von seiner Präsidentschaft nicht viel zu erwarten. In den vergangenen Jahrzehnten hatte das schiere Gewicht des Jobs viele gute Männer aufgerieben. Kennedy war gestorben. Vietnam hatte Johnson das Genick gebrochen. Nixon war zum Rücktritt gezwungen worden. Ford hatte sich nur zwei Jahre lang halten können und Carter wurde schon nach einer Amtszeit nach Hause geschickt. Kritiker nannten Ronald Reagan einen rücksichtslosen Cowboy, einen alten Schauspieler, der sich darauf verließ, dass andere ihm sagten, was er tun sollte.

Doch sie irrten sich.

Er war ein ehemaliger Demokrat, der schon vor langer Zeit

die Partei gewechselt hatte. Das bedeutete, er ließ sich politisch nicht eindeutig einem Lager zuordnen. Viele fürchteten und misstrauten ihm. Andere verachteten ihn. Aber er war der vierzigste Präsident der Vereinigten Staaten, er hatte vor, noch weitere sieben Jahre im Amt zu bleiben; und er beabsichtigte, diese Zeit einem Ziel zu widmen.

Reagan wollte dem Reich des Bösen ein Ende bereiten.

Denn genau das repräsentierte die Union der Sozialistischen Sowjetrepubliken. Doch allein schaffte er das nicht. Brauchte er auch nicht, denn jetzt hatte er einen Verbündeten. Jemanden, der zweitausend Jahre Erfahrung im Umgang mit Despoten hatte.

»Von meiner Seite aus werde ich den Druck beibehalten«, sagte er. »Sowohl politisch als auch ökonomisch. Von Ihrer Position aus könnten Sie das sogar mit spiritueller Unterstützung tun. Eine weitere Reise nach Polen wäre gut, aber noch nicht sofort. In einem Jahr vielleicht.«

Johannes Paul hatte sein Heimatland bereits im Jahre 1979 besucht. Drei Millionen Menschen waren zur Messe auf den Warschauer Siegesplatz gekommen. Als damaliger Kandidat für das Weiße Haus hatte er sich im Fernsehen angesehen, wie der Mann in Weiß aus dem päpstlichen Flugzeug stieg und den Boden küsste. Er erinnerte sich noch lebhaft daran, was der Papst seinen Landsleuten immer wieder eingehämmert hatte.

Habt keine Angst.

Damals hatte er begriffen, was das religiöse Oberhaupt von einer Milliarde Menschen erreichen konnte, insbesondere jemand, dem die Herzen und die Gedanken von Millionen Polen gehörten. Er war einer von ihnen. Sie hörten auf das, was er zu sagen hatte. Doch als Papst durfte er sich nicht allzu deutlich äußern. Die Botschaft aus Rom musste vielmehr immer eine Botschaft der Wahrheit, der Liebe und des Friedens sein. Es gibt einen Gott, und jeder hat das unveräußerliche Recht, ihn ungehindert zu verehren. Moskau ignorierte das zunächst, doch schließlich reagierte es mit Drohungen und Gewalt, und der erschreckende Kontrast zwischen den beiden Kernbotschaften sprach Bände. Unterdessen sprachen sich die Vereinigten Staaten für Reformen im Ostblock aus, sie finanzierten Verbesserungen für einen freien Warenaustausch und isolierten die Sowjetunion ökonomisch wie technologisch und manövrierten sie so langsam, aber sicher in den Bankrott. Sie bedienten sich dabei der Paranoia und der Angst, die der Kommunismus so gern bei anderen erweckte. Er wurde aber nicht damit fertig, wenn es ihn selbst betraf.

Ein perfekter Zweifrontenkrieg.

Er warf einen Blick auf die Uhr.

Jetzt redeten sie schon über fünfzig Minuten.

Jeder schien eine klare Vorstellung von der Aufgabe und ihren individuellen Verantwortlichkeiten zu haben. Es wurde Zeit für den letzten Schritt. Er stand auf und streckte den Arm über den Tisch.

Auch der Papst erhob sich von seinem Stuhl.

»Mögen wir beide erfolgreich unsere Pflichten gegenüber der Menschheit erfüllen«, sagte er.

Der Papst nickte, und sie schüttelten sich noch einmal die Hände.

»Gemeinsam«, sagte er, »werden wir die UdSSR auslöschen.«

GEGENWART

1

Baikalsee, Sibirien
Freitag, 18. Januar
15 Uhr

Bittere Erfahrungen hatten Cotton Malone gelehrt, dass totale Abgeschiedenheit normalerweise Ärger ankündigte.
 Und der heutige Tag bildete da keine Ausnahme.
 Er flog eine 180-Grad-Schleife, damit er noch einmal hinuntersehen konnte, bevor er landete. Die blasse messingfarbene Sonne stand tief im Westen. Der Baikalsee lag unter einer winterlichen Eisschicht, dick genug, um darauf fahren zu können. Er hatte bereits Lkw ausgemacht, Autobusse und Pkw, die in alle möglichen Richtungen über die milchig-weißen Bruchkanten fuhren, und deren Reifenspuren diese vergänglichen Schnellstraßen anzeigten. Andere Autos parkten um Angellöcher herum. Er erinnerte sich aus dem Geschichtsunterricht daran, dass man im frühen 20. Jahrhundert Eisenbahnschienen über das Eis gelegt hatte, um während des Russisch-Japanischen Krieges Nachschub in den Osten zu transportieren.
 Allein durch seine Zahlen wirkte der See fantastisch. Er wurde von einem uralten kontinentalen Grabenbruch gebildet, der dreißig Millionen Jahre alt war. Er galt als der älteste See der Welt und enthielt ein Fünftel des gesamten Süßwasservorrats weltweit. Dreihundert Flüsse speisten ihn, doch es gab nur einen einzigen Abfluss. Der See war fast 100 Meilen lang, bis

zu fünfzig Meilen breit und erreichte eine Tiefe von bis zu 1600 Metern. Das Ufer hatte eine Länge von über 1200 Meilen, und dreißig Inseln verteilten sich auf der kristallklaren Oberfläche. Auf Landkarten sah der See in Südsibirien wie ein halbmondförmiger Bogen aus, er lag 2000 Meilen westlich vom Pazifik und 3200 Meilen östlich von Moskau, in dem großen, menschenleeren Gebiet Russlands nahe der Grenze zur Mongolei. Man hatte ihn zum Weltnaturerbe erklärt. Auch darüber dachte Malone nach, weil das normalerweise ebenfalls mit Ärger verbunden war.

Der Winter hatte Land und Wasser fest im Griff. Die Temperatur stagnierte um minus achtzehn Grad Celsius, überall lag Schnee, doch glücklicherweise fiel gerade keiner. Mit einem kurzen Zug am Steuerknüppel ging er auf eine Höhe von 700 Fuß. Die Kabinenheizung blies warme Luft auf seine Füße. Das Flugzeug stammte von einem kleinen Flugfeld außerhalb von Irkutsk und war ihm von den russischen Luftstreitkräften zur Verfügung gestellt worden. Weshalb es zu dieser intensiven russisch-amerikanischen Kooperation kam, wusste er nicht, doch Stephanie Nelle hatte ihm befohlen, sich das zunutze zu machen. Normalerweise wurden für eine Einreise nach Russland Visa benötigt. Während seiner Zeit als Agent beim Magellan Billet hatte er oft falsche Visa verwendet. Auch der Zoll hätte Probleme machen können, doch diesmal gab es überhaupt keinen Papierkram, und kein Behördenvertreter hatte ihm die Einreise erschwert. Stattdessen war er mit einem russischen Sukhoi/HAL-Kampfflugzeug der neuen Zweisitzer-Ausführung ins Land geflogen. Sein Ziel war ein Luftwaffenstützpunkt nördlich von Irkutsk gewesen, wo fünfundzwanzig Tupolew Tu-22M-Mittelstreckenbomber aufgereiht am Rollfeld standen. Ein Ilyushin-II-78-Tankflugzeug hatte während seines langen Fluges das Nachtanken ermöglicht. Am Luftwaffenstützpunkt hatte ein Helikopter gewartet, der ihn weiter nach Süden brachte, wo dieses Flugzeug für ihn bereitstand.

Die An-2 war eine einmotorige Doppeldeckermaschine mit einem abgeschlossenen Cockpit und einer Fahrgastkabine, in der zwölf Passagiere Platz hatten. Wegen des Vierblattpropellers rüttelte der dünne Aluminiumrumpf unablässig, als er sich in unruhigem Flug durch die eiskalte Luft schraubte. Er wusste nur wenig über dieses sowjetische Arbeitspferd aus dem Zweiten Weltkrieg, das langsam und ruhig flog und dabei kaum Steuerungskorrekturen erforderte. Diese Maschine war mit Kufen ausgestattet, die es ihm ermöglicht hatten, von einer verschneiten Bahn aus zu starten.

Er flog die Kurve aus und änderte dann den Kurs nach Richtung Nordosten, über dicht bewachsene Wälder hinweg. Große Felsbrocken ragten wie die Zähne eines Tieres in gezackten Linien über die Bergrücken. In der Ferne glitzerten an einem Hang ganze Batterien von Hochspannungsleitungen im Sonnenlicht. Das Land hinter dem Seeufer lag teils brach, dann und wann unterbrochen von kleinen Gruppen von Holzhäusern. Es gab aber auch Birken-, Tannen- und Lärchenwälder, und schließlich kamen die schneebedeckten Berge. Auf einem Felsgrat entdeckte er sogar einige alte Artilleriestellungen. Und er konnte eine Gruppe von Gebäuden erkennen, nahe am östlichen Ufer, gleich nördlich der Stelle, wo der Selengafluss nach seinem langen Weg durch die Mongolei in den See strömte. Das versandete Flussdelta bildete ein beeindruckendes, zu Eis erstarrtes Gewirr von Kanälen, Inseln und Schilfflächen.

»Was sehen Sie?«, fragte Stephanie Nelle über das Headset.

Das Kommunikationssystem der An-2 war mit seinem Handy verbunden, sodass sie miteinander reden konnten. Seine ehemalige Chefin überwachte alles von Washington aus.

»Eine Menge Eis. Es ist unglaublich, dass etwas so Großes so fest zusammenfrieren kann.«

Tiefblauer Dampf schien im Eis eingebettet zu sein. Ein wirbelnder Nebel aus Pulverschnee fegte über die Oberfläche. Der diamantartige Staub glitzerte in der Sonne. Er machte einen weiteren Überflug und inspizierte die unter ihm liegenden Gebäude. Zur Vorbereitung hatte er Satellitenaufnahmen der Gegend bekommen.

Jetzt sah er alles aus der Vogelperspektive.

»Das Hauptgebäude liegt abseits vom Dorf, circa eine Viertelmeile nördlich«, sagte er.

»Irgendwelche Aktivitäten?«

Das Dorf mit den Holzhäusern wirkte ruhig, nur flauschige Rauchschwaden kräuselten sich aus den Schornsteinen und ließen auf Bewohner schließen. Die Siedlung zog sich in die Länge, ohne sich irgendwo zu verdichten, und eine einzige geteerte Straße, die von Schnee gesäumt war, führte hinein und ein Stück weiter wieder hinaus. Eine Kirche aus gelben und rosafarbenen Holzbohlen mit zwei Zwiebeltürmen markierte das Zentrum. Sie befand sich in Ufernähe. Zwischen den Häusern und dem See erstreckte sich ein Kiesstrand. Man hatte ihm erzählt, dass das östliche Ufer weniger besucht werde und dünner besiedelt sei. In den etwa fünfzig Gemeinden lebten nur knapp 80 000 Menschen. Das südliche Ufer des Sees hatte sich zu einer Touristenattraktion entwickelt und war im Sommer bevölkert, doch das restliche Ufer, das sich über Hunderte von Meilen hinzog, blieb unberührt.

Genau das war der Grund, weshalb es das Dorf unter ihm überhaupt gab.

Seine Bewohner nannten es Chayaniye, was »Hoffnung« bedeutete. Sie wünschten sich nichts weiter, als in Ruhe gelassen zu werden, und die russische Regierung hatte ihnen über zwanzig Jahre lang diesen Gefallen getan. Sie waren die Rote Garde: die letzte Bastion eingefleischter Kommunisten, die es im neuen Russland noch gab.

Man hatte ihm gesagt, das Haupthaus wäre eine alte Datscha. Jeder angesehene Sowjetführer seit Lenin hatte ein solches Landhaus besessen und die Statthalter der Provinzen im fernen Osten waren da keine Ausnahme gewesen. Das Haus direkt unter ihm stand auf einem Felsbuckel, der in den gefrorenen See hineinreichte, und lag am Ende einer gewundenen Teerstraße, die durch ein dichtes Gewirr schneebedeckter Fichten verlief. Es war auch kein kleines Gartenhäuschen aus Holz, vielmehr schienen die ockerfarbenen Wände aus Ziegeln und Zement zu bestehen. Das Haus war zweigeschossig und hatte ein Schieferdach; zwei vierrädrige Fahrzeuge parkten an der Seite. Aus dem Schornstein des Hauses stieg dichter Rauch auf, auch aus dem Schornstein eines der hölzernen Nebengebäude, von denen es etliche gab.

Es war allerdings kein Mensch zu sehen.

Malone vollendete seinen Vorbeiflug und zog nach rechts für einen weiteren engen Kreis zurück über den See. Er liebte es zu fliegen, und hatte ein Talent dafür, die Maschine in der Luft zu steuern. Er würde schon bald die Kufen brauchen, wenn er fünf Meilen südlich in der Nähe der Stadt Babuschkin auf dem Eis landen und die Maschine bis zu den Docks rollen lassen würde, wo es, wie man ihm gesagt hatte, in dieser Jahreszeit keinen Schiffsverkehr gab. Dort sollte für sein Fortkommen über Land gesorgt sein, sodass er nach Norden fahren konnte, um sich diese Siedlung noch genauer anzusehen.

Ein letztes Mal flog er über Chayaniye und die Datscha hinweg, dann ging er in den Landeanflug auf Babuschkin. Er kannte die Geschichte vom Großen Sibirischen Marsch während des russischen Bürgerkriegs. Dreißigtausend Soldaten hatten sich über den gefrorenen Baikalsee zurückgezogen, wobei die meisten gestorben waren. Ihre Leichen waren bis zum Frühling im Eis eingeschlossen gewesen und erst dann endgültig im tiefen Wasser untergegangen. Dies war ein grausamer und brutaler Ort. Wie hatte ihn einst ein Schriftsteller genannt? *Kaltschnäuzig gegenüber Fremden, rachsüchtig gegenüber Unvorbereiteten.*

Er glaubte es.

Ein Aufblitzen zwischen den hohen Kiefern und Lärchen erregte seine Aufmerksamkeit. Die grünen Zweige bildeten einen starken Kontrast zu dem weißen Boden darunter. Etwas kam aus den Bäumen auf ihn zugeflogen und zog eine Rauchspur hinter sich her.

Eine Rakete?

»Ich bekomme Probleme«, sagte er. »Jemand feuert auf mich.«

Er reagierte nach seiner jahrelangen Erfahrung instinktiv, wie ein Autopilot. Er zog hart nach rechts, senkte die Nase des Flugzeugs tiefer und verlor rasch an Höhe. Die An-2 reagierte wie ein Sattelschlepper, deshalb setzte er die Kurve steiler an, um schneller an Höhe zu verlieren. Der Mann, der ihm das Flugzeug übergeben hatte, hatte ihm eingeschärft, den Steuerknüppel fest im Griff zu behalten, und damit hatte er recht gehabt. Das Steuerruder bäumte sich hoch wie ein Bulle. Jeder Niet schien sich durch die Vibration zu lockern. Die Rakete schoss vorbei und berührte die beiden linken Tragflächen; der Rumpf erzitterte von dem Aufprall. Malone fing seinen Sturzflug ab und besah sich den Schaden. Die Tragflächen waren nur mit Gewebe bezogen, das heißt, jetzt lagen viele Fasern frei und waren beschädigt. Die Fetzen flatterten im Wind.

Und es wurde sofort problematischer, die Maschine ruhig in der Luft zu halten.

Das Flugzeug schaukelte, und er musste sich anstrengen, um es unter Kontrolle zu behalten. Er flog jetzt direkt in einen steifen Nordwind, und seine Geschwindigkeit betrug weniger als fünfzig Knoten. Die Gefahr eines Strömungsabrisses wurde größer.

»Was ist los?«, fragte Stephanie.

Er kämpfte weiter mit dem Steuerknüppel, der sich loszureißen versuchte, doch er hielt ihn fest und gewann wieder an Höhe. Die Maschine röhrte wie ein Motorrad, als der Propeller sich bemühte, sie in der Luft zu halten.

Dann stotterte der Motor.

Fehlzündungen.

Er kannte den Grund: Der Propeller war überlastet, und der Motor machte nicht mehr mit.

Die Stromversorgung des Cockpits schaltete sich aus und wieder ein.

»Ich wurde von einer Boden-Luft-Rakete getroffen«, meldete er Stephanie. »Ich verliere die Kontrolle und gehe runter.«

Der Motor setzte aus.

Alle Instrumente erloschen.

Das Cockpit hatte vorn und seitlich Fenster; der Sitz des Kopiloten war leer. Malone blickte nach unten und sah nur das blaue Eis des Baikalsees. Die An-2 verwandelte sich schlagartig von einem Flugzeug in dreieinhalb Tonnen totes Metall.

Angst stieg in ihm hoch, und er hatte nur noch einen Gedanken.

Ist das mein Ende?

2

Washington, D.C.
2.20 Uhr morgens

Stephanie Nelle starrte auf den Lautsprecher auf ihrem Schreibtisch. Ihre Direktverbindung zu Cottons Handy war abgerissen.
»Sind Sie noch da?«, fragte sie noch einmal.
Ihr antwortete nur Stille.
Cottons letzte Worte klangen ihr in den Ohren.
»*Ich verliere die Kontrolle und gehe runter.*«
Über den Schreibtisch hinweg bedachte sie Bruce Litchfield, den amtierenden Generalstaatsanwalt, der noch zwei Tage lang ihr Chef war, mit einem herausfordernden Blick. »Er steckt in Schwierigkeiten. Jemand hat sein Flugzeug mit einer Boden-Luft-Rakete abgeschossen.«

Sie saß in einem Büro des Justizministeriums. Normalerweise arbeitete sie in der Abgeschiedenheit ihres eigenen abgeschirmten Bereichs im Hauptquartier des Magellan Billet in Atlanta. Doch angesichts der bevorstehenden Amtseinführung eines neuen Präsidenten war sie in den Norden nach Washington beordert worden.

Sie wusste auch, weshalb.

Es geschah, damit Litchfield sie im Auge behalten konnte.

Seinerzeit im Dezember hatte Harriett Engle, die Präsident Danny Daniels als dritte Generalstaatsanwältin diente, ihren Rücktritt angeboten. Die beiden Amtszeiten der Daniels-Administration waren vorüber, und es würde nicht nur einen neuen Präsidenten geben, sondern es hatte auch eine andere Partei die

Kontrolle übernommen, sowohl über das Weiße Haus als auch über die Hälfte des Kongresses. Danny hatte sich sehr für seinen Wahlkandidaten eingesetzt, doch er war gescheitert. Anscheinend wirkte die Daniels-Magie nur bei ihm selbst. Litchfield war zu dieser gottlosen Stunde nur deshalb hier, weil er vorübergehend sowohl das Kommando über das Justizministerium als auch über den kläglichen Rest des Magellan Billet hatte.

Vor zwei Monaten, einen Tag nach Thanksgiving, hatte man Nelle darüber informiert, dass man sie nicht nur von der Leitung des Magellan Billet entbinden wollte, sondern dass die ganze Einheit aufgelöst werden sollte. Der neue Generalstaatsanwalt, der nächste Woche vom Senat bestätigt werden sollte, hatte bereits geäußert, dass das Billet für ihn nur eine Doppelung der zahllosen anderen Einrichtungen für nachrichtendienstliche Tätigkeiten und Spionageabwehr war, welche die Regierung bereits unterhielt. Das Justizministerium bedurfte ihrer Dienste nicht mehr, deshalb sollte das Billet aufgegeben und seine Agenten auf andere Dienste verteilt werden.

»Sollen die Russen damit fertigwerden«, erklärte Litchfield jetzt. »Die haben uns um Hilfe gebeten, Sie haben sie ihnen gewährt, also ist es jetzt ihr Problem.«

»Das kann ja wohl nicht Ihr Ernst sein. Einer unserer Männer wurde dort abgeschossen. Verlassen wir uns jetzt darauf, dass sich andere Dienste um unsere eigenen Agenten kümmern?«

»Ja, das tun wir. Vergessen Sie nicht – Sie haben Malone auf eigene Faust dorthin geschickt, ohne dass ich mein Okay gegeben hatte.«

»Das hat der Präsident der Vereinigten Staaten von mir verlangt.«

Litchfield war unbeeindruckt. »Sie und ich waren uns einig, dass *alle* operativen Entscheidungen über mich laufen. Und das ist nicht geschehen. Wir wissen beide, weshalb. Weil ich das niemals autorisiert hätte.«

»Ich brauchte Ihre Autorisierung nicht.«

»Doch, die brauchten Sie. Sie wissen, dass die gegenwärtige Administration mit der neuen vereinbart hat, sie auf dem Laufenden zu halten. Außerdem sollten alle operativen Entscheidungen vom Beginn letzter Woche an gemeinschaftlich erfolgen. Es ist meine Aufgabe, die neue Administration mit Informationen zu versorgen. Aus irgendeinem Grund wurde diese Operation jedoch auf ganzer Linie einseitig durchgezogen.«

Litchfield blickte auf eine respektable, achtzehnjährige Karriere im Justizministerium zurück. Er war von Daniels vorgeschlagen worden, der Senat hatte die Entscheidung bestätigt, und Litchfield hatte in den letzten fünf Jahren als stellvertretender Generalstaatsanwalt fungiert. Der neue Generalstaatsanwalt hatte noch nicht entschieden, welche Mitarbeiter der obersten Führungsspitze bleiben konnten. Stephanie wusste, dass Litchfield scharf auf einen hohen Posten war, deshalb witterte er, als der Kandidat des neuen Präsidenten durchblicken ließ, dass er das Magellan Billet schließen wollte, die Gelegenheit zu beweisen, dass er sich ins neue Team einfügen konnte. Zu jedem anderen Zeitpunkt hätte sie sich eine derartige bürokratische Einmischung verbeten, aber da die Amtseinführung und Vereidigung so dicht bevorstanden, war sozusagen alles nicht ganz so im Fluss wie sonst. Die Führung war momentan im Umbruch begriffen, das hieß, Wechsel, nicht Konsistenz stand auf der Tagesordnung.

»Sie haben versucht, die Sache unter der Hand abzuwickeln«, fuhr Litchfield fort. »Aber ich habe es trotzdem herausgefunden. Deswegen bin ich hier, mitten in der Nacht. Ob das Weiße Haus zustimmt oder nicht, diese Operation ist vorbei.«

»Sie sollten dafür beten, dass Cotton es nicht schafft«, sagte sie beiläufig.

»Was soll das denn heißen?«

»Das wollen Sie nicht wissen.«

»Teilen Sie den Russen mit, was passiert ist«, sagte er. »Sollen die sich damit herumschlagen. Außerdem haben Sie nie richtig erklärt, warum der Präsident Malone überhaupt dorthin geschickt hat.«

Nein, das hatte sie nicht, obwohl Litchfield bestimmt verstehen würde, welchen Wert es hatte, jemandem einen Gefallen zu tun. »Landeswährung« nannte man das in Washington. Hilfst du mir, helfe ich dir. Und als sie vor Jahren mit dem Billet anfing, lief das erst recht so. Damals waren ihre zwölf Agenten zuvor allesamt Rechtsanwälte gewesen, von denen jeder zusätzlich in nachrichtendienstlicher Tätigkeit und Spionage ausgebildet war. Cotton war einer der Ersten gewesen, den sie eingestellt hatte. Er kam von der Marine und dem obersten Militärgericht und hatte seinen Abschluss an der juristischen Fakultät von Georgetown gemacht. Ein Dutzend Jahre hatte er für sie gearbeitet, bevor er in den vorzeitigen Ruhestand ging und nach Kopenhagen zog, wo er jetzt ein Antiquariat besaß. In den vergangenen Jahren war er aber immer wieder in ihre Welt zurückgekehrt, weil die Umstände es verlangten. In letzter Zeit hatte sie ihn bei Bedarf als Externen ins Boot geholt. Sein heutiger Einsatz, eine simple Aufklärungsmission, gehörte zu diesen befristeten Verträgen.

Aber irgendetwas war schiefgegangen.

»Tun Sie, was ich Ihnen sage«, forderte er sie auf.

Den Teufel würde sie tun. »Bruce, ich bin noch zwei Tage lang für diese Agency tätig. So lange werde ich sie führen, wie ich es für angemessen halte. Wenn Ihnen das nicht gefällt, dann feuern Sie mich. Aber dann stehen Sie auch dem Weißen Haus Rede und Antwort.«

Sie wusste, dass er diese Drohung nicht ignorieren konnte. Danny Daniels war immer noch Präsident, und das Billet war schon geraume Zeit seine bevorzugte Agency gewesen. Litchfield war ein typischer Washington-Karrierist. Er wollte nur überleben und seinen Job behalten. Wie er das erreichte, spielte keine Rolle. Sie hatte in der Vergangenheit nur selten mit ihm zu tun gehabt, doch sie hatte mitbekommen, dass man ihn für einen Opportunisten hielt. Deshalb würde er sich unter keinen Umständen auf einen Machtkampf mit dem noch amtierenden Präsidenten der Vereinigten Staaten einlassen. Er würde diesen Kampf nicht nur verlieren, sondern er würde damit auch jede Menge Aufmerksamkeit auf sich ziehen. Wenn dieser Mann vorhatte, Teil der neuen Administration zu werden, musste er erst einmal die alte überleben.

»Hören Sie, nichts für ungut, aber Ihre Zeit ist vorbei«, sagte er. »Genau wie die des Präsidenten. Können Sie beide nicht einfach loslassen? Ja, Sie sind für das Billet zuständig. Nur arbeiten keine Agenten mehr für Sie. Die sind alle weg. Sie sind die Einzige, die noch übrig ist. Es gibt für Sie nichts mehr zu tun, außer aufzuräumen. Gehen Sie nach Hause. Ziehen Sie sich zurück. Entspannen Sie sich.«

Auf den Gedanken war sie auch schon gekommen. Sie hatte in Zeiten der Reagan-Administration im Außenministerium begonnen, war dann ins Justizministerium gewechselt und hatte irgendwann das Magellan Billet auf die Beine gestellt. Sie hatte den Dienst lange Zeit geführt, doch das schien jetzt alles vorbei zu sein. Ihre Quellen hatten ihr berichtet, dass die zehn Millionen Dollar, die das Billet jährlich kostete, jetzt in eine Öffentlichkeitskampagne gesteckt werden sollten, in Public Relations und andere Mittel, mit denen sich das Ansehen des neuen Generalstaatsanwalts verbessern ließ. Das hielt man anscheinend für wichtiger als verdeckte Geheimdienstarbeit. Das Feld der Spionage wollte das Justizministerium der CIA, der

NSA und all den anderen Diensten überlassen, die sich hinter Buchstaben versteckten.

»Sagen Sie, Bruce, wie fühlt es sich an, die Nummer zwei zu sein? Niemals der Captain. Immer der Lieutenant.«

Er schüttelte den Kopf. »Sie *sind* eine anmaßende alte Ziege.«

Sie grinste. »Anmaßend? Gewiss. Ziege? Wahrscheinlich. Aber ich bin nicht alt. Dafür aber die Leiterin vom Magellan Billet, und das noch zwei Tage lang. Ich mag die einzige verbliebene Angestellte sein, aber ich bin immer noch zuständig. Also: Entweder feuern Sie mich jetzt, oder Sie verschwinden hier.«

Sie meinte es verdammt ernst.

Insbesondere das »*nicht alt*«. Bis zu jenem Tag fand sich in ihrer Personalakte kein Hinweis auf ihr Alter, nur die Buchstaben N/A an der Stelle, wo das Geburtsdatum eingetragen werden sollte.

Litchfield stand auf. »Okay, Stephanie. Machen wir es auf Ihre Art.«

Er konnte sie nicht entlassen, das wussten sie beide. Noch nicht. Am 20. Januar Punkt 12 konnte er es tun. Deshalb hatte sie Cotton autorisiert, sofort nach Russland aufzubrechen, ohne es vorher abknicken zu lassen. Der neue Generalstaatsanwalt lag falsch. Das Justizministerium brauchte das Magellan Billet. Sein ganzer Zweck bestand darin, außerhalb der Interessensphären anderer Nachrichtendienste zu arbeiten. Das war der Grund, warum sich sein Hauptquartier 550 Meilen südlich von Washington in Atlanta befand, weit weg von der politischen Bühne der Hauptstadt. Diese Entscheidung, die sie vor Jahren getroffen hatte, hatte sowohl für Unabhängigkeit als auch für Effizienz gesorgt, und darauf war sie stolz.

Litchfield verließ das Zimmer. In einem Punkt hatte er allerdings recht: Ihre anderen Agenten waren aussortiert, und die Büros in Atlanta waren geschlossen.

Sie plante nicht, einen anderen Posten im Justizministerium anzunehmen oder abzuwarten, bis man sie hinauswarf. Stattdessen würde sie kündigen. Es wurde Zeit, ihre Pension zu beziehen und sich eine andere Beschäftigung zu suchen. Unter gar keinen Umständen wollte sie den ganzen Tag zu Hause herumsitzen.

Ihr Verstand arbeitete auf Hochtouren, ein vertrautes Gefühl. Cotton steckte in Schwierigkeiten, und sie wollte die Russen nicht um Hilfe bitten. Ihr war von Anfang an nicht ganz wohl dabei gewesen, ihnen zu vertrauen, doch sie hatte keine andere Wahl gehabt. Cotton war über die Risiken aufgeklärt worden, und er hatte ihr versprochen, auf der Hut zu sein. Jetzt gab es nur noch eine Stelle, an die sie sich wenden konnte.

Sie griff nach ihrem Smartphone.

Und schrieb eine SMS.

3

Virginia
2.40 Uhr morgens

Luke Daniels liebte den Kampf, andererseits: Welcher Bauernjunge aus Tennessee tat das nicht? In der Highschool hatte er viele Kämpfe ausgefochten, vor allem wegen Mädchen, und noch mehr hatte er sie während seiner sechs Jahre als Army-Ranger genossen. In den letzten Jahren war er als Agent des Magellan Billet in dieser Hinsicht auch nicht zu kurz gekommen, aber leider waren diese Tage vorüber. Seinen Marschbefehl hatte er schon erhalten. Er war zum militärischen Nachrichtendienst DIA versetzt worden. Am kommenden Montag sollte er dort den Dienst antreten – einen Tag nach dem Amtsantritt des neuen Präsidenten.

Bis dahin hatte er offiziell Urlaub.

Doch nun, in aller Herrgottsfrühe, war er hier und folgte einem anderen Fahrzeug.

Sein Onkel, der amtierende Präsident der Vereinigten Staaten, hatte ihn persönlich um Unterstützung gebeten. Normalerweise hatten sein Onkel und er nur wenig persönlichen Kontakt, doch neuerdings gaben sich beide mehr Mühe mit ihrer verwandtschaftlichen Beziehung. Ehrlich gesagt war er froh, helfen zu können. Er liebte das Magellan Billet, und er mochte Stephanie Nelle. Sie wurde von einigen Politikern, die alles besser zu wissen glaubten, ziemlich mies behandelt. Und Onkel Danny war schon auf dem Rückzug ins Privatleben; seine politische Laufbahn war vorbei. Doch es schien noch ein Problem zu geben, das sowohl den Präsidenten als auch Stephanie beschäftigte.

Wie immer hatte man ihm nicht genau erklärt, warum er dem Wagen folgen sollte. Seine Zielperson war eine Russin namens Anya Petrowa, eine kurvige Blondine mit einem fein geschnittenen ovalen Gesicht und markanten Wangenknochen. Ihre Beine waren lang und muskulös, wie bei einer Tänzerin, und sie bewegte sich sehr bewusst und kalkuliert. Ihre Lieblingskleidung schienen enge Jeans zu sein, die in kniehohen Stiefeln steckten. Dass sie kein Make-up verwendete, verlieh ihr eine gewisse Seriosität, was wohl auch ihre Absicht war. Sie war ziemlich beeindruckend, und er hätte sie gern unter anderen Umständen kennengelernt. Dass er sie in den letzten beiden Tagen beobachten musste, war ihm keineswegs unangenehm gewesen.

Offensichtlich stand sie auf das Cracker Barrel. Sie hatte den Laden heute schon zweimal aufgesucht, einmal zum Mittagessen und dann vor ein paar Stunden noch einmal zum Abendessen. Nach dem Essen verkroch sie sich in einem Virginia-Motel westlich von Washington, neben der Interstate 66. Onkel Danny hatte ihm alle relevanten Informationen zur Verfügung gestellt. Petrowa war vierunddreißig Jahre alt und die Geliebte von Aleksandr Zorin, einem in die Jahre gekommenen, ehemaligen KGB-Offizier, der jetzt im Süden Sibiriens lebte. Anscheinend hatte sich bis vor einer Woche niemand groß Gedanken über Zorin gemacht. Aber dann hatte irgendetwas die Russen und Onkel Danny so aufgescheucht, dass man Luke als Schatten abkommandiert und Cotton Malone als Kontaktmann nach Übersee geschickt hatte.

»*Pass auf, dass sie dich nicht bemerkt*«, hatte der Präsident ihm eingeschärft. »*Aber bleib ihr auf den Fersen. Egal, wo sie hingeht. Kriegst du das hin?*«

Ihre Beziehung war heikel, gelinde gesagt, doch er musste zugeben, dass sein Onkel wusste, wie man Dinge regelte. Er würde dem Land fehlen, genau wie Luke sein alter Job fehlen würde. Er freute sich nicht auf die DIA. Nach der Highschool war er nicht zum College gegangen, sondern hatte sich bei der Army verpflichtet, und irgendwann hatte er ein Zuhause beim Billet gefunden.

Damit war es jetzt leider vorbei.

Momentan befand er sich eine Meile hinter seiner Zielperson. Er blieb auf Abstand, weil nur wenige Autos auf der Interstate unterwegs waren. Die Winternacht war klar und ruhig. Vor einer halben Stunde hatte er das Motel beobachtet, als Anya Petrowa plötzlich mit einer Axt herauskam und in westliche Richtung nach Virginia fuhr. Sie waren jetzt in der Nähe von Manassas, und sie blinkte an einer Ausfahrt. Er folgte ihr und kam ans Ende der Ausfahrt, wo sie in südliche Richtung auf eine zweispurige Landstraße abgebogen war. Leider musste er jetzt einen größeren Abstand zu ihr einhalten, weil es hier nicht annähernd so viele andere Fahrzeuge gab wie auf einer Interstate.

Wo zum Teufel wollte sie hin, mitten in der Nacht?

Mit einer Axt?

Er spielte mit dem Gedanken, Onkel Danny anzurufen und ihn aufzuwecken. Man hatte ihm die Durchwahl gegeben und ihm befohlen, sofort zu berichten, wenn sich etwas tat, doch alles, was sie bis jetzt unternommen hatten, war eine Fahrt aufs Land.

Petrowa, die im Augenblick eine gute halbe Meile voraus war, bog noch einmal ab.

In beide Richtungen waren keine Autos unterwegs, die Landschaft, war, so weit er sehen konnte, völlig dunkel, deshalb schaltete er die Scheinwerfer aus und näherte sich der Stelle, wo der verfolgte Wagen von der Landstraße abgebogen war.

Sein Auto war sein ganzer Stolz. Es war ein silberner Ford Mustang Baujahr 1967, den er sich gegönnt hatte, als er noch in der Army war. Er stand immer in einer Garage neben seinem Mietshaus in Washington. Der Wagen war eines der wenigen Besitztümer, die ihm wirklich etwas bedeuteten. Er benutzte ihn an seinen freien Tagen, die alle Agenten des Magellan Billet auf Stephanie Nelles Befehl hin alle vier Wochen nehmen mussten. Er hatte einem Kerl, der unbedingt Bargeld brauchte, knapp 35 000 Dollar dafür hingelegt. Ein Schnäppchen, wenn man bedachte, was der Wagen auf dem freien Markt gekostet hätte. Als er ihn bekam, war er in einem fabrikneuen Zustand, er hatte Handschaltung mit vier Gängen und einen getunten V8-Motor mit 320 PS. Der Benzinverbrauch war zwar nicht gerade günstig, aber als man dieses Spaß-Auto konstruiert hatte, kostete der Liter Benzin noch sieben Cent.

Er sah eine Einfahrt, die an beiden Seiten von massiven Steinsäulen eingefasst und von einem schmiedeeisernen Bogen überspannt wurde. Das Metalltor hing schief in den Angeln, der Weg dahinter war gepflastert und führte zwischen dunklen Bäumen hindurch. Er konnte unmöglich hineinfahren, weil er keine Ahnung hatte, wie es dahinter weiterging und was dort auf ihn wartete. Besser war es, zu Fuß zu gehen. Also bog er in die Einfahrt ein, fuhr durch das Tor und parkte seitlich zwischen den Bäumen, ohne die Scheinwerfer einzuschalten. Er schob sich aus dem Mustang und drückte leise die Tür zu. Die Nacht war kalt, doch die Kälte drang einem nicht bis auf die Knochen. Die Mittelatlantikstaaten waren in den Genuss eines untypisch milden Winters gekommen, und bis jetzt waren sie von den heftigen Schneefällen der vergangenen Jahre verschont geblieben. Luke trug eine dicke Cordhose und einen Pullover, dazu eine wattierte Jacke und Handschuhe. Seine Dienstwaffe, die Beretta vom Magellan Billet, steckte im Schulterholster. Er hatte keine Taschenlampe dabei, aber sein Handy reichte zur Not auch aus. Allerdings überzeugte er sich, dass das Telefon auf lautlos gestellt war.

Dann marschierte er los.

Der Weg war nur ein paar hundert Meter lang und führte zu einem düsteren und weitläufigen zweigeschossigen Haus mit Flügeln, Anbauten und Nebengebäuden. Zu seiner Linken erstreckte sich eine Rasenfläche, die mit einer feinen Reifschicht bedeckt war. Eine Silhouette bewegte sich und erregte seine Aufmerksamkeit. Es war eine Eule, die mit ausgebreiteten Schwingen über die Wiese flog. An so etwas erinnerte er sich nur allzu genau aus seiner Kindheit im ländlichen Tennessee. Winzige funkelnde Sterne überzogen einen Himmel aus schwarzem Samt, und eine schmale Mondsichel stand am Himmel. Vor dem Haus parkte ein Wagen und neben der Eingangstür tanzte der Lichtstrahl einer Taschenlampe. Er fragte sich, wer dort wohl lebte, weil er keinen Namen gesehen hatte, keinen Briefkasten und auch sonst keinen Hinweis auf die Adresse.

Er hielt sich in der Nähe der Bäume und schlich vorsichtig weiter, wobei er aufpasste, nicht an den Brombeerzweigen hängen zu bleiben. Trotz der Kälte begann er durch die Bewegung und die wachsende Anspannung zu schwitzen. Er zählte über dreißig Sprossenfenster mit jeweils sechzehn Glasscheiben an der Hausfassade. Nirgendwo brannte Licht. Er hörte einen Schlag, wie von Metall auf Metall, dann splitterte Holz. Er lehnte sich gegen einen Baum und spähte um den Stamm herum. Da sah er, wie das Licht der Taschenlampe etwa fünfzig Meter entfernt von ihm im Haus verschwand. Er wunderte sich über die fehlende Vorsicht beim Einsteigen, und als er näher kam, erkannte er, dass das Haus eine verlassene Ruine war. Es sah von außen viktorianisch aus, die meisten Dachziegel waren noch intakt, die Wände an einigen Stellen schimmelig und verwittert. Einige der Parterrefenster waren mit Sperrholz abgedeckt, die Fenster im oberen Geschoss lagen frei. Am Fundament des Hauses wuchsen wilde Sträucher und Kräuter, als hätte sich schon seit Langem niemand mehr um das Haus gekümmert.

Nur zu gern hätte er gewusst, wem es gehörte. Und warum fuhr eine Russin mitten in der Nacht dorthin? Es gab nur einen Weg, das herauszufinden, also verließ er das Gehölz am Rand der Auffahrt und näherte sich dem Eingang. Die dicken Facettentüren waren mit Gewalt aufgebrochen worden.

Er zückte seine Beretta, dann ging er mit vorsichtigen Schritten hinein. Er stand in einem geräumigen Foyer. Auf dem Fußboden lag ein Teppich, einige Möbelstücke waren auch noch da. Ein Treppenaufgang führte hinauf und offene Verbindungstüren in angrenzende Räume. Dort hingen Vorhänge vor den Fenstern. Die Wandfarbe blätterte ab, der Putz bröckelte, und die Tapete löste sich an unzähligen Stellen von der Wand. Die Natur holte sich langsam zurück, was ihr einst gehört hatte.

Vor ihm lag ein langer Flur.

Er lauschte angestrengt. Es kam ihm vor wie in einer Grabkammer.

Dann hörte er ein Geräusch.

Ein Klopfen.

Es kam von der anderen Seite des Erdgeschosses.

Etwa zwanzig Meter vor ihm schimmerte ein Licht im Flur.

Er schlich sich vorwärts und machte sich den Lärm aus dem entfernten Zimmer zunutze, der seine Schritte übertönte. Anya Petrowa schien sich nicht darum zu kümmern, ob sie jemanden auf sich aufmerksam machte. Höchstwahrscheinlich ging sie davon aus, dass sich im Umkreis von etlichen Meilen niemand befand. Und normalerweise hätte sie damit auch richtiggelegen.

Er gelangte zu der offenen Tür, aus der das Licht in den Flur fiel. Vorsichtig spähte er um den Türrahmen und blickte in einen Raum, der einmal ein großes holzgetäfeltes Arbeitszimmer gewesen war. Die wandhohen Bücherregale auf einer Seite waren leer, zusammengebrochen und lagen durcheinander. Er sah kurz zur Zimmerdecke hoch. Es war eine Kassettendecke mit Stuckelementen. Möbel gab es keine. Petrowa schien sich auf die gegenüberliegende Wand zu konzentrieren. Sie hämmerte gerade ein Loch in die Holzvertäfelung, und das nicht gerade vorsichtig. Offensichtlich verstand sie sich darauf, mit einer Axt umzugehen. Ihre Taschenlampe lag auf dem Fußboden und spendete genug Licht für diese Arbeit.

Luke rief sich ins Gedächtnis, dass er nur beobachten und sich nicht einmischen sollte. Und vor allem ...

»*Lass dich nicht erwischen.*«

Sie hackte weiter auf die Täfelung ein, bis sich ein Loch zeigte. Luke begriff, dass es sich um eine falsche Wand handelte, hinter der sich ein Hohlraum befand. Sie trat mit dem Stiefel lockeres Holz weg und vergrößerte das Loch. Danach richtete sie den Strahl ihrer Taschenlampe in das Loch.

Sie legte die Axt auf den Boden.

Und verschwand in dem Spalt.

4

Givors, Frankreich
8.50 Uhr morgens

Cassiopeia Vitt bemerkte zu spät, dass etwas nicht stimmte. Vor zwei Tagen hatten ihre Steinmetze ein paar Löcher in den Kalkstein gebohrt – nicht mit modernen Bohrmaschinen und Steinbohrern, sondern so, wie man es vor achthundert Jahren getan hatte. Ein langer sternförmiger Meißel aus Metall, an der Spitze so dick wie ein Männerdaumen, war in den Stein geschlagen worden, dann wurde er gedreht und wieder eingeschlagen. Das Ganze wurde so oft wiederholt, bis ein ordentlicher Tunnel mehrere Zentimeter tief reichte. Die Löcher hatten jeweils eine Handbreit Abstand und erstreckten sich zehn Meter weit über die gesamte Felsklippe. Es wurden keine Maßbänder benutzt; wie in alten Zeiten erfüllte ein langes Seil mit Knoten diesen Zweck. Dann füllte man jeden Hohlraum mit Wasser, verschloss ihn und ließ das Wasser gefrieren. Wenn es Sommer gewesen wäre, hätte man feuchtes Holz hineingestopft oder den Stein mit Metallkeilen gesprengt. Zum Glück waren die Temperaturen so weit gefallen, dass Mutter Natur ihre hilfreiche Hand bot.

Der Steinbruch befand sich drei Kilometer von ihrem französischen Besitz entfernt. Seit fast zehn Jahren schon arbeitete sie daran, nur mit Werkzeugen, Materialien und Techniken, die schon im 13. Jahrhundert zur Verfügung standen, eine Burg zu bauen. Das Grundstück, das sie gekauft hatte, war einmal im Besitz Ludwigs IX. gewesen, dem einzigen heiliggesprochenen König Frankreichs. Nicht nur die Burgruine, sondern auch ein Herrenhaus aus dem 16. Jahrhundert gehörte dazu. Das hatte sie zu ihrem Wohnsitz umgebaut. Sie nannte den Besitz »Royal Champagne«, nach einem der Kavallerieregimenter Ludwigs XV.

Eine Burg aus Stein galt einst als Zeichen der Macht eines Adligen, und die Burg bei Givors war als militärische Festung konzipiert worden. Sie verfügte über eine Burgmauer, einen Graben, Mauertürme und einen großen Bergfried. Vor fast dreihundert Jahren war die Burg vollkommen zerstört worden, und Cassiopeia hatte sich ihren Wiederaufbau zur Lebensaufgabe gemacht. Wie im Mittelalter gab es in der Umgebung immer noch jede Menge Wasser, Stein, Erde, Sand und Holz – alles, was zum Wiederaufbau benötigt wurde. Steinhauer, Steinmetze, Maurer, Tischler, Schmiede und Töpfer standen auf ihrer Gehaltsliste – sie arbeiteten sechs Tage pro Woche und lebten und kleideten sich so, wie sie es vor achthundert Jahren getan hätten. Die Baustelle war für den Publikumsverkehr geöffnet, und die Eintrittsgelder halfen, die Kosten zu decken, doch den Großteil der Arbeiten hatte sie mit ihrem eigenen namhaften Vermögen finanziert. Gegenwärtig ging man von weiteren zwanzig Jahren Bauzeit aus, bis alles fertig sein würde.

Die Steinhauer untersuchten die Löcher, das Wasser darin war festgefroren, und Ausdehnungsrisse, die von den Löchern ausgingen, ließen erkennen, dass alles bereit war. Die Felswand ragte viele Meter empor, es war nackter Stein mit wenigen Rissen, Spalten oder Vorsprüngen. Vor Monaten hatten sie alles brauchbare Material auf oder in der Nähe des Erdbodens abgebaut, jetzt standen sie zwanzig Meter hoch auf einem Gerüst aus Holz und Seil. Drei Männer mit Schlägeln begannen, auf *chase masses* zu schlagen. Diese Werkzeuge sahen aus wie Hämmer, aber eine Seite war zu zwei scharfen Kanten geschmiedet, die durch einen konkaven Bogen verbunden waren.

Diese Seite wurde an den Fels geklemmt und dann mit einem Hammer bearbeitet, um einen Spalt zu öffnen.

Indem sie die *chase masses* an diesem Spalt entlangbewegten und dabei immer wieder draufschlugen, erzeugten sie Schockwellen, die durch den Stein pulsierten und entlang der natürlichen Nähte Risse verursachten.

Ein mühsames Verfahren, aber es funktionierte.

Sie sah zu, wie die Männer mit den *chase masses* hantierten. Das Geräusch, mit dem Metall auf Metall schlug, hatte einen fast musikalischen Rhythmus. Eine Reihe langer Risse deutete darauf hin, dass genug Vorarbeit geleistet worden war.

»Es bricht gleich heraus«, warnte einer der Steinhauer.

Das war für die anderen das Signal aufzuhören.

Sie standen alle still und betrachteten die Felswand, die noch weitere zwanzig Meter über ihnen aufragte. Tests hatten erwiesen, dass dieser grauweiße Stein eine Menge Magnesium enthielt, das ihn besonders hart machte – perfekt für Bauarbeiten. Unter ihnen wartete ein mit Heu ausgelegter Pferdewagen darauf, die mannsgroßen Steine – jeder gerade so groß, dass ihn einer alleine tragen konnte – sofort zur Baustelle zu fahren. Das Heu diente als natürlicher Stoßfänger, damit möglichst wenig von den Steinen abplatzte. Größere Teile wurden an Ort und Stelle behauen und dann abtransportiert. Hier war das Epizentrum ihrer gesamten Bemühungen.

Sie beobachtete, wie sich die Anzahl der Risse und deren Länge vergrößerten. Jetzt arbeitete die Schwerkraft für sie. Schließlich brach ein Stück von der Größe eines Personenwagens heraus, fiel aus der Felswand und krachte auf den Boden. Die Männer schienen mit dem Ergebnis ihrer Mühen zufrieden zu sein. Sie war es auch. Aus diesem Brocken ließen sich viele Steinblöcke schlagen. Eine klaffende Vertiefung blieb in der Felswand zurück. Es war ihre erste Absprengung in dieser Höhe. Jetzt würden sie sich nach links und rechts weiterbewegen und noch mehr von dem Kalkstein herunterschlagen, bevor sie das Gerüst weiter nach oben bauten. Sie sah ihren Leuten gern bei der Arbeit zu. Alle waren so gekleidet, wie sich die Männer vor langer Zeit angezogen hätten, nur die Jacken und Handschuhe waren modern. Ebenso die Helme und die Schutzbrillen – Maßnahmen, auf denen ihre Versicherung bestanden hatte und was die Geschichte hoffentlich irgendwann mit Nachsicht beurteilte.

»Gute Arbeit, Männer«, sagte der Vorarbeiter.

Sie nickte zustimmend.

Die Männer rutschten an den Holzbalken herunter. Sie blieb noch einen Moment stehen und bewunderte den Steinbruch. Die meisten Arbeiter waren schon seit Jahren in ihren Diensten. Sie zahlte ganzjährig gute Löhne und stellte zusätzlich Unterkunft und Verpflegung. Französische Universitäten sorgten für einen ständigen Nachschub an Praktikanten, die darauf brannten, sich an solch einem innovativen Projekt zu beteiligen. Im Sommer beschäftigte sie Saisonarbeiter, aber jetzt im Winter blieben nur die ganz Hartgesottenen. Sie hatte sich heute extra freigenommen, um auf der Baustelle zu sein, und besuchte den Steinbruch als Erstes. Drei der vier Burgmauern waren fast fertig, und der Stein, den sie gerade geschlagen hatten, würde ein gutes Stück dazu beitragen, die vierte Wand fertig zu bekommen.

Sie hörte ein Knacken.

Und dann noch eins.

Das war nicht ungewöhnlich, weil sie die Statik der Felswand verändert hatten.

Sie wandte sich wieder der Felswand zu. Eine neue Serie von Knirschen und Knacksen über ihr weckte ihre Aufmerksamkeit.

»Geht alle weg!«, rief sie den Arbeitern unten zu. »Sofort. Zurück!«

Sie ruderte mit den Armen um zu signalisieren, dass sie vom Gerüst weggehen sollten. Sie wusste nicht genau, was vor sich ging, hielt es aber für das Beste, vorsichtig zu sein. Das Krachen wurde lauter und schneller, so als ob in der Ferne eine automatische Waffe abgefeuert würde, ein Geräusch, das sie nur allzu gut kannte. Sie musste weg und wandte sich zur entgegengesetzten Seite der Plattform, von wo man leichter hinunterklettern konnte. Doch ein Kalksteinbrocken löste sich aus der Wand und krachte auf die obersten Bohlen. Das Holzgerüst erbebte unter ihren Füßen. Sie hatte nichts, woran sie sich hätte festhalten können und konnte kaum das Gleichgewicht halten, deshalb warf sie sich auf das kalte Holz und hielt sich an den Rändern fest, bis das Schaukeln nachließ. Das Gerüst, auf dem sie stand, schien den Steinschlag überstanden zu haben, die Seilbefestigungen konnten eine kurzfristige Belastung abfedern. Von unten hörte sie fragen, ob bei ihr alles in Ordnung sei.

Sie kam auf ihre Knie und blickte seitlich hinunter. »Ich bin okay.«

Danach stand sie auf und schüttelte Dreck und Staub ab.

»Wir müssen uns das Gerüst ansehen«, rief sie hinunter. »Das war ein heftiger Schlag.«

Dann hörte sie es erneut über sich krachen.

Sie schaute hoch und sah, was los war. Felsgestein von der Stelle über der, die sie gerade bearbeitet hatten, löste sich aus einer Sedimentschicht. Jetzt wurde die Schwerkraft ihr Feind und machte sich jeden schwachen Punkt zunutze. Plötzlich wurde der scheinbar unbezwingbare Stein so brüchig wie Holz.

Zwei krachende Explosionen erschütterten die Felswand.

Staub und Geröll regneten von oben herunter und schickten Staubwolken in den Himmel. Ein weiteres mächtiges Stück Fels stürzte nach unten und verpasste nur knapp das Gerüst. Nach vorn konnte sie nicht flüchten, denn das hätte sie direkt zu der Gefahrenstelle geführt. Also drehte sie sich um und eilte ans andere Ende der Plattform. Hinter ihr krachten noch mehr Kalksteine auf die Holzbohlen und beschädigten einen Teil der Balken.

Sie konnte sehen, dass alle Arbeiter aus der Gefahrenzone geflüchtet waren.

Nur sie war noch übrig.

Ein weiterer riesiger Brocken krachte auf die freistehenden Holzstützen. Bald gab es nichts mehr, worauf sie hätte stehen können. Sie blickte hinab und entdeckte den Heuwagen, der zehn Meter unter ihr stand. Der Heuhaufen sah zwar hoch genug aus, aber sicher war sie sich nicht.

Doch sie hatte keine Wahl.

Sie sprang und drehte sich in der Luft, um mit dem Rücken aufzukommen. Wenn sie richtig kalkuliert hatte, musste das Heu jetzt genau unter ihr sein. Es war nicht zu überhören, wie das Holzgerüst infolge des Steinschlags zusammenbrach. Sie schloss ihre Augen und wartete. Eine Sekunde später lag sie im Heu, das ihren Aufprall abgefangen und sie abrupt gestoppt hatte. Sie öffnete die Augen, lag mit dem Gesicht nach oben und hörte das Krachen von herabfallenden Steinen und Holz.

Sie stand auf und betrachtete den Schaden.

Staubwolken blähten sich in den Himmel.

Ihre Angestellten kamen zu ihr gerannt und wollten wissen, ob sie verletzt sei. Sie schüttelte den Kopf und vergewisserte sich noch einmal, dass alle unverletzt waren.

»Sieht aus, als hätten wir reichlich aufzuräumen«, erklärte sie.

Sie rollte sich von dem Heuwagen herunter. Ihre Nerven waren zwar angeschlagen, aber Unfälle passierten, ganz besonders bei einem Projekt dieser Größenordnung. Glücklicherweise waren bisher keine ernsten Arbeitsunfälle geschehen.

Cassiopeia hatte an der l'École pratique des hautes études in

Paris einen Abschluss in mittelalterlicher Architektur gemacht und ihre Magisterarbeit über Pierre de Montreux geschrieben, den Wegbereiter der Gotik im 13. Jahrhundert. Sie hatte fast ein Jahr für den Entwurf ihrer Burg gebraucht und hoffte, dass sie die Fertigstellung auch erlebte. Das Alter war kein Problem, denn sie war noch keine vierzig, sondern es waren die Risiken, die sie manchmal einging. Dazu zählten nicht nur herabstürzende Felsen. Im Laufe der Jahre hatte sie sich auf viel gefährlichere Dinge eingelassen. Sie hatte mit ausländischen Regierungen gearbeitet, mit Geheimdiensten und sogar mit Präsidenten. Sie hatte nie zugelassen, in ihrem Berufsleben der Routine zum Opfer zu fallen. Wenn man jedoch lange genug mit Leuten zusammen war, die Waffen mit sich herumschleppten, konnte man sich ausrechnen, wann etwas Schlimmes geschehen würde. Bis jetzt war jedoch immer alles gut gegangen.

So wie heute.

Die Arbeiter kamen zum Schutthaufen.

In ihrer Jackentasche vibrierte ihr Handy.

In den letzten paar Wochen hatte sie enger mit der Firma ihrer Familie zusammengearbeitet, die ihren Hauptsitz in Barcelona hatte. Ihre Eltern hatten das Unternehmen an sie als einzige Erbin überschrieben, und sie war die einzige Anteilseignerin. Das Anlagevermögen ging in die Milliarden und verteilte sich über sechs Kontinente. Unternehmerin zu sein gehörte zu den Dingen, denen sie normalerweise überhaupt nichts abgewinnen konnte, deshalb überließ sie das Tagesgeschäft kompetenten Managern. Doch in letzter Zeit hatte die Arbeit sie von anderen Dingen abgelenkt. Sie ging davon aus, dass es ein weiterer Anruf des CEOs war. Sie hatten heute bereits miteinander telefoniert.

Doch es war kein Anruf, sondern eine SMS.

Sie klickte auf das Icon und sah den Absender.

STEPHANIE NELLE.

Sie drückte den Rücken durch, weil dies die letzte oder zumindest die vorletzte Person war, von der sie etwas hören wollte.
Sie las trotzdem die Nachricht.
COTTON STECKT IN SCHWIERIGKEITEN. ICH WÜRDE IHNEN DAS NICHT MITTEILEN, WENN ES NICHT ERNST WÄRE.

5

Baikalsee, Russland

Malone schloss die Augen und versuchte, einen klaren Kopf zu behalten, denn er hatte nur einen Versuch, wenn er überleben wollte. Er umklammerte den Steuerknüppel, richtete die Nase gegen den Wind, und versuchte dadurch, absichtlich einen Strömungsabriss herbeizuführen. Der Kerl, der ihm das Flugzeug übergeben hatte, hatte geprahlt, dass die An-2 imstande war, bei dreißig Knoten Gegenwind rückwärtszufliegen. Angeblich war es Piloten sogar gelungen, wie mit einem Fallschirm zu Boden zu gehen. Er war skeptisch, was diese Angeberei betraf, doch er würde wohl gleich herausfinden, ob es der Wahrheit entsprach.

Das Flugzeug bäumte sich in den Turbulenzen auf, und er riss den Steuerknüppel ganz zurück, um die Flügel waagerecht zu halten. Das war sehr schwierig, denn ein großes Stück der beiden linken Flügel war verschwunden. Die Maschine war tot, sämtliche Instrumente waren ausgefallen, ebenso die Heizung. Es wurde im Cockpit so kalt, dass sein Atem Wolken bildete. Zum Glück war er passend gekleidet. Thermounterwäsche, die Außenschicht windgeschützt, dazwischen dicke Isolierung – russische Armeekleidung. Er trug dicke Handschuhe, gefütterte Stiefel und seine Faserpelzjacke hatte eine pelzbesetzte Kapuze.

Er spürte, wie der Vortrieb nachließ und das Flugzeug nur noch vom Gegenwind in der Luft gehalten wurde. Plötzlich krachte es zweimal laut. Die starke Belastung hatte die Vorflügel abknicken lassen! Er verlor jetzt an Höhe, aber nicht gleichmäßig, sondern rasend schnell wie im steilen Fall. Er riss am Steuerknüppel und schaffte es, Stabilität zu bekommen und das Flugzeug auszugleichen, doch er sank immer noch. Er riskierte einen kurzen Blick aus dem Cockpitfenster. Das blaue Eis und die überfrorene Oberfläche des Sees kamen rasch näher. Das Flugzeug schaukelte nach rechts, dann nach links, doch es gelang ihm, die Bewegung aufzufangen und den Rumpf weiter in den Wind zu richten. Das Sonnenlicht spiegelte sich auf den Fenstern. Er flog genau in den eisigen Wind hinein, der so stark war, dass er wie ein Propeller wirkte und für Auftrieb sorgte. Das Flugzeug segelte tatsächlich rückwärts gegen den Wind. Er hatte keine Ahnung, wo oder wie er aufschlagen würde, und rechnete damit, dass die Landung alles andere als sanft werden würde. Er überzeugte sich kurz, dass er sicher angeschnallt war, und bereitete sich auf den Aufprall vor.

Er kam mit dem Heck zuerst auf dem Boden auf, die Landekufen krachten, dann federten sie zurück und starke Oberflächenwinde packten die An-2. Das Knirschen von Stahlkanten auf der verkrusteten Eisfläche verriet ihm, dass er nicht mehr in der Luft war. Sein Kopf dröhnte und schmerzte von dem harten Schlag, Funken explodierten vor seinen Augen. Er schmeckte Blut auf seiner Zunge. Er konnte nur noch hoffen, dass die Schlitterpartie bald aufhörte. Das Eigengewicht des Flugzeugs bremste es schließlich auf der Eisfläche ab, es rutschte rückwärts und drehte sich wie ein Karussell. Gott sei Dank gab es hier jede Menge Platz.

Schließlich kam er ruckelnd zum Halten.

Nur das Rauschen des Blutes in seinen Ohren und sein keuchender Atem störten die Stille.

Er lächelte.

Das war eine Premiere.

Seit seiner Zeit als Kampfpilot bei der Marine besaß er eine Lizenz für die kommerzielle Luftfahrt. Er hatte eine Vielzahl von Flugzeugen geflogen, so gut wie alle Modelle, aber er hätte gewettet, dass es bisher nur wenigen gelungen war, nach einem Strömungsabriss rückwärts zu landen und das Ganze zu überleben.

Er löste die Gurte und blinzelte auf die schimmernde blaue Eisfläche hinaus.

Ein Lastwagen, dessen stumpfes, verwittertes Rot einen grauen Überzug aus Schneematsch auf der Motorhaube und den Seiten hatte, näherte sich ihm. Cotton bemerkte, dass aus dem Flugzeugrumpf eine Flüssigkeit auf das Eis lief. Es roch in der eiskalten Luft stark nach Kerosin, das Flugzeug musste also ein ziemlich großes Leck haben. Der Lkw fuhr durch den leichten Nebel über der Oberfläche des Sees direkt auf ihn zu. Vielleicht wollte der Fahrer ihm ja zu Hilfe kommen. Er konnte auf jeden Fall eine Mitfahrgelegenheit nach Babuschkin brauchen, wo sein eigenes Fahrzeug wartete. Er musste nicht nur die Datscha erkunden, sondern auch herausfinden, wer versucht hatte, ihn abzuschießen.

Der Lastwagen kam immer näher, von den Reifen spritzte der Schnee. Der Wind rüttelte am Flugzeug, und im Cockpit wurde es noch immer kälter. Er schob die Kapuze der Jacke über seine eiskalten Ohren. Die Beretta vom Magellan Billet steckte in einem Schulterholster unter seiner Jacke. Sein Handy war noch mit dem Funkgerät der An-2 verbunden. Er war gerade dabei, es abzuklemmen, als der Lastwagen in dreißig Metern Entfernung mit rutschenden Reifen anhielt und zwei Männer ausstiegen. Beide trugen Sturmgewehre, und aus den Schlitzen der Skimasken blickten starren Augen.

Das war nicht gerade das übliche Begrüßungskomitee.

Sie kauerten sich hin und zielten.

Er rollte sich in dem Moment vom Sitz, als das Gewehrfeuer losging.

Die Schüsse zerstörten die Frontscheibe des Cockpits, es regnete Glassplitter. Die Aluminiumhülle des Flugzeugs war kein Hindernis für die großkalibrigen Kugeln, sie durchschlugen sie problemlos. Er musste weg. Sofort. Vorsichtig kroch er durch die Türöffnung in die hintere Passagierkabine.

Das hier war wirklich alles andere als eine einfache Erkundungsmission.

Entschlossen griff er in seine Jacke, fasste die Pistole. Dann wurde ihm klar, dass sich die Ausstiegsluke des Flugzeugs gegenüber von der Seite befand, wo der Lkw angehalten hatte. Er wuchtete die Klappe auf und sprang aufs blaue Eis hinaus. Noch immer hallten Schüsse und durchsiebten das Flugzeug. Vielleicht konnte er sich ein paar Sekunden Vorsprung verschaffen, bevor seine Angreifer merkten, dass er weg war.

Er achtete darauf, dass das Flugzeug zwischen ihm und ihnen blieb, und lief los.

Zwanzig Meter später stoppte er und drehte sich um.

Die Schüsse hatten aufgehört.

Einen der Männer sah er in der Nähe des Propellers, der andere lief ums Heck. Sie widmeten ihre Aufmerksamkeit zuerst dem Flugzeug, dann ihm. Noch immer lief Treibstoff von der Rumpfmitte auf das Eis. Die orangefarbene Flüssigkeit bildete eine große Pfütze auf der Eisfläche. Normalerweise konnte eine Kugel nicht so einfach etwas in Brand setzen, das passierte nur im Fernsehen. Doch er wusste, dass diese Regel nicht für Flugzeugkerosin galt. Dieser Treibstoff war hochentzündlich. Also zielte er auf die Mitte des Rumpfes und feuerte zweimal.

Die beiden Männer hatten keine Chance.

Eine Explosion erhellte den Himmel und die Druckwelle erfasste ihn, schleuderte ihn aufs Eis, das so hart war wie Beton. Er rollte sich ab, dann konzentrierte er wieder sich auf das Flugzeug. Es war verschwunden, zusammen mit seinen beiden Problemen. Die waren jetzt nur zwei Haufen verkohltes Fleisch und Knochen.

Und sein Handy war auch weg.

Was bedeutete, er hatte keine Möglichkeit, sich kurzfristig mit jemandem in Verbindung zu setzen.

Er trottete um das lodernde Feuer und den Qualm herum und ging zum Lastwagen. Glücklicherweise steckten die Schlüssel noch im Zündschloss. Auf einem der Sitze lag ein Funkgerät. Cotton kletterte hinein, dann drückte er den SPRECHEN-Knopf.

»Wer ist da?«

»Ich bin da.« Die Männerstimme sprach perfektes Englisch.

»Und Sie sind?«

»Wie wäre es, wenn Sie sich zuerst vorstellen?«

»Ich bin derjenige, der gerade zwei Männer mit Gewehren kaltgemacht hat.«

»Dann haben Sie ein Problem.«

»Das höre ich häufiger. Warum haben Sie mich abgeschossen?«

»Warum sind *Sie* hier?«

Natürlich kam es nicht infrage, den wahren Grund zu verraten, also entschied er sich für eine andere Taktik. »Wie wäre es, wenn wir uns treffen, von Angesicht zu Angesicht, und uns unterhalten. Ich bin Amerikaner, kein Russe. Falls das für Sie einen Unterschied macht.«

»Sie haben mein Haus ausspioniert.«

Jetzt wusste er, mit wem er redete.

»Ich bin Cotton Malone. Und Sie müssen Aleksandr Zorin sein.«

Das Schweigen des Mannes bewies ihm, dass er recht hatte.

»Ich gehe davon aus, dass Sie jetzt den Lastwagen haben«, sagte Zorin.

Cotton drückte den SENDEN-Knopf. Aber er hatte einen trockenen Mund und ließ den Mann eine Weile warten. Schließlich sagte er: »Richtig.«

»Fahren Sie von der Stelle, an der Sie jetzt sind, in östliche

Richtung. Verlassen Sie den See und biegen Sie auf die Hauptstraße ein. Es gibt nur diese eine Straße. Folgen Sie ihr nach Norden, bis Sie das Observatorium sehen. Dort warte ich auf Sie.«

6

Chayaniye, Russland
16.20 Uhr

Aleksandr Zorin ließ seine Kleidung in dem primitiven Vorraum zurück und ging gebückt durch eine mit Pelz verkleidete Tür. Der Raum, den er betrat, war düster, unheimlich. Eine Talgkerze brannte in einer Ecke und spendete gerade so viel Licht, dass man den kreisförmigen Raum aus gehauenen Baumstämmen erkannte. Die fensterlosen Wände waren pechschwarz infolge jahrzehntealter Ablagerungen von Ruß. Ein Steinhaufen beherrschte das Zentrum, unter dem ein kräftiges Feuer aus Birkenscheiten brannte. An einer Seite befand sich eine treppenartige Reihe von Bänken aus Kiefernholz. Durch ein Schornsteinloch in der Decke entwich der Rauch, sodass nur die trockene Hitze der Steine zurückblieb, die den Atem schmerzhaft brennen ließ und einem den Schweiß auf die Haut trieb.

»Gefällt Ihnen mein schwarzes Bad?«, fragte er den Mann, der auf einer der Bänke saß.

»Ich habe es vermisst.«

Beide Männer waren nackt, und keiner schien sich deswegen zu schämen. Sein eigener Körper war noch fest, er hatte eine breite Brust, und man sah die Wölbungen seiner Muskeln, obwohl er in diesem Jahr seinen zweiundsechzigsten Geburtstag feiern würde. Die einzige Narbe schräg auf der linken Brust hob sich hell ab; es war eine Messerwunde aus alten Zeiten. Er stand hoch aufgerichtet da und bemühte sich, unerschütterliches Selbstvertrauen in seine Miene zu legen. Sein Haar war eine wilde schwarze Mähne, die aussah, als bedürfe sie dringend Bürste und Schere. Seine knabenhaften Züge hatten Frauen immer attraktiv gefunden, besonders die schmale Nase und die Lippen, ein Erbe seines Vaters. Sein rechtes Auge war grün, das linke, je nachdem wie das Licht fiel, braun oder grau, ein Vermächtnis seiner Mutter. Manchmal war es, als hätte er zwei Gesichter, und er hatte diese ungewöhnliche Eigenschaft oft zu seinem Vorteil ausgenutzt. Er war stolz auf seine Bildung, ein Ergebnis sowohl seiner Ausbildung als auch seiner Lebenserfahrung. Jahrzehntelang hatte er unter dem Leben im Exil gelitten, doch er hatte gelernt, seine Bedürfnisse und seine Gewohnheiten zu kontrollieren, und akzeptierte seinen erzwungenen Abstieg in eine niedere Sphäre, wo er deutlich andere Luft atmete – wie ein Fisch, den man in den Sand geworfen hatte.

Er setzte sich auf eine Bank. Die Bretter waren feucht und warm. »Ich habe das hier gebaut, um die schwarzen Bäder der alten Zeiten wiederauferstehen zu lassen.«

Früher hatte jedes Dorf eine *Banja* wie diese hier, einen Ort, um der Kälte zu entfliehen, die fast das ganze Jahr über in Sibirien herrschte. Die meisten davon waren inzwischen verschwunden, genauso wie die Welt, die er von früher kannte.

Sein Gast war ein behäbiger, brutal wirkender Russe. Er war mindestens zehn Jahre älter, hatte eine umgängliche Stimme und durch jahrelangen Nikotinmissbrauch gelb gefärbte Zähne. Das zurückweichende blonde Haar hatte er sich aus der hohen Stirn nach hinten gekämmt. Das trug nicht gerade dazu bei, den schwächlichen Eindruck zu mindern, den er machte. Er hieß Vadim Belchenko und hatte im Gegensatz zu ihm niemals das Exil ertragen müssen.

Doch auch Belchenko kannte sozialen Abstieg.

Er war einst ein wichtiger Mensch gewesen, der Chefarchivar des Ersten Direktorats, jener Abteilung des KGB, die für

Auslandsagenten zuständig war. Als die Sowjetunion zusammenbrach und der Kalte Krieg endete, wurde Belchenkos Posten überflüssig, weil solche Geheimnisse keine Rolle mehr spielten.

»Es freut mich, dass Sie gekommen sind«, sagte er zu seinem Gast. »Hat eigentlich viel zu lange gedauert, denn wir müssen etliche Dinge klären.«

Belchenko war fast blind. Der Graue Star in seinen Augen wirkte fast wie ein Symbol der Weisheit. Er hatte den älteren Mann vor zwei Tagen nach Osten bringen lassen. Es war als Bitte formuliert gewesen, hätte aber auch ein Befehl werden können – was sich jedoch als unnötig erwies. Seit seiner Ankunft hatte sein Gast fast die ganze Zeit im schwarzen Bad verbracht und die Stille und die Hitze auf sich wirken lassen.

»Ich habe ein Flugzeug gehört«, sagte Belchenko.

»Wir hatten einen Besucher. Ich vermute, dass die Regierung nach Ihnen sucht.«

Der ältere Mann zuckte mit den Schultern. »Sie fürchten, was ich weiß.«

»Und? Haben sie Grund dazu?«

Er und Belchenko hatten oft miteinander geredet. So gut wie jede andere Person, die sie gekannt oder respektiert hatten, war tot, untergetaucht oder in Ungnade gefallen. Früher hatten sie einander stolz Sowjets genannt, jetzt jedoch hatte das Wort fast etwas Obszönes. »Alle Macht den Sowjets!«, hatten die Bolschewiken noch 1917 stolz gebrüllt. Derselbe Satz würde heutzutage als Verrat angesehen. Wie hatte sich die Welt verändert, seit sich 1991 die Union der Sozialistischen Sowjetrepubliken aufgelöst hatte. Was für ein großartiger Staat war das gewesen. Der größte der Welt, der fast ein Sechstel des Planeten einnahm. Über 10 000 Kilometer von Osten nach Westen über elf Zeitzonen. 7000 Kilometer von Norden nach Süden. Das Gebiet umfasste die Tundra, die Taiga, Steppen,

Wüsten, Berge, Flüsse und Seen. Tataren, Zaren und Kommunisten hatten dort achthundert Jahre lang geherrscht. Fünfzehn Nationen, einhundert ethnische Gruppen, 127 Sprachen. Alle wurden sie beherrscht von der Kommunistischen Partei, der Armee und dem KGB. Jetzt war es die Russische Föderation – die zu einem Schatten dessen degeneriert war, was einmal existiert hatte. Anstatt zu versuchen, das Unvermeidbare abzuwenden und sich auf einen Kampf einzulassen, der nicht gewonnen werden konnte, hatten er und hundert andere sich im Jahr 1992 in den Osten an den Baikalsee zurückgezogen, an dessen Ufer sie seither lebten. Eine alte sowjetische Datscha diente als Hauptquartier, und aus einer Anhäufung von Häusern und Läden in der Nähe wurde Chayaniye.

Das bedeutete Hoffnung.

Mehr schien auch nicht übrig geblieben zu sein.

»Was ist mit dem Flugzeug?«, fragte Belchenko.

»Ich habe es abschießen lassen.«

Der alte Mann lachte. »Womit? Mit britischen Javelins? MANPADS? Oder mit einer von diesen alten Redeyes?«

Beeindruckend, wie genau dieser alte Kopf noch die Details kannte. »Ich habe genommen, was da war. Aber Sie haben recht. Die Raketen waren defekt. Trotzdem haben sie ihren Zweck erfüllt.«

Er bückte sich, schöpfte mit einer Kelle kaltes Wasser aus einem Eimer vor sich und goß es über die heißen Steine. Sie zischten wie eine Lokomotive und gaben willkommenen Dampf ab. Die Kerze in der anderen Ecke des Raumes brannte jetzt blauer und schien kräftiger. Die Temperatur stieg an, und seine Muskeln entspannten sich. Der Dampf brannte ihm in den Augen. Er machte sie zu.

»Und der Pilot?«, fragte Belchenko.

»Er hat die Landung überlebt. Ein Amerikaner.«

»Jetzt wird es interessant.«

In den vergangenen Jahrzehnten hätten sie sich auf die untersten Holzbänke gelegt und wären von Helfern mit heißem Wasser übergossen worden. Dann hätte man sie abgeschrubbt, gewalkt, geklopft und mit kaltem Wasser überschüttet, danach mit noch heißerem, anschließend hätte man ihre Muskeln mit Bündeln von Birkenzweigen gepeitscht und mit Hanfwolle gewaschen. Weitere ausgedehnte Duschen mit kaltem Wasser hätten die Prozedur abgeschlossen, an deren Ende sie gereinigt gewesen wären und sich fast körperlos gefühlt hätten.

Die schwarzen Bäder waren eine wunderbare Sache gewesen.

»Sie wissen, was ich wissen will«, sagte er zu Belchenko. »Es wird Zeit, dass Sie es mir sagen. Sie dürfen nicht zulassen, dass dieses Wissen mit Ihnen zusammen stirbt.«

»Sollte man die Sache nicht auf sich beruhen lassen?«

Diese Frage hatte er sich auch oft gestellt, aber die Antwort war jedes Mal dieselbe geblieben. »Nein.«

»Es bedeutet Ihnen immer noch etwas?«

Er nickte.

Der alte Mann hatte seine Arme nach beiden Seiten ausgestreckt und sie auf die höher gelegene Bank gelegt. »Meine Muskeln fühlen sich hier drin so lebendig an.«

»Sie sterben, Vadim. Das wissen wir beide.«

Ihm war die schmerzerfüllte, tiefe und unregelmäßige Atmung bereits aufgefallen. Der ausgemergelte Körper, das Rasseln in der Kehle und die zittrigen Hände.

»Ich habe so viele Geheimnisse bewahrt«, sagte Belchenko fast flüsternd. »Man hat mir vollkommen vertraut. Archivare waren einmal so wichtig. Und ich kannte Amerika. Ich habe die Vereinigten Staaten studiert. Ich kannte ihre Stärken und Schwächen. Ich habe viel aus der Geschichte gelernt.« Der alte Mann hielt die Augen beim Reden geschlossen. »Geschichte ist wichtig, Aleksandr. Vergessen Sie das nie.«

Als ob man ihm das hätte sagen müssen. »Deshalb kann ich

einfach nicht davon lassen. Die Zeit ist gekommen. Es ist der richtige Moment. Ich habe die Vereinigten Staaten auch studiert. Ich kenne ihre *gegenwärtigen* Stärken und Schwächen. Es gibt einen Weg, uns Genugtuung zu verschaffen, eine Genugtuung, nach der wir beide uns schon so lange sehnen. Das sind wir unseren Sowjetbrüdern schuldig.«

Und dann erzählte er seinem alten Genossen genau, was er vorhatte.

»Also haben Sie das *Narrenmatt* aufgelöst?«, fragte Belchenko, als er fertig war.

»Ich bin kurz davor. Die Dokumente, die Sie mir letztes Jahr überlassen haben, waren eine große Hilfe. Später habe ich noch mehr entdeckt. Anya ist gerade in Washington, D.C. und versucht dort, ein wichtiges Puzzleteil aufzuspüren.«

Er konnte sehen, dass der alte Archivar sich seines verbliebenen Einflusses absolut bewusst war. Dass er vierzig Jahre lang die wichtigsten Geheimnisse des KGB gehütet hatte, hatte ihn auf jeden Fall mächtig gemacht. So sehr, dass die russische Regierung ihn immer noch im Auge behielt. Was vielleicht eine Erklärung für ihren Besucher war.

Aber ein Amerikaner?

Das verwirrte ihn.

Seit zwanzig Jahren kämpfte er gegen die Zeit und die Umstände, die sich beide nach Kräften bemüht hatten, ihn umzubringen. Glücklicherweise war es bisher nicht dazu gekommen. Und der Wunsch nach Rache hatte ihn am Leben erhalten. Noch war allerdings nicht klar, wie viel Hass noch in ihm steckte.

»Ich dachte, das *Narrenmatt* sei eine Sackgasse«, sagte Belchenko.

Er war sich selbst nicht sicher gewesen. Doch zu seinen wichtigsten Charaktereigenschaften gehörten zum Glück eine grenzenlose Energie und ein unbeugsamer Wille. Und wenn ihn das Exil eines gelehrt hatte, dann den Wert von Geduld. Hoffentlich hatte Anya Erfolg, damit sie weiterkommen konnten.

»Der Moment zum Zuschlagen«, sagte er, »ist bald gekommen. Danach gibt es auf Jahre keine weitere Gelegenheit.«

»Aber ist das denn jetzt überhaupt noch wichtig?«

»Sie zaudern?«

Belchenko verzog das Gesicht. »Ich habe nur eine Frage gestellt.«

»Für mich ist es wichtig.«

»Der Nullte Verfassungszusatz«, murmelte sein Gast.

»Das ist ein Teil davon. Was ich brauche ist das, was Sie persönlich wissen. Erzählen Sie es mir, Vadim. Erlauben Sie mir, derjenige sein, der benutzt, was es da draußen noch gibt.«

Er fühlte sich schon so lange wie ein lebendig Begrabener, der plötzlich aufwacht und gegen den Sargdeckel drückt, und dabei die ganze Zeit weiß, dass seine Mühen vergebens sind. Aber das war jetzt vorbei. Jetzt sah er einen Ausweg aus dem Sarg. Einen Weg in die Freiheit. Und es ging nicht darum, an seiner eigenen Legende zu stricken, oder um Politik oder eine bestimmte Agenda. Für das, was er vorhatte, gab es nur einen einzigen Grund: Rache.

Er war der Welt etwas schuldig.

»In Ordnung, Aleksandr, ich werde es Ihnen sagen. Er lebt in Kanada.«

»Können Sie mir seine Adresse geben?«

Belchenko nickte.

Er hörte genau zu, als der andere ihm alles erklärte. Dann erhob er sich von der Bank und sah auf die Uhr. Schweißperlen glänzten auf seiner Haut.

Ihm blieben nur 56 Stunden.

Ihn überkam ein Gefühl von Dringlichkeit, das ihm fast den Atem nahm, ihn aber auch anfeuerte, seine Muskeln zucken ließ und ihn zum Handeln drängte. Die Jahre stumpfer, nervenaufreibender Untätigkeit waren vielleicht endgültig vorbei.

»Ich muss gehen.«

»Um herauszufinden, warum der Amerikaner hier ist?«, erkundigte sich Belchenko.

»Wie kommen Sie auf die Idee, dass ich ihn treffen will?«

»Wo sollten Sie sonst hingehen?«

In der Tat. Wohin sonst? Doch es war kein Zufall, dass ausgerechnet jetzt ein Amerikaner hier war.

»Vielleicht können Sie mir dabei behilflich sein«, schlug er vor.

»Ein Abenteuer?«, fragte Belchenko skeptisch.

Er grinste. »Mehr eine Vorsichtsmaßnahme.«

7

Frankreich

Cassiopeia starrte auf ihr Handy und sah eine zweite SMS von Stephanie Nelle, diesmal mit einer Telefonnummer und den Worten »*RUF MICH AN!*«

Die vergangenen Wochen waren alles andere als ruhig gewesen. Ihr Leben hatte eine 180-Grad-Wende genommen. Sie hatte ein paar wichtige Entscheidungen getroffen, die sehr große Auswirkungen auf andere gehabt hatten, insbesondere auf Cotton. Nach allem, was in Utah geschehen war, hatte sie zunächst das Gefühl gehabt, das Recht auf ihrer Seite zu haben, doch als sie später darüber nachdachte, erkannte sie, dass sie sich vielleicht geirrt hatte. Und die Ergebnisse? Ein Mann, der ihr in ihrer Jugend etwas bedeutet hatte, war tot, und der Mann, den sie jetzt liebte, war weggejagt worden.

Sie hatte viel über Cotton nachgedacht. Zum letzten Mal hatte er vor ein paar Wochen angerufen, aber sie war nicht ans Telefon gegangen. Ihre E-Mail Antwort – »*LASS MICH IN RUHE*« – war offensichtlich beachtet worden, da es keinen weiteren Kontakt gegeben hatte. Cotton war ein stolzer Mann, der niemals klein beigeben würde, und das erwartete sie auch nicht von ihm. Sie hatte ihm ihre Gefühle klargemacht, und anscheinend respektierte er sie.

Nur vermisste sie ihn.

All das lastete noch schwer auf ihr. Ein Teil ihrer Seele schrie, dass Cotton und Stephanie einfach nur ihre Arbeit gemacht und die Umstände ihnen kaum eine andere Wahl gelassen hatten. Aber ein anderer Teil von ihr war der Lügen so überdrüssig, die mit der Arbeit bei Nachrichtendiensten verknüpft waren. Sie war benutzt worden. Und schlimmer noch, sie hatte sich selbst missbraucht, weil sie geglaubt hatte, sie könnte alles kontrollieren. Nun, sie hatte sich geirrt, und es waren Menschen gestorben.

Zum wiederholten Mal las sie Stephanies erste SMS und hoffte, dass da vielleicht etwas anderes stand. Doch sie hatte richtig gelesen. Cotton steckte in Schwierigkeiten. Stephanie war es gewesen, die sie in die Operation in Utah hineingezogen hatte. An dem, was schließlich passiert war, gab sie Stephanie mehr Schuld als Cotton. Als Reaktion darauf hatte sie auch jeden Kontakt mit Stephanie abgebrochen. Es wäre ihr nur recht, nie wieder mit dieser Frau zu reden. Doch wo war Cotton? Was machte er? Und warum fühlte sich Stephanie veranlasst, sie anzurufen und um Hilfe zu bitten? Sie sollte bei ihrer Entscheidung bleiben und sich nicht darum kümmern, doch sie begriff, dass sie keine Wahl hatte.

Sie verließ das geschäftige Treiben im Steinbruch und ging über einen baumgesäumten Pfad zurück zu ihrem Château. Die klaren Strahlen der Morgensonne fielen aus einem wolkenlosen Himmel durch die kahlen, winterlichen Äste. Im Sommer schlossen sich die Blätter der Eichen und Ulmen hoch oben zu einem natürlichen Gewölbe, unter dem stets ein dämmeriges Zwielicht herrschte. Dann wuchsen links und rechts rotes Heidekraut, Ginster und Wildblumen wie ein Teppich auf der dunklen Erde. Aber nicht heute. Alles war winterlich abgestorben und die Luft so kühl, dass sie einen Mantel tragen musste, der jetzt mit dem Staub von Kalkstein bedeckt war. Sie wusste, was getan werden musste, und klickte die blaue Nummer in der SMS an. Ihr Smartphone wählte die Nummer selbstständig.

»Wie ist es Ihnen ergangen?«, fragte Stephanie.

Sie hatte kein Interesse an Smalltalk. »Was ist los?«

»Cotton ist in Russland, er erledigt dort etwas für mich. Er hat einen kleinen Doppeldecker, der vom Boden aus angegriffen wurde. Er musste runtergehen.«

Sie blieb stehen, schloss die Augen und biss sich auf die Lippe.

»Ich habe keinen Kontakt mehr mit ihm.«

»Lebt er?«

»Ich habe keine Möglichkeit, das herauszufinden.«

»Schicken Sie einen Agenten.«

»Ich habe keine Agenten mehr. Mit dem Magellan Billet ist es vorbei. All meine Leute sind weg. Unser kommender neuer Präsident hat andere Prioritäten, und ich gehöre nicht dazu.«

»Und wie ist Cotton dann nach Russland gekommen?«

»Da geht irgendetwas vor sich, und wir mussten eingreifen. Das Weiße Haus hatte mir das Okay gegeben, ihn hinzuschicken, damit er es sich ansehen konnte. Nach Utah hat er für mich noch ein paar Jobs erledigt. Aber etwas ist schiefgegangen.«

Das schien ein wiederkehrendes Thema in ihrem Leben zu sein, insbesondere, wenn man das Schicksal so bewusst herausforderte. Sie machte sich zum Glück nichts mehr vor. Die letzten paar Wochen stillen Nachdenkens hatten ihr einige Dinge klargemacht. Sie wusste jetzt, dass sie für die Ereignisse ebenso verantwortlich war wie Stephanie und Cotton. Vor allem das war der Grund dafür, warum sie zurückgerufen hatte.

»Die Russen haben uns um Hilfe gebeten«, sagte Stephanie.

»Hilfe wobei?«

»Uns ein paar lebendige Relikte der Vergangenheit anzusehen, die ein großes Problem darstellen könnten.«

»Wenn Sie wollen, dass ich Ihnen helfe, müssen Sie schon deutlicher werden.«

Sie hoffte, dass Stephanie begriff, was sie nicht ausgesprochen hatte. *Nicht so wie beim letzten Mal, als Sie mir zuerst etwas verschwiegen und mich dann belogen haben.*

Sie hörte zu, als Stephanie ihr berichtete, dass die meisten russischen Kommunisten nach dem Zusammenbruch der Sowjetunion 1991 in der Versenkung verschwunden und unter sich geblieben waren. Eine kleine Gruppe Unverbesserlicher war jedoch in den Osten gezogen und hatte sich an den Ufern des Baikalsees niedergelassen. Die russische Regierung schaute regelmäßig nach ihnen, überließ sie jedoch immer mehr sich selbst, und diese Großzügigkeit wurde respektiert. Doch dann hatte sich plötzlich etwas verändert.

»Eine von ihnen ist hier, in Washington«, sagte Stephanie. »Luke Daniels kümmert sich gerade um sie.«

Sie erinnerte sich an den attraktiven jungen Agenten des Magellan Billet, der mit den anderen zusammen in Utah gewesen war. »Ich dachte, Sie hätten keine Agenten mehr?«

»Der Präsident hat ihn berufen.«

Sie wusste um die Onkel-Neffe-Verbindung. »Warum sind die Russen plötzlich so kooperativ?«

»Darauf weiß ich keine Antwort. Aber ich bin dabei, es herauszufinden.«

»Sie und ich, wir haben ein Problem«, sagte sie.

»Das ist mir klar. Aber ich habe getan, was getan werden musste. Ich werde mich für das, was in jener Höhle geschehen ist, nicht entschuldigen.«

Das hatte Cassiopeia auch nicht erwartet. Stephanie Nelle war knallhart und leitete das Magellan Billet mit diktatorischer Effizienz. Vor ein paar Jahren hatten sie sich genau hier, auf ihrem Anwesen, kennengelernt. Seitdem hatte sie mehrfach mit Stephanie zu tun gehabt und es niemals bereut – bis vor einem Monat.

Ihre Nerven waren immer noch stark angespannt von dem Zwischenfall auf dem Gerüst. Keiner der Leute, die für sie arbeiteten, wusste etwas von ihrer Nebenbeschäftigung. Keinem von ihnen war klar, wie gut sie mit einer Waffe und mit Problemen umgehen konnte. Das behielt sie für sich. Ein weiterer Grund, warum Cotton so besonders gewesen war. Sie waren sich so ähnlich.

»Warum erzählen Sie mir das?«, fragte sie Stephanie. »Ich bin weit weg von Russland.«

Sie hörte in der Ferne ein immer lauter werdendes Geräusch von Rotoren, die die Luft durchschnitten. Sie spähte durch die Bäume und sah die Umrisse eines Militärhubschraubers, der aus nördlicher Richtung über das nahe gelegene Hügelland schwenkte.

»Sie haben einen Chopper geschickt?«, fragte sie.

»Keine zehn Meilen von Ihrer Position entfernt liegt eine französische Militärbasis. Ich habe telefoniert, und ich kann Sie innerhalb von fünf Stunden nach Russland bringen lassen. Ich möchte, dass Sie sich entscheiden. Entweder steigen Sie in den Hubschrauber oder Sie schicken ihn zurück.«

»Warum sollte ich gehen?«

»Ich kann Ihnen die praktischen Gründe nennen. Sie sind bestens ausgebildet und absolut dafür geeignet. Sie sind diskret, und Sie sprechen fließend Russisch. Aber Sie und ich kennen den wahren Grund.«

Einen Augenblick blieb es still.

»Sie lieben ihn, und er braucht Sie.«

8

Luke traf eine Entscheidung. Er würde sich an die Befehle halten und nur beobachten. Malone hatte ihn gelehrt, dass Agenten im Außeneinsatz so ziemlich alles tun konnten, was sie wollten, wenn sie Ergebnisse erzielten.

Aber das galt nicht für heute Nacht.

Das hier war eindeutig eine inoffizielle, außerplanmäßige Operation, die auf persönlichen Wunsch des Präsidenten der Vereinigten Staaten durchgeführt wurde. Deshalb blieb er ein braver Junge und rührte sich nicht vom Fleck, als das Licht der Taschenlampe über das glitt, was sich hinter jenem Spalt in der Wand befand.

Er hörte eine Reihe leiser Schläge, als ob etwas auf den Boden fiel.

Eine Pause.

Dann noch einmal.

Anya Petrowa war offensichtlich aus einem ganz bestimmten Grund hier. Schließlich war sie Tausende von Meilen an exakt diesen Ort gereist. Er gestand sich ein, dass ihn die Neugierde fast übermannte, doch er sagte sich immer wieder, dass er später zurückkommen und nachsehen konnte, was sich dort befand.

Die Lichtstrahlen richteten sich wieder auf den provisorischen Eingang, und einen Moment später erschien diese Anya; der Name gefiel ihm, bei der Frau war er sich nicht so sicher.

Sie kletterte aus dem Spalt mit nichts anderem in den Händen als der Taschenlampe. Er blieb nicht dort, wo er war, sondern zog sich in einen Raum auf der anderen Seite des Korridors zurück und hoffte, dass sie nicht in seine Richtung kam.

Er hörte ein Klicken, dann ging die Taschenlampe aus, und es wurde wieder dunkel im Haus. Er presste sich gegen die Wand und hörte auf ihre entschlossenen Schritte, als sie zur Vordertür zurückging. Er vermutete, dass sie dieselben Lederstiefel trug wie schon seit ein paar Tagen.

Er wartete einen Moment, dann spähte er um die Ecke, um zu sehen, wie sie das Haus verließ. Nach ein paar weiteren Sekunden huschte er fast geräuschlos in dieselbe Richtung. Er erreichte die Eingangstür und erwartete, sie wegfahren zu sehen.

Doch es war niemand in Sicht, das Auto stand noch da.

Bevor er reagieren konnte, stürzte sie sich auch schon auf ihn. Sie sprang ihm auf den Rücken, wickelte ihm eine Schnur um den Hals und machte eine Schlinge. Diese zog sie zu und versuchte, ihm so die die Luft abzuschnüren. Offenbar hatte sie das Seil vorher verdrillt, wie bei einer Garotte, damit es leichter für sie war, ihn zu erwürgen, und er musste zugeben, dass sie sich ziemlich geschickt dabei anstellte.

Seinem Gehirn ging rasch der Sauerstoff aus.

In seinem Kopf explodierten Lichter, und schwarze Kreise tanzten vor seinen Augen.

Doch er war kein Amateur.

Also brach er mit den Benimmregeln eines wohlerzogenen Südstaatlers und rammte ihr den rechten Stiefel gegen das Knie. Gleichzeitig rückte er näher an sie heran, was sie hinderte, ihm mit dem Seil den Rest zu geben.

Versuche nie, dich loszureißen, wenn dich jemand würgt.

Erste Grundregel der Selbstverteidigung.

Seinen ersten Schlag fing sie ab, doch der zweite traf.

Er drehte sich um und rammte ihr den Ellenbogen in die Schulter, drängte sie zurück und löste ihren Griff am Seil. Sie drehte sich auf den Hacken, fing sich mit ausgestreckten Armen ab und lachte.

»Ist das alles?«, fragte sie.

Er stürzte nach vorn und wollte ihr mit dem rechten Bein die Beine wegtreten, doch sie war so schnell wie ein Vogel. Sie wehrte den Angriff ab, drehte sich und verpasste ihm einen Tritt in den Rücken.

Das tat weh.

Er hatte sich noch nicht ganz von dem Würgen erholt, versuchte, so viel wie möglich zu atmen, und sie schien seine Schwierigkeiten zu spüren. Sie sprang in die Luft und stieß ihm den rechten Stiefel gegen die Brust. Der Schlag trieb ihn nach hinten, er verlor das Gleichgewicht, fiel hin und stieß mit dem Hinterkopf an etwas Hartes.

Alles verschwamm ihm vor den Augen.

Sie flüchtete aus der Vordertür.

Er kam wieder auf die Füße. Diese Frau hatte Kraft und konnte kämpfen. Sie schien es außerdem genossen zu haben, und ihre Befehle deckten sich offensichtlich nicht mit seinen eigenen.

»*Lass dich nicht erwischen.*«

Sie war von ihrem Kurs abgewichen, um ihn anzugreifen.

Er taumelte nach draußen und hörte, wie ein Motor aufheulte, dann sah er sie wegfahren. Entschlossen griff er nach seiner Beretta und schoss auf ihre Reifen und auf das Heckfenster, aber die kleiner werdenden Rücklichter entfernten sich auf dem Weg wie ein Meteor.

Er rannte zu seinem Mustang.

Die kalte Luft brannte ihm in Lunge und Kehle, doch er lief weiter und war froh, dass er regelmäßig trainierte, wozu auch jede Woche fünf Meilen Joggen gehörte. Sein dreißig Jahre alter Körper bestand vorwiegend aus Muskeln, und er hatte vor, ihn so zu erhalten, solange es der liebe Gott zuließ.

Er erreichte den Mustang, sprang hinein und startete den V8-Motor. Jetzt war der Moment gekommen, seine Stärke auszureizen. Die Reifen drehten auf dem kalten Boden durch, als er zurücksetzte und dann durch die Einfahrt mit dem schmiedeeisernen Tor auf die Landstraße schoss. In beiden Richtungen war kein Fahrzeug zu sehen. Er vermutete, dass sie denselben Weg zurücknahm, den sie gekommen war, deshalb wandte er sich nach links und trat das Gaspedal durch. In tiefster Nacht irgendwo durch die menschenleere Pampa zu heizen, hatte gewisse Vorteile, also gab er ordentlich Gas, um sie einzuholen. Auf der Straße vor ihm waren jedoch keine Rücklichter zu erkennen, und im Rückspiegel sah er auch nichts. Von der Hinfahrt erinnerte er sich, dass dieser Highway nach der Abzweigung von der Interstate ziemlich geradeaus verlief.

Also, wo war sie?

Die Antwort gab ein Rumms, als etwas auf die hintere Stoßstange auffuhr. Plötzlich blendeten Scheinwerfer in seinem Rückspiegel auf und ihm wurde klar, dass die Lady auf ihn gewartet hatte.

Kein Problem.

Er ging vom Gas und steuerte nach links auf die Gegenfahrbahn. Sie blieb dran und knallte noch einmal gegen seine Stoßstange.

Blondie war auf dem besten Weg, ihn richtig sauer zu machen.

Reifen quietschten, und er wurde nach rechts geschleudert. Er umklammerte das Lenkrad so fest, dass er es fast abriss. Er fuhr zu weit an den Rand und schlingerte über den Seitenstreifen. Bei dieser Geschwindigkeit konnte das übel ausgehen. Er riss das Steuer nach links und kam wieder auf harten Asphalt. Anya hatte den Moment seiner Ablenkung ausgenutzt, war auf die linke Spur gegangen und fuhr jetzt neben ihm. Er blickte hinüber, aber es war so dunkel, dass er nur wenig erkennen konnte. Dann ging die Innenbeleuchtung in ihrem Fahrzeug an, und er sah ihr Gesicht. Sie blickte durchs Fenster zu ihm herüber, schürzte die Lippen und warf ihm einen Kuss zu.

Dann ging das Licht wieder aus.
Dann rammte sie ihn erneut.
Jetzt ging sie ihm wirklich auf die Nerven.
Das hier war ein 1967er Mustang im Bestzustand. Gewesen! Er trat das Gaspedal voll durch, um zu sehen, ob sie mithalten konnte. Dabei blickte er abwechselnd zu Anya und auf die Straße. Sie waren bereits unter der I-66 durchgefahren und rasten jetzt Richtung Norden ins ländliche Virginia. Die Straße führte einen kleinen Hügel hinauf. Sie war immer noch neben ihm auf der Überholspur, anscheinend interessierte es sie nicht, was hinter dem Hügel wartete.

Deshalb beschloss er, sie auch mal so richtig in Rage zu bringen.

Er riss das Steuer herum und fing an, sie von der Straße zu drücken. Was spielte es noch für eine Rolle? Diese Seite des Wagens musste jetzt ohnehin repariert werden.

Auf der linken Straßenseite verlief eine Leitplanke.

Er hörte das schrille Kreischen von Metall auf Metall und merkte, dass Anya festgenagelt war. Aus den Augenwinkeln sah er eine Bewegung. Als er kurz hinüberschaute, bemerkte er, dass sich das Fenster auf der Beifahrerseite öffnete. Anya streckte den rechten Arm aus, und er sah eine Waffe in ihrer Hand. Er konnte gerade noch in Deckung gehen, rutschte nach rechts und versuchte, sich unter das Fenster zu ducken, ohne den Fuß vom Gas zu nehmen oder das Lenkrad loszulassen.

Er hörte einen Knall, dann explodierte das Fenster auf der Fahrerseite. Er schloss seine Augen, als die Glassplitter nach innen auf die Vordersitze flogen. Splitter trafen sein Gesicht, seine Hände. Sein Fuß rutschte vom Gaspedal, was den Wagen sofort so verlangsamte, dass sie sich an ihm vorbeidrängen konnte. Er richtete sich wieder auf und wollte ihr gerade aufs Neue nachsetzen, als sie auf seine Spur hinüberzog und langsamer wurde, sodass er ihr fast hinten aufgefahren wäre.

Er riss das Steuer nach links.

Der Mustang wurde auf die Gegenspur geschleudert, und er überholte sie. Und in diesem Moment schlug ein Kugelregen in das Blech auf der rechten Seite seines Wagens und zerstörte eines der hinteren Fenster.

Dann knallte es laut zweimal. Zwei neue Probleme!

Zwei geplatzte Reifen.

Er riss das Steuer hart nach rechts. Das Heck wurde hin und her geschleudert. Er näherte sich einer Kurve und wusste, dass er sie nicht auf zwei Reifen bewältigen konnte. Er drohte zu riskieren, dass er sich überschlug, und sein Wagen hatte keine seitlichen Verstärkungen. Schweiß brannte ihm in den Augen und er ging vom Gas. Als er langsamer wurde, versuchte er, den Wagen wieder auf Kurs zu bringen. Die Reifen klapperten. Das laute Rattern von Metall auf der Straße signalisierte ihm, dass die Sache vorbei war.

Anya raste weiter, schlingerte dann durch die Kurve und verschwand in der Nacht.

Luke hielt an, öffnete die Tür und trat auf die Straße hinaus.

Er ging um den Wagen herum. Die beiden zerschossenen Reifen qualmten, und die ganze rechte Seite war von Einschusslöchern übersät. Dazu hatte der Wagen Dellen, Lackschäden und zwei kaputte Fenster.

Ein verdammter 1967er Mustang der ersten Baureihe.

Ein Haufen Schrott.

Er schlug mit der Hand auf die Motorhaube und fluchte, trat seitlich gegen den Wagen und fluchte noch mehr. Zum Glück war seine Mutter nicht in Hörweite. Sie hatte es nie gemocht, wenn er so schlimme Worte benutzte.

»*Lass dich nicht erwischen*«, war das Letzte, was ihm Onkel Danny mit auf den Weg gegeben hatte.

Das hatte nicht sonderlich gut funktioniert.

9

Stephanie war auf dem Weg ins Erdgeschoss des Justizministeriums. Eine tote Telefonverbindung als einziges Kommunikationsmittel bot keine Möglichkeiten, etwas von hier aus zu unternehmen. Hoffentlich war Cottons Telefon einfach nur kaputt oder ausgestellt und nicht bei dem Flugzeugabsturz zerstört worden. Sie hatte ihren russischen Kontaktmann angerufen, jenen Mann, der ursprünglich um amerikanische Unterstützung gebeten hatte. Dieser hatte ihr zugesichert, die Lage zu klären. Er hatte auch zugestimmt, dass Cassiopeia vor Ort für die Amerikaner Augen und Ohren offen halten sollte. Was dort vor sich ging, wirkte auf jeden Fall ungewöhnlich. Aber schon bald war das alles nicht mehr ihr Problem.

Sie knöpfte ihren Mantel zu und ging an einem Sicherheitskontrollposten vorbei durch die Vordertür hinaus. Obwohl ihre Uhr 3.40 Uhr morgens anzeigte, war sie überhaupt nicht müde. Sie entschied sich, ins Mandarin Oriental zurückzufahren und in ihrem Hotelzimmer auf Nachrichten zu warten. Dort hatte sie jedenfalls Ruhe vor Litchfield, obwohl sie bezweifelte, dass er sie wieder belästigen würde, bevor er wirklich das Sagen hatte.

Normalerweise hätte ein Wagen auf sie gewartet, um sie zu fahren, doch diese Vergünstigung endete zusammen mit dem Magellan Billet. Wie man es auch drehte und wendete, sie war jetzt eine Privatperson und auf sich allein gestellt. Was andererseits auch gar nicht so schlecht war. Sie hatte schon vor langer Zeit gelernt, auf sich selbst aufzupassen.

In der Nähe der Constitution Avenue entdeckte sie drei Taxis, die am Bordstein parkten. Eins davon würde ihre Kutsche. Die Nachtluft war kalt, aber es war zum Glück trocken. Sie steckte ihre bloßen Hände in die Manteltaschen und machte sich auf den Weg zum Taxistand. Washington lag in einem frühmorgendlichen Schlummer. Auf den Straßen war wenig Verkehr und entsprechend wenig Lärm. Die Regierungsgebäude rings um sie herum waren alle dunkel, die Arbeit dort begann erst wieder in ein paar Stunden. Ihre Arbeit hatte leider nie Rücksicht auf die Uhrzeit genommen. Das Magellan Billet zu leiten war ein Vierundzwanzigstundenjob gewesen, und sie konnte sich nicht erinnern, wann sie das letzte Mal wirklich Urlaub gemacht hatte.

Sie hatte sich oft gefragt, wie das alles enden würde. Nie hätte sie erwartet, dass sich einfach alles in nichts auflösen würde. Zwar hatte sie nicht gerade mit großem Pomp oder einer Zeremonie gerechnet, aber ein einfaches Dankeschön wäre nett gewesen. Nicht von Danny, natürlich. Was er empfand, das wusste sie. Sondern von den neuen Bossen. Eigentlich sollte der zukünftige Generalstaatsanwalt es doch als ein ganz normales Gebot der Höflichkeit betrachten, es ihr persönlich zu sagen. Aber der feige Bastard hatte es stattdessen der Presse erzählt und Litchfield geschickt, damit der die Drecksarbeit erledigte. Wieso überraschte sie das? Die Politik hatte kein Gedächtnis, und es interessierte niemanden, dass das Magellan Billet am Ende war. Wahrscheinlich waren die anderen Nachrichtendienste ganz froh, die Konkurrenz los zu sein, schließlich hatten sie sie schon lange um ihre Beziehung zum Weißen Haus beneidet. Obwohl sie sich dieses Vertrauen mit handfesten Ergebnissen erarbeitet hatte, die sie zum größten Teil Cotton verdankte. Deshalb wollte sie diese letzte Operation durchziehen, und zwar so lange, bis der neue Präsident seinen Amtseid abgelegt und dem Präsidenten des Obersten Gerichtshofs die Hand geschüttelt hatte.

Ein schwarzer Cadillac hielt neben ihr am Straßenrand, das

hintere Fenster glitt herunter. Alle Alarmglocken schrillten, bis sie das Gesicht des Mannes im Fond erkannte.

Nikolai Osin.

Er arbeitete offiziell für die russische Handelsvertretung, war aber hauptsächlich für das *Sluzhba Vneshney Razvedki* zuständig, die SVR. Das war die Nachfolgeorganisation des Ersten Direktorats des inzwischen aufgelösten KGB, zuständig für die russische Auslandsspionage. Osin leitete die *Rezidentura* in Washington, D.C. Und anders als zu Zeiten des Kalten Krieges gaben die SVR und die CIA inzwischen routinemäßig die Namen ihrer Stationsleiter bekannt. Dahinter stand der Gedanke, dass man so schneller und besser gemeinsam gegen den globalen Terrorismus vorgehen konnte. Russland und die Vereinigten Staaten waren zwar angeblich Verbündete, aber es gab immer noch Spannungen, und das alte Misstrauen war nie vollständig beigelegt worden. Ein Problem erwuchs schon aus der einfachen Definition von Terrorismus. Kaukasische Separatisten und Tschetschenen waren in den Augen der Vereinigten Staaten Freiheitskämpfer, so wie es die Hamas oder die Hisbollah für Russland waren. Die Meinungsverschiedenheiten schienen größer zu sein als die Kooperationsbereitschaft. Deshalb war Osins Anfrage, die dazu geführt hatte, dass sich Cotton zum Baikalsee aufmachte, umso ungewöhnlicher gewesen.

Sie blieb stehen und sah ihn an. »Haben Sie mich beobachten lassen?«

Er grinste. »Nach Ihrem Anruf bin ich gleich hergefahren. Ich hoffte, Sie machen bald Feierabend, damit ich unter vier Augen mit Ihnen sprechen kann.«

Dieser Mann handelte ihres Wissens niemals überstürzt. Er stand in dem Ruf, geschickt und vorsichtig vorzugehen. »Worüber?«

»*Steilpass.*«

Wie viele Jahre war es her, dass sie jenes Wort zum letzten

Mal gehört hatte? Mindestens fünfundzwanzig. Und es war ganz hier in der Nähe gewesen, nur etwa eine Meile westlich auf der Pennsylvania Avenue. Sie fragte sich, ob die Geheimdienstoperation namens *Steilpass* immer noch geheim war. Nahezu sämtliche der einst brisanten Dokumente aus den 1980er-Jahren waren freigegeben worden. Inzwischen waren drei Jahrzehnte vergangen, und der Sturz der Sowjetunion hatte dafür gesorgt, dass es jetzt keine Staatsgeheimnisse mehr waren, sondern historische Dokumente. Unzählige Bücher waren über Reagan und seinen Krieg gegen den Kommunismus geschrieben worden. Sie hatte sogar ein paar davon gelesen. Manche trafen ins Schwarze, andere fast, aber die meisten verfehlten ihr Ziel. Das Wort *Steilpass* hatte sie bisher jedoch noch nicht gelesen.

»Woher wissen Sie davon?«, fragte sie.

»Also wirklich, Stephanie. Ronald Reagan persönlich hat Ihrer Operation diesen Namen gegeben.«

Wie gebannt sah sie den Präsidenten der Vereinigten Staaten an. Nie zuvor war sie dem mächtigsten Mann der Welt so nah gewesen.

»Al Haig hat mir gesagt, Sie seien eine kluge Anwältin«, sagte Reagan. »Er hält große Stücke auf Sie.«

Sie saßen im Oval Office, sie auf einem kleinen Sofa, Reagan in einem Sessel, aufrecht, den Kopf hoch erhoben, die Beine übereinandergeschlagen. Er sah aus wie der Schauspieler, der er früher gewesen war.

Außenminister Haig hatte sie mitten in der Nacht angerufen und ihr gesagt, dass man sie im Weißen Haus erwartete. Sie sollte sich unverzüglich dorthin auf den Weg machen. Für einen Anwalt aus den unteren Rängen des Außenministeriums war das gelinde gesagt etwas ungewöhnlich. Sie war zu Hause gewesen und hatte gerade ins Bett gehen wollen. Stattdessen hatte sie sich hastig angezogen und ein Taxi gerufen. Jetzt redete sie unter vier Augen mit dem Oberkommandierenden der Streitkräfte.

»*Man hat mir erzählt*«, *sagte Reagan,* »*dass Sie während der Amtszeit von Präsident Carter an Bord gekommen sind.*«

Sie nickte. »1979. *Ich kam zu dem Schluss, dass eine private Anwaltskanzlei nichts für mich war. Internationale Beziehungen haben mich schon immer interessiert, deshalb habe ich mich beim Außenministerium beworben und wurde eingestellt.*«

»*Cyrus Vance meint, Sie seien eine Spitzenkraft.*«

Sie lächelte über das Kompliment. Ihr früherer Chef, der fast während der gesamten Amtszeit Carters Außenminister gewesen war, war ihr Freund und Mentor geworden. Genau wie sie betrachtete Vance die Arbeit für den Staat als Pflicht und Ehre.

»*Sie haben mit Minister Vance gesprochen?*«

Reagan nickte. »*Ich wollte seine Einschätzung hören. Er traute Ihnen zu, eines Tages sogar selbst das State Department zu übernehmen.*«

Sie wusste nicht, was sie darauf erwidern sollte, deshalb blieb sie stumm.

»*Wie alt sind Sie?*«, *fragte Reagan.*

Normalerweise wich sie dieser Frage aus, das kam jedoch heute Abend nicht infrage. »*Siebenundzwanzig.*«

»*Also haben Sie die sechziger und die siebziger Jahre miterlebt. Sie wissen, was Kalter Krieg bedeutet.*«

Das wusste sie.

»*Wie schätzen Sie die Sowjetunion ein?*«, *fragte er.*

Das war eine naheliegende Frage. Schließlich war sie beim Außenministerium der Abteilung für die Sowjetunion zugewiesen worden. »*Ein System, das von Grund auf falsch ist. Mein Vater hat immer gesagt, wenn man Zäune bauen muss, damit die Leute bleiben, dann hat man ein ernsthaftes Problem.*«

Reagan lächelte. »Ihr Vater hatte recht. Ich werde der Sowjetunion ein Ende machen.«
Große Worte, leicht hingesagt. Aber es war keine Angeberei und kein Größenwahn, sondern eine Absichtserklärung, an die er wirklich zu glauben schien.
»Und Sie werden mir dabei helfen.«

Sie konzentrierte sich wieder auf das Gesicht im Autofenster. An jene Nacht im Weißen Haus hatte sie schon lange nicht mehr gedacht. Die sieben Jahre danach hatten ihr Leben für immer verändert.

»Stephanie«, sagte Osin, »mir wurde bestätigt, dass das Flugzeug, das Ihr Agent geflogen hat, auf dem See explodiert ist.«

Sie erschrak.

»Allerdings erst, nachdem es gelandet war. Man hat zwei völlig verkohlte Leichen gefunden. Es waren Russen.«

»Keine Spur von Malone?«

»Keine. Aber die beiden Russen hatten vermutlich ein Fahrzeug dabei.«

Das dachte sie auch und fühlte sich besser. Cotton war vielleicht unterwegs.

»Hat meine zweite Kundschafterin volle Handlungsfreiheit?«, fragte sie.

»Selbstverständlich, wie ich gesagt habe.«

All das war wirklich äußerst seltsam. Nur eine Meile entfernt waren Arbeiter damit beschäftigt, das Gerüst und die Bühne für die bevorstehende Amtseinführung vorzubereiten. Noch vor wenigen Jahren wurde diese Zeremonie auf der östlichen Seite des Kapitols abgehalten, doch Reagan wollte damals, dass sie nach Westen ausgerichtet wurde, in Richtung Kalifornien, und seither war jeder Präsident seinem Beispiel gefolgt. Normalerweise war dies eine ruhige Zeit für die Regierung, ein

Übergang von einer Administration zur nächsten. Die alte Gruppe verlor ihre Macht und die neue lernte, sie zu nutzen. Während dieser Phase, in der alles in der Schwebe war, wurde selten etwas getan. Bis Russland offenbar amerikanischer Hilfe bedurfte.

Und jetzt fiel auch noch der Begriff *Steilpass*.

»Wollen Sie vielleicht ein Stück mitfahren?«, fragte er.

»Sie haben mir noch nicht verraten, woher Sie diesen Codenamen kennen.«

»Es ist mein Beruf, solche Dinge zu wissen. Sie waren dort, Stephanie. Reagans Augen und Ohren im Vatikan. Seine Sonderbotschafterin, die dabei geholfen hat, den Deal einzufädeln, der der UdSSR ein Ende bereitet hat. Mir ist das egal. Ehrlich gesagt bin ich froh, dass das Regime gestürzt wurde. Aber jemand anders sieht das nicht so gelassen.«

Endlich kam er auf den Punkt.

»Dieser Jemand ist Aleksandr Zorin. Er will Rache.«

10

Zorin folgte dem Kiesweg am Seeufer, dann wandte er sich landeinwärts und fuhr zu dem merkwürdig aussehenden grauweißen Observatorium. Das kantige Gebäude ragte hoch empor. Eine lange rechteckige Rinne zeigte in den Himmel. Das Ganze erinnerte an ein modernes Kunstwerk. Es war vor zwanzig Jahren zur Erforschung der Sonne gebaut worden, weil der Baikalsee jährlich über zweihundert Sonnentage hatte. Zusätzlich gab es einen Kilometer entfernt eine Sternwarte auf einem angrenzenden Hügel, ein rundes Gebäude mit einer Kuppel, wie man es bei einem Observatorium erwartete. In dieser Jahreszeit arbeitete niemand in den beiden Anlagen, weil die Sonne zu tief am Himmel stand und die Nächte zu bewölkt waren. Deshalb hatte er diesen Ort gewählt, um dem Amerikaner zu begegnen.

Sein Gespräch mit Vadim Belchenko war anregend gewesen. Neben Anya war Belchenko jetzt der einzige Mensch, der wusste, was er plante. Und es war interessant gewesen zu erfahren, wo der Mann, den er suchte, jetzt lebte.

In Kanada.

Trotz all der Macht, all der gewonnenen Kriege und aller Arroganz, die die Vereinigten Staaten auf der ganzen Welt zeigten, blieb Kanada für sie ein Misserfolg. Zweimal waren sie einmarschiert und jedes Mal vernichtend geschlagen worden. Durchaus inspirierend, hatte er immer gedacht. Es bewies, dass die sogenannte mächtige Nation nicht unbesiegbar war. Für ihn war Kanada ein vertrautes Territorium. Er hatte in den 1980ern drei Jahre lang dort gedient, ein ausgedehntes Spionagenetz des KGB kommandiert und ein ganzes Heer von Informanten angezapft – Regierungsmitglieder, Journalisten, Polizisten, Fabrikarbeiter –, wirklich jeden, der brauchbare Informationen liefern konnte. Kaum zu glauben, aber die meisten von ihnen arbeiteten unwissentlich und gratis. Sie steuerten ihre Informationen als Antworten auf schlichte Fragen bei. Kanada verhielt sich traditionell neutral auf der Bühne der Weltpolitik – insbesondere während des Kalten Krieges. Das erklärte, weshalb es so leicht war, dort Informationen zu sammeln. In einem Land, das auf keiner Seite stand, schienen die Leute freier zu reden, und genau wie in der Schweiz und in Schweden hatte diese Nichtbeteiligung einen perfekten Ort für Spionage aus dem Land gemacht.

Sein Hauptquartier hatte sich in Ottawa befunden, eine KGB-Niederlassung von mittlerer Bedeutung, längst nicht mit Zentren wie London, Washington, D.C., Paris oder Berlin vergleichbar. Ein solcher Posten brauchte keinen wichtigen General, ein einfacher Oberst wie er reichte aus, doch das spielte keine Rolle. Kanada befand sich unmittelbar neben dem größten Widersacher der UdSSR. Das allein machte es während des Kalten Krieges für beide Seiten äußerst interessant. Der Niederlassung wurden unbeschränkte Ressourcen zugeteilt, und seine Mission hatte sich auf Vorbereitungen für den unvermeidbaren Krieg mit Amerika konzentriert. Wie Zehntausende anderer KGB-Offiziere auf der ganzen Welt wurde er Teil der Truppen an einer unsichtbaren Front. Seine Stützpunkte waren Konsulate gewesen, Handelsmissionen, Aeroflot-Büros und eine ganze Reihe anderer Tarnunternehmen. Anders als das Militär, das seine Zeit mit Manövern, Studien und der Ausbildung von Soldaten verbrachte, trat ein KGB-Agent schon in dem Moment in den Krieg ein, in dem er ausländischen Boden betrat.

Er stoppte den Wagen und stieg aus. Es war eiskalt. Das Gelände des Observatoriums war nicht eingezäunt. Warum auch? Hier gab es nichts außer ein paar Wissenschaftlern und einigen unwichtigen Ausrüstungsgegenständen.

Von der erhöhten Position aus, auf der sich das Gebäude befand, hatte man einen freien Blick auf den See. Er schaute über das weite gefrorene Blau. Das schwindende Licht der Wintersonne leuchtete auf einem alten Lada, der über die Seeoberfläche raste. Dann und wann hörte er die vertraute Sinfonie des Eises, wenn sich die Platten krachend bewegten und neue Muster aus weißen Linien erzeugten. Auch wenn es von der Kälte gefangen gehalten wurde, blieb das Wasser lebendig, es gab nie nach und passte sich ständig an.

Genau wie er selbst.

Er trug Mantel, Handschuhe, Stiefel und eine Pelzmütze. Ein grauer, schwerer, gestrickter Rollkragenpullover umschloss seinen Hals, und darüber schlang sich ein Schal. Im Winter dachte er immer an seine Kindheit in Zentralrussland zurück. Seine Eltern hatten nicht zur Elite, den Apparatschiks, gehört, deren Position ihnen von Amts wegen ein Leben voller Privilegien sicherte. Ihnen standen keine Luxuswohnungen, keine Sommerdatschas, kein Zugang zu den besten Gütern und Dienstleistungen zur Verfügung. Sein Vater hatte als Holzfäller, seine Mutter auf einem Bauernhof gearbeitet. Er war der jüngste von drei Söhnen, und sein Leben änderte sich fundamental, als er sechzehn war und ihm ein Fabrikarbeiter ein paar Veröffentlichungen der Partei gab. Zum ersten Mal las er von Lenin, den Sowjets und dem Zukunftsstaat der Arbeiter und begann sofort, daran zu glauben. Er schloss sich dem kommunistischen Jugendverband an, zunächst wegen der Spiele, die dieser organisierte – doch er blieb aus politischen Gründen. Als seine eigene Familie auseinandergerissen wurde, wurden die Sowjets immer wichtiger für ihn. Fast während seiner gesamten Kindheit lebte sein Vater in einer anderen Stadt und kam nur alle paar Wochen nach Hause. Diese Besuche hatte er lebhaft in Erinnerung behalten. Dann erzählte er vom Großen Krieg und seinem Leben als Soldat. Er hatte Stalingrad überlebt, was nicht vielen vergönnt war. Zorin hatte sogar davon geträumt, mit seinem Vater zusammen in den Krieg zu ziehen und Seite an Seite mit ihm zu kämpfen, doch dazu war es nie gekommen.

Seine Eltern hatten immer die größten Hoffnungen auf ihren jüngsten Sohn gesetzt. Sie wollten eine gute Ausbildung für ihn, nicht wie bei seinen beiden älteren Brüdern, die man schon früh gezwungen hatte zu arbeiten. »*Ich werde dich zu einem gebildeten Mann machen. Was du mit dieser Bildung anfängst, das ist deine eigene Entscheidung.*« Trotz all seiner persönlichen Fehler und Schwächen löste sein Vater dieses Versprechen ein und sorgte dafür, dass sein Jüngster die Vorbereitungsschule besuchte, wo er dank seiner raschen Auffassungsgabe, seines Verhaltens und seines Organisationstalents die Partei auf sich aufmerksam machte. Er wurde Teil der *Nomenklatura*, jener Privilegierten, die dafür belohnt wurden, dass sie mit den Machthabern politisch auf einer Wellenlinie lagen. Dann verbrachte er sieben Jahre auf der Militärakademie, studierte Marxismus, Leninismus, die Kommunistische Partei, Philosophie und Ökonomie. Er verwandelte sich von einem wilden, impulsiven und arroganten Knaben, der nie einen eigenen Fehler eingestand, in einen intelligenten, geduldigen und entschlossenen Mann. So wie Lenin es einst gesagt hatte: »*Überlasst uns acht Jahre lang euer Kind, dann wird es für immer ein Bolschewik sein.*«

Während seines Abschlussjahres an der Akademie empfahl ihn ein Oberst der GRU für den militärischen Nachrichtendienst. Er machte die Aufnahmeprüfung und bestand. Schließlich bekam er die Zulassung für das Rote-Banner-Institut des KGB in Moskau, das gleichermaßen Ausbildungslager, Universität und Spionageschule war. Jedes Jahr wurden nur dreihundert Kandidaten zugelassen. Wenn man dort einen Abschluss machte, wurde man Agent der Auslandsspionage und unter Umständen nach Übersee versetzt. An diesem Institut wurde er über den Westen unterrichtet, und man brachte ihm perfektes Englisch bei. Er studierte das Bankwesen, Kreditkarten, Ratenzahlungen, Steuern – all jene Dinge, die es in der UdSSR nicht gab, die aber für jemanden, der im Ausland lebte, unverzichtbar waren. Außerdem lehrte man ihn Erste Hilfe, Kundschaften, den Morsecode, Überlebenstechniken und wie man mittels Sonne und Sterne navigieren konnte. Er erlernte nukleare, biologische und chemische Verteidigungstechniken. Fallschirmspringen, das Tauchen mit Sauerstoffflaschen und das Fliegen. Dort hatte er zum ersten Mal ein Auto gefahren und die Straßenverkehrsregeln gelernt, weil im alten Regime nur wenige ein Fahrzeug besaßen.

Die meisten Studenten schafften nie bessere Noten und wurden abkommandiert, in der Sowjetunion nach Spionen zu suchen. Die Heimat wurde zu ihrem sicheren, warmen Mutterleib. Er dagegen schaffte bessere Noten, wurde zum Leutnant befördert und der begehrten »Abteilung Nordamerika« zugewiesen. Als weitere Belohnung erhielt er eine Wohnung in der Nähe des Kremls mit einem eigenen Badezimmer. Es war ein Ausdruck der Hoffnungen, die seine Vorgesetzten auf ihn setzten. Innerhalb von drei Jahren wurde er nach Übersee versetzt. Zuerst nach Westeuropa, dann nach Nordamerika. Wo viele seiner Kollegen den Verlockungen zum Opfer fielen – jenem erschreckenden Kontrast zwischen dem Bild des Kapitalismus, wie es ihm zu Hause eingeimpft wurde, und der Realität des Lebens im Westen –, widerstand er und blieb loyal.

Das Ministerium der Angst.

So nannten früher viele den KGB.

Die zwanzig Direktorate deckten alles ab, doch all das zählte am 26. Dezember 1991 nicht mehr. Die Resolution 142-H erklärte die Unabhängigkeit der zwölf Republiken der Sowjetunion, schuf die Gemeinschaft Unabhängiger Staaten und bereitete der UdSSR ein Ende. Mikhail Gorbatschow erklärte das Ende des Amtes des Generalsekretärs und gab alle Macht an den neuen russischen Präsidenten Boris Jelzin ab.

Schon beim Gedanken an Jelzin drehte sich ihm der Magen um.

Ein Säufer – inkompetent und korrupt, der von Männern umgeben war, die das Land ausraubten, um Milliardäre zu werden. Er und Millionen anderer fühlten sich betrogen von Jelzin und den Oligarchen, die aus der Asche stiegen. Die meisten waren entweder Verwandte oder Freunde Jelzins, die die Sahne abschöpften und dem Rest nur die saure Milch übrig ließen. Im Sowjetreich hatte wenigstens Ordnung geherrscht. In der Russischen Föderation gab es keine mehr. Auftragsmorde wurden zum großen Geschäft. Die Gangster kontrollierten alles, was irgendeinen Wert hatte – einschließlich der Banken und vieler Firmen –, und waren weitaus mehr gefürchtet, als der KGB es jemals gewesen war. Aus der ersten sozialistischen Nation der Welt war ein krimineller Staat geworden. Ein autoritärer Staat, doch ohne Autorität. Zwei gescheiterte Revolten, eine 1991, die andere 1993, nahmen die Menschen endgültig gegen den Kommunismus ein.

Er erinnerte sich noch an jene Dezembernacht, als zum letzten Mal die Sowjetflagge auf dem Kreml eingeholt und durch die russische Trikolore ersetzt wurde.

Es war das Ende des Kalten Krieges.

Der Schrecken begann dann erst.

Die Inflation stieg auf 250 Prozent. Die nationale Wirtschaftsleistung schrumpfte um fünfzehn Prozent. Pensionen wurden nicht ausgezahlt, Gehälter ausgesetzt und es gab so gut wie kein Geld mehr. Für ihn war das Ende erreicht, als er eines Tages zum Brotkaufen ging. Im Laden begegnete er einem alten

Mann, der seine Orden aus dem Zweiten Weltkrieg trug und den Verkäufer fragte, ob er ein Viertel Brot kaufen könne, weil er sich mehr nicht leisten konnte. Der Verkäufer wollte nicht, deshalb trat er vor und bot dem Mann an, ihm einen ganzen Laib zu kaufen, doch der Veteran lehnte ab. »*Ich habe immer noch meinen Stolz*«, sagte er.

So ging es ihm auch.

Deshalb zog er in den Osten, wo er das Scheitern nicht mehr mit ansehen musste.

Er rieb die Hände aneinander, um sie zu wärmen, und warf einen Blick auf seine Uhr.

Der Amerikaner sollte allmählich hier sein.

Er hatte zwanzig Jahre lang als Offizier gearbeitet. Man hatte die KGB-Leute niemals als Agenten bezeichnet, sondern immer als »Offiziere« oder als »Einsatzkräfte«. Das gefiel ihm. Es war ein ehrenhafter Beruf gewesen. Er hatte unvoreingenommen und rückhaltlos für sein Vaterland gekämpft und sich auf den unvermeidbaren Kampf mit den Vereinigten Staaten vorbereitet. Im 20. Jahrhundert waren 75 Millionen Sowjets durch Revolution, durch bewaffnete Auseinandersetzungen, durch Hungersnöte oder Terror gestorben. Doch seit der Mitte des 19. Jahrhunderts hatte es keinen Krieg mehr auf amerikanischem Boden gegeben. Die Russen dagegen waren permanent davon heimgesucht worden. Man hatte ihn gelehrt, dass es nur eine einzige Methode gab, um einen Feind zu besiegen: Man musste den Krieg zu ihm nach Hause bringen, und das war ein wichtiger Teil seiner Mission gewesen. Die neue Russische Föderation hatte irgendwann ihre eigene Abteilung für Auslandsspionage gegründet, den SVR, doch der war nicht mit seinem Vorgänger zu vergleichen. Wirtschafts- und Industriespionage ersetzten die nationale Sicherheit als oberste Priorität. Der SVR schien nur dem Zweck zu dienen, Gangster reich zu machen. Er wollte der Nation dienen, aber nicht den Kriminelen, deshalb reichte er seinen Rücktritt ein. Dasselbe taten auch viele seiner Kollegen. Die meisten arbeiteten danach für die Syndikate, die ihre Kenntnisse zu schätzen wussten. Er war in Versuchung, doch er widerstand und wurde zum ersten Mal in seinem Leben arbeitslos.

Es faszinierte ihn, als Jelzin 1999 endlich zurücktrat. Er hatte im Fernsehen gesehen, wie der betrunkene Narr gesagt hatte: *»Ich möchte Sie um Vergebung bitten. Um Vergebung dafür, dass viele Ihrer Erwartungen enttäuscht wurden. Das, was uns einfach erschien, hat sich als qualvoll und schwierig herausgestellt. Ich bitte um Vergebung dafür, dass ich die Hoffnungen der Menschen nicht zu erfüllen vermochte.«*

Das kam damals ein wenig zu spät.

Der Schaden war nicht mehr wiedergutzumachen.

Bis zum heutigen Tag verwahrte er einen russischen Ausweis, sein Parteibuch der kommunistischen Partei und seinen Pensionsausweis vom KGB – obwohl er nie auch nur einen Rubel Rente bekam. Nur wenige begriffen, wie die UdSSR wirklich zu Boden gezwungen worden war. Er legte Wert darauf, einer von ihnen zu sein und las alles darüber, was er konnte. Und auch Vadim Belchenko, der in der Datscha auf ihn wartete, kannte jedes Detail.

Er blickte wieder auf die Uhr und überlegte, wie gut Anya wohl in Virginia vorankam. Sie hatte ein billiges Handy dabei, das er ihr in Irkutsk gekauft hatte. Auch er hatte eines und sie waren übereingekommen, sich nur dann zu kontaktieren, wenn es unbedingt nötig war. Diese mobile Technologie hatte zu seiner Zeit nicht zur Verfügung gestanden, doch er hielt sich auf dem Laufenden und lernte, mit einem Computer und dem Internet zu arbeiten.

Ihn und Anya trennten siebenundzwanzig Jahre. Seine erste Frau war an Krebs gestorben, sein einziger Sohn noch davor an einer Überdosis. Beide Todesfälle hatten ihn schwer getroffen. Man hatte ihn sein Leben lang gelehrt, jenseits bekannter Fakten und angenommener Realitäten zu agieren. Sei vorsichtig und vorbereitet. War er von sich selbst eingenommen? Absolut. Doch in seinem Inneren war er integer, was ihn dazu zwang, sich nie etwas vorzumachen.

Auch Anya war stark, voller Lust und Zorn – zwei Gefühle, für die er volles Verständnis hatte. Sie war vor einigen Jahren in sein Leben getreten, als er unbedingt jemanden brauchte, der seine Leidenschaften teilte. Glücklicherweise fühlte sie sich zu älteren Männern hingezogen, insbesondere zu solchen, die ihr nichts vorzumachen versuchten. An dem Tag, als er ihr schließlich seine Ziele und Wünsche erklärte, hatte sie sofort reagiert.

»*Wir sollten das zusammen tun.*«

Das hatte ihm gefallen.

Er sah noch einmal auf die Uhr.

Es blieben noch 55 Stunden.

Er dachte, dass der Amerikaner vielleicht doch noch aufkreuzen würde, aber das war anscheinend nicht der Fall.

Aber das war in Ordnung.

Wie jeder gute Offizier rechnete er immer damit, getäuscht zu werden.

11

Stephanie hatte den Namen Aleksandr Zorin noch nie gehört und wollte mehr über ihn erfahren. Deshalb fragte sie bei Nikolai Osin nach.

»Er ist ein ehemaliger KGB- und GRU-Mitarbeiter, außerdem leitete er ein *Spetsnaz*-Team.«

Davon hatte sie gehört. Skrupellose Einheiten paramilitärischer Spezialisten, die früher einmal für Attentate, Kommandounternehmen und Sabotage zuständig gewesen waren. Sie waren nach dem Zweiten Weltkrieg aufgestellt worden, als die Sowjetunion die Erfolge amerikanischer Kommandos kopieren wollte. Schließlich organisierte die Rote Armee »Spezialeinsatzkommandos«, *Spetsialnoye Nazranie*, oder kurz *Spetsnaz*. Dass Zorin eines dieser Kommandos geleitet hatte, bedeutete, dass man ihn nicht unterschätzen durfte. Er war mit Sicherheit bestens ausgebildet und weitaus mehr an Angriff als an Verteidigung gewöhnt.

»Und wofür will sich Zorin rächen?«

»Er sehnt sich nach dem Kommunismus zurück.«

»Dann sollte er nach China ziehen.«

»Ich glaube nicht, dass er besonders viel für die Chinesen übrighat. Er ist eher ein traditioneller Leninist, und zwar ein gefährlicher. Er gehörte auch zur Gruppe für spezielle Einsatzorte.«

Auch davon hatte sie schon gehört. Die Sowjets hatten sie darauf trainiert, beim Feind einzusickern, bevor oder kurz nachdem ein Krieg ausgebrochen war. Ihre Aufgabe bestand darin, Kraftwerke zu zerstören, Kommunikationssysteme, Dämme, große Überlandstraßen und andere strategische Ziele.

Sie waren Experten für Waffen, Sprengstoffe, Minen und das Töten. Außerdem waren sie alle Piloten, und man verlangte von ihnen, mindestens zwei andere Sprachen flüssig zu sprechen. Englisch gehörte fast immer dazu.

»Er hat in Afghanistan gedient, als wir dort im Krieg waren«, berichtete Osin weiter. »Und das ziemlich effektiv.«

»Nikolai, bitte sagen Sie mir, was hier wirklich vor sich geht.«

Sie hoffte, dass ihr vertraulicher Ton dem Spion die Zunge lösen würde. Für sie hatte das alles mit einem Anruf von Osin begonnen. Die ursprüngliche Anfrage war ein paar Tage zuvor vom Kreml ans Weiße Haus ergangen, und Präsident Danny Daniels hatte diese an sie weitergereicht.

Die Fakten, die anfangs übermittelt wurden, waren relativ übersichtlich. Ein ehemaliger KGB-Archivar, ein alter Mann namens Vadim Belchenko, wurde vermisst. Russlands Inlandsgeheimdienst hatte Belchenko im Auge behalten, weil schon lange bekannt war, dass Archivare sich zu ihrem größten Sicherheitsproblem entwickeln könnten. Diese Archivare genossen einst ungehinderten Zugang sowohl zu Dokumenten der höchsten Geheimhaltungsstufe als auch zu geheimsten politischen Unterlagen. Sie wussten alles, deshalb konnte es furchtbare Folgen haben, sie zu ignorieren. Diese Lektion hatte ihnen ein Mann namens Mitrokhin erteilt, der 25 000 Seiten geheimer Dokumente aus dem Land hinausschmuggelte, die 1992 in den Westen gelangten. Sie informierten deutlicher als je zuvor über den Stand der sowjetischen Spionage und bewiesen, dass sich der KGB zum größten Auslandsgeheimdienst der Welt entwickelt hatte.

Ein scharfes Schwert und ein fester Schild.
So lautete sein Motto.

Der Westen wusste vor allem durch die Archivare, wie gefährlich der KGB geworden war. Deshalb konnte Stephanie nachvollziehen, warum Belchenko zu den überwachten Personen gehört hatte. Unklar blieb, warum dieser Mann gerade jetzt so wichtig war und was das Ganze mit Zorin zu tun hatte.

»Dieser Mann hat große Probleme«, antwortete Osin. »Er floh nach dem Zusammenbruch der Sowjetunion in den Osten – zusammen mit ungefähr hundert anderen, die sich in Russland nicht mehr heimisch fühlten. Sie lebten lange unauffällig am Baikalsee. Neuerdings ist es dort jedoch nicht mehr so ruhig. Zorin kennt Belchenko. Sie haben im Laufe der Jahre oft kommuniziert, doch Belchenko selbst ist nie dorthin gefahren.«

Und genau das war Cottons Auftrag gewesen. Er sollte die Datscha und das Dorf erkunden und versuchen, Belchenko aufzuspüren.

»Warum schicken sie nicht ihre eigenen Leute?«, wollte sie jetzt wissen. »Warum haben Sie mich angerufen?«

»Dafür gibt es mehrere Gründe. Aber der wichtigste ist, dass die Sache nichts mit Russland zu tun hat. Es ist ein externes Problem.«

»Würden Sie mir das erklären?«

»Sehr gern, falls Ihr Agent Belchenko findet. Doch zum gegenwärtigen Zeitpunkt will ich nur sagen: Mir gefällt der Gedanke, dass wir keine Feinde sind, auch wenn es uns sicherlich manchmal schwerfällt, dessen ganz sicher zu sein. Ich habe den Befehl, Sie als Zeichen unseres guten Willens einzubeziehen.«

Ihr war klar, dass Moskau sich auf diese Weise auch von der Verantwortung freikaufen wollte, falls etwas schiefging. Dann würden sie sagen: *Zumindest haben wir sie von Anfang an einbezogen.* Und was die Feindschaft anbetraf, hatte er recht. Russland und die Vereinigten Staaten standen in keiner offenen Gegnerschaft mehr. Doch obwohl der Kalte Krieg schon seit Langem vorüber war, hatte sich im Laufe der Zeit eine noch gefrorenere Version durchgesetzt. Aber sie ahnte, dass das aktuelle Problem eher etwas mit den alten Zeiten zu tun hatte.

»Fürs Erste«, sagte er, »lassen Sie mich betonen, dass es sich um eine Auseinandersetzung handelt, die sich nur zwischen Zorin und den Vereinigten Staaten abspielt. Zumindest hoffen wir das. Deshalb hielt ich es für klug, die USA jetzt darauf aufmerksam zu machen. Wir wollen nicht, dass Sie den Kürzeren ziehen.«

Ein eigenartiger Kommentar, den sie zur wachsenden Liste ungewöhnlicher Äußerungen hinzufügte.

Er bedachte sie mit einem Blick, der überraschend mitfühlend war. »Haben Sie schon mal von Stanislaw Lunew gehört?«

Selbstverständlich hatte sie das. Ein ehemaliger Offizier des sowjetischen Militärs und der hochrangigste Geheimdienstmitarbeiter, der je in die Vereinigten Staaten übergelaufen war. Das war 1992 gewesen, und er wurde bis zum heutigen Tage versteckt gehalten. Er hatte jedoch seine Memoiren geschrieben: *In den Augen des Feindes*. Sie hatte sie einige Male gelesen. Ein Satz aus dem Buch war ihr im Gedächtnis geblieben. »*Der beste Spion ist mit allen gut Freund, keine obskure Gestalt im Hintergrund.*«

»Lunews Behauptungen entsprechen der Wahrheit«, sagte Osin.

Sie wusste, was er meinte. In seinen Memoiren hatte Lunew etwas Schockierendes enthüllt. Er schrieb über eine sowjetische Waffe namens RA-115. In den Vereinigten Staaten nannte man sie den »Atombomben-Koffer«. Jede wog circa 23 Kilo und entwickelte eine Sprengkraft von sechs Kilotonnen, was verglichen mit Hiroshima und Nagasaki relativ wenig war. Jene Bomben hatten eine Sprengkraft von sechzehn beziehungsweise zwanzig Kilotonnen gehabt. Dennoch konnten sechs Kilotonnen auf kurze Entfernung eine verheerende Wirkung entfalten. Der Kongress hatte diese Waffe 1994 verboten, die Entscheidung jedoch 2004 widerrufen. Soweit sie wusste, hatten die Vereinigten Staaten keine solche Waffe in ihrem Atomwaffenarsenal. In der alten Sowjetunion und im neuen Russland sah es dagegen anders aus. Sie erinnerte sich an die Besorgnis, als im Jahr 1997 ein russischer Sicherheitsberater in der Fernsehsendung *Sixty Minutes* behauptete, dass über hundert RA-115 verschollen seien. Niemand wusste, ob sie zerstört oder gestohlen worden waren. Im Kongress gab es Anhörungen, bei denen sich die Experten nicht einmal darüber einigen konnten, ob diese Waffe überhaupt jemals existiert hatte.

»Wollen Sie damit sagen, dass es die RA-115 wirklich gibt?«

Er nickte. »Die Sowjets haben zweihundertfünfzig Stück produziert. Sie sind ungefähr so groß.« Er nahm seine Hände zu Hilfe, um ein Paket anzudeuten, das etwa sechzig Zentimeter lang, vierzig Zentimeter breit und zwanzig Zentimeter hoch war.

»Sie wurden an Einheiten des militärischen Nachrichtendienstes von KGB und GRU verteilt und waren für Spezialoperationen vorgesehen. Nach dem Zusammenbruch der Sowjetunion fielen sie in den Verantwortungsbereich des SVR. Dort sind sie immer noch.«

Sie wunderte sich über seine Offenheit. Solche Informationen teilten die Nationen einander normalerweise nicht so bereitwillig mit. Warnungen über die schlechte Sicherheitslage der russischen Atomwaffen reichten bis ins Jahr 1990 zurück. 1991 beschloss der Kongress, dass die Amerikaner den Russen technische Hilfe dabei leisten sollten, ihre Sprengköpfe zu vernichten und sich um ihr nukleares Material zu kümmern. Glücklicherweise war bis zum heutigen Tag keine verirrte Bombe aufgetaucht. Im Laufe der Zeit war die öffentliche Aufregung über mögliche Probleme verebbt, und Atombombenkoffer kamen nur noch im Fernsehen und im Kino vor. Im wahren Leben hatte niemand jemals eine zu Gesicht bekommen. Und jetzt erzählte man ihr, dass es zweihundertfünfzig Stück davon gab!

»Unsere Gegenspionage-Einheiten haben hart daran gearbeitet, die Bedrohungslage herunterzuspielen und die Aufmerksamkeit der Presse für das potenzielle Sicherheitsproblem zu diskreditieren«, fuhr er fort. »Wir haben die Bedenken der Öffentlichkeit allesamt zerstreuen können.«

Das hatten sie. Sie erinnerte sich an den Schatten, der über jene Story von *Sixty Minutes* gefallen war, als enthüllt wurde, dass der Produzent, gerade als die Sendung ausgestrahlt wurde, ein Buch über die Gefahren von nuklearem Terrorismus geschrieben hatte und es bewarb. Derselbe Produzent hatte auch mit einem gerade erst erschienenen Film namens *The Peacemaker* zu tun, bei dem es um eine verschwundene sowjetische Nuklearwaffe ging, die für terroristische Zwecke benutzt wurde. Damit ließen sich natürlich Zweifel an der Glaubwürdigkeit säen.

»Sie sind wirklich eine recht fleißige Truppe«, sagte sie. »Immer führen Sie irgendetwas im Schilde.«

Er grinste. »Dasselbe könnte ich auch von Ihnen behaupten.«

»Was hat das mit Vadim Belchenko zu tun?«

»Achtundvierzig jener RA-115 sind verschollen.«

Das war eine erschreckende Information, doch sie riss sich zusammen. »Und das sagen Sie mir jetzt einfach so?«, erwiderte sie scheinbar unbeeindruckt.

»Die Sache hat eine gute und eine schlechte Seite. Die gute ist, dass diese Waffen an Orten versteckt sind, die nur eine Handvoll Menschen kennen. Die schlechte ist, dass Vadim Belchenko einer dieser Menschen ist.«

Jetzt begriff sie, warum die Sache so dringend war. »Und Sie glauben, dass Aleksandr Zorin auf eine dieser Kofferbomben aus ist?«

»Das wäre eine Möglichkeit.«

Sie fuhren immer noch durch Washingtons menschenleere Straßen, vorbei an verschlossenen Gebäuden und leeren Bürgersteigen. Seit Osins erstem Anruf hatte sie das Gefühl gehabt, dass es ein echtes Problem gab. Als Osin zum zweiten Mal anrief, hatte er sie vor einer Frau gewarnt, die sich in den Vereinigten Staaten aufhielt und die sorgfältig überwacht werden musste.

»Erzählen Sie mir mehr über Anya Petrowa?«

»Nun, wie ich Ihnen bereits sagte, ist sie Zorins Geliebte. Sie ist ungefähr fünfundzwanzig Jahre jünger, wurde bei der Polizei ausgebildet und scheint Zorins Rachebedürfnis zu teilen. Es hat einen Grund, dass er sie geschickt hat. Hoffentlich können Sie herausfinden, welcher das ist.«

Sie dachte an Luke Daniels, an den der Auftrag ergangen war, Petrowa zu beschatten. Er war ein fähiger Mann.

»Eine RA-115«, sagte Osin, »ist so gebaut, dass sie jahrelang verwendungsfähig bleibt, sofern sie ständig an eine Stromquelle angeschlossen ist. Für den Fall eines Stromausfalls gibt es eine Notbatterie. Falls sich die Batterie erschöpft, hat die Waffe einen Transmitter, der über Satellit eine codierte Nachricht an eine russische Botschaft oder an ein Konsulat schickt.«

»Sind solche Signale schon einmal aufgezeichnet worden?«

Er nickte. »Neunundsiebzig Mal. Keinem der Signale wurde nachgegangen.«

»Das heißt, sie haben jetzt keinen Saft mehr und sind harmlos.«

Er nickte. »Das stimmt. Doch da sind noch die anderen fünf. Bisher wurde von diesen Waffen kein Signal aufgefangen.«

»Wäre es also möglich, dass sie immer noch über Energie verfügen?« Sie machte eine Pause. »Nach fünfundzwanzig Jahren?«

»Zorin scheint es jedenfalls zu glauben.«

»Dann holen Sie sich die Waffen.«

»Wir wissen nicht, wo wir danach suchen sollen. Alle Aufzeichnungen, die dafür wichtig wären, sind verschwunden. Wir glauben, dass Vadim Belchenko sie beiseitegeschafft hat.«

»Als Lebensversicherung?«

Osin verzog den Mund. »Vermutlich. Bedauerlicherweise könnte Zorin entdeckt haben, was Belchenko weiß.«

Das erklärte das dringende Bedürfnis, den alten Mann zu finden.

Ihr Handy vibrierte.

Normalerweise hätte sie es ignoriert, doch weil sie zurzeit nur noch mit dem Weißen Haus regelmäßig kommunizierte, warf sie einen Blick aufs Display.

LUKE DANIELS.

Das machte sie noch unruhiger.

»Dieser Anruf könnte etwas mit unserem Thema zu tun haben.«

»Dann nehmen Sie das Gespräch bitte an.«

Sie tat es und ließ sich von Luke erklären, was in Virginia geschehen war. »Ich vermute, Sie wissen, was ich tue«, schloss er. »Deshalb dachte ich, es ist besser, Sie anzurufen als ihn. Ich will mir nicht anhören, dass ich die Sache in den Sand gesetzt habe. Auch wenn mir klar ist, dass es mir am Ende nicht erspart bleiben wird. Die Frau ist über alle Berge.«

»Wo sind Sie?«

»Ich habe einen Abschleppwagen gerufen, und sie haben meinen Mustang auf einen Parkplatz in der Nähe der I-66 geschleppt.«

Er sagte ihr, wo es war.

»Dieses Haus«, sagte er, »sollte man sich noch einmal ansehen. Ich glaube nicht, dass es gut wäre, wenn es lange offen steht.«

Das glaubte sie auch nicht, deshalb sagte sie: »Bleiben Sie dran.«

Sie blickte Osin ins Gesicht. Er war ehrlich mit ihr gewesen, und weil ihr das Personal ausging und sie nicht wollte, dass Bruce Litchfield erfuhr, womit sie sich beschäftigte, blieb ihr kaum eine Wahl. »Ich brauche Ihre Hilfe. Wir müssen nach Virginia fahren. Es hat etwas mit Anya Petrowa zu tun.«

»Sagen Sie mir, wo es hingeht, dann sage ich dem Fahrer, er soll uns dorthin bringen.«

12

Malone hatte zu keiner Zeit vorgehabt, sich mit Zorin bei irgendeinem Observatorium zu treffen. Das wäre eine große Dummheit gewesen. Deshalb machte er einen Bogen um das ungewöhnliche Gebäude auf dem felsigen Hügel und fuhr weitere fünfzehn Meilen nach Norden zur Datscha. Die schneegesäumte zweispurige Schnellstraße verlief parallel zum Seeufer, und ihm war kein Auto aus der Gegenrichtung begegnet, was ihn noch mehr über Zorin nachdenken ließ. Es war mehr als wahrscheinlich, dass ihn beim Observatorium nichts als Ärger erwartete. Deshalb entschied er sich einfach, direkt in die Höhle des Löwen zu fahren.

Sein Orientierungsvermögen war ausgezeichnet, was er überwiegend seinem fotografischen Gedächtnis zu verdanken hatte – ein Vorteil, mit dem er geboren worden war. Er hatte sich oft gefragt, welchen Genen er es zu verdanken hatte, und schließlich erzählte ihm seine Mutter, dass ihr Vater dieselbe Fähigkeit besessen hatte. Irgendwann hatte er sich daran gewöhnt, niemals auch nur ein Detail zu vergessen. Er konnte sich noch Wort für Wort an Aufsätze erinnern, die er in der Grundschule geschrieben hatte, und wusste genau, was sich bei jedem einzelnen Weihnachtsfest ereignet hatte. Für seine Arbeit als Anwalt hatte ihm das gute Dienste geleistet, und erst recht als Agent des Magellan Billet. Jetzt half es ihm, den Bestand seltener Bücher in seinem Laden in Kopenhagen im Kopf zu behalten. Aber es verhinderte auch, dass die Erinnerungen an Cassiopeia Vitt verblassten. Er erinnerte sich an jedes Detail ihrer gemeinsamen Zeit, und das war hier und jetzt alles andere als angenehm.

Er fand die gewundene Straße, an die er sich erinnerte, weil er sie aus der Luft gesehen hatte, und die auf den Hang hinaufführte, wo die Datscha wartete. Er lenkte den Lastwagen von der Straße zwischen die Bäume und stoppte auf einem verschneiten Stück Land. Dort parkte er und wanderte zum Haus hinauf, huschte von einem Baumstamm zum nächsten durch die Schneeverwehungen. Seine Stiefel knirschten auf dem trockenen, gefrorenen Schnee. Immergrüne Äste und die stacheligen Tentakel blattloser Bäume ragten in den immer dunkler werdenden Himmel. Seine Augen tränten von Kälte und Wind. Tägliche Liegestütze und Sit-ups hatten seine Muskeln definitiv fit gehalten, aber der Aufstieg in der Kälte strengte ihn trotzdem an.

Er gelangte nach oben, blickte zurück und bemerkte, wie der Schnee seine Anwesenheit durch die Fußspuren verriet. Ein rostiger taillenhoher Drahtzaun versperrte ihm den Weg. Böse eiskalte Luft vom nahe gelegenen See brannte in seiner Kehle. Er stellte sich hinter eine mächtige Kiefer und sah zur Datscha hinüber. Aus den drei Schornsteinen stieg Rauch in den Himmel. Eines der beiden Fahrzeuge, die vorhin noch dagestanden hatten, war verschwunden. Fetzen von Volksmusik schwebten durch die eiskalte Luft. Er fand heraus, wo sie herkam. Es war ein Nebengebäude, rund, ganz aus Holz, ohne Fenster und mit einer einzigen Tür. Ein dünnes Rauchfähnchen stieg aus der Spitze des runden Daches auf.

Seine Aufgabe war es, nach Vadim Belchenko zu suchen. Man hatte ihm ein Foto gezeigt, das schon vor ein paar Jahren aufgenommen worden sein musste. Der Mann war eine Art ehemaliger KGB-Archivar. Wenn er ihn entdeckte, sollte er sich zurückziehen und seinen Aufenthaltsort melden. Der erste Teil war vermutlich leicht, der zweite nicht, weil sein Handy kaputtgegangen war. Aber er hatte den Lastwagen und konnte irgendwo ein Telefon suchen.

Er kletterte über den Zaun und huschte über einen asphaltierten Bereich, der sich vom Ende der Auffahrt bis zum Haus erstreckte. Seitlich lag das qualmende, runde Haus, aus dem die Musik drang. Vorsichtig ging er über den Asphalt, weil er es sich nicht erlauben konnte, auf die schwarzgefrorene Fläche zu fallen. Er gelangte an die Tür des runden Gebäudes, trat schnell ein und wurde von einer Welle heißer, trockener Luft empfangen. Eine weitere Tür führte ins Innere. Sie war mit einer Pelzdecke verhängt, die vom Türpfosten hing. Er schlug die Decke ein kleines Stück beiseite – gerade so viel, um erkennen zu können, dass es sich bei dem Gebäude um eine Art Sauna handelte. Im Zentrum brannte ein Feuer unter einer Lage heißer Steine. Ein alter Mann ruhte auf der unteren Ebene einer Reihe von Kiefernbänken, die sich an der gegenüberliegenden Seite hochzogen. Er war nackt, lag mit ausgestreckten Beinen da und hatte die knorrigen Hände hinter dem Kopf verschränkt. Er passte zu dem Bild, das man ihm gezeigt hatte.

Vadim Belchenko.

Aus einem kleinen CD-Player, der auf der Bank lag, tönte Musik. Malone schob sich in den Raum und näherte sich dem alten Mann.

Das Gesicht des Alten sah aus wie eine farblose Maske, es war breit, flach, und die Haut hatte die Farbe von schmutzigem Schnee. Die geschlossenen Augen lagen in tiefen, gewaltigen Augenhöhlen. Feuchtes helles Haar bedeckte den Schädel, und die einzigen Hinweise auf sein fortgeschrittenes Alter waren seine eingesunkene Brust und seine Wangen. Der Mann rauchte gelassen eine würzig riechende Zigarre.

Malone streckte den Arm aus und schaltete die Musik ab.

Belchenko öffnete die Augen und setzte sich aufrecht hin. Beide Pupillen waren vom Grauen Star gezeichnet.

»Ich bin Cotton Malone«, sagte er auf Englisch.

Belchenko starrte ihn an. »Und was tun Sie hier?«

»Ich bin gekommen, um nachzusehen, ob es Ihnen gut geht.«
»Warum sollte es das nicht tun?«
»Sie sind verschwunden, und man hat sich deswegen Gedanken gemacht.«
»Sie meinen, die russische Staatssicherheit hat sich Sorgen gemacht. Und warum schicken sie einen Amerikaner, um nach mir zu sehen?«

Seine Stimme war tief und kehlig, sie war nicht moduliert, zeigte keine Emotion und keine Beunruhigung.

»Diese Frage habe ich mir ehrlich gesagt auch schon gestellt.«

Belchenko stieß eine bläuliche Rauchwolke aus, die nach oben zog. »Sind Sie ein Spion?«

»Jetzt nicht mehr.« Die heiße Luft trocknete seine Nasennebenhöhlen aus, deshalb atmete er flach und durch den Mund. Schweiß lief in kleinen Rinnsalen seinen Rücken hinunter und hinterließ eine kühle Spur. »Sagen wir einfach, ich bin ein Teilzeitspion.«

»Zu meiner Zeit hatten wir auch ein paar von denen. Ich habe mich nie um sie gekümmert.«

»Wo ist Zorin?«

»Er ist weggegangen, um sich mit Ihnen zu treffen.«

Cotton war nicht zum Plaudern vorbeigekommen. Eigentlich war seine Mission erledigt. Er hatte Belchenko gefunden, und jetzt musste er es melden. Doch alte Gewohnheiten waren nur schwer zu brechen, deshalb musste er noch eine Frage stellen. »Weshalb interessiert es die russische Regierung, was Sie tun?«

»Weil ich Dinge weiß, Mister Malone. Und diese Dinge wollen sie auch wissen, und zwar bevor ich sterbe.«

Jetzt begriff er. »Sie haben versprochen, sie ihnen zu verraten.«

»Es schien mir ein kleiner Preis dafür zu sein, um am Leben zu bleiben. Sobald sie alles wissen, habe ich keinen Wert mehr.

Sie begreifen wirklich nicht, in was Sie da hineingeraten sind, oder?«

»Ich habe keinen Schimmer. Wollen Sie es mir verraten?«

Belchenko kicherte. »Warum sollte ich?«

Eine gute Frage. Er würde sich die Antwort für ein anderes Mal aufheben. »Ich muss jetzt gehen. War nett, Sie kennenzulernen.«

»Wussten Sie, dass man jede Geschichte, die sich der Mensch jemals ausgedacht hat, in drei Teile gliedern kann?«

Belchenkos Unterton gefiel ihm überhaupt nicht.

»Einen Anfang. Die Mitte. Und das Ende«, sagte Belchenko. »Es gibt eine gewisse Symmetrie, und es ist sehr befriedigend, wenn sich diese drei Teile endlich zusammenfügen und eine Geschichte vervollständigen. Das ist wahre Zauberei. Wir hatten schon den Anfang und einen langen Mittelteil. Und jetzt, Mister Malone, ist es Zeit für das Ende der Geschichte.«

Irgendetwas lief hier mächtig schief. Er hatte sich für clever gehalten, weil er Zorin aus dem Weg gegangen und direkt hierhergekommen war, aber jetzt dämmerte ihm, dass jemand diesen Schachzug vorhergesehen hatte. Die linke Hand des alten Mannes hielt die Zigarre, doch die rechte griff hinter seinem Rücken zur Bank, und plötzlich richtete er eine Waffe auf Cotton.

»Glauben Sie bitte nicht, Mister Malone, dass ich Sie nicht klar genug sehen kann, um Sie zu erschießen.«

Er registrierte eine Bewegung. Die Pelzdecke über dem Pfosten hatte sich bewegt. Er wandte sich um und sah zwei Männer in Winterkleidung, die ihre Sturmgewehre auf ihn richteten.

»Und warum sollten Sie mich erschießen?«, fragte er.

Belchenko zuckte mit den Schultern. »Weil Zorin gesagt hat, dass Sie hier unter keinen Umständen lebend rauskommen dürfen.«

13

Cassiopeia zappelte auf dem hinteren Sitz eines französischen Kampfflugzeugs; vorn saß der Pilot. Sie war mit dem Helikopter von ihrem Anwesen zum Luftwaffenstützpunkt geflogen, wo bereits ein Jet auf sie gewartet hatte. Die Kiste flog jetzt mit 2200 Stundenkilometern in nahezu acht Kilometern Höhe und folgte der Route, die Cotton vor weniger als zwölf Stunden genommen hatte.

Sie mochte keine hochgelegenen Orte und vermied sie, wann immer es ging. Vorhin auf dem Gerüst war es schlimm genug gewesen, aber das Fliegen war ein notwendiges Übel, das sie in Kauf nahm. Momentan steckte sie in einem schlecht passenden Fliegeroverall und war in ein Cockpit gequetscht, in dem sie sich kaum bewegen konnte. Einmal hatten sie bereits die Flughöhe verringert und waren von einem Tankflugzeug, das auf der Strecke auf sie wartete, mit Treibstoff versorgt worden. Sie hatte ein solches Manöver noch nie selbst gesehen, und es war faszinierend, dabei zuzuschauen. Außerdem lenkte es sie davon ab, dass sie zurzeit sehr, sehr hoch in der Luft war.

Die gesamte Reise von Frankreich bis nach Sibirien dauerte knapp über vier Stunden, was erstaunlich war. Die Welt war tatsächlich kleiner geworden. Stephanie hatte sie durchschaut. Sie wusste, dass Cassiopeia Cotton wirklich noch liebte. Es hatte in ihrem Leben viele Männer gegeben, und mit einigen von ihnen hatte sie auch ernsthafte Beziehungen geführt, aber keiner war wie Cotton Malone. Sie hatten sich vor ein paar Jahren in ihrem Château kennengelernt, zur selben Zeit, als sie Stephanie Nelle zum ersten Mal traf. Ein gemeinsamer Freund, Henrik Thorvaldsen, hatte das alles ermöglicht. Bedauerlicherweise lebte Henrik nicht mehr, er war in Paris ermordet worden, noch einer jener unglückseligen Umstände, die sie in ihrem Leben zu verfolgen schienen.

Schon zu dem Zeitpunkt, als sie jeglichen Kontakt mit Cotton abbrach, hatte sie gewusst, dass es nicht auf Dauer sein würde. Er war viel zu sehr ein Teil von ihr. Sie fühlte sich in seiner Gegenwart wohl. Er behandelte sie auf Augenhöhe und respektierte sie als Mensch. Gewiss, er konnte unmöglich sein. Aber sie war auch kein Engel. So war das in Beziehungen. Ein immerwährendes Geben und Nehmen. Sie fragte sich, wie es wohl sein würde, ihm wieder zu begegnen. Sie waren beide stolz, und es hatte zwischen ihnen eine Menge Bitterkeit gegeben. Sie hatten beide viele Monate gebraucht, bis einer von ihnen das L-Wort aussprechen konnte. Aber irgendwann hatten sie es ausgesprochen und entsprechend gehandelt. Hoffentlich war ihre Entfremdung nicht schon zu groß geworden, um sie zu überwinden.

Stephanie hatte gesagt, dass sie sie informieren wollte, falls es neue Entwicklungen gab. Sie hatte ihr auch von einer Datscha und einem Dorf namens Chayaniye, Hoffnung, erzählt. Eine interessante Bezeichnung, doch sie passte zu den Heimatlosen, die das Dorf errichtet hatten.

Der Kommunismus war wahrhaftig eine tote Ideologie. So etwas wie ein Paradies der Arbeiter ohne soziale Klassen, wo jedem alles gehörte, gab es nicht. Die alte UdSSR hatte nichts als Illusionen geschaffen; sie war ein Ort gewesen, der nur mittels Angst und Macht hatte überleben können. Die sogenannte klassenlose Gesellschaft brachte Menschen hervor, die etwas besaßen, und andere, die gar nichts hatten. Die privilegierten Herrschenden kamen in den Genuss des Besten, und alle anderen rauften sich um die Brosamen. Anstatt dass jedem alles gehörte, waren es wenige Auserwählte, die alles für sich in Anspruch nehmen konnten. Nur Lügen hatten die Massen davon abgehalten, sich aufzulehnen, hinzu kam die tägliche Dosis von Terror und Gewalt. Doch am Ende konnte nichts die Wahrheit aufhalten, die schließlich den Untergang der Sowjetunion bewirkte.

Und wie sie untergegangen war!

Sie war damals fünfzehn Jahre alt gewesen und hatte auf dem Anwesen ihrer Eltern in Spanien gelebt. Ihr Vater war stets unpolitisch gewesen, doch sie erinnerte sich daran, wie unendlich froh er über den Zerfall der Sowjetunion gewesen war. Sie dachte an etwas, was er gesagt hatte. Es war ein Zitat des Amerikaners Thomas Jefferson: »*Eine Regierung, die groß genug ist, um dir alles zu geben, was du willst, ist auch stark genug, dir alles zu nehmen, was du besitzt.*«

Das hatte sie nie vergessen.

Ihr gesamtes Erwachsenenleben war frei vom Druck des Kalten Krieges. Drohungen und Terror kamen stattdessen aus anderen Regionen, Ost und West fanden eine gemeinsame Handlungsebene, weil jene neuen Feinde nicht zwischen Russen und Amerikanern unterschieden.

In was also war Cotton da hineingezogen worden?

»*Ich habe ihn hingeschickt, damit er es sich ansehen konnte. Nach Utah hat er für mich noch ein paar Jobs erledigt.*«

Das hatte Stephanie ihr am Telefon erzählt. Also war Cotton ein Agent geworden, den man mieten konnte. »*Nach Utah.*« Vielleicht war das die Art, wie er versuchen wollte zu vergessen. Sie hatte es mit Geschäften und mit ihrer Burg versucht, doch keines von beidem hatte viel dazu beigetragen, ihre Ängste zu beschwichtigen. Im Laufe ihrer inzwischen fast vierzig Lebensjahre hatte sie mehrfach geglaubt, verliebt zu sein. Doch jetzt wusste sie, dass nur eine ihrer Beziehungen etwas bedeutet hatte.

»*Aber etwas ist schiefgegangen.*«

Stephanies Worte machten ihr Angst. Ob Cotton etwas zugestoßen war? Oder war er tot? Sie hoffte, dass keins von beidem zutraf, und wünschte sich, dieser Jet könnte schneller fliegen.

»Wie lange dauert es noch?«, fragte sie den Piloten auf Französisch über ihr Headset.

»Weniger als zwei Stunden. Wir kommen gut voran.«

Sie erinnerte sich an den Moment zurück, als sie sich zum ersten Mal mit Cotton unterhalten hatte. Es war auf ihrem Anwesen, an einem warmen Juninachmittag. Davor waren ihre Begegnungen schnell und brutal gewesen, und jeder hatte auf den anderen geschossen. Sie hatte sich um ihn gekümmert, und er wusste nicht, wer sie eigentlich genau war. An jenem Tag war sie ihm nach draußen in den hellen Sonnenschein gefolgt und war mit ihm die von Bäumen verschattete Allee entlanggegangen, der Weg, den sie vor wenigen Stunden auch zur Baustelle genommen hatte.

»Wenn ich fertig bin«, sagte sie, »wird hier eine Burg aus dem 13. Jahrhundert genau so dastehen wie vor achthundert Jahren.«

»Das ist ein ehrgeiziges Vorhaben.«

»Ehrgeizige Vorhaben spornen mich an.«

Sie waren weitergegangen und hatten die Baustelle durch ein großes Holztor betreten. Dann waren sie in eine Scheune mit Kalksteinwänden spaziert, in dem sich ein Besucherzentrum befand. Es lag der Geruch von Staub, von Pferden und von Schutt in der Luft, und circa hundert Besucher schwärmten über die Baustelle.

»Das gesamte Fundament für die Anlage ist gelegt, und es geht mit der westlichen Burgmauer voran«, sagte sie und deutete in die Richtung. »Wir beginnen bald mit den Ecktürmen und mit den Hauptgebäuden.«

Sie führte ihn über die Baustelle und dann einen steilen

Hang hinauf auf einen kleinen Felsvorsprung, von wo man einen guten Überblick hatte.

»Ich komme oft hierher und sehe zu. Da unten sind hundertzwanzig Männer und Frauen in Vollzeit beschäftigt.«

»Sie müssen eine Menge Leute bezahlen.«

»Ein kleiner Preis dafür, um Geschichte sichtbar zu machen.«

»Ihr Spitzname ist Ingénieur*«, sagte er. »Nennt man Sie so? Ingenieur?«*

Sie lächelte. »Meine Mitarbeiter haben mir diesen Namen gegeben. Ich habe das ganze Projekt gestaltet.«

»Wissen Sie, einerseits sind Sie furchtbar arrogant, aber andererseits können Sie auch ganz schön interessant sein.«

Sie fühlte sich durch seine Bemerkung nicht beleidigt, denn es steckte etwas Wahres darin, und sie fragte: »Sind Sie nicht mehr im Staatsdienst?«

»Man hört nie wirklich auf. Man gerät nur nicht mehr so häufig in die Schusslinie.«

»Dann helfen Sie Stephanie Nelle nur als ein Freund?«

»Schockierend, nicht wahr?«

»Überhaupt nicht. Es passt sogar absolut zu Ihrer Persönlichkeit.«

»Woher wollen Sie etwas über meine Persönlichkeit wissen?«

»Ich habe eine Menge über Sie erfahren. Ich habe Freunde in Ihrer früheren Branche. Sie sprachen alle in den höchsten Tönen von Ihnen.«

»Schön zu wissen, dass sich die Leute erinnern.«

»Wissen Sie viel über mich?«, fragte sie.

»Nur das Gröbste.«

»Ich habe etliche Macken.«

Die hatte sie tatsächlich, und die schlimmste war ihre Unfähigkeit, ihre Empfindungen auszudrücken. Cotton litt an derselben Schwäche, was auch erklärte, warum sie einander zurzeit entfremdet waren. Sie bedeuteten einander sehr viel, aber keiner von ihnen war bereit, es zuzugeben. Es hatte jedoch eine Zeit gegeben, hoch oben in den Bergen von China, nach einem anderen Auftrag, als sie beide den Mut fanden, sich zu sagen, was sie empfanden.

»Keine Spielchen mehr«, sagte sie.
  Er nickte und nahm ihre Hände zwischen seine.
  »Cotton ...«
  Er brachte sie mit zwei Fingern auf ihren Lippen zum Schweigen. »Ich auch.«
  Und dann küsste er sie.

Sie erinnerte sich genau an jenen Moment, und dass sie es beide wussten, ohne das Wort *Liebe* tatsächlich auszusprechen. Doch sie liebte Cotton. Das war ihr im vergangenen Monat allzu deutlich geworden.
  War es zu spät?
  Sie hoffte von ganzem Herzen, dass dem nicht so war.

14

Virginia

Luke lehnte an seinem Mustang und sah zu, wie ein schwarzer SUV durch das Tor auf den Abstellplatz fuhr. Er hatte gerade auf die Uhr gesehen: kurz nach fünf Uhr morgens. Es war ein eisiger Tagesanbruch, aber er war nur verärgert, weil er erstens von einer Fremden vorgeführt worden war und weil er zweitens seinen liebsten Besitz verloren hatte. Der Mann vom Abschleppunternehmen hatte nur den Kopf geschüttelt, als er vor Ort eintraf. Er hatte den Mustang hinten auf seinen Abschleppwagen geladen und ihn hierher zu all den anderen Wagen kutschiert, die mit Sicherheit schon bessere Tage gesehen hatten.

Der SUV hielt an, Stephanie und ein Mann in einem schwarzen Mantel stiegen aus.

»Eine harte Nacht?«, fragte sie.

Der Mustang stand so, dass die beiden auf der Beifahrerseite die Spuren seiner Begegnung mit der Agentin sehen konnten.

»Anya Petrowa«, sagte der andere Mann, »ist ziemlich gefährlich. Sie wurde bei der Polizei ausgebildet und hat mehrere Jahre als Polizistin gearbeitet.«

Das erklärte einiges von dem, was da geschehen war. Sie konnte sich wirklich selbst verteidigen. »Und mit wem habe ich das Vergnügen?«

Der Mann stellte sich als Nikolai Osin vor. »Er leitet die SVR-Niederlassung«, fügte Stephanie hinzu.

»Offiziell gehöre ich zur Handelsdelegation und weiß nichts von irgendeinem SVR.«

»Das gefällt mir«, sagte Luke. »Damit können wir arbeiten.

Hätten Sie etwas dagegen, mir mehr über Anya Petrowa zu erzählen?«

Sie standen alleine auf dem Stellplatz des Abschleppunternehmens zwischen aufgetürmten verlassenen Autos.

»Petrowa steht mit einem Mann in Verbindung, der diesem Land eine Menge Probleme bereiten könnte. Er hat sie aus einem bestimmten Grund hergeschickt, und deshalb habe ich Stephanie geraten, sie genau im Auge zu behalten. Davon war Petrowa anscheinend nicht sonderlich erbaut.«

Luke versuchte immer noch herauszufinden, wie sie auf ihn aufmerksam geworden war. Er war wirklich vorsichtig gewesen, doch manchmal passierten dumme Dinge. Obwohl seine Frage noch nicht ganz beantwortet war, entschied er, es auf sich beruhen zu lassen. »Wir müssen dieses Haus überprüfen«, sagte er stattdessen.

Sie fuhren nach Süden ins ländliche Virginia bis zu jenem Eingang mit dem schmiedeeisernen Bogen. Zu jeder anderen Zeit hätte man im Hauptquartier des Magellan Billet binnen Minuten die Besitzverhältnisse klären können, doch er wusste, dass das jetzt nicht möglich war. Das Weiße Haus konnte natürlich dasselbe tun, doch dazu musste er zunächst seinen Bericht abgeben. Stephanie hatte vorgeschlagen, mit dem Anruf noch zu warten, und er hatte nichts dagegen einzuwenden gehabt. Vielleicht erfuhren sie sogar genug, um den Vorwurf abzufedern, den ihm Onkel Danny mit Sicherheit machen würde, weil ihm genau das missglückt war, worum ihn dieser ausdrücklich gebeten hatte.

Der SUV stoppte vor dem verlassenen Haus, und sie stiegen aus.

»In Virginia gibt es jede Menge solcher Ruinen«, erklärte Stephanie.

»Was für ein großes Haus«, sagte Nicolai.

»Und es sieht aus«, fügte sie hinzu, »als stünde es schon seit geraumer Zeit leer.«

Während der Fahrt hatte Luke erfahren, dass Malone womöglich in Schwierigkeiten steckte und dass man Cassiopeia hingeschickt hatte, um sich um ihn zu kümmern, was zugleich gut und schlecht zu sein schien. Er hoffte, dass alles in Ordnung war, doch ihr Verbündeter von der SVR hatte es nicht geschafft, etwas Neues von den Leuten in Sibirien zu erfahren. Die große Frage, die niemand beantworten konnte, war natürlich, weshalb überhaupt jemand das Flugzeug abgeschossen hatte. Wer auch immer *sie* waren, sie verfügten über Boden-Luft-Raketen, und das hieß, dass hier bedeutend mehr vor sich ging, als die Russkis zugeben wollten – und weitaus mehr, als Onkel Danny eingeräumt hatte.

Ihr Fahrer gab ihnen eine Halogentaschenlampe. Im Osten zeichnete sich ganz schwach die beginnende Morgendämmerung ab, doch es würde noch zwei Stunden dauern, bis die Sonne wirklich aufging.

Luke nahm die Taschenlampe und ging vor ins Haus. Drinnen herrschte eine beklemmende Atmosphäre wie in einem Mausoleum. »Sie kam zielstrebig hierher und wusste genau, wohin sie wollte.«

»Irgendeine Ahnung, was sie hier suchte?«, fragte Stephanie Osin.

»Kann ich mit der Antwort warten, bevor wir es uns angesehen haben? Dann versuche ich, so ehrlich zu sein wie möglich.«

Luke bezweifelte das. Er war dem SVR bereits einige wenige Male begegnet, und das Wort »verschlagen« wäre noch das großzügigste Wort, das er benutzen würde, um diese Leute zu beschreiben. Absolut nicht vertrauenswürdig? Lügner? Beides passte wie die Faust aufs Auge. Doch ihm war klar, dass das hier so eine Art Gemeinschaftsoperation sein sollte, und er wollte daran teilnehmen, deshalb behielt er seine Bemerkungen für sich.

Sie folgten ihm durch den Korridor ins Arbeitszimmer, wo im Licht der Spalt in den Wandpaneelen sichtbar wurde.

»Sie wusste, wie man mit einer Axt umgeht«, sagte er und deutete auf das Werkzeug, das auf dem Boden lag. Er brannte darauf nachzusehen, was sich hinter der Öffnung befand, deshalb richtete er den Taschenlampenstrahl darauf. Der Raum dahinter war klein, vielleicht drei Meter im Durchmesser, und war an drei Seiten vom Boden bis zur Decke mit Regalen versehen. Doch anders als jene Regale im Arbeitszimmer, die leer und schief waren, waren diese Regale voll mit Büchern. In der Mitte stand ein Tisch, auf dem sich unter Glas eine Staffelei befand; dort lag ein aufgeschlagenes Buch. Ein kleiner Kronleuchter baumelte von der Decke und funkelte im Licht. Seine verstaubten Glühbirnen waren ohne elektrischen Strom nutzlos.

»Eine Art Geheimkammer«, murmelte er. »Und die liebe Anja wusste bestens Bescheid. Sie ist genau an der richtigen Stelle durchgebrochen.«

Stephanie und Osin folgten ihm hinein. Er ließ den Taschenlampenstrahl über die Regale gleiten und inspizierte die Rücken. Bei den meisten handelte es sich um Bücher, es waren aber auch gebundene Manuskripte dazwischen. Das allermeiste waren jedoch hölzerne Karteikartenkästen mit losen Blättern. Er las ein paar der Beschriftungen. Briefwechsel mit dem Armeekommando, die Schlacht von Princeton, die Belagerung Bostons, die Einnahme Ticonderogas...

Ein Thema zeichnete sich deutlich ab.

»Das hier ist eine Bibliothek über den Unabhängigkeitskrieg«, stellte er fest.

»Mehr als das«, fügte Stephanie hinzu. »Diese Bücher sind geschichtliche Darstellungen jener Zeit aus dem späten 18., dem frühen 19. und dem 20. Jahrhundert und behandeln den Krieg von 1812.«

Er schätzte, dass sie mehrere hundert Bände vor sich hatten. Alles war mit einer dicken Staubschicht bedeckt; offensichtlich war schon lange niemand mehr hier gewesen. Hier und da waren einzelne Regalbereiche leer. Die Bücher, die dort gestanden hatten, lagen auf dem Boden verteilt. Die Staubschicht darauf war offensichtlich angefasst worden.

»Das habe ich also gehört«, sagte Luke. »Immer wieder ist etwas heruntergefallen. Sie hat die Regale leergeräumt.«

»Wonach hat sie gesucht, Nikolai?«, fragte Stephanie.

Osin antwortete nicht. Stattdessen entfernte er die Glaskuppel, die das Buch auf der Staffelei schützte, und blätterte langsam die Seiten um. Dann klappte er das Buch zu, sodass man die Beschriftung auf dem Buchdeckel lesen konnte.

Goldene Buchstaben waren in das schwarze Leder geprägt.

Die
GRÜNDUNGSURKUNDE
DER
ALLGEMEINEN GESELLSCHAFT DER
CINCINNATI
wie sie von den Offizieren der Armee der Vereinigten
Staaten
am Ende des
REVOLUTIONÄREN KRIEGES
gebildet wurde, der
AMERIKA die Unabhängigkeit verlieh.

Stephanie trat näher heran, öffnete das Buch wieder und überflog ein paar Seiten. »Das ist eine Geschichte der Gesellschaft. Die allgemeine Geschäftsordnung, Protokolle der Sitzungen und die Satzung. Das Buch wurde 1847 gedruckt.«

»Was ist die Cincinnati?«, fragte Luke.

Sie ignorierte ihn und betrachtete noch einmal die Regale, die sie umgaben. »Das hier ist ein Archiv, und ich wette, die Gesellschaft von Cincinnati hat keine Ahnung, dass es noch existiert.« Sie machte eine Pause. »Sonst hätte man es schon sichergestellt.« Stephanie sah Osin an. »Weshalb interessiert sich Anya Petrowa für solche Dinge?«

Keine Antwort.

»Sie haben vorhin *Operation Steilpass* erwähnt«, versuchte sie es. »Soweit ich weiß, unterliegt diese Operation weiterhin der Geheimhaltung. Sie können nur aus Ihren eigenen Akten etwas darüber erfahren haben.«

»Wir wissen genau, was da gemacht wurde«, sagte Osin.

Jetzt wollte auch Luke eingeweiht werden.

»Heißt das, dass Aleksandr Zorin ebenfalls Bescheid weiß?«, erkundigte sie sich.

»Dessen bin ich mir sicher. Und Belchenko weiß sogar noch mehr.«

»Weiß er auch, wo die verschwundenen Atombomben geblieben sind?«

Luke blieb still und unterbrach den sich entwickelnden Schlagabtausch nicht. Aber hatte er richtig gehört? »*Verschwundene Atombomben*«? Er ging davon aus, dass ihn Stephanie rechtzeitig ins Bild setzen würde.

Sie drehte sich zu ihm um. »Hat Petrowa etwas von hier mitgenommen?«

Er schüttelte den Kopf. »Ich habe nichts gesehen.«

»Dann war das hier eine Sackgasse für sie. Nikolai, Sie haben gesagt, Sie wollten ehrlich sein. Weshalb ist sie hergekommen?«

Stephanie hatte ihre Stimme erhoben, was so gar nicht zu ihr passte.

»Darauf werde ich antworten, nachdem ich mit Moskau gesprochen habe. Manche Dinge muss ich zunächst mit meinem direkten Vorgesetzten abklären.«

»Ich habe auf Ihre Bitte meinen Mitarbeiter nach Sibirien geschickt«, sagte sie. »Er ist nichtsahnend in diese Sache hineingeraten und wird mittlerweile vermisst.«

»Wir haben immerhin zugelassen, dass Sie einen anderen Agenten hinterherschicken, um der Sache nachzugehen.«

»Das reicht nicht. Was ist da los?«

»Das kann ich Ihnen nicht sagen. Jedenfalls nicht im Moment.«

Luke bemerkte den besorgten Tonfall, der ehrlich zu sein schien, und nicht zum SVR passte.

»Ich werde das alles dem Präsidenten berichten müssen«, sagte sie. »Dann muss er entscheiden, wie es weitergeht.«

»Verstehe.«

Der Russe verließ den Geheimraum, ohne ein weiteres Wort zu sagen.

Luke sah seine ehemalige Chefin an. »Das ist ein ganz schöner stinkender Misthaufen, oder?«

Sie stellte vorsichtig die Glaskuppel zurück auf das Buch und die Staffelei. An den Seiten rieselte Staub auf den Tisch herunter; er leuchtete im Licht auf.

»So könnte man das wirklich nennen«, flüsterte sie.

»Wissen Sie, was Cincinnati ist?«, fragte er noch einmal.

Sie nickte langsam.

»Können Sie es mir sagen?«

Sie wandte sich zum Gehen.

»Nicht hier.«

15

Baikalsee
19.50 Uhr

Zorin kehrte zur Datscha zurück und ging sofort ins Haupthaus. Man hatte ihm bei der Ankunft berichtete, dass man den Amerikaner Malone gefangen genommen hatte. Deshalb ließ er sich viel Zeit, Mantel und Handschuhe abzulegen. Diesem Wetter hätte er nur zu gern den Rücken gekehrt. In diesem Teil der Welt war der Sommer ein so kurzer Gast, und er sehnte sich nach einer stetigen warmen Brise. Was ihn in den nächsten Tagen erwartete, war schwer zu sagen. Er konnte nur darauf hoffen, dass seine Nachforschungen korrekt waren, dass seine Ergebnisse zutrafen und dass seine Planung umfassend war. Seine Entschlossenheit jedenfalls war ungebremst. Er hatte schon viel zu lange nichts getan und genoss jetzt das Gefühl, wieder tätig zu sein. Alles an ihm war gerüstet und bereit. Allein auf diese kleine Störung – die Anwesenheit eines Amerikaners – war er nicht vorbereitet gewesen.

Doch selbst das fand er aufregend.

Er ging durch den großen Raum mit der hohen Decke und dem freien Blick auf den gefrorenen See. Im Ofen brannte ein heimeliges Feuer. Er ging zur Kellertreppe und stieg hinab. Dort stand Malone, mit Handschellen an ein dickes Eisenrohr gefesselt. Licht spendeten blanke Glühbirnen in Drahtkäfigen, die scharf geschnittene Schatten warfen. Man hatte dem Amerikaner den Mantel ausgezogen und anscheinend auch eine Waffe abgenommen, denn sein Schulterholster war leer.

»Sie haben zwei meiner Männer umgebracht«, sagte er.

Malone zuckte mit den Schultern. »So etwas passiert, wenn man anfängt, auf jemanden zu schießen.«

»Warum sind Sie hier?«

»Um den alten Mann zu finden, Belchenko. Anscheinend will er nicht gefunden werden. Mein Fehler.«

»Und zwei meiner Männer sind tot.«

»Die Sie geschickt haben, um mich umzubringen.«

»Sind Sie ein Spion?«

»Ich bin Buchhändler.«

Er lachte. »Sie haben mir über Funk erzählt, dass Sie Cotton Malone heißen. Wo kriegt man so einen Namen her? Cotton.«

»Das ist eine lange Geschichte, aber weil wir Zeit haben, kann ich Sie Ihnen gerne erzählen.«

»Ich muss bald gehen.«

»Gehören Sie zur Roten Garde?«

Ah. Dieser Mann war informiert. »Ich habe meinem Land bis zu dem Tag gedient, an dem es sich selbst aufgelöst hat.«

»Und dann sind Sie hier gestrandet – irgendwo im abgelegensten Winkel der Welt.«

»Ich bin aus freien Stücken gekommen, zusammen mit anderen, die dieselben Überzeugungen hatten wie ich. Wir haben diesen Ort entdeckt und haben lange friedlich hier gelebt. Wir haben keinen Ärger gemacht, und trotzdem fühlt sich die Regierung veranlasst, uns nachzuspionieren.«

»Ich vermute, Millionen toter unschuldiger Menschen hätten dasselbe über die UdSSR gesagt.«

»Das könnte durchaus sein. Wir neigten zugegebenermaßen dazu, etwas zu übertreiben.«

Das wirkte eher wie eine Untertreibung. Folter und Tod waren in der Sowjetunion an der Tagesordnung gewesen. Er und jeder andere KGB-Offizier waren ausführlich dafür trainiert worden. Und die Zahl der Toten ging tatsächlich in die Millionen. Als er beim KGB angefangen hatte, waren Schmerz und

Gewalt tatsächlich erste Wahl, wenn es darum ging, jemanden zu überzeugen. Man hatte ihn ausführlich darin unterwiesen, wie er sie brechen musste, bis ihre Seele schrie. Dann wurden Drogen das gebräuchlichere Mittel, um verschlossene Münder zu öffnen. Danach waren es psychologische Tricks. Gegen Ende wurde physischer Stress immer beliebter. Er hatte alles über die »erweiterten Verhörtechniken« der CIA gelesen. Das war nichts als eine elegante Umschreibung für Folter. Er persönlich hatte nichts dagegen. Aber so, wie dieser Amerikaner aussah – er wirkte stark und selbstbewusst –, würde es einige Mühe kosten, ihn zu brechen.

Und dazu hatte er einfach keine Zeit.

»Amerika hat keine Ahnung, was es bedeutete, ein Sowjetbürger zu sein«, sagte er. »Im 20. Jahrhundert sind 75 Millionen von uns gestorben, und es hat keinen interessiert.«

»Von denen die meisten wegen korrupter oder dummer Führer umkamen. Die Nazis waren üble Amateure, wenn es ums Abschlachten von Menschen ging. Ihr Kommunisten seid die richtigen Profis geworden. Wo waren Sie? Beim KGB?«

Er nickte. »Ich habe eine *Spetsnaz*-Einheit geleitet und mich auf den Krieg mit den Vereinigten Staaten vorbereitet.«

Er sprach das gern laut aus.

»Das ist jetzt alles vorbei«, sagte Malone.

»Vielleicht nicht.«

Er konnte sich noch genau an jenen schrecklichen Augusttag im Jahre 1991 erinnern, als er vom KGB-Hauptquartier aus beobachtete, wie ein wütender Mob den Lubjankaplatz stürmte und die Fassade mit den Worten HENKER und SCHLÄCHTER sowie mit Hakenkreuzen besprühte. Sie hatten die Fäuste geschüttelt und geflucht. Dann versuchten sie, die Statue von Dserschinski zu stürzen, aber sie hatten es nicht geschafft, den eisernen Felix ins Wanken zu bringen. Schließlich kam ein Kran und brachte die Sache zu Ende. Nur noch der Sockel blieb übrig. Es gab an jenem Tag niemanden, der fürchtete, dafür zur Verantwortung gezogen zu werden, dass er das Denkmal des einst gefürchteten Chefs der Staatspolizei entweiht hatte.

Die Botschaft war laut und deutlich gewesen.

Eure Zeit ist vorbei.

Und er erinnerte sich an den lärmenden Schrecken, der ihn gepackt hatte. Die Schreie, die Bitten um Ruhe, dann die Kakofonie von Sirenen und das Chaos. Zum ersten Mal in seinem Leben hatte er Angst empfunden, dieses kühle Prickeln im Rücken. Dabei hatte er es sich zum Beruf gemacht, anderen Furcht einzuflößen. Die völlig unvorhersehbaren Zukunftsaussichten hatten ihn zweifeln lassen, bis diese Zweifel schließlich seine Blase zwangen, sich zu entleeren. Er hatte am Fenster gestanden und beobachtet, was unten vor sich ging, während er beschämt spürte, wie der warme Urin seinen Schritt und seine Hosenbeine durchnässte.

Das war ein furchtbarer Augenblick gewesen.

Von dem er niemals jemandem etwas erzählt hatte.

»Reagan war ziemlich schlau«, sagte er. »Viel schlauer als Gorbatschow. Er hatte sich vorgenommen, uns zu zerstören, und er hat es geschafft.«

Glücklicherweise glaubten die Amerikaner an Offenheit. Demokratie gedieh auf der Grundlage eines Kampfes der Ideen, Toleranz gegenüber unterschiedlichen Standpunkten und harten Debatten. Ihre Befürworter glauben, dass sich die Wahrheit am Ende immer durchsetzen werde und dass das Volk der beste Schiedsrichter sei. Man hielt es für richtig, Informationen frei herauszugeben. Viele amerikanische Dokumente, die einst einer Geheimhaltungsstufe unterlagen, waren inzwischen einfach nur deshalb zutage gefördert worden, weil Zeit verstrichen war. Man hatte Bücher geschrieben – er hatte sie gelesen –, die darauf hinwiesen, wie das Weiße Haus und der

Vatikan zusammengearbeitet hatten, um Moskau in die Knie zu zwingen. Aber während jene Bücher sich in einzelnen Bereichen nur auf Spekulationen und Mutmaßungen verließen, wusste er einige Dinge, die die Autoren nicht wussten. Es hatte tatsächlich einen Plan, eine Verschwörung, eine gemeinschaftliche Anstrengung gegeben, um die Sowjetunion zu untergraben.

Und es hatte funktioniert.

Er wusste sogar, wie die Operation hieß.

Steilpass.

»Amerika hat keine Ahnung, welches Chaos es verursacht hat«, sagte er. »Als Sie das politische System der Sowjetunion zerstört haben, war es mit der Ordnung vorbei, sodass die Kriminellen die Macht ergreifen konnten. Alles, für dessen Verteidigung ich und so viele andere unser ganzes Leben eingesetzt haben, ging unter. Aber hat euch das gekümmert?« Er wartete nicht auf eine Antwort. »Es hat niemanden gekümmert. Wir waren auf uns allein gestellt, durften uns in unserem Elend suhlen.« Er hob einen Finger. »Deshalb haben wir mit Amerika noch eine Rechnung offen. Und ich glaube, es ist die Zeit gekommen, diese Rechnung zu begleichen.«

Es fühlte sich gut an, diese Worte auszusprechen. Sie hatten ihm schon viel zu lange im Magen gelegen. Und obwohl er jetzt um die sechzig war, hatte er die Lektionen, die er in seiner Jugend gelernt hatte, nicht vergessen. In Wahrheit hatten ihm diese Erinnerungen sogar geholfen, die letzten fünfundzwanzig Jahre zu überstehen. Von nun an wollte er nicht mehr zögern, sondern rasch und wie selbstverständlich handeln. Ohne Erklärungen oder Gewissensbisse.

Es zählten nur noch Ergebnisse.

Ihm gefiel das neue Gefühl von Freiheit.

In letzter Zeit hatte er immer öfter an seine Zeit bei der Infanterieakademie gedacht, wo man ihn zum Soldaten ausgebildet hatte, bevor er Spion geworden war. Sein Lieblingsausbilder, ein Oberstleutnant, hatte all seinen Studenten eingehämmert, dass die Vereinigten Staaten der *glavny protivnik*, der Hauptgegner, seien.

»*Wenn ihr das vergesst, seid ihr tot.*«

Er hatte es nicht vergessen.

Man hatte ihm im Laufe seiner Karriere oft befohlen, einen ausländischen Informanten zu töten, und er hatte es jedes Mal erledigt.

»*Hasst eure Nachbarn, eure Klassenkameraden, sogar eure Freunde – aber niemals eure Kameraden bei der Armee. Vergesst nicht: Wenn es zum Krieg kommt, habt ihr alle einen gemeinsamen Feind. Ihr müsst diesen Feind kennen und respektieren. Lernt, wie Amerika organisiert ist. Wie es funktioniert. Lernt seine Stärken und seine Schwächen kennen, und Amerika macht es euch leicht. Sie posaunen ihre Probleme in die ganze Welt hinaus. Achtet darauf.*«

Dieser Krieg kam.

Aber nicht von dem Hauptgegner, wie er ihn sich vorgestellt hatte. Stattdessen wurden die Schlachten im Verborgenen geschlagen, und nur die wenigsten bekamen überhaupt etwas davon mit. Zwei Generäle, Reagan und der verfluchte polnische Papst, hatten die Heere angeführt. Ihre Waffen waren nicht Kugeln oder Bomben gewesen. Vielmehr wurden Gott, Moral und Geld zusammengeführt, um die Sowjetunion in eine politische und ökonomische Ecke zu drängen, aus der sie nicht mehr herauskam.

Niemand sah es kommen – bis es viel zu spät war.

»*Kommunisten müssen gründlich, sorgfältig, aufmerksam und geschickt jede noch so kleine Schwäche ihrer Feinde ausnutzen.*«

So lauteten Lenins Worte aus dem Jahr 1920, und die Vereinigten Staaten von Amerika hatten sie mit großem Geschick beherzigt.

Jetzt jedoch war er an der Reihe, diesen Ratschlag zu beherzigen.

»Sie wissen doch«, sagte Malone, »dass sich die Welt geändert hat? Der Kalte Krieg ist vorüber.«

»Für Sie vielleicht, aber nicht für mich. Ich habe noch eine Rechnung offen, und ich habe vor, sie zu bezahlen.«

Und zwar in genau 52 Stunden, doch das behielt er für sich.

Sein Leben als Spion war gleichermaßen herausfordernd und erschöpfend gewesen. Er hatte die Welt bereist, war mit falschen Papieren ins Ausland gegangen, hatte sein wahres Selbst und seine Gedanken verborgen, und alles, was er tat, hatte zum Ziel, zu manipulieren, auszubeuten und zu betrügen. Abgeschnitten von seiner Kultur, seiner Sprache und seiner Familie hatte er sich der Attraktivität des Kapitalismus angepasst, sich ihm jedoch nie ausgeliefert. Ihm war es vor allem ums Überleben gegangen, denn er fürchtete jeden Tag, enttarnt zu werden. Dies konnte aus weiter Entfernung und völlig unerwartet geschehen. Nur seine unbezwingbare Loyalität zur sowjetischen Sache hatte ihm geholfen, die tägliche Angst zu überwinden.

Und diese Loyalität war tief in ihm verwurzelt.

Er trug den Stolz auf seine Vergangenheit wie einen Mantel auf den Schultern. Ein KGB-Offizier muss saubere Hände, ein glühendes Herz und einen klaren Kopf haben. Er hasste alle, die ihm diesen Stolz streitig machen wollten, sowohl im Inland als auch im Ausland. Man hatte ihm einst gesagt, der einzig ehrenwerte Weg, den KGB zu verlassen, sei der Tod. Inzwischen glaubte er auch, dass das der Wahrheit entsprach.

Auf dem Weg zur Treppe sagte er: »Ich werde die Männer herunterschicken, die Sie vorhin im Dampfbad kennengelernt haben. Die haben noch einiges mit Ihnen vor. Sie sind ganz besonders motiviert, weil Sie zwei ihrer Kameraden getötet haben.«

»Fühlen Sie sich nur nicht *zu* sicher!«, rief Malone.

Aleksandr Zorin blieb stehen, wandte sich um und grinste ein dünnes, selbstzufriedenes Lächeln.

»Das tue ich nie.«

16

Washington, D.C.
8.30 Uhr

Stephanie führte Luke ins Mandarin Oriental, das Hotel, in dem sie immer abstieg, wenn sie in Washington war. Nikolai Osin, der auf der Rückfahrt von Virginia stumm geblieben war, hatte sie dort abgesetzt. Sie konnte sehen, dass Luke ihn zu Antworten drängen wollte, doch sie gab ihm mit einem Blick zu verstehen, dass das jetzt nicht der richtige Moment war. Es war gut, den jüngeren Daniels wieder in ihrem Team zu haben. Sie hatte ihn ursprünglich nur eingestellt, um seinem Onkel einen Gefallen zu tun, und sich vorbehalten, ihn nach Belieben entlassen zu können, falls es mit ihm nicht klappte. Danny hatte kein Problem mit Nepotismus, doch er verachtete Inkompetenz, ganz gleich bei wem. Niemand bekam etwas geschenkt. Nicht einmal er selbst. Glücklicherweise hatte Luke sich als ein hervorragender Agent erwiesen, seine Ausbildung zum Ranger war überaus brauchbar, hinzu kamen eine forsche Persönlichkeit, ein gutes Aussehen sowie verwegenes Verhalten. Es gefiel ihr auch, dass er seine Mutter jeden Sonntag anrief, ganz gleich, wo er war oder was er tat. Bei ihr hatte ein dreißigjähriger Mann, der seine Eltern respektierte, auf jeden Fall einen Stein im Brett.

»Ob ich wohl irgendwann auch erfahre«, sagte Luke, »was hier eigentlich los ist? Ich habe vorhin etwas über verschwundene Atombomben gehört. Und ich habe gerade mein Lieblingsauto verloren.«

Sie flüchteten aus der kalten Morgenluft und betraten die

elegante Lobby. Die Leute trugen Mäntel und schienen es eilig zu haben. Es war Freitag, und der Arbeitstag begann gerade erst.

»Und übrigens«, sagte er, »Sie haben diesen Russki zu leicht davonkommen lassen.«

»Er hat offensichtlich ein Problem. Wir müssen ihm Zeit geben, damit fertigzuwerden.«

Sie bog ab und steuerte auf die Fahrstühle zu.

»Wohin gehen wir?«, fragte er.

»In mein Zimmer.«

»Ich bin nicht diese Art von Mann, wenn Sie wissen, was ich meine. Außerdem arbeite ich nicht mal mehr für Sie.«

Sie grinste und ging weiter.

Im Fahrstuhl drückte Stephanie den Knopf für den vierten Stock. Sie hatte Mitgefühl mit Osin. Moskau hatte Washington bewusst in innere Angelegenheiten einbezogen. Dafür hatten sie bestimmt einen guten Grund, doch das konnte sich innerhalb der letzten paar Stunden geändert haben. Dass es die zweihundertfünfzig RA-115 gegeben hatte, war schon beunruhigend genug, aber die Tatsache, dass fünf von ihnen unauffindbar waren, grenzte an eine ausgewachsene Krise. Sie rief sich ins Gedächtnis, dass bereits über fünfundzwanzig Jahre vergangen waren, und bezweifelte, dass eine dieser Bomben noch brauchbar war. Etwas so Gefährliches, so Wertvolles blieb niemals so lange verborgen. Dass keines dieser potenziellen Probleme bisher aufgetaucht war, beruhigte sie, doch sie musste es auf jeden Fall dem Weißen Haus melden.

Das Wichtigste zuerst.

Sie verließen den Fahrstuhl, und sie ging durch den stillen Flur voran zu ihrer Suite. Dort angekommen, setzte sie sich vor ihren Laptop und tippte eine E-Mail ein, in der sie die Gegend und das Haus in Virginia beschrieb. Sie fügte eine körnige Außenaufnahme hinzu, die sie mit ihrem Handy gemacht hatte.

»Geht das ans Weiße Haus?«, fragte Luke.

Sie nickte. »Mehr Möglichkeiten haben wir nicht mehr. Offiziell geht es übers Justizministerium. Eigentlich darf ich das hier gar nicht machen.«

»Papi sagt, Sie halten sich ungefähr so gut an die Regeln wie er selbst.«

Sie kannte den Spitznamen, den Luke – vor allem, um zu provozieren – Malone gegeben hatte. Cotton konterte mit dem Spitznamen »Fraternity-Bürschchen«, der auf Luke so überhaupt nicht zutraf.

»Sie müssen sich von ihm fernhalten«, sagte sie. »Er übt einen schlechten Einfluss aus.«

»Wie schlimm sieht es für ihn aus?«

Sie versuchte, nicht darüber nachzudenken. »So schlimm, dass ich Cassiopeia ins Spiel bringen musste. Es hat ihr nicht gefallen, aber sie hat sich auch nicht geweigert. Sie sollte in Kürze dort eintreffen, falls sie nicht sogar schon da ist.«

»Sie wissen nicht, ob Malone tot ist oder noch lebt?«

Sie schüttelte den Kopf. »Er ist verdammt gut, deshalb können wir wohl davon ausgehen, dass er okay ist. Ihnen muss klar sein, dass Sie Ihre Karriere ruinieren könnten, weil Sie mir bei dem hier helfen.«

Luke zuckte mit den Schultern. »Es gibt Schlimmeres.«

Er war genau wie sein Onkel. Beide Männer liebten Prahlerei und Draufgängertum, aber wenn es darauf ankam, rechtfertigten sie ihre Großtuerei mit Taten. Vor vielen Jahren, am Anfang von Danny Daniels erster Amtszeit, hatten sie und der Präsident nicht unbedingt viel für einander übriggehabt. Aber eine Reihe von Krisen brachte sie nach und nach zusammen, bis beiden schließlich klar wurde, dass sie Gefühle füreinander hegten. Nur Cassiopeia kannte die ganze Wahrheit. Cotton hatte vielleicht ebenfalls einen kleinen Einblick, hatte ihr gegenüber jedoch nie irgendetwas angedeutet. Es war ein Thema, das keiner von ihnen jemals zur Sprache bringen würde. Sie wusste, dass Danny in Kürze der erste amerikanische Ex-Präsident sein würde, der sich nach langjähriger Ehe scheiden ließ. Die beiden Daniels hatten bereits in aller Freundschaft vereinbart, getrennte Wege zu gehen, sobald sie aus dem Weißen Haus ausgezogen waren. Pauline hatte schon eine andere Liebe gefunden, und ihr Ehemann freute sich für sie. »*Sie verdient es*«, hatte er oft gesagt. Auch Danny verdiente es, und vielleicht fand er dieses Glück bei ihr.

Doch das musste sich erst noch erweisen.

»Ich gehe davon aus, dass Sie mir nichts über diese Atombomben erzählen werden. Aber vielleicht sagen Sie mir, was es mit Cincinnati auf sich hat?«, erkundigte sich Luke. »Vorhin in diesem alten Haus haben Sie gesagt: ›Nicht hier.‹ Wie wäre es denn jetzt damit?«

»Das war der erste Verein junger Männer, der auf amerikanischem Boden gegründet wurde. Es gibt ihn schon sehr lange, und er krümmt niemandem auch nur ein Härchen.«

Nur war aus irgendeinem Grund die Geliebte eines ehemaligen kommunistischen Spions den ganzen Weg von Sibirien hierhergekommen, um in dem vergessenen Archiv der Gesellschaft herumzustöbern. Woher kannte die Petrowa überhaupt dieses Versteck? Stephanie wusste über die Society of Cincinnati zumindest, dass sie sehr verschwiegen war, und jetzt fragte sie sich, ob die Gruppe selbst überhaupt von dem Archiv wusste.

Ihr Laptop meldete eine eingehende Nachricht.

Sie und Luke lasen die Antwort auf dem Monitor. Sie kam von Edwin Davis, dem Stabschef im Weißen Haus.

Das Anwesen in Virginia gehört Bradley Charon; er verstarb überraschend 2002 bei einem Flugzeugabsturz. Eine Internetrecherche hat ergeben, dass seine Kinder mit seiner zweiten Frau nie zurechtgekommen sind. Um den Nachlass wird gestritten, es gibt einige Prozesse und Berufungsverfahren, aber die Familie ist so gut wie bankrott. Vor sechs Jahren hat ein Feuer Teile des Hauses zerstört. Es war mit Sicherheit Brandstiftung, vermutlich durch eines der Kinder, aber man konnte nie etwas beweisen. Deshalb haben die Versicherungen nicht gezahlt, und das Haus wurde nicht repariert. Es gibt ausstehende Steuerforderungen, die in die Hunderttausende gehen. Die Gemeinde hat erst kürzlich beschlossen, den Besitz bei einer öffentlichen Auktion zu versteigern. Ich hoffe, ich konnte Ihnen helfen.

Die Mail war eine große Hilfe, weil sie einen dringend benötigten Ausgangspunkt bot. Also tippte sie BRADLEY CHARON bei Google ein und wartete.
42 800 Treffer.
Sie grenzte die Suche ein, indem sie VIRGINIA, ERBSTREIT und CINCINATTI hinzufügte.
Die erste Ergebnisseite brachte Links zu verschiedenen Zeitungen.
Charon hielt einen Doktortitel in Politikwissenschaft, seine Familie war alter Geldadel, und er war der Letzte einer langen Abstammungsreihe, deren Wurzeln sich bis in die Zeit vor dem Unabhängigkeitskrieg zurückverfolgen ließen. Er diente als Prorost, Dekan oder Präsident von drei Universitäten und galt als Gelehrter. Er war zweimal verheiratet gewesen. Die erste Ehe, aus der drei Kinder hervorgingen, dauerte vierzig Jahre, die zweite keine fünf Jahre. Sie schien ihm nichts als Kummer bereitet zu haben, denn die Witwe beanspruchte seinen gesamten Besitz.
»Was für ein gieriges Aas«, erklärte Luke hinter ihr.
Sie stimmte ihm zu. »Die Einzigen, die bei solchen Streitereien gewinnen, sind die Anwälte.«
»Das ist typisch für diese Welt, oder?«
»Das ist typisch, wenn die Leute jegliches Maß verlieren.«

Die Charon-Familie schien auf das Verlieren abonniert zu sein. Keiner hatte bei dem Rechtsstreit irgendetwas gewonnen, der Fall ging zwischen dem örtlichen Nachlassgericht und den Appellationsgerichten Virginias hin und her. Bis jetzt hatte es vier Gerichtsentscheidungen und keine Klärung gegeben.

»Nachdem das Haus abgebrannt war«, sagte sie, »wurde es anscheinend von allen aufgegeben. Die Versicherung hat sich garantiert geweigert, den Schaden zu begleichen, und keiner der Erben wollte auch nur einen Cent für das Haus verschwenden. Von dem Archiv wusste sicher niemand, sonst hätte man es herausgeholt. Die Bücher und Manuskripte sind ein Vermögen wert.«

»Wie kommt es dann, dass unsere ausländische Besucherin davon wusste?«

Das war die große Frage.

Sie wurde auf einen anderen Eintrag auf der Google-Seite aufmerksam und klickte darauf.

Es war Charons Nachruf.

Er war nicht weit vom Anwesen in einer Familiengruft bei Manassas beigesetzt worden. In dem Text war von seiner Familie und seinem Wirken in der Gemeinde die Rede, doch es war der letzte Absatz, der ihre Aufmerksamkeit erregte.

Er war ein geschätztes Mitglied der Society of Cincinnati und verantwortlich für die Erweiterung ihrer Forschungsbibliothek. Amerika daran zu erinnern, wie viel es den Helden des Unabhängigkeitskrieges zu verdanken hatte, hat er sich zur Lebensaufgabe gemacht. Bei seiner Beisetzung wird auch der amtierende Generalpräsident der Society unter denen sein, die ihm als Sargträger die letzte Ehre erweisen.

»Anscheinend führen alle Wege zu dieser Society of Cincinnati«, sagte Luke.

Sie pflichtete ihm bei.

»Ich gehe davon aus, Sie wissen bereits, wohin wir als Nächstes fahren?«

Das wusste sie.

Aber zuvor war es erheblich dringender zu erfahren, was in Sibirien vor sich ging.

17

Die Situation gefiel Malone gar nicht. Zorin schien ziemlich selbstsicher zu sein, was die überlegene und verächtliche Miene des älteren Mannes deutlich zeigte. Wie zielstrebig und zügig er durch den Keller ging, fast wie ein siegreicher Held. Und obwohl seine Stimme von Bitterkeit geprägt war, lag darin eine für sein Alter untypische Energie. Rechnete man dann noch die beeindruckende Statur mit den muskulösen Schultern, der breiten Brust und riesigen, von Venen überzogenen Händen hinzu...

»*Ich habe noch eine Rechnung offen und habe vor, diese zu begleichen.*«

Seine Worte wurden von einem harten Blick und einem finsteren, trotzigen Grinsen unterstrichen. Von seinem Äußeren her wirkte Zorin wie ein grober, ungebildeter Mann. Und obwohl Malone nur wenige Augenblicke mit ihm verbracht hatte, hegte er keinen Zweifel daran, dass er es mit einem verwegenen und vorbelasteten Veteranen des Kalten Krieges zu tun hatte. Wahrscheinlich war er außerdem ein gefährlicher Soziopath. Er kannte die Sorte: hoch motivierte Erfolgsmenschen, beängstigend effektiv und völlig gewissenlos. Ihre größte Schwäche waren unbedachte Handlungen.

Der hier schien das perfekte Beispiel dafür zu sein.

Zorin kämpfte immer noch im Kalten Krieg.

Obwohl der schon lange vorbei war.

Man hatte Malone mit vorgehaltener Waffe ins Haus geführt. Der nackte Belchenko war im Badehaus geblieben. Seine beiden Bewacher hatten ihn in den kalten Keller eskortiert, einem fensterlosen Raum mit unverputzten Steinwänden. Sie hatten ihm den Mantel und die Waffe abgenommen und seine Hände mit Handschellen an ein Eisenrohr gekettet. Nur sein Portemonnaie in der Gesäßtasche hatten sie nicht angerührt, und dieses Versäumnis gab ihm Hoffnung.

Er brauchte nur einen kleinen Moment für sich.

Und den hatte er jetzt.

Zorin war ins Erdgeschoss zurückgegangen. Als sich die Tür oben schloss, witterte Malone seine Chance. Er bog sich zur Seite, rutschte mit den gefesselten Händen am Rohr hinunter und schaffte es unter etlichen Verrenkungen, seine Geldbörse herauszuziehen. Darin befand sich ein Dietrich, den er ohne Schwierigkeiten herausholte. Die Handschellen hatten ein einfaches Schloss, das leicht zu knacken sein sollte...

Offenbar hatte Zorin noch ein Hühnchen mit den Vereinigten Staaten zu rupfen. Doch dass er sich so nach der alten Sowjetunion sehnte, war seltsam. Die Sterblichkeitsrate hatte bei fast fünfzig Prozent gelegen, und die Lebenserwartung war düster. Wenn das kommunistische Regime nicht implodiert wäre, wäre es höchstwahrscheinlich durch Zerrüttung zugrunde gegangen. Der Mangel an Gütern und Dienstleistungen war fast epidemisch Alkoholismus nahm immer mehr zu. Die Preise blieben hoch, während gleichzeitig die Löhne in den Keller gingen und die Korruption überhandnahm. Lenins Versprechen von Gleichheit und Autonomie für alle hatte sich nie erfüllt. Stattdessen war ein System entstanden, das eine Folge von Tyrannen ausspuckte, die ausnahmslos einem Ziel dienten: sich und den wenigen Privilegierten, die das System aufrechterhielten, die Macht zu sichern.

Was konnte man daran vermissen?

Ein weiterer Beweis, dass dieser gefährliche Soziopath nicht klar denken kann, dachte Malone.

Er bearbeitete weiterhin das Schloss an seinem rechten

Handgelenk. Das verdammte Ding war hartnäckiger, als er vermutet hatte. Ihm fiel etwas ein, das Oscar Wilde einmal gesagt hatte: »*Die Wahrheit ist selten rein und niemals einfach.*« Zorin, der sein früheres Leben anscheinend auf perverse Weise genossen hatte, schien genau das allerdings zu denken.

Worauf war er aus? Was hatte das alles zu bedeuten?

Stephanie musste das unbedingt herausfinden.

Er hörte, wie eine Tür aufging. Schritte eilten die Treppe hinunter, und die beiden Männer von vorhin erschienen. Beide waren stämmig und unrasiert, hatten mongolische Gesichter und Schultern wie Bauernlümmel.

Er zog den Dietrich aus dem Schloss und verbarg ihn in seiner rechten Hand.

Die beiden verschwendeten keine Zeit. Sie stürzten sich auf ihn und hämmerten ihm ihre Fäuste in den Magen. Aber sie hüteten sich, ihm etwas zu brechen, vermutlich mit Absicht. Wie Zorin bereits angemerkt hatte, wollten diese Kerle den Spaß nicht allzu schnell beenden. Malone wappnete sich gegen die Schläge, aber sie schmerzten trotzdem. Die Männer zogen ihre Jacken aus, dann rollten sie die Ärmel ihrer Pullover bis zu den Ellenbogen hoch, um sich an die Arbeit bzw. das Vergnügen zu machen. Sie grinsten, weil sie wussten, dass er nichts gegen sie unternehmen konnte. Er atmete in der stinkenden Luft ein paarmal tief durch. Es roch nach Staub und Heizöl.

»Ihr seid ja ganz schön mutig, auf mich loszugehen, während meine Hände gefesselt sind«, provozierte er sie. »Macht mich los, dann erledigen wir das wie richtige Männer.«

Der Kerl mit dem roten Pullover rammte ihm eine Faust von der Größe eines Schweineschinkens in den Magen.

Zur Hölle! Malone drehte sich mit dem Rücken von dem Eisenrohr weg und rammte dem Roten sein rechtes Bein unters Knie. Das Kniegelenk des Russen knickte weg, und er ging schreiend zu Boden. Dann stürzte sich der mit dem schwarzen

Pullover auf ihn und wollte einen Faustschlag landen. Malone benutzte das Eisenrohr diesmal, um sich daran hochzustemmen und dem Angreifer beide Füße gegen die Brust zu rammen, sodass er zurücktaumelte.

Der Rote war wieder aufgestanden und rieb sich das Knie. Seine Augen glühten vor Wut.

Malone bezweifelte, dass er genug Zeit herausschinden konnte, um die Handschellen aufzukriegen. Die beiden Männer machten Anstalten, ihn gleichzeitig anzugreifen. Also waren sie nicht annähernd so dumm, wie sie aussahen. Er rechnete damit, nach ein paar Schlägen an den Kopf nur noch Sterne zu sehen. Wahrscheinlich würde ihn das so betäuben, dass sie anschließend nach Belieben auf ihn einprügeln konnten. Außerdem schienen diese Kerle kein Interesse mehr an dem bisherigen Geplänkel zu haben.

Sie wollten offenbar seinen Tod.

Es knallte zweimal laut.

Beide Männer keuchten und rissen die Augen weit auf. Aus dem Mund des Roten quoll Blut. Dann sackten sie zusammen und fielen zu Boden wie Marionetten, deren Fäden man durchgeschnitten hatte. Hinter ihnen stand am Fuß der Treppe Vadim Belchenko. Der alte Mann trug ein langärmeliges Hemd und Jeans, die ihm in die Kniekehlen gerutscht wären, wenn er sich keinen Gürtel um die Taille geschlungen hätte.

In der rechten Hand hielt er Malones Beretta.

Belchenko stieg über die beiden Leichen. Sein Gesicht war noch blasser und fleckiger als im Dampfbad, und seine farblosen Augen waren ausdruckslos. »Ich habe Ihnen doch gesagt, dass ich immer noch schießen kann.«

»Und weshalb haben Sie die beiden umgelegt?«, fragte er.

Belchenko zog einen Schlüssel aus der Tasche und warf ihn zu Malone hinüber. »Um Ihnen zu helfen. Warum wohl sonst?«

Malone fing den Schlüssel auf und öffnete die Handschellen.

»Ich habe gehört, was Zorin zu Ihnen gesagt hat«, sagte Belchenko. »Ihnen ist doch wohl klar, dass er vollkommen verrückt geworden ist.«

Er fühlte sich wie der Federball in einem Badmintonspiel; völlig verwirrt, war er sich keineswegs sicher, ob er das alles hier kapierte. »Ich dachte, Sie beide wären auf derselben Seite?« Die Waffe war immer noch auf ihn gerichtet, deshalb deutete er darauf und sagte: »Werden Sie mich auch erschießen?«

Belchenko hielt ihm die Beretta hin. »Die habe ich oben gefunden. Ich hoffe, Sie haben nichts dagegen, dass ich sie mir ausgeliehen habe.«

»Überhaupt nicht. Bitte, bedienen Sie sich. Ich war mir ehrlich gesagt nicht sicher, wie ich mit den beiden Kerlen hier fertigwerden sollte.«

»Diese Männer sind alle Fanatiker. Sie leben unten im Dorf und verehren Zorin. Er ist hier der Anführer. Sie alle hängen einem Ideal nach, das in Wirklichkeit niemals existiert hat.«

»Und Sie?«

»Wie konnte jemand ernstlich glauben, ein politisches System könne alle Güter und alle Dienstleistungen zur Verfügung stellen, die ein Volk braucht, ohne dass es etwas kostet? Nur für eine tägliche Anerkennung, die die Gier, den Egoismus, den Geiz, den Neid und die Untreue überwindet. Ein Ort, an dem der Mensch edel, stark und mutig werden konnte, sodass Verbrechen, Gewalt und soziale Missstände verschwinden. Das ist absurd. Das Experiment namens Sowjetunion hat nur bewiesen, dass nichts davon möglich ist.«

Malone gelangte zu der Überzeugung, dass er jetzt gehen sollte. Er hatte seinen Auftrag erledigt, doch zeichnete sich bereits ein neuer ab, in dem jener besessene Kommunist eine Rolle spielte. »Was hat Zorin vor? Er hat gesagt, er will eine Schuld begleichen.«

Belchenko nickte. »So ist es. Seiner Meinung nach ist er den Vereinigten Staaten etwas schuldig.«

Stephanie hatte erzählt, dass Belchenko ein ehemaliger KGB-Archivar war, deshalb fragte er: »Was haben Sie ihm erzählt?«

»Wenn ich Zorin nicht erzählt hätte, was er wissen wollte, hätte er mich umgebracht. Hätte ich gelogen, wäre er losmarschiert, hätte die Wahrheit entdeckt und wäre dann zurückgekommen, um mich zu töten. Deshalb habe ich mich entschlossen, ihm die Wahrheit zu sagen. Aber ich glaube nicht, dass das noch eine Rolle spielt. Es ist so viel Zeit vergangen, da gibt es nichts mehr zu finden.«

Malone hatte einen Haufen Fragen an den Mann, doch eine schien ihm vordringlich zu sein: »Weshalb erzählen Sie mit das dann alles?«

»Weil ich nie ein Idealist gewesen bin. Ich wurde einfach in dieses böse und korrupte System hineingeboren und habe gelernt, darin zu überleben. Irgendwann wurde ich dann Hüter kommunistischer Geheimnisse und war deshalb für die Privilegierten wichtig. Sie haben mir vertraut, und ich habe ihr Vertrauen auch gerechtfertigt. Aber jetzt sind sie alle weg. So wie Sie es Zorin bereits gesagt haben: Der Kalte Krieg ist vorbei, und die Welt hat sich verändert. Nur ein paar Relikte wie Zorin und die beiden, die hier tot auf dem Boden liegen, glauben, dass es anders wäre. Was er vorhat, ist dumm. Er wird nichts erreichen. Und nur wegen der geringen Chance, dass die Gefahr noch real ist, habe ich mich entschieden, Ihr Leben zu retten und Ihnen die Wahrheit zu sagen.« Belchenko machte eine Pause. »Sie haben gefragt, was Zorin vorhat.«

Malone wartete.

»Es geht um Nuklearwaffen – und zwar solche, von denen keiner weiß, dass sie überhaupt existieren.«

18

Stephanie und Luke stiegen vor dem Anderson-Haus aus dem Taxi. Die prachtvolle Kalksteinvilla lag an der Massachusetts Avenue, nur wenige Blocks vom Dupont Circle entfernt, im Herzen der Embassy Row. Stephanie wusste alles über das palastartige Gebäude. Es war gegen Ende des 19. Jahrhunderts von einem amerikanischen Diplomaten namens Anderson errichtet worden und war damals eine der größten und teuersten Residenzen in Washington. Während der Wintermonate diente es als sein Familiensitz, und er nutzte es sowohl für Gesellschaften als auch für die Präsentation seiner Kunstsammlung und Möbel. Als Anderson im Jahr 1937 starb, überschrieb seine Frau das Haus einer Gruppe, die ihm lieb und teuer war.

Der Society von Cincinnati.

Wie schlecht Amerika seine Kriegsveteranen behandelt, taucht regelmäßig in den Medien auf. Diese Schande ist nichts Neues. Sie begann bereits im Jahre 1783, als der Unabhängigkeitskrieg endete. Zu diesem Zeitpunkt waren die meisten Offiziere der Kontinentalarmee seit vier Jahren nicht bezahlt worden. Versteht sich von selbst, dass deshalb allgemeine Unzufriedenheit unter den Soldaten herrschte. Man munkelte, die Armee sollte bald aufgelöst werden, ohne die Schulden zu begleichen. Kurz darauf zirkulierten ernsthafte Gerüchte über einen bevorstehenden Militärputsch, der durchaus erfolgreich hätte sein können, weil die junge Nation nicht die Mittel gehabt hätte, um sich zu verteidigen. George Washington musste persönlich eingreifen, um das frisch entfachte Fieber der Revolte zu unterdrücken. Dann nutzte General Henry Knox die Idee, eine Bruderschaft zu gründen, die sich um die gemeinsamen Interessen der Offiziere auch nach Auflösung der Armee kümmern sollte. Er malte sich aus, dass die Gruppe dazu dienen konnte, den Zorn in konstruktive Gespräche umzuwandeln, und fand breite Zustimmung für seinen Vorschlag.

Der Name ergab sich wie von selbst.

Lateinische Klassiker waren eine Säule der Bildung eines jedes Mannes, der im 18. Jahrhundert studierte. Lucius Quinctius Cincinnatus war ein römischer Aristokrat des fünften vorchristlichen Jahrhunderts, der unter ärmlichen Umständen auf seinem Landsitz lebte. Als Krieg drohte, erteilte ihm der römische Senat für einen Zeitraum von sechs Monaten uneingeschränkte Autorität, um diese Krise beizulegen. Nach zwei Wochen hatte er es geschafft. Dann legte Cincinnatus – unter Berufung auf höhere Werte, Bürgerpflichten und persönliche Bescheidenheit – sein Amt als Diktator nieder und kehrte als Privatier auf seinen Landsitz zurück. Dieses Beispiel passte perfekt auf die Offiziere der Vereinigten Staaten, weil auch sie sich auf dem Weg zurück zu ihren Pflügen befanden. Und nicht anders als Cincinnatus drohte auch ihnen Armut. Das alte Motto der Bruderschaft spiegelte den Geist des selbstlosen Dienstes für die Gemeinschaft wider.

Omnia relinquit servare rem publicam.

»Er opferte alles, um die Republik zu retten.«

Am Anfang trat fast die Hälfte der 5500 infrage kommenden Offiziere der Vereinigung bei. Washington wurde zum ersten Generalpräsidenten gewählt, eine Position, die er bis zu seinem Tod 1799 innehatte. Sein Nachfolger wurde Alexander Hamilton. Dreiundzwanzig Unterzeichner der Verfassung der Vereinigten Staaten wurden ebenfalls Mitglieder. Die Stadt Cincinnati in Ohio bekam ihren Namen zu Ehren der Gesellschaft, weil der erste Gouverneur des Gebietes ein Mitglied war und darauf hoffte, dass auch andere in den Westen ziehen und sich dort niederlassen würden. Die Mitgliedschaft konnte nur in der männlichen Linie vererbt werden. Ursprünglich durfte jeder männliche Offizier der Unabhängigkeitsarmee beitreten. Starb dieser Offizier, konnte er in der Vereinigung nur von jeweils einem männlichen Nachkommen beerbt werden. Ein entfernterer Erbe durfte nur dann seinen Platz übernehmen, wenn die direkte männliche Linie erloschen war.

Diese Tradition hatte bis zum heutigen Tag Bestand.

Stephanie wusste das alles, weil ihr verstorbener Ehemann Mitglied des Ablegers in Maryland gewesen war. Ursprünglich hatte jede der dreizehn Kolonien eine lokale Gruppe organisiert. Lars Nelles Vorfahren väterlicherseits hatten von Maryland aus im Unabhängigkeitskrieg gekämpft, und einer von ihnen hatte zu den Gründungsmitgliedern der Vereinigung gehört. Als sie vorhin das Buch unter dem Glassturz gesehen hatte, war sie von Erinnerungen förmlich überflutet worden. Ihr Mann war nicht sonderlich begeisterungsfähig gewesen; sie hatte seine Verdrießlichkeit zu akzeptieren gelernt, es aber bedauert, nachdem er sich das Leben genommen hatte. Es gab kaum etwas, was Lars begeistern konnte, die Society von Cincinnati war jedoch etwas, das ihn immer mit Freude erfüllt hatte.

Sie sah auf die Uhr.

9.05 Uhr.

Bevor sie das Hotel verließ, hatte sie die Website des Vereins studiert und erfahren, dass das Haus und die Bibliothek um neun Uhr öffneten, dass die Führungen durch das Haus aber erst nachmittags stattfanden. Das Haus hatte jahrzehntelang als Museum gedient und fungierte gleichzeitig als Landeshauptquartier der Vereinigung. Der Ballsaal konnte auch für externe Veranstaltungen gemietet werden, und im Laufe der Jahre hatte sie mehrere von ihnen besucht.

Insbesondere eine, vor langer Zeit.

Im August 1982.

Sie war von den zweigeschossigen weißen Wänden des Ballsaals beeindruckt, die mit Wandmalereien ausgeschmückt waren und von einem Paar prächtiger Kristalllüster in ein warmes Licht getaucht wurden. Ein Dutzend ovaler Tische mit weißen Tischdecken stand auf dem Intarsien-Eichenboden bereit. Besonders bemerkenswert war die Freitreppe mit dem Eisengeländer, die zu einem offenen Balkon hinaufführte. Auf gedrechselte Barocksäulen gestützt, bildete der Vorbau eine Bühne für Musiker. An jenem Abend gab dort ein Trio klassische Musik zum Besten.

Sechs Monate waren seit ihrem Gespräch mit Präsident Reagan vergangen. Viermal war sie bereits in Rom gewesen, hatte sich mit dem Papst getroffen und eine Beziehung zu ihm aufgebaut. Sie und Johannes Paul II. hatten eine gemeinsame Basis gefunden und sich über die Oper und klassische Musik unterhalten, die sie beide liebten. Auch Reagan schien für sie ein Dauerthema zu sein. Der Papst war neugierig auf den amerikanischen Präsidenten, er stellte viele Fragen und offenbarte ein Wissen über Amerika, das sie überraschte. All dies hatte sie dem Präsidenten berichtet, denn auch er brannte darauf, mehr über den Papst in Rom zu erfahren.

Es war zwei Monate her, seit sich der Präsident und der Papst unter vier Augen im Vatikan getroffen hatten. Sie hatte die Grundlagen für diese Gespräche gelegt und war zufrieden, dass es zu einer Einigung gekommen war. Im Juni war sie nicht dabei gewesen. Sie hatte stattdessen in der Nähe in einem Hotel gewartet, bis der Präsident und seine Entourage gegangen waren. Dann hatte sie in aller Stille mit ihren römischen Gesprächspartnern die Details geklärt und festgelegt, welche Schritte beide Seiten in den kommenden Monaten unternehmen würden. In Osteuropa passierte eine Menge, die Welt änderte sich täglich; sie fand es spannend, dabei eine Rolle zu spielen.

Heute Abend war sie zu einem Empfang des Außenministeriums eingeladen. Die Einladung hatte sie überrascht. Sie lag in einem Umschlag auf ihrem Schreibtisch, als sie aus der Mittagspause zurückkam. Man bat sie, sich um 18 Uhr im Anderson-Haus in der Nähe des Dupont Circle einzufinden. Mit der Einladung ergab sich sofort das Problem der passenden Garderobe, das sich aber durch einen kurzen Zwischenstopp bei einer Boutique lösen ließ. Sie wunderte sich über die Einladung, weil ihr nur wenige der Anwesenden vertraut waren. Ein Gesicht jedoch kannte sie: das von George Shultz, dem Außenminister.

Er hatte den Posten erst vor einem Monat angetreten, nachdem man Al Haig in aller Stille zum Rücktritt gezwungen hatte. Es hatte Meinungsverschiedenheiten über die zukünftige Außenpolitik gegeben. Das Außenministerium präferierte eine andere Richtung als das Weiße Haus.

»Wie ich sehe, haben Sie meine Einladung erhalten«, sagte Shultz zu ihr, als sie auf ihn zuging.

Ihr Chef war Ökonom und Akademiker, der sich einen Namen in der Privatwirtschaft gemacht hatte. Zudem hatte er es geschafft, während der Nixon-Ära drei Kabinettsposten zu bekleiden, und war jetzt unter Reagan als Außenminister in seiner vierten Legislaturperiode. Er trug einen eleganten schwarzen Smoking, der seine kräftige Statur perfekt betonte.

»Mir war nicht bewusst, dass die Einladung von Ihnen kam«, sagte sie. Noch vor sechs Monaten hätten diese Umstände sie eingeschüchtert, aber für den Präsidenten zu arbeiten und verdeckte Missionen in Italien zu übernehmen hatte ihr Selbstvertrauen gestärkt. Sie war jetzt an einer ganz großen Sache beteiligt. Bedauerlicherweise wussten nur Alexander Haig und der Präsident davon.

»Gehen wir kurz nach draußen in den Wintergarten«, schlug er vor und bedeutete ihr voranzugehen.

Durch Flügeltüren, die die eine Seite des langgestreckten Ballsaals säumten, gelangten die Gäste in eine ehemalige Orangerie, die Ausblick auf einen terrassenartigen Garten mit Statuen und einem glitzernden Teich bot. Die schmale rechteckige Galerie war mit floralen Wandmalereien verziert, es gab vergoldete Spaliere und Marmorsäulen. Der Boden bestand aus spiegelglatt poliertem Marmor, und die Decke war in Faux-Malerei wie ein Himmel gestaltet. Er winkte sie weiter, und sie betraten einen kleinen Raum am Ende, in dem sich ein Esstisch mit Stühlen befand.

»*Ich wollte Ihnen nur mitteilen, dass* Steilpass *weitergeführt wird*«, *sagte er mit leiser Stimme.* »*Im Grunde genommen spitzen sich die Dinge jetzt sogar noch zu.*«

Ihr neuer Chef war anscheinend ins Bild gesetzt worden.

Erst vor ein paar Tagen hatte Shultz öffentlich erklärt, die wichtigste Aufgabe des Außenministeriums sei jetzt Diplomatie mit den Sowjets und den Europäern. Bevor er aus dem Amt schied, hatte Haig noch für einige Unruhe gesorgt, als er in aller Offenheit nahelegte, dass ein nuklearer Warnschuss in Europa eine gute Methode sei, die Sowjetunion abzuschrecken. Diese Offenheit bewirkte das Gegenteil all dessen, was der Präsident erreichen wollte. Ronald Reagan hasste Nuklearwaffen. Auch wenn diese Tatsache der Öffentlichkeit womöglich nicht klar war, hatten es alle, die ihm nahestanden, längst begriffen. Im Laufe der vergangenen Monate war es nicht nur zwischen Washington und Moskau, sondern auch zwischen Washington und anderen wichtigen ausländischen Hauptstädten zu Spannungen gekommen. Als Reaktion auf die Ausrufung des Kriegsrechts in Polen hatten die Vereinigten Staaten amerikanischen Unternehmen und ihren europäischen Tochtergesellschaften die Beteiligung am Bau einer Erdgaspipeline von Sibirien nach Westdeutschland untersagt. Die europäischen Staats- und Regierungschefs hatten vehement gegen diese

Sanktionen protestiert, weil sie Auswirkungen auf ihre eigenen, primär ökonomischen Interessen hatten. Haig hatte nur wenig dazu beigetragen, diese Spannungen abzubauen, deshalb ging sie davon aus, dass der Mann, der neben ihr stand, jetzt die Aufgabe hatte, sich um das Problem zu kümmern.

»*Der Präsident hat mir persönlich von Ihrem Spezialauftrag erzählt*«, *sagte Shultz.* »*Er hat einen großartigen Plan, nicht wahr?*«

Haig hatte nur ein einziges Mal mit ihr über Steilpass *gesprochen, um ihr Informationen zu entlocken. Sie hatte seine Nachfragen höflich ins Leere laufen lassen, was für gewisse Spannungen zwischen ihnen gesorgt hatte.*

»*Der Präsident sucht Helfer*«, *sagte Shultz.* »*Er wünscht sich Partner. Er will über das weitere Vorgehen nicht diskutieren, sondern er will nur, dass wir uns von ihm führen lassen. Ich habe vor, das zu tun. Ich möchte Sie hiermit wissen lassen, dass ich von Ihnen dasselbe erwarte.*«

»*Sie kennen das Ziel?*«

Er nickte. »*Und ich glaube, dass wir es erreichen können. Ich muss sagen, bevor ich für diese Aufgabe ausgewählt wurde, war ich nicht unbedingt ein Fan von Ronald Reagan. Wie viele andere war ich der Auffassung, dass er für diesen Posten nicht qualifiziert sei. Herrgott, der Mann war Schauspieler! Aber ich habe mich geirrt. Er ist verständig und intelligent. Er weiß, was er will – und wie er es erreichen kann. Das gefällt mir. Es ist erfrischend. Er hat mir gesagt, dass er alle wesentlichen außenpolitischen Entscheidungen persönlich treffen wird, mir aber die Details dieser Entscheidungen, die eigentliche Diplomatie, vorbehalten bleiben.*« *Shultz machte eine Pause.* »*Insbesondere, was* Steilpass *anbetrifft. Sie und ich, wir haben einen schweren Job vor uns.*«

»*Bin ich Ihnen direkt unterstellt?*«

Sie wollte es sich nicht von Anfang an mit diesem Mann

verderben. Nach allem, was sie über ihn gehört und gelesen hatte, wusste er sich auf dem politischen Parkett zu bewegen. Wie sonst hätte es ihm gelingen können, vier verschiedene Posten im Kabinett zu bekleiden?

Er schüttelte den Kopf. »Weshalb sollte ich Ihnen das aufzwingen? Machen Sie Ihre Arbeit und beziehen Sie mich ein, wenn es angemessen ist oder nötig werden sollte. Wir arbeiten beide für den Präsidenten der Vereinigten Staaten. Er ist der Chef. Deshalb habe ich Sie heute hierher gebeten. Ich wollte, dass Sie es von mir persönlich hören.« Er beugte sich vor. »Und ich dachte, es wäre das Beste, wenn wir im Außenministerium nicht dabei beobachtet werden, wie wir miteinander reden«, flüsterte er.

Sie lächelte, sowohl über sein Grinsen als auch über seinen verschwörerischen Tonfall.

»Ich darf wohl behaupten«, bemerkte er, »dass die nächsten Jahre ganz bestimmt interessant werden.«

Und das wurden sie.

Der Papst und der Präsident trafen sich erst 1984 wieder unter vier Augen. In dieser Phase wurde Stephanie zur wichtigsten Überbringerin von Informationen zwischen Washington und Rom. Sie reiste durch die Welt und legte dabei Zehntausende von Meilen zurück. Sie bewegte sich problemlos zwischen dem Vatikan und dem Weißen Haus und half dabei mit, die Zerschlagung der Sowjetunion zu koordinieren.

Und jetzt war sie zum ersten Mal seit jenem Sommerabend im Jahre 1982 wieder im Anderson-Haus.

Nach ihrem Gespräch hatte Shultz sie wieder zurückgeführt, wo die mit Blumen überladenen Tische auf die Gäste warteten. Sie genossen ein vorzügliches Dinner; Musik, Gespräche und das Klicken feinen Porzellans erfüllten den Ballsaal. Man erzählte sich amüsante Anekdoten. Alles in jener Nacht hatte so beschwichtigend gewirkt – die harmonischen Geräusche hatten sich ihr unvergesslich ins Gedächtnis geschrieben. Irgendwo hatte sie immer noch die goldgeränderte Karte mit der Menüfolge, die Shultz signiert hatte. Es war eine Erinnerung an die Zeit, als der Präsident der Vereinigten Staaten sie persönlich rekrutiert hatte und der Außenminister ihr geheimer Verbündeter war.

Es war so anders als jetzt, wo man sie anscheinend nicht mehr brauchte.

Sie führte Luke durch einen Torbogen auf das Anwesen. Durch das geöffnete Eisentor gelangten sie auf einen Kutschenhof, der durch einen Säulenvorbau vor der Sonne geschützt wurde. Zu beiden Seiten erstreckten sich mehrgeschossige Gebäudeflügel. Seit dem damaligen Abend hier waren fast fünfunddreißig Jahre vergangen. George Shultz war von der politischen Bühne abgetreten, Reagan und Johannes Paul tot. Sie allein war übrig, gereift zu einer Weltklasse-Geheimdienstoffizierin, die manche für eine der besten in der Branche hielten. Nur spielte das leider für den neuen Präsidenten oder den kommenden Generalstaatsanwalt keine Rolle, denn sie würde in Kürze arbeitslos sein. Etwas allerdings ließ ihr keine Ruhe, seit sie mit dem Wagen nach Virginia gefahren war und Nikolai Osin ihr von den verschwundenen Atomwaffen und einem kommunistischen Fanatiker namens Zorin erzählt hatte.

Er will Rache.

Sie spürte es.

Es war eine Gewissheit.

Und beruhte auf Erfahrung.

Zwischen dem Damals und dem Jetzt gab es eine Verbindung.

19

Baikalsee

Malone dachte über das, was Belchenko gesagt hatte, nach und begriff, dass es dem alten Mann todernst war. Auf eine solche Enthüllung war er nicht gefasst gewesen, deshalb sah er ihn erstaunt an. »Was sind das für Atomwaffen, von deren Existenz niemand weiß?«

»Man hat uns von Geburt an eingetrichtert, dass Amerika unser Feind sei. Dass alles an Amerika unserer Art zu leben zuwiderliefe. Es war unsere Pflicht, für die Schlacht mit unserem Hauptgegner bereit zu sein. Das war unser Lebensinhalt.«

»Uns hat man dasselbe über euch erzählt.«

»Und dann wundern wir uns, weshalb wir einander misstrauten? Warum wir keine freundschaftlichen Beziehungen pflegen konnten? Wir hatten keine Chance dazu. Im Bad habe ich Ihnen erzählt, dass alle Geschichten einen Anfang, eine Mitte und ein Ende haben. Die kommunistische Geschichte begann 1918 mit der bolschewistischen Revolution. Der Mittelteil dauerte von damals bis jetzt. In seinem Verlauf haben wir Stalin, Chruschtschow, Breschnew, Gorbatschow, Jelzin und Putin erlebt. Die gegenwärtige Regierung ist auch nicht besser. Eine Katastrophe nach der anderen. Männer wie Zorin haben nicht vergessen, was man ihnen beigebracht hat. Für ihn bleibt Amerika der Hauptgegner. Nur dass seine Motivation jetzt persönlicher ist. Für ihn war das damals noch nicht das Ende der Geschichte. Das ist jetzt.«

»Er hat mir erzählt, dass er eine *Spetsnaz*-Einheit geleitet hat.«

Belchenko nickte. »Er hat große Fähigkeiten. Fähigkeiten, die über zwanzig Jahre lang im Winterschlaf lagen, aber nie vergessen wurden. Er wird ein harter Gegner sein.«

Malone wusste, dass die sowjetischen Spezialeinheiten einst zu den besten der Welt gehörten. Sie hatten in den Achtzigern schwere Kämpfe in Afghanistan überstanden. »War er in Afghanistan?«

»Fast fünf Jahre lang. Er empfand unseren Rückzug als einen Verrat an allen, die dort gefallen sind. In diesem Punkt widerspreche ich ihm. Dieser Krieg musste enden. Aber als die Sowjetunion zusammenbrach, sahen wir beide, was wirklich ein Betrug war. In der *Spetsnaz* gab es dieselbe Korruption, dieselbe Unmoral und denselben Mangel an Geldmitteln wie bei allen anderen. Viele jener Einsatzkräfte arbeiteten anschließend für Gangster, die für ihre Dienste gut zahlten.«

»Aber nicht Zorin.«

»Damals nicht, aber irgendwann hat auch er für einige von ihnen gearbeitet. Jeder musste das einmal tun. Sie besaßen das Geld. Im Großen und Ganzen jedoch hat Zorin seinem Land gedient, nicht dem Rubel. Und als es das Land nicht mehr gab, ist er einfach verschwunden.«

Und so ist er auch gleich den Katastrophen aus dem Weg gegangen, die auf das Jahr 1991 folgten, dachte Malone. Während des Tschetschenienkrieges verlor die *Spetsnaz* endgültig ihren Ruf als harte Truppe, denn sie erlitten herbe Verluste durch die Guerillakämpfer. Er erinnerte sich, davon gelesen zu haben, dass eine ganze Einheit massakriert wurde. Dann gab es den Zwischenfall 2002 in einem Moskauer Theater und 2004 die Besetzung der Schule in Beslan.

In dem einen Fall verpfuschten *Spetsnaz*-Truppen die Rettung, was Hunderte von Menschen das Leben kostete, in dem anderen Fall schossen sie sich mit Raketen und Panzern den Weg frei, was noch größere Verluste bewirkte. Keine Finesse.

Kein Geschick. Nur eine gefühllose Missachtung des Lebens, insbesondere das ihrer Mitbürger.

»Alexandr ist ein Mann mit klaren Zielen«, fuhr Belchenko fort. »Er lebte lange hier in diesem Haus. Seine Verbitterung ist älter geworden und gereift. Und wie die Kommandos seiner Epoche ist er äußerst entschlossen und hat seinen eigenen Kopf.«

Er musste mehr über diese Nuklearwaffen erfahren, deshalb zwang er sich, wieder an das Wesentliche zu denken. »Sie müssen mir sagen, was hier vor sich geht.«

Belchenko lehnte sich gegen eine der Eisensäulen, die das Haus abstützten. »Ich kenne nicht alle Details. Sie finden das bestimmt seltsam, wenn man bedenkt, welchen Beruf ich früher ausgeübt habe. Aber die *Spetsnaz* hatte Zugriff auf kleine tragbare Atomwaffen. Wir nannten sie RA-115. Sie waren auf versteckte Waffenlager verteilt.«

Die Waffenlager, die Belchenko kannte, lagen in West- und Zentraleuropa, in Israel, der Türkei, in Japan und sogar in Nordamerika. Dort wurden Waffen und Funkausrüstungen für Einheiten aufbewahrt, die hinter den feindlichen Linien operierten.

»Ich erinnere mich an eines in der Schweiz«, sagte er. »Als man es fand, feuerten sie mit einer Wasserkanone darauf, und alles explodierte. Es war mit Sprengfallen versehen.«

»Mitrokhins Enthüllungen haben sie zu diesem und den anderen Lagern geführt. Für mich ist dieser Mann ein Verräter. Er hatte kein Recht, das alles preiszugeben. Unsere Aufgabe war es, diese Geheimnisse zu bewahren.«

»Was spielt das für eine Rolle?«

»Es spielt eine große Rolle. Für mich. Für Männer wie Zorin. Wir haben an das geglaubt, was wir getan haben. Und selbst als es mit unserem Land zu Ende ging, war unsere Aufgabe nicht erfüllt. Es war unsere Pflicht, diese Geheimnisse zu bewahren.«

»Und warum reden Sie dann mit mir? Warum haben Sie gerade zwei Männer getötet? Was ist jetzt anders?«

»Zorin hat die Ziele, wofür wir gekämpft haben, schon lange aus den Augen verloren. Er hat sich auf die Ebene derjenigen sinken lassen, die letzten Endes unseren Untergang verursacht haben. Männer wie Stalin, Beria, Breschnew, Andropow und all die anderen sogenannten Parteiführer. Das waren Opportunisten, die nur an sich selbst gedacht haben. Zorin ist so geworden wie sie, obwohl ich bezweifle, dass ihm das bewusst ist.«

»Und Sie sagen, dass es in einem dieser Waffenverstecke Nuklearwaffen gibt?«

»Ich sage Ihnen, dass viele davon Nuklearwaffen enthielten. Aber Sie müssen sich nur um eines dieser Verstecke sorgen machen. Der Rest ist harmlos.«

»Sagen Sie mir, was ich wissen muss.«

»Zorin ist auf dem Weg nach Kanada.«

Eine neue Information. Endlich.

»Er ist hinter einem Mann namens Jamie Kelly her, einem Amerikaner, der einmal für den KGB gearbeitet hat. Als 1991 alles zu Ende ging, ist Kelly in der Versenkung verschwunden, wie so viele andere Offiziere auf der ganzen Welt. Aber er kennt den Standort eines dieser Lager, in dem es bis zu fünf noch einsatzbereite RA-115 geben könnte.«

Wie war das möglich? »Müssen diese Geräte nicht permanent an den elektrischen Strom angeschlossen sein, um funktionstüchtig zu bleiben?«

»Das ist richtig. Und falls diese permanente Stromversorgung gewährleistet war, gibt es keinen Grund, warum die Waffen nicht noch funktionieren sollten. Unsere Ingenieure haben sie so konzipiert, dass sie im Versteck sehr lange haltbar bleiben.«

Malone war misstrauisch, was man ihm nicht verdenken konnte. Der Mann hier hatte sein Leben lang andere getäuscht, weshalb sollte es jetzt anders sein? »Was hat Zorin mit dieser Waffe vor?«

»Das hat er mir leider nicht mitgeteilt, was ja wohl nachvollziehbar ist. Er hat mir nur versichert, dass die offene Rechnung mit Amerika beglichen würde.«

»Und was wollte er dann von Ihnen?«

»Er wollte Kellys Namen und seinen Wohnort wissen. Nach dem Untergang der Sowjetunion wurde entschieden, dass keine Informationen über jene Waffenlager nach außen dringen dürften. Also entschieden wir, sie auch weiterhin versteckt zu halten. Falls ein Versteck gefunden wurde, würden die Sprengfallen seine Geheimnisse bewahren. Verräter wie Mitrokhin haben diese Strategie zunichtegemacht. Jedoch nur wenige wussten – und Mitrokhin gehörte nicht zu diesem Kreis –, dass einige dieser Waffenlager auch für Atomwaffen taugten.«

»Und Sie wissen nicht, wo dieses eine Waffenlager sich befindet?«

»Ich habe zu keiner Zeit über diese Information verfügt. Doch Jamie Kelly weiß es, und ich habe gehört, dass er noch lebt.«

Ein Geräusch von oben störte die Stille.

»Das klingt wie ein Fahrzeug«, sagte Malone und lief mit der Waffe in der Hand zur Treppe.

Belchenko folgte ihm, doch nicht, ohne zuvor einem der Toten das Gewehr abzunehmen.

»Werden Sie das brauchen?«, fragte Malone.

»Das ist absolut möglich.«

Er schnappte sich seinen Mantel und zog ihn an, während sie die Treppen hinaufstiegen, die zu einer Küche mit gusseisernem Herd und einer Feuerstelle hinaufführten. An einer Wand stand ein Schrank, Porzellantassen hingen an Haken. In der Luft lag ein Geruch von schmutzigem Fußboden und schalem Abwaschwasser. Draußen war es hell erleuchtet. Vor einem der

Fenster sah er drei Männer mit Sturmhauben aus einem jeepartigen Geländewagen steigen.

Sie gingen im Schein der Lichter weiter.

Dann hörte er das vertraute schnelle Klicken von Sturmgewehren.

20

Stephanie führte Luke ins Anderson-Haus. Die Society of Cincinnati hatte hier seit den 1930er-Jahren ihr Hauptquartier, obwohl man ihre Anwesenheit kaum bemerkte. Das Haus selbst diente als Museum für die Privatsammlung der Familie Anderson. Sie beinhaltete Gemälde und Statuen – Erinnerungen an die amerikanische Blütezeit gegen Ende des 19. Jahrhunderts –, und konnte gratis besichtigt werden. Die Büros der Vereinigung befanden sich alle im Keller, was sie vor langer Zeit, noch während ihrer Ehe, herausgefunden hatte. Wie sie Luke berichtet hatte, handelte sich dabei um die älteste private patriotische Vereinigung des Landes. Es war die erste Organisation, deren Mitgliedschaft vererbt wurde und die es sich zur Aufgabe gemacht hatte, die Erinnerung an den Unabhängigkeitskrieg zu bewahren. Und sie wusste, dass die Mitglieder diese Aufgabe sehr ernst nahmen.

Im Keller befand sich die beste Auswahl von Büchern und Skripten aus jener Epoche. Sowohl der Unabhängigkeitskrieg als auch der Krieg von 1812 hatten sie schon immer fasziniert, und sie wusste schon seit Jahren von der umfassenden Sammlung der Vereinigung mit Originaltexten und Sekundärliteratur. Der verborgene Hort in Virginia schien besonders wertvoll zu sein, und sie fragte sich noch immer, ob es hier jemanden gab, der von seiner Existenz wusste. Es gab nur eine Möglichkeit, das herauszufinden, deshalb zeigte sie einem der Angestellten draußen kurz ihre Magellan-Billet-Marke und wurde an die Büros im Keller verwiesen.

Als sie die Treppen hinunterstieg, fiel ihr auf, dass sich nicht viel verändert hatte. Der Eingangsbereich mündete in einen langen Vorraum und führte zu einer eleganten Treppe. Ballsaal und Bibliothek lagen direkt davor. Auch hier dominierte die beeindruckende Zusammenstellung von Kunstwerken, Möbeln, Marmor und Wandmalerei. Selbst der etwas muffige Geruch längst vergangener Zeiten war noch erhalten.

Obwohl die Vereinigung heutzutage nur eine unter vielen gemeinnützigen Organisationen darstellte, waren ihre Anfänge alles andere als friedlich gewesen. In den 1780er-Jahren betrachteten viele eine ordensmäßige Bruderschaft von Militärs als Bedrohung. Es konnte nichts Gutes dabei herauskommen, wenn sich Soldaten zusammenschlossen. Eine verständliche Furcht angesichts der unverfrorenen Arroganz des britischen Militärs, das zu jenem Zeitpunkt das Einzige war, was die Kolonisten kannten.

Hinzu kam die vererbbare Mitgliedschaft, die an den Adel erinnerte. Aristokratie war jedoch ein Konzept, das die neue Nation zutiefst verachtete. Die Verfassung untersagte es ausdrücklich, jemanden in den Adelsstand zu erheben. Mehrere Bundesstaaten und auch der Kongress überlegten sogar, die Vereinigung zu verbieten. Nur George Washingtons Mitgliedschaft war es zu verdanken, dass diese Ängste beschwichtigt werden konnten.

Sie erinnerte sich daran, wie sehr es ihr verstorbener Mann genossen hatte, die alljährlichen Zusammenkünfte zu besuchen, die in diesem Ballsaal stattfanden. Er hatte Geschichte studiert, und seine eigene Büchersammlung zur Kolonialzeit war beeindruckend. Sie besaß die Bücher immer noch, sie standen in ihrem Haus in Georgia in den Regalen. Sie sollte jetzt dort sein und sich darüber Gedanken machen, was sie mit ihrem restlichen Leben anfangen wollte. Stattdessen war sie hier, verstieß gegen einen direkten Befehl ihres unmittelbaren Vorgesetzten und tauchte von Minute zu Minute tiefer in ein immer größer werdendes Loch.

»Diese Hütte hier ist ganz schön spannend«, murmelte Luke. »Sie scheinen sich gut auszukennen.«

Sie grinste über seinen Versuch, ihr Informationen aus der Nase zu ziehen. »Das kommt daher, dass ich schon so lange auf der Welt bin.«

»Okay, schon kapiert. Sie reden, wenn Sie so weit sind.«

Unten kamen sie zur Bibliothek, einem nüchternen Raum, der sehr zweckmäßig eingerichtet war. Er verfügte über einen dicken Teppich, eine schallschluckende Decke und stabile Metallregale, in denen sich Hunderte von Büchern und Manuskripten stapelten. Drei massive Holztische standen mitten im Raum, in der Luft lag der süße Geruch von altem Papier und Leimbindungen. Das gleißende Neonlicht hatte einen leicht bläulichen Schein. Ein kleiner dünner Mann Ende vierzig erwartete sie bereits. Sein Gesicht war von Lachfalten gezeichnet. Er stellte sich als Fritz Strobl vor und war der Kurator der Vereinigung. Seine Lesebrille hing ihm an einer Kette um den Hals. Stephanie erzählte ihm von ihrem Zufallsfund in Virginia.

»Brad Charon, der Besitzer dieses Hauses«, sagte Strobl, »war während seines gesamten Erwachsenenlebens ein Mitglied der Vereinigung. Es wundert mich nicht, dass er eine solche Sammlung zusammengetragen hat.«

»Und sie versteckt hat«, bemerkte Luke.

Strobl lächelte. »Mister Charon war ein wenig exzentrisch. Aber er liebte Amerika und diese Vereinigung.«

»Ist er unerwartet gestorben?«, fragte sie. Zwar kannte sie die Antwort, doch sie wollte ein wenig nachhaken.

»Ein Flugzeugabsturz. Ich war auf seiner Beerdigung. Es war eine sehr traurige Zeit. Ich habe später etwas über einen bösen Streit zwischen seinen Erben gelesen, aber das ist schon eine ganze Weile her.«

Über zwanzig Jahre im Geheimdienstgeschäft hatten sie eine

Menge gelehrt. Dazu gehörten Politik mit harten Bandagen, verdeckte Diplomatie, Komplizenschaft und wenn nötig auch Doppelzüngigkeit. Sie hatte mit einer unendlichen Vielfalt von Menschen auf der ganzen Welt zu tun gehabt – guten und schlechten – und hatte zu viele Entscheidungen über Leben und Tod getroffen, um sie noch zählen zu können. Dabei hatte sie auch die Fähigkeit entwickelt, aufmerksam zu sein. Es erstaunte sie, wie wenig Menschen von anderen Menschen wahrnahmen. Normalerweise waren es weder Egoismus noch Narzissmus, die als Erklärung für diese Unfähigkeit taugten. Gleichgültigkeit schien die häufigste Ursache zu sein. Doch sie hatte sich beigebracht, auf alles zu achten.

Zum Beispiel auf das leichte Zittern von Strobls Händen. Und es war nicht nur eine Hand, die zitterte, das hätte vielleicht ein Zeichen für ein körperliches Problem sein können. Nein, beide Hände zitterten. Dann war da noch dieser Schweißfilm über seinen Augenbrauen, der im Neonlicht glänzte. Die Raumtemperatur war recht angenehm und so kühl, dass weder sie noch Luke die Mäntel abgelegt hatten. Am auffälligsten jedoch war, dass Stobl sich, wenn sie richtig mitgezählt hatte, viermal auf die Lippen gebissen hatte – vielleicht, um deren Zittern zu unterdrücken.

»Was sagten Sie, für welche Behörde Sie arbeiten?«, fragte Strobl.

»Für das Justizministerium.«

»Und weshalb genau sind Sie hier?«

Stephanie wich der Frage aus. »Um das Archiv zu melden, das wir entdeckt haben. Dort befindet sich unter einem Glassturz ein seltenes Buch über die Ursprünge der Gesellschaft. Das ist es, was uns hergeführt hat.«

Sie zeigte ihm das Foto, das sie mit ihrem Handy aufgenommen hatte, kurz bevor sie Virginia verließen.

»Das ist eine Originalausgabe unserer Gründungsstatuten«,

erklärte Strobl. »Nur wenige Mitglieder haben ein Exemplar davon. Ich wusste nicht, dass Mister Charon das da besaß.«

»Vielleicht gehört es jetzt Ihnen«, meldete Luke sich wieder zu Wort.

Strobl bedachte sie beide mit einem seltsamen Blick, der zum Ausdruck brachte, dass er nicht ihrer Meinung war.

»Ich weiß zu schätzen, dass Sie mich in Kenntnis gesetzt haben. Und wenn Sie mich jetzt entschuldigen wollen, ich habe zu tun. Bei uns findet am Montagabend ein Empfang zur Amtseinführung statt, und unser Ballsaal wird vorbereitet.«

»Eine Staatsangelegenheit?«, fragte sie.

»Der Präsident wird nicht kommen, aber man hat uns mitgeteilt, dass der Vizepräsident und einige Mitglieder des neuen Kabinetts dabei sein werden.«

Sie verbarg ihr Missfallen und nahm sich vor, diesen Mann nicht so leicht davonkommen zu lassen. Luke hatte sich hinter Strobl in die entgegengesetzte Ecke des Zimmers verzogen und tat so, als sähe er sich um. Doch er warf ihr einen wissenden Blick zu, der ihren eigenen Verdacht bestätigte.

Strobl log.

Sie sah sich im Raum um und bemerkte eine kleine dunkle Kuppel, die auf einer der Deckenkacheln befestigt war. Eine Überwachungskamera. Das war nicht überraschend. Angesichts des Wertes der Kunstwerke und der Antiquitäten, die überall in den oberen Stockwerken verteilt waren, konnte man davon ausgehen, dass die ganze Villa videoüberwacht wurde.

»Mein verstorbener Ehemann, Lars Nelle, war Mitglied der Vereinigung.«

Sie hatte gehofft, dass diese kleine Information Strobl ein wenig auflockern könnte, doch sie schien keinen Effekt zu haben.

»Er war im Ableger in Maryland aktiv«, sagte sie. »Wir beide haben das Anderson-Haus mehrfach besucht.«

Noch immer keine Reaktion.

Aber Luke griff die Information auf.

»Vielleicht möchten Sie ja zu Charons Haus fahren und die Bücher an sich nehmen«, schlug sie Strobl vor.

»Wie soll das gehen? Sie haben doch gesagt, dass sie sich im Inneren des Anwesens befinden. Das wäre Diebstahl.«

»Nur, wenn Sie erwischt werden«, sagte Luke, »aber ich glaube nicht, dass es Ihnen jemand übelnehmen wird. Es kann unser kleines Geheimnis bleiben.«

»Ich fürchte, das ist nicht die Art und Weise, wie wir hier vorgehen. Ganz und gar nicht.«

Strobl klang deutlich gestresst, was sich vielleicht durch die Tatsache erklären ließ, dass am Freitagmorgen unangekündigt jemand vom Justizministerium aufgetaucht war, seinen Ausweis vorgelegt und ihm Fragen gestellt hatte.

Vielleicht. Vielleicht erklärte das seine Nervosität aber auch nicht.

»Andererseits, wenn ich darüber nachdenke«, sagte Strobl plötzlich, »haben Sie vielleicht recht. Diese Bibliothek könnte wichtig sein. Mister Charon hat den Ankauf vieler der Bücher und Papiere finanziert, die Sie hier überall sehen. Und er war selbst ein begeisterter Sammler. Er hätte sicherlich *gewollt*, dass wir bekommen, was er zusammengetragen hat.«

Interessant, dieser Wechsel der Tonart.

Selbstbewusster. Weniger ängstlich. Geradezu angeregt.

Strobl nahm einen Block und einen Kugelschreiber, die auf einem der Tische lagen. »Nennen Sie mir doch bitte noch einmal die genaue Adresse.«

Sie tat es, und er schrieb mit, während sie redete.

»Stimmt das so?«, fragte er und reichte ihr den Block.

Sie las.

Eine Russin in der Sicherheitszentrale im ersten Stock, gleich hinter der Vorratskammer. Sie hat eine Pistole und hat Sie kommen sehen. Ich soll Sie abwimmeln, sonst bringt sie den Mann um, der da oben arbeitet.

Sie nickte und reichte den Block zurück. »Ganz genau. Es ist ein altes Haus im Wald. Ich fahre dort gleich wieder hin. Das Winterwetter tut diesen alten Büchern nicht gut.«

»Das wäre das Beste.«

Sie dankte ihm, dann verließen sie und Luke die Bibliothek. Sie kamen in einen fensterlosen Korridor ohne Kameras, der zur Treppe führte.

»Anya Petrowa ist hier«, sagte sie. »In der ersten Etage, in der Sicherheitszentrale hinter der Vorratskammer. Wir trennen uns, wenn wir das Erdgeschoss erreichen. Sie wird wissen, dass Sie kommen. Es gibt überall Kameras.«

»Kein Problem. Ich bin ihr noch was schuldig.«

Sie verstand, was er ihr damit sagen wollte. Diesmal würde er keinen Fehler machen.

Sie stiegen die Treppe hinauf und gelangten wieder in die elegante Galerie. Die Angestellte, die vorhin im Foyer hinter einem Schreibtisch postiert gewesen war, war immer noch da. Stephanie wandte sich nach rechts und ging geradewegs auf sie zu. Luke eilte zur Treppe am anderen Ende der Galerie.

Die Angestellte sprang auf. »Es tut mir leid, aber Sie dürfen da nicht…!«

Stephanie schlug ihren Mantel zurück, damit die Frau die Beretta sehen konnte, die dort im Holster steckte.

Sie verzog erschrocken das Gesicht.

Stephanie ging weiter und legte den Zeigefinger an die Lippen.

Ruhe.

21

Malone musste bei Stephanie Nelle Meldung erstatten. Diese Sache war viel größer, als man ihm weisgemacht hatte, viel größer vielleicht noch, als sogar Stephanie klar war, denn als sie angerufen hatte, um ihn zu buchen, hatte sie nur gesagt, dass die Russen die Amerikaner bei der Suche nach Belchenko um Hilfe gebeten hätten, und er bei seinem Einsatz vielleicht Zorin über den Weg laufen würde. Leider hatte er kein Handy, und die drei Kerle mit den Sturmgewehren verhinderten, dass er die Datscha verlassen konnte.

Doch sie schienen Belchenko nicht zu beeindrucken. »Das ist ein *Kozlik*. Das heißt ›Ziege‹. Ein Spitzname für das Fahrzeug. Es wird nur vom Militär verwendet. Diese Männer kommen bestimmt auf Befehl des Kremls. Sie sind hinter mir her.«

»Haben Sie eine Ahnung, weshalb?«

»Ich vermute, die Regierung ist zu dem Schluss gekommen, dass ich nicht mehr nützlich bin. Sie müssen verschwinden. Das hier geht Sie nichts an. Damit werde ich schon fertig. Am Ende dieses Flurs gibt es einen Hinterausgang. Sie müssen Jamie Kelly in Kanada finden.«

»Sie haben noch gar nicht genau gesagt, wo.«

»Charlottetown. Prince-Edward-Island. Er hat dort einen Teilzeitjob am örtlichen College.«

»Wir sollten ihn gemeinsam suchen«, sagte er.

Belchenko ignorierte das Angebot, er riss die Außentür auf und eröffnete mit dem Sturmgewehr das Feuer.

Das gegnerische Feuer krachte durch das Haus.

Er bezweifelte, dass der alte Mann auch nur annähernd so gut sehen konnte, wie er die Leute glauben lassen wollte, und bei etwa vierzig Schuss pro Minute, die der Lauf seines Gewehrs ausspuckte, konnte es nicht allzu lange dauern, bis das Magazin leer war.

Genauso kam es.

Malone machte einen Hechtsprung, schlang seine Arme um den Mann und riss sie beide von der Tür weg, als das Feuer erwidert wurde. Die Schüsse schlugen in den Holzfußboden, der das meiste davon abfing.

»Sind Sie völlig wahnsinnig geworden?«, schrie er.

Ein Kugelhagel krachte in die Wände. Die äußere Steinfassade bot ein wenig Schutz, nicht aber die Fenster. Die Scheiben zerbarsten, als sie von zahllosen Schüssen durchlöchert wurden. Holzspäne und Glassplitter flogen durch den Raum. Er blieb in Deckung und wartete auf eine Gelegenheit.

»Ich habe einen von ihnen getroffen«, sagte Belchenko.

Draußen war es dunkler geworden. Im sibirischen Winter stellte sich die Nacht früh ein. Das konnte ihnen bei ihrer Flucht nützlich sein; ein Problem war nur, aus der Datscha hinauszukommen, ohne erschossen zu werden.

Die Schüsse verstummten.

Er wusste, warum.

Sie luden nach.

Allzu lange konnte das nicht dauern, deshalb zog er Belchenko hastig auf die Füße. Sie bogen in einen Korridor ein, der tiefer ins Haus hineinführte. Sie blieben geduckt, liefen aber schnell.

Plötzlich krachte es, und einer der Männer stand in der Küchentür.

Malone drehte sich um und schoss.

Die Kugel zerfetzte das Gesicht des Mannes und durchschlug sein Hirn. Schon vor langer Zeit hatte er gelernt, möglichst auf Kopf oder Beine zu schießen. Heutzutage war kugelsichere Kleidung sehr verbreitet. Und obwohl er sich aus dem aktiven

Dienst zurückgezogen hatte und kaum noch trainierte, war er ein hervorragender Schütze. Der Mann fiel zu Boden und zuckte krampfhaft. Das Gewehr, das ihm aus den Händen gefallen war, konnte nützlich sein, deshalb packte er die AK-47. Sie hatte ein frisches Magazin.

Sehr nützlich.

Als er den Korridor wieder erreichte, erwartete er, dass Belchenko dort kauerte. Aber der drahtige alte Mann war nirgendwo zu sehen. Im Erdgeschoss der Datscha brannten nur wenige Lichter, vor den Fenstern herrschte dunkle Nacht. Er schob die Beretta in das Holster unter seinem Mantel und richtete das Gewehr nach vorn, den Kolben fest an die rechte Schulter presste. Der Korridor hatte etwa eine Länge von sieben Metern und endete in einem anderen Zimmer.

Das Haus war so leer, dass es hallte.

Er konzentrierte sich auf seinen Herzschlag und darauf, sein Tempo zu verlangsamen. Wie oft hatte er sich bereits in Situationen wie dieser befunden?

Er konnte sie nicht mehr zählen.

Eiskalte Luft zog durch die geöffnete Außentür und die herausgesprengten Fenster, beim Ausatmen bildeten sich weiße Wölkchen.

Er war aus dem Magellan Billet ausgestiegen, um exakt solchen Risiken nicht mehr ausgesetzt zu sein, er hatte seine Ernennung zum Navy-Commander niedergelegt, im Justizministerium gekündigt, sein Haus verkauft und war nach Kopenhagen gezogen, wo er ein Antiquariat eröffnete. Zwanzig Jahre in der Marine und zehn Jahre als Billet-Agent waren genug. Er hatte vorgehabt, sein Leben völlig umkrempeln. Doch leider hatte ihn sein früheres Leben wieder eingeholt, und er war seit seinem Rückzug in so viele Auseinandersetzungen verwickelt gewesen, dass er zu dem Schluss gekommen war, sich für den ganzen Ärger wenigstens gut bezahlen zu lassen.

Die Aufgabe hier hatte in einem einfachen »Hallo« und »Auf Wiedersehen« bestanden, damit hatte die Sache erledigt sein sollen. Stattdessen war er in ein Wespennest von internationaler Bedeutung getreten, und jetzt schwärmten die wütenden Wespen in alle Richtungen aus.

Er ging weiter den Flur hinunter, die Dielen knarrten unter seinem Gewicht, und der verschlissene Läufer dämpfte das Geräusch seiner Schritte kaum. Er musste an Gary denken. Sein Sohn wuchs schnell heran, war fast mit der Highschool fertig und dachte schon darüber nach, was er mit seinem Leben anstellen wollte. Die Marine war im Gespräch gewesen, wo er den Fußstapfen seines Vaters und seines Großvaters folgen konnte. Seine Exfrau war von dem Gedanken nicht besonders angetan gewesen, doch sie hatten sich in einem Gespräch unter vier Augen darauf geeinigt, den Jungen seine eigenen Entscheidungen treffen zu lassen. Das Leben war auch ohne Eltern, die einem vorschreiben wollten, was man tun sollte, schwer genug.

Und dann gab es da ja noch Cassiopeia.

Er fragte sich, wo sie sein mochte und was sie wohl tat. Er merkte, dass er neuerdings immer häufiger an sie dachte. Ihre Romanze schien vorüber zu sein, auf seinen letzten Versuch, mit ihr Kontakt aufzunehmen, hatte er nur eine schroffe Antwort erhalten.

LASS MICH IN RUHE.

Also hatte er es getan.

Doch er vermisste sie.

Was auch nicht verwunderlich war – schließlich liebte er sie.

Der Korridor war zu Ende.

Er presste den Rücken an die Wand und balancierte auf den Fußballen. Er atmete tief und ruhig und trennte den Rhythmus seiner Lunge von dem seiner Beine. Dieser Trick hatte ihm mehr als einmal die Haut gerettet. Dann zog er die Ellenbogen ein und spannte die Unterarme an, wobei er leichten Druck auf seine Handgelenke ausübte. Er schloss die Finger ums Gewehr und den Abzug, aber er verkrampfte sich nicht.

Dann schob er vorsichtig den Kopf um den Türpfosten herum.

Dahinter lag ein großer Raum mit einer hohen Gewölbedecke. In dem Kamin schwelte nur noch die Glut von Holzscheiten. Eine Wand bestand aus dunklen Fenstern, die zum See hinausgingen. Weiter hinten stand ein Tisch, auf dem eine Lampe ihr gelbes Licht verströmte. Alles war in dunkle Schatten getaucht. Die Kiefernmöbel – ein Sofa und Stühle vor dem Fenster – waren schlicht. Normalerweise wäre das ein gemütlicher Ort gewesen, in den man sich vor der Kälte zurückziehen konnte. Heute Nacht wirkte er wie eine Falle. Auf der gegenüberliegenden Seite des Zimmers befand sich eine Tür. Daneben stand Belchenko.

»Ist das der Weg nach draußen?«, fragte er.

Belchenko nickte.

Der alte Russe stand teilweise im Schatten, der Rest des Zimmers war fast völlig dunkel. Sein angespannter Blick verhieß Probleme. Irgendetwas stimmte nicht.

Dann klickte es.

Belchenko hatte kein Gewehr in der Hand.

»Wo ist Ihre Waffe?«, fragte er und blieb hinter dem Türsturz.

»Die brauche ich nicht mehr.«

Der Russe sprach leise und langsam. Anscheinend hatte es ihm die Sprache verschlagen. Oder...

»Nehmen wir den anderen Ausgang«, sagte er.

»Das ist nicht möglich...«

Plötzlich knallte ein Schuss. Der Krach hallte von der hohen Decke zurück. Malone verlagerte sein Gewicht nach vorn und hechtete in den Raum. Er landete auf dem Holzboden und rutschte durch den Schwung weiter bis zum Sofa in der Nähe der Fenster. Dabei behielt er das Gewehr fest in der Hand. Er sah, wie eine Gestalt aus dem Halbdunkel hervortrat, und feuerte eine Salve in die Richtung. Die Gestalt bäumte sich auf und prallte gegen die Wand, dann zuckte sie, rutschte langsam zu Boden und verschwand im Dunkeln. Er kroch zu einem schweren Holztisch und ging dahinter in Deckung. Dann lauschte er.

Es gab keine Geräusche, von dem leisen Heulen des Windes draußen abgesehen. Auf dem Militärlastwagen waren drei Männer gewesen. Und sie hatten drei Männer ausgeschaltet. Er richtete sich langsam auf, behielt das Gewehr im Anschlag und den Finger fest auf dem Abzug.

Er hörte ein Knurren und ein schmerzerfülltes Stöhnen aus der anderen Ecke des Zimmers und eilte dorthin.

Belchenko lag auf dem Boden.

Der Mann war von zahlreichen Kugeln getroffen worden. Das Blut bildete eine immer größer werdende Lache unter ihm. Die ersten Schüsse hatten anscheinend dem alten Mann gegolten.

Er beugte sich hinunter. »Hat er auf sie gewartet?«

»Leider«, stieß Belchenko keuchend hervor. »Und ich... wollte hier unbedingt verschwinden.«

Malone wunderte sich über diese Bemerkung. Immerhin hatte Belchenko selbst gefeuert und riskiert, ihn zu warnen. *»Das ist nicht möglich.«*

Der Schrecken in Belchenkos Miene schien seine eigene Sorge zu spiegeln. Jetzt übermannte den alten Mann der Schmerz, und er wand sich. Man sah in seinen Augen, wie er mit dem Tod kämpfte. »Ich scheine für diese Leute... nicht mehr nützlich zu sein«, sagte er. »Sie scheinen jetzt auch ohne meine Hilfe... etwas herausgefunden zu haben.«

Er war wirklich übel verletzt.

»Ich kann nichts für Sie tun«, sagte Malone.

»Ich weiß. Gehen Sie. Lassen Sie ... mich in Frieden sterben.«

Belchenko starrte ihn aus trüben Augen an, sein Mund stand offen, seine Atmung war flach, er keuchte mit unregelmäßigen Atemzügen, hustete und knurrte wie ein verwundetes Tier. Aus seinem Mund sickerte Blut. Das war gar nicht gut. Offenbar war die Lunge getroffen worden.

»Vorhin ... habe ich gelogen. Ich kenne Zorins Plan.«

In seinen Mundwinkeln bildeten sich rosafarbene Bläschen, sein Körper zitterte vor Schmerz.

»Wir haben jahrzehntelang ... nach Ihren Schwächen gesucht. Amerika ... hat bei uns dasselbe getan. Wir haben eine entdeckt. Narren ... matt. Aber wir sind nie dazu gekommen ... es anzuwenden. Der ... Nullte Zusatzartikel zur Verfassung. Das ist euer ... Schwachpunkt.«

Belchenko versuchte, noch etwas zu sagen, es war ein krächzendes, gurgelndes Geräusch und unverständlich. Speichel lief ihm aus dem Mund, und seine Augen traten hervor. Was er zu sagen hatte, schien wichtig zu sein. Aber die Worte schafften es nicht über seine Lippen. Sie blieben sein Geheimnis, als er im Tod die Augen aufriss und alle Muskeln schlaff wurden.

Malone fühlte seinen Puls. Nichts.

Im Ruhezustand sah das Gesicht überraschend alt aus.

Narrenmatt? Nullter Zusatzartikel?

Schwachpunkt?

Was hatte das alles zu bedeuten?

Jetzt war keine Zeit, darüber nachzudenken. Sein Verstand schaltete in den Überlebensmodus. Er ging zur Tür, öffnete sie und sah, dass es dort auf den asphaltierten Bereich vor der Datscha hinausging, über den er gekommen war, bevor er ins Dampfbad gegangen war. Er nahm sich einen Moment Zeit, bevor er den Raum verließ, und untersuchte den Mann, den er erschossen hatte. Mittleres Alter, grüne Tarnkleidung. Schwarzer Pullover. Stiefel. Keine Kevlarweste. Vielleicht hatten sie eine einfache Exekution erwartet. Er durchsuchte den Toten, fand aber nichts, was über den Mann oder seinen Auftraggeber Aufschluss hätte geben können.

Gehörten diese Kerle wirklich zur Armee, wie Belchenko behauptet hatte?

Malone verließ das Haus und achtete auf irgendwelche Bewegungen. Die eisige Luft brannte auf seinem Gesicht, und ein schwacher Seewind vertrieb seine Atemwolke. Im Flutlicht sah er die Ziege, das Fahrzeug von vorhin, in circa zwanzig Metern Entfernung geparkt. Er sammelte sich und überlegte, ob er die Toten nach einem Handy absuchen sollte, verwarf die Idee allerdings wieder. Er sah den Zaun, die dunklen Umrisse der Bäume und den Abhang, der zu der Stelle hinunterführte, wo sein Lastwagen auf ihn wartete. Aber dann dachte er: *Warum soll ich da jetzt hinlaufen und die ganze Zeit frieren?*

Hier steht doch ein Fahrzeug.

Geduckt lief er hinüber und sah, dass die Schlüssel im Zündschloss steckten. Rasch kletterte er unter das Segeltuchdach und ließ den Motor an. Dann legte er den ersten Gang ein, schlug das Steuer ein und beschleunigte. Schnee spritzte unter den Reifen hoch, und der Truck setzte sich in Bewegung. Seine Scheinwerfer bohrten ihre Finger in die Dunkelheit, als er die Datscha hinter sich ließ.

Er folgte dem Verlauf der gewundenen dunklen Straße hinunter bis zur Hauptstraße. Der Auspuff hinterließ Qualmwolken. Auf halber Strecke kamen ihm Scheinwerfer entgegen, die ihn kurz blendeten. Er wich dem Fahrzeug aus. Es sah genauso aus wie das, in dem er saß. Hinter der beschlagenen Windschutzscheibe glaubte er zwei dunkle Gestalten zu erkennen. Dann erreichte er die Hauptstraße und fuhr nach Süden. Die Kabine schaukelte, und der Motor hatte Mühe, den Wagen auf Geschwindigkeit zu bringen. Im Rückspiegel sah er, wie das andere Scheinwerferpaar in einer riesigen Schneewolke aus der Einfahrt schoss und in einem kontrollierten Bogen auf die Hauptstraße fuhr.

Die andere Ziege.

Sie verfolgten ihn.

Er meinte zu sehen, wie eine Gestalt sich aus dem Beifahrerfenster lehnte.

Dann ratterte eine Maschinenpistole los.

22

Zorin fuhr über die dunkle Hauptstraße ostwärts, ließ den Baikalsee hinter sich und steuerte auf Ulan-Ude zu. Die Stadt wurde im 18. Jahrhundert am Ufer des Flusses Uda gegründet und wurde zuerst von den Kosaken, dann von den Mongolen bewohnt. Er mochte den Namen, der »Roter Uda« bedeutete und auf die Sowjetideologie verweisen sollte. Die Transsibirische Eisenbahn hatte der Stadt zu Wohlstand verholfen, ebenso die großen Überlandstraßen, die hier alle zusammenflossen. Bis 1991 war die Stadt mit ihren 400 000 Einwohnern für Ausländer verboten, was erklärte, warum hier noch so vieles war wie früher.

Nach dem Zusammenbruch der Sowjetunion hatte es landesweite Bestrebungen gegeben, die Vergangenheit auszulöschen. Alle Statuen oder Büsten von kommunistischen Führern waren entweder zerstört oder entweiht worden. Man hatte sogar daran gedacht, das Lenin-Mausoleum zu schließen und seinen Leichnam endlich zu begraben, doch glücklicherweise fand dieses Ansinnen nicht genügend Befürworter. Im Gegensatz zum Rest Russlands, der anscheinend am liebsten alles vergessen wollte, erinnerten sich die Einwohner Ulan-Udes durchaus an die Vergangenheit. Auf dem Hauptplatz thronte weiterhin die größte Lenin-Büste der Welt. Sie war fast acht Meter hoch, bestand aus über vierzig Tonnen Bronze und bot einen beeindruckenden Anblick. Dank einer speziellen Beschichtung hatte ihre dunkle Patina den Elementen getrotzt, und die Stufen rings um ihr Fundament waren ein beliebter Treffpunkt. Er war oft die hundert Kilometer gefahren, einfach nur, um in der Nähe einen schwarzen Kaffee zu trinken und sich zu erinnern. In

Ulan-Ude befand sich außerdem der nächstgelegene internationale Flughafen, von wo er nach Kanada aufbrechen wollte. Er war nicht wohlhabend; seine Zeit beim KGB hatte ihm nur wenig eingebracht. Als es mit der Anstellung vorbei war, gab es keine Abfindung, keine Pension und keine Vergünstigungen – was erklärte, warum sich die meisten Agenten dafür entschieden, für die Verbrechersyndikate zu arbeiten. Die boten viel Geld, und für Männer, die ihr Leben für so gut wie nichts riskiert hatten, war die Versuchung zu groß, um ihr widerstehen zu können. Selbst er hatte ihr irgendwann nachgegeben und sich in der näheren Umgebung verdingt, vorwiegend im Umkreis von Irkutsk. Allerdings hatte er darauf geachtet, niemals seine Seele zu verkaufen. Er musste zugeben, dass die Kriminellen ihn anständig behandelt und gut bezahlt hatten, so gut, dass er zwölf Millionen Rubel zusammentragen konnte, etwa 330 000 US-Dollar in bar, die er in der Datscha versteckt hatte. Einen Teil dieser Rücklagen hatte er benutzt, Anyas Reise zu bezahlen, und den Rest würde er jetzt einsetzen.

Er sah auf seine Uhr.

Der Amerikaner müsste inzwischen tot sein.

Er hatte Anweisung gegeben, die Leiche verschwinden zu lassen. Die Leute, die Malone geschickt hatten, würden bestimmt kommen und nach ihm suchen.

Vor drei Tagen hatte er die Anmietung eines Charterjets vorbereitet. Er hatte sich vorher nur noch mit Belchenko unterhalten wollen. Das Flugzeug wartete in Ulan-Ude auf ihn. Endlich wusste er, wohin die Reise ging, nur brauchte er ein Visum, um in Kanada einzureisen. Legal bekam er natürlich keines, außerdem hatte er auch nicht genug Zeit zu warten. Deshalb hatte er sich eine Alternative überlegt, und die Aussicht einer größeren Summe Bargeld an die Charterfirma hatte ihm schließlich den nötigen Geschäftspartner gesichert. Er konnte nur hoffen, dass Belchenko ihm die Wahrheit gesagt hatte.

Aber warum hätte er es nicht tun sollen?

Er fuhr weiter, und der gefrorene Asphalt ließ die Scheinwerfer zittern. Das Wetter hier war so abweisend wie der Weltraum. Für ihn wirkte der Winter wie ein Gefängnis kristalliner Kälte. In diesem Jahr war es jedoch erträglich gewesen. Vielleicht ein Omen? Ein Vorbote der guten Nachricht, dass seine Mission von Erfolg gekrönt sein könnte? Er hatte schon viel zu lange seine Nerven strapaziert und sich oft gefragt, ob er eigentlich der letzte echte Kommunist auf der Welt sei. Die Ideologie in ihrer reinsten Form schien schon seit Langem verschwunden zu sein – vielleicht hatte sie auch nie existiert oder zumindest nicht so, wie Karl Marx es vorhergesehen hatte. Die chinesische Version war nicht wiederzuerkennen, und die zahllosen kleineren Regimes, die über den ganzen Globus verstreut waren, waren nur dem Namen nach kommunistisch. Im Grunde genommen war die Philosophie, die man ihn gelehrt hatte, ausgestorben.

Er inhalierte tief die trockene Luft, die die Wagenheizung auspustete.

Die blasse Sichel des Mondes lugte durch die Wolken. Sein Mund war trocken vor Anspannung, alte Instinkte stachelten ihn auf vertraute Weise an. Und auch wenn er nur noch ein Schatten seines früheren Ichs war, spürte er nicht mehr diese Angst, die er an jenem Tag im Jahre 1991 empfunden hatte, als der Mob die Lubjanka gestürmt hatte. Stattdessen hatte sich seine Überzeugung nur verstärkt – was ihn beruhigte.

Viel zu lange hatte ihn die Angst verfolgt. Kaum etwas konnte ihn besänftigen. Seine Wut ließ sich nicht zügeln, er konnte sie nur kurzfristig mit Sex und Alkohol betäuben. Zum Glück war er weder dem einen noch dem anderen verfallen. Das waren Schwächen, die er sich niemals zugestehen wollte. Er rühmte sich, ein Mann mit Herz und Gewissen zu sein. Außerdem blieb er ruhig, jammerte nur selten und ging Streit aus dem Weg. Das Leben hatte versucht, ihn in einen Zombie zu verwandeln und all seine Gefühle zu ersticken, aber am Ende hatte es nur seinen Rachedurst angestachelt. Dass er diese Wahrheit erkannt hatte, schien ihm der Beweis dafür zu sein, dass er sich noch selbst unter Kontrolle hatte. Er war nicht einfach nur ein Stück Fleisch mit Zähnen und einem Magen. Er war auch kein Relikt. Ebenso wenig war er unbedeutend.

Er war einfach nur ein Mann.

Eine Erinnerung stieg in ihm hoch.

Der Tag, als er zum ersten Mal mit Anya gesprochen hatte.

Damals war er genau diese Straße nach Ulan-Ude runtergefahren, wo er die Geräusche der Stadt genießen wollte – die Motoren, die Hupen und die Sirenen. Außerdem wollte er die buckligen Babuschkas mit Kopftüchern und formlosen Kleidern beobachten und sich zu den Männern setzen, die sich auf den Bänken breitmachten, in Mänteln aus grobem gebleichtem Tuch. Sie sahen meistens müde, blass und abgekämpft aus. Und er liebte den Basar: eine breite gepflasterte Straße im Schatten von Bäumen und voller Menschen. Offene hölzerne Kioske, die sich durch die Zeit schwarzbraun verfärbt hatten, standen dicht an dicht am Straßenrand. Die meisten boten Getreide, Steinsalz, Gewürze oder einheimisches Gemüse an. Einige hatten Kleidung und Handelswaren im Angebot, andere verkauften Konserven und Kerzen. Der markante Geruch der Menge hatte ihn getröstet, es war eine seltsame Mischung aus Schweiß, feuchtem Holz, Knoblauch, Kohl und Leder.

Sein Lieblingscafé war ein weiß gekalktes Gebäude mit Spitzdach und einer breiten Holzveranda, nicht weit von der Lenin-Büste entfernt. Eine niedrige Mauer aus Feldsteinen trennte es vom Basar. Robuste Holztische standen auf dem Erdboden unter dunklen Holzbalken. Die Innenwände waren mit gerahmten Kalligrafien behängt. Schummerlicht und diskrete Ecken boten Privatheit. Im Frühling und im Winter wuchsen Blumen auf der Außenmauer. Gelegentlich hörte man sogar Hufschlag auf dem Pflaster.

Anya war gekommen, um kaltes Wasser zu holen. Sie trug die Uniform der Ortspolizei, hatte ein sauberes, natürliches Gesicht, das nicht vom Make-up verdorben war, und ein herrliches Lachen, das tief aus ihrem Inneren zu kommen schien. Ihre blasse Haut war von Sommersprossen überzogen. Ihre Zähne standen unter den schmalen Lippen etwas hervor, und sie hatte eine kleine Zahnlücke zwischen den vorderen Schneidezähnen. Nichts an ihr wirkte dumm oder distanziert, und ebenso wenig erweckte sie den Anschein, ihrer Jugend nachzutrauern. Ganz im Gegenteil. Ihr Blick war geheimnisvoll und hellwach. Er hatte sich ihr vorgestellt, und sie redete mit einer Offenheit und Aufrichtigkeit mit ihm, die er niemals infrage stellte.

Alles an ihr drückte Stärke aus.

Er war ihr mehrfach in der Stadt begegnet, und auf Nachfragen erfuhr er, dass sie eine angesehene Polizistin war. Die Leute erzählten sich die Geschichte, wie eine Bande von Gewalttätern einen örtlichen Club gestürmt hatte. Sie waren einfach durch die Türen und Fenster gefahren und hatten dann alle zusammengeschlagen. Anya war eine der Ersten am Tatort gewesen, hatte vier der Männer zur Strecke gebracht und dabei zwei von ihnen fast getötet. Die Leute sprachen ihren Namen mit Respekt aus.

So wie sie einst auch seinen Namen ausgesprochen hatten.

Er erinnerte sich an das durchdringende Aroma von gegrilltem Fleisch, das von den Spießen auf dem Metallgrill zu ihm herüberwehte. Das Fleisch war zart und saftig gewesen, mit einem köstlichen Raucharoma.

Sie hatten zusammen gegessen.

»*Mein Vater war Parteichef*«, *erzählte sie ihm.* »*Er war ein wichtiger Mann in dieser Stadt.*«

»*Ist er es noch?*«

Sie schüttelte den Kopf. »*Er hat sich totgesoffen.*«

»*Und deine Mutter?*«

»*Sie lebt noch und wünscht sich, dass ihre Tochter heiratet und Babys bekommt.*«

Er grinste. »*Und warum tut ihre Tochter das nicht?*«

»*Weil sie mehr als das vom Leben will.*«

Das konnte er verstehen.

»*Als ich noch klein war*«, *sagte sie,* »*gab es in unserem Haus ein Plakat vom Großen Vaterländischen Krieg. Mutter und Kind umarmten einander vor einem blutigen Nazibajonett. Und der Spruch darunter lautete:* KRIEGER DER ROTEN ARMEE, RETTET UNS. *Ich erinnere mich an jedes Detail dieses Plakats und wollte eine dieser Kriegerinnen sein.*«

Auch er erinnerte sich an ein Plakat aus seiner Kindheit. Es war das Bild einer großen, machtvollen Frau, die sich ein Tuch um den Kopf gebunden hatte. Ihr Mund stand offen, und sie schrie einen Warnruf mit der zeitlosen Bitte: DAS VATERLAND RUFT DICH.

»*Beim Zusammenbruch war ich noch ein Teenager*«, *sagte sie.* »*Aber ich erinnere mich noch an die Tage vor Jelzin. Die meisten Leute in dieser Stadt erinnern sich auch noch daran. Deshalb lebe ich hier. Wir haben nicht vergessen.*«

Er war angetan. Sie schien in ungewöhnlich guter körperlicher Verfassung zu sein und redete auf eine ruhige, bedachtsame Art, die ihn hellhörig werden ließ. Nein, sie wusste nichts von ihm. Sie waren Fremde, und doch fühlte er eine Verbindung. »*Kennst du Chayaniye, am See?*«, *fragte er schließlich.*

»*Ich habe davon gehört. Lebst du da?*«

Er nickte. »*Vielleicht hast du ja Lust, mal zu Besuch zu kommen.*«

Und so kam es. Die Besuche häuften sich, bis Anya schließlich ihre Arbeit kündigte und kam, um mit ihm zusammenzuleben. Als er für die Syndikate in Irkutsk arbeitete, hatte sie ihn begleitet. Das Geld hatten sie gemeinsam verdient; sein Kampf wurde ihr Kampf. Bei ihm fand sie das »*Mehr vom Leben*«, nach dem sie gesucht hatte. Und er hatte eine Partnerin gefunden.

Er schlug sich die Erinnerungen aus dem Kopf und verlangsamte sein Tempo an einer Kreuzung, um abzubiegen. Es waren nur noch ein paar Kilometer bis zum Flughafen.

Er blickte ein letztes Mal auf seine Uhr.

22.25 Uhr.

Noch fünfzig Stunden.

23

Luke eilte nach links zu einer langen Treppe, die dicht an einer Innenwand entlanglief. Ihre breiten Stufen waren mit rotem Teppich ausgelegt. Er nahm immer zwei Stufen auf einmal, eine Hand glitt über das polierte Holzgeländer, mit der anderen griff er nach seiner Beretta. Was er gesagt hatte, war ernst gemeint. Er hatte mit Anya Petrowa noch eine Rechnung offen und absolut nichts dagegen, diese jetzt zu begleichen.

Er kam an einen Treppenabsatz, der nach rechts zu einer kürzeren, ebenfalls mit rotem Teppich bedeckten Treppe führte. Oben lief eine Galerie über den ersten Stock, die der Galerie direkt darunter entsprach, nur dass die obere auch auf die andere Seite der H-förmigen Villa führte. Die dunkel getäfelten Wände wurden von Leisten abgeschlossen, und die stuckverzierte, cremefarbene Decke bildete einen beeindruckenden Kontrast dazu. Auf einer Seite waren große Gemälde aufgereiht, auf der anderen Seite Wandteppiche. Drei Kristalllüster hingen unbeleuchtet an der Decke. Er sah noch mehr Skulpturen, Flaggen, Schwerter mit unverkennbarem asiatischem Einfluss. Er wusste nur, was ihm Stephanie erzählt hatte, nämlich dass sich die Sicherheitszentrale gleich neben der Vorratskammer befand, die in der Nähe des Speisesaals sein musste, den er jetzt durch eine offene Tür zu seiner Linken entdeckte.

Mit entsicherter Waffe betrat er den Speisesaal. Den Fußboden zierte ein kunstvolles Steinmosaik. Hier hingen noch mehr Teppiche an den Wänden, und die Außenwand wurde von einem Kamin beherrscht. Im Zentrum stand ein glänzender Mahagonitisch mit eleganten Stühlen. Darüber hing ein weiterer Kristalllüster.

Eine offene Tür links von ihm führte in einen Raum mit einfachen weißen Schränken, dunklen Tresen und vielen Schubladen. Anhand einer Schrifttafel erkannte er, dass es sich um die Speisekammer handeln musste. Er ging hinein und entdeckte eine weitere Tür auf der gegenüberliegenden Seite, die nur angelehnt war. Dort lief er hin und entdeckte einen kurzen Korridor zu einem kleinen fensterlosen Raum, der mit Videomonitoren vollgestopft war. Ein Mann lag ausgestreckt auf dem Boden. Er beugte sich zu ihm hinunter, entdeckte auf den ersten Blick keine Verletzungen und versuchte, ihn aufzuwecken.

»Alles klar bei Ihnen?«

Der Mann kam zu sich, blinzelte und orientierte sich. »Ja. Die Frau hat mich bewusstlos geschlagen.«

»Ist sie weg?«

Seine Augen schienen sich allmählich wieder zu fokussieren. »Ja. Sie hat Sie auf dem Monitor gesehen, und dann hat sie mich niedergeschlagen.«

Draußen war niemand, und es war auch niemand in der Nähe der Treppe gewesen, die er benutzt hatte. Doch in einem so großen Haus wie diesem musste es viele Möglichkeiten geben, hinauf- und hinunterzugelangen. Er konnte nur hoffen, dass Petrowa so wenig über dieses Haus wusste wie er selbst.

»Bleiben Sie hier«, sagte er.

Er verließ die Sicherheitszentrale und ging zurück in die Vorratskammer, zögerte jedoch, wieder durch den Flur in den Speisesaal zu gehen. Er konnte es spüren: Sie war hier, sie wartete auf ihn. So wie beim letzten Mal ging sie wohl davon aus, ihm einen Schritt voraus zu sein.

Er schlich zum Ausgang in die Galerie des ersten Stockwerks.

Alles war still.

Ein weiterer beeindruckender Steinboden mit Mosaiken erstreckte sich von einem Ende der Galerie zum anderen. Er mochte vielleicht zwanzig Meter lang sein. Plötzlich erschien Anya am anderen Ende in einer Tür. Sie zielte mit einer Waffe und schoss. Hastig sprang er in den Speisesaal. Eine Kugel schlug nur wenige Zentimeter von der Stelle, wo zuvor noch sein Kopf gewesen war, ins Holz. Eine weitere Kugel folgte und richtete weiteren Schaden an. Dann kam die nächste ...

Er wartete auf seine Chance und kam zu dem Schluss, dass die entgegengesetzte Seite des Raumes mit dem Esstisch zwischen ihnen die sicherere Variante wäre. Diese Frau war unerschrocken und angriffslustig. Sie hatte auf ihn gewartet, um sich mit ihm zu messen. Das Mindeste, was er tun konnte, wenn sie ihn sich holen wollte, war, sich auf sie vorzubereiten. Also ging er um den Tisch herum, nahm eine Schussposition ein und richtete seine Waffe auf die Tür.

»Wie heißt das bei euch?«, rief Anja. »Komm und hole mich.«

Er schüttelte den Kopf.

Empfand sie ihn so wenig als Bedrohung?

Vielleicht ging es ja genau darum. Sie wollte ihn provozieren, einen Fehler zu begehen. Was würde Malone sagen? *Wenn du Ärger hast, musst du gehen, nicht laufen.* Absolut richtig. Er gab seine Position auf und näherte sich der Tür zur Galerie.

Von der süßen Anya war nichts zu sehen.

Er trat mit vorgehaltener Waffe hinaus.

Und stellte fest, dass es viele Wege gab, die zur Galerie und wieder hinunterführten. Die Treppe, die er zuerst genommen hatte, der Speisesaal, wo er gewesen war, die Tür am gegenüberliegenden Ende, wo Petrowa aufgetaucht war, und schließlich ein Portal in etwa drei Metern Entfernung.

Er ging näher und sah, dass es zu einer schmalen Galerie führte, von der aus man auf den Ballsaal hinuntersehen konnte. Eine weitere lange Treppe dicht an der Innenwand führte zu dem lackierten Holzfußboden hinunter, wo schmucklose

Tische herumstanden. Was hatte Strobl gesagt? Sie bereiteten eine Veranstaltung zur Amtseinführung vor. Durch Glastüren und Fenster strömte Licht in den großen Saal, der durch die glänzend weißen Wände noch heller wirkte. Ein dekoratives Eisengeländer sicherte den äußeren Rand des halbrunden Balkons, der sich vor ihm erstreckte.

Sie war hier.

Keine Frage.

Also komm und hole mich.

Da war sie, die Petrowa.

Sie kam von links, hatte sich hinter einer Glastür verborgen.

Ihre Stiefelsohle rammte seine rechte Hand und trat die Beretta aus seinen Fingern. Er reagierte, indem er sich genau in dem Moment drehte, als sie ausholte und ihn ansah. Sie hatte keine Waffe. Anscheinend wollte sie ihn im Nahkampf erledigen. Damit war er einverstanden. Er erinnerte sich an das, was ihm der SVR-Mann erzählt hatte. Sie hatte ein formelles Training absolviert.

Auch damit war er einverstanden. Denn das hatte er auch.

Sie machte einen Ausfallschritt und drehte sich auf einem Bein, während sie das andere in seine Richtung schleuderte. Der Balkon war schmal, circa einen Meter zwanzig bis einen Meter fünfzig breit. Nicht viel Platz, um sich zu bewegen. Doch es reichte. Fix wich er dem Schlag aus und kam nun selbst zum Zug. Er trat ihr fest in die Magengrube, sodass sie rückwärtstaumelte und dort auf eine Reihe von Holzstühlen fiel, die an der Wand standen. Sie rollte ab und erholte sich schnell, doch er konnte sehen, dass sie über ihre Ungeschicklichkeit etwas schockiert war.

»Was ist los?«, fragte er. »Zu viel?«

Sie grinste ihn trotzig an.

In ihren großen, lebhaften braunen Augen loderten Wut und Hass.

Sie sprang ihn an wie eine Katze, packte seinen Hals und grub ihm die Finger ins Fleisch. Dann klemmte sie einen Arm um seinen Hals, nahm die andere Hand zu Hilfe und formte einen Schraubstock, der ihn im eisernen Griff hielt und ihm die Luft abwürgte. Er schwang sich herum, sodass sie mit dem Rücken zur festen Innenwand stand. Dann schob er ihren Körper dagegen. Einmal. Zweimal. Beim dritten Mal atmete sie ruckartig aus und lockerte ihren Griff. Luke drehte sich um, verdrehte ihren Arm mit aller Gewalt und rammte ihr seine Faust auf den Kiefer.

Doch sie hatte Durchhaltevermögen.

Ein Ellenbogen erwischte ihn am Hinterkopf und drückte sein Gesicht gegen die Wand. Seine Arme waren in einem qualvollen Schmerzgriff nach hinten und hochgerissen. Sie zwang ihn auf die Zehenspitzen, sein Gesicht und seine Brust waren jetzt an die Wand gequetscht. Im Kino und im Fernsehen war es normal, harte, aggressive Frauen zu sehen, die deutlich größere Männer mit wohlplatzierten Tritten und Schlägen zu Fall brachten. In der Realität kam es auf die Größe an, und er hatte Vorteile, sowohl was sein Gewicht anbetraf als auch seine Reichweite.

Er ging zu Boden, machte die Beine locker, so konnte er sich losreißen, ihr mit dem Unterarm auf die Knie schlagen und ihr die Beine wegtreten. Sie versuchte, dem Schlag zu entgehen, doch sie war einen Augenblick zu spät – und ging nun selbst zu Boden.

Sie kam zwar mit der Wendigkeit eines Stehaufmännchens wieder auf die Füße, doch er schlug ihr eine Gerade mitten ins Gesicht und rammte ihr die Handfläche auf die Nasenspitze.

Orientierungslos taumelte und schwankte sie herum.

Wer zweimal auf den gleichen Trick hereinfällt, ist selber schuld! Er schlug sie noch einmal, und sie stürzte über eine Reihe von Holzstühlen; von dem Aufprall brach eins der Stuhlbeine ab. Ein feines Rinnsal Blut lief an ihrem Mundwinkel hinunter.

»Willst du noch mehr?«, fragte er. Sein Atem war schnell und schwer. »Na komm schon, ich besorg's dir.«

Er sah verdammt sauer aus und keineswegs so süß, wie seine Mutter immer behauptet hatte. Man hatte ihn von Kindesbeinen an gelehrt, dass es schlecht war, eine Frau zu schlagen. Aber seine Eltern hatten nie eine Furie wie Anya Petrowa kennengelernt. Durch ihre Adern floss so viel zusätzliches Testosteron, dass die Regel »Du darfst niemals eine Frau schlagen« in ihrem Fall nicht galt.

Und dann war da noch die Sache mit seinem geliebten Ford Mustang.

Den diese Geisteskranke zu Klump geschossen hatte.

Sie blieb am Boden. All ihre Energie schien verpufft zu sein.

Er hob seine Waffe auf, die nicht weit vom ihm entfernt auf dem Boden lag, drückte sein Knie auf ihre Wirbelsäule und nagelte sie auf dem Boden fest.

»Sie sind festgenommen.«

24

Russland

Cassiopeia hasste Helikopter noch mehr als Flugzeuge. Die, in denen sie bisher hatte fliegen müssen, schienen durch die Luft zu rumpeln wie ein Auto auf einer Schnellstraße voller Schlaglöcher, und das zu dem betäubenden Wummern mächtiger Rotoren. Diesmal kamen die pechschwarze Dunkelheit, die Kälte und ihre Angst vor dem, was Cotton zugestoßen sein könnte, hinzu. Stephanie hatte ihr keine neuen Informationen zukommen lassen, und das Briefing, das sie bei ihrer Landung auf dem Luftwaffenstützpunkt bekommen hatte, half auch nicht gerade, ihre Sorgen zu zerstreuen. Seit sein Flugzeug abgestürzt war, hatte man nichts von Cotton gehört oder gesehen. Jedenfalls nichts, was die Behörden freiwillig weitergaben.

Sie hatte entschieden, mit ihrer Suche am Absturzort zu beginnen, deshalb brachte ein Militärhubschrauber sie ostwärts in Richtung Baikalsee. Die Ausrüstung für kaltes Wetter wusste sie zu schätzen, denn diese war auf jeden Fall hilfreich; und der zuständige Offizier schien sehr entgegenkommend zu sein. Falls sie sich nicht irrte, hatte er sogar mit ihr zu flirten versucht, was so ziemlich das Letzte war, was sie im Moment brauchen konnte.

Die Wolken hingen tief wie ein eiskaltes Leichentuch, und sie flogen direkt unter der Wolkendecke. Im Süden bildeten Lichter, die durch die Entfernung weichgezeichnet wurden, einen Lichtschein rings um Irkutsk. Sie hatte im Laufe der Jahre gelernt, in Etappen zu schlafen, und sie hatte sich auf ihrem Flug in den Osten etwas ausruhen können. Jetzt versuchte sie es wieder und hoffte, sich davon ablenken zu können, dass sie sich Hunderte von Metern über dem Boden in einer Maschine befand, die technisch gesehen eigentlich gar nicht in der Lage sein sollte, in der Luft zu bleiben. So wie eine Hummel, hatte sie einmal gelesen. Eigentlich hätte keine von beiden fliegen dürfen, doch es gelang ihnen irgendwie trotzdem. Es war hier fast 23 Uhr, doch ihr Körper tickte noch nach Ortszeit Frankreich, sieben Stunden zurück.

»Die Absturzstelle liegt zwanzig Kilometer voraus«, sagte die Stimme in ihrem Headset.

»Wie weit ist die Datscha von der Stelle entfernt?«

»Zehn Kilometer nördlich.«

Sie nickte den Offizieren zu, die vor ihr saßen. Zwei Piloten saßen im Cockpit. Alles war auf Englisch besprochen worden, Stephanie hatte sich dazu entschlossen, ihre Fremdsprachenkenntnisse für sich zu behalten. Russisch hatte sie im College gelernt, und noch ein paar Sprachen mehr, weil sie gedacht hatte, dass sie ihr eines Tages nützlich sein könnten. Damals hatte sie noch keine Ahnung, wie nützlich. Und auch wenn sie es vielleicht nicht zugeben würde: Sie mochte Action und hatte Spaß an einem guten Kampf. Ein Großteil der Machenschaften, an denen sie beteiligt gewesen war, hatte ursprünglich etwas mit persönlichen Gründen zu tun, was überwiegend ihrem alten Freund Hendrik Thorvaldsen zu verdanken war. Gott sei seiner Seele gnädig! Nach Hendriks Tod hatte sie gelegentlich direkt für Stephanie Nelle gearbeitet. Niemals für Geld, sondern mehr als Gefälligkeit unter Freunden.

Doch Utah hatte das alles verändert.

Und so war sie jetzt hier, flog durch Russland und steuerte auf Wer-weiß-was zu.

Diesmal war Liebe der Grund.

Malone trat auf das Kupplungspedal, dann legte er den zweiten Gang ein und schlug das Lenkrad herum. Das Hinterteil schwenkte in einem weiten Bogen, der niedrige Gang sorgte für Haftung auf dem kalten Untergrund. Er trat das Gaspedal durch und schoss mit aufheulendem Motor geradeaus, dann arbeitete er sich in einer Kurve in die höheren Gänge vor.

Kugeln zischten dicht an ihm vorbei.

Die Straße führte seitlich an einem Hügel entlang, unter einer dichten Baumdecke und mit steilen Böschungen. Das Chassis schwenkte immer wieder auf dem Eis und dem gefrorenen Schnee hin und her. Er bearbeitete die Kupplung. Das Führerhaus wurde vom Wind erfasst, der das ganze Fahrzeug zum Schaukeln brachte. Die ganze Ziege meckerte.

Ein Seitenfenster wurde von einer Kugel zerschmettert.

Glassplitter landeten auf Hinterkopf und Hals.

Er versuchte ein schwieriges Ziel zu bieten, hatte aber nicht viel Glück dabei. Jetzt erreichte die Straße das Flachland, und er entfernte sich vom Wald. Rechts von ihm erstreckte sich der See, seine gefrorene Oberfläche bot kaum Deckung. Doch einiges sprach dafür, Platz zum Manövrieren zu haben, wo er sich keine Sorgen zu machen brauchte, mit einem Baum zu kollidieren. Deshalb lenkte er den Wagen nach rechts, verließ die Straße, preschte durchs Unterholz und hinterließ eine wilde Schneise, dann fuhr er aufs Eis.

Die Waffen ratterten weiter, und ein Querschläger heulte durchs Innere der Ziege. Er beschloss, die Rollen zu wechseln, schaltete herunter und lenkte das Fahrzeug scharf nach rechts. Mit einem Fuß auf der Kupplung glitten die Reifen leicht übers Eis, und er schaffte eine glatte 180-Grad-Wende. Dann schaltete er in den zweiten Gang und beschleunigte, direkt auf seine Verfolger zu.

Die Aktion erwischte die beiden Männer hinter ihm unvorbereitet, und er schwenkte nach links und rechts, um einen direkten Schuss auf seine Windschutzscheibe zu verhindern. Das andere Fahrzeug lenkte scharf nach links, um eine Kollision zu vermeiden. Offenbar fehlte seinen Verfolgern der Mumm für einen solchen Showdown. Er lenkte das Fahrzeug in einem weiten Bogen herum und behielt die Windschutzscheibe des anderen Fahrzeugs im Auge.

Plötzlich entdeckte er Frontscheinwerfer in seinem Rückspiegel.

Ein neuer Akteur!

Weitere Schüsse zischten in seine Richtung.

Cassiopeia sah sich das Wrack genau an. Ein Nachtsichtgerät bot ihr einen Blick auf die ausgebrannte Höhle eines Flugzeugs und die beiden Leichen an jedem Ende. Die Russen hatten Stephanie bereits gemeldet, dass es dort keine dritte Leiche gab. Sie warf einen Blick ins Cockpit und erinnerte sich daran, dass es Stephanie interessierte, ob Cottons Handy sich dort befand, weil es seit mehreren Stunden kein Signal mehr von sich gegeben hatte. Das Magellan Billet verfolgte den Standort seiner Handys mittels einer hoch entwickelten Software, und Stephanie hatte angeregt, es wenn möglich zu bergen.

»Es werden Schüsse auf dem See gemeldet«, hörte sie auf Russisch in ihrem Headset.

»Wo?«, fragte der Offizier vom Dienst.

»Sechs Kilometer nördlich.«

Sie schwebten dreißig Meter über dem Eis.

Sie gab sich weiterhin den Anschein, nichts zu verstehen, und fragte auf Englisch: »Was ist los?«

Der Offizier erklärte es ihr.

»Das könnte er sein«, sagte sie.

Der Offizier machte dem Piloten ein Zeichen, dass er in die Richtung fliegen sollte.

Malone zählte drei weitere Ziegen, die Fahrzeuge schwärmten wie in einer Angriffsformation von Kampfflugzeugen aus.

Dieser Platz auf dem See hatte Vor- und Nachteile.

Er hatte zweifellos ein ähnliches Problem wie vorhin in der Datscha mit den Handschellen und dem Eisenrohr. Klar, er könnte weiterfahren bis zum Westufer, doch das war vielleicht noch viele Meilen entfernt. Wenigstens war er diesmal bewaffnet, denn er hatte das Sturmgewehr mitgenommen.

Eine der Ziegen schwenkte aus, versuchte auf der linken Seite parallel zu fahren und ihn dann zu überholen. Ein kleiner Angriff konnte nicht schaden, also zog er hinüber, schnitt das Fahrzeug und zwang den anderen Fahrer zu einer schnellen Entscheidung.

Malone stieg auf die Bremse, hielt das Lenkrad fest und schlitterte über das Eis.

Der andere Geländewagen schwenkte zu schnell nach links, die Reifen verloren Bodenkontakt, das Fahrzeug überschlug sich, krachte dann auf die Seite und rutschte mit dem kreischenden Geräusch von Metall auf Eis weiter.

Einer weniger.

Er lenkte wieder geradeaus und setzte seine Fahrt fort.

Cassiopeia sah etliche Scheinwerfer, die wie Finger über das Eis zuckten. Vier Scheinwerferpaare jagten ein einzelnes Scheinwerferpaar, und sie alle bewegten sich schnell. Mit ihrem Nachtsichtgerät sah sie, dass es sich um Geländefahrzeuge handelte, eine Art Jeep. Einer versuchte, das Auto an der Spitze zu überholen, was damit endete, dass er auf der Seite liegend über das Eis rutschte. Erleichterung, Ungläubigkeit, Vorfreude und Begeisterung durchströmten sie.

Sie wusste instinktiv, wer das Fahrzeug an der Spitze lenkte.

Der Hubschrauber röhrte nordwärts und schwebte dicht über dem See. Sie beobachtete den Offizier vor ihr, der sich ansah, was da unten passierte. Ihr war bewusst, dass sich die Eisfläche unter ihnen über viele Kilometer erstreckte und dass

Cotton ziemliche Schwierigkeiten haben würde, aus seiner Bedrängnis zu entkommen, wenn sie ihm nicht half.

Ihm den Hintern zu retten war das Mindeste, was sie für ihn tun konnte.

»Wir müssen uns überzeugen, dass er es ist«, sagte sie auf Englisch.

Der Hubschrauber flog einen Bogen und dann parallel zur Verfolgungsjagd. Mit ihrem Nachtsichtgerät erkannte sie im schwachen Licht der Armaturen ein bekanntes Gesicht.

Eines, über dessen Anblick sie sich freute.

»Er ist es«, sagte sie.

Durch das Fernglas sah sie auch zwei Gestalten, die sich in den Verfolgerjeeps aus dem Beifahrerfenster lehnten.

Beide zielten mit Gewehren.

»Das sind *Kozliks*. Militär«, hörte sie den Piloten auf Russisch zu dem Offizier sagen.

»Ich weiß«, erwiderte er. »Und das ist ein Problem. Sollen wir auf unsere eigenen Leute schießen?«

Sie bemerkte ihre Verwirrung, doch sie konnte nicht enthüllen, dass sie ihre Bedenken verstand. »Wir müssen etwas unternehmen«, sagte sie deshalb nur auf Englisch.

Malone blieb keine Wahl, als weiterzufahren. Durch das zerschossene Fenster strömte eiskalte Luft in den Fahrgastraum, und die Heizung der Ziege trug nur wenig dazu bei, die eisige Nacht erträglich zu machen. Er hörte Schüsse. Offenbar versuchten seine Verfolger es erneut. Aus einzelnen Schüssen wurden wiederholte Salven, als die glatte Seeoberfläche es ihnen ermöglichte, besser zu zielen.

Ein paar tiefe Atemzüge in der kalten Luft machten ihm den Kopf frei.

Am Himmel vor ihm erschienen Lichter und senkten sich bis auf etwa dreißig Meter über dem Eis herunter. In der Dunkelheit und fast ohne jedes Licht war nur schwer zu sagen, was genau da gekommen war. Aber das mächtige, tiefe Wummern um ihn herum deutete auf einen Helikopter hin.

Er hoffte, dass Zorin keiner zur Verfügung stand.

Die Lichter kamen rasch näher, und er hörte den unverwechselbaren Klang der Bordkanonen. Weil ihn kein Schuss traf, ging er davon aus, dass sie seinen Verfolgern galten. Im Rückspiegel sah er, wie die Scheinwerfer sich zerstreuten, als die Ziegen ihre Formation auflösten. Er riss den Kopf herum und blickte durch das offene Fenster. Der Hubschrauber bereitete sich auf einen weiteren Angriff vor, deshalb machten die Ziegen sich eilig aus dem Staub.

Weiteres Geschützfeuer folgte den sich entfernenden Rücklichtern.

Er riss die Vorderräder herum, rutschte ein wenig seitwärts und hielt an, ließ den Motor aber laufen. Der Helikopter beendete seinen Angriff. Die Besatzung gab sich augenscheinlich damit zufrieden, die Probleme nur zu vertreiben. Dann schwenkte die Maschine herum und kam auf ihn zu. Er vermutete, dass ihm das Militär zu Hilfe gekommen war. Allerdings verwunderte es ihn ein bisschen, weil es womöglich auch das Militär gewesen war, das ihn verfolgt hatte.

Der dunkle Rumpf des Kampfhubschraubers füllte den Himmel aus. In der Heckkabine flammte eine Lampe auf und beleuchtete einen behelmten Mann, der in der offenen Luke kauerte.

Das Licht war so hell, dass Malone blinzelte. Darüber hinaus dröhnte das pulsierende Wummern der Rotoren schmerzhaft in seinen Ohren, als der Hubschrauber noch tiefer sank und der Auftrieb der Rotoren den Schnee durcheinanderwirbelte.

Die Kufen berührten das Eis.

Eine Gestalt sprang heraus und kam geduckt in seine Richtung gelaufen. Im Licht seiner Frontscheinwerfer erkannte er, dass die Person ziemlich schlank war; sie trug nur einen unförmigen Kapuzenmantel. Drei Meter vom Jeep entfernt sah er das dunkle Haar und die zarten Gesichtszüge, die auf eine spanische Abstammung hindeuteten.

Und dann erkannte er das Gesicht.

Cassiopeia!

Sie blieb vor der Ziege stehen und starrte ihn durch die Windschutzscheibe an. In ihren dunklen Augen sah er Liebe und Sorge. Er freute sich unendlich, sie zu sehen. Dann ging sie zur Fahrertür herum, und er öffnete sie. Es gab so viel zu sagen, aber das erste Wort, das ihm in den Sinn kam, war gleichzeitig auch das naheliegendste.

Danke.

Er stieg aus dem Truck, doch noch bevor er etwas sagen konnte, strich sie ihm mit den Fingerspitzen, die in einem Handschuh steckten, über die Lippen. »Sag jetzt nichts«, bat sie ihn.

Dann küsste sie ihn.

25

Washington, D.C.

Luke drückte Anya Petrowa auf einen der Esszimmerstühle und fesselte sie mit Klebeband daran. Er hatte es schon zuvor im Anderson-Haus benutzt und damit ihre Hände hinter ihrem Rücken fixiert, dann hatte er sie rasch aus dem Gebäude gebracht, damit sie verschwinden konnten, bevor die Washingtoner Polizei eintraf. Stephanie war geblieben, um die Probleme mit den Behörden zu regeln. Das war notwendig, weil irgendjemand einen Notruf abgesetzt hatte. Das kam ihnen zwar nicht gerade gelegen, aber angesichts der Schüsse war eine solche Reaktion nachvollziehbar. Luke und Petrowa hatten den Ballsaal durch den Hinterhof verlassen, der auf eine andere Straße hinausführte. Dort hatten sie ein Taxi bestiegen, das sie quer durch die Stadt zu seiner Wohnung gefahren hatte. Sein Ausweis vom DIA, dem militärischen Nachrichtendienst, sowie zwanzig Dollar Trinkgeld halfen, die Ängste des Fahrers zu beschwichtigen.

Er lebte in der Nähe von Georgetown in einem efeubewachsenen Ziegelhaus mit einem Haufen älterer Mieter. Ihm gefiel die Ruhe dort, und dass sich alle nur um ihre eigenen Angelegenheiten zu kümmern schienen. Er verbrachte nur wenige Tage im Monat dort, zwischen seinen Einsätzen, und er mochte die Wohnung.

»Ist das Ihre Familie?«, fragte Petrowa und deutete mit dem Kopf auf eine gerahmte Fotografie.

Er war in Blount County, Tennessee, geboren und aufgewachsen, wo sein Vater und sein Onkel sehr bekannt waren, insbesondere sein Onkel, der im Ort ein politisches Amt bekleidete, dann Gouverneur wurde, danach US-Senator und schließlich Präsident. Sein Vater starb an Krebs, als Luke siebzehn Jahre alt war. In seinen letzten Tagen hatten er und seine drei Brüder jede freie Minute mit ihm verbracht. Seine Mutter hatte der Verlust sehr schwer getroffen. Sie waren lange verheiratet gewesen. Ihr Ehemann hatte ihr alles bedeutet, und dann war er plötzlich weg. Deshalb rief Luke sie jeden Sonntag an. Er versäumte es nie. Nicht einmal, wenn er im Einsatz war. Selbst wenn es bei ihr schon spät am Abend war, rief er an, sobald er dazu kam. Sein Vater hatte immer gesagt, sie zu heiraten sei das Klügste gewesen, was er im Leben jemals gemacht hätte. Seine Eltern waren zutiefst religiös – Baptisten und Südstaatler, deshalb nannten sie ihre Söhne nach den Büchern des Neuen Testaments. Seine beiden älteren Brüder hießen Matthew und Mark, sein jüngerer Bruder John. Er war der dritte in der Reihe und wurde folglich auf den Namen Luke getauft.

Das Foto war ein Familienfoto, das nur wenige Wochen vor dem Tod seines Vaters aufgenommen worden war.

»Das ist sie«, sagte er.

Er wunderte sich über ihr Interesse. Wahrscheinlich versuchte sie, ihn zu manipulieren und ihn so weit zu entspannen, dass sie vielleicht die Gelegenheit bekam, etwas abzuziehen. Er sollte ihr die Beine fesseln, doch das konnte gefährlich werden, weil sie mit Sicherheit kräftig zutreten konnte. Doch inzwischen hatte sie erfahren, dass er auch einen kräftigen Schlag hatte, die Schwellung in ihrem Gesicht zeugte davon, dass er nicht ohne war.

»Es gefällt mir hier. Ihre Wohnung«, sagte sie. »Meine Wohnung ist ganz anders.«

Er hatte sich bisher noch nicht oft unter vier Augen mit Russen unterhalten, und schon gar nicht mit so durchtriebenen wie Anya Petrowa.

Er zog einen anderen Stuhl heran, drehte ihn um und stellte ihn hinter sie. Er setzte sich mit der Rückenlehne zu ihrem Hals. »Was wollten Sie in diesem Haus in Virginia?«

Sie lachte leise. »Erwarten Sie von mir wirklich eine Antwort?«

»Ich erwarte, dass Sie sich selbst einen Gefallen tun. Nach Hause kommen Sie jedenfalls nicht mehr. Sie landen in einem unserer Gefängnisse, und ich kann mir gut vorstellen, wie beliebt Sie da sein werden.«

Ihr blondes, stufig geschnittenes Haar endete knapp über den Schultern. Sie war nicht übermäßig attraktiv, aber auf eine rätselhafte Weise anziehend. Vielleicht war es ihr Selbstvertrauen – sie zeigte niemals Anzeichen von Bedenken, Nervosität oder Sorge. Vielleicht war es auch die Mischung von Weiblichkeit und Sportlichkeit. Das gefiel ihm.

»Sind Zorin und Sie verheiratet?«

»Wer ist Zorin?«

Er lachte. »Also bitte, beleidigen Sie mich nicht.«

Sie hielt den Kopf abgewandt, blickte auf das Familienfoto in der anderen Ecke des Zimmers und machte keine Anstalten, sich ihm wieder zuzuwenden. »Stehen Sie Ihren Brüdern nahe?«

»So nahe, wie Brüder sich sein können.«

»Ich habe keine Brüder oder Schwestern. Es gibt nur mich.«

»Das ist vielleicht eine Erklärung dafür, warum Sie mit anderen Leuten Schwierigkeiten haben.«

»Waren Sie schon mal in Sibirien?«

»Nein.«

»Dann wissen Sie überhaupt nicht, was Schwierigkeiten sind.«

Das war ihm völlig egal. »Was haben Sie in dem Haus gesucht?«

Ein weiteres tiefes, kehliges Lachen.

»Etwas, wovon Sie sich wünschen, dass ich es nie finden werde.«

Stephanie konnte es kaum erwarten zu verschwinden, aber die Washingtoner Polizei war noch nicht mit ihr fertig. Sie hatte deren Fragen so vage wie möglich beantwortet, aber da in drei Tagen eine Veranstaltung zur Amtseinführung im Anderson-Haus stattfinden sollte, stellten sie ihr sehr viele. Die Leute von der Cincinnati-Gesellschaft wollten unbedingt vermeiden, dass man das Haus sperrte und ihnen die Sicherheitsfreigabe entzog. Das hätte das Ende der Veranstaltung bedeutet, und alle rissen sich um das Recht, Gastgeber für die neue Administration zu werden. Schließlich rief sie Edwin Davis an, und die Intervention des Stabschefs des Weißen Hauses beendete das polizeiliche Verhör. Edwin hatte natürlich weitere Details von ihr verlangt, ebenso der Präsident, aber sie hatte sich herausreden können.

Zumindest fürs Erste.

Alles wäre in Ordnung gewesen, wäre nicht noch Bruce Litchfield in einem Fahrzeug des Justizministeriums aufgetaucht.

»Ich will, dass Sie mir sofort erklären, was Sie da gemacht haben«, sagte er, ohne auch nur den Versuch zu unternehmen, leise zu sprechen.

Sie standen hinter dem Eingangsportal, gleich bei einem der Eisentore zur Straße. Das Personal des Anderson-Hauses war wieder im Haus verschwunden.

»Als Sie Ihre Marke herausgeholt haben«, sagte er, »hat die Ortspolizei beim Justizministerium angerufen und gefragt, was wir da machen. Weil es etwas mit dem Magellan Billet zu tun hatte, wurde der Anruf an mich durchgestellt. Man hat mir gesagt, dass es dort eine Schießerei und einen Kampf gegeben hat und dass Sie mit der Waffe herumgefuchtelt haben. Dann haben sie eine Frau in Haft genommen, die alle im Haus bedrohte. Haben Sie das gemacht?«

Sie nickte.

Er sah sie genervt an. »Ich habe Ihnen doch gesagt, Sie sollen sich da raushalten. Was machen Sie da eigentlich?«

Sie hatte für eine ganze Reihe von Generalstaatsanwälten gearbeitet, manche waren gut, manche nicht so gut, aber alle hatten sie stets mit einem Mindestmaß an Respekt behandelt.

»Meinen Job«, antwortete sie.

»Ab jetzt nicht mehr.«

Sie sah den kalten, zufriedenen Ausdruck in seinem Blick.

»Die Sache ist erledigt. Sie sind gefeuert. Mit sofortiger Wirkung.«

Sie ging an ihm vorbei und nahm sich vor, ihn zu ignorieren.

Er hielt sie am Arm fest. »Ich habe gesagt, Sie sind gefeuert. Geben Sie mir Ihre Marke und Ihre Waffe.«

»Sie wissen, was Sie mit Ihrer Kündigung machen können. Und lassen Sie mich los.«

Er gehorchte und grinste. »Ich hatte gehofft, dass Sie sich so verhalten würden.«

Er hob die Hand, und drei Männer stiegen aus einem Wagen, der an der Straße parkte. Sie waren alle mittleren Alters, hatten kurze Haare und trugen dunkle Anzüge.

Agenten des Justizministeriums.

»Die habe ich mitgebracht«, sagte er, »weil ich wusste, dass Sie Schwierigkeiten machen. Und jetzt geben Sie mir entweder Ihre Marke und Ihre Waffe, oder Sie begleiten diese Männer, weil Sie unter Arrest stehen. Ich versichere Ihnen, das Weiße Haus wird Ihnen nicht helfen.«

Das bedeutete, dass die zukünftige Administration diesem Idioten grünes Licht gegeben hatte, den Hammer fallen zu lassen. Sein Mangel an Loyalität gegenüber dem Präsidenten, dem er seinen Job zu verdanken hatte, war erstaunlich. Es schien also zu stimmen, was man über ihn erzählte: Er war ein Opportunist. Er war jetzt auch nicht mehr so unsicher wie vorhin. Stattdessen strotzte er vor Selbstbewusstsein, weil er wusste, dass man ihm aus dem, was er vorhatte, keinen Strick drehen konnte, ganz egal, was die gegenwärtige Regierung davon hielt.

Er hatte sie in der Hand.

Game over.

Man hatte ihr vorübergehend erlaubt, auf den Busch zu klopfen – das Weiße Haus hatte sie dazu ermutigt –, und sie hatte genug gefunden, um etwas damit anfangen zu können, aber diese Erlaubnis war jetzt widerrufen worden.

Sie nahm Waffe und Marke und reichte ihm beides.

»Fahren Sie nach Hause nach Atlanta, Stephanie. Ihre Karriere ist vorbei. Und mit dieser Frau können Sie machen, was Sie wollen. Das interessiert niemanden.«

Er wandte sich von ihr ab und wollte gehen.

»Bruce.«

Er drehte sich wieder zu ihr um.

Ihr aufgerichteter Mittelfinger sagte ihm ganz genau, was sie dachte.

Er schüttelte den Kopf. »Das wirklich Schöne ist, dass Ihre Meinung keinen mehr interessiert.«

Dann ging er zum Auto und stieg ein.

Sie sah ihm beim Wegfahren hinterher.

Siebenunddreißig Jahre im Dienst der Regierung. Was hatte sie nicht alles gesehen und getan – oder daran mitgewirkt. Und so sollte es also enden? Sie hörte, wie die Vordertür des Anderson-Hauses geöffnet wurde, wandte sich um und sah, wie Fritz Strobl in die kalte Luft des späten Vormittags hinaustrat.

Er kam zu ihr rüber. »Das lief ja nicht sehr gut.«

»Haben Sie mir etwa nachspioniert?«

»Ich entschuldige mich. Aber ich habe darauf gewartet, dass

alle gehen, weil ich dann mit Ihnen reden wollte. Ja, ich habe zugesehen.«

Sie war nicht in der richtigen Stimmung für so etwas. »Was wollen Sie, Mister Strobl?«

»Was Sie da drin mit der Frau gemacht haben, das wissen wir zu schätzen. So etwas kommt hier sonst nicht vor. Es war das allererste Mal und sehr beunruhigend. Sie scheinen ein ehrlicher Mensch zu sein.« Er machte eine Pause. »Ich habe Sie belogen.«

Er hatte ihre Aufmerksamkeit.

»Sie haben von dem Archiv gesprochen, das Sie auf dem Anwesen der Charons gefunden haben. Ich *wusste* davon, und wir wollten es schon seit geraumer Zeit für uns sichern.«

Das konnte sie verstehen. »Aber Sie wollten es sich nicht mitten in einem Familienzwist unter Erben holen.«

Er nickte. »Ganz genau. Wir haben seine Existenz verschwiegen. Gott weiß, dass wir die Familie Charon nicht direkt darauf ansprechen konnten. Mehrere unserer Mitglieder kannten Brads Geheimzimmer, unser gegenwärtiger Historiker eingeschlossen. Wir hatten sogar in Erwägung gezogen, was Sie vorgeschlagen haben – es uns einfach anzueignen.«

Ihr gefiel, mit welch gewählten Ausdrücken er von Diebstahl sprach.

»Diese Frau, die Sie weggeschafft haben, hat sich ausdrücklich nach dem Archiv erkundigt. Sie hat etwas ganz Bestimmtes darin gesucht.«

Sie erinnerte sich an die Bücher, die auf dem Fußboden verteilt lagen, weil sie aus den Regalen gerissen worden waren.

»Was hat sie gesucht?«

»Das hat sie mir nicht erzählt, aber sie wollte mit unserem Historiker sprechen.« Strobl zögerte. »Es ist mir ein bisschen unangenehm. Wissen Sie, eine Organisation, die so alt ist wie unsere, hat natürlich ... Geheimnisse. Die meisten davon sind harmlos und haben im Großen und Ganzen keine Bedeutung. Und auch wir hatten einige.«

»Haben Sie der Polizei davon erzählt?«

Er schüttelte den Kopf. »Es hat niemand danach gefragt. Ich dachte mir, dass Sie vielleicht das Archiv für uns sicherstellen können, wenn ich Sie an unseren Historiker verweise?«

Ein Deal? Sie grinste. »Ich glaube, Mister Strobl, ich wittere da eine Spur krimineller Verwegenheit in Ihrem Blut.«

»Gott bewahre. Es ist nur so, dass diese Bücher und Aufzeichnungen wichtig sind. Sie gehören zu uns. Können Sie sie beschaffen?«

»Absolut.«

Sie ließ sich von ihm einen Namen und eine Adresse geben – dieselbe, die auch Petrowa schon bekommen hatte. Noch während er redete, formte sich ein Plan in ihrem Kopf. »Haben Sie ein Auto?«, fragte sie deshalb, als er fertig war.

Strobl nickte.

»Ich muss es mir ausleihen.«

26

Russland

Zorin wartete an Bord des Jets, sein Abflug von Ulan-Ude verzögerte sich nun schon seit einer halben Stunde. Er hatte den Flug via Internet gechartert und ihn kurz zuvor mit einem Telefonanruf bestätigt, nachdem er mit Belchenko in der Sauna gesprochen hatte. Er musste nonstop von Ulan-Ude bis zur Prince-Edward-Insel in Kanada fliegen, wo Jamie Kelly leben sollte. Er hatte berechnet, dass die Entfernung knapp 4900 nautische Meilen betrug. Die Chartergesellschaft hatte ein Ohr für seine Bedürfnisse und empfahl eine Gulfstream G550, die sie bis zum Einbruch der Nacht in Ulan-Ude startklar bereitstellen wollte.

Er war wieder im Dienst – kühl und wach – und handelte, wie er es gelernt hatte. Bei seiner Ankunft überprüfte er das Flugzeug gründlich. Es war circa dreißig Meter lang, flog mit einer Spitzengeschwindigkeit von knapp Mach 1 bei einer Reichweite von 6800 nautischen Meilen. Der Druckausgleich in der Kabine machte eine Reiseflughöhe von 51 000 Fuß möglich, hoch über dem kommerziellen Luftverkehr und eventuell widrigen Wetter- oder Windbedingungen. Es sollte ihm gelingen, ohne Unterbrechung zehneinhalb Stunden durchzufliegen. Somit würde er unter Berücksichtigung der zwölf Stunden Zeitverschiebung kurz vor 23 Uhr Ortszeit eintreffen, also noch Freitagnacht.

Man hatte ihm gesagt, dass ihn am Ulan-Ude-Flughafen ein Firmenvertreter erwarten würde, den er für die Verspätung verantwortlich machte, weil außer den beiden Piloten niemand auf ihn gewartet hatte. Einer sollte fliegen, während der andere sich ausruhte. Die Gesellschaft hatte vier Piloten empfohlen, was er jedoch abgelehnt hatte.

Viel zu viele Zeugen. Das Innere des Jets war luxuriös und geräumig, es war mit Nussbaumpaneelen ausgestattet, und es gab Weingläser aus Kristall. Die acht ovalen Fenster auf jeder Seite wirkten wie schwarze Flecken auf blassbeigen Wänden. Gemütliche gepolsterte Ledersessel waren nach vorne und nach hinten ausgerichtet, und eine Seite wurde von zwei langen Sofas eingenommen. Am vorderen und hinteren Ende befand sich eine Pantry, und er hatte sogleich Mahlzeiten bestellt. Es gab WLAN und ein Satellitentelefon – beides wichtig für ihn, um sich über sein Ziel zu informieren und mit Anya zu kommunizieren.

Das Flugzeuginnere war beheizt und hielt den Winter draußen, das Licht war gedimmt und beruhigend.

Durch die Vordertür trat ein Mann in einem dicken Wollmantel. Er war von kräftiger Statur und hatte eine Matte aus drahtigen schwarzen Haaren, die auf seinem großen Schädel klebten; seine hervorstehenden slawischen Wangenknochen waren von der Kälte gerötet. Er trug einen ziemlich unansehnlichen Anzug und stellte sich als der Firmenrepräsentant vor, der vor dem Abflug das Geschäft abschließen wollte. An einem Handgelenk trug er eine juwelenbesetzte Rolex, an der anderen Hand steckte ein Diamantring am kleinen Finger.

Beides beeindruckte Zorin nicht sonderlich.

»Sie sind spät«, sagte er auf Russisch.

»Ich habe zu Abend gegessen.«

»Dann haben Sie mich hier einfach sitzen lassen?«

Aus den dunklen Augen des Mannes traf ihn ein abschätzender Blick.

»Mir ist schon klar, dass Sie es eilig haben. Aber mit Männern wie Ihnen mache ich jeden Tag Geschäfte.«

»Sie wissen, was ich will?«, fragte Zorin, als sich der Mann ihm gegenüber in einen Ledersessel fallen ließ.

»Man hat mir gesagt, Sie müssen von Punkt A nach Punkt B, und niemand sollte etwas davon erfahren.«

Der Repräsentant grinste verächtlich, aber damit landete er bei Zorin auf dem falschen Fuß. Das war das Problem mit dem neuen Russland. Jeder hielt jeden für korrupt. Niemand kam auf die Idee, dass einen auch Pflicht und Ehre motivieren konnten. Er beschloss, seinen Ärger runterzuschlucken, und versuchte, gleichgültig und gelassen zu wirken. Das war ungewöhnlich, weil er eigentlich nie gelassen war.

»Meine Firma hat mich auch angewiesen, unser Geschäft abzuschließen, bevor Sie abfliegen.«

Er wusste, was er dammit meinte.

Weil wir Sie nicht kennen.

Er bückte sich und hob den Rucksack vom Boden, den er von der Datscha mitgebracht hatte. Darin befanden sich drei Bündel mit 5000-Rubel-Noten, die von Gummibändern zusammengehalten wurden. Er warf sie auf die Nussbaumplatte des Tisches, der zwischen ihnen stand. »Zehn Millionen Rubel.«

Der Mann zuckte nicht mit der Wimper. »Sie müssen wirklich sehr selbstbewusst sein, wenn Sie mit so viel Geld herumlaufen.«

»Auf jeden Fall bin ich jemand, mit dem Sie sich nicht anlegen wollen«, konterte Zorin.

Der Repräsentant lehnte sich zurück, warf ihm einen hochmütigen Blick zu und grinste gekünstelt. »Wir machen ständig mit gefährlichen Männern Geschäfte. Dieser Jet kostet fünf Milliarden Rubel. Er kann jeden Ort auf der Welt erreichen. Gefährliche Männer wie Sie wissen solche Werkzeuge zu schätzen.«

»Und ich habe meine Wertschätzung dadurch gezeigt, dass ich Ihnen mehr bezahlt habe, als die Reise wert ist.«

»Das haben Sie. Kommen wir zu den besonderen Diensten, die Sie benötigen. Wir erstellen einen Flugplan nach New York City. Bei dieser Route überfliegen wir die Prince-Edward-Insel. Wie wollen Sie dorthin kommen, ohne zu landen?«

Er hatte verschiedene Möglichkeiten in Erwägung gezogen. Kein Visum und keine falschen Dokumente zu besitzen bedeutete, dass er nicht einfach einreisen konnte. Ein vorgetäuschter Notfall hätte die Möglichkeit einer unvorhergesehenen Landung geboten, bei der er sich hätte absetzen können, aber so etwas barg eine ganze Reihe von Risiken. Zum gegenwärtigen Zeitpunkt wusste niemand, dass er in den Westen unterwegs war, und er wollte, dass es so blieb, deshalb hatte er sich für eine Methode entschieden, die auf jeden Fall funktionierte.

»Ich werde mit dem Fallschirm abspringen.«

Der Repräsentant lachte leise. »Das habe ich mir schon gedacht. Sie sind wirklich ein gefährlicher Mann. Sie wollen in der Nacht aus dieser Höhe aus einem Jet springen?«

Das hatte er zuvor schon mehrfach getan. Zu seinem *Spetsnaz*-Training hatten riskante Fallschirmsprünge gehört. In Afghanistan war er zweimal nachts in einer Gegend abgesprungen, die weitaus gefährlicher war als Kanada.

»Sobald wir das Gebiet erreicht haben, müssen wir tiefer fliegen«, sagte er. »Ich gehe davon aus, dass sich ein passender Grund dafür finden lässt.«

Der Repräsentant beugte sich in seinem Sessel vor und strich mit den Händen über das Geld. »Bei so viel Großzügigkeit sollte uns das gelingen, glaube ich. Sie werden die Piloten informieren, wann Sie springen wollen?«

Er zeigte auf das Computerterminal auf einem anderen Tisch; es war ein Schreibtischbereich, der in der Luft als Büro dienen konnte. »Ich werde mir dort einen geeigneten Ort aussuchen. Außerdem brauche ich Karten. Hat Ihre Firma Karten für die Gegend?«

»Wir haben Karten für jeden Flecken auf der Erde.«

Der Mann nahm die Rubel vom Tisch und stopfte sich die Bündel in die Manteltaschen.

Zorin konnte sich einen Seitenhieb nicht verkneifen: »Ich wäre vorsichtig, wenn ich so viel Geld mit mir herumtragen würde.«

»Ich versichere Ihnen, die Männer, die da draußen auf mich warten, sind genauso gefährlich wie Sie.« Der Repräsentant stand auf. »War mir ein Vergnügen, mit Ihnen Geschäfte zu machen. Genießen Sie den Flug.«

Sie hatten keine Namen ausgetauscht. Das war überflüssig. Im Flugplan würde lediglich von zwei Piloten die Rede sein. Das Flugzeug flog nach New York, um dort einen Kunden einzusammeln. In den Papieren fand sich kein Hinweis auf die Anwesenheit eines anderen Menschen an Bord. Auch das war eine seiner Charterbedingungen gewesen.

»Der Fallschirm, den Sie angefordert haben, befindet sich am Heck«, sagte der Firmenvertreter. »In einem markierten Stauraum. Außerdem gibt es Nachtsichtgläser.«

Er hatte beides angefordert und war erfreut, dass diese Leute ihre Kunden zufriedenstellen konnten. Anders als früher konnte heute so gut wie jeder so gut wie alles beschaffen.

»Die Piloten werden Sie nicht stören. Die haben vorn ihre eigene Kabine, um sich auszuruhen. Sie haben Anweisung, keine Fragen zu stellen und Ihren Befehlen bedingungslos Folge zu leisten. Davon verstehen Sie ja vermutlich etwas.«

Dann ging er.

Obwohl er für Zorins Geschmack viel zu sehr von sich eingenommen war, schien der Mann in dem, was er machte, gut zu sein.

Das wusste er zu schätzen.

Die Reise hatte ihn fast sein ganzes Geld gekostet. Er hatte nur noch ein paar tausend Rubel und ein paar amerikanische

Dollar im Rucksack. Aber das war in Ordnung. Alles andere, was er noch benötigte, konnte er sich unterwegs beschaffen. Zu seinem *Spetsnaz*-Training hatten auch Überlebenstechniken gehört. Er konnte nur hoffen, dass auch ein weiteres Relikt der alten Zeiten überlebt hatte und irgendwo in Nordamerika auf ihn wartete.

Jetzt jedoch hing alles davon ab, ob er Jamie Kelly fand.

Die Piloten kamen an Bord.

Der eine teilte ihm mit, dass sie in weniger als fünfzehn Minuten in der Luft sein würden.

Er sah auf seine Uhr.

Noch 49 Stunden.

27

Malone hatte sich auf dem Rückflug im Helikopter angehört, was Cassiopeia über Stephanie Nelles Anruf und ihre Reise aus dem Osten Frankreichs zu erzählen hatte. Sie schien wieder ganz die Alte zu sein, wirkte nicht mehr so verloren, machte keine spitzen Bemerkungen mehr, und in ihren Augen schimmerte der vertraute Trotz. Alle hatten das Schlimmste vermutet, als der Kontakt zu ihm abgebrochen war. Moskau hatte ihr ausdrücklich erlaubt, zu kommen und der Sache nachzugehen, und das verblüffte ihn ebenso wie der Umstand, dass er selbst hier war. Aber er behielt seine Bedenken für sich, weil ihm klar war, dass sie über einen offenen Kanal kommunizierten.

Man hatte ihm im Hubschrauber Handschuhe gereicht, die er sofort anzog. Cassiopeia sah ihm aufmerksam zu. Sie hatte im Laufe der Zeit anscheinend eine andere Sichtweise auf die Dinge bekommen. Offenbar genügte das, damit sie zu seiner Rettung kam. Sie war eine dynamische Frau, das wusste er, aber sie war auch nicht unbesiegbar, wie sich in Utah erwiesen hatte. In den letzten beiden Jahren hatten sie voreinander ihre Schwächen offen gezeigt, ohne sich dafür zu verurteilen. Stattdessen hatten sie sich gegenseitig beigestanden. Er fühlte sich wohl in ihrer Gegenwart, jedenfalls so wohl, wie sich ein Mann fühlen konnte, der Schwierigkeiten hatte, seine Gefühle gegenüber einem anderen Menschen auszudrücken. Für seine Frau hatte er jedenfalls nie so empfunden. Auch Pam war hart gewesen, aber auf andere Art. Der größte Unterschied zwischen den beiden Frauen waren die Freiräume gewesen, die Cassiopeia ihm ließ. Weitaus mehr, als Pam jemals zugelassen hätte. Vielleicht lag es daran, dass Cassiopeia und er sich so ähnlich waren, und er ihr denselben Spielraum ließ.

Der Helikopter landete auf der Basis, und sie eilten in ein graues Granitgebäude, das von einem hohen Zaun umgeben war. Sie wurden von einem uniformierten Offizier erwartet, der sich ihnen als Kommandant des Stützpunkts vorstellte.

»Wir sind froh, dass Sie den Zwischenfall überlebt haben«, empfing er die beiden. »Auch wissen wir die Hilfe zu schätzen, die Sie angeboten haben, aber wir benötigen Ihre Mitarbeit nicht mehr. Ab jetzt regeln wir die Angelegenheit intern.«

»Wurde das meiner Chefin mitgeteilt?«, erkundigte sich Malone.

»Das weiß ich nicht. Ich habe von meinen Vorgesetzten den Auftrag, Sie sofort zu einem Ziel Ihrer Wahl in den Westen fliegen zu lassen.«

»Und wenn wir nicht wollen?«, fragte er.

»Sie haben keine Wahl. Ich habe zwei Kampfflugzeuge volltanken lassen, beide sind startklar. Im Nebenraum liegen Fliegeroveralls für Sie bereit.«

Er deutete auf eine Tür.

Die Lage hatte sich offenbar schlagartig geändert.

Er überlegte, ob er diesem Mann berichten sollte, was er über die verschwundenen russischen Atombomben und den ehemaligen Sowjetspion wusste, der jetzt in Kanada lebte, und dass Aleksandr Zorin möglicherweise auf dem Weg dorthin war. Dann gab es noch die Männer bei der Datscha, die Vadim Belchenko umgebracht hatten und vermutlich Miltärs waren.

Etwas sagte ihm, dass die Leute hier über all das Bescheid wussten.

Deshalb hielt er den Mund.

Malone spürte die Beschleunigung, als das Sukhoi/HAL-Kampfflugzeug in den Nachthimmel schoss. Er hatte dieses

Gefühl vermisst und wünschte sich unwillkürlich, auch selber noch regelmäßig eine solche Maschine fliegen zu dürfen. Eigentlich hatte er Kampfpilot werden wollen, aber Freunde seines verstorbenen Vaters, die bei der Marine waren, hatten andere Vorstellungen von seiner Zukunft, und so endete er in der juristischen Fakultät und dann beim obersten Militärgericht. Er hatte hart gearbeitet und sich einen Namen gemacht, dann wechselte er ins Justizministerium und schließlich zum Magellan Billet. Und jetzt war er Buchhändler oder freier Mitarbeiter oder irgendetwas, war sich aber noch nicht ganz klar über seine Rolle.

Er wusste, dass Cassiopeia sich auf dem hinteren Sitz des zweiten Kampfflugzeugs, das gleich nach ihnen abhob, nicht wohl fühlen würde. Sie hasste es, in der Luft zu sein, erst recht, wenn das Flugzeug doppelte Schallgeschwindigkeit erreichen konnte. Die Russen hatten es anscheinend eilig gehabt, sie loszuwerden, und das war ihnen gelungen, denn sie waren auf dem Weg nach Europa.

»Kannst du mich da drüben hören?« Er sprach in sein Helmmikrofon.

»Ich höre dich«, sagte Cassiopeia.

»Alles in Ordnung?«

»Was glaubst du wohl?«

»Mach ein Nickerchen. Ich wecke dich, wenn wir uns nähern.«

Sie hatten beschlossen, sich zu einem französischen Luftwaffenstützpunkt in der Nähe von Cassiopeias Anwesen fliegen zu lassen. Von dort aus wollte er sich bei Stephanie melden. Er hatte es schon tun wollen, bevor sie Sibirien verließen, aber es wurde ihm nicht erlaubt zu telefonieren, und mit Sicherheit würden sie nicht zulassen, dass er in der Luft ihr Funkgerät benutzte. Also musste der Abschlussbericht noch ein paar Stunden warten.

Er hörte Gespräche zwischen den Piloten und der Bodenstation. Er verstand kein Wort, Cassiopeia dagegen schon.

»Sie haben deinen Freund gefunden«, sagte sie.

Auf Dänisch. Kluges Mädchen. Sie war umsichtig genug, dafür zu sorgen, dass nur sie beide verstanden, was sie miteinander redeten. Hoffentlich war niemand in der Leitung, der in der Sprache bewandert war. Er wusste, wen sie meinte: Zorin.

»Er befindet sich ganz in der Nähe in einem privaten Charterjet und fliegt in westliche Richtung. Die Piloten haben Anweisung, ihn abzufangen.«

Die Kampfjets schwenkten in südliche Richtung.

Die Bordkontrollen vor ihm flackerten geschäftig. Alles war auf Kyrillisch beschriftet, und obwohl er ziemlich genau wusste, was es mit den meisten Instrumenten für eine Bewandtnis hatte, waren ihm etliche Schalter ein Rätsel. Das Flugzeug war ein Zweisitzer mit einem Duplikat aller Instrumente vorn und achtern, und jeder Passagier saß in seinem eigenen Kokon. Sie waren immer noch im Steigflug in jene hochgelegene Luftschicht zwischen der Erde und dem Orbit. Vertraute Höhen. Über ihm zogen die Sterne an der Plexiglaskuppel vorbei.

Der andere Kampfflieger flog bei knapp unter 20 000 Fuß in Formation; Eiskristalle glitzerten an den Rändern seiner Kanzel. Malone überprüfte die Sauerstoffversorgung und sah sich den Druck an, draußen gab es kaum noch atembare Luft. Die beiden Piloten gaben nichts auf Gespräche. Er war schon mit Sphinxen und mit Plappermäulern geflogen und wusste nicht, was ihm lieber war. Die beiden hatten in den letzten Minuten so gut wie gar nicht miteinander geredet, er hörte nur das Grundrauschen und das Zischen des freien Kanals.

Er versuchte, seine Gedanken zu sortieren.

Waren diese tragbaren Atombomben auch nach über zwanzig Jahren da draußen irgendwo versteckt? Gab es eine, die Zorin womöglich finden konnte? Belchenko hatte das offenbar geglaubt. Und warum waren diese Militärs zur Datscha gekommen? Um Belchenko zu töten? Oder vielleicht sogar Zorin? Bedauerlicherweise hatte der alte Archivar nicht lange genug gelebt, um ihm ausführlich von Zorins Plänen zu berichten.

»*Narrenmatt*« und »*Nullter Verfassungszusatz*«.

Was auch immer das zu bedeuten hatte.

Seine Atemmaske beschlug von innen und befeuchtete seine Wangen. Er hatte einen metallischen Geschmack im Mund, außerdem drang ihm der Geruch von erhitztem Plastik in die Nase. Die Luftzirkulation im Flugzeug war anscheinend nicht die sauberste.

Da Belchenko tot war, konnte ihn jetzt nur noch Zorin auf die richtige Spur bringen. Der ehemalige KGB-Offizier wirkte verbittert und zynisch. Aber war er so verbittert, dass er ein großes Ding mit einer Atombombe abziehen würde? Schön, da gab es noch diesen Kerl in Kanada, Jamie Kelly, der Antworten geben konnte. Aber das konnte auch nur eine weitere Lüge sein. Er war sich nicht sicher, wie viel von dem, was er in den vergangenen paar Stunden gehört hatte, der Wahrheit entsprach. Deswegen war es wohl das Schlaueste, sich an Zorin zu halten… Eine Stimme meldete sich in seinem Kopfhörer.

»Das Ziel befindet sich vor uns«, berichtete Cassiopeia weiterhin auf Dänisch. »Seine Maschine ist bereits in der Nähe der Grenze zur Mongolei. Sie wollen das Flugzeug herunterbekommen, bevor er die Grenze überfliegt.«

Der andere Kampfjet schob sich unter ihnen durch und steuerte etwa eine Meile weit nach backbord. Malone überflog die Instrumententafel und suchte nach einem Weg, um die Steuerung ins hintere Cockpit zu übertragen; aber er war sich nicht schlüssig, welches der richtige Schalter war. Der Jet ruckelte, als er die Nase nach unten richtete. Er wusste, was gerade passierte. Der Pilot bereitete einen Angriff vor.

Sie flogen fast genau nach Süden, verloren an Höhe und

blieben schließlich auf 10 000 Fuß. Er suchte den Himmel ab, der voller Sterne stand, und entdeckte das andere Kampfflugzeug mit Cassiopeia, das sich jetzt circa zwei Meilen backbord befand. Er schaute nach Süden, seine Pupillen weiteten sich aufs Maximum, und entdeckte zwei winzige Lichter, die an- und ausgingen und die äußeren Kanten eines anderen Flugzeugs markierten. Die Punkte wurden größer, als sie näher kamen.

Zorins Flugzeug.

Er hörte Stimmen im Kopfhörer.

Im LCD blinkten Ziffern, dann blieben sie auf dem Display. Er brauchte kein Kyrillisch lesen zu können, um zu wissen, dass das Bordradar ein Ziel erfasst hatte. Bevor sie abgehoben hatten, waren ihm sechs Fixpunkte unten am Rumpf aufgefallen, aber an keinem von ihnen waren Luft-Luft-Raketen befestigt. Der Jet war jedoch mit zwei Dreißig-Millimeter-Kanonen ausgestattet.

»Sie warten auf Befehle vom Boden«, sagte Cassiopeia in seinem Ohr.

Er hätte es einfach geschehen lassen und sich damit abfinden können. Das hätte der ganzen Sache ein Ende bereitet. Aber ihm klang noch in den Ohren, was Zorin im Keller gesagt hatte. Über die Zeit des Untergangs der UdSSR: »*Es hat niemanden gekümmert. Wir waren auf uns allein gestellt, um uns in unserem Elend zu suhlen. Deshalb haben wir mit Amerika noch eine Rechnung offen. Und ich glaube, für uns ist die Zeit gekommen, um sie zu begleichen.*«

Wir?

War Zorin wirklich die einzige Bedrohung?

Oder trat jemand an seine Stelle, wenn man ihn liquidierte?

Beide Jets gingen jetzt auf einen geraden Kurs, flogen näher und richteten sich auf das Ziel aus, um es mit den Bordkanonen schnell vom Himmel zu holen, was im Radar, der ihrer Flugbahn wahrscheinlich folgte, kaum auszumachen war.

Nach den Umrissen des Flugzeugs vor ihnen zu urteilen handelte es sich um einen Learjet oder eine Gulfstream. Eine ausreichende Anzahl gut gezielter Dreißig-Millimeter Geschosse sollten die Maschine mühelos erledigen. Malone beschloss, etwas zu tun. Doch es gab ein Problem: Er musste beide Kampfjets gleichzeitig am Schuss hindern.

»Sieh dir mal die Instrumente vor dir an«, sagte er ins Mikrofon und blieb beim Dänisch. »Steht da irgendwo ›Überbrückung‹? ›Überbrückungskontrolle‹? Irgendetwas in der Richtung?«

»Oben rechts. Da steht ›Heckkontrolle‹.«

Er entdeckte den Schalter, der mit einer roten Schutzkappe versehen war. Er hegte große Zweifel daran, ob hier jemand wusste, dass er einen Militärjet fliegen konnte, deshalb klappte er die Schutzklappe auf und dachte: *Zum Teufel, ich mach's einfach.*

Sobald er den Schalter gedrückt hatte, erwachte der Steuerknüppel vor ihm zum Leben. Der Pilot bemerkte das Problem natürlich sofort, doch er ließ dem Russen keine Zeit zum Reagieren.

Er drückte den Knüppel nach vorn und kam dem anderen Kampfflugzeug gefährlich nahe. Sie stürzten durch den Himmel und verloren an Höhe, sein Körper wurde in die Sitzgurte gepresst. Vibrationen und ein schrilles Geknatter begleiteten die enge Rolle. Der andere Kampfjet donnerte knapp unter ihnen hindurch, und der Nachbrenner verursachte hinter sich so viele Turbulenzen, dass der andere Pilot keine andere Wahl hatte, als abzudrehen.

Beide Flugzeuge verloren weiter an Höhe.

Keines von beiden war zum Schuss gekommen.

Er ging davon aus, dass Cassiopeia nicht glücklich war, weil sie gerade in einer Folge steiler Kurven und Drehungen durch den Himmel raste, während ihr Pilot das Flugzeug wieder unter seine Kontrolle brachte. Malone zog seinen Jet steil nach oben, die Maschine stieg – angetrieben von dem Turbolader – wie ein Fahrstuhl immer weiter in die Höhe. Es konnte nicht mehr lange dauern, bis sein Gastgeber wieder die Kontrolle übernahm. Schließlich flog er einen perfekten Bogen und dann wieder nach unten zu dem anderen Jet. Er warf einen Blick auf die Instrumententafel und sah, dass das Radar sein Ziel verloren hatte. Dann hörte er eine Menge böser Worte, die die beiden Piloten miteinander wechselten, und man brauchte keine Fremdsprachenkenntnisse, um zu verstehen, worum es ging.

Diese Männer waren stinksauer.

Er entspannte seinen Griff am Steuerknüppel und lehnte sich wieder in den Sitz zurück. Auf der Steuerbordseite zog der andere Jet parallel, und sie flogen Tragfläche an Tragfläche. Die Spannung in seinem Körper schwand. Die Kontrolle wurde wieder an den Piloten, der vorne saß, übertragen.

Zorins Flugzeug war weg.

»Ich gehe mal davon aus, dass das nötig war«, sagte Cassiopeia. »Ich hätte mir fast die Seele aus dem Leib gekotzt.«

»Mir hat es Spaß gemacht«, antwortete er.

»Das kann ich mir denken.«

»Ich konnte nicht zulassen, dass sie schießen.«

»Und ich vermute, dass du mir später alles erklären wirst?«

»Haarklein.«

Er hörte weitere Gespräche zwischen den Piloten und der Bodenstation und konnte sich gut vorstellen, dass es nach der Landung darüber sogar noch eine etwas körperlichere Auseinandersetzung geben würde, aber damit hatte er kein Problem.

»Sie sind nicht ... begeistert«, sagte sie.

»Wo ist mein Freund?«

»Er hat die Grenze überquert. Sie haben Befehl, ihn nicht zu verfolgen.«

Das brachte ihn ins Grübeln. Wie viel wussten die Russen?

Es gab nur eine Möglichkeit, das herauszufinden.

28

Washington, D.C.

Luke hatte versucht, Anya Petrowa dazu zu bringen, mehr zu erzählen, doch sie schwieg weiterhin. Sie saß ruhig mit nach hinten zusammengebundenen Händen da; das Klebeband presste ihre Taille an den Stuhl. Der blauschwarze Bluterguss in ihrem Gesicht tat sicherlich weh, auch wenn ihr Blick völlig ausdruckslos zu sein schien. Mit ihrer gleichmütigen, unpersönlichen Miene wirkte sie nicht im Mindesten wie jemand, der in der Falle saß.

Luke blieb auf der anderen Seite des Zimmers außerhalb ihrer Reichweite, und hatte es sich in einem der Clubsessel vor den Fenstern gemütlich gemacht. Er mochte diesen Platz, vielleicht war er ihm der liebste auf der Welt, dort konnte er sich immer entspannen. Für ihn war diese ganze Wohnung ein Heiligtum. Petrowas Anwesenheit hier verstieß sogar eklatant gegen seine »Keine Frauen«-Regel. Gewiss, er hatte sich mit Frauen verabredet und auch die eine oder andere Nacht mit ihnen verbracht, doch niemals hier, sondern immer bei ihnen, in einem Hotel oder außerhalb der Stadt. Er wusste nicht mehr genau, wie und warum er diese Regel aufgestellt hatte, nur dass es sie gab, und er bemühte sich, sich daran zu halten. Nicht einmal seine Mutter war hier zu Besuch gewesen, nur Stephanie, einmal, kurz vor Utah.

Normalerweise genoss er die Stille, aber heute wirkte die Abwesenheit von Geräuschen nervtötend. Er wusste nicht, was sie mit Petrowa anfangen sollten, außer Informationen aus ihr herauszuquetschen. Sie war eine ausländische Staatsbürgerin, und ihr kleiner Einsatz war nicht von oben abgesegnet, deshalb waren ihre rechtlichen Möglichkeiten eingeschränkt. Ihr mit Gefängnis zu drohen war nur ein Bluff gewesen. Schlimmer wäre es, wenn sie sich als äußerst hart zu knackende Nuss erwies. Zum Glück lagen alle Entscheidungen letzten Endes beim Weißen Haus – aber Onkel Danny lief die Zeit davon.

Ein Klopfen unterbrach die Stille.

Er erhob sich, öffnete die Tür und erwartete, Stephanie zu sehen. Stattdessen stand dort draußen Nikolai Osin, der SVR-Spion aus dem Wagen, in Begleitung zweier Männer. Sie wirkten alles andere als glücklich.

»Ich komme wegen Anya Petrowa«, sagte Osin.

»Woher wussten Sie, dass sie hier ist?«

»Ihre Chefin hat es mir erzählt. Ich habe ihr gesagt, dass wir uns selbst um Miss Petrowa kümmern. Weil keiner will, dass sich die ganze Sache zu einem politischen Zwischenfall auswächst, war sie einverstanden.«

Osin blickte an ihm vorbei zu Petrowa. »Was haben Sie getan? Haben Sie sie geschlagen?«

»Ich kann Ihnen versichern, dass sie auch verdammt gut austeilen kann. Wenn Sie nichts dagegen haben, würde ich Ihre Geschichte gern selbst nachprüfen.«

Er forderte sie ganz bewusst nicht auf hereinzukommen.

»Machen Sie, was Sie wollen, aber Miss Petrowa nehmen wir mit.«

Er sah zu der Russin hinüber. Anya wirkte nicht gerade begeistert. Offensichtlich hatte sie nicht viel für ihren Retter übrig.

Er nahm sein Telefon und wählte Stephanies Nummer. Sie ging sofort an den Apparat, er hörte ihr einen Augenblick zu, dann beendete er das Gespräch und bedeutete den Männern einzutreten.

»Sie gehört Ihnen.«

Stephanie war noch nie entlassen worden. Im Laufe ihrer Karriere im Staatsdienst hatten es ihr sowohl Generalstaatsanwälte als auch Präsidenten mehrmals angedroht, aber zu einer richtigen Entlassung war es nie gekommen.

Bis zum heutigen Tag.

Bruce Litchfield hatte sich offenbar von der zukünftigen Verwaltung absegnen lassen, dass er nach Belieben agieren durfte. Nun ja, ohne dieses Okay wäre er wohl niemals so dreist gewesen. Sie konnte sich vorstellen, wie der designierte neue Generalstaatsanwalt Danny Daniels als einen Mann abtat, der schon in ein paar Stunden nichts mehr zu sagen hatte. Das war ein großer Fehler. Sie hatte gelernt, dass Danny immer eine Rolle spielen würde, ganz gleich, welches politische Amt er gerade bekleidete. Er glaubte an das, was er tat, und stand für seine Überzeugungen ein – und für seine Politik.

Sie stand etwa dreißig Meter von Luke Daniels' Haus entfernt in einem Eingang und wurde von eiskalten Böen durchgepustet. Der viergeschossige Klinkerbau war von einem kurzen braunen Rasen und winterlich entlaubten Bäumen umgeben. Es befand sich am Rand eines belebten Boulevards im Nordwesten Washingtons, und in den letzten fünfzehn Minuten war niemand zu Besuch gekommen. Von einem Auto abgesehen. Einem schwarzen Cadillac. Aus dem Nikolai Osin und zwei andere Männer ausgestiegen waren.

Gerade eben hatte Luke angerufen und ihr erzählt, dass er im Begriff war, Anya Petrowa loszuschneiden und sie an Osin auszuhändigen. Sie wusste, dass Osin seine Rolle perfekt spielen würde, weshalb sie ihn nach dem Verlassen des Anderson-Hauses auch gleich angerufen und ihm genau erklärt hatte, was ihr vorschwebte. Ihr stämmiger Kollege hatte ihr zu ihrem Plan gratuliert und ihr versichert, dass er sofort zu der Wohnung fahren und seine Besitzansprüche auf ihr Problem anmelden würde.

Petrowa erschien in der Vordertür des Gebäudes, links und

rechts von Männern in schwarzen Mänteln flankiert. Osin folgte ihnen ins Licht der frühen Nachmittagssonne. Sie sah zu, wie die Gruppe auf den Cadillac zusteuerte, einstieg, losfuhr und am Ende der kurzen Straße hinter einer hohen Hecke verschwand. Sie konnte sich gut vorstellen, dass Anya Petrowa ziemlich verwirrt sein musste.

Luke verließ das Haus.

Sie trat aus ihrer schattigen Deckung in die Sonne. Luke kam über den Parkplatz vor dem Haus, er hatte den federnden Gang eines Athleten. »Und das lassen Sie einfach so zu?«

»Ich habe es sogar eingefädelt.«

»Würden Sie mir das bitte erklären? Es hat verflucht viel Mühe gekostet, diese Frau einzufangen.«

»Fritz Strobl hat mir etwas Interessantes erzählt. Brad Charon war früher einmal Hüter der Geheimnisse in der Society of Cincinnati.«

Dann berichtete sie, was sie erfahren hatte.

»Wir haben dieses Amt schon vor sehr langer Zeit eingerichtet«, sagte Strobl. »Es wurde offiziell in der Mitte des 20. Jahrhunderts abgeschafft – dachte ich jedenfalls. Vor etwa zehn Jahren entdeckte ich, dass es das Amt noch gab und inzwischen zu den Pflichten des Historikers gehörte.«

»Was hat das mit der Frau zu tun, die wir haben?«

»Sie wusste, dass Mister Charon der Hüter der Geheimnisse gewesen war. Davon wusste nur eine Handvoll Menschen in der obersten Führungsriege der Society. Nicht einmal ich hatte eine Ahnung davon. Sie aber wusste darüber Bescheid.«

Daraus erwuchs eine ganze Reihe neuer Fragen, von denen die entscheidende lautete: Warum ist das alles überhaupt wichtig?

»Sie wollte wissen, wer jetzt der Historiker ist, und drohte, mich zu töten, falls ich es ihr nicht verrate.«

»Strobl hat ihr gesagt, wie der Mann heißt und wo er zu finden ist«, berichtete sie Luke. »Er lebt in Maryland, bei Annapolis.«

»Und hat der gute Fritz auch erwähnt, weshalb sich die Petrowa so sehr für die längst vergessenen Geheimnisse des Vereins interessiert?«

»Nun, er hat mir gesagt, dass er es ehrlich nicht weiß. Und ich glaube ihm.«

Er deutete mit dem Finger auf sie. »Ich kann es riechen. Sie haben einen Plan, oder?«

»Habe ich. Aber zuerst muss ich Sie warnen. Vor einer Stunde hat mich der geschäftsführende Generalstaatsanwalt gefeuert. Ich bin jetzt arbeitslos, deshalb ist alles, was wir von jetzt an unternehmen, nicht abgesegnet.«

Luke grinste. »So gefällt es mir am besten.«

29

Zorin beschloss, sich ein wenig auszuruhen, bevor er ernsthaft zu planen begann, was geschehen sollte, sobald er es nach Kanada geschafft hatte. Ihm kroch die Müdigkeit in die Knochen und in seine Muskeln. Er war kein junger Mann mehr. Zum Glück blieben ihm noch ein paar Stunden Ruhe, um sich zu erholen.

Seltsamerweise hatte er an seine Mutter gedacht. Das war wirklich sonderbar, schließlich war sie schon so lange tot. Sie hatte ihr Leben lang als Bäuerin gearbeitet, und er sah sie noch vor sich, wie sie in der fruchtbaren schwarzen Erde kniete, ihr die Sonne heiß auf den Rücken schien, während sie zwischen den Gurken, Tomaten und Kartoffeln werkelte, die sich manchmal im Wind wiegten und schwankten wie Wellen im Meer. Er hatte die Felder geliebt. Die Luft dort war nie mit Ruß, Kohle, Chemikalien oder Auspuffgasen versetzt. Vielleicht war auch das ein Grund dafür, warum er nach Sibirien geflüchtet war, wo man noch genau diesen sauberen Geruch fand.

Seine Mutter war eine freundliche, zärtliche und naive Frau gewesen, die sich selbst nie für einen Sowjetmenschen gehalten hatte. Aber sie war schlau genug, nie Schwierigkeiten zu machen oder sich aufzulehnen. Sie behielt ihre Überzeugungen für sich, lebte ein langes Leben und starb an Altersschwäche. Als Knabe war er mit ihr zur Kirche gegangen, weil er das Singen mochte. Damals begriff er, dass er ein Atheist war, was seine Mutter nie erfuhr. Und das war gut, weil Gott in ihrem Leben eine große Rolle spielte. Ausdauernd, sorgfältig, arbeitsam und loyal, so war seine Mutter gewesen.

Und ihr Summen.

Das hatte er immer besonders gern gemocht.

An eines ihrer Lieder konnte er sich noch erinnern. Es war ein Lied aus ihrer Kindheit, und den Text hatte sie ihren Söhnen beigebracht.

Ein Häschen ging spazieren.
Da kam geschwind ein Jäger
und zielte auf den Hasen.
Peng, Peng, oh, oh.
Das Häschen wird jetzt sterben.
Es wurde dann nach Hause gebracht.
Und da ist es plötzlich aufgewacht.

Er liebte diese Verse, und wie der Hase war auch er spazieren gegangen, auf einen Spaziergang, der jetzt schon über fünfundzwanzig Jahre dauerte. Er war – metaphorisch gesprochen – erschossen, für tot gehalten und liegen gelassen worden. Aber wie der Hase war auch er wieder zum Leben erwacht.

Er hatte sich oft gefragt, warum ein so gewalttätiger Mann aus ihm geworden war. Ganz sicher nicht wegen seiner Mutter. Und auch sein Vater hatte sich letzten Endes als schwach und abhängig erwiesen, obwohl er einst Soldat gewesen war. Es hatte ihm an Mut gefehlt.

Er hatte getötet und darüber keine Reue empfunden. Er hatte den Tod des Amerikaners in der Datscha befohlen, ohne auch nur einen Moment zu zögern. Falls er einmal ein Gewissen besessen hatte, wies jetzt nichts mehr darauf hin.

Wie seine Brüder.

Sie hatten geheiratet, Kinder bekommen und waren jung gestorben.

So wie seine Frau und sein Sohn.

Die waren ebenfalls tot.

Ihm war außer Anya nichts geblieben. Aber was sie verband,

war nicht Liebe. Es war eher die Gemeinschaft, die sie beide zu brauchen schienen. Wie erging es ihr wohl in Amerika? Vielleicht würde er es schon bald erfahren.

Er hatte eines der Gerichte gegessen, die die Charterfirma bereitgestellt hatte. Der Jet hatte die russische Grenze sicherlich schon weit hinter sich gelassen und flog auf einer westlichen Route über die zentralasiatische Föderation, dann über Europa und auf den offenen Atlantik hinaus. Es gefiel ihm, wieder zu arbeiten. Er konzentrierte sich auf die unsichtbare Front und den Hauptgegner. Er war ein guter Krieger, er kämpfte für das Vaterland und beschützte die Sowjetunion. Noch nie hatte er seinen Eid gebrochen. Noch nie hatte er sein eigenes Wohl über das seines Landes gestellt. Noch nie waren ihm dumme Fehler unterlaufen.

Im Gegensatz zu seinen Vorgesetzten.

Die hatten sich einfach geweigert zu sehen, was sie direkt vor Augen hatten.

Er erinnerte sich an seine erste Begegnung mit der Wahrheit. An einem Wintertag im Januar 1989.

»Genosse Zorin, das ist der Mann, von dem ich Ihnen erzählt habe.«

Er musterte den Fremden, der versuchte, mit einer leicht gebückten Körperhaltung über seine wahre Größe hinwegzutäuschen. Ein dicker schwarzer Schnauzbart hing unter seiner flammend roten Knollennase. Normalerweise traf er sich nicht von Angesicht zu Angesicht mit rekrutierten Informanten. Das war Aufgabe seiner Untergebenen. Er bewertete nur, was sie lieferten, und meldete es nach Moskau. Was dieser Informant mitgeteilt hatte, war jedoch so faszinierend, dass er die Glaubwürdigkeit der Informationen persönlich beurteilen musste.

»Mein Name ist ...«

Er hob eine Hand, um die Vorstellung zu unterbrechen, und

sah, wie der andere Mann die Lippen besorgt ein wenig zusammenpresste. »Namen tun nichts zur Sache. Mich interessiert nur, was Sie berichten.«

Sein Agent hatte dem Mann den Decknamen »Aladdin« gegeben, eine unauffällige Methode, um ihn von den zahllosen anderen Quellen zu unterscheiden, die sie überall in Kanada und den Vereinigten Staaten anzapften. Aladdin arbeitete für ein Vertragsunternehmen der Verteidigungsbranche, das sein Hauptquartier in Kalifornien hatte. Er hatte eine Urlaubsreise nach Quebec-City angegeben, angeblich um den Winterkarneval zu erleben. Der wahre Grund war dieses Treffen gewesen.

Sie saßen in einer Suite im Frontenac-Hotel hoch über dem vereisten Sankt-Lorenz-Strom. Aladdin hatte die Räumlichkeiten selbst gebucht und bezahlt. Zorins Leute hatten zwei Tage damit verbracht, sich zu vergewissern, dass der Mann allein gekommen war, und das Zimmer war gerade elektronisch nach Abhörgeräten durchsucht worden. Zorin ging mit dieser Begegnung ein hohes Risiko ein, aber er war der Meinung, dass es das wert war.

»Man hat mir gesagt«, sagte er, »dass Sie Informationen über die Strategische Verteidigungsinitiative SDI besitzen.«

»Die habe ich weitergegeben, und Sie haben mich dafür bezahlt.«

»Ich möchte diese Informationen noch einmal persönlich hören.«

»Glauben Sie mir nicht?«

»Es spielt keine Rolle, ob ich Ihnen glaube. Ich möchte es einfach nur noch einmal hören.«

Aladdin wirkte beunruhigt, weil man ihm nicht mitgeteilt hatte, warum es nötig war, dass er nach Quebec kam. Er hatte seine wissenschaftliche Karriere als Physiker an einer kanadischen Universität begonnen und sich auf fortgeschrittene Forschungen zu Laserstrahlen spezialisiert. Seine Arbeit hatte die

Aufmerksamkeit der Amerikaner auf sich gezogen, die ihn in ihren Dienst nahmen. Aber Zorin hatte den Kommunikationskanal offen gehalten, er hatte weitere Informationen aus Aladdin herausgeholt und ihm mehrere Tausend Dollar für seine fortdauernden Bemühungen bezahlt. Vor zwei Wochen hatte Aladdin etwas Außergewöhnliches weitergegeben.

»Wie ich es Ihrem Mann hier bereits sagte, ist die SDI nur ein Trugbild.«

Ronald Reagan hatte die Strategic Defense Inititative vor sechs Jahren verkündet. Der amerikanische Präsident hatte der Welt erzählt, dass er beabsichtige, einen Schutzschild gegen Atomraketen zu errichten, den sie noch im Flug zerstören und unbrauchbar machen konnte. »Wir stehen unmittelbar davor, unser Ziel zu erreichen«, erklärte er. Seit jenem Zeitpunkt waren Milliarden in Forschung und Entwicklung gesteckt worden, an der Aladdin teilweise beteiligt war. Die Hauptaufgabe von Zorin und jedem anderen KGB-Offizier bestand darin, so viele Informationen wie möglich über SDI zu sammeln. Es gab kein Thema, das Moskau wichtiger war.

»Und warum glauben Sie das?«, fragte er.

»Ich war in den Meetings. Ich habe Diskussionen gehört. Es gibt einfach keine Technologie, die das möglich machen könnte. Wir sind noch Jahrzehnte davon entfernt, eine Rakete vom Himmel zu holen. Es wurde bis ins Letzte erforscht. Der amerikanische Steuerzahler hat keine Vorstellung davon, wie viel Geld da verschwendet wird.«

Moskau fürchtete die SDI so sehr, dass seine Abschaffung ein Eckpfeiler sämtlicher Gespräche mit den Vereinigten Staaten über die Verringerung des Atomwaffenarsenals geworden war. Jede Verringerung der Anzahl von Angriffswaffen musste auch das Ende strategischer Verteidigung bedeuten. Amerika hatte sich solchen Bedingungen selbstverständlich widersetzt, was erklärte, weshalb die Abrüstungsverhandlungen seit Jahren ausgesetzt waren. Jetzt hörte er, das Ganze sei nur ein Schwindel?

Doch er fragte sich, ob es wirklich so war oder ob der Schwindel beim Informanten lag.

»Wir entwickeln«, fuhr Aladdin fort, »Raketen-Abfangtechnologie, Röntgenlaser, Teilchenkanonen, chemische Laser, Hochgeschwindigkeitskanonen sowie verbesserte Verfolgungs- und Überwachungssysteme. Haben Sie schon mal von Brilliant Pebbles gehört?«

Er hörte zu, als ihm Aladdin von einem satellitengestützten Waffensystem erzählte, das wassermelonengroße Hochgeschwindigkeits-Tungsten-Projektile verschoss, die als kinetische Sprengköpfe in der Lage waren, Satelliten oder Raketen zu zerstören.

»Das alles klingt sehr faszinierend«, sagte Aladdin. »Und das wäre es auch, wenn es funktionierte. Aber es ist nur ein Hype. Diese Systeme existieren nur auf dem Papier. Es gibt keine solide, funktionierende Technologie, die es ermöglicht, all das in die Realität umzusetzen.«

»Erzählen Sie mir vom Verteidigungsministerium«, sagte er.

Dies war die schockierendste Enthüllung, die sein Offizier ihm gemeldet hatte – und der Hauptgrund, weshalb er persönlich gekommen war, um es sich anzuhören.

»Sie wissen, dass das alles nur eine Kriegslist ist, aber sie wollen, dass wir weitermachen, und sie pumpen weiterhin Milliarden von Dollars hinein. Verstehen Sie nicht? Wir haben nur die Aufgabe, die Öffentlichkeit davon zu überzeugen, dass es real ist.«

»Reagan hat selbst gesagt, dass die Herausforderung gewaltig ist und dass es bis zum Ende des Jahrhunderts dauern könnte, bis das Ziel erreicht sei.«

»Es ist ein großer Unterschied, ob man sagt, etwas sei schwierig und würde Zeit beanspruchen, oder ob man sagt, *dass etwas absolut nicht realisierbar ist. Und genau das ist SDI. Es ist nicht zu leisten, oder genauer gesagt, auf absehbare Zeit nicht. Und Washington weiß das. Das ganze Programm wird nie zu irgendetwas führen, sondern nur die Taschen der Waffenindustrie füllen, die dafür bezahlt wird, Dinge zu entwickeln, die nicht möglich sind.«*

Informanten wurden nach ihrer Zuverlässigkeit eingestuft.
»Extrem gut platziert« bedeutete Zugriff auf exakt das, worüber er oder sie redete. »Unbewiesen« bezeichnete entweder einen Anfänger oder Informationen, die noch verifiziert werden mussten. »Unbestätigt« war immer verdächtig, doch sobald sich eine Quelle erst als zuverlässig erwiesen hatte – mochte sie nun bestätigt sein oder nicht –, rückte sie in die Kategorie »zuverlässig« auf.

Zielpersonen umzudrehen war seine Spezialität gewesen, die Spielregeln erforderten gesunden Menschenverstand. Er oder sie musste die Mühe zunächst wert sein und Zugriff auf begehrte Informationen haben. Falls dem so war, wurde ein Kontakt hergestellt – normalerweise ganz beiläufig und scheinbar zufällig –, dann wurde eine Freundschaft kultiviert. Die Gefahr, hereingelegt zu werden, war jedoch groß. Man konnte es mit einem Agenten zu tun haben, der nur vorgab, ein Interesse an Spionage zu haben. Genau so hatte er Aladdin zunächst eingeschätzt. Dergleichen kam oft vor, und es war für jede Karriere im KGB selbstmörderisch. Wenn die Zielpersonen jedoch umfangreiche Backgroundchecks absolviert hatten und bei mindestens sieben persönlichen Begegnungen aufrichtig blieben, wurde ihnen ein Codename zugewiesen und man machte sie einsatzbereit.

Aladdin hatte jeden Test bestanden und war als »äußerst zuverlässig« eingestuft worden.

Offiziere im Außendienst hatten regelmäßig mit ihrem natürlichen Misstrauen und den Konsequenzen zu tun, die sich daraus ergeben konnten, dass sie glaubten, was ihnen gesagt wurde. Ihm wurde etwas mitgeteilt, das im besten Fall fantastisch und im schlimmsten Fall eine Lüge sein konnte.

Er hatte die Informationen trotzdem weitergereicht.

Und sich dafür den Tadel seiner Vorgesetzten eingehandelt.

Moskau betrachtete das SDI-Programm als ein Manöver der Vereinigten Staaten mit dem Ziel, das sowjetische Militär zu neutralisieren und in Fragen der Waffenkontrolle die Initiative an sich zu reißen. Für den Kreml machte ein weltraumbasierter Raketenschild einen Nuklearkrieg unvermeidbar. Deshalb fiel die Reaktion der Sowjets unmissverständlich aus. Sie mussten eine ähnliche Initiative starten, und es war die Aufgabe des KGB, den Entwicklungsprozess durch Spionage abzukürzen. Doch Zorin hatte, anstatt nützliche Informationen zu beschaffen, gemeldet, dass die ganze Sache ein Schwindel sein könnte. Meistens waren sogar die Informationen, die »äußerst zuverlässige« Informanten lieferten, belanglos. Nur selten brachten sie eine ganze Nation in Gefahr. Doch ab und an konnten sie einen Glückstreffer landen.

Er rutschte auf dem Ledersessel des Jets herum und erinnerte sich an die offizielle Reaktion auf seinen Bericht über Aladdin.

»Vergessen Sie solchen Unsinn und machen Sie sich wieder an die Arbeit.«

Aber die Geschichte hatte ihm recht gegeben.

Auf der ganzen Welt hatte es zu keiner Zeit ein solches Raketenabwehrsystem gegeben.

Die UdSSR gab schließlich Milliarden von Rubel bei dem Versuch aus, eines zu errichten, und ging die ganze Zeit davon aus, dass Amerika auf demselben Gebiet aktiv war. Es traf zu, dass Milliarden von US-Dollars dafür ausgegeben wurden, genau wie Aladdin gesagt hatte, aber das alles war nur eine Kriegslist gewesen, die sich Ronald Reagan persönlich ausgedacht hatte. Eine Methode, bei der sich seine Feinde selbst fertigmachen sollten. Und sie funktionierte. Die sowjetische Wirtschaft implodierte an einer Hyperinflation, die den vollständigen Zusammenbruch des Kommunismus zur Folge hatte.

Ihm drehte sich jedes Mal der Magen um, wenn er darüber nachdachte, dass man das alles hätte vermeiden können. Wenn doch Moskau nur zugehört hätte, als er und andere KGB-Offiziere meldeten, was sie unabhängig voneinander in Erfahrung gebracht hatten. Aber Ignoranz schien die größte Schwäche der Konformität zu sein. Es gab einige wenige Auserwählte, die alle Entscheidungen trafen, und alle anderen folgten ihnen, ganz unabhängig davon, ob diese Entscheidungen richtig oder falsch waren.

Er schloss die Augen und gönnte sich eine Mütze Schlaf.

Jetzt marschierte die Rote Armee nicht mehr in herrlicher Marschordnung mit hohen Schritten in glänzenden Stiefeln über das Kopfsteinpflaster des Roten Platzes, schlug die Arme nicht mehr flach über die Brust, während alle Köpfe auf die Spitze des Lenin-Mausoleums gerichtet waren.

Dorthin, wo die Narren gestanden hatten.

Diese Zeiten waren vorbei.

Jetzt war er hier, Jahrzehnte später. Allein, aber nicht machtlos. Er hatte das Blut und die Stärke eines Bauern und die Entschlossenheit eines Kommunisten, und glücklicherweise war sein Körper nicht von Alkohol, Zigaretten oder einer riskanten Lebensführung geschädigt.

Ihm fiel ein anderes Kinderlied ein.

Lauf, du Maus, der Kater ist nah.
Er kann uns sehen, er kann uns hören.
Und wenn er gerade auf Diät ist?
Selbst dann solltest du still sein.

Ein brillanter Ratschlag.

Jahrzehntelang hatte er darüber nachgedacht und war zu dem Schluss gekommen, dass das ganze Sowjetsystem von einem institutionalisierten Misstrauen geprägt war. Der militärische und der zivile Nachrichtendienst hatten dieses Misstrauen nie überbrücken können. Dahinter steckte die Absicht, beide daran zu hindern, zu selbstgefällig oder zu mächtig zu werden, tatsächlich hatte es aber dazu geführt, dass beide ineffektiv arbeiteten. Sie hörten sich weder an, was die anderen dachten, noch kümmerten sie sich darum. Beide waren Meister darin, Informationen zusammenzutragen, aber keiner von beiden war gut darin, diese zu analysieren. Als ihnen das Offensichtliche präsentiert wurde – dass man sie in ein verzweifeltes und bitteres, von den Amerikanern fabriziertes Wettrüsten gelockt hatte –, hatten sie sich geweigert, die richtigen Schlussfolgerungen zu ziehen und waren auf dem Kurs geblieben, der ihr kollektives Ende bedeutete.

So dumm wollte er nicht sein.

Dies war *sein* Krieg.

Er würde ihn nach seinen Bedingungen kämpfen.

Plötzlich erfasste ihn Nervosität. Das war nichts Ungewöhnliches. Jeder Agent im Außeneinsatz kannte Furcht. Die Guten unter ihnen lernten, sie zu bezähmen.

Der Erzfeind, die Vereinigten Staaten von Amerika, hatte ihm seine Vergangenheit gestohlen, seinen Ruf, seine Glaubwürdigkeit, seine Leistungen, ja sogar seine Redlichkeit, seinen Rang und seine Ehre.

Aber nicht sein Leben.

Und obwohl er abwechselnd von Optimismus und Zweifeln gepeinigt wurde, gelegentlich auch beschwichtigt durch Überzeugung, aber stets von Schuldgefühlen geplagt, würde es – diesmal zumindest – keine Fehler geben.

30

Luke steuerte den Ford Escape, der, wie ihm Stephanie gesagt hatte, Fritz Strobl gehörte. Er hatte keine Ahnung, wie sie es geschafft hatte, von einem völlig Fremden einen Wagen geliehen zu bekommen. Sie verließen Washington über die U.S. 301 und fuhren nach Osten in Richtung Annapolis.

»Sie haben vorhin von den vermissten Atombomben gehört«, sagte sie. Sie saß auf dem Beifahrersitz, klar. »Die Russen denken, dass es irgendwo noch fünf davon gibt. In Koffergröße.«

»Wie im Kino?«

»Ich weiß, es klingt nach Science-Fiction, aber ich glaube, dass Osin ehrlich zu uns ist. Wir haben immer vermutet, dass die Sowjets kompakte Atomwaffen entwickelt haben. Jede Bombe hatte – oder hat? – vielleicht sechs Kilotonnen Sprengkraft. Aber nichts konnte jemals bewiesen werden. Und wir haben natürlich das Gleiche entwickelt.«

»Und haben wir die noch?«

»Ich glaube nicht. Sie wurden in den 1990er-Jahren verboten. Diese Entscheidung wurde zwar nach 9/11 rückgängig gemacht, aber ich habe nie etwas davon gehört, dass wir so etwas in unserem Waffenarsenal haben.«

Er hörte ihr zu, als sie ihm noch mehr über Aleksandr Zorin berichtete, der angeblich eine Feindschaft gegen die Vereinigten Staaten pflegte, und über einen KGB-Archivar namens Vadim Belchenko.

»Cotton sollte die Belchenko-Spur verfolgen.«

Der kleine Motor des Escape war erstaunlich kraftvoll, und sie kamen gut auf dem Highway voran, wo am Freitagnachmittag erstaunlich wenig Verkehr herrschte.

»Haben Sie etwas von Cassiopeia gehört?«, fragte er.
Sie schüttelte den Kopf. »Kein Wort.«
Das war kein gutes Zeichen. »Meinen Sie, Cotton geht es gut?«
»Das hoffe ich.«
Er hörte die Sorge heraus und empfand ebenso.
Ihr Handy gab ein Geräusch von sich, und sie sahen einander an. Sie blickte aufs Display und schüttelte wieder den Kopf. »Es ist Osin.«
Sie nahm das Gespräch an, es dauerte nur wenige Augenblicke. »Petrowa ist unterwegs«, sagte sie dann.
Luke hatte sie schon erzählt, dass Osin die Petrowa zum Dulles International gebracht und ihr ein KLM-Ticket für einen Direktflug nach Moskau gegeben hatte. Osins Männer eskortierten sie zum Terminal und verließen sie, als sie dabei war, durch die Sicherheitsschleuse zu gehen. Natürlich hatten sie erwartet, dass sie sofort abtauchte und flüchtete. Sie organisierte sich auch prompt ein Taxi und ließ sich zu einer Straße zwei Blocks vom Anderson-Haus entfernt bringen, wo noch ihr zerdelltes Auto parkte.
»Sie ist sofort zu ihrem Wagen gelaufen«, sagte Stephanie. »Das heißt, sie ist nicht weit hinter uns. Sie wird nach Annapolis kommen.«
»Behalten Sie immer recht, wenn es um Leute geht?«
»Meistens.«
»Was ist mit diesen vermissten Atombomben?«
»Eher unwahrscheinlich, dass es sie noch gibt, und noch unwahrscheinlicher, dass sie dann noch funktionieren. Trotzdem hat Zorin sich definitiv darin verbissen.«
»Sind Sie okay?«
Er kannte sie gut genug, um zu wissen, dass ihr die Sache mit Bruce Litchfield zu schaffen machte.
»Ich hätte nie gedacht, dass meine Karriere so enden wür-

de«, sagte sie und schwieg einen Moment. »Siebenunddreißig Jahre.«

»Vor siebenunddreißig Jahren war ich noch ein Funkeln im Auge meines Vaters.«

Stephanie lächelte, und er überließ sie ihren Gedanken. Sie fuhren einige Minuten schweigend weiter.

»Das war damals eine aufregende Zeit«, sagte sie, mehr zu sich selbst als zu ihm. »Reagan hatte vor, die Welt zu verändern. Zuerst dachten wir alle, er ist übergeschnappt. Aber genau das hat er letztlich getan.«

Luke wusste nur wenig über die 1980er-Jahre, sein Leben konzentrierte sich mehr auf das Hier und Jetzt. Er hielt sich selbst für zuverlässig, belastbar und pragmatisch, nahm das Leben, wie es kam – Tagträume, Nostalgie und die Verlockungen der Welt übten auf ihn keine Anziehungskraft aus. Geschichte war für ihn einfach nur das: die Vergangenheit. Er ignorierte sie nicht unbedingt, aber es war auch nichts, dem man allzu viel Beachtung schenken musste.

»Ich habe an diesem großen Umbruch mitgewirkt«, sagte sie.

Er merkte, dass sie reden wollte, was ungewöhnlich war. Aber schließlich war der ganze Tag ungewöhnlich gewesen.

Deshalb hielt er den Mund und hörte zu.

Bei ihrem neunundzwanzigsten Besuch in Rom folgte Stephanie dem Papst in einen Innenhof. Johannes Paul hatte ausdrücklich um das Treffen gebeten. In den Vereinigten Staaten tat sich eine Menge. Reagans zweite Amtszeit als Präsident näherte sich ihrem Ende. Vizepräsident Bush und der Gouverneur von Massachusetts, Michael Dukakis, lieferten sich eine erbitterte Schlacht um das Weiße Haus, deren Ende noch nicht abzusehen war. Der Papst machte sich Sorgen um die Zukunft, deshalb war sie gekommen, um seine Befürchtungen zu be-

schwichtigen. Eine Marmorvilla und eine zweigeschossige Loggia umgaben sie, der Hof war mit Statuen gesäumt, es gab leere Sitzbänke und einen Springbrunnen. Sie befanden sich mitten im Vatikan, an einem Ort, der den Bewohnern vorbehalten war, und unter jenen wiederum nur wenigen Auserwählten.

»Präsident Reagan scheidet bald aus dem Amt«, sagte er. »Bedeutet das auch das Ende Ihrer Dienste?«

Sie beschloss, ehrlich zu sein. »Höchstwahrscheinlich. Der neue Präsident wird sich seine eigenen Leute aussuchen, um weiterzumachen.«

Nach ihrem Kenntnisstand hatte Vizepräsident Bush zu keiner Zeit mit der Operation Steilpass zu tun gehabt, und zwischen dem Bush- und dem Reagan-Lager hatte sich unverhohlene Verbitterung breitgemacht. Als Bush beim Nationalkongress der Republikaner zum Präsidentschaftskandidaten der Partei gekürt wurde, hatte er den Delegierten erzählt, dass er eine freundlichere, sanftere Nation wolle. Damit hatte er sich sofort die Kritik von Reagans Leuten zugezogen, die entrüstet fragten, was sie seiner Meinung nach denn wohl wären?

»Die Neuen verdrängen die Alten«, sagte der Papst. »Hier ist es genauso. Auf der ganzen Welt ist es so. Und wenn Sie nicht mehr da sind: Was wird aus dem, was wir in den vergangenen sechs Jahren getan haben? Ist es damit dann auch vorbei?«

Die Frage war berechtigt.

»Ich glaube nicht, dass man es noch aufhalten kann«, sagte sie. »Dafür ist es viel zu weit fortgeschritten. Zu vieles ist in Bewegung. Unsere Leute glauben, dass es höchstens noch zwei bis drei Jahre dauern wird, bis es die UdSSR nicht mehr gibt.«

»Das war im Oktober 1988, das letzte Mal, dass Johannes Paul und ich miteinander geredet haben«, sagte sie. »Aber ich hatte recht. Bush siegte und ein neues Team übernahm die Regierung, ein Team, zu dem ich nicht mehr dazugehörte, und andere haben beendet, was ich begonnen habe. Deshalb bin ich ins Justizministerium gewechselt. Ein paar Jahre später hat man mir das Magellan Billet gegeben.«

»Das ist ja wirklich ein starkes Stück«, sagte er. »Sie waren da? Mitten im Geschehen, als die Berliner Mauer fiel?«

»Man hat es Bush angerechnet«, sagte sie. »Aber zum Zeitpunkt seiner Amtseinführung war das Ende der Sowjetunion längst nur noch eine Frage der Zeit.«

»Das hat ihm auch nicht dabei geholfen, wiedergewählt zu werden«, bemerkte er und hoffte, damit ihre Laune zu verbessern. Er war letztlich ja doch nicht gänzlich ungebildet, was Geschichte anging.

Sie grinste. »Nein, das hat es nicht.«

»Wie haben Sie das hingekriegt?«, fragte er.

»Das ist eine schwierige Frage. Aber am Ende der 1980er-Jahre stand die Sowjetunion praktisch aus allen Richtungen unter Druck – sowohl innenpolitisch als auch außenpolitisch. Der Druck hatte sich über eine lange Zeit aufgebaut. Reagan hat es glücklicherweise geschafft, das auszunutzen. Er hat mir einmal gesagt, wir bräuchten nur den Tropfen zu erzeugen, der das Fass zum Überlaufen bringen würde. Und das haben wir getan. Die Operation trug den Namen *Steilpass*.«

Alles fing mit Admiral John Poindexter an, einem Schlüsselmitglied in Reagans Nationalem Sicherheitsrat. Zuvor hatten andere das Konzept bereits postuliert, aber Poindexter konkretisierte die Idee der strategischen Verteidigungsinitiative so weit, dass man damit arbeiten konnte. Warum sollte man mit den Sowjets Bombe für Bombe gleichziehen, so wie es seit Jahrzehnten amerikanische Politik gewesen war? Damit erreichte man so gut wie nichts, außer einem Gleichgewicht des

Schreckens, die Mutually Assured Destruction, auch MAD genannt.

Eine höchst zutreffende Bezeichnung.

Dabei war Amerikas Vorteil seine starke Wirtschaft und die innovative Technologie. Warum sollte man es also nicht mit einer Verlagerung der Anstrengungen versuchen, mit einem Wechsel von der Offensive zur Verteidigung? Die Vereinigten Staaten besaßen Zehntausende nuklearer Sprengköpfe, um sie gegen den Osten einzusetzen. Wie wäre es, wenn man Methoden entwickelte, um russische Raketen daran zu hindern, in den Westen zu fliegen? Poindexters Idee wurde dem Weißen Haus gegen Ende des Jahres 1982 präsentiert, und der Präsident befürwortete sie sofort. Reagan hatte oft betont, dass er die MAD für unmoralisch hielt, und ihm gefiel der Gedanke, sich auf eine strategische Verteidigung zu konzentrieren. Über die Sache wurde bis zum März 1983 Stillschweigen bewahrt, dann verkündete der Präsident der Welt die Veränderungen in einer Fernsehansprache.

Ursprünglich war der Plan gewesen, tatsächlich einen strategischen Verteidigungsschirm zu entwickeln. Aber technische Herausforderungen behinderten die Bemühungen zusehends. Parallel zur SDI kam es zu massiv erhöhten Verteidigungsausgaben im Bereich konventioneller Waffen und Geräte: neue Flugzeuge, Schiffe, U-Boote. Milliarden und Abermilliarden zusätzlicher Mittel wurden ins Verteidigungsministerium gepumpt, und es kam zur größten militärischen Aufrüstung, die Amerika in Friedenszeiten jemals erlebt hatte.

Den Sowjets blieb keine andere Wahl, als gleichzuziehen.

Das taten sie.

Die Sowjets waren zutiefst erschüttert über das Konzept der Strategic Defense Initiative. *Moskau bezeichnete den Plan als Versuch, die UdSSR zu entwaffnen und behauptete, die Vereinigten Staaten strebten die Weltherrschaft an. Doch für die*

Sowjets lagen die wahren Gefahren der SDI eher in dem technologischen Kraftakt selbst, der zu neuen Offensivwaffen führen konnte – Innovationen, die sie ohne eine eigene strategische Verteidigungsinitiative womöglich nicht kontern konnten.
Also pumpten sie Milliarden in die Entwicklung.
Milliarden, die sie nicht hatten.
Und schufen so den Tropfen, der das Fass zum Überlaufen brachte und die Kommunisten herausspülte.

»Wollen Sie damit sagen, dass die Vereinigten Staaten mit den Kommunisten einen Trick abgezogen haben?«
»Nicht unbedingt einen Trick. Vielmehr haben wir die offenkundigen Schwächen der anderen Seite ausgenutzt und unsere eigenen Stärken genutzt, um daraus einen maximalen Vorteil zu ziehen.«
Er lachte. »Wie ich schon sagte, ein Trick.«
»Es war schon etwas komplizierter. Der Vatikan beruhigte die Herzen und Köpfe des Ostblocks und sorgte dafür, dass die Leute motiviert blieben, während wir ökonomischen und politischen Druck ausübten. Das hat Moskau sehr geschadet. Dann kam die SDI, und das hat sie richtig aus der Bahn geworfen. Sobald die Sowjets die strategische Verteidigungsinitiative für eine echte Bedrohung hielten, blieben ihnen nur noch zwei Möglichkeiten: Sie konnten mit unseren Bemühungen gleichziehen oder sie umgehen. Der KGB schwirrte um die SDI und versuchte, jedes Detail in Erfahrung zu bringen. Die CIA blieb ihm immer einen Schritt voraus, fütterte ihn mit Falschinformationen und nutzte dessen übertriebenen Eifer. Reagan spielte sein Blatt perfekt aus. Moskau konnte einfach nicht gewinnen.«
Er hielt ein gleichmäßiges Tempo auf dem Highway in Richtung Annapolis und hatte dabei stets auch den Rückspiegel im Auge.

»Sie müssen stolz auf sich sein«, sagte er. »Dass Sie einen großen Teil dazu beigetragen haben.«

»Die Geschichtsbücher wissen nur wenig von dem, was wirklich geschah. Als ich Reagan im Jahr 1982 zum ersten Mal begegnete, erzählte er mir von seinem Plan, Geld und Moral als Waffe zu benutzen – und den Vatikan als aktiven Verbündeten zu gewinnen. Er war ganz besessen davon, dass sowohl er als auch Johannes Paul einen Attentatsversuch überlebt hatten. Das hielt er für eine Art göttlicher Botschaft. Zuerst fand ich den ganzen Plan zu weit hergeholt, aber Reagan war fest entschlossen. Ich war dabei, als er im Juni 1982 nach Rom reiste und Johannes Paul seinen Vorschlag im direkten Gespräch unterbreitete. Dazu gehörte Mut.«

So war es tatsächlich.

»Dann tat der Papst das, was Päpste am besten können. Er berief sich auf den Glauben und auf Gott und appellierte an das polnische Volk, *keine Angst* zu haben. Und die hatten sie auch nicht. Deshalb überlebte Solidarność. Moskau ging fälschlicherweise davon aus, das Kriegsrecht könnte die Polen in Schach halten, aber auch in diesem Punkt irrten sie sich. Stattdessen ertönte im ganzen Ostblock der Ruf nach Freiheit und schwächte nach und nach jedes einzelne dieser Marionettenregimes. Als es schließlich zum Zusammenbruch kam, krachte es gleich richtig. Zusammen waren Reagan und der Papst unschlagbar. Aber es war Reagan, der so klug gewesen war, diesen Deal einzufädeln.«

»Wie ich schon sagte, eine gerissene Nummer.«

»Sie können es nennen, wie Sie wollen. Ich weiß nur, dass es funktioniert hat. Das bedeutete das Ende der Sowjetunion und des Kalten Krieges. Und das verdanken wir einem Schauspieler, den viele als inkompetent und ineffektiv abgetan hatten. Doch dieser Schauspieler wusste, wie wichtig eine gute Show ist. Jetzt spielt der Kommunismus keine Rolle mehr. Stattdessen sind jetzt militante Radikale und religiöse Fanatiker ins Zentrum der Aufmerksamkeit gerückt.«

»Von denen weder die einen noch die anderen über ein eigenes Land oder eine Basis verfügen, die über die eigene Verblendung hinausgeht. Es gibt keinen Kalten Krieg mehr. Es ist mehr ein wahnsinniger Krieg.«

»Heute«, sagte sie, »reicht schon ein Fehler, ein kleines Versäumnis oder ein bisschen Pech, um extreme Maßnahmen zu provozieren. Heutzutage agieren die Bösen wirklich. Damals waren das alles nur Posen.«

Ihm kamen die Atomwaffen wieder in den Sinn. »Aber eine Hinterlassenschaft jener alten Zeiten könnte weiterhin vorhanden sein.« Er sah, dass sie ihm beipflichtete. »Für ein letztes Abschiedsfeuerwerk.«

Sie nickte. »Das müssen wir in den Griff bekommen.«

31

Südfrankreich
20.40 Uhr

Cassiopeia kletterte von dem russischen Kampfflugzeug herunter. Sie und Cotton waren gerade auf dem Luftwaffenstützpunkt in der Nähe ihres Châteaus gelandet. Die Piloten hatten während des Fluges so gut wie gar nichts gesagt, man hatte sie vermutlich angewiesen, sich nicht auf Gespräche mit ihren Passagieren einzulassen. Cottons Manöver, mit dem er ihren Angriff auf Zorin verhinderte, hatten sie offenbar nicht vorhergesehen. Sie hätte sich nicht gewundert, wenn den Flugzeugen die sofortige Rückkehr nach Irkutsk befohlen worden wäre, doch das war nicht geschehen. Es war gut, fand sie, wieder auf französischem Boden zu sein.

Cotton stieg aus seinem Hochgeschwindigkeitstaxi und kam zu ihr herüber.

»Ich muss Stephanie anrufen.«

»Ich vermute, dass mehr hinter der Geschichte steckt, als ich weiß.«

»Das kann man wohl sagen.«

Sie betraten eines der Gebäude und baten um ein Büro, in dem sie ungestört waren. Das Bodenpersonal schien sie erwartet zu haben, denn es kam nicht jeden Tag vor, dass zwei russische Kampfjets auf einem NATO-Stützpunkt landeten. Der Offizier vom Dienst zeigte ihnen den Weg zu einem kleinen Konferenzraum. Dort zückte Cassiopeia ihr Handy – ebenjenes, das sie in Sibirien nicht benutzen durfte – und wählte noch einmal Stephanies Nummer.

Dann drückte sie auf LAUTSPRECHER.

»In Washington ist jetzt Nachmittag«, sagte Cotton.

Es klingelte am anderen Ende.

»Wohin ist Zorin unterwegs?«, fragte ihn Cassiopeia.

»Zur Prince-Edward-Insel in Kanada. Ich habe es bereits durchgerechnet. Er wird etwa um 23 Uhr Ortszeit dort eintreffen.«

Es klingelte noch zweimal.

»Müssen wir hin?«

Bevor Cotton antworten konnte, meldete sich eine Stimme am Telefon, allerdings nicht die von Stephanie. Es war eine männliche Stimme. Eine Stimme, die sie sofort erkannte: Danny Daniels.

»Wir haben uns Sorgen gemacht«, sagte der Präsident.

»Ich auch«, sagte Cotton. »Die paar Stunden waren sehr interessant. Und wie kommt es, dass ich mit Ihnen rede? Ist Stephanie da?«

»Sie ist momentan indisponiert, sie muss sich um Zorins Geliebte kümmern, die sich als eine wahre Nervensäge herausgestellt hat. Vielleicht interessiert es Sie auch zu erfahren, dass mein Neffe von ihr einen Tritt in den Hintern bekommen hat.«

Cotton grinste. »Ich bin mir sicher, dass es nicht so schlimm ist, wie Sie sagen.«

»Wissen Sie, ich bin noch – wie viele? – weniger als eineinhalb Tage im Amt. Ich kann Ihnen sagen, in den letzten Tagen gibt es nicht gerade viel, was ein Präsident tun kann, außer seine Sachen zu packen. Ich fühle mich so überflüssig wie ein Kropf. Also erzählen Sie mir etwas, das meine Laune aufbessert.«

»Zorin ist auf dem Weg nach Kanada. Er sucht nach versteckten Nuklearwaffen.«

»Stephanie hat von hier aus dasselbe gemeldet.«

Daniels erzählte ihnen alles, was er wusste. Dann hörte Cassiopeia zu, wie Cotton dem Präsidenten von den Geschehnissen am Baikalsee berichtete, dann von der Datscha und schließlich vom Tod Vadim Belchenkos. »Dieser Archivar glaubte, dass es sich bei den Männern um Militärs handelte, die den Auftrag hatten, ihn umzubringen. Haben Sie eine Ahnung, was er mit *Narrenmatt* oder *Nullter Verfassungszusatz* gemeint haben könnte?«

»Absolut nicht, aber jetzt haben Sie mir wenigstens eine Aufgabe gegeben, was ich sehr zu schätzen weiß. Stephanie befindet sich gerade in ihrem eigenen kleinen Einsatz und hat alle Anrufe für ihr Handy hier aufs Weiße Haus umgeleitet. Ich warte darauf, etwas von ihr zu hören. Können wir bis dahin etwas für Sie tun?«

»Sie könnten mir eine schnelle Mitfahrgelegenheit nach Kanada organisieren.«

Cotton erzählte dem Präsidenten, wo sie waren.

»Ich sorge sofort dafür. Bleiben Sie einfach, wo Sie sind.«

»Es wäre auch nicht schlecht, Zorins Flugzeug zu tracken.«

»Daran habe ich auch schon gedacht. Wir halten Sie über seine Route auf dem Laufenden.«

»Wir müssen herausfinden, ob die Sache real ist oder nur auf Zorins Wunschdenken beruht«, fuhr Cotton fort. »Wir wissen nicht, ob er allein arbeitet oder wie sonst. In der Datscha hatte er offensichtlich Hilfe gehabt. Und dann wären da noch die Russen. Sie wollten mit Sicherheit den Tod des alten Archivars.«

»Auf dem Baikalsee, in dem Helikopter...«, sagte sie, »... die Männer haben gesehen, dass die Fahrzeuge, die hinter Cotton her waren, zum Militär gehörten. Das schien ein Problem für sie zu sein.«

»Hallo, ist das etwa Ms. Vitt?«, fragte Daniels. »Von Ihnen habe ich lange nichts gehört.«

»Ja, es ist schon eine Weile her, Mr. President.«

Zum letzten Mal hatten sie sich im ersten Stock des Weißen Hauses gesehen, nach einer anderen Tortur, bei der sie und der Präsident einige erstaunliche Dinge über sich entdeckt hatten.

»Diese ganze Sache stinkt«, sagte der Präsident. »Moskau hat uns ausdrücklich um Hilfe gebeten. Ich habe ihrer Bitte entsprochen und habe Sie losgeschickt, Cotton. Dann haben sie uns auf Anya Petrowa aufmerksam gemacht, die wegen Zorin hier ist. Also habe ich Luke auf ihre Fersen gesetzt. Außerdem haben sie Cassiopeia die Einreise erlaubt, um nach Ihnen zu suchen.«

»Und dann hat sich etwas verändert«, sagte Cotton. »Sie haben gesagt, wir sollen aufpassen, dass uns die Tür nicht in den Rücken schlägt, wenn wir ihr Land verlassen.«

Daniels lachte. »Das habe ich schon lange nicht mehr gehört. Aber ich gebe Ihnen recht. Die Dinge haben sich schnell verändert. Ich werde mal etwas nachbohren. Auch wenn man mich jetzt aufs Altenteil schiebt, kann ich immer noch ganz schön Dampf machen.«

Daran hatte sie keinen Zweifel.

»Außerdem brauchen wir alles, was die CIA über einen Mann namens Jamie Kelly weiß«, sagte Cotton. »Angeblich ein Amerikaner, der jetzt auf der Prince-Edward-Insel lebt. Er arbeitet dort an einem College. Belchenko hat mir erzählt, dass dieser Kerl früher ein sowjetischer Informant war. Zorin will zu ihm.«

Auf dem Herflug hatte er alles durchgerechnet. Kein Privatjet konnte es mit der Geschwindigkeit eines Kampfjets aufnehmen. Deshalb sollte es ihnen gelingen, Zorin beim Überfliegen des Atlantiks um mindestens eine Stunde voraus zu sein.

»Ich erfahre gerade, dass Ihre Flüge arrangiert sind«, sagte Daniels. »Halten Sie uns auf dem Laufenden.«

Das Gespräch war beendet.

Sie starrte Cotton an. Sie waren jetzt zum ersten Mal allein, um unter vier Augen miteinander sprechen zu können.

»Ich habe mich geirrt«, sagte sie. »Ich habe Mist gebaut in Utah.«

»Es war für uns alle schwer. Tut mir leid, dass es sich so entwickelt hat.«

Sie glaubte ihm, dass er es wirklich so meinte. Dieser Mann war kein gefühllos gewordener Killer. Wenn er den Abzug drückte, bedeutete es, dass es keine andere Möglichkeit gab. Und die hatte es in Utah auch nicht gegeben.

»Ich bin zu dem Schluss gekommen, dass ich nicht ohne dich leben möchte.« Sie hatte sich vorgenommen, ehrlich zu ihm zu sein und wenigstens einmal freiheraus zu reden. Sie hoffte, dass er ihr den Gefallen erwidern würde.

»Dann sind wir uns ja einig«, sagte er. »Ich brauche dich.«

Sie begriff, was es für ihn bedeutete, ein solches Eingeständnis zu machen. Sie neigten beide nicht gerade dazu, allzu anhänglich zu sein.

»Können wir vergessen, was geschehen ist«, fragte sie, »und da weitermachen, wo wir aufgehört haben?«

»Das kann ich, ja.«

Sie lächelte. Das konnte sie auch.

Sie trugen beide noch die russischen Pilotenoveralls. Sie zog ihren Reißverschluss herunter, weil sie das Ding loswerden wollte. »Ich vermute, wir müssen uns in ein anderes Kampfflugzeug quetschen und über den Atlantik fliegen lassen?«

»Das wäre das Schnellste.«

»Und was machen wir, wenn wir da sind?«

»Dann müssen wir einen Mann namens Jamie Kelly finden, bevor Zorin das gelingt.«

32

Annapolis, Maryland
15.20 Uhr

Stephanie bewunderte das Haus, das Peter Hedlund gehörte, dem gegenwärtigen Historiker der Society of Cincinnatus. Wie man ihr erklärt hatte, war das Ziegelhaus aus der Kolonialzeit in der Mitte des 18. Jahrhunderts erbaut worden, und die nachfolgenden Besitzer hatten für seinen Erhalt gesorgt. Der größte Teil dessen, was man jetzt sah, entstammte einem Umbau in der Mitte des 20. Jahrhunderts. Ihr gefiel die kunstvolle Mischung von Marmor, Nussbaum und Stuck, dazu eine sorgfältige Auswahl klarer Farben – all das erinnerte sie an das Haus, das sie und ihr Mann einmal besessen hatten und das ganz in der Nähe lag.

Annapolis war ein vertrautes Gelände. Heute war es die Hauptstadt von Maryland, doch kurz nach dem Unabhängigkeitskrieg war es sogar die Hauptstadt der Nation. Die Stadt war immer klein gewesen – hier lebten weniger als 40 000 Menschen –, und sie war seit den späten 1980er-Jahren, als sie hier gelebt hatte, kaum gewachsen. Fritz Strobl hatte bereits angerufen und Hedlund ihren Besuch angekündigt. Sie und Luke saßen in einem schönen Arbeitszimmer mit einem gemauerten Kamin, in dem ein Feuer knisterte. Hedlund hatte sich erkundigt, warum sie hier waren, und war mit allem einverstanden, worum sie ihn bat.

»Meine Frau ist für ein paar Stunden weg«, erzählte er.

»Das macht es einfacher«, antwortete sie. »Je weniger Menschen hier sind, desto besser.«

»Ist diese Frau gefährlich?«

»Mit Sicherheit«, sagte sie. »Aber ich glaube nicht, dass sie herkommt, um Ihnen etwas zu tun. Sie ist auf etwas ganz Bestimmtes aus, und wir müssen herausfinden, was es ist. Sie wissen nicht zufällig, was es sein könnte, oder?«

Sie beobachtete ihn genau und sah, wie der Mann über ihre Frage nachdachte. Strobl hatte so gut wie gar nichts über Hedlund erzählt, was entweder bedeutete, dass er das Thema vermied, oder einfach nur, dass er nichts wusste. Sie glaubte an Letzteres und hoffte darauf, dass der Mann ihr weiterhelfen konnte.

»Mir ist klar, dass ich auch den Ehrentitel des Hüters der Geheimnisse habe«, sagte er lächelnd, »aber ich kann Ihnen versichern, dass das nur ein Relikt aus längst vergangenen Zeiten ist, als es tatsächlich noch Geheimnisse gegeben haben mag. Heutzutage ist unsere Vereinigung eine philanthropische, soziale Organisation, die meines Wissens völlig transparent ist.«

Hedlund hatte ihnen schon seine Privatbibliothek gezeigt, einen separaten Raum, der der frühen amerikanischen Geschichte gewidmet war – insbesondere den ersten fünfzig Jahren der Republik. Er hatte ihnen erzählt, dass er schon sein Leben lang Bücher über die Kolonialgeschichte gesammelt habe und deshalb sehr erfreut gewesen sei, zum Historiker der Gesellschaft ernannt zu werden.

»Kannten Sie Bradley Charon?«, fragte sie.

Hedlund nickte. »Brad und ich waren enge Freunde. Sein Tod kam so plötzlich und unerwartet. Ich war am Boden zerstört. Der Flugzeugabsturz kam wie aus heiterem Himmel.«

»Wussten Sie, dass er eine Geheimbibliothek hatte?«, fragte Luke.

Der jüngere Daniels war während der letzten Stunde ganz untypisch still geblieben.

»Ich weiß nur von der Sammlung, die er in seinem Haus hatte, in seinem Arbeitszimmer, genauso wie ich. Aber nach seinem Tod kamen all diese Bücher zur Society. Glücklicherweise hatte er die Voraussicht, sie uns schriftlich zu übereignen. Da wurde so viel gestritten, dass wir die Bücher sonst niemals wiedergesehen hätten. Jetzt sind sie alle sicher im Anderson-Haus.«

Sie erzählte ihm, was sie in dem Anwesen in Virginia entdeckt hatten.

»Diesen versteckten Raum würde ich gerne einmal sehen«, sagte Hedlund.

Das musste noch warten. Sie sah auf die Uhr und fragte sich, was wohl gerade in Russland passierte. Sie hatte alle Telefonanrufe, die auf ihr Handy gingen, ans Weiße Haus weitergeleitet, damit sich Edwin Davis darum kümmern konnte, während sie hier die Dinge in die Hand nahm. Auch hatte sie Edwin kurz darüber in Kenntnis gesetzt, dass man sie gefeuert hatte, und er hatte Mitgefühl gezeigt, doch sie wusste, dass er nichts tun konnte. Sie und Edwin kamen zu dem Schluss, dass es das Beste sei, einfach weiter durchzuziehen, was hier und in Übersee vor sich ging. Da war etwas Großes im Busch, etwas, worüber sich nicht einmal die Russen wirklich im Klaren waren, weil Osins Desinteresse auf Charons Anwesen schnell zu aktiver Kooperation wurde, als es um Anya Petrowa ging.

Es klingelte an der Tür.

Sie gab Luke und Hedlund ein Zeichen, schnell nach oben zu gehen. Beide Männer zogen sich aus dem Arbeitszimmer zurück. Sie stand auf, strich ihre Bluse und ihre Hose glatt, atmete durch und machte sich bereit.

Es klingelte noch einmal.

Sie verließ das Arbeitszimmer und ging in die Eingangshalle mit dem Marmorfußboden. Zwei Ölgemälde von Annapolis nahmen die dunkelblauen Wände ein. An der Eingangstür öffnete sie den Sperrhaken und lächelte die Frau an, die draußen in der Kälte auf dem Treppenabsatz stand.

»Sind Sie Mrs. Hedlund?«, fragte Anya Petrowa.
»Das bin ich«, erwiderte Stephanie.

Luke konnte hören, was unten geschah. Er war in Sicherheit in einem der Schlafzimmer im Obergeschoss. Die Tür führte zu einer Empore im ersten Stock hinaus, von der aus man auf die Eingangshalle hinabblicken konnte.

Anya Petrowa hatte Stephanie bisher noch nicht zu sehen bekommen, sie wusste ja nicht einmal, dass sie existierte, und deshalb musste der Trick funktionieren. Es war die schnellste Methode herauszufinden, worum es überhaupt ging. Natürlich war es auch gefährlich, weil man nicht sagen konnte, was Petrowa tat, doch genau aus diesem Grund war er dabei. Er sollte die Dinge im Auge oder, genauer gesagt, im Ohr behalten.

Stephanie bat Petrowa herein und schloss die Tür, damit die Kälte des Nachmittags nicht eindringen konnte.

»Was ist denn mit Ihnen passiert?«, fragte sie ihre Besucherin und deutete auf den Bluterguss im Gesicht der Frau.

»Ich bin gestürzt. Aber es sieht schlimmer aus, als es ist.«

»Sind Sie Russin? Ich frage wegen Ihres Akzents.«

Petrowa nickte. »Ich bin dort geboren, aber jetzt lebe ich hier. Ist Ihr Mann zu Hause?«

Sie schüttelte den Kopf. »Leider nicht.«

»Wann kommt er wieder?«

»Wenn ich das wüsste.«

Diese Lüge sollte Petrowa unter Zugzwang bringen und verhindern, dass Peter Hedlund sich unnötigerweise einer Gefahr aussetzte, obwohl es besser gewesen wäre, wenn er dieses Gespräch geführt hätte.

»Ich bin weit gereist, um mit ihm zu reden. Ich muss ihm ein paar Fragen stellen. Über die Society of Cincinnati. Er ist der Historiker der Gesellschaft, nicht wahr?«

Stephanie nickte. »Schon seit einiger Zeit.«

»Hat er hier im Haus eine Bibliothek?«

Sie deutete den kurzen Flur hinunter, der von der Eingangshalle abzweigte. »Eine sehr schöne, mit wirklich vielen Büchern.«

»Dürfte ich sie sehen?«

Sie zögerte gerade lange genug, um Petrowa nicht misstrauisch zu machen. »Warum möchten Sie das?«

Ein Anflug von Ärger huschte über das Gesicht der jungen Frau. Sie fragte sich, wie viel Geduld die Petrowa wohl aufzubringen bereit war. Sie hatten sie im Anderson-Haus entwaffnet, aber da war immer noch ihr Wagen, und sie hatte womöglich eine Ersatzwaffe dabei.

Petrowa griff unter ihre Jacke und zog einen kleinkalibrigen Revolver hervor.

»Ich will die Bücher sehen. Jetzt.«

Wäre Luke nicht oben gewesen und bereit dazwischenzugehen, hätte Stephanie sich ernsthaft Sorgen gemacht.

Anya Petrowa hatte den misstrauischen Blick eines Menschen, den man fürchten sollte. Das war nachvollziehbar, denn sie war das Produkt einer Region, in der sich Angst zu etwas entwickelt hatte, womit man Geschäfte machen konnte. Ihre Worte waren schlicht und einfach, sie zeigte nicht die geringste Spur aufgesetzter Tapferkeit. Sie war einfach nur sachlich, ihre Worte waren klar und unmissverständlich.

Ich. Werde. Ihnen. Wehtun.

Stephanie fuhr zusammen und tat, als hätte sie Angst. »Auf mich... hat noch nie jemand eine Waffe gerichtet.«

Petrowa sagte nichts.

Was sehr vielsagend war.

Jetzt war der Zeitpunkt gekommen, um nachzugeben.

»In Ordnung«, sagte Stephanie. »Folgen Sie mir...«

Luke beobachtete durch einen Türspalt, wie Stephanie und Petrowa die Eingangshalle verließen. Am besten wäre es wohl, wenn er jetzt hinunterschlich und sich einen besseren Beobachtungsposten suchte, um sie zu belauschen, doch vorher sollte er noch einen kurzen Blick auf Hedlund werfen. Ihr Gastgeber war in ein anderes Schlafzimmer am Ende des Flurs im ersten Stock geflüchtet. Luke schlich über einen Teppichläufer zu der halb geöffneten Tür und achtete darauf, sich nicht bemerkbar zu machen.

An der Tür blieb er stehen.

Er hörte eine Stimme von drinnen.

Leise und kehlig.

Vorsichtig linste er ins Schlafzimmer und sah Hedlund in einem Stuhl sitzen, er sah aus dem Fenster und telefonierte via Handy. Das war seltsam, wenn man bedachte, was unten los war. Vorhin hatte Hedlund noch ganz geradeaus gewirkt, ehrlich überrascht und hilfsbereit.

»Das muss es sein«, sagte Hedlund. »Wir haben alle gedacht, dass die Sache längst vergessen sei, aber anscheinend haben wir uns geirrt. Es fängt wieder an.«

Ein paar Sekunden der Stille vergingen, während Hedlund seinem Gesprächspartner zuhörte.

»Hier gibt es nichts zu finden. Dafür habe ich schon vor Jahren gesorgt«, sagte Hedlund.

Wieder Schweigen.

»Ich halte Sie auf dem Laufenden.«

Er hörte einen Piepton, als das Gespräch endete.

»Hier gibt es nichts zu finden?«

Das wurde ja immer besser.

Und es bedeutete, dass Stephanie womöglich ein echtes Problem hatte.

33

Zorin döste immer wieder kurz ein und wachte dann gleich wieder auf, er war unruhig, obwohl der Flug über den Atlantik ruhig gewesen war. Er hatte es geschafft, ein paar Stunden dringend benötigten Schlaf zu bekommen, und war dankbar, dass die beiden Piloten vorne und unter sich geblieben waren. Er fuhr den Computer hoch und entdeckte einen geeigneten Ort für die Landung. Einen Nationalpark an der Nordküste, wo er ungestört sein dürfte. Auch das Wetter sollte kein Problem darstellen. Nordkanada erlebte einen milden Winter, es war wenig Schnee gefallen, und es gab heute Nacht keine Niederschläge. Der Sprung erforderte trotzdem einiges Geschick, doch damit kam er klar. Falls alles nach Plan lief, würde er sich vierzig Kilometer nordwestlich von Charlottetown befinden, der Hauptstadt der Insel, wo sich die Universität befand. Er fand die Website des Colleges und erfuhr, dass Jamie Kelly dort noch in Teilzeit arbeitete. Weitere Internetrecherchen hatten ihn zu seiner Wohnadresse geführt.

Narrenmatt.

Er hatte im Laufe von mehr als zehn Jahren alles zusammengetragen und in alten Aufzeichnungen verstreute Einzelheiten zutage gefördert. Aber seine Gespräche mit Belchenko waren am ergiebigsten gewesen, obwohl der Archivar immer geglaubt hatte, die ganze Sache sei nichts als Wunschdenken.

Er, Aleksandr Zorin, wusste, dass das nicht der Fall war.

Der große Mann, der die Wohnung betrat, war um die sechzig; er hatte sich sein dichtes graues Haar glatt nach hinten aus dem auffallend fahlen Gesicht gebürstet. Er trug eine randlose

Brille, seine dunklen Augen waren ausdrucksstark, zeugten aber auch von Erschöpfung. Er war in Begleitung von vier Gehilfen. Sie durchsuchten rasch die anderen Räume, dann zogen sie sich nach draußen zurück und schlossen hinter sich die Tür. Die Wohnung war eine konspirative Wohnung des KGB und stand ständig unter Beobachtung. Heute Nacht war Juri Wladimirowitsch Andropow dort zu Gast.

Sie wurden einander nicht vorgestellt. Stattdessen saß Andropow am Kopfende des Holztisches, auf dem man ein kaltes Abendessen angerichtet hatte, dazu gab es Gläser voller Wodka. Zorin saß auch am Tisch, ebenso drei andere KGB-Offiziere. Zwei von ihnen kannte er, einer war ein Fremder. Er war Andropow nie zuvor so nah gewesen. Wie er selbst kam Andropow aus einfachen Verhältnissen – sein Vater war Eisenbahnbeamter gewesen. Er hatte als Packer und in der Telegrafenstation gearbeitet und während des Großen Vaterländischen Krieges als Matrose in Finnland gekämpft. Danach begann er einen stetigen Aufstieg in der Parteihierarchie und wurde schließlich Chef des KGB. Im letzten November, zwei Tage nach Breschnews Tod, war Andropow zum vierten Generalsekretär der Nation seit Stalin gewählt worden.

»*Ich habe vor, etwas Außergewöhnliches zu tun*«, *erzählte ihnen Andropow im Flüsterton.* »*Ich werde morgen bekanntgeben, dass wir alle Arbeiten an weltraumbasierten Raketenverteidigungssystemen einstellen werden.*«

Zorin war entsetzt. Seit Reagan im März angekündigt hatte, dass Amerika ein strategisches Verteidigungssystem entwickeln würde, hatte man die ganze sowjetische Forschung neu ausgerichtet. Um sie dabei zu unterstützen, wurden auch alle nachrichtendienstlichen Operationen neu ausgerichtet. Ihr Ziel war es jetzt, so viel wie möglich über die SDI in Erfahrung zu bringen.

»*Mister Reagan hält uns für das Reich des Bösen*«, *sagte*

Andropow. »Ich werde ihm beweisen, dass das nicht zutrifft. Wir werden der Welt sagen, dass wir aufhören.«

Keiner meldete sich zu Wort.

»Ich habe einen Brief von einem zehnjährigen amerikanischen Mädchen bekommen«, fuhr Andropow fort. »Sie hat mich gefragt, warum wir die Welt erobern wollen. Warum wir einen Krieg wollen. Ich habe ihr gesagt, dass wir den auch nicht wollen. Das will ich morgen der Welt verkünden. Danach gehe ich ins Krankenhaus.«

Zorin hatte davon gehört. Der Generalsekretär litt offenbar an einem völligen Nierenversagen und wurde nur noch mittels Dialyse am Leben erhalten. Typischerweise war nichts davon öffentlich bekanntgegeben worden. Dass Andropow selbst es erwähnte, erschien ihm ungewöhnlich.

»Ich erzähle Ihnen das aus einem bestimmten Grund«, sagte Andropow. »Sie vier wurden von mir persönlich ausgewählt, um einen Spezialauftrag auszuführen. Ich bin heute Abend persönlich hergekommen, um Sie zu instruieren. Es ist eine Mission, die ich persönlich geplant habe. Jede Operation muss einen Namen haben. Ich habe auch einen ausgesucht. Er kommt aus dem Schach, das ich sehr liebe. Spielt einer von Ihnen zufällig dieses Spiel?«

Alle schüttelten verneinend den Kopf.

Andropow deutete auf die Anwesenden und sagte zu jedem einzelnen von ihnen: »Echte Fesselung. Rückständiger Bauer. Stiller Zug. Narrenmatt.«

Das war im August 1983 gewesen. Damals hatte Zorin diese Worte zum ersten Mal gehört. Er kannte ihre Bedeutung nicht, hatte aber schnell gelernt.

Echte Fesselung. Ein König wurde so in die Ecke getrieben, dass er sich nicht bewegen konnte, ohne sich ins Schach zu begeben.

Rückständiger Bauer. Ein Bauer hinter einem anderen derselben Farbe, der sich nicht vorwärtsbewegen konnte, ohne dass ihm ein anderer Bauer half.

Stiller Zug. Ein Zug, der keine Figur des Gegners angriff oder einkassierte.

Narrenmatt. Das kürzeste mögliche Spiel. Zwei Züge und vorbei.

»*Jede dieser Aufgaben ist für die anderen von entscheidender Bedeutung*«, *erklärte Andropow weiter.* »*Alle zusammengeführt werden sie die Welt verändern.*«

»*Sind das völlig unabhängige Einsätze?*«, *fragte einer der anderen Geheimdienstler.*

»*Ganz genau: vier separate und alleinstehende Anstrengungen. Und was dabei herauskommt, weiß nur ich. Keiner von Ihnen wird mit den anderen kommunizieren, es sei denn, es wird ausdrücklich befohlen. Ist das klar?*«

Sie nickten alle, weil sie wussten, dass man Andropow besser nicht provozierte. Er war der Mann, der Chruschtschow davon überzeugt hatte, den Aufstand der ungarischen Rebellen niederzuschlagen. Als Chef des KGB verbreitete er Furcht und Schrecken und mühte sich nach Kräften, die verlorengegangene Legitimation der Partei wiederherzustellen. Er stand Stalin erheblich näher als alle sogenannten Reformer der jüngsten Zeit. Sein Befehl, dass es keinen Kontakt zwischen ihnen geben dürfe, war nichts Ungewöhnliches. Zorin wusste, dass Schwächlinge versuchten, sich ihre Vorgesetzten gewogen zu stimmen, indem sie sie über die anderen informierten. Ehefrauen spionierten ihren Ehemännern hinterher, Kinder ihren Eltern, Nachbarn den Nachbarn. Viel besser war es, nie Fragen zu stellen und sich an nichts zu erinnern. Jedes Wort, jede Handlung sollte genau überlegt werden. Noch besser war es jedoch, gar nichts zu sagen oder zu tun, so wie Andropow es gerade befohlen hatte.

»*Unter Ihren Tellern befindet sich jeweils ein Umschlag*«, sagte er. »*Die Instruktionen darin beschreiben Ihre Einsätze bis ins Detail. Dort ist auch genau ausgeführt, auf welche Weise und wem Sie Ihren Erfolg melden. Weichen Sie auf keinen Fall von diesen Befehlen ab.*«

Zorin fiel auf, dass von einem Scheitern nicht die Rede war. Das war keine Option.

Einer der Offiziere griff nach seinem Teller.

Andropow stoppte ihn. »*Noch nicht. Brechen Sie das Siegel erst, nachdem Sie hier weggegangen sind. Damit Sie nicht in Versuchung kommen, es untereinander zu diskutieren.*«

Alle blieben stumm sitzen.

Zorin hatte Verständnis für die Notwendigkeit, eine selbstbewusste Aura um sich zu verbreiten, und hatte nichts dagegen, von Andropow unmissverständlich dazu gezwungen zu werden, sich unterzuordnen. Auch er hatte ein Talent dafür, andere einzuschüchtern, und hatte oft das gleiche Spiel mit seinen Untergebenen gespielt.

»*Genossen, ich möchte Sie wissen lassen, dass das, was wir erreichen werden, Amerika in seinem Innersten treffen wird. Die Amerikaner sind so selbstgerecht, halten sich für so perfekt. Aber sie haben Schwächen. Ich habe zwei davon entdeckt, und gemeinsam und zum richtigen Zeitpunkt werden wir Amerika eine Lektion erteilen.*«

Das waren Worte, die ihm gefielen.

Und es gefiel ihm, dabei mitzumachen.

»*Minimaler Einsatz, maximale Wirkung. Das ist, was wir wollen und was Sie liefern werden. Es wird die wichtigste Operation, die wir jemals angeschoben haben. Deshalb, Genossen, müssen wir bereit sein, wenn die Stunde kommt.*«

Andropow deutete auf das Essen.

»*Und jetzt essen Sie. Amüsieren Sie sich. Danach machen wir uns an die Arbeit.*

Im Laufe der vergangenen zwei Jahrzehnte hatte er nach und nach alle Informationen über die drei anderen Operationen zusammengesammelt. Die Freigabe von Akten und die simple Tatsache, dass es die Sowjetunion nicht mehr gab, hatten ihm die Aufgabe erleichtert. Aber es war nur sehr wenig zu finden. Seine eigene Operation, *Stiller Zug*, hatte ihn sechs aufopferungsvolle Jahre gekostet, sie begann im Jahr 1983 mit der Beauftragung durch Andropow und endete offiziell im Jahr 1989.

Gleich nach dem Treffen war Andropow tatsächlich ins Krankenhaus gegangen. Das zehnjährige amerikanische Mädchen, von dem er gesprochen hatte, besuchte tatsächlich die Sowjetunion auf Andropows persönliche Einladung und bot eine perfekte Gelegenheit zur Propaganda, auf die sich die westlichen Medien stürzten. Andropow selbst war zu krank gewesen, um sie zu begrüßen. Sie starb bedauerlicherweise ein paar Jahre später bei einem Flugzeugunglück, was die Gelegenheit zu weiteren Lippenbekenntnissen bot. Andropow selbst starb sechs Monate nach dem Treffen in der konspirativen Wohnung, nachdem er nur fünfzehn Monate als Generalsekretär gedient hatte. Ihm folgte Tschernjenko, ein zerbrechlicher, schwacher Mann, der nur dreizehn Monate durchhielt. Danach fungierte Gromyko als Statthalter, bis schließlich Gorbatschow 1985 an die Macht kam.

Alles in allem waren es für sowjetische Verhältnisse ein paar turbulente Jahre. So viel Verwirrung mit so unklaren Zielen. Doch die vier Operationen waren fortgeführt worden. Es war zu keiner Zeit der Befehl ergangen, mit ihnen aufzuhören. Als er im Flugzeug saß und dem monotonen Dröhnen der Düsentriebwerke zuhörte, saugte ihn die unheimliche Stille auf. Er wusste jetzt, was die drei anderen Männer bewerkstelligt hatten.

Andropow hatte genau das getan, was er angekündigt hatte,

und der Welt verkündet, dass die Sowjetunion die Entwicklung eines weltraumbasierten Raketenabwehrschirms einstellte. Das geschah jedoch niemals. Insgeheim wurde die Forschung mit Milliardenaufwand weitergeführt. Zorin und alle anderen KGB-Agenten bearbeiteten weiterhin ihre Quellen nach jeder kleinen Information, die sie über SDI in Erfahrung bringen konnten.

Absolute Fesselung.

Rückständiger Bauer.

Beide Agenten hatten die ihnen zugewiesenen Aufgaben ausgeführt.

Das wusste er genau.

Er bildete sich etwas darauf ein, kein Mensch mit besonders viel Gewissen zu sein. Ein guter Offizier konnte sich solche Schwächen nicht leisten. Aber die vergangenen fünfundzwanzig Jahre hatten ihn dazu gebracht, die Dinge neu einzuschätzen.

Waren das Schuldgefühle?

Schwer zu sagen.

Er dachte an jene Nacht in Maryland zurück.

Und an das letzte Mal, als er einen Mann getötet hatte.

34

Maryland

Stephanie spielte ihre Rolle als Mrs. Peter Hedlund weiter und führte Anya Petrowa in die Bibliothek.

»Tun Sie, was ich sage, dann bin ich bald wieder weg.«

Sie betraten die Bibliothek. Die Nachmittagssonne strömte durch die geöffneten Rollläden und durch die Vorhänge vor den Doppeltüren. Zwei Wände wurden von Nussbaumregalen eingenommen, die voller Bücher standen.

Petrowa streckte die Hand aus. »Setzen Sie sich dort drüben hin, wo ich Sie sehen kann.«

Stephanie setzte sich auf ein Sofa und beobachtete, wie die Regale sorgfältig überprüft wurden. Petrowa suchte eindeutig nach etwas Bestimmtem.

Ihre Suche dauerte nicht lange.

»Es ist nicht hier. Ich muss ein Buch finden, das Ihr Mann kennt. Ein altes Buch, von den Cincinnati. Er ist der Hüter der Geheimnisse, und ich muss eins davon haben.«

Sie hatte darauf gehofft, Hedlund selbst aus der Sache heraushalten zu können. Das war jetzt unmöglich.

Petrowa richtete die Waffe auf sie. »Wo ist Ihr Mann?«

»Wie gesagt, ich weiß es nicht. Aber er müsste bald nach Hause kommen.«

Luke war rasch von Hedlunds Schlafzimmertür weggetreten, zurück in das andere Zimmer, wo er sich zuerst versteckt hatte. Er wartete ein paar Sekunden, dann schlich er wieder den Flur zum Schlafzimmer hinunter, dort öffnete er die Tür und gab

Hedlund ein Zeichen. Der alte Mann saß noch in der anderen Ecke des Zimmers auf dem Sessel am Fenster, aber das Telefonat war beendet.

Hedlund stand auf und machte einen kleinen Schritt auf ihn zu.

»Wir müssen runter«, flüsterte Luke.

Sie schlichen über den Treppenabsatz im ersten Stock bis zum Anfang der Stufen. Er musste herausfinden, mit wem Hedlund vorhin telefoniert hatte, ohne dass dieser misstrauisch wurde, deshalb flüsterte er tonlos: *Haben Sie ein Handy?*

Hedlund nickte.

Geben Sie es mir.

Hedlund gab es ihm rasch.

Er suchte den Schalter an der Seite und stellte es stumm. Dann gingen sie ins Erdgeschoss hinunter, wo er Petrowa und Stephanie im Arbeitszimmer reden hörte. So bekam er mit, dass Petrowa nicht gefunden hatte, wofür sie gekommen war. Als Stephanie erwähnte, dass ihr Mann bald nach Hause komme, verwendete sie den Code, den sie für den nächsten Schritt vereinbart hatten, falls er nötig wurde.

Hedlund musste hineingehen.

Er griff den alten Mann am Arm und führte ihn zur Eingangstür. »Sie müssen herausfinden, was diese Frau will«, sagte er leise. »Ich gebe Ihnen von hier aus Deckung, okay? Stephanie wird bei Ihnen sein. Genau so, wie wir es vorhin besprochen haben. Finden Sie einfach so viel heraus, wie Sie können, ohne sie zu provozieren.«

Er winkte mit dem Handy in seiner Hand. »Das behalte ich hier, damit es keine Störungen gibt.«

Hedlund nickte. »Sollten wir nicht die Polizei rufen?«

»Wir sind die Polizei.«

Er griff den Türknauf und flüsterte: »Sie sind gerade nach Hause gekommen.«

Er öffnete die Tür, dann knallte er sie wieder zu und versteckte sich sofort in einem nahen Wandschrank, wo er zwischen schweren Mänteln verschwand.

»Ich bin's«, hörte er Hedlund mit lauter Stimme sagen.

Stephanie begriff, was vor sich ging. Luke hatte mitbekommen, dass sie Hedlund dabeihaben wollte, deshalb hatte er es so arrangiert, dass es unverdächtig wirkte. Gute Arbeit. Aber etwas anderes hatte sie auch nicht erwartet. Sie blickte zu Petrowa, die ihr ein Zeichen machte, ihrem Mann zu sagen, wo sie auf ihn wartete.

»Ich bin in der Bibliothek.«

Hedlund erschien in der Tür.

»Wir haben einen Gast«, sagte sie. »Diese Frau sucht etwas von der Gesellschaft. Irgendein Buch. Sie will aber nicht sagen, welches. Sie hat gedroht, mir wehzutun, wenn ich nicht mitspiele.«

Petrowa hatte die Waffe hinter ihrem Bein versteckt gehalten, doch jetzt zog sie sie hervor. Hedlund machte ein erschrockenes Gesicht.

»Geht es dir gut?«, fragte er Stephanie und spielte das Spiel mit.

»Es geht mir gut. Wirklich. Gut.«

»Das reicht«, sagte Petrowa nun mit lauter Stimme: »Ich brauche das Tallmadge-Journal. Wo ist es?«

»Woher wissen Sie eigentlich davon?«, fragte Hedlund.

Eine dreiste Frage.

Die in ihrem Plan nicht vorkam.

»Das geht Sie nichts an. Ich brauche das Journal. Wo ist es?«

»Das gibt es nicht. Es ist ein Märchen. Ich habe natürlich davon gehört, aber ich habe es nie gesehen. Und ich muss mich wirklich wundern, woher Sie davon wissen. Das ist etwas, von dem nur wenige in der Society etwas wissen.«

»Vor langer Zeit haben die Leute darüber geredet«, sagte Petrowa. »Wir haben zugehört. Wir wissen Bescheid.«

»Russen?«, fragte er.

»Sowjets. Was wissen Sie über das Journal?«

Die Antwort interessierte Stephanie auch.

»Es wurde von einem unserer Gründungsmitglieder geschrieben. Benjamin Tallmadge aus New York. Er war während des Unabhängigkeitskrieges Chef eines Spionagerings, eines der ersten in diesem Land. Colonel Tallmadge leistete einen entscheidenden Beitrag zu unserem Sieg über die Briten. Danach diente er, glaube ich, bis zu seinem Tod im Jahr 1835 der Society. Er hatte das Journal verwahrt, das angeblich zu den frühesten Dokumenten der Society gehörte. Aber es ist vor über einem Jahrhundert verschwunden.«

»Sie lügen«, schrie Petrowa. »Lügen Sie mich nicht an. Ich kenne die Wahrheit. Vor dreißig Jahren war es noch da. Sowjets haben es gesehen. Sie kennen die Wahrheit. Charon kannte die Wahrheit. Wo ist dieses Journal?«

»Ich habe Ihnen doch gesagt ...«

Petrowa sprang quer durch den Raum und presste ihre Waffe fest an Stephanies Schläfe. »Ich werde Ihre Frau erschießen, wenn Sie nicht die Wahrheit sagen.«

Der Hahn der Waffe wurde gespannt.

Luke hatte Petrowa gehört, sie hatte eine Waffe schussbereit gemacht. Es war schon schlimm genug, dass sie Hedlund ins Spiel gebracht hatten. Jetzt war es schwer zu sagen, was Petrowa tun würde. Sie war auf jeden Fall aufgebracht und ungeduldig. Stephanie hatte ihm die Entscheidung überlassen, wann er die Scharade stoppen wollte, aber ihn beschworen, ihnen den größtmöglichen Spielraum zu lassen. Auf diese Weise schienen sie die besten Chancen zu haben herauszufinden, worum es ging, und man musste es zumindest einmal versucht haben.

Aber jetzt wussten sie, worauf Petrowa aus war.

Das Tallmadge-Journal.

Er nahm seine Waffe in die Hand.

Und ihm klang wieder Stephanies Befehl von vorhin in den Ohren.

»*Um Himmels willen, bringen Sie sie nicht um.*«

Das war womöglich leichter gesagt als getan.

Stephanie behielt die Fassung, aber dann fiel ihr ein, dass Mrs. Peter Hedlund nicht so ruhig bleiben würde.

»Bitte«, sagte sie. »Bitte nehmen Sie diese Waffe weg von mir.«

Doch die Mündung presste sich weiter an ihren Kopf.

»Wo ist das Tallmadge-Journal?«, fragte Petrowa noch einmal. »Vor ein paar Jahren war es bei Charon. Das weiß ich. Sie sind jetzt der Hüter der Geheimnisse. Sagen Sie es mir, oder ich erschieße Sie.«

Stephanie starrte auf Hedlund, der bemerkenswert ruhig blieb.

»Wissen Sie, was ich vor der Pensionierung getan habe?«, fragte er Petrowa, die darauf nichts erwiderte. »Ich war zweiunddreißig Jahre lang beim FBI.«

Das hörte Stephanie zum ersten Mal, aber es erklärte den berechnenden Blick, den er auf sie richtete. Auch Petrowa schien zu begreifen, was es bedeutete, denn sie nahm die Waffe von Stephanies Kopf und richtete sie auf Hedlund.

»Ich protestiere dagegen, dass Sie in mein Haus eingedrungen sind und uns bedrohen«, sagte er. »Ich habe Ihnen schon gesagt, das Journal gibt es nicht.«

»Sie lügen.«

»Und woher wollen Sie das wissen?«

Diese Frau herauszufordern war nicht unbedingt eine gute Idee.

Das musste aufhören, bloß wie?
Es klopfte an der Haustür.

Luke klopfte mit den Knöcheln auf das Holzpaneel.
Mit einer Waffe in die geschlossene Bibliothek zu stürmen kam ihm nicht besonders schlau vor. Es war gut möglich, dass dabei jemand erschossen wurde. Deshalb wollte er es auf den Versuch ankommen lassen, Petrowa in seine Richtung zu locken, damit ihm selbst mehr Raum blieb, sich zu bewegen. Er hatte mitgehört, was Hedlund gesagt hatte, und begriffen, dass dieser Mann mit Sicherheit irgendetwas verheimlichte.
Also musste er etwas unternehmen.

Stephanie beobachtete, wie Petrowa auf den möglichen Besucher reagierte.
»Wer ist das?«, fragte die Russin.
Hedlund zuckte mit den Schultern. »Woher soll ich das wissen? Wollen Sie, dass ich aufmache?«
Sie hörte den herablassenden Tonfall, der wie eine zusätzliche Provokation wirkte. Petrowa schätzte das offenkundig gar nicht.
Ihre Waffe blieb auf Hedlund gerichtet.
»Sehen Sie nach«, befahl sie. »Und Sie auch.«
Petrowa gab Stephanie mit der Waffe ein Zeichen, ihm zu folgen.
Hedlund verschwand durch die Tür der Bibliothek.
Plötzlich zögerte Petrowa im Flur, als sie an der Tür vorbei war, und Stephanie wurde klar, was die Frau vorhatte. Die Doppeltüren in der Bibliothek. Sie boten einen schnellen Weg nach draußen, und der Besucher an der Vordertür konnte gerade genug Ablenkung bieten, damit sie eine rasche Flucht antreten konnte. Bedauerlicherweise war Stephanie unbewaffnet, denn ihre Beretta befand sich noch in ihrem Mantel im Arbeitszimmer, wo sie ihr erstes Gespräch mit Hedlund geführt hatte.

»Schön weitergehen«, befahl Petrowa.
Hedlund hatte die Eingangshalle erreicht.
Sie musste Luke warnen, doch bevor sie dazu kam, blieb Hedlund unvermittelt stehen und drehte sich blitzschnell um.
Mit einer Waffe in der Hand.

Luke hatte eine höhere Position eingenommen und sich auf den Treppenabsatz im ersten Stock zurückgezogen, der freie Sicht auf das Stockwerk darunter bot. Er hoffte, dass die Aussicht auf eine Störung ausreiche, um Petrowa zum Handeln zu zwingen. Weil er jetzt wusste, dass es hier nichts zu finden gab, musste er diese Begegnung ohne Schusswechsel beenden und Petrowa in Gewahrsam nehmen.
Doch genau das schien sich gerade zum Problem auswachsen zu wollen.
Hedlund hatte sich bewaffnet, die Waffe war mit Sicherheit irgendwo in seinem Schlafzimmer verborgen gewesen. Er hatte gehört, wie der Mann davon sprach, früher einmal beim FBI gewesen zu sein, aber gegen einen Profi wie Petrowa würde das ihm nicht viel nützen.
Überheblichkeit konnte einem das Genick brechen.
Und er musste es wissen. Seine eigene Arroganz war schon ein paarmal schuld daran gewesen, dass man ihn fast erledigt hätte. Aber zum Teufel, er war dreißig Jahre alt und hatte eine Entschuldigung. Hedlund bezog bereits seine Pension und benahm sich, als wäre er immer noch im Geschäft.
Ihm blieb kaum eine Wahl.
Eigentlich hatte er nur eine einzige Möglichkeit.

Stephanie warf sich auf den Teppichläufer, presste sich flach auf den Boden und fragte sich, wer zuerst schießen würde. Hedlund beantwortete die Frage, indem er über sie hinwegschoss. Sie rollte auf den Rücken und sah, dass Petrowa verschwunden war.

»Unten bleiben«, schrie Hedlund.

Sie blickte zurück und sah, dass Hedlund die Waffe mit beiden Händen festhielt und sie konzentriert nach vorn ausrichtete.

»Zurück, Sie Idiot«, keifte sie ihn an. »Und zwar sofort.«

Plötzlich war Petrowa wieder da und gab zwei Schüsse ab. Beide Kugeln trafen Hedlund, der einen Schmerzensschrei ausstieß und zu Boden sackte.

Luke hörte die Schüsse und setzte sich in Bewegung, er rutschte auf dem schicken geschwungenen Treppengeländer hinunter, das die Außenseite der Treppe sicherte, und sprang ab, als er unten ankam.

Er sah, wie Hedlund zu Boden ging.

Sofort schwenkte er nach links, richtete die Waffe aus und gab zwei Schüsse in Petrowas Richtung ab, aber die drahtige Frau hatte sich schon wieder in die Bibliothek zurückgezogen. Er behielt die Waffe im Anschlag und suchte Deckung, wo der Flur in die Empfangshalle überging. Auf dem Boden lag Hedlund und stöhnte. Er musste sich um ihn kümmern, doch zunächst richtete er seine Aufmerksamkeit auf Stephanie, die auf der anderen Seite der Diele auf dem Rücken lag.

War sie auch getroffen worden?

Er hörte, wie Türen aufgingen, und spürte einen kalten Luftzug.

Stephanie richtete sich auf. »Sie ist durch die Bibliothek nach draußen gelaufen. Schnappen Sie sie!«

Er sah wieder zu Hedlund.

»Um den kümmere ich mich«, sagte sie. »Halten Sie dieses Miststück auf.«

Sie hätte es Luke gar nicht zweimal sagen müssen.

35

Zorin zog wegen der mittelatlantischen Kälte die Schultern hoch. Obwohl er sein Leben lang bei Minustemperaturen gelebt und gearbeitet hatte, verabscheute er es nach wie vor. Die Westler glaubten, dass man im Laufe der Zeit irgendwie immun dagegen werden könnte, aber das entsprach ganz und gar nicht der Wahrheit. Er hatte fast eine halbe Stunde im Dunkeln gewartet, und jetzt endlich wurde seine Geduld belohnt, als ein Fahrzeug die Straße herunterkam. Der Wagen hielt am Straßenrand, und er stieg in das warme Fahrzeug. Der Fahrer war, wie Zorin, Mitte dreißig, ein Dreitagebart überzog seinen fleischigen Hals und das Kinn, und er trug eine Baseballkappe der Chicago Bears. Als der Wagen anfuhr, spritzten Schnee und Eis von den durchdrehenden Reifen auf.

Fünfzehn Minuten später erreichten sie eine unauffällige Bar im Norden Baltimores. Ein Neonschild zeigte eine Nackttänzerin, darunter stand »Eintritt frei«. Er hatte lange genug im Westen gelebt, um zu wissen, dass ihn im Inneren ein dekadenter Sündenpfuhl erwartete. Der Fahrer hatte den Laden ausgesucht, was nachvollziehbar war, denn schließlich war dies das Fachgebiet des Mannes.

Deshalb hatte er nicht widersprochen.

Der Mann lebte und arbeitete jetzt hier in Baltimore unter dem Aliasnamen Joe Perko. Auch Zorin verwendete einen Aliasnamen, einen von mehreren, die er besaß, und hatte eine falsche Identität benutzt, um mühelos in die Vereinigten Staaten einzureisen. Trotz allen Geredes über einen Kalten Krieg waren die Grenzen Amerikas poröse Schleusen, keine soliden Mauern. Beide Männer sprachen perfekt Englisch, was sie der

KGB-Akademie verdankten, die sie absolviert hatten. Sie gingen kurzerhand hinein.

Alles war in Schatten gehüllt, außer der beleuchteten Bar und der ausgeleuchteten Bühne, wo eine unfassbar dünne Blondine mit großen Brüsten tanzte und strippte. Dünne Frauen oder magere Steaks hatten ihn nie interessiert, er zog in beiden Fällen mehr Fett auf den Knochen vor. Außerdem mochte er Frauen, die schon blond auf die Welt gekommen waren und der Illusion nicht mit Farbe nachhelfen mussten. Es spielte Musik, aber die Bewegungen der Frau standen in keinem Zusammenhang damit. Eigentlich wirkte sie genervt und gelangweilt.

Oben-ohne-Kellnerinnen servierten an den Tischen, die um die Bühne herumstanden.

»Hier gefällt es mir«, sagte Perko. »Alle sehen sich die Frauen an, und niemand achtet auf Sie.«

In diesem Punkt musste er ihm recht geben.

Sie nahmen sich einen Tisch in der Nähe der Bühne und bestellten bei einer der Kellnerinnen einen Drink.

»Ich bin fertig«, erklärte Perko mit leiser Stimme. »Mein Teil ist abgeschlossen.«

Er wusste, was das bedeutete. Ein weiterer Teil von Andropows Plan, Rückständiger Bauer, war abgeschlossen.

»Hat fünf Jahre gedauert, aber ich habe es geschafft«, fuhr Perko fort. »Kaum zu glauben, wie lange es schon her ist, dass wir mit Andropow am Tisch saßen. Es hat sich so vieles verändert.«

Wie wahr. Es war das Jahr 1988, Andropow war schon vor Jahren gestorben, und jetzt regierte Gorbatschow die UdSSR. Es herrschten Perestroika und Glasnost. Umgestaltung und Offenheit waren nationale Ziele geworden. Die alten Methoden schwanden von Tag zu Tag.

»Der Umschlag, der mir gegeben wurde, enthielt den Be-

fehl, Ihnen Meldung zu erstatten«, sagte Perko, »*sobald der Auftrag erledigt ist. Das mache ich hiermit.*«

Schon vor fast zwei Jahren hatte er von dem Mann gehört, der Echte Fesselung, einen anderen Teil des Auftrags, ein Viertel, erfüllt hatte. Wie heute Nacht hatte er auch jenen Offizier getroffen, allerdings in New York City, und zum ersten Mal hatte er mehr erfahren als das, was er wissen sollte.

Die Kellnerin brachte ihre Bestellungen, und er kippte einen großen Schluck Wodka hinunter. Er war wirklich kein Trinker, aber gut darin, einen anderen Eindruck zu erwecken. Perko schien es zu genießen, er trank sein Glas in einem Zug aus.

»*Żubrówka. Mit zu Hause nicht zu vergleichen*«, *flüsterte Perko und stellte das Glas auf den Tisch.*

Er gab ihm recht. Polnischer Wodka war wirklich nur ein kläglicher Ersatz.

»*Haben Sie Ihren Part erledigt?*«, *fragte Perko.*

Er schüttelte den Kopf. »*Noch nicht.*«

Das entsprach der Wahrheit.

Nachdem Andropow in jener Nacht die konspirative Wohnung verlassen hatte, hatten sie ihr Abendessen verzehrt und die Umschläge mit ihren jeweiligen Befehlen unter den Tellern gelassen. Als sie fertig gegessen hatten, waren alle vier aufgebrochen, und jeder wartete, bis er sicheren Abstand zu den anderen hatte, bevor er den Inhalt las. Dass sie der Generalsekretär persönlich ausgewählt hatte war mit einer enormen Verantwortung verknüpft, und im Großen und Ganzen hatten sie alle dieses Geheimnis gehütet. Soweit er wusste, hatte keiner von ihnen mit den anderen kommuniziert. Nur mit ihm, sobald sie fertig waren. Wie es ihnen in den Umschlägen befohlen worden war.

»*Ich habe sie endlich alle hereinbekommen*«, *sagte Perko.* »*Sie sind alle hier.*«

Die blonde Bohnenstange auf der Bühne hatte sich fertig

entkleidet und bot den Gästen jetzt ein paar Zuckungen und Hüftrollen mit ihrem nackten Körper. Einige Gäste schienen ihren neu erwachten Enthusiasmus zu schätzen und belohnten sie, indem sie Dollarscheine auf die Bühne warfen.

Er schlürfte mehr Wodka.

»Sie sind über Mexiko gekommen, mit einer Zwischenlandung in Kuba«, berichtete Perko weiter. »Ich musste sichergehen, dass man sie nicht aufspürt. Wir haben sie von jemandem über die Grenze fahren lassen. In Texas habe ich sie dann an mich genommen und persönlich in den Norden gebracht.«

Zorin erfuhr weitaus mehr, als er sollte, aber die gesamte Operation hatte ihn immer neugieriger gemacht. »Ist noch alles heil?«, erkundigte er sich.

Perko nickte. »Sie sind alle in ihren Kästen und stehen unter Strom. Jede tickt wie vorgesehen.«

»Keine Probleme?«

»Keine. Aber sie sind wirklich furchteinflößend.« Perko senkte die Stimme, bis die Musik ihn fast übertönte. »Erstaunlich, dass etwas so Kleines eine Atombombe enthält.«

Das war tatsächlich erstaunlich.

Seine Spetsnaz-Einheit war darin ausgebildet worden, die RA-115 unter Gefechtsbedingungen einzusetzen. Er wusste von Waffenverstecken in Europa und im Fernen Osten, doch jetzt hörte er zum ersten Mal, dass es auch in den Vereinigten Staaten eine solche Bombe gab. Andropow hatte anscheinend etwas wirklich Großes im Sinn gehabt.

»Ich habe sie wie befohlen Narrenmatt übergeben«, sagte Perko. »Haben Sie eine Ahnung, was er damit tun soll?«

Zorin schüttelte den Kopf. »Das übersteigt wohl unsere Gehaltsklasse.«

Perko trank aus und bedeutete einer Kellnerin, ihm noch einen Wodka zu bringen. »Ich wurde zurückbeordert. In zwei Tagen reise ich ab.«

Das wusste er bereits.
»Lassen Sie uns Ihre Heimreise feiern«, sagte er trotzdem.

Und das hatten sie getan.
Stundenlang, während die Musik spielte und weitere Tänzerinnen über die Bühne schlichen. An eine dieser Frauen erinnerte er sich. Sie war zierlich und dunkel, mit asiatischen Augen, einer breiten Nase und rabenschwarzem Haar. Perko hatte sie auch gefallen, und er wollte sie näher kennenlernen, aber Genosse Zorin hatte ihn davon abgebracht, und schließlich führte er den betrunkenen Offizier von der Bar zurück zum Wagen. Zorin hatte wenig getrunken und war noch im Vollbesitz seiner Sinne. Als sie am Auto waren und er sich überzeugt hatte, dass niemand in der Nähe war, drückte er Perko seine linke Hand auf den Mund, dann bog er dessen Kopf erst auf die eine Seite, dann auf die andere und brach ihm das Genick. Die Muskeln des Mannes gaben nach, die Knochen knackten. Er war sofort tot. Noch ein Kunststück, das er beim KGB gelernt hatte.

Jetzt hatte er zwei Drittel seines Auftrags erledigt.
Seine Befehle waren einfach. Er sollte die anderen drei Offiziere eliminieren, wenn sie meldeten, dass sie ihren Auftrag erfüllt hatten.

Stiller Zug.
Zwei waren tot.
Weil ihm keiner der Männer noch Schwierigkeiten machen konnte, hinderte er sie nicht am Reden. Von *Absolute Fesselung* hatte er erfahren, dass fünf RA-115 produziert worden waren, die eine besonders lange Lebensdauer und eine maximale Sprengkraft hatten. Von Perko und *Rückständiger Bauer* wusste er jetzt, dass jene RA-115 nach Amerika geschmuggelt worden waren. Nur *Narrenmatt* blieb rätselhaft. Doch er konnte sich vorstellen, welches sein Part war. Erhalten und verbergen.

Und der Offizier, dem dieser Part zugewiesen war?

Seinen Namen hatte er von Vadim Belchenko erfahren.

Es war ein Mann, der wie er in westlicher Lebensart trainiert und in den Vereinigten Staaten integriert war. Dieser Mann hatte irgendwann den Namen Jamie Kelly angenommen und lebte jetzt in Kanada.

Jetzt saß er in dem ruhigen und nur spärlich beleuchteten Passagierbereich der Gulfstream und dachte wieder an die beiden Männer, die er getötet hatte. Beide hatten nur ihre Arbeit erledigt und dem Heimatland treu gedient. Es entsprach der menschlichen Natur, dass sie über das reden wollten, was sie getan hatten, insbesondere mit jemandem, von dem sie glaubten, dass auch er einen Part bei ihrer Mission übernahm. Aber Andropow hatte diese Geschwätzigkeit vorhergesehen, weshalb *Stiller Zug* ein Teil des Plans gewesen war.

Deshalb hatte auch er seine Arbeit erledigt.

Trotzdem belasteten ihn die beiden Morde.

Das Mindeste, was er ihnen schuldete?

Dass ihr Tod nicht sinnlos war.

36

Luke stürmte durch die Doppeltür und entdeckte Anya Petrowa, als sie gerade hinter einer brusthohen Hecke verschwand. Er rannte hinter ihr her und sprang wie ein Hürdenläufer bei den Olympischen Spielen über die Büsche, umrundete die Seite von Hedlunds Haus, und als er im Vorgarten ankam, sah er Petrowa, die zu demselben Wagen lief, der immer noch die Spuren ihrer Begegnung in Virginia aufwies.

»Sie kommen nicht davon«, rief er ihr nach.

Sie drehte den Kopf, ihre Blicke trafen sich. Er dachte daran, auf sie zu feuern, doch sie war hundert Meter entfernt, setzte sich nun auf den Fahrersitz und startete den Motor.

Stephanies letzter Befehl klang ihm noch in den Ohren.

»Bringen Sie sie lebend zurück.«

Deshalb entschied er sich dafür, zum Ford Escape weiterzulaufen, mit dem Stephanie und er aus Washington gekommen waren. Er sprang hinein, startete den Motor, setzte rückwärts aus der Einfahrt und raste in die Richtung, in die Petrowa verschwunden war. Das Wohnviertel hatte breite Straßen, so wie sie früher gebaut wurden, als man noch am Straßenrand parken durfte. Ein paar Autos hatten die Gelegenheit genutzt, und er kurvte um sie herum, während er immer mehr beschleunigte. Petrowa, die ein Stoppschild ignorierte, bog scharf nach rechts ab. Er hinterher. Die Reifen des Fords rutschten über den kalten Asphalt, deshalb mahnte er sich zur Vorsicht. Fehlte noch, dass er sich mit dem schweren Wagen überschlug.

Er legte seine Waffe griffbereit auf den Beifahrersitz.

Wenn er sie einholen konnte, würde er sie stoppen.

Sie raste über die nächste Kreuzung, auf der zum Glück nur

wenig Verkehr war. Vor sich sah er einen belebten Boulevard. Beim Abbiegen verlangsamte sie einen Moment lang ihr Tempo, dann gab sie Gas, schoss aus ihrer Fahrspur und überquerte die doppelte Linie in den Gegenverkehr. Verärgertes Hupen ertönte, und er hörte das Quietschen von Gummi auf Asphalt, als die Autos versuchten, ihr auszuweichen. Sie fädelte sich mit exakt kalkulierten Manövern zwischen den anderen Autos hindurch und blieb immer in Bewegung. Er musste sich ihrem Tempo anpassen, sonst hätte er sie verloren, aber er wollte auch niemanden einem unnötigen Risiko aussetzen. Deshalb näherte er sich der Kreuzung vorsichtig, verschaffte sich einen Überblick und fuhr dann auf dem Standstreifen ganz links an dem dichten Verkehr vorbei.

Petrowa fuhr verdammt waghalsig, aber sie schien nicht daran gewöhnt zu sein, unter solch beengten Bedingungen schnell zu fahren, sie machte kleine Fehler, benutzte die Bremse häufiger als das Gaspedal, schätzte die Kurven falsch ein und korrigierte das ausbrechende Heck zu stark. Sein Ford wiederum rüttelte wie auf Kopfsteinpflaster, weil er für diese Art von Fahrstil nicht gebaut war.

Luke selbst dagegen schon.

Als die Straße vor ihm frei war, trat er das Gaspedal durch. Die Strecke war hier vierspurig, und es gab viel Gegenverkehr. Er bekam Petrowa kurz zu sehen, als sie eine halbe Meile voraus ein Überholmanöver startete.

Dann zeichnete sich Ärger ab.

Blinkendes Blaulicht schob sich hinter Petrowa.

Ein Verkehrspolizist hatte sie entdeckt.

Im Rückspiegel sah er, dass er eine eigene Eskorte hatte, dicht hinter seiner Heckstoßstange, mit Blinklicht und heulender Sirene.

Er zog seine DIA-Marke aus der Hosentasche. Mit einer Hand hielt er das Lenkrad fest, dann drückte er den Knopf, der das Fenster an der Fahrerseite absenkte, und hielt die Marke hinaus, damit der Idiot hinter ihm sie sehen konnte. Der Polizist setzte sich links neben ihn und fuhr parallel. In dem Streifenwagen wurde das Beifahrerfenster runtergelassen.

Luke deutete nach vorn auf den Wagen von Petrowa. »Stoppen Sie die da vorn!«, schrie er.

Der Streifenpolizist nickte, der Wagen beschleunigte und verringerte den Abstand zu seinem Kollegen, der Petrowa bereits folgte. Sie hatten natürlich den Vorteil, über ein Funkgerät zu verfügen, deshalb hoffte Luke darauf, dass ein wenig Hilfe durch die örtliche Polizei ausnahmsweise einmal zielführend sein könnte.

Er packte das Steuer wieder mit beiden Händen und passte seine Geschwindigkeit den Polizisten an. Die anderen Autos machten Platz und fuhren links und rechts auf die Seitenstreifen, sodass eine breite Durchfahrt entstand. Sie bewegten sich stadtauswärts in östlicher Richtung. Eine Reihe von Gebäuden auf beiden Seiten der Straße sahen nach staatlichen Einrichtungen aus. Er wusste, dass sich irgendwo vor ihm am Rand der Chesapeake-Bucht die Marineakademie befand.

So ging es noch gute zwei Meilen weiter, dann fuhren die beiden Streifenpolizisten vor ihm parallel zueinander, ein Wagen auf jeder Spur, und verlangsamten das Tempo. Das verschaffte Petrowa erneut Raum, die wie gehabt weiterraste. Er wusste, was sie taten. Wie Treiber, die ein Tier auf die Gewehre zutrieben. Sie bildeten eine rollende Straßensperre, um den Verkehr hinter ihnen zurückzudrängen.

Luke begriff, was das bedeutete, also riss er das Lenkrad nach rechts und jagte mit dem Ford über den schmalen asphaltierten Seitenstreifen, wo ihm genug Platz blieb, um an den Verkehrspolizisten vorbeizuschießen. Dann riss er das Lenkrad scharf nach links und kam wieder auf die Straße. Jetzt befand sich nichts mehr zwischen ihm und Petrowa, die Streifenpolizisten verlangsamten ihre Geschwindigkeit und blockierten alles, was von hinten kam. Die Straße war weiterhin vierspurig, mit einem Mittelstreifen aus Beton, und es gab keine Bebauung mehr. Die Straße verlief leicht abfallend geradeaus und führte zu einem langgezogenen Hang und einer großen Brücke.

Dann sah er sie.

Vier weitere Streifenwagen, dort, wo die Brücke anstieg, ungefähr auf halber Höhe. Sie blockierten die Weiterfahrt in beide Fahrtrichtungen.

Verdammt, diese Jungs sind wirklich schnell.

So kam kein Verkehr auf der Gegenfahrbahn, und die Offiziere ließen Fahrzeuge, die vor Petrowa unterwegs waren, passieren, um alles abzuriegeln, sobald nur noch Petrowa auf der Straße war.

Genauso lief es auch.

Jetzt konnte sie nicht mehr ausweichen und hatte nur noch die Möglichkeit, direkt durch die Straßensperre zu fahren oder eine 180-Grad-Wende über den Seitenstreifen hinweg zu machen und auf der Gegenspur zurückzufahren, wo die beiden Streifenpolizisten hinter ihm ihr bestimmt den Weg abschneiden würden.

Er sah, wie Waffen ausgerichtet wurden.

Das war nicht das, was er wollte. Er brauchte sie lebendig, aber was sich gleich ereignen würde konnte er nicht mehr aufhalten. Es kam ihm vor wie in einem Film. Es war da, aber ganz weit weg und nicht real. Aber das war es doch. Ihm wurde klar, dass die örtlichen Polizisten solche Situationen bisher nur im Training simuliert hatten. Jetzt wurde es endlich einmal ernst. Diese Gelegenheit wollten sie sich unter keinen Umständen entgehen lassen. Er hörte Schüsse. Anscheinend zielten sie auf die Reifen, denn Petrowas Fahrzeug schlingerte plötzlich nach links, nach rechts und krachte dann gegen das Brückengeländer.

Funken flogen.

Das Vorwärtsmoment reichte aus, um das Gewicht von der Hinterachse zu nehmen, der Wagen stand plötzlich senkrecht und verwandelte sich in ein Projektil, das nur noch den Bewegungs- und Gravitationsgesetzen gehorchte.

Und deshalb übers Geländer stürzte.

Er fuhr heran, ging voll in die Eisen, sodass der Wagen mit blockierten Reifen zum Stehen kam, sprang hinaus und kam gerade in dem Moment bei dem zerstörten Geländer an, als der Wagen unten in die erste Baumreihe krachte, die zum Wasser hinunterführte. Nichts konnte den Sturz aufhalten. Die Masse pflügte sich wie eine feuernde Kanone hindurch, der Wagen bäumte sich auf, wirbelte im Kreis... Petrowa wurde hinauskatapultiert. Er hörte Fetzen eines Schreis, dann einen Schlag. Das Auto war zu schwer, um zum Stehen zu kommen, es faltete sich zusammen wie ein Teleskop; das Vorderteil war nun verschwunden, und schließlich landete es auf dem Dach, die Räder drehten sich, der Motor heulte auf, dann keuchte er mit einem letzten Zucken. Petrowa wurde noch ein Stück die Böschung hinabgeschleudert und blieb am Uferrand im Wasser liegen.

Luke hechtete über das Geländer und kämpfte sich durch das dichte Unterholz, rutschte die steile Böschung hinunter, verlor beinahe den Halt, benutzte freiliegende Wurzeln, um festen Tritt für seine Stiefel zu finden und das Gleichgewicht zu halten, bis er nur noch wenige Meter von der Stelle entfernt war, an der sie lag. Sie trieb mit verdrehtem Oberkörper halb unter Wasser in einem Gemisch aus Schlamm, Wasser und Eis.

Zwei der Streifenpolizisten waren ihm gefolgt.

»Bleiben Sie da weg«, schrie einer von ihnen.

Luke war fuchsteufelswütend und suchte seine Marke. »Ihr dummen Idioten. Wer hat euch befohlen, sie abzuschießen?«

Die Streifenpolizisten blieben ein paar Meter entfernt stehen.

Er warf einen Blick auf Petrowa. Ihre Beine waren gebrochen und standen sonderbar von ihrem Körper ab, und ihr abgewinkelter Hals ließ keinen Zweifel daran, dass sie tot war.

»Wer zum Teufel sind Sie?«, wollte einer der Polizisten wissen.

Er drehte sich zu ihnen um und schüttelte verärgert den Kopf. »Ich bin der Bundesagent, der euch Arschgeigen die Hölle heißmachen wird, weil ihr die einzige Spur vernichtet habt, die ich hatte.«

37

Prince-Edward-Insel, Kanada
22.49 Uhr

Zorin zog die Gurte seines Fallschirms fest. Als er in den 1970er-Jahren sein Training begonnen hatte, war die Ausrüstung unvollständig, unzuverlässig und oft gefährlich gewesen. Mehr als einer seiner Kommilitonen war verletzt oder sogar getötet worden. Das Fallschirmspringen war unter den KGB-Anwärtern nicht beliebt gewesen, aber er hatte es genossen und fast hundert Sprünge absolviert. Er hatte eigens einen Schirm bestellt, der für größere Höhen ausgelegt und besser manövrierbar war. Dieser Schirm hatte nicht die Qualität, die er vom Militär gewohnt war, kam ihr aber recht nahe. Nächtliche Sprünge waren am Anfang schwierig, doch sobald sich der Schirm geöffnet hatte, waren sie wie jeder andere Sprung, insbesondere seit es Nachtsichtgläser gab. In den Genuss dieses Luxus war er früher nicht oft gekommen.

Die Gulfstream hatte es zügig über den Atlantik geschafft. Sie erreichten bei Neufundland Nordamerika, dort änderten sie den Kurs von Westen nach Süden, direkt auf New York zu. Über dem Sankt-Lorenz-Golf hatten die Piloten der kanadischen Luftverkehrskontrolle über Funk mitgeteilt, dass sie Probleme mit dem Luftdruck hätten und erbaten die Erlaubnis, für ein paar Minuten unter 3000 Meter zu gehen, um das Problem zu beheben. Die Bodenstation war zunächst störrisch, willigte dann aber ein, höchstwahrscheinlich weil man fürchtete, ein Verbot könnte eine Katastrophe verursachen.

Er setzte sich den Helm auf den Kopf.

Seine Waffe war sicher in einem Rucksack unter dem schwarzen Overall verstaut, der zusammen mit dem Fallschirm für ihn bereitgelegt worden war. Außerdem verwahrte er dort auch sein letztes Geld. Es war nicht viel, circa 5000 US-Dollar, was aber eigentlich ausreichen sollte. Die russischen Rubel ließ er an Bord, weil sie von nun an für ihn nutzlos waren. Mit Google Maps hatte er für den Absprung einen passenden Ort am Nordufer ermittelt. Die Prince-Edward-Insel war riesig, 220 Kilometer von Osten nach Westen und in Nord-Süd-Richtung an ihrer breitesten Stelle 64 Kilometer. Er kannte den Ort. Es war ein niedriger Buckel aus rotem Sandstein und fruchtbarer Erde und wurde von etwa 140 000 Menschen bewohnt, von denen viele von den ursprünglichen französischen und britischen Kolonisten des 18. Jahrhunderts abstammten. Er hatte die Hauptstadt Charlottetown besucht, als er noch für den KGB arbeitete.

»Wir nähern uns der Küste«, teilte ihm der Pilot über die Gegensprechanlage mit.

Heute Nacht schien nur ein Viertelmond. Der Kabinendruck war bereits heruntergefahren und die Lichter gelöscht worden. Es war geplant, leicht vom Kurs abzuweichen, der normalerweise direkt über Neuschottland geführt hätte, und fünfzig Kilometer weiter westlich die Prince-Edward-Insel zu überfliegen. Sobald er von Bord war, sollten die Piloten die Abweichung korrigieren, das Problem mit dem Innendruck dafür verantwortlich machen und hoffen, dass niemand an ihrer Aussage zweifelte.

»Sie haben weniger als eine Minute«, sagte der Pilot.

Er packte den Türgriff und hebelte ihn auf. Einen Augenblick lang tat sich nichts, doch dann drehte sich die schwere Luke in den Angeln um neunzig Grad nach innen. Eiskalte Luft strömte herein, doch er trug drei Schichten von Kleidung, einschließlich einer Jacke unter dem Overall, dazu Handschuhe, eine Sturmhaube und ein Helm mit einem Sichtgerät. Einer der Piloten erschien in der Kabinentür zum Passagierbereich, hob beide Hände und zeigte zehn Finger. Aus Gewohnheit überprüfte Zorin die Schnallen des Fallschirms an allen Kontrollpunkten noch einmal.

Alles schien in Ordnung zu sein.
Fünf Finger.
Drei.
Zwei.
Eins.
Er verschränkte die Arme vor der Brust.
Und sprang.
Eiskalte Luft peitschte auf ihn ein, doch seine Kleidung erfüllte ihren Zweck. Er kannte alle wichtigen Daten. Nach drei Sekunden in der Außenluft bewegt er sich mit einer Geschwindigkeit von achtzig Stundenkilometern. Sechs Sekunden später erreichte seine Geschwindigkeit 200 Stundenkilometer. Der Sprung sollte insgesamt höchstens drei Minuten dauern. In der Luft ging immer alles ganz schnell, es war ungefähr so, als würde man kopfüber in einen Windkanal stürzen. Seine Stirn spannte sich, seine Wangen unter der Sturmhaube fühlten sich an, als würden sie ihm vom Gesicht gerissen.

Es kam ihm sehr lange her vor, seit er das letzte Mal solchen Sinneseindrücken ausgesetzt gewesen war.

Es gefiel ihm.

Durch die Nachtsichtgläser konnte er sehen, dass er sich noch über dem Sankt-Lorenz-Golf befand, aber sein Schwung brachte ihn schnell in Richtung Küste. Er hatte keinen Höhenmesser dabei, doch er hatte es noch auf die alte Art gelernt. Man musste wissen, aus welcher Höhe man sprang, und dann herunterzählen. Es ging darum, den Fallschirm bei 1500 Metern zu öffnen, dann in einen sanften Gleitflug überzugehen und eine halbwegs sichere Landung hinzulegen.

Er streckte Arme und Beine aus, um sich nicht mehr zu drehen, und lenkte mit seinem Bauch. Es gab so vieles, was schiefgehen konnte. Verhedderte Seile, Aufwinde, Risse im Schirm – das meiste konnte man beheben, sofern man es noch in über 500 Metern Höhe schaffte. Danach war alles egal, weil keine Zeit mehr blieb, um etwas anderes zu tun, als zu sterben.

Der Sprung verlief großartig.

Vor sich sah er hinter einem schmalen Strand in der Ferne die Umrisse von Klippen und Felsen, dahinter zackige Baumwipfel, die sich an der Küste entlangzogen. Große Felsen, die aussahen wie die Zähne eines Tieres, ragten in einer zerklüfteten Linie über die Grate hinaus. Die musste er meiden. Die Lichtung, die er suchte, eine Wiese, befand sich rechts von ihm. Der Satellitenkarte zufolge, auf die er online zugegriffen hatte, war sie circa einen Hektar groß – mehr als genug, um dort zu landen.

Jetzt war der Moment gekommen.

1500 Meter.

Er zog an der Schnur, und der Schirm explodierte nach oben.

Es gab einen heftigen Ruck, und ein lautes Ploppgeräusch signalisierte, dass es ein Problem gab.

Geplant war, einen quadratischen, stabilen und lenkbaren Baldachin zu haben. Stattdessen hatte sich sein Schirm wie ein geplatzter Ballon in sich verdreht, die Schnüre schossen nach oben, verdrehten und verhedderten sich. Er drehte sich wie eine Marionette an ihren Fäden. Ein aufgespannter Schirm bedeutete einen langsameren, kontrollierten Abstieg, doch er fiel schneller und drehte sich dabei auch noch. Wegen der Zentrifugalkraft strömte Blut in seine Füße. Wenn er die Drehung nicht aufhielt, würde er das Bewusstsein verlieren. Er hatte einen Reserveschirm dabei, aber der konnte sich als nutzlos erweisen, weil sich seine Schnüre ebenfalls mit dem unbrauchbaren Hauptschirm verheddern konnten.

Er musste den Hauptschirm abwerfen!

Also streckte er sich nach dem Abwurfgriff, doch wegen der Fehlfunktion war dieser nach oben gerissen worden, und er kam nicht mehr heran.

Seine innere Uhr sagte ihm, dass er sich rasant der 500-Meter-Marke näherte.

In nur wenigen Sekunden würde er auf dem Boden aufschlagen.

Zum Glück hatte man ihm beigebracht, gegen die Panik anzugehen und klar zu denken, und so kam er zu dem Schluss, dass es nur eine Möglichkeit gab.

Ganz egal, wie groß das Risiko war.

Er löste den Reserveschirm aus.

Das Paket schoss nach oben und öffnete sich ganz, die verhedderten Hauptschnüre störten kaum. Seine Fallgeschwindigkeit verringerte sich, wie auch die Drehung, sodass er jetzt die Schnüre bearbeiten konnte. Zwei Baldachine, von denen nur einer aufgebläht war, schwenkten sich gegenüberliegend über ihm und flogen ihn steil abwärts zu Boden.

Viel zu schnell.

Er zog an den Schnüren des Reserveschirms und steuerte seinen Fall, versuchte, in Richtung der Wiese zu gelangen. In Google Maps hatte er gesehen, dass sich der Nationalpark auf eine Länge von vierzig Kilometern an der Nordküste erstreckte. Weit und breit war kein Licht zu sehen, nichts als bewaldete Wildnis ringsumher, was wie eine gute Sache gewirkt hatte. Aber falls er sich jetzt verletzte, konnte es Tage oder Wochen dauern, bis man ihn fand.

Noch 300 Meter.

Er überquerte den Strand, war dann über dem Festland und näherte sich der Wiese.

200 Meter.

Er kämpfte gegen den Groundrush, jenes beängstigende Gefühl, sich der Erde unkontrolliert zu nähern.

Fünfzig Meter.

Er war dicht über den Bäumen. Es waren alte Baumbestände, die Stämme waren alle dick und hoch. Er beschloss, am besten mit dem ganzen Körper zu landen, statt sich mit den Füßen abzufangen, weil er sich so schnell bewegte, dass er sich dabei ein Knie ausrenken konnte. Er riss an den Fallschirmseilen und versuchte den Auftrieb zu vergrößern. Unter ihm erschien die Wiese.

Flach, offen, einladend.

Aber auch ganz schön herausfordernd, weil es kalte, harte Erde war.

Er beschloss, sich die Bäume zunutze zu machen, riss an den Fallschirmseilen und veränderte seine Flugbahn so, dass er die Gipfel der Bäume am Wiesenrand streifte. Seine Füße berührten die Äste, und das hatte den erwünschten Effekt, weil sich sein Tempo verlangsamte. Er ging tiefer, verlor ständig an Höhe, sodass seine Stiefel gegen Äste schlugen, was seine Möglichkeiten, das Ganze zu kontrollieren, einschränkte. Doch sobald er an den letzten Bäumen vorbei war und zu der Wiese kam, bewegte er sich zumindest so langsam, dass er sich die verbleibenden Meter einfach fallen lassen und den Aufprall problemlos mit den Beinen abfedern konnte.

So stürzte er zu Boden; hinter ihm flatterten die Fallschirme herunter.

Er starrte in den Himmel.

Von der Gulfstream war schon lange nichts mehr zu sehen.

Garantiert hatte der Bastard von der Charterfirma den Hauptschirm sabotiert. Unfälle beim Springen waren selten. Die Charterfirma fürchtete vermutlich, was er am Boden vorhatte, und wollte verhindern, damit in Verbindung gebracht zu werden. Sie nahmen sein Geld, flogen ihn um die halbe Welt und sorgten dann dafür, dass er nicht überlebte. Das hätte niemand mitbekommen. Nur eine Leiche auf dem Boden oder, besser noch, im Wasser. Wie sie dorthin gelangt war, wäre ein Rätsel geblieben. Wenigstens hatten sie ihm erlaubt, am richtigen Punkt abzuspringen. Wahrscheinlich waren sie davon ausgegangen, dass das keine Rolle mehr spielte, denn er war ja auf jeden Fall tot. Zu jedem anderen Zeitpunkt wäre er zurückgekehrt und hätte sie womöglich alle massakriert, aber das ging halt jetzt nicht.

Er hatte einen Auftrag!

38

Annapolis
22 Uhr

Stephanie saß schon seit Stunden im Wartezimmer. Ein Rettungswagen hatte Peter Hedlund mit Höchstgeschwindigkeit von seinem Haus zum nächsten Krankenhaus gebracht. Weil sie gelogen hatte und behauptete, sie sei vom Justizministerium, hatte man ihr erlaubt, im Krankenwagen mitzufahren. Die örtliche Polizei war gerade eingetroffen, als sie losfuhren, und ihnen zur Notaufnahme gefolgt. Sie hatte den Officers die Sache mit Anya Petrowa und Luke Daniels erklärt, und die Beamten hatten ihr von einer Verfolgungsjagd auf einem Highway in der Nähe berichtet. Dann hatte man ihr vor zwei Stunden mitgeteilt, dass Petrowa tot war. Als die Ortspolizisten mehr und mehr Fragen zu stellen begannen, verwies sie sie ans Weiße Haus und ans Büro des Stabschefs. Die Leute dort, sagte sie, würden alle Fragen bereitwillig beantworten.

Die Ereignisse des Tages bedrückten sie.

Erst Cotton in Schwierigkeiten. Dann musste sie wieder mit Cassiopeia reden. Die Russen. Die Sowjets. Litchfield. Man hatte sie gefeuert. Auf Hedlund war geschossen worden. Und jetzt war Petrowa tot.

Auf der positiven Seite stand, dass sie sich beim Weißen Haus erkundigt hatte. Edwin hatte ihr berichtet, Cotton sei zusammen mit Cassiopeia auf den Spuren Aleksandr Zorins nach Kanada unterwegs. Gott sei Dank ging es ihm gut. Sie konnte sich immer darauf verlassen, dass Cotton zur Stelle war, wenn sie ihn brauchte. Und auch Cassiopeia, die jetzt wieder bei ihnen an Bord zu sein schien. Edwin hatte ihr alles weitergegeben, was Cotton gemeldet hatte. Seine Ausführungen klärten einige offene Fragen. Allmählich entstand ein Bild – es war zwar noch unvollständig, aber man konnte schon etwas erkennen.

Sie hörte Trampeln von Stiefeln auf Fliesen, blickte auf und sah, dass Luke den Flur herunterkam. Er sah ziemlich erledigt aus.

»Tut mir leid«, begrüßte er sie.

Sie waren allein im Wartezimmer.

»Die Officers waren ein wenig übereifrig«, sagte er. »Aber ich habe wenigstens das hier.«

Er zeigte ihr ein Handy.

»Sieht aus wie ein Prepaidhandy, das sie auf die Schnelle gekauft hat«, sagte er. »Es war ausgeschaltet.«

Sie erzählte ihm, was sie über Cotton, Zorin und die Atomwaffen erfahren hatte.

»Sieht aus, als wären alle Beteiligten auf dem Weg zu uns«, erwiderte er.

So war es auch.

»Wie geht es Hedlund?«

Sie berichtete ihm, dass eine Kugel zwischen seine Rippen gedrungen war und die andere seine rechte Schulter gestreift hatte. Bei allem hatte er noch Glück gehabt, denn die Brustverletzung hätte auch tödlich enden können. Man hatte ihn gleich in den OP gebracht, und vor ein paar Stunden war seine Frau aufgetaucht. Sie war jetzt bei ihrem Mann im Aufwachraum.

»Das war wirklich eine Überraschung, dass Hedlund früher beim FBI war«, sagte Luke. »Die Waffe hat er sich geholt, als er oben in seinem Schlafzimmer war.« Er schüttelte den Kopf. »Wollte wohl den einsamen Cowboy spielen und versuchen, alles einzurenken.«

»Ein Wunder, dass er nicht tot ist.«

»Außerdem lügt er.«

Nun wurde sie hellhörig.

Luke zog ein weiteres Handy aus der Tasche. »Das gehört Hedlund. Ich habe es ihm abgenommen, bevor er in die Bibliothek gegangen ist. Er hatte kurz zuvor oben damit telefoniert.«

Sie ließ sich erzählen, was geschehen war: »*Hier gibt es nichts zu finden.*« Und dann stellte sie die naheliegende Frage: »Wen hat er angerufen?«

»Ich habe die Nummer aus dem Telefonspeicher ausgelesen. Es ist eine 703er-Vorwahl.«

Virginia. In der Nähe von Washington.

»Nach seiner Kontaktliste ist es die Nummer eines gewissen Larry Begyn.«

»Ich gehe davon aus, Sie haben überprüft, wer das ist?«, fragte sie.

»Lawrence Paul Begyn ist der aktuelle Vorsitzende der Cincinnati-Society.«

»Was die beiden wohl verbergen?«, fragte sie nachdenklich.

»Nun ja, es genügte jedenfalls, dass der Ex-FBI-Mann Hedlund seine Waffe herausholt und kämpft.«

Sie sah Luke an und nickte.

»Wir wissen jetzt, dass es in Hedlunds Haus nichts zu finden gibt«, sagte er. »Aber irgendwo gibt es offensichtlich etwas zu finden. Das Tallmadge-Journal. Petrowa wusste genau, wonach sie fragen musste.«

»Wird Zeit, dass wir die Artillerie in Stellung bringen.«

Luke kapierte offensichtlich, was sie damit meinte.

»Ich gehe davon aus, dass Onkel Danny über das, was bisher passiert ist, schon Bescheid weiß.«

Sie nickte. »Wir fahren nach Washington zurück, aber vorher müssen wir noch eine Sache erledigen.«

Auch diesmal war er anscheinend im Bilde.

»Gehen Sie voran. Ich bin wirklich gespannt, was er zu sagen hat.«

Als sie zu Peter Hedlund kamen, saß er aufrecht im Bett, und seine Frau, die ihnen als Leah vorgestellt wurde, war bei ihm.

»Was Sie getan haben«, sagte ihm Stephanie, »war sehr dumm. Das wissen Sie, oder?«

»Ich habe schon schlimmere Situationen überstanden.«

»Mit mir als Puffer dazwischen?«

»Sie können auf sich selbst aufpassen.«

Sie gab ihm das Handy zurück. »Sagen Sie mir, was Larry Begyn weiß. Und ich habe keine Zeit für weitere Lügen.«

Hedlunds Blick verriet, dass er begriff, was sie meinte, und es sah aus, als wäre er kooperationsbereit.

»Hat das nicht Zeit?«, fragte seine Frau. »Auf ihn ist geschossen worden.«

»Ich wünschte, es wäre so, doch das geht nicht. Außerdem wären wir nicht hier, wenn Ihr Mann von Anfang an ehrlich zu mir gewesen wäre. Aber er ist ja auch schließlich der Hüter der Geheimnisse.« Sie war nicht in Stimmung, um noch lange herumzureden. »Die Frau, die auf Sie geschossen hat, ist tot. Aber sie wusste von dem Tallmadge-Journal. Sie müssen mir sagen, worum es sich dabei handelt.«

»Wie ist sie gestorben?«

»Sie hat sich idiotisch verhalten«, sagte Luke.

Hedlund verstand den Wink mit dem Zaunpfahl und hob beschwichtigend eine Hand. »In Ordnung. Sie haben sich klar genug ausgedrückt. Ich werde es Ihnen sagen.«

Zorin packte die Fallschirme zusammen, dann stieg er aus seinem Overall. Darunter trug er eine Jacke, eine schwarze Hose und einen schwarzen Rollkragenpullover. Er musste das Bündel verstecken, damit es nicht zu rasch gefunden wurde. Das Beste war wohl, es irgendwo zwischen den Bäumen zu lassen. Also ging er in den Wald und fand unter einem umgestürzten Baumstamm einen geeigneten Platz. Er ließ auch den Helm und die Nachtsichtbrille zurück, weil er beides von nun an nicht mehr benötigte. Alles, was er brauchte, hatte er in seinen Taschen oder im Rucksack. Falls er sonst noch etwas brauchte, konnte er es sich unterwegs beschaffen. Ganz oben auf der Liste stand ein Fahrzeug. Bei seinem Absprung hatte er in der Nähe ein paar Hütten entdeckt. Dort war alles dunkel, was bedeuten konnte, dass sie leerstanden. Aber er beschloss, trotzdem nachzusehen, und machte sich auf den Weg.

Sich in der Nacht vorwärtszubewegen stellte ihn vor eine Reihe neuer Herausforderungen. Man hatte ihm beigebracht, den Boden mit den Zehen zu berühren, bevor er die Ferse aufsetzte, und dabei nicht auf etwas zu treten. Bei alldem sollte er kurze Schritte machen und dabei eine Hand vorstrecken. Er zückte seine Waffe nicht, aber wenn es nötig war, würde er die Waffe mit dem Finger am Abzug dicht an seiner Brust halten. Es kam darauf an, geistesgegenwärtig und wachsam zu bleiben. Der Kopf drehte sich dabei wie eine Maschine: geschmeidig, gleichmäßig, gründlich – auf alles gefasst.

Er erreichte die Straße, die parallel zur Küste verlief, und folgte ihr einige Kilometer weit ostwärts, bis er zu der Ansammlung von Hütten auf einer Lichtung zwischen den Bäumen gelangte. Der Geruch von salziger Seeluft stach ihm in die Nase. Am meisten fürchtete er, dass vielleicht Hunde in der Nachbarschaft anschlagen könnten, aber es blieb still. Er hörte nur ab und zu leise die Wellen, die in der Ferne an einen unsichtbaren Strand schlugen. Nach sibirischen Standards hatte die Kälte hier fast etwas Frühlingshaftes.

Zorin zählte acht Hütten, alle rechteckig mit Holzwänden und einem Spitzdach. Alle waren dunkel. Neben dreien parkten Fahrzeuge, und ihm fiel besonders eines auf, ein älterer Pick-up-Truck. Er war nun schon zwanzig Jahre so gut wie aus dem Geschäft. Autos hatten sich seit den Zeiten, als er eines in weniger als einer Minute kurzschließen konnte, stark verändert. Elektronische Zündung, Computer, Sicherheitschips – damals hatte es das alles noch nicht gegeben. Aber dieser alte Pick-up war vielleicht genau das, wonach er suchte.

Geduckt lief er zu dem Fahrzeug und sah, dass die Fahrertür unverschlossen war. Er öffnete sie vorsichtig, griff unter die Lenkradsäule und legte den Schlüsselzylinder frei. In der Dunkelheit konnte er kaum etwas sehen, aber das brauchte er auch nicht. Die Berührung reichte völlig, und er entdeckte die typischen drei Kabel. Er riss sie heraus und trennte sie. Jedes Kabel stand für eine andere Schlüsselposition. Ein Kabel war nur für das Licht, das andere fürs Radio, und eines löste schließlich die Zündung aus. Doch welches bewirkte was? Es ging nur mit Versuch und Irrtum. Er holte das Taschenmesser heraus, das er gekauft hatte, und legte die Enden aller sechs Kabel frei.

Das erste Paar, das er zusammenführte, schaltete kurz die Scheinwerfer an, die er gleich wieder löschte, indem er die Verbindung unterbrach. Das nächste Paar funkte bei der Berührung, dann sprang der Anlasser an, der den Motor zum Leben erweckte. Er wusste, dass er einen Schlag riskierte, wenn er die freiliegenden Drähte festhielt, was ziemlich unangenehm werden konnte, deshalb trennte er die Kabel vorsichtig und zog sie so weit wie möglich auseinander. Keine Zeit, sie jetzt zu isolieren! Er musste einfach vorsichtig sein.

So weit, so gut.

Er stieg in den Truck und fuhr los.

Ein kurzer Blick auf seine Uhr zeigte die zusammengeschmolzene Zeit des Countdowns.

Ihm blieben noch 38 Stunden.

39

Der amerikanische Unabhängigkeitskrieg endete offiziell im Jahr 1783, aber die Feindschaft mit England setzte sich noch über viele Jahrzehnte fort. Die Briten unterstützten heimlich Kampfhandlungen der Ureinwohner entlang der Grenzen Amerikas und versuchten, eine weitere Ausdehnung der Siedler in den Westen zu verhindern; sie untersagten auch Exporte zu ihren Kolonien in der Karibik. Als der Krieg zwischen England und Frankreich ausbrach, erklärten die Vereinigten Staaten ihre Neutralität, obwohl Frankreich wegen seiner Unterstützung der Amerikaner im Unabhängigkeitskrieg einen besonderen Platz in ihren Herzen innehatte. Als die Briten schließlich die französischen Häfen blockierten, kam durch das Embargogesetz von 1807 schließlich der Handel mit England zum Erliegen. Im Gegenzug begann die Royal Navy, amerikanische Schiffe zu kapern, und zwang die Besatzungen zum Kriegsdienst.

Das war der Moment, als Kanada von Neuem wichtig wurde.

Während des Unabhängigkeitskriegs war die amerikanische Armee in Kanada einmarschiert. Der Plan sah vor, die französischsprachigen Kanadier davon zu überzeugen, sich dem Kampf gegen die Briten anzuschließen. Aber die Amerikaner wurden 1775 in der Schlacht von Quebec vernichtend geschlagen. Als bei den Pariser Friedensverhandlungen von 1783 die Verhandlungsführer versuchten, sich die Provinz Quebec als Wiedergutmachung einzuverleiben, scheiterten sie. Das amerikanische Interesse an Kanada war so stark, dass in der 1781 verabschiedeten Konföderationsverfassung festgelegt wurde, das von den Briten besetzte Kanada könne auf Wunsch jederzeit Mitglied der neuen Union werden, ohne dass die anderen Staaten darüber abstimmten.

Die Spannungen erreichten im Jahre 1812 schließlich ihren Höhepunkt, als die Vereinigten Staaten England den Krieg erklärten. Präsident James Madison und seine Kriegsfalken im Kongress fanden es an der Zeit, die erst kürzlich errungene Unabhängigkeit des Landes zu verteidigen. Aber die Entscheidung, in den Krieg zu ziehen, wurde nur mit einer knappen Mehrheit gefällt. Kritiker verdammten »Mister Madisons Krieg« als ein verwegenes Abenteuer, hinter dem weniger der Patriotismus als Expansionismus stand.

Und die Offensive begann mit der Invasion Kanadas.

Madisons demokratisch-republikanische Partei fand große Unterstützung im ländlichen Süden und in den Gebieten, die sich vom Mississippi-Delta bis zu den großen Seen erstreckten. Die Bewohner des Grenzlandes brannten darauf, Kanada zu besetzen, weil sie die Briten verdächtigten, dort die Stämme der Ureinwohner zu bewaffnen. Damals dachte man, eine Invasion sei problemlos möglich und ging davon aus, von den einfachen Kanadiern als Befreier begrüßt zu werden. Thomas Jefferson prophezeite, dass der ganze Feldzug »nur ein Spaziergang« sein würde.

Wie sich erwies, war dies keineswegs der Fall.

Die amerikanische Streitmacht war unzureichend ausgerüstet und mit weniger als 7000 Mann viel zu klein. Die meisten Soldaten waren schlecht ausgebildet und undiszipliniert. Sie wurden von einem alternden General namens William Hull angeführt, den seine eigenen Untergebenen für schwachsinnig hielten. Nach einem fehlgeschlagenen Versuch, über den Detroit-Fluss nach Kanada zu gelangen, ließ sich Hull übertölpeln. Man machte ihm weis, ein riesiges Indianerheer zöge ihm entgegen. Deshalb kapitulierte er mit seiner Truppe von 2500 Soldaten vor einer viel kleineren britischen Streitmacht. Nach nur wenigen Kriegsmonaten fiel die gesamte Region Michigan in Feindeshand.

Und so scheiterte die Invasion des Nordens zum zweiten Mal.

Nach 1815 gab Amerika die Hoffnung auf, Kanada zu einem Teil der Vereinigten Staaten machen zu können. Von nun an herrschte Frieden zwischen den beiden Nachbarn. Im 20. Jahrhundert teilten Kanada und die Vereinigten Staaten die längste nicht militarisierte Grenze der Welt mit einer Länge von 5522 Meilen. Kein Land hatte Schwierigkeiten mit dem Nachbarn.

Außer während des Zweiten Weltkriegs.

Während der Schlacht um Britannien gegen Ende des Jahres 1940 wuchs die Gefahr einer Besetzung Englands durch Hitler immer mehr. Die Vereinigten Staaten hatten ihre Neutralität erklärt, weil sich sowohl das amerikanische Volk als auch der Kongress aus dem Krieg heraushalten wollten. Nur Roosevelt war anderer Auffassung. Für ihn war das Eingreifen Amerikas in den Kampf unvermeidlich. Zeitgenössische Geheimdienstberichte deuteten auf Hitlers Plan hin, den abgedankten Edward VIII. wieder auf den britischen Thron zu hieven und ihn als Nazimarionette regieren zu lassen. Edwards Sympathien gegenüber Deutschland waren kein Geheimnis. Außerdem wollte Hitler die Kontrolle über das britische Commonwealth – Australien, Neuseeland, Südafrika, Indien, Kanada und eine Auswahl weiterer Kolonien auf der ganzen Welt. Obwohl Kanada, Australien, Neuseeland, Südafrika und Holland seit einem Regierungsbeschluss von 1931 nicht mehr der britischen Kontrolle unterstanden, existierten weiterhin zahlreiche Verbindungen mit London.

Für die Vereinigten Staaten wurde es sehr wichtig, Kanada zu sichern, damit das Land keine Aufmarschbasis für einen *deutschen Angriff werden konnte. Man legte Strände fest, die für Landungen mit Amphibienfahrzeugen genutzt werden konnten. Man entwickelte eine Strategie für einen vorsorglichen Einmarsch. In einem vierundneunzig Seiten starken Dokument wurden Pläne umrissen, den Zustrom ausländischer Rüstungsgüter durch eine Einnahme des Hafens von Halifax zu verhindern, dann sollte das Kraftwerk an den Niagarafällen besetzt werden, während die Marine sämtliche kanadischen Atlantik- und Pazifikhäfen blockierte. Die Marine sollte auch die Kontrolle über die großen Seen übernehmen. Die Armee sollte an drei Stellen einmarschieren – sie sollte von North Dakota aus nach Winnipeg marschieren, und von Vermont aus, um Montreal und Quebec einzunehmen. Von dort sollte sie weiter in den oberen mittleren Westen vorrücken, um die ertragreichen Minen Ontarios zu besetzen. Ein Militärkonvoi sollte sich nach Vancouver in Bewegung setzen, und zeitgleich sollten alle britischen Kolonien in der Karibik besetzt werden. Das Ziel war, Kanada zu erobern und die Provinzen darauf vorzubereiten, nach einem Friedensschluss angeschlossen und Bundesstaaten zu werden.*

Stephanie hörte Peter Hedlund aufmerksam zu.

»Die Society entwickelte im Jahre 1812 diese Invasionspläne«, fuhr dieser fort. »James Madison hatte uns mit der Aufgabe betraut. Er wollte, dass es unter strenger Geheimhaltung geschah. Zu jener Zeit waren die meisten unserer Mitglieder Veteranen des Unabhängigkeitskrieges. Einige von ihnen hatten sogar im Kanadafeldzug von 1775 gekämpft. Unser Plan war zwar praktikabel, aber die Armee und die Marine waren schlicht unfähig, ihn auszuführen. Wir waren einfach noch nicht die Militärmacht, für die wir uns selbst hielten.«

»Das alles ist schon verdammt lange her«, sagte Luke. »Aber was ist mit der Invasion Kanadas in den 1940er-Jahren?«

»Auch diesen Plan hatten wir vorbereitet, im Kriegsministerium, im Geheimen. Roosevelt war über die Society informiert. Einige seiner engsten Berater waren sogar Mitglieder. Es gefiel ihm, dass wir die Erinnerung an den Unabhängigkeitskrieg durch unsere Nachfahren lebendig hielten. Er hatte auch von unserer Arbeit während des Krieges von 1812 erfahren. Wie Madison wollte auch Roosevelt bereit sein, und er wollte nicht das Kriegsministerium damit befassen, Pläne zur Invasion eines Verbündeten zu erstellen. Deshalb kam er zu uns, und wir arbeiteten fernab der Bühne des Weltgeschehens eine brauchbare Strategie aus.«

Stephanie wurde ungeduldig. »Was ist das Tallmadge-Journal?«

Hedlund verlagerte sein Gewicht im Bett. Seine Frau stand auf der gegenüberliegenden Seite von Stephanie und Luke, sie machte sich keine Mühe, ihre Sorge zu verbergen. Stephanie fragte sich, wie viel sie wohl von alldem bereits wusste. Immerhin hatte Hedlund sie nicht aufgefordert, den Raum zu verlassen.

Als Hedlund Petrowa vorhin etwas über Benjamin Tallmadge erzählte, hatte sie den Namen sofort erkannt. Er hatte in der amerikanischen Unabhängigkeitsarmee gedient und war der Leiter des sogenannten Kulper-Rings gewesen, eines Agentenrings, der erfolgreich innerhalb des von den Briten besetzten New York operierte. Er wurde schließlich George Washingtons Geheimdienstchef und somit der erste amerikanische Agentenführer. Nach dem Krieg diente er im Kongress, und jetzt wusste Stephanie, dass er auch zu den Gründungsmitgliedern der Society von Cincinnati gehört hatte.

»Tallmadge leitete 1812 unsere Ausarbeitung der Invasionspläne für Kanada im Auftrag Madisons«, sagte Hedlund. »Er dokumentierte seine Arbeit in einem Journal. Es ist eines von den wenigen wirklich vertraulichen Dokumenten, die die Gesellschaft je besessen hat und wurde unter den Hütern der Geheimnisse weitergereicht. Es ist eigentlich nichts Bösartiges oder Geheimnisumwittertes. Wir hielten es nur für das Beste, dass es nie an die Augen der Öffentlichkeit gelangt.«

Sie konnte gut nachvollziehen, weshalb. »Das Image einer wohltätigen sozialen Gesellschaft von Offizieren des Militärs wäre zerstört worden, wenn die Öffentlichkeit erfahren hätte, dass sie Pläne für den Krieg geschmiedet hatte.«

Hedlund nickte. »Ganz genau. Zu jener Zeit hielten es alle für das Beste, es für uns zu behalten.«

»Das könnte eines Tages eine tolle Sendung im History Channel werden«, sagte Luke. »Aber am Telefon, in Ihrem Schlafzimmer, bevor Sie den Helden gespielt haben, haben Sie einem Kerl namens Begyn erzählt, dass es ›schon wieder losgeht‹. Was haben Sie damit gemeint?«

Hedlund grinste. »Sie sind ein guter Agent. Immer am Ball. Und sehr aufmerksam.«

»Ich habe vor, bis zum Sommer Oberpfadfinder zu werden. Ich brauche nur noch ein Paar Pünktchen, dann habe ich es geschafft.«

Normalerweise hätte Stephanie seinen Sarkasmus nicht toleriert, aber sie konnte verstehen, wie Luke sich fühlte. Petrowa war tot, und dieser Mann mit seinen Ausflüchten war zurzeit ihre einzige heiße Spur.

»Wir hatten ein Problem mit Brad Charon«, erklärte Hedlund. »Brad war wirklich ein toller Kerl. Ich mochte ihn, aber er hatte den Hang, zu viel zu reden.«

»Das empfiehlt sich nicht gerade für einen Hüter der Geheimnisse«, sagte sie.

»Allerdings nicht. Vor etwa vierzig Jahren gab es einen Zwischenfall. Wir erfuhren, dass Brad einem Nichtmitglied unsere Geheimarchive geöffnet hatte. Sie können mir glauben, wenn ich Ihnen sage, dass ich keine Details kenne. Ich weiß nur, dass es geschehen ist – und dass Brad von seiner Position abgelöst wurde. Wäre dies das Ende der Geschichte gewesen, wäre alles in Ordnung. Aber es gab einen weiteren Geheimnisverrat. Einer, von dem wir hofften, dass er längst vergessen wäre. Leider scheint das nicht so zu sein.«

»Und Begyn?«, fragte Luke Hedlund noch einmal.

»Er weiß über alles Bescheid.«

Das reichte ihm noch nicht. »Was genau sollen wir ihn fragen?«

»Ganz einfach. Fragen Sie ihn, was die Gründerväter nach dem Unabhängigkeitskrieg für Kanada vorgesehen hatten. Welchen Codenamen wir im Krieg von 1812 dem kanadischen Invasionsplan gegeben hatten. Und wie Roosevelt im Zweiten Weltkrieg seinen Invasionsplan nannte. Alle drei hatten denselben Namen.«

Sie warteten.

»Plan Zero.«

40

Prince-Edward-Insel

Zorin lag bestens im Zeitplan.

Mit Smartphones und GPS-Navigation war er vertraut, sogar mit den Apps auf den Handys, die einem die genaue Richtung zeigen konnten, doch er zog immer noch die altmodischen Methoden vor. Heißt, er stoppte an einem Motel an der Küste und besorgte sich eine Landkarte der Insel, auf der er den Weg nach Charlottetown finden konnte. Die Straßen waren völlig dunkel und kaum befahren, die Fahrt nach Südosten dauerte weniger als eine Stunde. Er fuhr vorsichtig, hielt sich an die Geschwindigkeitsbegrenzungen und stoppte an jeder Ampel. Dass ihm ein übereifriger Polizist in die Quere kam, konnte er jetzt überhaupt nicht brauchen.

Er besaß Jamie Kellys Adresse und fand die Straße auf seiner Karte. Zum Glück kannte er die Insel bereits. Ihre östliche Hälfte war landwirtschaftlich stark genutzt und am dichtesten besiedelt, an der Küste gab es zahllose Fischereihäfen. Die westliche Hälfte der Insel war ein wenig wilder, stärker bewaldet und dünner besiedelt. Der schmale Streifen in der Mitte, wo sich Charlottetown befand, verfügte über die beste Infrastruktur. Hier war das vereinte Kanada geboren worden; der Staatenbund entstand bei der berühmten Konferenz von 1864. Er hatte das Province-House mitten in Charlottetown besichtigt, wo sich das Ereignis zugetragen hatte.

Zuerst hatte er drei Jahre lang von Ottawa aus gearbeitet, dann von Quebec-City. Er war einer von dreizehn Offizieren gewesen, die der sowjetisch-kanadischen-Freundschaftsgesellschaft zugeteilt waren, die offiziell geschaffen worden war, um die Völkerverständigung und den kulturellen Austausch zu fördern. In Wahrheit hatte es sich dabei aber um eine KGB-Niederlassung gehandelt. Den Kanadiern ihre Staatsgeheimnisse zu entreißen hatte allerdings nie zu den Prioritäten der Sowjets gehört. Und wenn doch, wäre die Aufgabe angesichts der Unfähigkeit des kanadischen Geheimdienstes relativ leicht gewesen. Zu Zorins Zeit bestand der Canadian Security Intelligence Service noch keine zehn Jahre. Die Agency war ein Baby im Agentenzirkus und kein Gegner für den viel erfahreneren KGB. Außerdem wäre es ein Leichtes gewesen, die zahllosen kanadischen Patrioten anzuzapfen, die die Vereinigten Staaten verabscheuten. Ihm waren ein paar Erfolge geglückt. So erfuhr er einiges über die amerikanischen Aktivitäten in der Arktis, über die Methoden, die die Vereinigten Staaten und Kanada anwendeten, um sowjetische U-Boote der Taifunklasse zu verfolgen, und es gelang ihm, Karten des nördlichen Meeresgrundes in seinen Besitz zu bringen, die für die sowjetischen U-Boot-Besatzungen unverzichtbar waren. Er hatte gewissenhaft seinen Dienst versehen und lebte allein. Seine Frau und sein Sohn waren in der Sowjetunion geblieben. Im Gegensatz zu anderen Frauen, die ihre Ehepartner ins Ausland begleiteten, hatte seine nicht das Bedürfnis gehabt, im Westen zu leben.

Als er die historische Altstadt von Charlottetown erreicht hatte, fuhr er langsamer weiter. Die breiten Straßen waren von winterlich kahlen Bäumen gesäumt; wunderschöne Kirchen, viktorianische Architektur und schindelgedeckte Häuser spiegelten ihr britisches Erbe, aber ihm fiel auf, dass jetzt angesagte Cafés und moderne Läden das Stadtbild dominierten, anders als bei seinem letzten Besuch vor so langer Zeit. Er wurde nachdenklich, dachte über den Wandel der Zeiten nach, fühlte sich plötzlich alt.

Viele Restaurants waren noch geöffnet, dort herrschte am Freitagabend lebhafter Betrieb. Er bog von der Hauptstraße ab und fuhr am Great George vorbei, dem Hotel, in dem er in den 1980er-Jahren gewohnt hatte. Ihm fiel auf, dass ein anderer Boulevard den Namen University trug, was sicherlich etwas bedeutete. Aber er interessierte sich nicht für das College, sondern nur für jemanden, der dort in Teilzeit arbeitete, und Jamie Kelly lebte in Stratford, einer Nachbarstadt gleich auf der anderen Seite des Hillsborough-Flusses.

Er orientierte sich am Stadtplan und fuhr über eine lange Brücke und an einer dunklen Flussschleife vorbei, die sich wie ein Highway ausdehnte. Dann bog er in eine zweispurige Straße nach Süden ab und steuerte auf die Adresse zu. Er fuhr wie ein Roboter, sein Geist war benommen, sein Körper reagierte automatisch auf die Anforderungen. In der behüteten Gegend, in die er jetzt gelangte, sah er noch weitere stilvolle viktorianische Häuser auf großen baumbestandenen Grundstücken. Nur in wenigen Fenstern brannte Licht. Die Adresse, die er suchte, befand sich am Ende der Straße. Es war ein zweigeschossiges rechteckiges Ziegelhaus mit vorgewölbten Erkerfenstern oben und unten. Er packte seine Sachen zusammen und stellte fest, dass das Haus nach Osten ausgerichtet war und sich der Fluss vermutlich nur wenige hundert Meter weiter westlich hinter den Bäumen befand. Er parkte den Truck auf der Straße und bemerkte, dass in Kellys Haus in beiden Stockwerken Licht brannte. Weder ein Briefkasten noch ein Namensschild gab Hinweise auf die Identität des Bewohners. Da war nur eine Hausnummer. Er kletterte aus dem Truck und nahm seinen Rucksack an sich, weil er ihn nicht unbeaufsichtigt draußen lassen wollte. Ob er mit Schwierigkeiten zu rechnen hatte, wusste er nicht.

Aber er war bereit.

Malone prägte sich jedes Detail des Pick-up-Trucks ein, der vor Jamie Kellys Wohnhaus stoppte. Cassiopeia saß neben ihm in dem Wagen, der am örtlichen Flughafen auf sie gewartet hatte, als ihre beiden französischen Kampfjets landeten. Edwin Davis hatte Wort gehalten und sich am Boden um alles gekümmert. Ihr Flug hatte sich wegen einer ungünstigen Wetterlage über Grönland ein wenig verspätet, aber sie waren trotzdem vor Zorin eingetroffen, etwa eine gute halbe Stunde, bevor Zorins Flugzeug die Insel überquerte.

Die kanadische Luftverkehrskontrolle, die mit der Royal Canadian Mounted Police RCMP zusammenarbeitete, hatte den Jet genau beobachtet und eine Abweichung von seiner Flugroute festgestellt, die Neuschottland umging und die Nordküste der Prince-Edward-Insel überquerte. Ob Zorin abgesprungen war, ließ sich nicht mit Bestimmtheit sagen, aber Malone war von Anfang an davon ausgegangen, dass er sich für diesen Weg entscheiden würde. So wurde die Gefahr der Entdeckung minimiert, auch wenn ein nächtlicher Sprung aus einem schnell dahinfliegenden Flugzeug sämtliche Kunstfertigkeit eines bei den *Spetsnaz* trainierten Kämpfers und zusätzlich ein wenig Glück erforderte. Falls Zorin bei dem Sprung auf irgendeine Weise ums Leben kam, wäre die ganze Sache vorbei. Falls nicht, würde der ehemalige KGB-Agent direkt hierherkommen.

Und genau das war geschehen.

»Er ist es«, sagte er zu Cassiopeia und musterte Zorin durch die Nachtsichtgläser, die zusammen mit zwei Berettas und Ersatzmagazinen im Wagen bereitgelegen hatten.

Sie hatten in einer der Einfahrten geparkt, die sich an der Straße entlangzogen, und hofften, dass die Bewohner des abgedunkelten Hauses nicht da waren. So waren sie einfach nur einer von mehreren unauffälligen Wagen, die in den anderen Einfahrten standen und würden Zorins Misstrauen kaum wecken. Ein kleiner Spalt eines geöffneten Fensters ließ kühle Luft herein und verhinderte, dass die Scheiben beschlugen.

»Was jetzt?«, fragte sie.

Er rutschte im Sitz herunter und lehnte den Kopf gegen den Türrahmen.

»Wir warten.«

Zorin näherte sich der Haustür. Aus den seitlichen Fenstern, vor denen Vorhänge hingen, fiel helles Licht. Die Veranda wurde von einem Säulendach überdeckt, und aus den acht Fenstern drang bernsteinfarbenes Licht. Durch die geschlossene Tür hörte er Musik, offensichtlich eine Oper.

Er klopfte so laut, dass man ihn hören konnte.

Die Musik wurde leiser gedreht.

Er hörte Schuhsohlen über Dielen schlurfen und dann das Geräusch, mit dem ein Riegel zurückgeschoben wurde. Der Mann, der durch den rechteckigen Lichtstreifen zwischen der Tür und dem Türrahmen spähte, war Mitte sechzig und trug einen kurz geschnittenen grauen Kinnbart. Als er dieses Gesicht zum letzten Mal in der konspirativen Wohnung mit Andropow gesehen hatte, war das Haar noch schwarz gewesen. Jetzt war es dünn, grau und wich zurück. Auf den Wangen zeigte sich ein stoppeliger Zweitagebart, und er hatte immer noch den kleinen Spalt zwischen den Vorderzähnen, ganz so, wie Zorin ihn in Erinnerung hatte.

»Hallo, Genosse«, sagte er.

Der Russe, der den westlichen Decknamen Jamie Kelly angenommen hatte, musterte ihn mit einem prüfenden Blick.

Dann lächelte Kelly frostig.

Damit wollte er wohl ausdrücken, dass er ihn erkannt hatte.

»Aleksandr Zorin. Ich habe lange auf Ihr Kommen gewartet.«

Cassiopeia beobachtete, wie Zorin das Haus betrat und die Tür hinter ihm geschlossen wurde. Sie war froh, wieder mit Cotton zusammen zu sein. Hier gehörte sie hin. Aber sie hatten bisher noch keine Gelegenheit zu einer Aussprache gehabt, nur das kurze Gespräch in Frankreich. Alles geschah so schnell und sie waren – abgesehen von der letzten halben Stunde hier im Wagen – nie allein gewesen. Deshalb hatte sie gar nicht erst versucht, ihm mit Ausflüchten zu kommen oder an sein Mitgefühl und seine Nachsicht zu appellieren, sondern hatte nur noch einmal zugegeben, dass sie sich geirrt hatte und sich auf eine Abfuhr gefasst gemacht, zu der er allen Grund gehabt hätte.

Nur hatte er sie nicht abgewiesen.

Stattdessen hatte er ihr Eingeständnis akzeptiert und eigene Fehler eingeräumt.

»Sieht so aus, als wäre der Verein jetzt vollständig«, sagte Cotton.

Weil Cotton im Weißen Haus angerufen hatte, wussten sie genau, mit wem sie es zu tun hatten. Es ist wie eine Jagd, dachte sie. So wie ihr Vater früher immer gern gejagt hatte. Er hatte sie ein paarmal mitgenommen, sodass sie zusehen konnte, wie er dem Hirsch viel Spielraum ließ, ihm aus sicherer Entfernung folgte, gerade so nah, dass er immer genau wusste, was das Tier tun könnte, und auf den richtigen Moment wartete, um einen Schuss abzugeben. Und obwohl die Jagd auf Wild nicht ihr Ding war, hatte sie die Zeit mit ihrem Vater sehr genossen. Sie und Cotton waren diesem Hirsch den ganzen Weg von Sibirien gefolgt und hatten sogar einen anderen Jäger daran gehindert, ihn zu töten.

»Ich vermute«, sagte sie, »dass wir hier nicht einfach nur herumsitzen werden.«

Er grinste sie an. »Immer noch so ungeduldig.«

»Wollen wir ein bisschen rummachen?«

»Keine schlechte Idee. Aber so verführerisch die Aussicht auch ist, wir haben einen Job zu erledigen.« Er griff sich einen Seesack vom Rücksitz, der dort schon gelegen hatte, als sie in den Wagen eingestiegen waren.

»Ich wusste nicht, was uns erwartet, aber ich wollte vorbereitet sein.«

Er öffnete den Reißverschluss und kramte in dem Sack herum, schließlich zog er ein kleines elektrisches Gerät mit einem Kabel heraus. »Wir müssen dieses Mikrofon an einem der Fenster befestigen, dann können wir mithören. Es ist technisch nicht gerade der letzte Schrei, aber für unsere Zwecke sollte es reichen.«

»Ich vermute, einer von uns beiden wird es befestigen?«

»Das wäre doch die perfekte Aufgabe für dich.«

»Und du?«

»Ich behalte dich von hinten im Auge.«

Sie warf ihm ein verschmitztes Lächeln zu.

»Davon bin ich überzeugt.«

41

Luke saß am Steuer des Wagens, als Stephanie und er Annapolis verließen. Peter Hedlund musste noch für ein paar Tage im Krankenhaus bleiben.

»Ich habe dafür gesorgt, dass Petrowas Tod nicht gemeldet wird«, berichtete er ihr. »Die Staatspolizei von Maryland hat sich zur Zusammenarbeit bereit erklärt, *nachdem* sich der Secret Service eingemischt und das Ganze zu einer Frage der nationalen Sicherheit erklärt hat.«

Es gefiel ihm, das Weiße Haus zum Verbündeten zu haben.

»Der Öffentlichkeit werden sie nur mitteilen, dass das Opfer nicht identifiziert wurde.«

Er konnte sehen, dass seine ehemalige Chefin müde war, und sie tat ihm leid. Es war bald Mitternacht, und sie hatten einen langen Tag hinter sich.

»Ich habe Fritz Strobl versprochen, ihm seinen Wagen heil zurückzugeben«, sagte sie. »Ich weiß es zu schätzen, dass Sie ihn nicht zu Schrott gefahren haben.«

»Vermutlich treffen wir uns mit Larry Begyn?«, erkundigte er sich.

»Morgen gleich als Erstes. Ich glaube, wir beide können etwas Schlaf brauchen. Cotton hat Zorin unter Kontrolle, und wir stecken hier in einer Sackgasse. Ich habe Edwin angerufen und ihm gesagt, dass etwas Ruhe okay ist.«

Dagegen hatte er nichts einzuwenden.

Ihr Handy vibrierte.

Sie sah aufs Display. »Das wird jetzt nicht nett«, murmelte sie.

Sie nahm das Gespräch an.

»Sie ignorieren mich«, sagte Danny Daniels am anderen Ende der Leitung.

»Ihr Stabschef weiß über alles Bescheid.«

»Ich will es von Ihnen hören. Persönlich.«

»Es wird Ihnen nicht gefallen.«

»Sie haben nicht die geringste Ahnung, was mir im Moment so alles nicht gefällt.«

Luke hörte zu, als sie die Ereignisse der vergangenen paar Stunden rekapitulierte und mit Petrowas Tod und Hedlunds Enthüllungen endete. Danach teilte ihnen sein Onkel Details über den Aufenthalt Cottons und Zorins in Kanada mit. Luke hatte größten Respekt für jeden, der es schaffte, nachts mit dem Fallschirm über unbekanntem Gelände aus einem Jet zu springen. Er hatte das als Ranger zweimal tun müssen, und jedes Mal war es furchtbar gewesen.

»Aber wir haben ein neues Problem«, sagte der Präsident.

Bei Daniels' ernstem Tonfall beschlich Luke ein unbehagliches Gefühl.

»Moskau dreht völlig durch.«

Malone ging voran, als er und Cassiopeia über die dunkle Straße auf Jamie Kellys Haus zugingen. Edwin Davis hatte die Adresse herausgefunden und ein paar Zusatzinfos geliefert.

Kelly war vierundsechzig Jahre alt und hatte früher an der Georgetown-Universität als stellvertretender Dekan gearbeitet. Er war dort von 1993 bis 2005 beschäftigt gewesen und hatte stets als ausgezeichneter Mitarbeiter gegolten. Dann zog er nach Kanada, ließ sich auf der Prince-Edward-Insel nieder und suchte sich eine Teilzeitstelle an der örtlichen Universität.

Er hatte keine Vorstrafen. Seine Finanzen waren in Ordnung, er hatte keine Schulden und war nie auf irgendeiner Beobachtungsliste oder einem Radarschirm aufgetaucht. Falls

Kelly tatsächlich ein sowjetischer Maulwurf war, musste er verdammt gut gewesen sein, weil niemals auch nur der leiseste Verdacht auf ihn gefallen war. Als der Kalte Krieg schon lange vorüber war, hatten Historiker herausgefunden, dass der KGB so gut wie jeden Staat auf der ganzen Welt infiltriert hatte. Die Vereinigten Staaten hatten dabei oberste Priorität, deshalb konnte nur wenig Zweifel bestehen, dass Offiziere vor Ort waren. Ab und zu tauchte ein Name auf, und es wurde jemand enttarnt, aber die meisten dieser Informanten waren unerkannt aufgetaucht und wieder verschwunden. Theoretisch spielte all das inzwischen kaum noch eine Rolle. Russland und die Vereinigten Staaten waren offiziell keine Feinde mehr. Manchmal war das jedoch nicht leicht zu erkennen, weil alte Gewohnheiten sich nur schwer ausrotten ließen.

Die frische Nachtluft kühlte seine Nasenlöcher und trocknete seine Kehle aus. Er und Cassiopeia trugen Goretex-Kleidung, die die Franzosen zur Verfügung gestellt hatten. Die Dunkelheit bot ausgezeichneten Schutz, und in der ruhigen, ländlichen Gegend war bereits Nachtruhe eingekehrt.

Sie kamen ans Ende einer massiven Hecke, die das Haus umgab, und schlichen vorsichtig einen schmalen Weg zwischen Büschen und Wand entlang, um zu dem Licht zu gelangen, das aus einem der Parterrefenster fiel. Aus dem Inneren waren unverständliche Stimmen zu hören. Er riskierte einen schnellen Blick und sah Zorin und einen anderen Mann mit Kinnbart, die in einem Wohnzimmer saßen. Cotton nickte und sah zu, wie Cassiopeia das Abhörgerät herausholte und den Saugnapf vorsichtig in die linke untere Ecke der Fensterscheibe presste. Das Kabel steckte bereits im Empfänger.

Sie schloss einen Ohrhörer an und signalisierte, dass alles in Ordnung war.

Er zog sich zurück, blieb aber in Alarmbereitschaft.

Zorin bewunderte Kellys Haus, das wie ein Doppelhaus anmutete. Die Räume lagen symmetrisch auf beiden Seiten einer zentralen Diele. Holzelemente wie Deckenrosetten, Gesimse, kannelierte Leisten und Bogen schienen alle mit Geschick und Präzision gefertigt zu sein. Die Einrichtung war ebenso beeindruckend, an den Wänden hingen viele Gemälde und auf den Tischen standen allerlei Skulpturen. Ein Erkerfenster des Raumes, in dem sie auf Polstersesseln saßen, ging nach vorn hinaus, das andere zur Seite. Sein Rucksack lag auf dem Fußboden neben seinen Füßen. Radiatoren und ein loderndes Feuer in einem Kaminofen sorgten für willkommene Wärme, und die warme Luft roch schwach nach Eukalyptus.

»Es ist lange her«, sagte Kelly in perfektem Englisch.

Aber Smalltalk interessierte Zorin nicht. »Weshalb haben Sie auf mich gewartet?«

»Ich vermisse die alten Zeiten. Vermissen Sie sie auch?«

Er rief sich ins Gedächtnis, dass dieser Mann kein Amateur war. Vielmehr hatte er sich tief in die westliche Gesellschaft integriert, wozu viel Geschick und Geduld nötig waren. Er hatte immer gewusst, dass dieser Mann von den dreien die größte Herausforderung für ihn darstellen würde. »Die alten Zeiten sind der Grund, warum ich hier bin.«

»Ich dachte schon, Sie wären tot«, sagte Kelly. »Fast alle anderen sind verstorben. Es macht mich traurig, an sie zu denken. Wir haben ein paar großartige Dinge bewerkstelligt, Aleksandr.«

»Leben Sie allein hier?«

Kelly nickte. »Das ist das Einzige, was ich bedaure. Ich habe nie geheiratet. Zu riskant. Ich hatte viele Mädchen, nicht gerade schlau oder schön, aber willig. Vorübergehende Ablenkung. Aber ich bin jetzt ein bisschen zu alt für so etwas. Wie ist es bei Ihnen? Haben Sie jemanden gefunden?«

»Meine Frau ist gestorben«, sagte er und verschwieg Anya.

»Es ist nicht gut, keine Frau zu haben. Weder für Sie noch für mich. Ich verbringe die meiste Zeit mit Lesen.«

»Warum leben Sie in Kanada?«

»Ich war hier vor vielen Jahren zu Besuch und dachte, wenn ich überlebe und nicht erschossen oder ins Gefängnis geworfen werde, dann möchte ich mich an diesem Ort zur Ruhe setzen. Sie verstehen, was ich meine, oder? Man weiß ja nie, wann oder ob sie einen holen kommen. Man kann nie sicher sein, wer einen vielleicht verraten hat. Die tauchen einfach auf, mit Waffen und Dienstmarken, und dann verschwindet man. Erstaunlich, dass mir das nicht passiert ist. Aber ich muss schon sagen, als ich Sie vor ein paar Minuten klopfen hörte, lief es mir kalt den Rücken hinunter. Es ist ein bisschen spät für Besucher.«

»Sie leben recht behaglich.« Zorin deutete durch den Raum, der einen gewissen Wohlstand ausstrahlte.

Was er nicht aussprach, schwebte in der Luft.

Wie ein Kapitalist.

»Als die Sowjetunion untergegangen ist, hielt ich die Zeit für gekommen, mich vollständig in den Westen zu integrieren.«

»Sie hätten nach Hause zurückkehren können.«

»Was hätte ich da tun sollen? Dort gibt es nichts mehr von dem, was ich einmal gekannt hatte.«

In diesem Punkt waren sie sich einig. »Und da sind Sie der Feind geworden?«

Kelly grinste. »So einfach ist das wohl kaum. Für mein ganzes Umfeld war ich Amerikaner, also habe ich die Rolle einfach weitergespielt.«

»Man hatte Sie aber zum Spionieren hergeschickt.«

Kelly zuckte mit den Schultern. »Das war mein ursprünglicher Auftrag, und über die Anstellung bei der Universität in Washington hatte ich Zugang zu einer Menge Menschen. Ich kannte eine Assistentin des Vorsitzenden des Senatsausschusses für Geheimdienste, jemand anderen bei der Rand Corporation, ein Freund von mir arbeitete am Brookings-Institut, und ich hatte viele Kollegen im Außenministerium. Ich war der perfekte Maulwurf, der Letzte, bei dem man den Verdacht gehegt hätte, dass er ein Spion sei. Ich habe meine Arbeit erledigt, bis sie nicht mehr erwünscht war.«

Es wurde Zeit, auf den Punkt zu kommen. »*Narrenmatt*. Sind Sie damit fertiggeworden?«

»Falls es so ist, sind Sie dann hier, um auch mich umzubringen?« Kelly griff mit der rechten Hand hinter seinen Rücken unter das weite Hemd. Als er sie wieder hervorzog, hielt er einen Revolver. »Sie haben doch nicht gedacht, dass ich so spät in der Nacht unbewaffnet an die Haustür gehe und sie öffne. Genosse, ich kann Ihnen versichern, so einfach wie die beiden anderen werde ich es Ihnen nicht machen.«

Zorin blieb still sitzen und versuchte, seine Eindrücke zu sortieren, um zu einem Urteil zu gelangen. Es durfte nichts schiefgehen. »Woher wissen Sie das?«

»Weil ich ein ausgebildeter KGB-Offizier bin, genau wie Sie«, sagte Kelly auf Russisch. »Ich bin wachsam.«

Nur hier, in den Mauern dieses Hauses und im Schutz der späten Stunde und der kalten Dunkelheit draußen redeten sie in ihrer Muttersprache. Aber es schien passend zu sein, also blieb er dabei. »Ich bin nicht hier, um Sie zu töten«, behauptete er.

»Warum dann?«

»Ich will vollenden, was Andropow vorgehabt hat. Der Plan lag viel zu lange auf Eis.«

»Meine Befehle waren klar und deutlich. Ich sollte niemandem außer Andropow persönlich Meldung erstatten.«

»Meinem Befehl zufolge sollten Sie mir Meldung erstatten.«

Kelly lachte. »Ich würde an Ihrer Stelle davon ausgehen, dass man Sie damit hinters Licht führen wollte.«

Jetzt erst begriff Zorin alles. Sobald er den Erfolg von *Absolute Fesselung* und *Rückständiger Bauer* berichtet hätte, wäre er eliminiert worden.

Dann wären nur noch Kelly und Andropow übrig geblieben. Mit den Bomben.

»Ich habe die zweite Liquidierung gemeldet«, sagte er. »Aber zu dem Zeitpunkt wusste schon keiner mehr, wovon ich rede.«

»Weil Andropow verstorben war und es keinen mehr interessierte. Genosse, jetzt verstehen Sie, dass das alles schon lange Vergangenheit ist.« Kellys Stimme driftete ab, so als ob er keine Lust mehr hätte, sich um verlorene Theorien und vergessene Ideale zu kümmern. »Von dem, was Sie und ich einmal gekannt haben, ist nichts mehr da. Vielleicht sind Sie und ich sogar die Einzigen, die noch übrig sind. Wir sind wahrscheinlich die einzigen Menschen auf diesem Planeten, die überhaupt wissen, welche Folgen *Narrenmatt* hat.«

»Ich habe lange darauf gewartet, es dem Westen heimzuzahlen«, sagte er. »Sie haben uns kaputtgemacht, und ich habe lange nach einer Form der Wiedergutmachung gesucht. Bis vor Kurzem wusste ich nicht einmal, ob Sie noch leben. Und deshalb habe ich mich auf den weiten Weg gemacht, um Sie als Helfer zu gewinnen. Sie haben die Methode, und ich kann die Mittel zur Verfügung stellen. Zusammen können wir *Narrenmatt* durchziehen.«

Kelly hörte zu, wenigstens das war unverkennbar. Also musste er weitermachen.

»Erinnern Sie sich noch daran, was Andropow in jener Nacht in der konspirativen Wohnung ganz zum Schluss gesagt hat?«

Kelly nickte. »An jedes Wort.«

Das tat er ebenfalls.

»*Genossen, ich möchte Sie wissen lassen, dass das, was wir erreichen werden, Amerika in seinem Innersten treffen wird.*

Sie sind so selbstgerecht, sie halten sich für so perfekt. Aber sie haben Schwächen. Ich habe zwei davon entdeckt, und gemeinsam und zum richtigen Zeitpunkt werden wir Amerika eine Lektion erteilen. Minimaler Einsatz, maximale Wirkung. Das ist, was wir wollen und was Sie liefern werden. Es wird die wichtigste Operation, die wir jemals angeschoben haben. Und deshalb, Genossen, müssen wir bereit sein, wenn die Stunde kommt.«

»Diese Stunde ist jetzt gekommen«, sagte er. »Ich weiß nicht alles, aber ich weiß genug.«

Kelly blieb stumm, doch er senkte die Waffe.

Eine Geste des Vertrauens?

»Ihnen ist klar, dass es vielleicht nicht mehr geht?«, fragte Kelly.

Er hielt seinen Optimismus im Zaum, aber trotzdem klang er nachdrücklich, als er antwortete. »Ich bin bereit, das Risiko einzugehen. Und Sie?«

Cassiopeia hatte aufmerksam zugehört und mitbekommen, wie die Männer von Englisch auf Russisch überwechselten. Auch ihr Tonfall änderte sich von vorsichtig zu verschwörerisch. Sie hatte sogar einen Blick riskiert und gesehen, wie Kelly die Waffe senkte, mit der er auf Zorin gezielt hatte. Sie begriff jetzt, dass Cotton sie mit dem Abhören beauftragt hatte, weil die Möglichkeit bestand, dass die beiden ins Russische verfielen.

Er dachte eben immer mit.

Auch das war etwas, das sie an ihm liebte.

»Ich bin seit über zwanzig Jahren bereit«, sagte Kelly. »Ich habe meine Pflicht erfüllt.«

»Dann sagen Sie mir, was ich wissen muss, Genosse.«

Malone hatte ein Auge auf Cassiopeia im Gebüsch beim Haus und das andere auf die Straße. Er stand auf dem vorderen

Rasen und atmete weiße Wölkchen in die kalte Luft. Zorin rechnete mit Sicherheit nicht damit, dass er beobachtet wurde, und erst recht nicht, dass es derselbe amerikanische Agent war, den er zuletzt gesehen hatte, als er mit Handschellen an ein Eisenrohr in seinem Keller gefesselt war. Die Wege, die sie zu diesem kanadischen Haus gebracht hatten, waren völlig unterschiedlich gewesen. Fünf koffergroße Atombomben, die irgendwo in Amerika versteckt waren? Er konnte sich nicht vorstellen, dass so etwas nicht bemerkt worden wäre, aber bedauerlicherweise war der Grenzschutz in den 1980er- und 1990er-Jahren nicht mit dem von heute zu vergleichen. Die Regierungen hatten sie nicht mit derselben Intensität kontrolliert, wie es der Krieg gegen den Terrorismus inzwischen als notwendig erscheinen ließ. Er hatte alles, was er wusste, dem Weißen Haus gemeldet, deshalb ging er davon aus, dass sich bei Stephanie einiges tat. Aber der schnellste Weg zu jenen versteckten Atombomben schien sich in Jamie Kellys Haus zu befinden.

Er checkte die Uhrzeit.

Der Freitag war enorm schnell vergangen.

Es war jetzt früher Samstagmorgen. Nach kanadischer Zeit.

Als er ein Geräusch hörte, drehte er sich um und sah ein Auto, das langsam die dunkle Straße heraufkam. Die Frontscheinwerfer waren nicht an – was so gut wie nie als gutes Zeichen galt. Er war hinter dem Stamm einer mächtigen Eiche versteckt, deren Umfang und Breite von ihrem Alter zeugten. Gleich hinter ihm führte ein sanfter baumbestandener Hang zum Fluss hinunter.

Der Wagen hielt nicht weit von Kellys Einfahrt entfernt, gleich hinter Zorins Truck.

Vier dunkle Gestalten stiegen aus.

Und jede hielt ein kurzläufiges Automatikgewehr in den Händen.

42

Washington, D.C.

Stephanie ging auf dem Weg ins Oval Office voran, Luke war ihr dicht auf den Fersen. Danny hatte ihnen befohlen, von Annapolis aus direkt herzukommen. Der Schlaf musste warten. Drinnen warteten der Präsident und sein Stabschef mit einem Besucher.

Nikolai Osin.

»Mach die Tür zu«, sagte Danny zu Luke.

Ihr fiel auf, dass sich das Büro verändert hatte. Die Wände waren teilweise kahl, und die vielen Fotos und Erinnerungsstücke, die Danny gerne überall verteilte, waren weg. In 37 Stunden sollte seine Zeit hinter dem Präsidentenschreibtisch enden und ein neuer Präsident die Macht übernehmen – ein Mann, der das Oval Office nach seinem eigenen Geschmack einrichten würde.

»Irgendwie deprimierend, nicht?«, fragte Danny, als er bemerkte, wie sie im Raum umherblickte.

»Das ist es, was das Land so großartig macht«, antwortete sie.

Während andere Nationen Probleme mit der Übergabe von Macht hatten, geschah es hier nahtlos. Die Verfassung hatte ursprünglich festgelegt, dass ein Präsident im November gewählt werden und sein Amt am 4. März des folgenden Jahres antreten sollte. Doch dann erwiesen sich die auf die Wahl folgenden vier Monate als Problem. Sieben Staaten lösten sich in der Zeit zwischen der Abwahl Buchanans und dem Amtsantritt Lincolns aus der Union. Die Weltwirtschaftskrise verschärfte sich während des Wartens darauf, dass Roosevelt die Amtsgeschäfte Hoovers übernahm. Ein Präsident, der zu keinen weitreichenden Entscheidungen mehr fähig war – mochten sie nun falsch oder richtig sein –, wurde schließlich nur noch als eine Art provisorischer Führer angesehen, dessen Meinung keine Rolle mehr spielte, während der zukünftige Präsident darunter litt, rein rechtlich noch nicht in der Lage zu sein, irgendetwas zu unternehmen.

Der 20. Verfassungszusatz änderte das alles. Von nun an endete die Amtszeit eines Präsidenten exakt mittags am 20. Januar. Kongressgesetze folgten, die bestimmten, dass man dem zukünftigen Präsidenten ein Übergangsteam zur Verfügung stellte, dass er Zugang zu allen Regierungsdienststellen bekam, dass das neue Personal geschult und dass Mittel bereitgestellt wurden, um alle anfallenden Kosten zu decken. Sie wusste, was am Sonntag um 12.01 Uhr gleich nach der Vereidigung von Präsident Warner Scott Fox geschehen würde. Dateien und Aufzeichnungen, die man nicht bereits entfernt hatte, würden sofort beseitigt werden. Zugangscodes und Passwörter würden geändert, neue Gesichter würden das Weiße Haus fluten und sofort ihre Posten einnehmen. Sogar die Archive mit Reden, Presseerklärungen, Verlautbarungen und Videos, die etwas mit den vergangenen acht Jahren der Daniels-Administration zu tun hatten, würden von der offiziellen Website des Weißen Hauses verschwinden. Um 12.05 war die Übergabe dann abgeschlossen, und die Regierung wäre zu keinem Zeitpunkt handlungsunfähig gewesen.

»So ist das bei uns«, sagte Danny. »So zivilisiert. Aber es ist trotzdem verdammt deprimierend. Und keine Streiche, habe ich meinen Leuten gesagt.«

Es hatte sich eingebürgert, dass die Alten den Neuen ein paar Überraschungen hinterließen. Am berühmtesten war jener Streich, bei dem die Clinton-Leute alle »W« von den Tastaturen entfernten, bevor der jüngere George Bush den Eid ablegte.

Sie saß mit Luke auf einem Sofa, Osin und Edwin Davis saßen ihnen gegenüber. Danny hatte sich auf einem Schaukelstuhl aus Tennessee mit hoher Rückenlehne niedergelassen. Wie oft war sie hier gewesen? Zu oft, um es noch zählen zu können. Wie viele Krisen hatte es gegeben? Mehr, als ihr lieb waren.

Und das hier konnte ihre letzte sein.

»Ist Ihnen klar, dass ich keine Sicherheitsfreigabe mehr habe?«, fragte sie. »Ich bin offiziell Zivilistin.«

»Und Edwin schaut sich nach einem neuen Job um. Mr. Osin könnte getötet werden; Luke hier geht ab Montag bei jemand anderem arbeiten, und ich bin ein Präsident, dem die Hände gebunden sind. Wir haben alle unsere Probleme.«

Sie begriff, was er meinte. »Was ist los, Nikolai?«, wandte sie sich an Osin.

»Es geht ein Riss durch meine Regierung. Es gibt ihn schon seit Längerem, aber was momentan geschieht, scheint die Sache um einiges beschleunigt zu haben.«

Sie hörte zu, als er erzählte, dass er ursprünglich den Auftrag hatte, die Vereinigten Staaten in die Suche nach dem Archivar Vadim Belchenko einzubeziehen. Der Befehl war direkt aus dem Kreml gekommen.

»Man dachte, wenn wir Sie involvieren, würde klar, dass wir nichts mit dem zu tun hätten, was Zorin womöglich treibt. Die Menschen, die diesen Befehl erteilt haben, wollten Amerika wissen lassen, dass die Sache nicht auf Befehl von Russland geschieht. Aller Wahrscheinlichkeit nach existiert das, worauf Zorin aus ist, überhaupt nicht mehr, deshalb meinte man, es könne nicht schaden, Sie in den Prozess einzubeziehen. Sie würden Belchenko finden, Zorin aufhalten, und das alles auf unsere Bitte hin.«

»Und Sie konnten uns damit beweisen, dass Sie vertrauenswürdig waren?«, fragte Luke.

Osin nickte. »Ganz genau. Aber es gibt eine Fraktion im Kreml, die mit diesem Kurs nicht einverstanden ist.«

»Das Problem ist«, sagte Danny, »dass sich das, was Zorin sucht, durchaus noch irgendwo da draußen befinden könnte.«

»Und jene andere Fraktion«, sagte Osin, »möchte das, was da vielleicht noch existiert, für sich beanspruchen.«

Vorhin im Auto hatte ihr Osin in Grundzügen davon berichtet. Sie hatte seitdem zweimal mit Edwin telefoniert, und er hatte sich jedes Mal sehr bedeckt gehalten. Das konnte sie nachvollziehen, denn sie wollte auch nicht alles über eine unsichere Telefonverbindung herausposaunen. Aber hier, an einem der sichersten Orte der Welt, musste sie es wissen. Deshalb sah sie zu Osin hinüber und fragte: »Können Sie mir *genau* sagen, was da draußen eigentlich lauert?«

»Fünf tragbare Atombomben, die in den 1980er-Jahren vom KGB hier platziert wurden. Es war der abschließende Teil einer Operation namens *Narrenmatt*. Könnte durchaus sein, dass sie noch funktionieren.«

Das klang alles andere als gut.

»Und was diesen Riss innerhalb meiner Regierung anbetrifft«, fuhr Osin fort, »die wichtigere Fraktion hat weitgehende Kontrolle über den SVR und das Oberkommando der Streitkräfte. Es handelt sich bei ihnen weder um Progressive noch um Kommunisten, sondern um etwas Schlimmeres. Sie fühlen sich nichts anderem verpflichtet als der Verfolgung ihrer persönlichen Ziele. Sie haben ein gutes Leben im neuen Russland. Sobald sie von *Narrenmatt* erfuhren und hörten, dass es womöglich noch aktiv war, erteilten sie den Befehl, Ihre beiden Agenten aus dem Weg zu räumen. Dann befahlen sie den Abschuss von Zorins Flugzeug. Aber Ihr Mr. Malone hat diesen Plan vereitelt, als er Zorin die Flucht ermöglichte.«

»Cotton und Cassiopeia befinden sich jetzt auf der Prince-Edward-Insel und kümmern sich um Zorin«, erklärte Danny. »Ich habe ihnen Anweisung erteilt, ihn zu beschatten. Sie sollen ihn machen lassen, aber herausfinden, was er vorhat. Wir haben es überprüft und festgestellt, dass der alte KGB-Kontaktmann, den Zorin suchte, dort lebt. Ein verdammter Schläfer-Agent, der jahrelang unentdeckt hier in der Stadt gearbeitet hat.«

»Das Problem ist jetzt«, sagte Osin, »dass meine Seite bei diesem inneren Machtkampf die Entwicklung nicht mehr kontrolliert. Die anderen haben die Kontrolle übernommen, und man kann nicht vorhersehen, was sie vielleicht tun werden. Für sie ist das, was Zorin vorhat, auf eine perverse Art vorteilhaft.«

»Was genau ist *Narrenmatt?*«, fragte sie.

»Das weiß ich wirklich nicht. Auf jeden Fall reicht es aus, um eine enorme Menge Aufmerksamkeit zu erregen.«

»Das Schlimme ist«, sagte Danny, »dass sie Zorin jetzt anscheinend nicht mehr brauchen, wie der Befehl, ihn zu töten, beweist. Das bedeutet, sie glauben, genug zu wissen. Aber wir brauchen ihn.«

»Es könnte sein«, sagte Osin, »dass dieser Kelly der Schlüssel ist. Er allein könnte wissen, wo sich die Bomben befinden. Bis jetzt habe ich keinen Hinweis darauf, dass in Moskau jemand über diese Information verfügt.«

»Wie gravierend ist der Riss innerhalb der russischen Regierung?«, fragte sie.

»So tiefgehend jedenfalls, dass ich einen direkten Befehl missachte und Ihnen alles erzähle. Es ist völliger Wahnsinn. Ich habe keine Ahnung, welche Vorteile diese Leute darin sehen, das Ganze geheim zu halten.«

»Zorin weiß es anscheinend«, sagte Luke. »Es wird einen Grund geben, warum er sich so darum kümmert. Dieser Mann hat einen Plan. Er hat Petrowa aus einem ganz bestimmten Grund hergeschickt. Zorin weiß bedeutend mehr, als diese Leute glauben.«

Osin schien seine Meinung zu teilen. »Pech, dass Petrowa getötet wurde. Haben Sie noch eine andere Idee, wie man herausfinden könnte, worauf sie es abgesehen hatte?«

Obwohl dieser Mann entgegenkommend und ehrlich wirkte, hatten dreißig Jahre im Geheimdienstsektor sie gelehrt, nicht alles auszuplaudern. Vertrauen ist gut, Kontrolle ist besser. So lautete Reagans Motto, und sie fand es nicht verkehrt. Außerdem war ihr aufgefallen, dass niemand sonst das Tallmadge-Journal erwähnt hatte.

»Bevor Sie eingetroffen sind«, sagte Edwin, »hat uns Mister Osin mitgeteilt, dass die SVR-Verbindungsleute hier und in Kanada in höchste Alarmbereitschaft versetzt wurden.«

»Sie haben vor, Zorin aufzuhalten«, sagte Osin. »Und ich vermute, dass sie dann Kelly und alles, was es zu finden gibt, einkassieren wollen. Das bedeutet, dass alle gefährdet sind.«

Sie dachte an Kanada. »Weiß Cotton Bescheid?«

»Ich habe versucht, ihn zu erreichen«, antwortete Edwin. »Aber ich habe nur seine Mailbox erwischt.«

Ihr kam bei diesen Worten sofort ein Gedanke:
Ist das gut oder schlecht?

43

Malone schätzte die Situation ein und kam zu dem Schluss, dass er sofort etwas unternehmen musste. Unverzüglich. Ohne Vorsichtsmaßnahmen. Er musste einfach etwas tun. Sofort.

Er zückte seine Waffe, zielte auf das Fenster, an dem Cassiopeia in den Büschen versteckt stand und gab einen Schuss ab, wobei er dafür sorgte, dass die Flugbahn seiner Kugel nach oben zeigte, sodass sie im Haus in die Decke einschlug.

Zorin reagierte auf das Zerbersten der Fensterscheibe, ließ sich von seinem Stuhl fallen und riss instinktiv die Arme hoch, um seinen Kopf zu schützen. Er sah, dass Kelly dasselbe getan hatte. Sie waren beide sichtlich überrascht. Er hatte sich von der friedlichen Ruhe einlullen lassen. Schließlich hatte er nichts Ungewöhnliches gesehen oder wahrgenommen, als er zum Haus ging.

Und jetzt wurden sie angegriffen!

Cassiopeia steckte Mikrofon und Empfänger ein und zückte ihre Waffe. Der Schuss und die zerberstende Scheibe hatten sie überrascht. Sie legte sich flach auf den Boden, spähte angestrengt durch die Büsche und sah, dass Cotton sich gegen eine dicke Eiche presste, während vier dunkle Gestalten auf das Haus zurannten und in verschiedene Richtungen ausschwärmten. Jeder von ihnen war bewaffnet. Sie mutmaßte, dass Cotton mit dem ersten Schuss versucht hatte, sie und Zorin zu warnen.

Aber wer waren die neuen Akteure?

Dass Cotton sie nicht rief, bedeutete, dass er ihre Anwesenheit geheim halten wollte, denn sein Schuss hatte die Angreifer mit Sicherheit gewarnt, dass sie mit Widerstand zu rechnen hatten.

Salven aus automatischen Waffen knatterten durch die Nacht.

Mehrere schlugen in den Baum ein, hinter dem Cotton stand. Zum Glück wirkte der dicke Stamm so robust wie Kevlar. Aber sie wollte nicht herumliegen und ihn alle Schüsse auf sich ziehen lassen. Aufmerksam musterte sie die vier Gestalten, die sich in etwa dreißig Metern Entfernung auf sie zubewegten.

Über ihr knarrten kahle Äste im Wind.

Zwei Schatten bewegten sich über die Freifläche auf die anderen Bäume zu, um sie als Deckung zu benutzen.

Es wurde Zeit, selbst in den Kampf einzugreifen.

Malone hoffte, dass die Kugel, die er ins Haus gefeuert hatte, die gewünschte Wirkung hatte. So wussten Zorin und Kelly jetzt, dass da draußen etwas vor sich ging, was mit ihnen zu tun hatte. Der Feind seines Feindes war ein Freund. Zumindest hoffte er, dass es so war. Auf jeden Fall waren sie jetzt keine ahnungslosen Zielscheiben mehr. Malone wurde in diesem Moment von einem Schützen zu seiner Linken unter Feuer genommen, der mit Sicherheit die Aufgabe hatte, ihn festzunageln, während ein anderer versuchte, von hinten an ihn heranzukommen. Leider hatte er keine Möglichkeit, einen Blick zu riskieren und nachzusehen, was genau geschah.

Aber dass er das Fenster zerstört hatte, hatte auch Cassiopeia auf den Plan gerufen.

Sie feuerte jetzt aus dem Gebüsch heraus.

Zorin machte Kelly ein Zeichen, dass sie über den Boden kriechen und aus dem Wohnzimmer flüchten sollten.

Unten bleiben, flüsterte er tonlos.

Auf dem Bauch krochen sie zu einer offenen Tür, die zur Diele führte. Draußen wurde noch geschossen, aber keine der Kugeln war bisher ins Innere gedrungen. Er hörte Feuer aus automatischen Waffen und Einzelschüsse.

Zwei unterschiedliche Schützen?

Die sich bekämpften?

Malone sah, wie eine der dunklen Gestalten rückwärtstaumelte und dann zu Boden ging.

Ein Punkt für Cassiopeia.

Im Dunkeln hatte sie schon immer gut sehen können. Ihr Treffer verschaffte ihm die Gelegenheit, sich davon zu überzeugen, dass zwei der Bewaffneten nach rechts gelaufen waren, während der andere sich links hielt und auf Kellys Eingangstür zurannte.

Er entschied sich für die beiden zu seiner Rechten.

Dann feuerte der Schatten links von ihm eine Salve ins Gebüsch, wo Cassiopeia versteckt lag.

Zorin rollte sich gerade in dem Moment in die Diele, als die Kugeln in die Außenwände schlugen. Die Schindeln boten den Hochgeschwindigkeitsgeschossen kaum Widerstand. Etliche pfiffen durch das Haus, zerbrachen Glas, zerrissen Stoff und schlugen in die Gipsplatten ein.

Eine der Lampen zerbarst in einem Funkenregen.

Er legte wieder die Arme über den Kopf.

Zu seiner Linken lag Kelly hinter einer Wand, die einen Rundbogen darüber abstürzte. Obwohl die Situation gefährlich war, war Zorin wieder in seinem Element, war sich jedes Geräuschs und jeder Bewegung genauestens bewusst. Er ging im Kopf alle Möglichkeiten durch, während seine Hand in den Rucksack kroch und er seine Waffe herausnahm.

»Ich habe meine auch noch«, flüsterte Kelly.

Jemand trat gegen die Eingangstür.

Er blickte erschrocken auf, dann sprang er auf die Füße und postierte sich neben dem Türpfosten. Holz splitterte und die Tür flog auf. Das Schloss war herausgerissen. Ein Mann in einem schwarzen Overall stürmte in den spärlich beleuchteten Eingang, ein Automatikgewehr fest in den Händen. Zorin dehnte seine Schultern, verdrehte sich in der Taille und rammte seine Handfläche mit gestrecktem Arm vor. Er erwischte den Mann mitten im Gesicht. Der Eindringling keuchte und taumelte vorwärts, ließ die Waffe aber nicht los, sondern ruderte mit den Armen und versuchte, sein Gleichgewicht zu finden. Ein Kniestoß an den Unterkiefer schleuderte den Mann an eine Wand, an der er langsam und zuckend wie eine Marionette herunterrutschte und schließlich auf dem Dielenboden landete. Adrenalin durchflutete Zorin und zog ihm den Magen zusammen. So etwas hatte er schon lange nicht mehr getan. Der Kopf des Eindringlings hing unbeweglich herunter; sein Mund stand offen, und er atmete mit kurzen, schnellen Zügen. Wer waren diese Männer? Er kauerte sich hin, zog sein Opfer von der offenen Eingangstür weg und rammte dem Mann seine Waffe an den Hals.

»Wer hat euch geschickt?«

Im Blick des Mannes war keine Furcht, doch er verzog das Gesicht in hilfloser Wut.

Kelly hatte mit schussbereiter Waffe an der Tür Stellung bezogen, so wie sie es in ihrem Training gelernt hatten. Es war gut zu sehen, dass seine Instinkte in all den Jahren nicht nachgelassen hatten.

»Wer?«, fragte er noch einmal und riss den Mann hoch.

»Du kannst mich mal, Verräter.«

In ihm stieg Wut auf.

Verräter?

Er?

Niemals.

Er drückte den Abzug und jagte dem Mann von unten eine Kugel durch den Unterkiefer ins Hirn.

Aber seine Antwort hatte er bekommen.

Diese Männer waren in offiziellem Auftrag gekommen.

Vermutlich SVR.

Nur, wer hatte sie vorher unter Feuer genommen?

Cassiopeia hatte vorhergesehen, was passieren konnte, sobald man sie bemerkte, und flüchtete sofort aus ihrem Versteck tiefer ins Gebüsch, nachdem sie einen der Schützen ausgeschaltet hatte. Es war die richtige Entscheidung gewesen.

Eine andere dunkle Gestalt richtete ihr Sperrfeuer auf ihre vorherige Position. Sie kauerte hinter dem Haus und wartete auf eine Gelegenheit, Cotton zu helfen, der kaum geschützt war.

Die Schüsse in ihre Richtung hatten aufgehört, und sie sah einen Schatten in Richtung Haustür verschwinden.

Das war Zorins Problem.

Ihre Aufgabe war es, sich um die beiden zu kümmern, die ihre Aufmerksamkeit auf Cotton gerichtet hatten.

Malone lief nach links, er hatte vor, sie jetzt seinerseits zu umgehen. Die Dunkelheit war Feind und Verbündeter zugleich, doch seine Widersacher konnten mit ihren Waffen Hunderte von Schüssen in kürzester Zeit abfeuern. Er selbst hatte eine Beretta mit einem vollen Magazin, aber wenn er seinen Kopf nicht anstrengte, hatte er gegen ihre Feuerkraft keine Chance.

Er versteckte sich hinter einer dürren Tanne, spitzte die Ohren und suchte nach Bewegungen, die ihre Position verraten konnten. Er behielt die Männer im Blick und horchte, ob in dem Gebüsch etwas zu hören war, aus dem Cassiopeia herauskommen sollte. Er konnte nur hoffen, dass sie so umsichtig gewesen war, von dort zu verschwinden. Aber sie war schlau und gewieft und hätte nie den Anfängerfehler begangen, dortzubleiben. Deshalb musste er davon ausgehen, dass sie sich irgendwo hinter dem Haus befand. Einer der Schatten war zur Eingangstür gehuscht, dann hörte er, wie die Holztür gewaltsam geöffnet wurde, danach fiel innen ein einzelner Schuss. Was wohl bedeutete, dass Zorin oder Kelly einen tödlichen Schuss abgefeuert hatten.

Beim Umrunden des Baumes achtete er darauf, den Stamm zwischen sich und der Richtung zu haben, aus der ihm wahrscheinlich Ärger drohte. Alles war mucksmäuschenstill, was nicht unbedingt gut war. Ein paar Lichter flammten in den Fenstern der anderen Häuser der Straße auf, und er fragte sich, ob die Polizei bereits benachrichtigt worden war.

Jetzt kam einer der Schatten zum Vorschein.

In zehn Metern Entfernung.

Hinter einem anderen Baum.

Helles Mündungsfeuer flammte auf, als weitere Schüsse in seine Richtung abgefeuert wurden.

Malone presste seinen Körper dicht an den dicken Stamm, zählte bis drei, dann schwenkte er herum und gab zwei Schüsse ab, die den Schützen niederstreckten.

»Waffe fallen lassen!«, befahl eine Männerstimme hinter ihm.

Er rührte sich nicht.

»Ich sage es nicht noch einmal. Waffe fallen lassen.«

Er hatte keine Wahl, deshalb ließ er die Waffe ins Gras fallen. Dann drehte er sich um und sah den vierten Schützen, der mit angelegtem Gewehr auf ihn zielte.

Zorin hörte draußen weitere Schüsse, es war wieder dieselbe Mischung von Schnellfeuer und einzelnen Schüssen.

»Wir müssen verschwinden«, sagte Kelly.

»Ich muss noch kurz nach oben. Da sind Sachen, die wir brauchen.«

Er nickte und Kelly eilte davon.

Zum ersten Mal seit langer Zeit war er verwirrt. Dass er hier war, hätte niemand wissen dürfen. Nur Belchenko konnte ihn verraten haben, und er bezweifelte, dass dies der Fall war. Und an wen auch? Belchenko hasste die neuen Russen ebenso wie er selbst, und es hatte keinen Hinweis darauf gegeben, dass es Moskau auch nur im Geringsten bewusst war, was er tat. Nur der Amerikaner Malone hatte sich als ein Problem erwiesen, und das war verdammt bedenklich gewesen, aber der war mit Sicherheit schon lange tot.

Wer also war das da draußen?

Er behielt die Eingangstür scharf im Auge, bereit, auf alles zu schießen, was sich bewegte. Kelly tauchte oben auf der Treppe wieder auf und kam mit einer kleinen Reisetasche heruntergelaufen. Wie jeder gute Informant war er auf einen solchen Notfall vorbereitet gewesen. So wie er selbst mit seinem Rucksack.

»Geld, Ausweis, Ersatzmagazine«, flüsterte Kelly. »Und noch ein paar andere Dinge, die wir brauchen werden.«

»Wohin gehen wir?«

»Wir ziehen *Narrenmatt* durch.«

Cassiopeia merkte, dass Cotton noch nicht außer Gefahr war. Sie hörte weitere Schüsse, zwei Einzelschüsse, dann eine Stimme, nicht die von Cotton, die den Befehl erteilte, die Waffe fallen zu lassen. Sie nutzte die Gelegenheit, ums Haus herumzulaufen und an der Hecke weiter in die Richtung, wo zwei dunkle Gestalten standen. Eine blickte in ihre Richtung, die andere drehte ihr den Rücken zu. Sie blieb unten, streckte die Waffe vor und gab sich Mühe, leise zu gehen. Eine kräftige Bö rüttelte an den Ästen über ihr und half damit, ihr Näherkommen zu übertönen.

»Für wen arbeiten Sie?«, fragte die Stimme.
»Dasselbe könnte ich Sie fragen.«
Cotton.
Er sprach lauter, also blickte er in ihre Richtung.
»Ist Ihnen klar«, sagte Cotton, »dass Sie jetzt wahrscheinlich ganz allein hier sind?«
»So wie Sie.«
»Dann sollten wir möglicherweise herausfinden, warum wir beide hier sind. Vielleicht sind wir dann hinterher schlauer.«
Cotton konnte sie bestimmt sehen, also versuchte er, Zeit zu schinden. Gut. *Mach weiter*. Nur noch ein paar Meter.
»Zorin ist im Haus«, sagte Cotton.
»Er wird nicht weit kommen.«

Malone beobachtete Cassiopeia, die sich immer näher an den Mann heranschlich, der drei Meter von ihm entfernt stand. Er gab sich Mühe, ihr Zeit zu verschaffen.
»Ich weiß, warum ihr Typen hinter Zorin her seid«, sagte er. »Und wenn ich es weiß, wer weiß es dann wohl noch? Die Leute in Washington sind am Ball.«
»Wenn Zorin tot ist, spielt es keine Rolle mehr, was Sie wissen.«
Plötzlich wurde ein Auto angelassen.
Das Geräusch kam von der anderen Seite des Hauses.
Dann flammten Scheinwerfer auf, und das Fahrzeug raste mit Vollgas davon. Die Gestalt mit dem Gewehr fuhr nach links herum und jagte dem Wagen einen Feuerstoß hinterher. Der Mann schwenkte den Lauf der Waffe, als hoffe er so auf einen Treffer.

Cassiopeia zielte und schoss auf den Mann, der auf den flüchtenden Wagen feuerte. Er stürzte zu Boden.
Das Gewehrfeuer verstummte.

Es wurde wieder still.

»Ich hatte gehofft, dass du noch atmest«, sagte Cotton.

Sie ließ die Waffe sinken. »Und ich dachte, du wolltest *mir* Rückendeckung geben!«

Er rannte auf ihr geparktes Fahrzeug zu. »So verlockend das auch klingt, aber wir müssen diesem Wagen folgen. Ich vermute, Zorin und Kelly sitzen drin.«

Davon war sie ebenfalls überzeugt.

44

Stephanie saß mit Danny Daniels allein im Oval Office. Osin war schon gegangen. Sie hatten sich darauf verständigt, dass ihr Gespräch nie stattgefunden hatte. Edwin Davis hatte sich in sein Büro zurückgezogen, und Luke war in seine Wohnung gefahren, um etwas Schlaf nachzuholen. Es war bereits nach Mitternacht, was bedeutete, dass dies Dannys letzter Tag als Präsident der Vereinigten Staaten war.

»Es ist fast vorbei«, sagte sie.

Er wippte mit dem Stuhl, war still und ganz untypisch mürrisch. »Ich will nicht gehen.«

Sie lächelte. »Wer will das schon?«

»Es sind schon eine Reihe von Leuten bis hierhin gekommen und wussten dann plötzlich nicht, was zum Teufel sie da eigentlich machen sollten. Deshalb waren sie froh, wenn die Sache zum Ende kam. Aber mir hat der Job gefallen.«

»Du warst ein guter Präsident. Die Geschichte wird gnädig mit dir sein.«

Sie meinte es ernst. Und das vertraute Du, wenn sie unter sich waren, schätzten beide sehr.

»Was ist das für ein Gefühl, arbeitslos zu sein?«, fragte er. »Bald geht es mir so wie dir.«

»Meinen Ausstieg hatte ich mir eigentlich anders vorgestellt.«

»Ich auch, aber du weißt, dass ich mich nicht einmischen konnte. Was hätte es schon genützt? Das Billet ist Geschichte. Diese Narren glauben, sie wissen mehr als du und ich und jeder sonst. Du darfst nicht vergessen, Fox war immerhin mal Gouverneur.«

Ihr entging sein Sarkasmus nicht. Der neue Präsident kam

direkt aus einem Gouverneurspalast und hatte gewisse administrative, aber so gut wie keine internationalen Erfahrungen. Er hatte sich im Wahlkampf wiederholt für eine Politik ausgesprochen, die in einer Isolierung des Landes münden könnte, weil er spürte, dass das Land keine Lust mehr hatte, Weltpolizist zu spielen. Mit großer Mehrheit hatte er die Delegiertenwahlen gewonnen und seinen Vorsprung im Wahlmännerkollegium sogar noch ausgebaut. Deshalb fragte Stephanie sich ernsthaft, ob es tatsächlich einen Umschwung in der öffentlichen Meinung gab. Sich einzubilden Amerika könnte unabhängig von allem, was sonst auf der Welt geschah, existieren, grenzte an Idiotie, ganz gleich, wie weit entfernt solche Dinge auch scheinen mochten.

Diese Tage waren vorüber.

»Sobald man jemanden eine Minute aus den Augen lässt«, sagte Danny, »bekommt man einen Dolch in den Rücken. Der Nahe Osten, Asien, China und jetzt Russland. Jetzt heben sie alle ihre hässlichen Köpfe. Und unsere Verbündeten? Zum Teufel, die meisten sind schlimmer als unsere Feinde. Gib das, mach das, kauf das, bring mir das ... Das ist das Einzige, was sie wollen.«

Sie lächelte und erinnerte sich an das erste Mal, als sie ihn diesen Gedanken hatte aussprechen hören. Es war vor Jahren, inmitten einer anderen Schlacht, einer ihrer ersten, noch bevor ihnen beiden klar geworden war, was sie füreinander empfanden.

»Wo ist Pauline?«, fragte sie.

»Weg. Aber sie kommt am Montag zur Vereidigung auf dem Capitol Hill zurück. Das wird unser letzter gemeinsamer öffentlicher Auftritt als Mann und Frau sein.«

Sie hörte die Enttäuschung in seiner Stimme.

»Oben ist schon alles eingepackt und nach Tennessee unterwegs. Pauline ist vor ein paar Tagen abgereist, offiziell, um den

Umzug zu organisieren. Sie fiebert darauf, ihr neues Leben zu beginnen, und ich muss sagen, dass ich mich gefreut habe, sie gehen zu sehen. Es wird Zeit, etwas zu ändern.«

»Wann lasst ihr euch scheiden?«

»In ein paar Monaten. Dann interessiert sich niemand mehr für sie oder mich. Still und leise. So wie Al Gore das hingekriegt hat. Ehen können scheitern, und die Leute haben Verständnis dafür. Niemand kümmert sich um einen Ex-Vizepräsidenten oder Ex-Präsidenten.«

Sie konnte sein Bedauern verstehen. Vor Jahrzehnten war ihre eigene Ehe an einen Punkt gelangt, nachdem sie und Lars jahrelang getrennt voneinander lebten. Sie würden es wahrscheinlich immer noch tun, wenn er sich nicht an jener Brücke in Frankreich aufgehängt hätte. Irgendwann hatte sie mit Cottons und Cassiopeias Unterstützung begriffen, wie es dazu kommen konnte, aber diese Endgültigkeit machte ihr immer noch das Herz schwer.

»Solltest du jetzt nicht schlafen?«, fragte sie ihn.

»Ich bin ein Nachtmensch, das weißt du. Und ich habe seit dem letzten Monat kaum ein Auge zugekriegt. Die Richtung, in die dieses Land steuert, gefällt mir nicht. Es ist beängstigend. Und ich frage mich, ob es nicht meine Schuld ist.«

»Weil du damit Erfolg hattest, alle zu schützen?«

»Wir haben es zu einfach aussehen lassen.«

Sie wusste, dass es alles andere als das gewesen war. Der neue Präsident schien das absolute Gegenteil von Danny zu sein. Aber das war ein Wesensmerkmal amerikanischer Politik. Ihr Pendel schwenkte mit vorhersehbarer Regelmäßigkeit, und nichts war jemals von Dauer, so als ob das Land permanent Neues ausprobierte und trotzdem ständig darüber klagte, dass alles immer beim Alten bleibe. Die Masse war einfach nicht zufriedenzustellen, und sie fragte sich, weshalb es überhaupt jemand versuchte.

Doch Danny hatte es nicht nur versucht, es war ihm auch gelungen.

»Du hast deine Arbeit gut gemacht«, sagte sie. »Und du hast das Land geschützt, ohne die Bürgerrechte einzuschränken.«

»Und wir standen vor etlichen Herausforderungen, hab ich recht?«

Sie lächelte ihn an. »Du weißt, dass du noch nützlich sein kannst. Dein Leben ist noch nicht vorbei.«

Er schüttelte den Kopf. »Mein Nachfolger ist ein blutiger Anfänger.«

»In 36 Stunden wird er der Präsident der Vereinigten Staaten sein.«

»Er hat noch nie etwas Vergleichbares bewältigt. Und die Leute, mit denen er sich umgibt, sind auch nicht gerade die hellsten Köpfe. Auch davor habe ich Angst.«

»Das ist nicht unser Problem«, sagte sie.

»Ich finde es furchtbar, was mit dir passiert«, sagte er. »Ich hätte dich nie da reingezogen, wenn ich geglaubt hätte, dass sie dich feuern.«

Er klang, als meine er es wirklich ernst.

»Du bist seit dem Tag, an dem wir uns kennenlernten, immer ehrlich zu mir gewesen«, sagte sie. »Deshalb müssen wir eins mal klarstellen. Ich mache nur, was ich tun will, und das weißt du. Ich habe mich für die Schritte entschieden, die ich gemacht habe, und dafür zahle ich jetzt den Preis.«

Er grinste sie an und wippte weiter mit dem Stuhl.

»Ist Lukes Mustang ein Totalschaden?«, fragte er.

»Der taugt nur noch zum Ausschlachten.«

»Er hat den Wagen geliebt.«

Sie fragte sich, mit wem er eigentlich redete. Er schien eine Million Meilen von ihr entfernt zu sein. »Du bist müde.«

»Nein. Ich mache mir Sorgen. Hier geht irgendetwas Großes vor sich, das spüre ich. Und es ist nichts Gutes. Es passiert nicht alle Tage, dass der Leiter einer SVR-Außenstelle ins Weiße Haus stürmt und Staatsgeheimnisse ausplaudert. Irgendwo in der Umgebung sind fünf Nuklearwaffen versteckt.«

»Wir sind hier nicht im Kino. Solche Waffen müssen ständig gewartet werden, und es ist schon sehr lange her.«

»Trotzdem macht dieser Zorin unbeirrt weiter. Das macht mir Sorgen.«

»Die Russen waren noch nie besonders helle.«

»Aber sie sind ernstzunehmende Gegner.«

Sie ließ die Stille einen Moment lasten. Dann fiel sie aus der Rolle. »Was wird aus uns?«

Er warf ihr einen durchdringenden Blick zu. »Gibt es ein uns?«

»Wenn du das willst.«

»Ich will.«

Es kribbelte auf ihren Unterarmen. Das war ungewöhnlich. Jedenfalls war sie froh, es aus seinem Mund zu hören. Hoffentlich hielt ihn diese Aussicht in den nächsten eineinhalb Tagen über Wasser.

»Nach der Vereidigung fahre ich nach Tennessee zurück«, sagte er. »In mein kleines Haus in den Wäldern. Du kannst gerne mitkommen.«

»Wie wäre es, wenn du dich vorher erst mal scheiden lässt?«

Er lachte. »Ich dachte mir schon, dass du das sagen würdest. Aber mich besuchen kannst du doch?«

»Damit ich auf der Titelseite eines Klatschblattes lande? Nein danke. Ich warte, bis du frei bist.«

»Was hast du jetzt vor?«

Darüber hatte sie bisher kaum nachgedacht. »Ich habe Pensionsansprüche erworben, die werde ich wohl beanspruchen. Dann finde ich heraus, ob jemand die Dienste einer ehemaligen Geheimdienstagentin mit viel Erfahrung gebrauchen kann.«

»Ich kann mir vorstellen, dass viele auf das Angebot anspringen, aber ich möchte dir etwas vorschlagen. Triff keine Entscheidung über deine Zukunft, ohne vorher mit mir geredet zu haben.«

Sie spürte, dass er etwas im Schilde führte. Etwas anderes hatte sie auch nicht von ihm erwartet. Dieser Mann war ein Spieler. Er war es immer gewesen und würde es immer sein.

»Ich sollte besser nicht fragen, oder?«

Er strahlte wie ein Honigkuchenpferd. »Lieber nicht. Jedenfalls *noch* nicht.«

Dann sah sie etwas anderes in seinen Augen.

Er wusste etwas, das sie nicht wusste.

Etwas Wichtiges.

»Worum geht es?«, fragte sie.

45

Zorin saß auf dem Beifahrersitz, Kelly am Steuer des kleinen Fließheckcoupés. Sie waren durch die Küchentür aus dem Haus geflüchtet, hatten den Wagen aus der Garage geholt und es geschafft, ungehindert zu entkommen. Er war von der Schießerei vor seinem Haus noch ganz aufgewühlt. Auf der Brücke über den Fluss waren ihnen zwei Polizeiautos begegnet, die beide in östliche Richtung fuhren, während sie nach Westen unterwegs waren. Als sie durch Charlottetown fuhren, stellte sich ihnen nichts in den Weg, und schließlich kamen sie auf eine breite Landstraße.

»Wohin fahren wir?«, fragte er.

»Zurück zum *glavny protivnik*.«

Der Hauptgegner. Amerika.

»Sie haben die RA-115 an einem sicheren Ort versteckt?«

»Meine Befehle waren eindeutig. Ich sollte einen Ort finden, wo sie unentdeckt, aber einsatzbereit blieben. Das war keine leichte Aufgabe. Aber ich habe es geschafft.«

»Was ist aus Ihnen geworden?«, fragte Zorin, »nachdem wir Andropow in jener Nacht verlassen haben?«

»Ich bin in mein Leben zurückgekehrt. Anders als Sie, Aleksandr, wurde ich nicht in unserem Vaterland geboren. Meine Eltern lebten bereits als Agenten integriert in den Vereinigten Staaten. Ich besitze die US-Staatsbürgerschaft. An jenem Abend war ich mit einer Reisegruppe in Moskau. Ich kann behaupten, dass Moskau in den 1980er-Jahren kein beliebtes Reiseziel für Touristen war, Amerikaner sind aber trotzdem hingefahren. Ich war für ein Gespräch von Angesicht zu Angesicht zurückbeordert worden, deshalb hatte ich die Tour gebucht. In jener

Nacht habe ich mich aus dem Hotel geschlichen und bin zu der konspirativen Wohnung gekommen.«

Zorin wusste alles über Intourist, die staatliche Reiseagentur, die als einziges Reisebüro in der Sowjetunion zugelassen war. Stalin selbst hatte es gegründet. Es wurde stets von KGB-Mitarbeitern geführt und war damals für sämtliche Einreisen von Ausländern in die Sowjetunion zuständig. Er hatte mehrfach offiziell von Intourist-Büros aus gearbeitet. Deshalb war ihm klar, wie Kelly hatte nach Moskau und zu dem Treffen kommen können.

»Nach dem Abend mit Andropow habe ich mich wieder meiner Reisegruppe angeschlossen und bin mit ihr nach Washington zurückgekehrt. Ich habe in meinem Beruf gearbeitet, habe meine Befehle für *Narrenmatt* ausgeführt und viel zugehört.«

Das hatte sich schon immer als das effektivste Mittel zur Informationsbeschaffung erwiesen. Auch Zorin hatte diese Devise auf den vielen Auslandsposten, die er innegehabt hatte, befolgt, doch es war nicht seine Spezialität, sich unter die Leute zu mischen. Er war eher ein Umsetzer.

»Nach dem Dezember 1991 hat das alles kaum noch eine Rolle gespielt«, fuhr Kelly fort. »Es hörte einfach schlagartig auf. Weder KGB noch SVR haben sich wieder bei mir gemeldet. Und wie ist es Ihnen ergangen, Aleksandr? Was ist geschehen?«

»Ich hatte das neue Russland ziemlich schnell satt. Es gab zu viele Ganoven, nach meinem Geschmack. Deshalb bin ich in den Osten gegangen, nach Sibirien. Meine Frau und mein Sohn sind gestorben, und danach habe ich allein gelebt und auf die richtige Gelegenheit gewartet.«

Sie näherten sich der Confederation-Brücke, die sich dreizehn Kilometer lang über die Northumberland-Enge erstreckte, die die Prince-Edward-Insel vom kanadischen Festland trennte.

Vor dreißig Jahren hatte er nur mit einer Fähre hinübergelangen können.

Kelly stoppte, bezahlte die Maut und fuhr dann auf die beleuchtete Brücke.

»Ich habe mich auch gefragt, ob diese Gelegenheit wohl jemals kommt«, sagte Kelly. »Ich dachte lange, alles sei vorbei. Andropow starb, wie wir wissen, 1984. Auch ich hatte meine Befehle ja direkt von ihm erhalten. Aber man hat mich nie davon entbunden, deshalb habe ich weiter meine Arbeit gemacht.«

»Ich genauso.« Er musterte im Dunkeln den Mann hinter dem Steuer genau. »Wir schulden es ihnen allen, die Sache zu Ende zu bringen. Wir hatten nie die Gelegenheit, die große Schlacht gegen den Hauptgegner zu schlagen. Stattdessen hat uns dieser Gegner zerstört.«

»So war es. Aber wir haben uns auch selbst sehr geschadet. Ich habe Jahrzehnte damit verbracht nachzulesen, wie das alles geschehen konnte. So viele Fehler. Ich habe viel aus der Geschichte gelernt.«

Das war Zorin genauso gegangen. Am wichtigsten war, dass es kein Zögern, keine Vorbehalte und keine Gnade geben würde. Politik spielte keine Rolle, Mitleid und Moral taten hier nichts zur Sache. Nichts davon hatte jemanden daran gehindert, die Sowjetunion zu zerstören. Es wurde Zeit, dass er Klarheit bekam. »Beim Narrenmatt braucht man zwei Züge bis zum Schachmatt. Andropow persönlich hat Ihrer Mission diesen Namen verliehen. Hat er etwas zu bedeuten?«

»O ja. Und damit ein Narrenmatt beim Schach erfolgreich ist, muss der Gegner ausgesprochen närrisch spielen. In diesem Fall hat Amerika das getan, indem es uns beherbergte.«

»Ich war der *Stille Zug*«, sagte er.

Kelly lachte. »Wie passend. Ein Akteur, der keine andere Figur auf dem Spielfeld gefährdet. Andropow hatte auf jeden Fall Sinn für Ironie.«

»Sie wussten also von dem Tod der anderen beiden?«

Sie fuhren immer noch über die zweispurige Brücke, in beide Richtungen gab es so gut wie keinen Verkehr. Das war nicht ungewöhnlich, denn es war mitten in der Nacht.

»Ich habe von ihrem vorzeitigen Ableben erfahren. Es war leicht nachvollziehbar, weshalb es dazu kam. Je weniger davon wussten, desto besser. Ich ging davon aus, dass ich der letzte Überlebende sein sollte, der auf Befehl das *Narrenmatt* durchziehen sollte. Aber wie haben *Sie* mich gefunden?«

»Ihr Name steht in alten Aufzeichnungen. Ich erfuhr ihn von jemandem, der Zugriff auf geheime Informationen hatte.«

»Ein Archivar hat Ihnen geholfen?«

Er nickte.

»Die Archivare sind wahrscheinlich die Einzigen, die noch wissen, wo man nachsehen muss«, sagte Kelly. »Es musste Aufzeichnungen über meinen Auftrag geben. Archivare haben eine Menge Schaden angerichtet. Ich habe das Buch von Mitrokhin gelesen, das damals in den 1990er-Jahren veröffentlicht wurde. Es war eine Frage des Überlebens, denn ich fürchtete, dass mich der verräterische Narr dort namentlich erwähnt.«

»Anscheinend liest Moskau gerade dieselben Aufzeichnungen wie mein Archivar.«

»Das glaube ich auch. Die Männer, die zum Haus gekommen sind, müssen vom SVR gewesen sein.«

Zorin hielt es für den richtigen Moment, eine Frage zu stellen. »Der erste Zug war, dass Sie die Waffen versteckt haben. Aber was ist der zweite Zug zum Narrenmatt? Der Zug, der den Sieg bringt?«

»Das ist der Konvergenzpunkt.«

Das war es, was Belchenko nicht wissen konnte oder nicht mitteilen wollte. Andropow hatte in jener Nacht gesagt, sie würden »*Amerika in seinem Innersten treffen*«. Zwei Schwächen waren entdeckt worden, und »*zum richtigen Zeitpunkt werden wir Amerika eine Lektion erteilen. Minimaler Einsatz, maximale Wirkung.«*

»Ich habe mich über den Nullten Verfassungszusatz informiert«, sagte Zorin. »Und noch mehr weiß ich aus diesen alten Aufzeichnungen und von jenem Archivar. Deshalb bin ich sicher, dass jetzt die Zeit gekommen ist.« Er verbarg seinen Enthusiasmus und stellte eine lange einstudierte Geduld zur Schau, um seine Gefühle unter Kontrolle zu halten. »Aber kennen Sie den Konvergenzpunkt?«

»Ich hatte den Auftrag, ihn zu bestimmen. Erinnern Sie sich noch, was uns Andropow gesagt hat?« Kelly streckte zwei Finger hoch. »Zwei Schwächen. In dem Briefumschlag, der an jenem Abend unter meinem Teller lag, wurden beide beschrieben. Der Nullte Verfassungszusatz ist eine von beiden.«

Das hatte ihm Belchenko bereits erklärt.

»Und die zweite ist der Ort der Detonation.«

Sie gelangten ans Ende der Brücke und fuhren aufs kanadische Festland.

»Ich bin der Einzige, der diesen Ort kennt«, sagte Kelly.

Malone saß am Steuer, und Cassiopeia starrte durch das Nachtsichtgerät nach vorn. Sie waren über eine Meile hinter Zorin und versuchten, sich zwischen den wenigen Autos zu verstecken, die auf der Landstraße unterwegs waren. Er glaubte nicht, dass sie bisher entdeckt worden waren. Wie hätte das auch sein können? Sie waren circa zwei Minuten nach Zorin aus Kellys Viertel geflüchtet und hatten zu ihm aufgeschlossen, als Polizeifahrzeuge über die Hillsborough-Brücke rasten. Zorin hatte sein Tempo verlangsamt – offenbar, um nicht aufzufallen. Danach hatten sie den Abstand gehalten, waren erst in westliche Richtung, dann südwärts gefahren und hatten eine Brücke überquert, die als Confederation-Brücke ausgeschildert war. Unterwegs hatte ihm Cassiopeia alles berichtet, was sie in Kellys Haus gehört hatte.

»Wir sind jetzt in New Brunswick«, sagte sie ihm.

»Warst du schon einmal hier?«

Sie setzte den Feldstecher ab. »Ein paar Mal. Hübsche Gegend.«

Sie holte ihr Handy heraus und bearbeitete das Display. »Vor uns liegen zwei Flughäfen in Moncton und St. John. Das könnten ihre Ziele sein. Außerdem gehen von hier einige Landstraßen ab. In westliche Richtung nach New Brunswick oder in den Osten nach Nova Scotia.«

»Dann werden wir wohl einfach abwarten müssen.«

»Was glaubst du, wer diese Kerle an Kellys Haus waren?«, erkundigte sie sich.

»Das müssen Russen gewesen sein. Wer sonst?«

»Das glaube ich auch.« Sie hob das Fernglas wieder vor die Augen. »Sie halten sich westlich, Richtung Moncton. Meinem Handy zufolge sind es noch ungefähr fünfzig Kilometer bis dahin.«

Er fuhr weiter und machte sich bereit, ebenfalls abzubiegen.

Sie mussten unbedingt zwei Dinge vermeiden.

Sie durften sich nicht entdecken lassen, und sie durften den Wagen nicht aus den Augen verlieren.

46

Stephanie stand hinter dem Präsidentenschreibtisch im Oval Office und richtete ihren Blick auf zwei Ordner. Einer war sehr umfangreich, und rote Lettern darauf bildeten unübersehbar die Worte: TOPSECRET – STEILPASS. Er war an den Ecken abgenutzt, der Geheimhaltungsstempel datierte aus dem Jahr 1989 und war vom Weißen Haus autorisiert worden. Das Siegel war aufgebrochen und die Seiten im Inneren durcheinander, aber sie erkannte alle Briefe, alle Memos, Notizen, rechtlichen Einschätzungen und internationalen Kommuniqués. Viele davon hatte sie selbst verfasst.

»Wie war Reagan?«, wollte Danny wissen.

»Schlau, gerissen und intuitiv. Es hat ihn amüsiert, wie sehr er von den anderen unterschätzt wurde. Aber er konnte Menschen lesen, insbesondere die Sowjets. Er hat viel Zeit damit verbracht, über ihr Ende nachzudenken.«

Sie blätterte die Seiten um und fand ein chronologisches Inhaltsverzeichnis. Der erste Eintrag datierte vom Februar 1982 und ihrem ersten Treffen mit Reagan. Der letzte stammte aus dem November 1989, als man ihr mitteilte, dass ihre Dienste nicht mehr benötigt wurden. Seit ihrem Ausscheiden schien nichts mehr geschehen zu sein. Aber was hätte das auch gebracht? Die Würfel waren schon längst gefallen, bevor der erste Bush sein Amt antrat. Sie dachte an die vielen Treffen zurück, die hier stattgefunden hatten, meistens spät in der Nacht, wenn nur noch wenige Menschen anwesend waren. Sie hatte sogar Nancy Reagan kennengelernt, die sie überaus reizend fand und die die Absichten ihres Ehemannes uneingeschränkt unterstützte. Die beiden waren wirklich ein Team. Sie hatte sie um ihre Beziehung beneidet, weil ihre eigene Ehe damals gerade in die Brüche zu gehen drohte.

»Reagan hatte ein Bauchgefühl, was die Sowjetunion anging, und er hatte Geduld«, sagte sie. »Er wartete auf jemanden wie Gorbatschow und nutzte es aus, als es so weit war. Vielleicht war es der Schauspieler in ihm, der den richtigen Moment abwartete, um mit der richtigen Zeile den maximalen Effekt zu erzielen. Er hat nie etwas überstürzt. Er hat mir immer eingeschärft, alles richtig zu machen, aber nicht schnell.«

»Wir haben stets das Glück gehabt, zur rechten Zeit den rechten Mann zu haben. In den Anfängen gab es Washington. Lincoln war da, als das Land auseinanderfiel. Wilson und Roosevelt, als die Wirtschaftskrise und die Weltkriege alles in Gefahr brachten. Und mit dem Kalten Krieg kam Reagan. Hat es ihm eigentlich etwas ausgemacht, dass alles erst nach seiner Amtszeit endete, als Bush am Ruder saß?«

»Nicht im Geringsten. Er interessierte sich nicht für Ruhm, ihn interessierten nur die Ergebnisse. Er wollte die Welt als einen sichereren Ort hinterlassen, als er sie vorgefunden hatte. Und genau das hat er getan. Ich habe ihn zum letzten Mal 1992 gesehen, in seiner Präsidentenbibliothek. Wir trafen uns allein, und er dankte mir noch einmal für alles, was ich getan habe. Er war ein außergewöhnlicher Mann, und die Geschichtsschreibung wird anerkennen, dass Ronald Reagan den Kalten Krieg gewann.«

»Du hast etwas Gutes bewirkt«, sagte ihr Danny. »Richtig gut. Du musst auf das, was du erreicht hast, wahnsinnig stolz sein.«

Sein Lob bedeutete ihr viel. Er war kein Mann, der leichtfertig mit Komplimenten um sich warf. Es lag in der Natur der Geheimdienstbranche, dass man so gut wie nie Anerkennung erntete. Eine Arbeit erledigt zu bekommen musste reichen, obwohl das manchmal nur ein kümmerlicher Ersatz für echte

Anerkennung war. Sie *war* stolz. Mehr, als sie sich jemals eingestehen konnte. Sie war dabei gewesen, als Osteuropa das Einparteiensystem abschaffte, die Planwirtschaft überwand und sich für Freiheit und Gesetzesherrschaft entschied. Sie hatte den beiden mächtigsten Männern der Welt geholfen, einen gefährlichen Feind von Grund auf zu zerstören.

Seither war viel geschehen, aber nichts war damit vergleichbar.

»Es war eine bemerkenswerte Zeit«, sagte sie. »Aber so wie jetzt entschied die anrückende Bush-Administration, dass sie mich nicht mehr benötigte. Es blieb mir ja gewissermaßen gar nichts anderes übrig, als ins Justizministerium zu wechseln.«

»*Von Stettin an der Ostsee bis Triest an der Adria hat sich ein eiserner Vorhang auf Europa herabgesenkt. Dahinter liegen all die Hauptstädte der alten Staaten Mittel- und Osteuropas. Warschau, Berlin, Prag, Wien, Budapest, Belgrad, Bukarest und Sofia. Diese berühmten Städte und die Bevölkerung ringsum liegen alle im sowjetischen Wirkungskreis, so muss ich es nennen.*«

Sie war beeindruckt. »Churchills Rede. Gehalten 1946 in Fulton, Missouri, nachdem er die Wahlen für eine weitere Amtszeit, die ihn als Premierminister bestätigen sollte, verloren hatte. Ich wusste gar nicht, dass du den Kalten Krieg studiert hast.«

Er deutete mit dem Finger auf sie. »Eigentlich wolltest du doch sagen, dass du gar nicht wusstest, dass ich mir Dinge merken kann. Du wirst noch einiges mehr an mir entdecken, was du nicht weißt.«

Davon war sie überzeugt.

»Truman saß bei Churchills Rede im Publikum«, sagte er. »Er erklärte hinterher seine Zustimmung zu jedem einzelnen Wort, insbesondere zu dem Begriff, der an jenem Tag geprägt wurde. *Eiserner Vorhang*. Churchill hatte recht, was Stalin und die Russen betraf.«

»Und wir brauchten weitere fünfundvierzig Jahre, um diesen Kalten Krieg zu gewinnen.«

»Aber gewonnen haben wir ihn. Ein totaler und vollständiger Sieg.«

»Wie hast du es herausgefunden?«, fragte sie. »Nur eine Handvoll Menschen wusste von *Steilpass*.«

»Osin hat es mir gestern erzählt.«

»Und du hast kein Wort darüber verloren?«

»Ich kann ein Geheimnis bewahren.«

Sie lächelte. Er konnte ziemlich bewundernswert sein, wenn er es darauf anlegte.

»Zorin ist ein Kalter Krieger wie du«, sagte er. »Aber im Gegensatz zu dir hat er sich nicht weiterentwickelt. Er ist eines unserer Probleme, aber der Riss im Kreml ist eine ganz andere Sache. Osin, das muss man ihm lassen, versucht das Richtige zu tun. Aber in der russischen Regierung gibt es mehr Verrückte als Osins. Keine Fanatiker vom Schlage Lenins. Nein, das sind reine Kriminelle, denen es nur um ihr eigenes Wohl geht. Es ist gut, dass sie keine Typen sind, die die Welt beherrschen wollen. Aber fünf Nuklearwaffen, die hier versteckt sind? Das könnte ihnen sehr gelegen kommen. Ein guter Hammer, um uns unter Kontrolle zu halten.«

Er deutete auf den anderen Aktenordner auf dem fast leeren Schreibtisch. »Den hier habe ich von Edwin zusammenstellen lassen.«

Sie wollte danach greifen, aber er klopfte ihr zärtlich auf die Hand und hielt sie davon ab. Es lief ihr eiskalt den Rücken herunter – ein ungewohntes Gefühl.

Das Telefon auf dem Schreibtisch summte und killte den Augenblick.

Er drückte auf den leuchtenden Knopf und schaltete den Lautsprecher ein.

»Es gab ein Problem in Kanada«, sagte Edwin.

Die beiden hörten sich an, was die Polizei auf der Prince-Edward-Insel gefunden hatte. Vier Leichen beim Haus eines Mannes namens Jamie Kelly, am Stadtrand von Charlottetown. Keiner hatte irgendwelche Papiere bei sich.

»Gibt es etwas Neues von Cotton?«, fragte sie.

»Nichts. Immerhin wissen wir jetzt, dass er fleißig war.«

Das konnte man wohl sagen.

»Er wird anrufen, wenn es nötig ist«, sagte sie zu Edwin. »Können Sie die Kanadier bitten, sich da herauszuhalten?«

»Schon geschehen.«

»Halten Sie mich auf dem Laufenden«, sagte Danny und beendete das Gespräch.

Sie sah die Sorge in seinem Blick.

»Was wolltest du mir gerade zeigen?«, fragte sie.

»Cotton hat berichtet, dass der Archivar Belchenko vor seinem Tod zwei Dinge erwähnte. Narrenmatt und den Nullten Verfassungszusatz. Osin hat versprochen, sich um den ersten Begriff zu kümmern. Mit dem zweiten müssen wir selbst klarkommen.«

Er deutete auf den anderen Ordner. »Da steht alles drin.«

Sie betrachtete den Ordner.

»Das sind Kopien von Dokumenten, die Edwin in einer alten geheimen CIA-Datei gefunden hat. Die Worte *Nullter Verfassungszusatz* haben uns direkt hierher geführt. Anscheinend haben wir inzwischen alles in Langley digital erfasst, was eine gute Sache ist. Die Leute da haben mir gesagt, dass sie diese beiden Worte im Zusammenhang mit der Sowjetunion seit den 1980er-Jahren nicht mehr gehört haben. Nimm den Ordner mit nach oben und lies. Und dann schlaf ein wenig. Du kannst dir ein Schlafzimmer aussuchen.«

»Deines inbegriffen?«

Er grinste. »Wie du bereits gesagt hast – erst wenn ich ein freier Mann bin.«

Sie griff nach der Akte. Etwas Schlaf wäre großartig, aber sie war verdammt neugierig und wollte erfahren, worum es ging.

»Wir unterhalten uns morgen beim Frühstück weiter darüber«, versprach er.

Sie ging zur Tür.

»Die Sowjets nannten es den Nullten Verfassungszusatz«, sagte er zu ihr. »Bei uns heißt es der 20. Verfassungszusatz.«

Cassiopeia behielt den Feldstecher vor den Augen. Die grau getönten Bilder der Straße vor ihr waren leicht zu erkennen. Die Nachtsichttechnologie hatte seit ihren Anfängen, als noch alles grün war, große Fortschritte gemacht. Eigentlich war das Bild, das sich ihren Augen bot, so klar wie die Dämmerung an einem Sommertag. Sie hatte ihre Route mit dem Smartphone verfolgt und festgestellt, dass sie sich von Kanada wegbewegten. Die Grenze zu Maine war keine achtzig Kilometer entfernt.

»Will er in die Vereinigten Staaten hinüberfahren?«, fragte sie.

»Kelly könnte das mühelos. Edwin hat mir gesagt, dass er US-Bürger ist. Aber Zorin? Ausgeschlossen. Er ist mit einem Fallschirm gelandet. Falls er keine falschen Ausweispapiere mitgebracht hat, brauchte er ein Visum, um legal mit einem russischen Pass einzureisen. Ich bezweifle, dass er überhaupt einen Pass besitzt. Aber das wird ihn nicht aufhalten.«

Sie waren ein Stück zurückgefallen, manchmal etwas zu weit, aber zum Glück war der Wagen vor ihnen nicht abgebogen.

»Jetzt kommt bald eine Stadt namens Digdeguash«, sagte sie und blickte auf die Landkarte in ihrem Handy.

Cotton hatte es blendend verstanden, die wenigen Fahrzeuge, auf die sie stießen, als Deckung zu nutzen. Sie sah auf ihre Uhr. Fast drei Uhr morgens.

»Er wird nicht über die Grenze fahren«, sagte Cotton.

Sie pflichtete ihm bei, deshalb nahm sie den Finger und scrollte durch die Karte in ihrem Smartphone, bewegte das Bild nach Norden und Süden, dann nach Osten und Westen. »Wir sind bald nördlich von Maine, es geht einfach über die Passamaquoddy-Bucht, dazwischen liegen vielleicht dreißig Kilometer.«

»Genauso wird er es anstellen«, sagte Cotton. »Er fährt übers Wasser.«

47

Zorin hatte gar nicht erst versucht, aus Kelly herauszubekommen, was er entdeckt hatte. Die Orte der Explosionen waren bedeutungslos, wenn die Waffen nicht funktionierten.

Also alles der Reihe nach.

Eine Zeitlang waren sie schweigend gefahren, vorbei an der Stadt St. John, und über den vierspurigen Highway südwärts, bis dieser auf zwei Spuren zusammenschrumpfte und dem Küstenverlauf folgte. Sein Fahrer schien genau zu wissen, wohin er fuhr.

Sie kamen in eine ruhige Ortschaft, in der noch alles schlief. Kelly stoppte an einer Kreuzung, dann bog er südwärts auf eine andere asphaltierte Landstraße ab.

»Gleich kommt ein entzückendes kleines Städtchen namens St. Andrews by the Sea«, sagte Kelly. »Ich bin oft da gewesen. Es leben nur ein paar tausend Menschen dort, und Maine liegt gleich auf der anderen Seite des St.-Croix-Flusses. Ich segle gern, und dort gibt es Boote zu mieten. Um diese Uhrzeit können wir eins stehlen und sind längst weg, bevor es jemand merkt. Wir umgehen den Fluss und überqueren die Bucht in Richtung Eastport in Maine. Es ist nicht weit, fünfzig Kilometer oder so. So können wir uns leicht in die Vereinigten Staaten schmuggeln.«

Zorin musste darauf vertrauen, dass dieser Mann wusste, was er tat.

»Ich war im letzten Sommer hier. Walbeobachtung ist in St. Andrews das große Geschäft. Ich mag die Stadt. Sie wurde von königstreuen Briten gegründet, die nach dem Unabhängigkeitskrieg aus den Kolonien flüchteten, weil sie keine Sympathien für das neue Amerika hatten. Bei dieser böigen Luft wird es ein kalter Segeltörn, aber die Route ist die schlaueste.«

»Hm. Warum in die Bucht hinausfahren und nicht einfach den Fluss überqueren? Sie haben gesagt, die Grenze sei keine drei Kilometer entfernt in dieser Richtung.«

»Dort wird Tag und Nacht patrouilliert. Der einfachste Weg, um in die Vereinigten Staaten zu kommen, führt über die Bucht, durch den Haupteingang. Ich habe diese Möglichkeit schon vor Langem geplant, aber ich hätte nie gedacht, dass ich sie wirklich einmal gebrauchen könnte.«

Ein Ortsschild verkündete, dass sie nach St. Andrews kamen. Weitere Schilder sollten die Menschen zu einem Aquarium und einem Naturpark lenken.

»Das Algonquin-Hotel ist entzückend«, sagte Kelly. »Im Stil der Alten Welt. Es liegt in dieser Richtung auf einem Hügel, aber zu den Bootsliegeplätzen geht es hier entlang.«

Dann ging es durch eine winzige Innenstadt voller farbenprächtiger Schindelhäuser. Vorwiegend Läden, Cafés und Kunstgalerien. Hoch über einem flatterte eine beleuchtete kanadische Flagge. Kelly parkte am Wasser, und sie verließen den Wagen. Jeder trug sein Gepäck. Die Nachtluft war noch eisig, und die gefrierende Feuchtigkeit spannte die Gesichtshaut wie zu Hause in Sibirien. Es war menschenleer und ruhig, abgesehen von der sanften Dünung, die ans nahe Ufer schwappte.

Sie gingen einen Bootsanleger entlang, der in die Bucht hinausragte. Auf beiden Seiten lagen Boote vertäut. Kelly schien noch auf der Suche nach einem geeigneten Boot zu sein, schließlich entschied er sich für einen Einmaster von circa sechs Metern Länge und sprang auf das Bootsdeck hinunter.

»Machen Sie es los. Wir lassen uns vom Anleger aus hinaustreiben, dann hissen wir das Segel. Können Sie ein bisschen segeln?«

»Nicht die Spur«, antwortete Zorin.

»Was für ein Glück, dass ich es kann.«

Er löste die Leinen, dann sprang er aufs Boot. Er war zwar überhaupt kein Fan von Wasser, begriff aber, wie fundiert Kellys Vorschlag war. Das Boot trieb sofort vom Anleger weg, und die Ebbe zog sie hinaus in die Bucht. Kelly löste das Hauptsegel vom Mastbaum und bereitete alles vor, um den beständigen Nordwind einzufangen. Die schmale Bucht, die vor ihnen lag, schien ein paar Kilometer lang zu sein und war an den Ufern auf beiden Seiten bewaldet.

Was hatte Kelly gesagt? Fünfzig Kilometer bis zur anderen Seite?

Das konnte er verkraften.

Er checkte seine Uhr.

Gleich vier Uhr.

Noch 36 Stunden.

Malone wurde Zeuge des Diebstahls eines Einmasters. Zorin und Kelly trieben jetzt vom Ufer weg. Sie waren ein paar Minuten nach den Russen durch die Stadt gekurvt und hatten im Schutz der Dunkelheit kurz vorm Ufer angehalten. Er senkte das Nachtsichtgerät und reichte es Cassiopeia. Sie waren eine Viertelmeile von der Küste entfernt und standen zwischen den wenigen Gebäuden der Hauptstraße.

»Wir können ihnen nicht folgen«, sagte sie und beobachtete durch das Fernglas, was dort auf dem dunklen Wasser geschah. »Bei dieser Kälte sind da draußen keine anderen Boote unterwegs.«

»Darf ich mal dein Handy haben?«

Sie reichte ihm das Gerät, und er rief noch einmal das Weiße Haus an, dieselbe Nummer, die er zuvor schon benutzt hatte, um einen Zwischenbericht abzugeben, und Edwin Davis nahm das Gespräch an. Er erklärte dem Stabschef die Lage. »Ich vermute, dass uns hier oben Drohnen zur Verfügung stehen?«, fragte er dann.

»Bleiben Sie dran. Ich finde es heraus.«

Zwei Minuten später meldete Edwin sich zurück und sagte: »Klar. Die Kanadier sind zwar nicht gerade erbaut darüber, aber wir haben sie. Ich habe eine in die Luft geschickt. Sie sollte sich in weniger als dreißig Minuten über ihrem Standpunkt befinden.«

Er warf einen Seitenblick auf Cassiopeia, die seinen Gesprächspartner verstehen konnte, obwohl der Lautsprecher nicht eingeschaltet war.

Sie nickte und sagte: »So lange können wir Sichtkontakt halten, aber nicht viel länger. Er ist in südöstlicher Richtung auf dem Weg nach Maine.«

»Haben Sie das gehört?«, fragte er Edwin.

»Wir werden sie auf der ganzen Strecke im Auge behalten. Was haben Sie jetzt vor?«

»Ich warte auf den Anruf, mit dem Sie mir mitteilen, dass Sie sie haben. Dann fahren wir mit dem Auto nach Maine, südlich der Grenze. So können wir in der Nähe sein, wenn sie irgendwo an Land gehen. Wir sollten darauf achten, dass ihnen keiner zu nahe tritt. Keine Grenzstreifen.«

»Man hat mir gesagt, dass die Dinge dort locker gehandhabt werden. Der Grenzübertritt funktioniert auf Vertrauensbasis«, sagte Davis.

»So viel zum Thema sichere Grenzen.«

»Wenn wenigstens die Öffentlichkeit davon wüsste. Immerhin führen wir Patrouillenflüge mit den Drohnen durch.«

»Hauptsache, Sie verlieren ihn nicht. Wir sind ihnen schon so nah.«

»Keine Sorge, wir verlieren sie schon nicht.«

Cassiopeia beobachtete weiterhin die Bucht in der Ferne.

Er stand neben ihr in der Kälte. »Glück für uns, dass die

beiden schon lange nicht mehr im Geschäft sind. Zu ihren Zeiten gab es noch keine Drohnen mit hochauflösenden Kameras.«

Sie senkte den Feldstecher. »Was meinst du, worauf das alles hinausläuft?«

Er wusste es wirklich nicht.

»Hoffentlich findet Stephanie das für uns heraus.«

48

Die Nachfolgeregelung der US-amerikanischen Präsidentschaft ist seit dem Inkrafttreten der Verfassung im Jahre 1787 ein heikles Thema. Im Artikel II, Abschnitt 2, Satz 5 wird festgelegt, dass eine Person, um das Amt des Präsidenten bekleiden zu können, ein geborener Staatsbürger, mindestens fünfunddreißig Jahre alt und seit mindestens vierzehn Jahren in den Vereinigten Staaten wohnhaft sein muss. Für den Fall einer Amtsenthebung, des Todes, des Rücktritts oder der Unfähigkeit, die präsidialen Pflichten erfüllen zu können, benennt Artikel II, Abschnitt 1, Satz 6 den Vizepräsidenten als ersten Amtsnachfolger.

Sieben amerikanische Präsidenten starben während ihrer Amtszeit, und jedes Mal wurde der Vizepräsident vereidigt und regierte für den Rest der laufenden Legislaturperiode. Ob der Vizepräsident tatsächlich Präsident war oder lediglich geschäftsführender Präsident – dieser Punkt wurde unter Verfassungsrechtlern lange diskutiert. Niemand weiß es genau. Die Frage wurde schließlich 1967 mit der Ratifizierung des 25. Verfassungszusatzes geregelt, in dem festgelegt wurde, dass Artikel II, Abschnitt 1, Satz 6 den Vizepräsidenten zum tatsächlichen Präsidenten bestimmt, falls der Präsident stirbt, zurücktritt oder seines Amtes enthoben wird. Dieser Verfassungszusatz legte außerdem fest, dass ein vakanter Posten des Vizepräsidenten vom Präsidenten besetzt werden und vom Kongress bestätigt werden muss. Vorher war es so, dass das Amt des Vizepräsidenten unbesetzt blieb, falls er ins Präsidentenamt aufgerückt oder der Posten aus anderen Gründen unbesetzt war. In diesem Fall blieb der Posten des Vizepräsidenten bis zu den nächsten Präsidentschaftswahlen unbesetzt.

Gerald Ford war 1974 der Erste, der Vizepräsident war und durch den 25. Verfassungszusatz Präsident wurde. Dies ist fundiertes US-amerikanisches Recht, und ein Großteil der Unsicherheit, die einst das Nachrücken eines Vizepräsidenten in das Präsidentenamt begleitete, wurde somit beseitigt.

Aber was ist mit den anderen, die ins Präsidentenamt nachrücken, wenn kein Vizepräsident zur Verfügung steht?

Der 20. Verfassungszusatz nimmt sich dieser Möglichkeit an. Dieser Verfassungszusatz befasst sich auch mit Fragen der Nachfolge, die entstehen können, bevor ein Präsident und ein Vizepräsident den Amtseid leisten.

Hier sind die relevanten Passagen:

Die Amtsperioden des Präsidenten und Vizepräsidenten enden am Mittag des 20. Tages des Monats Januar. Wenn zu der für den Beginn der Amtsperiode des Präsidenten festgesetzten Zeit der gewählte Präsident verstorben sein sollte, wird der gewählte Vizepräsident Präsident. Wenn vor dem für den Beginn der Amtsperiode festgesetzten Zeitpunkt kein Präsident gewählt worden sein sollte oder wenn der gewählte Präsident die Voraussetzungen der Amtsfähigkeit nicht erfüllt, nimmt der gewählte Vizepräsident die Geschäfte des Präsidenten wahr, bis ein amtsfähiger Präsident ermittelt ist. Für den Fall, dass weder ein gewählter Präsident noch ein gewählter Vizepräsident amtsfähig ist, kann der Kongress durch Gesetz bestimmen, wer dann die Geschäfte des Präsidenten wahrnehmen soll, oder das Verfahren festlegen, nach dem derjenige, der die Geschäfte wahrnehmen soll, auszuwählen ist. Dieser übt daraufhin die Geschäfte aus, bis ein amtsfähiger Präsident oder Vizepräsident ermittelt ist.

Erstens geht aus diesem Verfassungszusatz eindeutig hervor, dass die Amtszeit eines Präsidenten genau mittags am 20. Ja-

nuar endet, woraus abgeleitet werden kann, dass die Amtszeit des nächsten Präsidenten im selben Moment beginnt. Zweitens: Falls der gewählte Präsident vor Beginn seiner Amtszeit stirbt, wird der gewählte Vizepräsident am 20. Januar Präsident und dient während der gesamten Legislaturperiode, für die der zukünftige Präsident gewählt wurde. Drittens: Der Kongress kann ein Gesetz erlassen, falls weder der gewählte Präsident noch ein gewählter Vizepräsident über die nötige Eignung verfügen oder ihren Dienst antreten können.

Diese letzte Möglichkeit wurde 1947 vom Kongress im Gesetz zur Präsidentschaftsnachfolge geregelt, in dem die Reihenfolge der Amtsnachfolger für die Fälle bestimmt wird, in denen kein Präsident oder Vizepräsident entweder vor oder nach der Vereidigung zur Verfügung stehen. Als Erster in der Reihe kommt der Sprecher des Repräsentantenhauses, dann der Präsident pro tempore des Senats. Danach folgen in festgelegter Reihenfolge verschiedene Kabinettsmitglieder, beginnend mit dem Außenminister, gefolgt vom Finanzminister, dem Verteidigungsminister und dem Generalstaatsanwalt. Es endet mit dem Kriegsveteranenminister, der den sechzehnten Platz in der Reihe der Nachfolger einnimmt.

Um als Nachfolger infrage zu kommen, muss das Kabinettsmitglied die verfassungsmäßigen Voraussetzungen erfüllen, die an das Präsidentenamt geknüpft sind, und er muss nach Absprache mit und Einwilligung durch den Senat bestimmt worden sein. Nach der Vereidigung sehen die Statuten vor, dass das Regierungsmitglied automatisch seines bzw. ihres Kabinettspostens enthoben wird und entweder für die verbliebene Legislaturperiode Präsident wird, oder bis eine Person, die einen höheren Rang in der Liste der Nachfolger einnimmt, ihren Dienst antreten kann. Dieses Gesetz wurde bisher nie angewendet, es gibt jedoch offene Fragen hinsichtlich seiner Übereinstimmung mit der Verfassung.

Als Erstes sollte die genaue Formulierung des Gesetzes betrachtet werden. In Abschnitt (a), (1) heißt es:

> Wenn aufgrund des Todes, des Rücktrittes, der Amtsenthebung, der Amtsunfähigkeit oder Fehlens der Wählbarkeit weder ein Präsident noch ein Vizepräsident zur Verfügung steht, um die Rechte und Pflichten des Amtes des Präsidenten auszuüben, amtiert der Sprecher des Repräsentantenhauses – nach seinem Rücktritt als Sprecher und als Mitglied des Repräsentantenhauses – als Präsident.

Zunächst muss man sich fragen, ob ein Kongressmitglied überhaupt in die Liste der Nachfolge aufgenommen werden darf. Artikel II, Abschnitt 1, Satz 6 der Verfassung legt fest, dass nur ein »Amtsträger« der Vereinigten Staaten als Nachfolger des Präsidenten bestimmt werden kann. Fast jeder Rechtswissenschaftler, der sich mit dem Thema befasst hat (zu denen auch James Madison, einer der amerikanischen Gründerväter, gehörte), kam zu dem Schluss, dass dieser Begriff Kongressmitglieder ausschließt. Gestützt wird dies durch die Unvereinbarkeitsklausel (Artikel I, Abschnitt 6, Satz 2), die besagt:

> Kein Senator oder Abgeordneter darf während der Zeit, für die er gewählt wurde, in irgendeine Beamtenstellung im Dienste der Vereinigten Staaten berufen werden, die während dieser Zeit geschaffen oder mit erhöhten Bezügen ausgestattet wurde; und niemand, der ein Amt im Dienste der Vereinigten Staaten bekleidet, darf während seiner Amtsdauer Mitglied eines der beiden Häuser sein.

Im amerikanischen Verfassungsstaat müssen die beiden Arme der Regierung, die Legislative und die Exekutive, getrennt bleiben. Im Nachfolgegesetz 1947 wird dieses Gebot umgangen, indem es vom Sprecher des Repräsentantenhauses und/oder dem Präsidenten pro tempore des Senats verlangt, ihre Ämter im Kongress niederzulegen, bevor sie als Präsident vereidigt werden. Wie aber sollten sie zur Präsidentschaft berechtigt sein, wenn sie nach ihrem Rücktritt nicht mehr Sprecher oder Präsident pro tempore sind und die Nachfolgeregelung deshalb nicht mehr greift?

Für den Fall, dass ein Kabinettsmitglied von dem Gesetz berührt wird, gibt es eine Passage im Unterabschnitt (d), (3) des Gesetzes, in dem ausdrücklich festgelegt wird:

> Die Ableistung des Amtseides durch eine in der Liste nach Paragraph (1) dieses Unterabsatzes benannte Person gilt als Rücktritt von dem Amt, kraft dessen er für das Amt des kommissarischen Präsidenten wählbar geworden ist.

Kein solcher Vorbehalt erscheint im Unterabschnitt des Gesetzes, in dem der Sprecher des Repräsentantenhauses oder der Präsident pro tempore des Senats als Amtsnachfolger bestimmt werden.

Weitere Rechtsprobleme ergeben sich auch, wenn ein Kabinettsmitglied in die Liste der Nachfolger aufgenommen wird. Im Gesetz von 1947 wird ausdrücklich festgelegt, dass jedes Kabinettsmitglied, das die Nachfolge antritt, als »geschäftsführender Präsident« dient, bis ein neuer Sprecher des Repräsentantenhauses oder ein neuer Präsident pro tempore des Senats gewählt wird, der dann dieses Kabinettsmitglied als geschäftsführenden Präsidenten ersetzen würde. Verfassungsrechtler nennen es »bumping«, aber diese Bestimmung widerspricht dem Artikel II, Abschnitt 1, Satz 6 der Verfassung, der sich mit dem Nachrücken eines Regierungsmitgliedes der Vereinigten Staaten ins Präsidentenamt befasst. Dort steht: »Dieser Beamte versieht dann die Geschäfte so lange, bis die

Amtsunfähigkeit behoben oder ein Präsident gewählt worden ist.«

Die Experten sind sich einig, dass es keine verfassungsrechtlichen Sanktionen für den Zusammenstoß eines Regierungsmitgliedes mit einem anderen gibt, was sinnvoll ist, weil das Verbot die Verwirrung vermeidet, die mit Sicherheit entstünde, falls die amerikanische Präsidentschaft innerhalb kurzer Zeit auf mehrere Personen übertragen würde. Es würde auch verhindern, dass der Kongress Einfluss auf die Exekutive ausüben könnte (und somit die Gewaltenteilung verletzte), indem er damit droht, ein Kabinettsmitglied, das als geschäftsführender Präsident fungiert, durch einen neu gewählten Sprecher des Repräsentantenhauses zu ersetzen.

Das Gesetz zur Präsidentschaftsnachfolge von 1947 ist – kurz gesagt – fehlerhaft. Ein Beobachter nennt es »einen vorhersehbaren Unfall«. Sollten die gesetzlichen Bestimmungen jemals angewandt werden, kämen dabei nichts als Rechtsstreitigkeiten heraus. Im Anhang dieses Dokuments findet sich eine lange Liste von Rechtsgutachten und wissenschaftlichen Aufsätzen (von 1947 bis zur Gegenwart), die zu demselben Schluss gekommen sind. Trotzdem hat der Kongress der Vereinigten Staaten keinen Versuch unternommen, die Mängel des Gesetzes zu beheben.

So gilt es Folgendes zu bedenken: Falls ein Präsident im Amt verstirbt, wird der Vizepräsident nach dem 25. Verfassungszusatz Präsident und amtiert während der Dauer der verbliebenen Legislaturperiode. Falls ein Vizepräsident im Amt stirbt, bestimmen auf Grundlage desselben Verfassungszusatzes der Präsident und der Kongress einen Ersatz, der während der Dauer der verbliebenen Legislaturperiode im Amt bleibt. Falls der gewählte Präsident vor dem Ableisten des Amtseides verstirbt, regelt der 20. Verfassungszusatz, dass der gewählte Vizepräsident das Präsidentenamt übernimmt.

Aber was geschieht, wenn sowohl der gewählte Präsident als auch der gewählte Vizepräsident vor dem Mittag des 20. Januar sterben?
Der 20. Verfassungszusatz versäumt es, diese Möglichkeit zu berücksichtigen. Stattdessen beauftragte der Verfassungszusatz den Kongress damit, eine Antwort zu liefern, die der Kongress in diesem Fall mit dem Gesetz zur Präsidentennachfolge von 1947 leistete. Aber in diesem Gesetz gab es keine Lösungen für den Fall dieses Katastrophenszenarios. Vielmehr würden die Vereinigten Staaten beim gegenwärtigen Stand des Gesetzes in ein politisches und rechtliches Chaos gestürzt werden.

Stephanie hatte das Memorandum zum zweiten Mal gelesen.

Eine andere Akte in dem Ordner wies darauf hin, dass dieses Dokument am 9. April 1982 unter den Unterlagen gefunden wurde, die ein sowjetischer Spion, der in Westdeutschland gefasst wurde, besaß. Der Autor war unbekannt. Aber der KGB hatte große Anstrengungen unternommen, um sich über das Gesetz zur Präsidentennachfolge von 1947 zu informieren, eine relativ obskure Facette des amerikanischen Rechts.

Sie hatte es sich im zweiten Stock des Weißen Hauses in einem bescheidenen Schlafzimmer mit zwei Queen-Size-Betten bequem gemacht. Auf einem Mahagonitisch zwischen den beiden Betten brannte eine Lampe. Danny befand sich ein Stockwerk tiefer in den persönlichen Wohnräumen des Präsidenten. Sie hatte vergeblich zu schlafen versucht und deshalb das Memo ein zweites Mal gelesen. Nach eigener Einschätzung war sie in Fragen der Verfassung durchaus bewandert, und ihr waren auch die Mängel des 20. Zusatzartikels bewusst, die Fehler im Nachfolgegesetz von 1947 überraschten sie jedoch, wie auch offenbar die fehlende Bereitschaft des Kongresses, das Gesetz zu ändern.

Allerdings konnte sie nachvollziehen, weshalb die Sache so zögerlich behandelt wurde.

Wie groß waren die Chancen, dass das Gesetz jemals zur Anwendung kam?

Es gab nur zwei Gelegenheiten, bei denen die amerikanische Regierung an einem einzigen Ort versammelt war. Das war einmal bei der jährlichen Ansprache zur Lage der Nation, die jeden Januar im Repräsentantenhaus auf dem Kapitol gehalten wurde. Die andere Gelegenheit war die Vereidigung des Präsidenten. Jede wichtige Figur war bei beiden Ereignissen anwesend.

Nur einer fehlte.

Der designierte Überlebende.

Bei ihm handelte es sich normalerweise um ein Kabinettsmitglied, das vom Stabschef des Weißen Hauses vor dem Ereignis im Geheimen bestimmt und an einem entlegenen und ungenannten Ort versteckt wurde. Die Person kam in den Genuss der präsidialen Sicherheitsstufe und Transportmittel. Es gab sogar einen Adjutanten, der den Atom-»Football« dabeihatte, den der Überlebende verwenden konnte, um einen Gegenangriff zu autorisieren. Im Falle einer totalen Katastrophe würde diese Person, nach dem Nachfolgegesetz von 1947, in direkter Linie zum geschäftsführenden Präsidenten werden. All diese Pläne setzten jedoch voraus, dass es keine politischen oder verfassungsrechtlichen Probleme bei diesem Aufstieg gab.

Gerade dies schien jedoch nicht der Fall zu sein.

In Wahrheit wirkte schon der Grundgedanke des Nachfolgegesetzes von 1947 suspekt.

Aber was hatte das mit Aleksandr Zorin und den vermissten russischen Atombomben zu tun? War sich Zorin dieser Dinge bewusst und plante er jetzt einen Angriff auf die Vereidigungszeremonie? Das schien der logische Schluss sein, wenn man berücksichtigte, was Cotton über Zorin und den Nullten Verfassungszusatz berichtet hatte. Mit Sicherheit würde am Montag die gesamte Regierung – abgesehen vom designierten Überlebenden – auf der Westseite des Kapitols anwesend sein, um dort Zeuge des Beginns der Amtszeit von Warner Fox zu werden.

Was aber wäre mit einer derart waghalsigen Aktion zu gewinnen? »*Er heißt Aleksandr Zorin, und er will Rache.*« Das hatte Osin ihr erzählt.

Und dann war da auch noch etwas anderes, von dem Cotton berichtet hatte.

Narrenmatt.

Auch Danny hatte gesagt, er warte darauf, dass Osin mehr Informationen dazu liefere.

Doch sie wusste eine schnellere Methode, um an diese Informationen zukommen.

49

Zorin starrte über das Wasser nach Eastport, Maine. Er und Kelly waren von der kanadischen Seite der Bucht aus in knapp zwei Stunden hinübergesegelt. Schließlich hatten sie das Segel eingeholt und waren circa einen halben Kilometer vor der Küste vor Anker gegangen. In der Kabine unter Deck befanden sich zwei Kojen, ein paar Ersatzteile und Schwimmwesten. Sie hockten sich hinein und zogen die Gardinen vor den Bullaugen zurück. Er schaute hindurch und sah einen Kai und einen Bootsanleger mit verschiedenen Booten. Eastport wirkte wie ein malerisches kleines Städtchen. Kelly hatte erklärt, dass es sich rühmte, die östlichste Stadt der Vereinigten Staaten zu sein.

»Es ist ein offizieller Einreisehafen«, sagte Kelly. »Es gibt eine Fähre, die von hier zur Deer-Insel in New Brunswick fährt, aber nur im Sommer. Um diese Jahreszeit kann man inoffiziell ein- und ausreisen.«

»Wir dürfen auf keinen Fall verhaftet werden.«

»Das werden wir nicht. Ich habe diesen Weg schon ausprobiert. Was hat man uns beigebracht, Aleksandr? Sei vorbereitet oder stirb.«

Er kletterte auf das kleine Achterdeck hinaus und hörte der fernen Brandung zu, die sich an der felsigen Küste brach. Hier draußen auf dem Wasser, wo nichts den Wind abhielt, fuhr ihm der kühle Nordwind in die Knochen. Es war wie an einem anderen kalten Tag, in längst vergangenen Zeiten auf der Kamtschatka-Halbinsel, als sechs opiumsüchtige Soldaten eine TU-134 kaperten, die zu den sibirischen Ölfeldern unterwegs war. Zwei der vierundsiebzig Passagiere wurden getötet und das

Flugzeug dabei beschädigt, was vorübergehend verhinderte, dass man damit in den Westen fliegen konnte, wohin die Soldaten wollten. Er hatte an jenem Tag draußen auf dem Meer gesessen, etwa einen halben Kilometer entfernt, und auf eine Gelegenheit gewartet. Damals hatte ihn ein anderer arktischer Wind bis auf die Knochen abgekühlt. Irgendwann hatten er und drei andere Männer aus seiner *Spetsnaz*-Einheit sich an Land geschlichen, das Flugzeug gestürmt und alle sechs Entführer getötet.

Er war gut gewesen in seinem Job.

Man hatte ihn respektiert.

Gefürchtet.

Und honoriert.

Jeden Tag waren unmarkierte Busse kreuz und quer durch Moskau gefahren, die KGB-Mitarbeiter kostenlos benutzen konnten. Mangel war für ihn und andere Geheimdienstoffiziere nie ein Thema gewesen. In den Lebensmittelläden des KGB gab es Lachs, Würste, Käse, Brot und sogar Kaviar. Westliche Kleidung stand reichlich zur Verfügung. Es gab Sportcenter, Saunas, Schwimmhallen und sogar Tennisplätze. Ein privates Ärzteteam arbeitete rund um die Uhr. Es gab eine moderne Zahnklinik. Selbst Masseurinnen konnten bestellt werden. Im Hauptquartier des Ersten Direktorats, das gleich vor den Toren Moskaus lag, war die Sicherheitsstufe höher als im Kreml. Und was für ein Gebäude! Die Baumaterialien waren aus Japan und Europa importiert worden, die Inneneinrichtung stammte komplett aus Finnland. Wohin man auch blickte, man konnte nur staunen. Die Marmorfassade glänzte in der Sonne, das Holzparkett war spiegelblank poliert. Man hatte keine Kosten gescheut und den ganzen Komplex so gestaltet, dass jeder, der hier arbeitete, daran erinnert wurde, dass er etwas Besonderes war.

Nur das Beste für die Besten.

Und Offiziere wie er, die für die Nordamerika-Abteilung arbeiteten, zählten zu den wichtigsten Mitarbeitern.

Dann löste sich alles in Luft auf.

»Haben Sie jemals gesehen, was aus den Wäldern wurde?«, fragte er. Mit diesem Begriff hatten sie das Hauptquartier des Ersten Direktorats bezeichnet.

Kelly schüttelte den Kopf. »Nach jenem Abend mit Andropow bin ich nicht mehr dort gewesen. Ich bin nie dazu gekommen.«

»Da haben Sie Glück gehabt. Sie hätten sich geschämt. Ich war 1994 da. Das Mauerwerk bröckelte, die Farbe blätterte ab, drinnen war es schmutzig, und die meisten Leute waren schon mittags betrunken. Diese finnischen Möbel, die wir so bewunderten, waren entweder weg oder zerstört. In den Toiletten standen Dutzende von Schnapsflaschen. Alles stank nach Alkohol und Tabak. Nirgendwo Toilettenpapier oder Papierhandtücher. Die Leute haben das genauso schnell geklaut, wie es ausgegeben wurde. Man benutzte alte Zeitungen, um sich den Hintern zu wischen. Man wollte den Ort einfach verrotten lassen, genau wie uns.«

Es machte ihn krank, darüber nachzudenken. Intelligente, loyale und zuversichtliche Männer wurden dadurch gebrochen. Aber er brauchte nicht zu vergessen. Hass war ein kräftiger Treibstoff für seine alternden Emotionen. Als Offizier, der im Ausland stationiert war, wusste er, dass alles vorüberging. Er hatte im Training gelernt, sich vor dem Irrwitz, der ihn umgab, zu verschließen. Moskau war immer seine Heimat gewesen, es war vertraut und bequem, doch als diese Welt zu existieren aufhörte, waren ihm der Verstand und jegliche nüchterne Überlegung abhandengekommen.

Er hatte sich wirklich verlassen und einsam gefühlt.

»Fast wünschte ich, wie Sie zu sein«, sagte er, »und hier zu leben, wo man den Niedergang nicht mit ansehen muss.«

»Ich habe nie vergessen, dass ich ein Offizier des KGB war. Niemals. Und Andropow persönlich hat mir einen Auftrag erteilt. Das hat mir etwas bedeutet, Aleksandr.«

Ihm war es genauso gegangen.

Er hörte, wie das Wasser gegen den Rumpf plätscherte. Der lachsfarbene Himmel im Osten kündigte den Morgen an. Der Wind hatte nicht nachgelassen, und das Wasser bewegte sich wie eine Decke aus geknüllter Folie. Kelly griff in seinen Rucksack und nahm eine Karte und eine Taschenlampe heraus. Dann faltete er das Papier auseinander und breitete die Karte auf dem Deck aus. Zorin sah, dass sie den Osten der Vereinigten Staaten zeigte und von Maine bis nach Florida reichte.

»Wir sind hier«, sagte Kelly und richtete den Taschenlampenstrahl auf den nordöstlichsten Zipfel von Maine. »Wir werden westlich nach Bangor fahren, dann nehmen wir die Interstate 95 nach Süden. Sobald wir auf der Autobahn sind, kommen wir zügig voran. Bis heute Abend sollten wir unser Ziel erreicht haben.«

»Sie haben wohl nicht vor, mich in irgendwelche Details einzuweihen?«

»Wie wäre es, wenn wir das alles gemeinsam herausfinden, einen Schritt nach dem anderen?«

Er war nicht in der Position zu widersprechen, deshalb hielt er den Mund. Kelly tat, was er von ihm wollte, deshalb gab es kaum einen Grund, sich zu beschweren. Er blickte über das Deck hinweg zur Stadt an der Küste. Ein paar Menschen waren auf dem Kai in der Nähe des Bootshafens zu sehen. Auf der Straße parallel zur Küste bewegten sich Scheinwerfer in beide Richtungen, die abbogen und dabei Gebäude auf beiden Seiten in ihre Lichtkegel tauchten.

Die Vereinigten Staaten von Amerika.

Es war lange her, dass er sie zum letzten Mal besucht hatte.

»Wie kommen wir auf diese Schnellstraßen, um in den

Süden zu fahren?«, fragte er. »Einen Wagen zu stehlen könnte ein Problem sein.«

»Deswegen machen wir es auf die leichte Art und mieten einen. Ich bin US-Bürger mit einem kanadischen Führerschein. Das sollte kein Problem sein. Weiß in Amerika jemand von Ihnen?«

Er schüttelte den Kopf. »Nicht dass ich wüsste. Moskau beobachtet uns anscheinend, aber die haben keine Ahnung, wo wir jetzt sind.«

Einmal musste er an Anya denken und fragte sich, wie es ihr wohl ging. Er hatte noch das Handy bei sich, das auf ihres eingetunt war, und wollte noch heute Abend versuchen, Kontakt mit ihr aufzunehmen.

»Was ist mit dem SVR?«, fragte Kelly. »Anscheinend wussten die, dass Sie zu mir wollten.«

Er nahm das zum Anlass, wieder über Belchenko nachzudenken. War das, was der Archivar im Dampfbad gesagt hatte, nach Moskau weitergemeldet worden? »Sie haben recht. Die wussten Bescheid.«

»Aber warum haben sie bis jetzt noch keinen Kontakt zu uns hergestellt?«, fragte Kelly.

»Weil kein Grund dazu bestand, oder vielleicht auch einfach deshalb, weil sie bisher noch nicht alles wussten.«

»Wissen die von *Narrenmatt*?«

»Möglicherweise. Sie könnten auch auf diese alten Aufzeichnungen gestoßen sein, die ich gefunden habe. Und andere Archivare könnten wissen, was mir berichtet wurde. Aber Sie haben gesagt, dass Sie niemandem Ihren Erfolg gemeldet haben. Es gab also nie einen Bericht. Ist das wahr?«

Kelly nickte.

Er konnte noch immer nicht glauben, dass Belchenko geredet hatte. »Sie müssen irgendwo im Hintergrund lauern und hoffen, dass wir beide sie zu dem Versteck führen.«

Er blickte wieder übers Wasser. Eastport hatte plötzlich etwas Düsteres, Unheimliches an sich – es war einladend, ruhig und wirkte doch bedrohlich.

Ist der SVR hier?, fragte er sich.

Wartete er auf sie?

Malone verlangsamte das Tempo, als er und Cassiopeia nach Eastport kamen. Die Stadt lag auf der Moose-Insel in Maine und war über einen Damm mit dem Festland verbunden. Sie hatten das Segelboot von St. Andrews aus beobachtet und gesehen, wie es durch die Dünung tauchte und hochkam, während es sich unter dem Druck des Segels leicht neigte.

Sobald es nicht mehr zu sehen war, hatten sie die kanadische Seite der Bucht verlassen und waren südwärts gefahren. Sie fuhren über die U.S.-1 in die Vereinigten Staaten und passierten eine kleine Grenzstation. Dann ging es parallel zum St.-Croix-Fluss noch weiter südwärts. Cassiopeia hatte via Handy ermittelt, dass Eastport der östlichste Punkt war.

Dann hatten sie eine Pause gemacht.

Die Drohne, die das Segelboot beobachtete, meldete, dass es jetzt im unteren Bereich der Bucht kurz vor Eastport ankerte.

Also hatten sie es rechtzeitig geschafft und waren am Ball geblieben.

Eastports Stadtzentrum war klein und schillernd. Die Hauptstraße war von rechteckigen Holzgebäuden gesäumt, einige hatten schwarze schmiedeeiserne Geländer und dekorative Gitter. Ein Sternenbanner an einem Flaggenmast mit Adlerkopf flatterte steif im kalten Wind. Der Ort eignete sich perfekt für kurze Wochenendausflüge, denn Portland lag keine 250 Meilen südlich. Edwin Davis hatte gerade gemeldet, dass auf dem Boot alles ruhig war und die beiden Fahrgäste sich noch an Bord befanden.

»Wie kommen die ins Land?«, fragte Cassiopeia.

»Ob du es glaubst oder nicht, in dieser Jahreszeit läuft das alles auf Vertrauensbasis. Irgendwo in der Nähe des Kais gibt es wahrscheinlich eine Video-Telefonzelle. Dort soll man sich hinstellen, damit das Bild an einen der Inspektoren übertragen werden kann. Dann wählt man in der Kabine eine Telefonnummer, und sie stellen dir ein paar Fragen. Wenn alles gut aussieht, erhältst du eine Einreisegenehmigung. Falls nicht, wird von dir erwartet, dass du dorthin zurückfährst, wo du hergekommen bist. Die Inspektoren verlassen sich auf die Einheimischen, die für sie die Dinge regeln und Probleme melden sollen.«

»Du machst Scherze, oder?«

»In anderen Orten habe ich selbst ein paarmal diesen Anruf getätigt. Eine 5500 Meilen lange Grenze zu bewachen ist schwer und teuer. Ich vermute, Kelly weiß, wie locker diese Dinge mit Kanada gehandhabt werden. Schließlich ist er auf direktem Wege hierher gefahren.«

Er ließ den Wagen vor einer Frühstückspension ausrollen und hielt dann an. »Zorin kennt mich, deshalb muss ich mich zurückhalten. Aber bei dir sieht die Sache anders aus. Die Drohne soll sie weiter beobachten, bis wir persönlichen Kontakt herstellen müssen. Das übernimmst dann du.«

Sie salutierte scherzhaft. »Ja, Captain. Melde mich zum Dienst.«

Er grinste. »Diese Haltung habe ich vermisst.«

»Das ist gut.«

Ihr Handy brummte.

Sie nahm das Gespräch an und schaltete den Lautsprecher ein.

»Sie verlassen das Boot in einem Dingi«, sagte Edwin Davis.

»Ist hier alles geregelt? Falls irgendjemand etwas meldet, könnte die Grenzpatrouille alles vermasseln.«

»Alles erledigt. Sie sollten freie Fahrt haben. Man hat mir

mitgeteilt, dass wir überall auf dem Kai versteckte Kameras haben. Da ist im Sommer eine Menge los.«

»Haben Sie etwas über das *Narrenmatt* oder den Nullten Verfassungszusatz herausgefunden?«

»Allerdings, und Ihnen wird weder das eine noch das andere gefallen.«

50

Washington, D.C.
8.05 Uhr

Stephanie verließ das Weiße Haus und fuhr in einem Taxi zum Mandarin Oriental zurück, wo sie duschte, sich umzog und sich etwas zu essen besorgte. Sie hatte nur ein paar Stunden geschlafen, weil sie ständig darüber nachdenken musste, was sie in der Akte, die Danny ihr gegeben hatte, gelesen hatte.

Die Russen hatten sich sehr für den 20. Verfassungszusatz interessiert. So sehr, dass sie ihm sogar einen Spitznamen gegeben hatten.

Der Nullte Verfassungszusatz.

Was das bedeutete, war in dem alten Memo nicht erklärt worden, aber andere Memos in der Akte merkten an, dass der Begriff wiederholt in den späten 1970ern bis hinein in die 1980er-Jahre in sowjetischen Kommuniqués auftauchte. Und es stand stets in einem direkten Zusammenhang mit Juri Andropow persönlich.

Ab 1984 schien der Begriff dann in der Versenkung zu verschwinden.

Die amerikanischen Geheimdienste achteten sehr genau darauf, wann Themen auf der Tagesordnung standen und wann sie wieder verschwanden, weil beide Ereignisse etwas zu bedeuten hatten. Analysten verbrachten ihre gesamte Arbeitszeit mit dem Nachdenken darüber, warum etwas begonnen hatte, und verwendeten ebenso viel Zeit darauf herauszufinden, warum es aufgehört haben könnte. Den Zusammenhang zwischen Themen herzustellen war der heilige Gral der nachrichtendienstlichen Arbeit, und hier war die Verbindung für Cotton hergestellt worden, als Vadim Belchenko mit seinen letzten Atemzügen die Worte »*Narrenmatt*« und »*Nullter Verfassungszusatz*« ausgesprochen hatte. Stephanie musste mehr über den Begriff *Narrenmatt* erfahren, und sie wusste genau, wohin sie gehen musste.

Kristina Cox lebte in Sichtweite der St.-Peter-und-St.-Pauls-Kathedrale der Stadt und Diözese Washington, D. C. Die meisten Menschen nannten sie einfach die Washington National Cathedral – der offizielle Name der Kirche –, so wie die meisten Kristina einfach Kris nannten. Ihr Ehemann Glenn war Episkopal-Kanonikus gewesen – ein stattlicher Mann mit einer dröhnenden Stimme. Er hatte der Kirche einunddreißig Jahre lang gedient, war schließlich zum Bischof der Washingtoner Diözese aufgestiegen und hatte seinen Amtssitz in der Kathedrale. Eines Sonntags jedoch erlag er einem Herzanfall und brach auf der Kanzel tot zusammen.

Zum Zeichen der Dankbarkeit für seine langjährigen Dienste war Kris auf Lebenszeit ein kleines Haus zur Verfügung gestellt worden. Es handelte sich um ein zweigeschossiges Landhaus, das etwas von der Straße entfernt stand und dessen cremefarbene Fassade von hohen Fenstern dominiert wurde, deren Symmetrie nur durch eine Klimaanlage gestört wurde, die man ans linke untere Fenster montiert hatte. Niemand hatte es seltsam gefunden, dass die Frau des Episkopalbischofs von Washington auch eine Spionin gewesen war. Es hatte keiner infrage gestellt, weil sich ihr Berufs- und ihr Privatleben niemals überschnitten. Diese klare Trennung gehörte zu den ersten Dingen, die sie von Kris Cox gelernt hatte, und nur ein einziges Mal hatte Stephanie gegen diese Regel verstoßen.

Sie hob die Samstagmorgenzeitung am Ende eines kurzen Weges auf, der zur Eingangstür führte. Ein schulterhoher Lattenzaun schirmte einen kleinen Garten von der Straße ab. Sie hatte vom Hotel aus angerufen und wusste, dass Kris sie erwartete. Auf ihr Klopfen wurde ihr fast sofort geöffnet. Kris empfing sie in einem Frotteebademantel und schloss sie gleich in die Arme. Stephanie hatte ihre alte Freundin seit vielen Monaten nicht besucht, obwohl sie gelegentlich miteinander telefonierten. Kris war schon immer dünn, gepflegt und gesetzt gewesen, sie hatte kurzes silberfarbenes Haar und leuchtend blaue Augen. Sie war bald achtzig und hatte fast fünfzig Jahre lang für die CIA gearbeitet. Begonnen hatte sie als Analystin, in Rente ging sie jedoch als stellvertretende Direktorin. Als das Magellan Billet geschaffen wurde, war es Kris gewesen, die dabei geholfen hatte, seine Richtlinien zu formulieren, und es war auch Kris gewesen, die sich dafür eingesetzt hatte, die Einheit vor Washingtons Einflussnahme abzuschirmen. Stephanie hatte sich während ihrer gesamten Berufslaufbahn dafür eingesetzt, diese Grundregel aufrechtzuerhalten, aber schließlich waren es genau jene Einflüsse aus Washington gewesen, die zur Zerstörung des Billet geführt hatten.

»Sag mir, was los ist«, sagte Kris. »Ich würde dir ja Kaffee anbieten, aber ich weiß, dass du keinen magst und dass du nicht deswegen gekommen bist.«

»Nein, das bin ich nicht.«

Sie setzten sich in die Küche, und Stephanie berichtete alles, was in den letzten paar Tagen geschehen war. »Ich muss etwas über den Begriff Narrenmatt erfahren«, schloss sie schließlich.

Keine der beiden Frauen erwähnte auch nur, dass sie entlassen worden war. So ging es zu in der Welt der Politik, mit der sie beide vertraut waren, und niemand kannte sich besser darin aus als Kris. Kein Herumgerede. Immer zum Punkt. Es ging darum, seinen Job zu erledigen. Diese drei Dinge hatte sie an dieser Frau ungemein respektiert, und diese drei Dinge hatte sie auch als Chefin des Magellan Billet jeden Tag praktiziert. Unglücklicherweise waren es auch jene drei Dinge, die sie in

Kombination mit jenen elenden Einflüssen aus Washington den Job gekostet hatten.

»Ich erinnere mich an *Narrenmatt*. Es war ein Codename, von dem wir glaubten, dass er mit einer üblen sowjetischen Geheimdienstoperation zusammenhing, mit der Andropow persönlich zu tun gehabt haben könnte.«

Als der vielleicht letzte Kommunist alten Schlages war Juri Andropow womöglich der gefährlichste aller Sowjets gewesen. Er war klug und gerissen und hatte so gut wie keine Fehler gemacht. Mit Sicherheit dachte er in Kategorien der Zeiten Lenins und war über die Korruption unter Breschnew entsetzt gewesen. Stephanie erinnerte sich an die Ermittlungen und die Verhaftungen, zu denen es gekommen war, nachdem Andropow Generalsekretär wurde. Viele aus Breschnews altem inneren Führungszirkel landeten vor einem Exekutionskommando.

»Andropow war nicht gerade unser Freund«, sagte Kris. »Er versuchte stets, sich als Reformer zu präsentieren, aber er war ein Hardliner. Glücklicherweise bekleidete er das Amt des Generalsekretärs nur für kurze Zeit und war dabei meistens ziemlich krank.«

Sie hatte schon vermutet, dass es richtig war hierherzukommen, und ganz sicher besser, als darauf zu warten, von Osin, Danny oder Edwin mit weiteren Informationen versorgt zu werden. Deshalb hatte sie das Weiße Haus so zeitig verlassen, denn sie wusste, dass es womöglich vorteilhaft war, die Antworten auf ihre Fragen schon zu kennen, bevor sie sie stellte.

»Es war 1983«, sagte Kris. »Wie du weißt, wurde Reagan immer populärer. Er hat ein Attentat überstanden und die Sowjetunion auf allen Ebenen herausgefordert. Osteuropa war dabei zu implodieren. Polen war ein Pulverfass. Der Eiserne Vorhang war im Begriff zu zerreißen. Im November 1982 stirbt Breschnew und Andropow übernimmt. Davon versprach sich niemand etwas Gutes. Andropow hat 1956 den Ungarnaufstand niedergeschlagen und 1968 den Prager Frühling. Als Chef des KGB hat er Dissidenten unterdrückt und für die Invasion Afghanistans plädiert. Er war knallhart. Unter seiner Führung sollte sich die Sowjetunion nicht wandeln, und der Kalte Krieg wurde deutlich eisiger, als er Generalsekretär wurde. Deshalb haben wir unsere Anstrengungen verdoppelt und unsere geheimdienstlichen Operationen verstärkt. Ich habe viel Zeit im Kapitol verbracht und im Kongress Lobbyarbeit gemacht, um mehr Geld zu bekommen. Und dann landete eines Tages *Narrenmatt* auf meinem Schreibtisch.«

»Ist es wahr, was mir Osin erzählt hat? Gab es sowjetische Waffenlager in diesem Land?«

»Das konnten wir nie verifizieren. Aber diese *Spetsnaz*-Einheiten waren verdammt gut. Und der KGB war gut. Unser damaliger Inlandsgeheimdienst war mit dem heutigen nicht zu vergleichen. Man konnte durchaus Dinge ins Land schmuggeln.«

Sie hörte zu, was Kris weiter von Andropow erzählte: »Er hasste Reagan, und Reagan hatte große Schwierigkeiten, mit Andropow klarzukommen. Wir hatten damals einen Informanten im Kreml. Einen guten. Seine Berichte hatten Hand und Fuß. Er teilte uns mit, dass Andropow etwas vorbereitete. Falls sich Osteuropa nicht beruhigte, insbesondere Polen, plante Andropow sicherzustellen, dass es keine zweite Amtszeit Reagans geben würde. Offen gestanden hatte der alte Kommunist Angst vor dem Schauspieler.«

Stephanie erinnerte sich der Spannungen im Außenministerium, als verkündet wurde, dass Andropow Generalsekretär geworden war. George Shultz gefielen die Aussichten gar nicht, aber er schaffte es, mit der Situation umzugehen. An *Steilpass* änderte sich nichts. Alles ging weiter seinen Gang. Johannes Paul besuchte Polen 1983 ein weiteres Mal – es wurde ein triumphales siebentägiges Ereignis, das jeden Dissidenten mit neuer Energie erfüllte. Sie hatte dabei geholfen, den Zeitplan jenes Besuchs zu koordinieren, weil das eine Möglichkeit war, Andropow in seinem Machtbereich offen herauszufordern.

»Schlugen bei der Drohung, keine zweite Amtszeit Reagans zuzulassen, nicht sämtliche Alarmglocken an?«, fragte sie.

»Mit so etwas drohten die Sowjets damals ständig. Niemand glaubte, dass die UdSSR auf einen Krieg mit uns aus war. Und darauf wäre es hinausgelaufen, wenn sie irgendetwas Derartiges unternommen hätten. Aus diesem Kampf konnte sie unmöglich als Sieger hervorgehen.«

So mochte es sein, aber heutzutage würde man eine solche Drohung viel ernster nehmen.

Und das aus gutem Grund.

»Als du vorhin angerufen und mir von *Narrenmatt* erzählt hast, musste ich mich lange und mühsam zurückerinnern. Wir hörten, dass vier Agenten mit einem Spezialauftrag losgeschickt wurden. Ich erinnere mich noch daran, weil jeder von ihnen den Codenamen eines Schachzuges hatte. Der letzte Teil der Mission trug den Namen *Narrenmatt*. Aber wir haben nie viel darüber in Erfahrung gebracht. Nur hier und da ein paar Brocken, ohne Substanz. Andropow starb im Februar 1984, und danach hat man nie wieder etwas darüber gehört. Wir kamen zu dem Schluss, falls es da etwas gegeben hatte, worüber man sich Sorgen machen musste, war es zusammen mit ihm gestorben.«

Kris hatte die höchste Sicherheitsfreigabe besessen, die ein Mitglied der Regierung haben konnte, deshalb konnte Stephanie ungehemmt mit ihr über diese Dinge reden. Aber was für eine Rolle spielte das noch? Ihre eigene Sicherheitsfreigabe war vor Stunden erloschen.

»Wir waren alle der Meinung«, sagte Kris, »dass Andropow sämtliche Reformen gestoppt hätte, falls er weitergelebt hätte. Er hätte Osteuropa in die Zange genommen. Die ganze Politik hätte sich in eine andere Richtung entwickelt. Aber dann wird er krank und stirbt. Problem gelöst. Ein Jahr später bekamen wir Gorbatschow, und der Rest ist Geschichte.«

»Reagan wusste genau, wie er mit ihm umgehen musste.«

»Allerdings. Aber was mir wirklich Sorgen macht, ist die gegenwärtige Spaltung in der russischen Regierung, von der du mir erzählt hast. Daniels' Leute wussten, wie man in solchen Fällen verfährt. Wir haben keine Ahnung, wie sich die neue Mannschaft verhalten wird. Die Übergangszeit ist immer heikel. Ich weiß, dass dir das klar ist, aber ich hoffe, auch die Leute von Fox begreifen, dass es diesen Russen sehr ernst ist.«

»Was kann passieren, was meinst du?«

Kris dachte über diese Frage sorgfältig nach, insbesondere vor dem Hintergrund dessen, was sie ihr vom 20. Verfassungszusatz erzählt hatte.

»Es sind nur noch wenige Stunden bis zur Amtseinführung«, sagte Kris. »Ich denke an die Faszination der Sowjets für unsere Präsidentennachfolgeregelung. Sie ist chaotisch, keine Frage. Man sollte meinen, dass der Kongress nach 9/11 aufmerksamer geworden wäre, aber nichts hat sich geändert. Es wäre natürlich logisch, wenn Zorin die Amtseinführung ins Visier nimmt. Es sieht auf jeden Fall so aus, als würde er genau das tun. Aber zuerst muss er eine über fünfundzwanzig Jahre alte Kofferatombombe finden und darauf hoffen, dass sie noch funktioniert. Falls das so ist, muss dieses Ding vedammt nah am Ziel positioniert werden. Es ist zwar eine Atombombe, aber eben eine kleine. Spürhunde, Strahlungsmesser, EM-Monitore, was auch immer – sie haben momentan alles nach Washington geschafft und beobachten alles und jeden. Es ist so gut wie ausgeschlossen, dass er nah genug herankommt, um alle auszuschalten.«

»Trotzdem gibt Zorin keine Ruhe.«

Kris richtete sich in ihrem Stuhl auf. »Ich weiß. Und das bereitet auch mir Kopfzerbrechen.«

»Was weiß er, das wir nicht wissen?«

Kris zuckte mit den Schultern. »Das kann ich nicht sagen. Aber es muss etwas Wichtiges sein.«

Das Klingeln des Telefons störte ihre Unterhaltung. Es war Kris' Handy. Sie griff nach dem Gerät, das auf dem Tisch lag. »Auf diesen Anruf habe ich gewartet.«

»Soll ich nebenan warten?«

»Ganz und gar nicht. Er betrifft dich.«

51

Luke verließ Washington in nordwestlicher Richtung und fuhr nach Maryland. Der Secret Service hatte Fritz Strobl seinen Wagen zurückgebracht, und ihm war im Austausch eine unauffällige Limousine aus Regierungsbesitz zur Verfügung gestellt worden. Sein Mustang stand noch auf dem Schrottplatz in Virginia, wo er höchstwahrscheinlich auch bleiben würde, weil er nicht hoch genug versichert war. Er hatte nicht vorausgesehen, dass er mit dem Wagen eines Tages in eine Verfolgungsjagd verwickelt werden könnte. Eine Restaurierung würde Tausende Dollar kosten, und das war weitaus mehr, als er in ein fünfzig Jahre altes Fahrzeug versenken konnte. Ein Jammer. Aus der Traum.

Er hatte ein paar Stunden geschlafen und war sogar dazu gekommen zu frühstücken. Stephanie hatte kurz nach sieben Uhr angerufen, ihm erzählt, was sie vorhatte und ihm eine Adresse in Germantown, Maryland gegeben. Dort wohnte Lawrence Begyn, der aktuelle Generalpräsident der Society of Cincinnati.

»*Wir müssen etwas über die 14. Kolonie erfahren, über diesen Plan Zero*«, hatte ihm Stephanie erklärt. »*Alle Details, und kein dummes Zeug. Sie haben meine Erlaubnis, Ihren ganzen Charme spielen zu lassen.*«

Beim letzten Teil musste er grinsen. Normalerweise hätte sie ein diplomatisches Vorgehen verlangt. Aber nicht hier. Er spürte, dass die Dinge Fahrt aufnahmen, und sie hatte ihm berichtet, dass Cotton und Cassiopeia wieder in den Vereinigten Staaten waren und sich im Norden in der Nähe der kanadischen Grenze um Zorin kümmerten. Stephanie hatte noch Petrowas Handy bei sich. Es war eingeschaltet, doch bisher hatte niemand angerufen. Sie hatte ihm versichert, dass sie bereit seien, falls es jemals dazu kam.

Daran zweifelte er nicht.

Stephanie Nelle ging nie unvorbereitet in einen Kampf. Dass sie gestern gefeuert wurde, hatte ihr anscheinend keinen Dämpfer verpasst. Es war wohl etwas wert, den amtierenden Präsidenten der Vereinigten Staaten auf seiner Seite zu wissen, selbst wenn er es nur noch für ein paar Stunden war.

Er kam zu der Adresse in einer Vorstadt außerhalb von Germantown mit vielen Bäumen und alten geräumigen Häusern – Begyn wohnte in einem großen weißen, rechteckigen Holzhaus auf einer niedrigen Anhöhe. Die Gegend erinnerte ihn an die Gegend in Virginia, in der das Haus Charons stand. Ein schmiedeeisernes Tor markierte den Beginn einer kiesgestreuten Einfahrt. Er fuhr hinein und folgte dem Pfad unter entlaubten Bäumen bis zum Haus.

Zwei Dinge erregten sofort seine Aufmerksamkeit.

Am Ende der Auffahrt parkte ein Wagen zwischen den Bäumen, und die zersplitterte Eingangstür stand halb offen.

Er fuhr an den Rand und hielt an, zog seine Beretta und lief zur Eingangstür. Kurz vorm Betreten des Hauses hielt er kurz inne und lauschte, hörte aber nichts. Dann riskierte er einen Blick in die Eingangshalle, in der einige antike Möbel standen. Was hatte es mit diesen Cincinnati-Leuten nur für eine Bewandtnis? Sie wirkten alle stinkreich. Zuerst Charons Villa und jetzt Begyns.

Er schlich sich hinein, blieb in der Nähe der Eingangstür und blickte sich im sonnendurchfluteten Innenraum nach Anzeichen für Ärger um. Danach checkte er weitere Räume und entdeckte umgestoßene Möbel, aufgeschlitzte Polster, ausgeweidete Sessel und aus dem Regal gerissene Bücher, die kreuz und quer auf dem Fußboden lagen. Die Kommoden waren durchwühlt worden, Schubladen herausgerissen und ihr Inhalt ausgekippt und verteilt wie nach einem Erdbeben. Hier hatte jemand etwas gesucht.

Dann richtete er seine Aufmerksamkeit auf die Treppe.

Eine Leiche lag auf den obersten Treppenstufen. Blut war heruntergeflossen und zu zähen braunen Pfützen geronnen. Er stieg die Treppe hinauf, ohne in die Pfützen zu treten, und drehte den Körper um. Darunter lag ein Automatikgewehr, das scheppernd die Stufen hinunterrutschte. Er schrak zusammen und blickte sich um, weil er sehen wollte, ob das Geräusch jemanden alarmiert hatte.

Nichts.

Das Gesicht der Leiche gehörte einem Mann Mitte dreißig, mit kurzem Haar und fleischigen Zügen. Ein tiefer Schnitt ließ seine aufgeschlitzte Kehle wie ein breites Grinsen klaffen. Somit war die Todesursache geklärt.

Er hörte ein Geräusch.

Es kam von unten.

Da rührte sich etwas.

Er schlich zurück ins Erdgeschoss und in die Richtung, aus der das Geräusch gekommen war, verdrängte alle Gedanken und konzentrierte sich nur noch auf seine Umgebung. Zur Linken ging es in ein Esszimmer, wo eine weitere Leiche auf den Dielen lag. Die Kehle dieses Mannes war fast auf dieselbe Weise aufgeschlitzt worden wie bei der ersten Leiche. Direkt vor ihm befand sich eine Schwingtür, die in beide Richtungen zu öffnen war. Er vermutete, dass es dort zur Küche ging. Luke ging näher heran, drückte sich eng an die Wand und riskierte einen Blick durch den schmalen Spalt zwischen Tür und Türpfosten. Richtig, auf der anderen Seite befand sich eine Küche. Mit seiner linken Hand schob er die Tür nach innen und stürmte hinein.

Leer.

Durchs Fenster fiel Sonnenlicht, glitzerte auf Armaturen aus rostfreiem Stahl und Arbeitsflächen aus Marmor.

Was war hier geschehen?

Er wollte gerade den Rest des Hauses kontrollieren, als er erneut ein Geräusch hörte. Hinter ihm. Er wirbelte herum. Ein harter Schlag traf seine Luftröhre, was sofort einen Würgereflex auslöste. Er kannte den Schlag, der ihm in der Armee beigebracht worden war, doch er hatte ihn noch nie am eigenen Leib erlebt.

Er kämpfte um Luft, hatte aber keine Chance mehr.

Etwas traf seine linke Schläfe.

Das Letzte, was er sah, bevor ihm schwarz vor Augen wurde, war eine gleißende Messerklinge.

Malone saß in einem Café in der Innenstadt von Eastport und vertilgte die Reste von einem Teller mit Eiern, Schinken und Toast. Dazu trank er Kaffee. Zorin und Kelly waren jetzt schon seit über zwei Stunden weg. Er und Cassiopeia hatten beobachtet, wie die beiden Männer in einem kleinen Dingi anlandeten und an der kleinen Kabine in der Nähe der Kais vorbeigingen, die für Einreisende aus dem Ausland vorgesehen war. Wie erwartet gingen sie in die Stadt und bestellten sich mit einem Handy, das Kelly aus der Tasche zog, ein Taxi; es traf nur wenige Minuten später ein. Er und Cassiopeia waren ihnen nicht gefolgt. Währenddessen hatte eine Drohne die beiden aus der Entfernung im Blick, Malone und Cassiopeia hielt man über eine stets offene Telefonverbindung hinsichtlich der aktuellen Entwicklungen auf dem Laufenden. Man hatte ihm mitgeteilt, dass sich die Flugzeit der Drohne ihrem Ende näherte, deshalb sollte Cassiopeia sie ersetzen. Später wollte er zu ihr stoßen. Wichtig war es jetzt, Zorin nicht aus den Augen zu verlieren.

Er hatte Edwin Davis bereits angerufen und ihm seinen Plan ausführlich erläutert. Deshalb hatte er es sich leisten können, rasch ein warmes Frühstück zu sich zu nehmen.

Die Kellnerin räumte seinen Teller weg.

Vor der Tür war noch alles ruhig in Eastport – was nachvollziehbar war, denn es war Winter, und am Morgenhimmel zog rasch eine dichte stahlgraue Wolkendecke auf. Vermutlich schneite es bald. Hoffentlich war er schon auf dem Weg nach Süden, bevor es losging. Im Café war nicht viel los, aber es war auch noch nicht einmal zehn Uhr morgens an einem Samstag. Ein weißer Ford bog in einen schrägen Parkplatz vor dem Café ein. Zwei Männer stiegen aus. Beide trugen die blaue Uniform der State Police von Maine.

Sie kamen ins Café, entdeckten ihn und stellten sich vor.

»Man hat uns gesagt, Sie brauchen unsere Hilfe«, sagte einer von ihnen. »Nationale Sicherheit.«

Er spürte ihre Skepsis. »Glauben Sie mir nicht?«

Der Polizist grinste. »Das spielt keine Rolle. Wenn der Landespolizeichef persönlich an einem Samstagmorgen anruft und sagt, dass wir herkommen und alles tun sollen, was *Sie* verlangen, dann komme ich her und tue alles, was Sie verlangen.«

Edwin musste er zugutehalten, dass er wirklich wusste, wie man Dinge regelte. Malone hatte erklärt, dass man Zorin und Kelly am besten mit wechselnden Verfolgern überwachen sollte. Ein Wagen folgte ihnen ein paar hundert Meilen lang, dann übernahm der nächste Wagen, dann der nächste. Das sollte es den Verfolgten schwermachen, das Interesse an ihnen wahrzunehmen. Momentan ging es nur um Maine, deshalb hatte Edwin die Landespolizei um Hilfe gebeten. Wahrscheinlich würden Zorin und Kelly weiter in den Süden und nach New England fahren, deshalb mussten in anderen Bundesstaaten ebenfalls Verfolgungsfahrzeuge bereitstehen. Es wäre viel einfacher, den Wagen durch eine Drohne verfolgen zu lassen, doch er wusste, wie kompliziert die Rechtsfragen waren, die über US-amerikanischem Boden damit verknüpft waren.

Jedenfalls funktionierte die altmodische Art ebenso gut.

Vorausgesetzt, man hatte einen Plan B.

Er trank den Rest von seinem Saft. »Wir müssen zum Flughafen.«

Die Fahrt war kurz, knapp über eine Meile, und im Terminalgebäude entdeckte er nur eine einzige Autovermietung. Er bat die Officer, ihn zu begleiten, nur für den Fall, dass es dort Schwierigkeiten gab. Nichts ist einschüchternder als Uniformen, Dienstmarken und eine Waffe im Holster.

Sie traten an den Schalter. »Vor ungefähr zwei Stunden haben Sie zwei Männern einen Wagen vermietet. Wir müssen die Papiere sehen«, sagte er. Der Angestellte sah aus, als wolle er sich weigern. Malone richtete seinen Finger auf den Mann. »Die richtige Antwort lautet: *Ja Sir, hier sind sie.*«

Sein strenger Blick und die beiden Uniformierten an seiner Seite überzeugten. Der Angestellte reichte ihnen den Mietvertrag, der auf den Namen Jamie Kelly ausgestellt war. Er hatte einen kanadischen Führerschein vorgelegt und in bar bezahlt. Ein Übergabepunkt war nirgends vermerkt.

»Kommt der Wagen hierher zurück?«, fragte er.

Der Angestellte nickte. »Das haben sie jedenfalls gesagt.«

Ihm war klar, dass das nicht der Wahrheit entsprach.

Dann erkundigte er sich nach dem, was er wirklich wissen wollte. »Sie haben GPS in jedem Fahrzeug, stimmt's?«

»Selbstverständlich. Damit wir sie im Notfall finden können.«

Malone wedelte mit dem Mietvertrag. »Wir brauchen die GPS-Frequenz für dieses Fahrzeug. Jetzt.«

52

Stephanie hörte zu, was ihr der Mann am anderen Ende der Leitung mit einer trockenen, rauen Stimme, die klang wie das Rasseln irgendeines Tieres in einem Haufen trockener Blätter, Dinge berichtete, von denen sie keine Ahnung hatte. In den 1980er-Jahren, als sie insgeheim zusammen mit Reagan und dem Papst in der Operation *Steilpass* engagiert gewesen war, hatten auch andere hart daran gearbeitet, die Sowjetherrschaft mit aktiveren Maßnahmen zu unterminieren, die zum Ziel hatten, sie zu destabilisieren.

»Das war vielleicht eine Zeit«, sagte die Stimme. »Sie dürfen nicht vergessen, dass Andropow Chef des KGB war, als sie Johannes Paul zu ermorden versuchten. Er muss diese Operation abgenickt haben.«

Sie hörte zu, wie die Stimme erklärte, dass Andropow zu der Überzeugung gelangt sei, der Vatikan habe Johannes Paul ganz bewusst zum Papst gewählt, um die sowjetische Vorherrschaft in Polen zu untergraben. Das sei Teil eines bewussten Plans gewesen, den Zusammenbruch der Sowjetunion herbeizuführen. Diese Einschätzung war natürlich absurd, aber aufgrund von Entwicklungen, die sich außerhalb der Kirche zutrugen – insbesondere der Wahl Ronald Reagans zum Präsidenten der Vereinigten Staaten –, geschah genau das.

»Er war der festen Überzeugung, dass der Papst gefährlich sei, und das besonders wegen des Charmes, den Johannes Paul insbesondere gegenüber Journalisten zeigte. Ich erinnere mich daran, einmal ein Memorandum gelesen zu haben, in dem Andropow sich endlos darüber ausließ, wie Johannes Paul in der Öffentlichkeit mit billigen Gesten zu punkten versuchte, wenn er zum Beispiel in England eine Highlander-Mütze trug, den Leuten die Hände schüttelte oder Kinder küsste, als versuche er, eine Wahl zu gewinnen. Andropow schien Angst vor den möglichen Aktionen des Papstes zu haben.«

Und das zu Recht, denn Johannes Paul stimmte seine Aktionen mit den Regieanweisungen eines amerikanischen Theaterdirektors ab. Es war jedoch interessant, dass sie weder von Reagan noch vom Papst jemals vor Andropow gewarnt worden war.

»Der KGB hat sich der Bulgaren bedient, um das Attentat auf Johannes Paul zu verüben«, sagte die Stimme. »So viel ist uns bekannt. Und sie haben ihren Attentäter sorgfältig ausgewählt. Ali Ağca war der perfekte Kandidat, um jede Verbindung zu ihm kategorisch zu leugnen. Er war schwach, dumm und völlig ahnungslos. Etwas anderes als dummes Zeug konnte er nicht von sich geben, und genau das tat er. Ich weiß noch, wie der Papst ins Gefängnis ging und Ağca vergab. Was für ein brillanter Schachzug.«

Ein Schachzug, an dessen Durchführung sie beteiligt gewesen war.

Johannes Paul traf die Entscheidung, und Reagan gab seine Zustimmung.

Und so traf sich im Jahre 1983, zwei Jahre nach dem Attentatsversuch, der Papst unter vier Augen mit Ağca, der, von seinen Gefühlen übermannt, weinte und den Papstring küsste. Fotos und Berichte über das Ereignis füllten danach die Presse, die die Geschichte um die ganze Welt verbreitete und zugleich auch mögliche Hintermänner des Attentats in Moskau vermutete. Die ganze Sache war kühn und überzeugend gewesen – ein perfektes Beispiel dafür, wie sich aus Zitronen Limonade machen ließ.

So jedenfalls hatte Reagan es ihr dargestellt.

»Als Andropow den Posten des Generalsekretärs übernahm«, sagte die Stimme, »rechnete man mit Schwierigkeiten. Er wusste von unseren Aktionen im Ostblock: Wir haben die Dissidenten finanziert, ihnen logistische Unterstützung gewährt und ihnen nachrichtendienstliche Erkenntnisse über ihre Regierung zur Verfügung gestellt, ja sogar das eine oder andere Problem für sie aus der Welt geschafft.«

Sie wusste, was das bedeutete.

Menschen waren gestorben.

»Und dann wird Andropow krank, und er weiß, dass es für ihn vorbei ist. Die Ärzte gaben ihm noch acht Monate. An dem Punkt haben wir es mit der Angst zu tun bekommen. Er hatte nichts zu verlieren, und es gab Menschen im Kreml, die ihm bedingungslos ergeben waren. Als Kris vorhin angerufen und mich nach *Narrenmatt* gefragt hat, fiel es mir sofort wieder ein. Wir dachten damals alle, es sei der letzte Schachzug des alten Russlands.«

Sie fragte sich, zu wem die gealterte Stimme gehören mochte, aber sie hielt es für besser, nicht zu fragen. Wenn Kris gewollt hätte, dass sie es wusste, hätte sie es ihr erzählt. Höchstwahrscheinlich war er bei der CIA gewesen. Weit oben. Und sie wusste, wie es da lief. Weder Erfolge noch Misserfolge wurden jemals in der Öffentlichkeit ausgebreitet. Die Agency war ganz bewusst auf viele Abteilungen verteilt, und ihre Vergangenheit war mit so vielen Geheimnissen durchsetzt, dass eine Person allein sie unmöglich alle kennen konnte. Und die großen Geheimnisse, die wirklich von Bedeutung waren? Sie waren nie aufgeschrieben worden. Was aber nicht hieß, dass man nichts über sie wusste.

»Andropow hasste Reagan. Wir alle glaubten, dass der KGB eine Aktion gegen ihn starten würde. Er hatte versucht, den Papst zu ermorden, warum dann nicht auch einen Präsidenten? Ende 1983 pfiffen es die Spatzen jedenfalls von den Dächern: Die Sowjetunion hatte mit großen wirtschaftlichen Schwierigkeiten zu kämpfen. Außerdem hatten sie ein Führungsproblem. Das ganze Land war im Umbruch. Der Kreml war damals fasziniert von der Nachfolgeregelung der amerikanischen Präsidentschaft. Kris erwähnte, dass Sie ein Kommuniqué gelesen haben, das wir beschlagnahmen konnten. Es gab mehrere davon. Der Nullte Verfassungszusatz – so nannten sie den Zwanzigsten.«

»Wissen Sie, weshalb?«

»Weil nach einem Angriff, wenn man ihn richtig ausführte, kein Entscheidungsträger übrig bliebe.«

»Wie ist das möglich?«

»Ich bin kein Spezialist in diesen Dingen, aber ich erinnere mich, gehört zu haben, dass nur noch Kabinettsmitglieder übrig bleiben, denen die Macht durch einen Kongressbeschluss übertragen wird, falls es jemandem gelingt, den gewählten Präsidenten, den gewählten Vizepräsidenten, den Sprecher des Repräsentantenhauses und den Präsidenten *pro tempore* des Senats auszuschalten, bevor der neue Präsident und sein Vizepräsident vereidigt wurden. Das zugrundeliegende Gesetz ist höchst problematisch. Es ist unklar, ob Kabinettsmitglieder nach der Verfassung überhaupt das Amt bekleiden dürfen. Es gäbe so viele interne Machtkämpfe, dass niemand zuständig wäre. Machtkämpfe übrigens, die der KGB noch anheizen würde. Diese Kerle verstanden sich meisterhaft auf solche aktiven Maßnahmen. Sie haben unsere Presse Tausende Male manipuliert, und in diesem Falle hätten sie es auch getan.«

»Und der Zweck des Ganzen?«, fragte sie.

»Das ist der Moment, in dem die UdSSR angegriffen hätte. Wenn niemand genau weiß, wer militärische Befehle geben darf. Es würde totale Verwirrung herrschen. Panzer würden durch Europa rollen, und wir wären damit beschäftigt, untereinander darum zu kämpfen, wer das Sagen hat. Die einen würden sagen, dieser Typ, die anderen, jener. Niemand wüsste es genau.«

Die Taktik war einleuchtend.

»Wir haben über Geheimdienstkanäle erfahren, dass sie an Aktionen arbeiteten, die mit dem Präsidentschaftsnachfolgegesetz von 1947 zu tun hatten. Damit die Sache funktionierte, mussten sie natürlich bei einer Amtseinführung zuschlagen. Einige von uns waren davon überzeugt, dass Andropow dies für Reagans zweite Legislaturperiode 1985 im Ärmel hatte. Aber glücklicherweise versagten die Nieren des alten Mannes im Frühjahr 1984. Und danach war alles vergessen, weil die Leute, die an seine Stelle rückten, kein Interesse an einem Dritten Weltkrieg hatten. Die Loyalität gegenüber Andropow löste sich in Wohlgefallen auf.«

Sie blickte über den Tisch zu Kris Cox, die sie aus Augen in der Farbe von Gletscherwasser beobachtete. Der Blick ihrer Freundin machte unmissverständlich klar, dass ihr gerade von jemandem, der Bescheid wusste, die Wahrheit offenbart wurde.

»Wie viele Menschen wissen darüber Bescheid?«, fragte sie die Stimme.

»Nicht allzu viele. Es war eines jener Dinge, die niemals geschehen sind, deshalb fiel es unter den Tisch. Damals gab es viele solcher Vorfälle. Der KGB blieb auf jeden Fall stets fokussiert. Es gab jeden Tag etwas Neues. Und auch jetzt ist es nur von Bedeutung, weil Sie ein Problem zu haben scheinen. Ich erinnere mich an Aleksandr Zorin. Er war ein sehr kompetenter KGB-Offizier. Unsere Leute respektierten ihn. Es ist schon erstaunlich, dass er noch lebt.«

Sie beabsichtigte, so viel wie möglich in Erfahrung zu bringen, und fragte: »Was ist mit RA-115?«

»Diesen Begriff habe ich lange nicht mehr gehört, außer im Fernsehen oder im Kino. Ich bin mir sicher, dass es sie gab. Aber es gibt andere, die nicht meiner Meinung sind. Das Problem war, dass auf der ganzen Welt niemals eine einzige gefunden wurde. Dabei hätte man erwarten können, dass mindestens eine davon auftaucht. Manche hielten es für den Bestandteil einer KGB-Kampagne mit Fehlinformationen. Wie ich bereits sagte, so etwas konnten sie gut. Mit so etwas konnten sie uns dazu bringen, Phantomen hinterherzujagen.«

»Jetzt behauptet der SVR, dass es sie wirklich gegeben habe und dass fünf von ihnen noch immer unauffindbar seien.«

»Dann sollten Sie auf sie hören. Das ist ein erstaunliches Eingeständnis.«

Ein Eingeständnis, das Nikolai Osin ihrer festen Überzeugung nach niemals hätte machen dürfen, wenn man die zunehmende Spaltung unter seinen Vorgesetzten bedachte. Die Hardliner in Russland wollten ganz sicher nicht, dass die Vereinigten Staaten etwas über mögliche Kofferatombomben erfuhren.

»Könnten sie hier sein?«, fragte sie, »in den Vereinigten Staaten?«

»Absolut, der KGB war der größte, umfassendste Geheimdienst, den es auf der Welt jemals gegeben hat. Milliarden und Abermilliarden von Rubeln wurden für die Vorbereitung eines Krieges gegen uns ausgegeben. Diese Burschen haben wirklich alles unternommen. Es gab keine Tabus. Und ich meine absolut keine. Wir wissen mit Sicherheit, dass es überall in Europa und Asien Waffenlager gegeben hat. Warum sollten wir da eine Ausnahme bilden?«

Er hatte recht.

»Es scheint, als könnte Zorin versuchen, diese Operation *Narrenmatt* zu starten«, sagte sie. »Er war offenbar in Andropows Pläne eingeweiht.«

»Vier KGB-Offiziere wurden mit der Operation betraut. Wir haben nie ihre Namen herausgefunden. Er könnte einer von ihnen gewesen sein.«

»Aber es ist so lange her«, sagte Kris. »Warum jetzt?«

Sie wusste die Antwort. »Er ist über die Entwicklung nach

dem Ende der Sowjetunion verbittert. Er war ein Ideologe, jemand, der wirklich daran glaubte. Osin hat mir berichtet, dass er uns für alles verantwortlich macht, was in seinem Leben schiefläuft. Und dieser Zorn köchelt schon lange in ihm.«

»Das macht ihn besonders gefährlich«, sagte die Stimme am anderen Ende der Verbindung. »Ich vermute, dass er den 20. Verfassungszusatz benutzen will, um hier dasselbe politische Chaos zu erzeugen, das wir dort drüben angerichtet haben. Aber er braucht eine funktionierende RA-115, damit das klappt. Man muss mit einem Schlag eine ganze Menge Menschen ausschalten.«

Das war gewiss ein Problem, aber eines, das Zorin entschlossen zu lösen versuchte.

»Wir werden in etwas weniger als 24 Stunden einen neuen Präsidenten haben«, sagte die Stimme.

Und sie wusste, was das hieß.

Es war die nächste Gelegenheit für ein *Narrenmatt*.

53

Luke öffnete die Augen.

Er saß aufrecht und war mit Klebeband an einen Holzstuhl gefesselt, fast genauso, wie er Anya Petrowa fixiert hatte. Arme und Beine waren fest umwickelt, damit er sich nicht rühren konnte. Sein Hals war frei, und er hatte nichts vor dem Mund. Aber sein Kopf schmerzte von einem üblen Schlag, und es gelang ihm noch nicht, den Blick scharfzustellen. Er blinzelte, um das Problem zu korrigieren, und stellte schließlich fest, dass er sich in der Küche von Begyns Haus befand. Eine Frau stand auf der anderen Seite des Raumes.

Sie war klein, durchtrainiert und hatte kein Gramm Fett zu viel. Sie trug einen eng anliegenden Jogginganzug, der ihre scharf konturierten Muskeln zur Geltung brachte. Er fragte sich, wie viele Stunden Push-ups, Klimmzüge und Bankdrücken nötig gewesen waren, um diesen Körper zu modellieren. Er beneidete sie um ihre Hingabe, denn er selber musste sich immer zum Sport zwingen. Ein Paar glänzender dunkelbrauner Augen musterte ihn aufmerksam. Ihr rotbraunes Haar war kurz und bis dicht an die Ohren geschnitten, was wie ein Militärhaarschnitt wirkte, und diese Einschätzung wurde durch ihr Verhalten noch verstärkt. Sie war attraktiv, ihre Miene wirkte nicht bösartig, doch andererseits verrieten ihre Gesichtszüge auch nicht viel Mitgefühl. Stattdessen betrachtete sie ihn wie ein Elefant. Ruhig, verschlossen, aufmerksam, aber in eine gefährliche Stille gehüllt. Sie hielt ein Messer mit einer rostfreien Achtzehn-Zentimeter-Stahlklinge in der Hand, das jenen ähnelte, die er als Ranger besessen hatte.

»Sind Sie Soldatin?«, fragte er.

»Ja, ich war bei einer Spezialeinheit.«

Er kannte solche Einheiten. Sie gehörten zur Marine und konzentrierten sich auf Nahkampf und Militäroperationen in Flüssen. Flusskriegseinheiten in Vietnam zählten zu den höchstdekorierten und hatten die größten Verluste zu beklagen. Seit einigen Jahren zählten jetzt auch Frauen zur Truppe.

»Im aktiven Dienst?«

Sie nickte. »Zurzeit beurlaubt.«

Er sah, wie sie unablässig die Klinge rotieren ließ, deren Spitze leicht auf ihrem linken Zeigefinger ruhte, während sie mit der rechten Hand langsam den schwarzen Griff drehte.

»Wer sind Sie?«

Allmählich kam er wieder in den Vollbesitz seiner geistigen und körperlichen Kräfte. »Das wissen Sie bestimmt bereits.«

Sie ging über den schachbrettartig gemusterten Fußboden, kam näher und presste die flache Seite der Klinge an seine Kehle. »Wissen Sie, es stimmt gar nicht, dass Frauen keinen Adamsapfel haben. Den haben wir tatsächlich. Es ist nur so, dass er bei den Männern sichtbarer ist als bei uns. Das ist gut, weil ich genau sehen kann, wo ich ihn spalten muss.«

Er bekam eine Gänsehaut. Was bei ihm alles andere als normal war. Sie hatte die Gelassenheit eines Priesters und die Augen eines Jaguars, was eine ziemlich unangenehme Kombination war. Das Gefühl von Hilflosigkeit, das ihn erfasste, gefiel ihm gar nicht. Diese Frau konnte ihm die Kehle aufschlitzen, und er konnte nichts unternehmen, um sie davon abzuhalten. In Wahrheit reichte jetzt schon eine falsche Bewegung – ein Schluckauf, ein Niesen –, und sie würde ihm ein dunkles Grinsen in die Kehle schnitzen.

»Ich werde Sie das nur noch ein einziges Mal fragen«, sagte sie. »Sie haben die beiden anderen hier gesehen. Ihnen ist klar, wozu ich imstande bin.«

»Das habe ich schon kapiert, ja.«

»Für. Wen. Arbeiten. Sie?«

Er fasste sich wieder, als er spürte, dass diese Frau nicht vorhatte, ihm wehzutun. Eigentlich war sie sich über ihn nicht im Klaren, was ihn grundlegend von den beiden Toten unterschied, die er gesehen hatte. Dass sie für die beiden verantwortlich war, bezweifelte er nicht. Aber noch drückte die Klinge an einer verwundbaren Stelle gegen seine Haut. Sie brauchte sie nur umzudrehen, und ...

»Militärischer Nachrichtendienst, DIA. Im Auftrag des Weißen Hauses. Aber das wissen Sie bereits, oder? Sie haben meine Marke.«

Er hatte es nur geraten, doch sie nahm die Klinge zurück, griff in ihre Gesäßtasche, zog die Lederbrieftasche heraus und warf sie ihm in den Schoß.

»Was will das Weiße Haus hier?«

»Sie sind dran. Wer sind Sie?«

»Sie müssen wissen, dass ich die Geduld einer Zweijährigen habe, und mein Temperament ist auch nicht viel besser.«

»Das ist okay. Mich finden die meisten arrogant.«

»Und sind Sie das?«

»Ich kann es sein. Aber ich kann auch charmant sein.«

Er versuchte immer noch, aus dieser Frau schlau zu werden, die ziemlich geradeheraus redete und hart zur Sache ging. Er bemerkte die Laufschuhe an den Enden ihrer kräftigen Beine.

»Waren Sie joggen?«

»Meine täglichen fünf Meilen. Als ich zurückkam, haben Männer in meinem Haus herumgewühlt.«

»Da haben sie sich wohl die Falsche ausgesucht.«

Sie zuckte mit den Schultern. »So sehe ich das auch.«

»Haben Sie eine Ahnung, für wen die gearbeitet haben?«

»Das ist der einzige Grund, weshalb Sie noch atmen. Diese Jungs waren im Gegensatz zu Ihnen Russen.«

Jetzt war er neugierig. »Und woher wollen Sie das wissen?

Ich kann mir nicht vorstellen, dass sie kleine Ausweise in Kyrillisch bei sich hatten.«

»Besser. Sie haben miteinander geredet. Ich habe sie gehört, als ich ins Haus geschlichen bin.«

Interessant. Sie hatte weder bei der Polizei angerufen noch sich ferngehalten. Diese Frau ging sofort in den Kampf. »Welchen Rang haben Sie?«

»Lieutenant, Junior Grade.«

»Okay, Lieutenant, wie wär's, wenn Sie mich losschneiden?«

Sie rührte sich nicht. »Was wollen Sie hier?«

»Ich muss mit Larry Begyn sprechen.«

»Er heißt Lawrence.«

»Und Sie wissen das, weil …?«

»Ich bin seine Tochter. Warum müssen Sie mit ihm reden?«

Er überlegte, ob er sich bedeckt halten sollte, kam aber zu dem Schluss, dass er dann nur noch länger am Stuhl festgeklebt sein würde. »Er hat vor ein paar Stunden einen Anruf von einem Mann namens Peter Hedlund entgegengenommen, und darüber muss ich mit ihm reden.«

»Über welches Thema?«

»Die 14. Kolonie. Plan Zero. Die Society of Cincinnati. Weltfrieden. Suchen Sie es sich aus.«

Sie trat zu ihm und schnitt ihn mit dem Messer los. Er rieb sich Arme und Beine, um den Blutkreislauf anzuregen. Er fühlte sich immer noch etwas benommen.

»Womit haben Sie mich geschlagen?«

Sie zeigte ihm das stählerne Ende des Messerknaufs. »Funktioniert gut.«

Noch ein Hinweis auf ihre Militärausbildung. »Das tut es.«

Sie sah ihn plötzlich schüchtern an. »Da gibt es etwas, was Sie sehen sollten.«

Er folgte ihr aus der Küche durchs Esszimmer in einen kurzen Flur, der zum Eingangsbereich des Hauses zurückführte. Dort lag eine dritte Leiche auf dem Boden, mit Wunden in der Brust und am Hals und im Todeskampf aufgerissenem Mund.

Sie deutete mit dem Messer auf ihn. »Bevor der da gestorben ist, hat er mir gesagt, dass sie ein Journal suchen. Er hat auch den Namen Plan Zero genannt. Warum wollen Sie und diese Russen dasselbe?«

Eine ausgezeichnete Frage.

Ihre Stimme blieb gleichmäßig und ruhig, und sie wurde nie lauter. Alles an ihr wirkte misstrauisch und wachsam. Doch sie hatte recht. Diese Männer waren direkt zu ihr gekommen, was bedeutete, dass die andere Seite mehr wusste, als Stephanie vermutete.

»Das Töten fällt Ihnen sehr leicht«, sagte er zu ihr.

Sie standen dicht beieinander in der Diele, und sie machte keine Anstalten, den Abstand zu ihm zu vergrößern. »Sie haben mir keine Wahl gelassen.«

Er ließ sie nicht aus den Augen, aber er zeigte auf die Leiche. »Hat er vielleicht gesagt, wonach genau sie gesucht haben?«

»Er nannte es das Tallmadge-Journal.«

Das bedeutete, die Russen waren nicht nur zwei Schritte voraus, sondern eher eine halbe Meile. »Ich muss wirklich mit Ihrem Vater reden.«

»Er ist nicht hier.«

»Bringen Sie mich zu ihm.«

»Warum?«

»Weil diese Kerle hier nirgendwo mehr hingehen, und falls Sie nicht vorhaben, noch ein paar Kehlen aufzuschlitzen, werde ich mich von jetzt an darum kümmern müssen.«

Es entstand eine unangenehme Pause. Sie schien ihm zu vertrauen.

Und sie hatte bei all ihrer Coolness eine gewisse Hartnäckigkeit an sich, die ihm gefiel.

»In Ordnung«, sagte sie schließlich. »Ich kann Sie zu ihm bringen.«

»Ich werde all diese Leichen melden müssen«, sagte er. »Der Secret Service wird alles aufräumen. Still und leise. Wir können jetzt keine Aufmerksamkeit brauchen.«

»Da habe ich ja noch mal Glück gehabt.«

Er grinste. »Ja, würde ich auch sagen.«

Sie drehte sich zum Esszimmer und der Küche um.

Eines wollte er noch wissen. »Warum haben Sie mich nicht auch getötet?«

Sie blieb stehen und sah ihn an. »Weil Sie immer noch diesen Armygeruch an sich haben.«

»So was kann wirklich nur jemand von der Navy sagen.«

»Aber ich war kurz davor, es nicht drauf ankommen zu lassen.«

Er war sich nicht sicher, ob sie es ernst meinte oder nicht. Das war das Besondere an ihr. Man wusste es einfach nicht.

»Sie kennen meinen Namen«, sagte er. »Wie heißen Sie?«

»Susan Begyn. Man nennt mich für gewöhnlich Sue.«

54

Malone ließ sich von den beiden Polizisten fahren. Sie verließen Eastport und fuhren über den Damm zurück aufs Festland, danach in westliche Richtung. Zorin und Kelly hatten zwei Stunden Vorsprung und waren bereits auf der Interstate 95 in südlicher Richtung unterwegs. Die GPS-Frequenz des Mietwagens schickte in Echtzeit Daten an den Secret Service, was es ihnen erlaubte, den Wagen präzise zu verfolgen. Um auf der sicheren Seite zu sein, wurden sie aber auch auf dem Highway von einem Wagen verfolgt, der ihnen im Verkehr mindestens zwei Meilen Vorsprung ließ und von ihnen weder gesehen noch bemerkt werden konnte.

»Diese Typen, hinter denen Sie her sind«, sagte einer der Polizisten vorn, »sind nicht gerade die hellsten, oder?«

Er merkte, dass die Frage einen Haken hatte. Wer wäre nicht neugierig? Aber es passte einfach nicht zu Polizisten, einfach freiheraus zu fragen. Sie zogen es vor, herumzustochern und Behauptungen aufzustellen, die zum Widerspruch reizten und ihn dazu provozieren sollten, etwas auszuplaudern. Aber er war kein Anfänger.

Deshalb hielt er seine Antwort kurz. »Diese Typen hatten kaum eine Wahl. Einen Wagen zu stehlen wäre ziemlich dumm gewesen.«

»Aber ein Bootsdiebstahl? Das war okay?«

»Das war ihre einzige Option. Und sie brauchten damit bloß nach Maine zu segeln. Mitten in der Nacht ein paar Stunden auf dem Wasser. Kein großes Risiko. Aber sich einen Wagen schnappen und damit in den Süden fahren? Da hätten sie sich Schwierigkeiten einhandeln können.«

»Haben die noch nie von GPS gehört?«

»Sie sind beide wohl nicht mehr ganz auf dem Laufenden.«

So viel konnte er zugeben, ohne zu viel zu verraten.

Und es entsprach der Wahrheit.

Bei Zorins letztem Außeneinsatz war GPS noch nicht mal erfunden. Kelly wusste vermutlich, was damit möglich war, aber keiner der beiden vermutete, dass sich die Vereinigten Staaten für das interessierten, was sie trieben. Was in Kellys Haus passiert war, hatte ihnen mit Sicherheit deutlich gemacht, dass es jemanden gab, der sie auf dem Schirm hatte; er hätte allerdings gewettet, Zorin ginge davon aus, dass es sich dabei um seine eigenen Landsleute handelte.

Cassiopeia war den beiden bis Bangor hinterhergefahren, dann übernahmen Landespolizisten aus Maine in einem Zivilfahrzeug die Verfolgung und blieben ihnen bis nach Massachusetts auf den Fersen, wo schon der Secret Service wartete, um die Aufgabe zu übernehmen. Wo die Sache enden sollte, konnten alle nur raten, aber sie mussten Zorin an der langen Leine lassen. Antworten bekamen sie nur, wenn sie geduldig waren. Gab es Risiken? Absolut. Aber momentan hatten sie die Lage unter Kontrolle.

Auf dem Vordersitz klingelte ein Handy. Der Polizist auf dem Beifahrersitz ging ran und reichte ihm das Telefon nach hinten.

»Für Sie.«

Er nahm das Gerät.

»Cotton, hier spricht Danny Daniels.«

Cassiopeia wartete am Internationalen Flughafen von Bangor, wohin Edwin Davis sie geschickt hatte, nachdem die Polizei von Maine gemeldet hatte, dass sie Zorin jetzt auf den Fersen war. Sie musste zugeben, dass sie es genoss, wieder auf der Jagd zu sein. Es war fast so, als wäre sie dafür geboren. Im vergangenen Monat hatte sie sich einzureden versucht, sie sei etwas anderes. Aber die Schießerei in Kanada hatte sie wieder aufgepowert, und dass Cotton der Grund war, weshalb sie mitmachte, bedeutete ihnen beiden etwas. Anderen Männern, die sie gekannt hatte, hätte es nicht geschmeckt, von ihr gerettet zu werden, aber Cotton hatte keine Vorurteile. Jeder brauchte dann und wann Hilfe. Nichts anderes hatte er in Utah getan. Er hatte ihr helfen wollen. Aber sie hatte sich widersetzt. Es war, als ob er sie ergänzte, und nur wenn sie zusammen waren, fehlte ihr nichts mehr. Das war ihr im vergangenen Monat endlich klar geworden.

Sie parkte vor einem eingeschossigen Terminal, das ein gehöriges Stück vom Gewimmel des Hauptterminals entfernt für Privatjets und andere Flugzeuge vorgesehen war. Vor zehn Minuten war ein kleiner zweistrahliger Jet mit Regierungskennzeichen herangerollt und hatte gestoppt, die Piloten waren von Bord und ins Terminal gegangen.

Ihr Flug, vermutete sie.

Sie dachte über Stephanie Nelle nach und wusste, dass sie sich wohl auch mit ihr wieder vertragen musste. Aber das sollte nicht allzu schwer sein. Stephanie war nicht nachtragend, erst recht nicht, weil sie zumindest teilweise für das Chaos verantwortlich gewesen war. Aber sie wollte nicht mehr darauf herumreiten.

Das war nicht nötig.

Jeder wusste, wo der andere stand.

Malone hörte dem Noch-Präsidenten der Vereinigten Staaten zu, der angespannter klang als üblich.

»Ich glaube, dass Zorin während der Vereidigungszeremonie zuschlagen will«, sagte Daniels am Handy.

Er wollte nicht direkt widersprechen. »Das wäre so gut wie unmöglich«, stellte er aber dennoch klar. »Niemand käme auch nur annähernd so dicht heran, wie es nötig wäre, um den Schaden anzurichten, den er braucht, damit sein Plan aufgeht.«

Vorhin in Eastport hatte ihm Edwin Davis am Telefon vom 20. Verfassungszusatz und den Schwachstellen erzählt, die sowohl darin als auch in dem Präsidentschaftsnachfolgegesetz von 1947 enthalten waren.

»Ich habe die Experteneinschätzung, dass eine dieser Kofferbomben, falls es sie tatsächlich gibt, eine Sprengkraft von circa sechs Kilotonnen hätte«, sagte Daniels. »Um den größtmöglichen Schaden anzurichten, müssten sie in einer größeren Höhe gezündet werden, so wäre die Druckwelle am stärksten. Sie würde im Umkreis von einer Meile alles einebnen. Man muss sich das als einen Feuerball mit tausend Metern Durchmesser vorstellen. Falls die Bombe hundert Meter vom Ort der Vereidigung entfernt gezündet würde, hätte man natürlich denselben Effekt. Aber ich stimme Ihnen zu, es ist ausgeschlossen, so nah heranzukommen.«

»Bei welcher Höhe hätte es die verheerendste Wirkung?«

»Bei hundert bis zweihundert Metern. Dafür bräuchte man ein Flugzeug, einen Hubschrauber oder eine Drohne.«

»Diese Typen haben keinen Zugriff auf Drohnen.«

»Aber die Russen.«

»Sie glauben doch nicht ernsthaft, dass Moskau einen Krieg anzetteln will?«

»Ich bin mir nicht sicher, ob Moskau überhaupt etwas mit dieser Sache zu tun hat. Ich will, dass Sie und Cassiopeia schnell wieder herkommen. Es wird Zeit, dass wir uns mit der zukünftigen Administration unterhalten, und ich möchte gerne, dass Sie beide dabei sind.«

»Weshalb?«

»Weil die mir kein Wort glauben werden.«

Solchen Defätismus kannte er nicht von diesem Präsidenten.

»Jetzt weiß ich, was es bedeutet, eine lahme Ente zu sein«, fuhr Daniels fort. »Ich kann zwar etwas tun, aber nicht annähernd so viel wie vorher. Die Leute wissen, dass meine Zeit vorbei ist.«

»Was haben Sie denn vor?«

»Wir müssen die Vereidigung umorganisieren. Anders geht es nicht.«

Stephanie ging wieder ins Mandarin Oriental. In Washington befand sich ihr Arbeitsplatz normalerweise im Justizministerium, aber bei ihrem gegenwärtigen Status »zwischen den Arbeitgebern« schien das Hotel die einzige Option für sie zu sein. Der Ausflug zum Haus von Kris Cox hatte sich als erhellend erwiesen, und sie brauchte Zeit, um alles zu verdauen, was sie erfahren hatte.

Sie kam in die Lobby, doch bevor sie zu den Fahrstühlen ging, entdeckte sie Nikolai Osin, der, noch immer in seinen eleganten schwarzen Wollmantel gehüllt, etwas abseitsstand.

Er sagte nichts, als sie auf ihn zuging.

»Was führt Sie her?«, fragte sie.

Seine Miene blieb unbewegt, seine Gesichtszüge kühl wie die Luft draußen.

»Gewisse Leute, die sich gern mit Ihnen unterhalten würden. Unter vier Augen. Nicht von der Regierung. Es sind ... Geschäftsleute.«

Organisierte Kriminalität.

»Sie sind allerdings auf Wunsch gewisser Regierungsmitglieder hier«, sagte er. »Es sind jene Leute, von denen wir vorhin noch gesprochen haben. Das ist auch der Hauptgrund, weshalb ich hier bin.«

Seine Botschaft kam an. Sie hatte keine Wahl. »Okay.«

»Gleich draußen wartet ein Wagen auf Sie, die hintere Tür steht offen.«

»Kommen Sie mit?«
Er schüttelte den Kopf.
»Die wollen nur mit Ihnen reden.«

55

Zorin saß auf dem Beifahrersitz, und Kelly fuhr. Sie hatten vereinbart, sich die Fahrerei zu teilen, damit jeder sich ein paar Stunden ausruhen konnte. Die Strecke war einfach, hatte Kelly gesagt. Geradewegs nach Süden, ohne den Highway zu verlassen, bis sie Virginia erreichten, dann weiter in westliche Richtung in ein ländliches Gebiet, achtzig Kilometer westlich von Washington, D.C.

Er dachte an seine Zeit beim KGB zurück. Kanada war lange als vorgeschobene Basis für sowjetische Militäroperationen vorgesehen gewesen. In dieser Zeit hatte er persönlich mehrere Stellen ausgekundschaftet, an denen ein Grenzübertritt nach Minnesota oder North Dakota erfolgen konnte. Der Flathead-Damm in Montana wäre eines der ersten Ziele gewesen, die sie zerstört hätten, als Teil eines koordinierten Angriffs auf die Infrastruktur, dessen Ziel es war, die Vereinigten Staaten im Inneren zu schwächen. Doch auch Kanada selbst war ein wichtiges Ziel. Er hatte zwei Jahre damit verbracht, Informationen über seine Ölraffinerien und Gaspipelines zusammenzutragen und die zweckmäßigsten Methoden ermittelt, sie zu sabotieren. All das war in genauestens ausgearbeiteten Berichten nach Moskau gegangen.

So gut wie jede kanadische Provinz und alle amerikanischen Bundesstaaten waren in sogenannte »Operationsgebiete« aufgeteilt worden. Zu jedem Operationsgebiet gehörte eine Basis in ländlicher Umgebung mit einem Landeplatz für Fallschirmspringer, im Umkreis von zwei Kilometern durfte sich kein anderes Gebäude befinden, dafür sollten aber konspirative Wohnungen zur Verfügung stehen, um sich dort verstecken zu können. Sie hatten die Landeplätze *Doroschkas* genannt, Pisten, und die Häuser *Ulej*, Bienenstöcke. Den KGB-Richtlinien zufolge sollte der Grund und Boden in beiden Fällen einer vertrauenswürdigen Person gehören, die *Ulejs* hatten mit einem Funkgerät, Geld, Nahrung und Wasser ausgestattet zu sein. Außerdem sollten dort Polizei-, Armee- und Eisenbahneruniformen, Berufsbekleidung für Waldarbeiter sowie ortsübliche Bekleidung vorhanden sein. Verschlüsselte Dateien in den jeweiligen Stützpunkten informierten über anzugreifende Hochspannungsleitungen, Öl- und Gaspipelines, Brücken, Tunnel und Militäreinrichtungen im Umkreis von 120 Kilometern.

Und Waffen gab es dort auch.

Lager voller Schusswaffen und Sprengstoffe, die entweder hereingeschmuggelt worden oder, was wahrscheinlicher war, im Land selbst gekauft waren. Das galt insbesondere für die Vereinigten Staaten, wo der Erwerb von Schusswaffen problemlos möglich war.

»Haben Sie den *Ulej* für *Narrenmatt* selbst ausgestattet?«, fragte Kelly.

»Ich dachte, Sie schlafen.«

»Das habe ich auch.«

»Ja, Aleksandr. Er gehört mir.«

»War das nicht riskant?«

»So lauteten Andropows Befehle. Ich durfte niemanden dazuholen. Er wollte, dass ich die totale Kontrolle hatte.«

»Ist schon so lange her. Das gibt es also alles noch?«

»Es war ein Teil meiner Befehle und musste folglich die Zeit überstehen. Es hat nie einen genauen Termin für die Ausführung gegeben. Ich hatte damit gerechnet, dass es eher früher als später geschieht, aber bei den speziellen Waffen, die dabei eine Rolle spielen, waren besondere Vorkehrungen nötig.«

Er wusste, was das bedeutete. »Eine ununterbrochene Energieversorgung.«

»Genau. Und das war wirklich eine Herausforderung, das kann ich Ihnen sagen.«

»Ist die Waffe mit Sprengfallen versehen?«

Kelly nickte. »Eines der Geräte ist so ausgestattet, dass es explodiert, wenn das Gehäuse geöffnet wird. Auch das war ein Teil meiner Befehle. Sie durften nicht entdeckt werden, und falls doch, durfte nichts davon übrig bleiben.

»Und die Risiken waren enorm. Was, wenn es einen Zwischenfall gegeben hätte, entweder bewusst herbeigeführt oder versehentlich, und die Atombombe mit sechs Kilotonnen Sprengkraft wäre hochgegangen? Es wäre schwer gewesen, dafür eine Erklärung zu finden«, sagte Zorin

»Wann haben Sie erfahren, was Andropow vorhatte?«, fragte Kelly.

»Teilweise kam es von den anderen beiden Offizieren. Dann habe ich die alten Aufzeichnungen gesucht und noch mehr in Erfahrung gebracht. Aber dieser Archivar wusste auch einiges.«

Belchenko hatte ihm jahrelang mit *Narrenmatt* in den Ohren gelegen. Er hatte ihm vom Nullten Verfassungszusatz erzählt. Diese Information stammte aus Andropows privaten Unterlagen, die bis zum heutigen Tag versiegelt waren. Schließlich hatte er genug erfahren, um zu wissen, was Andropow für Reagan geplant hatte. Jedes Mal, wenn ein neuer amerikanischer Präsident gewählt wurde, versuchte er, mehr aus ihm herauszulocken, und jedes Mal weigerte sich Belchenko. Diesmal jedoch nicht. Endlich hatte sich sein alter Freund offenbart und ihn auf die richtige Fährte gesetzt.

Die anscheinend auch von Moskau verfolgt wurde.

»Haben Sie Hunger?«, fragte Kelly.

»Wir müssen weiterfahren.«

»Wir müssen auch etwas essen. Wir können etwas kaufen und es unterwegs essen. Da kommen auf der Strecke bald ein paar Läden.«

Es war nicht verkehrt, etwas im Bauch zu haben, und es würde sie nur ein paar Minuten kosten. Er blickte auf die Uhr.
13.16 Uhr.
Noch 22 Stunden.

Malone betrachtete aus dem Seitenfenster des Jets das unter ihnen liegende Gelände. Sie befanden sich irgendwo über New York oder New Jersey und waren in einer Gulfstream C-37A der Airforce unterwegs nach Süden. Bei 500 Meilen pro Stunde müssten sie vor 14 Uhr wieder in Washington sein.

Cassiopeia saß ihm gegenüber. Er hatte sie am Flughafen von Bangor wiedergetroffen, und sie waren sofort an Bord gegangen. Die beiden Polizisten blieben mit ihren unbeantworteten Fragen zurück. Er brachte Cassiopeia auf den neuesten Stand und erzählte ihr von Danny Daniels' Nervosität wegen der bevorstehenden Amtseinführung.

»Da unten ist Zorin«, sagte er. »Unterwegs in südlicher Richtung.« Er wandte sich vom Fenster ab. »Zum Glück haben wir ihn unter strenger Beobachtung, sowohl direkt als auch elektronisch.«

»Dann lassen wir uns also von ihm führen und nehmen ihn dann fest.«

»So ist es geplant. Aber es wird zusätzlich kompliziert, weil sich die Russen in die Hosen machen.«

Sie grinste. »Um Sprüche nie verlegen, was?«

»Ich sage nur, wie es ist.« Er dachte einen Moment über die Lage nach. »Ich vermute, dass Zorin einen Ort irgendwo in oder um Washington ansteuert. Deswegen werden wir dort darauf achten, dass er zu uns kommt. Falls nicht, müssen wir zu ihm. Tut mir leid wegen all dieser Flüge.«

Er wusste, dass Fliegen nicht ihre Lieblingsbeschäftigung war.

»So schlimm ist es nicht«, sagte sie. »Hier habe ich wenigstens Bewegungsfreiheit. Die Kampfjets sind eine ganz andere Geschichte. Ich verstehe einfach nicht, was daran so toll sein soll.«

Er verstand es durchaus. Hätte ihm das Schicksal nicht ein paar Streiche gespielt, wäre er Kampfpilot bei der Navy geworden und wäre nun nach zwanzigjähriger Dienstzeit in Pension. Interessant, wie banal das jetzt wirkte. Nur wenige bekamen jemals die Gelegenheit, ein Militärflugzeug zu fliegen, das viele Millionen Dollar gekostet hatte, aber das verblasste im Vergleich zu den Erfahrungen, die er zuerst beim Magellan Billet und dann später nach seinem Rückzug als Privatmann gemacht hatte. Er hatte eine ganze Reihe erstaunlicher Abenteuer erlebt, und das gegenwärtige bildete keine Ausnahme.

»Ich muss Stephanie anrufen«, sagte er.

Das Flugzeug verfügte über ein eigenes Kommunikationssystem, das er aktivierte, indem er ein Telefon aus einer Konsole neben sich zog. Er wählte Stephanies Handynummer, die sie ihm vor zwei Tagen gegeben hatte.

Er hörte das Signal.

Zweimal.

Dreimal.

Nach dem vierten Mal schaltete sich der Anrufbeantworter ein, und eine Roboterstimme teilte mit, dass der Angerufene das Gespräch nicht entgegennehmen könne und der Anrufer bitte eine Nachricht auf dem Band hinterlassen solle.

Er entschied sich dagegen und legte auf.

»Sie wollte doch informiert werden, sobald wir alles unter Kontrolle haben«, sagte er beim Auflegen. »Also, wo steckt sie?«

56

Stephanie saß allein auf dem Rücksitz des SUV. Vorn saßen zwei Männer, die sich nicht vorgestellt hatten. Der schwere Wagen schlängelte sich durch den Verkehr, und trotz des Wochenendes waren die Straßen von Besuchern der Amtseinführung verstopft. In den nächsten beiden Tagen gab es jede Menge Feiern, man konnte sie nicht mehr zählen. Über eine Million Menschen aus dem ganzen Land strömten in die Stadt, und es galten verstärkte Sicherheitsmaßnahmen. Das Weiße Haus, die Nationalpromenade und der westliche Teil des Kapitols waren bereits für Besucher gesperrt worden. Alle Museen, die sich auf beiden Seiten der Promenade vom Kapitol bis zum Washington Monument erstreckten, sollten ebenfalls von Sicherheitskräften belegt und die Türen schon Stunden vor der Zeremonie verschlossen werden. Sie erinnerte sich, 1989 den Nordturm der Smithsonian-Burg bestiegen und von dort aus zugesehen zu haben, wie George Bush seinen Amtseid ablegte. So etwas würde heutzutage nicht mehr gestattet werden. Die Position war zu hoch gelegen und bot ein zu gutes Schussfeld. Heute durfte entweder ein Militärposten oder der Secret Service diesen Hochsitz genießen.

Sie wusste nicht recht, was hier vor sich ging, und Osins Blick vorhin in der Hotellobby hatte ihr auch nicht gefallen. Doch sie hatte keine Wahl. Was würde Danny sagen? *Man ist gebildet, wenn man weiß, dass eine Tomate eine Frucht ist. Man ist weise, wenn man sie nicht in einen Fruchtsalat tut.* Für sie zählte die Weisheit. Interessant, wie sie es sogar als Arbeitslose schaffte, sich Ärger einzuhandeln. Zum ersten Mal empfand sie Mitgefühl für Cotton, denn genau solchen Situationen hatte sie ihn wiederholt ausgesetzt.

Sie riss sich zusammen und sah, dass sie in nördlicher Richtung auf der 7. Straße in Richtung Columbia Heights unterwegs waren. Dann bog der Wagen in eine Nebenstraße ab; wie die Straße hieß, konnte sie nicht erkennen. Zur Rechten lag ein kleiner Park. Das Fahrzeug stoppte. Der Mann auf dem Beifahrersitz stieg aus und öffnete ihr die Tür.

Ein Gentleman?

Sie stieg in die Kälte hinaus.

Zum Glück trug sie ihren dicken Mantel, Handschuhe und einen Schal. Der Park erstreckte sich über einen ganzen Block und war, von einem Mann abgesehen, der allein auf einer Bank saß, menschenleer.

Sie ging zu ihm.

»Ich entschuldige mich für die widrigen Umstände«, sagte er, als sie näher kam. »Aber es war wichtig, dass wir uns unterhalten.«

Er war klein und plump, kaum mehr als ein dunkler Mantel, ein Filzhut und ein schicker Louis-Vuitton-Schal. In den behandschuhten Fingern seiner rechten Hand hing eine brennende Zigarette, an der er in der Kälte paffte.

»Haben Sie auch einen Namen?«, fragte sie.

»Nennt mich Ismael.«

Sie lächelte, weil er den ersten Satz aus *Moby Dick* verwendete.

»Namen sind unwichtig«, erläuterte er. »Aber worüber wir reden müssen, ist lebenswichtig. Setzen Sie sich bitte.«

Um weise zu werden, musste sie ihm gehorchen, daher setzte sie sich auf die Bank – und spürte augenblicklich die Kälte der Holzbretter durch ihre Kleidung hindurch.

»Sie klingen nicht wie ein Russe«, sagte sie.

»Ich bin nur ein Abgesandter im Auftrag einer Gruppe interessierter Ausländer. In Russland geschehen verstörende Dinge, die ihnen Sorgen bereiten.«

Sie dachte an das, was Osin vorhin in der Hotellobby angedeutet hatte. »Vertreten Sie hier die Oligarchen oder das organisierte Verbrechen? Oh, ich habe es vergessen, das sind ja dieselben Leute.«

»Es ist interessant, wie wir vergessen, dass wir durch einen vergleichbaren Reifeprozess gegangen sind. Das heutige Russland unterscheidet sich gar nicht so sehr von dem am Ende des 19. Jahrhunderts, ja sogar bis in die 1930er-Jahre. Korruption gehörte einfach zum Leben dazu. Und was erwarten wir eigentlich, wenn wir achthundert Jahre autoritärer Herrschaft beenden? Dass in Russland einfach so die Demokratie erblüht? Dass alles plötzlich zum Besten steht? Das wäre naiv.«

Er hatte nicht unrecht. All das war damals von Reagan und seinen Beratern während der Operation *Steilpass* ausführlich diskutiert worden. Alle fragten sich, wie es nach dem Ende des Kommunismus weitergehen würde. Aber man hatte kaum über Alternativen nachgedacht. Den Kalten Krieg zu beenden war alles, worauf es ankam. Aber jetzt, fünfundvierzig Jahre später, wirkte Russland autoritärer und korrupter als je zuvor, seine Wirtschaft war schwach, seine politischen Institutionen waren so gut wie verschwunden und die Reformen zum Erliegen gekommen.

»Die Männer, die ich vertrete, haben mich autorisiert, offen mit Ihnen zu reden. Sie möchten Sie wissen lassen, dass es Fraktionen innerhalb der russischen Regierung gibt, die etwas sehr Gefährliches im Schilde führen. Vielleicht sogar einen Krieg. Sie hassen die Vereinigten Staaten noch mehr, als es einst die Kommunisten getan haben. Aber vor allem verabscheuen sie, was mittlerweile aus Russland geworden ist.«

»Und das wäre?«

Er nahm einen tiefen Zug von seiner Zigarette und stieß eine blaue Rauchwolke aus. »Wir wissen beide, dass Russland keine globale Bedrohung mehr darstellt. Ja, es hat gegen Georgien

Krieg geführt, droht auch weiterhin dem Baltikum und hat Teile der Ukraine besetzt. Was soll's? Petitessen. Es ist zu arm und zu schwach für etwas anderes als Drohgebärden. Washington weiß das. Moskau weiß das. Sie wissen es.«

Das wusste sie tatsächlich.

In jedem Geheimdienstbericht stand dasselbe. Die russische Armee war völlig demoralisiert, die meisten Soldaten waren nicht richtig ausgebildet und unbezahlt. Im Schnitt begingen jeden Monat zwölf von ihnen Selbstmord. Und obwohl es dem neuen Russland gelungen war, hervorragende Militärflugzeuge zu entwickeln und zu bauen, extrem leise U-Boote und ultraschnelle Torpedos, gelang es nicht, sie in großen Stückzahlen zu produzieren. Nur sein Atomwaffenarsenal war respektabel, aber zwei Drittel davon war nicht mehr zu gebrauchen. Es gab keine Erstschlagskapazität. Die Weltgeltung war verloren, und auch in regionalen Konflikten waren seine Möglichkeiten eingeschränkt.

Russland konnte eigentlich nur noch drohen.

»Es hat den Anschein, als hätten gewisse Ereignisse der letzten paar Tage in gewissen Kreisen der russischen Regierung den Nationalstolz wiedererweckt«, sagte er. »Anders als Sie, die CIA und die NSA denken, ist nicht jedermann in Russland korrupt und käuflich. Es gibt weiterhin Ideologen. Die Fanatiker sind nicht ausgestorben. Und die sind – das dürfte wohl überall auf der Welt gleich sein – die Gefährlichsten von allen.«

Sie begriff das Problem. »Krieg ist schlecht fürs Geschäft.«

»Das kann man sagen. Es gibt jedes Jahr Hunderttausende, die Russland verlassen. Und das sind nicht die Armen und Ungebildeten. Es sind kluge Unternehmer, ausgebildete Fachkräfte, Ingenieure und Wissenschaftler. Ein spürbarer Verlust.«

Sie wusste, dass auch dies der Wahrheit entsprach. Korruption, Tabus und fehlende Rechtstaatlichkeit trieben die Menschen in sicherere Länder. Doch etwas anderes wusste sie auch.

»Die Zahl der Menschen, die ins Land strömen, ist deutlich größer als die Zahl derer, die es verlassen. Es besteht überhaupt keine Gefahr.«

»Die vielen freien Stellen ziehen glücklicherweise viele Menschen an. Das ist umso mehr ein Grund, weshalb sich Russland diesen ganzen fanatischen Unsinn nicht erlauben darf. Es sollte auf das aufbauen, was es hat, die Abhängigkeit von Öl und Gas verringern und die Wirtschaft ausbauen, anstatt sich auf einen Krieg vorzubereiten, der nicht gewonnen werden kann. Ich hoffe, dass Sie und ich uns darin einig sind.«

»Ich arbeite nicht mehr für die US-Regierung. Ich wurde entlassen.«

»Aber Sie finden auch weiterhin das Gehör des Präsidenten der Vereinigten Staaten. Das hat uns Osin mitgeteilt. Er sagt, Sie seien der einzige Mensch, der mit Daniels reden kann.«

»Um ihm was zu sagen?«

»Dass wir hier sind, um zu helfen.«

Sie lachte. »Das soll wohl ein Scherz sein, oder? Russische Oligarchen, organisiertes Verbrechen. Sie wollen helfen? Was haben Sie vor?«

»Das, was Sie nicht können. Die Fanatiker in der Regierung eliminieren. Diese Rückkehr zu Verhaltensweisen der Sowjetzeit muss enden. Es wird darüber geredet, die Abrüstungsverhandlungen abzubrechen, den Luftraum der NATO mit Bombern auszutesten, und es steht sogar zur Debatte, die Raketen wieder auf Europa und die Vereinigten Staaten auszurichten. Wollen Sie das etwa?«

Sie spürte, dass dieser Mann ernsthaft besorgt war. Interessant, was geschehen musste, um jemanden nervös zu machen, der mit Menschen zu tun hatte, die völlig gewissenlos waren.

»Niemand will einen neuen Kalten Krieg«, sagte er. »Das ist nicht nur für meine Auftraggeber schlecht, sondern für die ganze Welt. Sie halten die Menschen, die ich vertrete, für Kriminelle. In Ordnung, damit können die leben. Aber sie kommen Ihnen nicht zu nahe. In Wahrheit machen sie sogar Geschäfte mit Ihnen. Sie haben keine Armeen und keine Raketen.«

»Aber sie exportieren das Verbrechen.«

Er blies verächtlich eine Rauchwolke in den Himmel und zuckte mit den Schultern.

»Es kann nicht alles perfekt sein. Sie würden sagen, es sei nur ein geringer Preis, wenn man die Alternativen bedenkt.«

Sie war durchaus angetan. »Ihre Leute wollen alle Probleme ausschalten?«

»Es wird in Moskau viele Beerdigungen geben.«

Die Vereinigten Staaten hatten Attentate offiziell nie gutgeheißen, aber die Realität sah ganz anders aus. Es geschah ständig. »Was wollen Sie von uns?«

»Stoppen Sie Aleksandr Zorin.«

»Wissen Sie, was er plant?«

»Wir wissen, was er will.«

»Und das wäre?« Sie wollte es hören.

»Er hat vor, die bevorstehende Amtseinführung zur denkwürdigsten aller Zeiten zu machen. Lassen Sie nicht zu, dass es ihm gelingt.«

Endlich eine Bestätigung des Endspiels. Wurde ja auch langsam Zeit.

In den letzten Jahren war viel von einem neuen Kalten Krieg die Rede gewesen. Alle waren sich darin einig, dass er, falls es dazu kam, mit Geld, Öl und insbesondere Social-Media-Propaganda geführt werden würde. Halbwahrheiten, die mit gerade genug Beweisen unterfüttert wurden, um sie interessant und glaubwürdig zu machen. So etwas ließ sich heutzutage leicht bewerkstelligen. Das Internet und die 24-Stunden-Nachrichten hatten alles verändert. Die alten Regeln galten schon lange nicht mehr. Es war so gut wie unmöglich geworden, große Nationen abzuschirmen. Man brauchte nur nach China zu sehen, das bei dem Versuch erbärmlich gescheitert war. Die Sowjets hatten einst geglaubt, dass unerschütterliche Disziplin das Beste sei und dass man den Westen in die Knie zwingen könne, wenn man einfach nicht nachgab und nie mit der Wimper zuckte. Auch diese Philosophie war gescheitert, weil der Kommunismus nur Armut und Unterdrückung hervorgebracht hatte. Beides war nicht besonders attraktiv. Deshalb musste die Sowjetunion schließlich doch reagieren. Und zusammenbrechen.

Nun schienen sich gewisse Kreise in Russland für eine Wiederbelebung zu interessieren.

Sie fragte nur äußerst widerwillig, doch es musste sein: »Wann werden die zuschlagen?«

Er rauchte die Zigarette zu Ende und schnippte den Stummel weg. »Innerhalb von Stunden. Es müssen Vorbereitungen getroffen werden. Am besten wäre es, wenn das Ganze als ein interner Machtkampf betrachtet würde, der sowohl die Toten als auch die Lebenden ins Unrecht setzt. Wenn man es richtig anstellt, werden sie sich ihren eigenen Untergang bereiten.«

»Und Sie und Ihre Auftraggeber verdienen weiterhin Ihr Geld.«

»Das ist das Wesen des Kapitalismus. Ich kann mir nicht vorstellen, dass hier jemand ein Problem damit haben sollte.«

Es gab noch etwas, das sie wissen musste. »Hatte Zorin den richtigen Riecher?«

»Die Fanatiker glauben das, ja. Als er Kontakt zu Vadim Belchenko aufgenommen hat, wurden sie aufmerksam. Bis dato überwachen sie die Archivare, und diesen ganz besonders. Sie haben Soldaten geschickt, um Belchenko in Sibirien zu töten. Es ist ihnen gelungen, ihn zu erwischen, aber Ihr Agent hat in einer Datscha am Baikalsee fünf tote Russen hinterlassen, von denen drei Soldaten waren. Ich hoffe, er bleibt so gut. Denn er muss für uns einen speziellen Auftrag erfüllen: Er muss Zorin aufhalten.«

»Es gibt hier also Kofferatombomben?«

Er lächelte. »Wir wissen, dass Osin Ihnen davon erzählt hat. Das ist in Ordnung. Sie sollten es wissen. Das war ja das Problem mit Andropow. Trotz aller Kaltblütigkeit glaubte er ernsthaft, dass die UdSSR den ideologischen und den ökonomischen Krieg mit dem Westen verlieren würde, wenn sie nicht zu drastischen Schritten bereit sei. Deshalb hat er sie unternommen. Er nannte es *Narrenmatt*. Alle dachten, beides, es und er, seien in Vergessenheit geraten. Aber jetzt erhebt er sich aus dem Grab, um Chaos zu verbreiten. Also ja – es gibt hier solche Waffen.«

Sie fühlte sich etwas angeschlagen, die Müdigkeit und die Kälte forderten ihren Tribut. An einer illegalen Verschwörung beteiligt zu sein tröstete sie auch nicht gerade. Aber der Mann, der neben ihr saß, bluffte nicht. Seine Auftraggeber hatten zu lange und zu hart gearbeitet, um sich von Idioten alles wegnehmen zu lassen, deshalb würden sie es mit oder ohne sie durchziehen. O ja, es würde Beerdigungen in Moskau geben. Aber ein paar auch hier.

Anya Petrowa hatte es ja bereits erwischt.

Wie viele würden ihr nachfolgen?

»Der SVR hat Zorin in Kanada angegriffen«, sagte sie. »Wie viel wissen diese durchgeknallten Leute in der Regierung?«

»Eine ganze Menge, hat man mir gesagt. Sie haben uneingeschränkten Zugriff auf geheime KGB-Archive, einschließlich Andropows persönliche Unterlagen. Das sind Aufzeichnungen, die bisher nur wenige Menschen gesehen haben. Als Zorin Belchenko in den Osten gebracht hat und dann Ihrem Agenten die Einreise ins Land gestattet wurde, schrillten die Alarmglocken. Anscheinend wussten sie bereits vom *Narrenmatt*, waren sich aber nicht über seine Tragweite im Klaren. Deshalb haben sie sich schlaugemacht und sind dabei auf Jamie Kelly gestoßen. Daraufhin beschlossen sie, Zorin und Belchenko umzubringen, um alles unter Kontrolle zu bringen. Ihr Agent hat ihren Versuch vereitelt, Zorins Flugzeug abzuschießen, was der Sache ein Ende gemacht hätte. Sie waren nicht sonderlich erbaut davon. Und jetzt sind sie hier, um alle offenen Probleme ein für alle Mal aus der Welt zu schaffen – dazu gehören Zorin, Kelly und Ihr Agent. Also stellen Sie sich darauf ein.«

»Wissen die, wo die Atombomben sind?«

Er schüttelte den Kopf. »Das ist die eine Sache, die wir ihnen voraushaben. Sie brauchen Kelly, um sie hinzuführen, genau wie Zorin, mal ganz nebenbei bemerkt.«

Sie hatte genug gehört und erhob sich von der Bank. »Wir werden uns hier um alles kümmern.«

»Lassen Sie den Fernseher eingeschaltet. Der Nachrichtenkanal im Kabelfernsehen wird Ihnen melden, wenn es auf der anderen Seite losgeht.«

Sie setzte sich in Bewegung.

»Wenn Sie wollen, kann ich Sie ins Hotel zurückbringen«, rief er ihr nach.

Schon beim Gedanken daran drehte sich ihr der Magen um.

»Danke, aber ich finde auch allein hin.«

Und schon war sie verschwunden.

57

Luke und Sue Begyn stiegen aus dem Auto. Sie waren zwei Stunden lang in östliche Richtung nach Annapolis gefahren, und dann nach Süden am Ufer des Chesapeake entlang. Sue hatte unterwegs nur wenig geredet, und er hatte sie ihren Gedanken überlassen. Sein Bauchgefühl und seine Ausbildung warnten ihn davor, ihr allzu viel zu offenbaren. Stattdessen versuchte er es mit dem absoluten Minimum, um zu sehen, was sie daraus machte.

Sie hatte gar nichts gemacht.

Das Weiße Haus versicherte ihm, sich in Begyns Villa um alles zu kümmern, damit keine Spuren der Leichen zurückblieben. Sue hatte sich umgezogen. Sie trug jetzt nicht mehr ihren eng anliegenden Trainingsanzug, sondern Jeans, ein langärmeliges Baumwollhemd, Jacke, Handschuhe und Stiefel. Sie war mit einem Jagdgewehr und einer Faustfeuerwaffe ausgerüstet, im Arbeitszimmer ihres Vaters gab es reichlich Auswahl. Lawrence Begyn glaubte anscheinend an das verbriefte Recht auf Waffenbesitz.

Auf halber Strecke fing es an zu regnen, ein stetiges kaltes Nieseln, das beim Fahren die Sicht einschränkte. Sie dirigierte ihn über eine Folge von Schnellstraßen, bis sie schließlich in dem Küstenstädtchen Long Beach ankamen. Ihrem Vater gehörte in der Nähe ein Haus, in das er sich, wie sie bemerkte, dann und wann zurückzog. Glücklicherweise hatte Begyn sich am Vortag dazu entschlossen, die Einsamkeit zu suchen, und war so den uneingeladenen Besuchern seines Hauses entgangen. Aber Luke wunderte sich über das Timing. Es passte allzu gut zu Peter Hedlunds Anruf.

»Ich wollte heute in die Militärbasis zurückfahren«, sagte sie, als sie durch den Regen gingen. Über ihren Köpfen raschelten kahle Äste, von denen eiskalte Tropfen in seinen Nacken fielen.

»Werden Sie Probleme bekommen?«

»Ich muss offiziell erst morgen wieder antreten.«

Vierzehn ganze Worte. Seit sie in den Wagen gestiegen war, hatte sie nicht so viel von sich gegeben. Vor ihnen erhob sich ein weitläufiges, weiß gestrichenes Haus mit langen Veranden auf der Landseite und einem Schindeldach aus Zedernholz. Daneben stand eine freistehende Doppelgarage zwischen kahlen Ahornbäumen und Birken an der Biegung eines ausgetrockneten Flussbettes. Sue hatte bereits angerufen und ihrem Vater die Situation erklärt.

Vor der Veranda erwartete sie eine Bohnenstange von Mann mit einem Quadratschädel und bräunlichgrauem Haar. Er trug Jägerkleidung und hatte ein Browning-Repetiergewehr in der Armbeuge liegen. Luke und sein Bruder hatten beide auch eins besessen. Sein Vater war ebenfalls ein großer Befürworter des Rechts auf Waffenbesitz gewesen.

»Alles okay?«, fragte Begyn seine Tochter.

»Sie hat drei Männern die Kehle durchgeschnitten«, antwortete Luke.

Der alte Begyn musterte ihn mit einer Mischung aus Neugier und Verachtung.

»Meine Tochter ist Soldatin«, sagte er. »Sie weiß sich zu verteidigen.«

Luke ging aus dem Regen auf die geschützte Veranda. »In dem Punkt gebe ich Ihnen recht.«

»Ich habe Sie gerade erst kennengelernt«, sagte Begyn, »und ich mag Sie nicht.«

»Das höre ich oft. Aber ich möchte eines klarstellen: Entweder wir machen das hier nett und freundlich oder auf die harte Tour mit jeder Menge Bundesagenten. Mir persönlich ist es völlig egal, wofür Sie sich entscheiden. Aber ich brauche Antworten, und ich brauche sie jetzt.«

Begyn umklammerte immer noch das Gewehr, dessen Lauf himmelwärts gerichtet, aber weiterhin bedrohlich war, weil er den rechten Zeigefinger am Abzug hatte.

»Ich kann Ihnen versichern, Mister Begyn, dass Sie nicht dazu kommen würden, das Ding zu benutzen. Ich kann mich auch verteidigen.«

»Auch gegen zwei?«, fragte Sue.

Er warf ihr einen durchdringenden Blick zu. »Versuchen Sie es.«

Sie blieb ruhig stehen und musterte ihn mit kaltem Blick. Wer diese Frau ausgebildet hatte, durfte sich etwas darauf einbilden. Sie schien sich jede Lektion zu Herzen genommen zu haben. Insbesondere, was das Zuhören betraf, was dem Reden vorzuziehen war – eine Sache, die er selbst nie richtig in den Griff bekommen hatte. Aber Stephanie hatte ihm befohlen, um jeden Preis Antworten zu besorgen.

»Also, was wollen Sie?«, fragte Begyn.

»Die 14. Kolonie. Plan Zero. Hedlund meinte, ich sollte Sie danach fragen.«

Der Alte sah ihn mit gespielter Ahnungslosigkeit an.

»Hedlund hat Sie gestern angerufen. Er hat zu Ihnen gesagt: *Das muss es sein. Wir haben alle gedacht, dass die Sache längst vergessen sei, aber anscheinend haben wir uns geirrt. Es fängt wieder an.* ›Die Sache‹ muss dieser Plan Zero sein. Deshalb will ich das Was, das Warum, das Wann und das Wie erfahren. Alles.«

»Peter hat schon gesagt, dass ich wahrscheinlich von Ihnen hören werde.«

»Ich finde es toll, wenn ich erwartet werde. Das erleichtert die Arbeit ganz ungemein.«

Dann bemerkte er etwas draußen im Regen, hinter der Garage, dort, wo die Bäume anfingen. Es war ein Haufen gefrorener Erde, in dem eine Schaufel steckte.

»Haben Sie Ausgrabungen gemacht?«, fragte er Begyn.

»Halten Sie den Mund und kommen Sie rein.«

Stephanie ging zu Fuß zurück in die 7. Straße, dann bog sie südlich in Richtung Innenstadt ab. Das Dröhnen und Tosen des Straßenverkehrs erfüllte die Luft, und im bedeckten Himmel über ihr zogen niedrige Wolken aus Nordost. Kalter Regen und vermutlich auch Schnee schienen im Anzug zu sein und ihr war alles andere als warm.

Sie behielt die behandschuhten Hände in den Jackentaschen und sah sich nach einem Taxi um. Aber Washington, D.C. war nicht mit New York vergleichbar, wo Tag und Nacht überall Taxis herumwieselten. Sie hätte natürlich ihr Handy benutzen und eines rufen können. Seit zehn Jahren war sie kaum Taxi gefahren, weil ihr normalerweise der Fahrdienst und Personenschützer zur Verfügung standen. Allmählich machte sich bemerkbar, was es bedeutete, arbeitslos zu sein, aber so konnte sie sich schon mal daran gewöhnen.

Cotton hatte versucht, sie zu erreichen, ihr Telefon verzeichnete einen entgangenen Anruf. Sie musste ihn zurückrufen und wollte es bald tun. Doch fürs Erste schaltete sie ihr Gerät stumm.

Dass dieser Ismael so tat, als wären sie eigentlich schon lange Verbündete, die beide für eine gerechte Sache kämpften, ging ihr gegen den Strich. Russische Verbrechersyndikate gehörten zu den komplexesten, gewalttätigsten und gefährlichsten auf der ganzen Welt. Das verdankten sie zu einem nicht geringen Teil der Tatsache, dass ihre Aktivitäten innerhalb Russlands geradezu zum System gehörten. Das Ganze unterschied sich nicht groß von den Anfängen des organisierten Verbrechens in

Amerika, wie Ismael bereits gesagt hatte. Trotzdem war es nicht gerade beruhigend, Diebe und Gangster als Partner zu haben. Aber wenn es überhaupt jemanden gab, der Probleme innerhalb der russischen Regierung aus dem Weg räumen konnte, waren es die Oligarchen und ihre Privatarmee, das organisierte Verbrechen.

In ihrer Tasche vibrierte das Handy.

Sie holte es hervor und nahm das Gespräch an.

»Du musst sofort zurückkommen«, sagte Danny Daniels. »Wo steckst du?«

»Du würdest mir nicht glauben, wenn ich es dir erzählte.«

»Lass es darauf ankommen.«

Das tat sie.

»Du hast recht. Das ist unglaublich.«

»Und doch ist es geschehen.«

»Umso mehr Grund für dich, hier zu sein. Bleib, wo du bist. Ich werde einen Wagen vorbeischicken, um dich abzuholen.«

»Was liegt an?«

»Wir unterhalten uns mit dem nächsten Präsidenten der Vereinigten Staaten.«

Luke betrat das Haus und war sofort von der gemütlich-rustikalen Atmosphäre beeindruckt, die darin herrschte. Er schätzte, dass es sich auf etwa 140 Quadratmetern über zwei Ebenen erstreckte. Begyn stellte sein Gewehr neben einem Clubsessel ab, kniete sich vor die Feuerstelle und zündete ein Feuer an. Die Flammen züngelten am Anmachholz und griffen dann auf die Holzscheite über. Orangefarbenes Licht flackerte im Raum.

»Ich habe damit gewartet, bis ihr da seid«, sagte Begyn. »Draußen ist es kalt.«

Und es regnete, aber das tat nichts zur Sache. »Ihre Tochter sagte, Sie haben gestern Abend Ihr Haus verlassen und sind hierher gefahren«, sagte Luke. »Das ist doch kein Zufall, oder?«

»Ich hatte keine Ahnung, dass irgendwelche Leute ins Haus eindringen würden.«

»Das habe ich auch nicht behauptet. Aber da wir gerade dabei sind, erzählen Sie mir doch etwas über das Tallmadge-Journal.«

Sue hatte sich zu den Fenstern zurückgezogen, wo sie konzentriert durch die Jalousien spähte, als hielte sie Wache, was ihn irgendwie beunruhigte.

Er zog seine Jacke aus.

»Das alles ist ein Albtraum«, sagte der Alte. »Und ich dachte, er wäre längst vorbei.«

Da war es schon wieder. Der Hinweis auf etwas Vergangenes.

»Vielleicht habe ich mich nicht klar genug ausgedrückt«, sagte er. »Ich brauche Informationen, und ich brauche sie schnell.«

»Was wollen Sie tun?«, fragte Sue. »Uns festnehmen?«

»Sicher. Warum nicht? Wir können mit den drei Männern anfangen, die Sie auf dem Gewissen haben. Ob das Selbstverteidigung war oder nicht, soll dann ein Schwurgericht entscheiden. Aber der bloße Verdacht reicht schon aus, um Ihrer Karriere beim Militär ein Ende zu machen.«

»Kein Grund, ihr zu drohen«, sagte Begyn.

»Was war so wichtig, dass Peter Hedlund es zu beschützen versuchte? Und was haben Sie da draußen ausgegraben?«

Er hatte bis jetzt vier Fragen gestellt und keine Antwort erhalten.

»Mister Daniels...«

»Nennen Sie mich doch Luke«, sagte er und versuchte, die Spannung etwas zu lockern.

Begyn warf ihm einen durchdringenden Blick zu. »Mister Daniels, diese ganze Sache ist ziemlich schwierig für uns. Es betrifft die Society, und es ist immer ein Geheimnis gewesen.

Ich bin der Generalpräsident der Society. Das Oberhaupt. Ihr bin ich verpflichtet.«

»Dann können Sie das alles dem FBI, dem Secret Service und der CIA erklären, die sie alle durch die Bank weg verhören und sich sämtliche Aufzeichnungen der Society vornehmen werden.«

Er ließ diese Drohung einen Moment lang sacken.

»Dad, du musst mit ihm reden«, sagte Sue. »Diese ganze Geheimniskrämerei hat keinen Sinn mehr. Sieh doch, was dir das eingebracht hat.«

Begyn starrte durch den Raum zu seiner Tochter hinüber. Es war das erste Mal, dass sie etwas gesagt hatte, und Luke konnte dem nur beipflichten. Allmählich dämmerte ihr anscheinend der Ernst der Lage. Auf jedes Hoch folgte ein Tief, und zu töten war nie leicht, ganz gleich, wer man war.

Sein Gastgeber deutete auf eine Tür und ging voran. Sie betraten eine langgezogene, schmale Küche mit Fenstern, die zur Bucht hinausgingen. Rechts ging es weiter in ein kleines Zimmer, von wo eine Glastür ins Freie führte. Draußen pfiff der Wind vorbei und trieb den Regen vor sich her.

Eine Schmutzschleuse.

In seinem Elternhaus in Tennessee gab es auch eine, die er und sein Bruder gut gebrauchen konnten. Auf den Dielen lag auf einer Schicht Zeitungspapier eine schlammverkrustete Plastikschachtel.

»Ich habe sie ausgegraben«, sagte Begyn.

Luke bückte sich und löste den Deckel. Darin befanden sich in dunkler Plastikfolie verpackte Bündel, die nach Büchern und Papieren aussahen.

»Was ist das?«

»Die Geheimnisse, die Peter Hedlund verteidigen zu müssen glaubte.«

58

Stephanie setzte sich unauffällig auf einen der Stühle, die um den ovalen Tisch im Konferenzraum des Weißen Hauses herum platziert waren. Da waren noch neunzehn weitere Stühle, aber nur wenige davon besetzt. Anwesend waren der gegenwärtige Präsident, der zukünftige Präsident zusammen mit dem zukünftigen Generalstaatsanwalt, sowie Bruce Litchfield, der gegenwärtige geschäftsführende Generalstaatsanwalt. Edwin Davis war ebenfalls anwesend, zusammen mit Cotton und Cassiopeia, und sie freute sich, die beiden zu sehen. Viel Zeit zum Austausch von Höflichkeiten gab es allerdings nicht. Sie war von dem Wagen, der sie in der 7. Straße eingesammelt hatte, direkt in den Konferenzraum gekommen.

Sie war zum ersten Mal in diesem Raum, wo sich seit Jahrzehnten Präsidenten mit ihren Kabinetten getroffen hatten. Sie kannte die Geschichte des Tisches, den Nixon gekauft und dem Weißen Haus geschenkt hatte. Der Präsident saß immer im Zentrum des Ovals – gegenüber dem Vizepräsidenten –, mit dem Rücken zum Rosengarten. Sein Stuhl war ein paar Zentimeter höher als der der anderen. Die Plätze, die den Kabinettsmitgliedern zugewiesen wurden, hingen davon ab, wann ihr Ministerium eingerichtet wurde. Die aus den ältesten Ministerien saßen dem Präsidenten am nächsten. Jede Regierung wählte die Porträts aus, die die Wände schmückten und die ganz sicherlich inspirierend wirken sollten. Zurzeit hielten Harry Truman, George Washington, Thomas Jefferson und Theodore Roosevelt die Wacht. Doch sie wusste, dass dort in der kommenden Woche wahrscheinlich andere hängen würden. Weil kein Vizepräsident anwesend war, saß der zukünftige

Präsident Fox Danny gegenüber. Alle anderen suchten sich ihre Plätze je nach ihrem Chef aus. Sie ging zum Ende des ovalen Tisches rechts von Danny, Litchfield setzte sich zwischen sie und den Präsidenten, Cotton und Cassiopeia besetzten am gegenüberliegenden Ende des Ovals neutralen Grund.

Nach einer hektischen Vorstellungsrunde begann Fox. »Sie sagten, die Sache sei dringend.«

Sie bemerkte den herablassenden Tonfall, das Unausgesprochene: *Was kann denn jetzt, am Ende Ihrer Amtszeit, überhaupt noch von Bedeutung sein?* Und sein Gebaren. Wie ein Schulmeister, der einem etwas begriffsstutzigen Schüler gut zuredet. Aber Danny schien die Fassung zu bewahren. Sie wusste, dass er und Fox grundverschieden waren. Rein äußerlich war Danny groß, hatte breite Schultern, dichtes, buschiges Haar und einen durchdringenden Blick. Wie hatte es ein Beobachter einmal genannt: *ein Berg von einem Mann mit Feuersteinaugen*. Fox war klein, gedrungen, mit einem faltigen Gesicht und weihevollem Benehmen, dazu hatte er aschgraue Haare und wässrige blaue Augen. Sie hatte gelesen, dass er sich für einen Intellektuellen aus dem Nordosten hielt, der in Finanzdingen progressiv und in sozialen Belangen konservativ war. Danny war durch und durch von den Südstaaten geprägt und völlig pragmatisch. Die Experten hatten jahrelang versucht, ihn in eine Schublade stecken, doch keiner hatte damit Erfolg gehabt. Soweit sie wusste, kannten die beiden Männer einander nicht, und ihre Verschiedenartigkeit wurde noch durch die Tatsache verstärkt, dass sie gegnerischen Parteien angehörten und keiner dem anderen irgendetwas schuldete.

»Es ist Gefahr im Verzug«, sagte Danny. »Eine Gefahr, der sich der Idiot neben mir durchaus bewusst war. Aber dann hat er einfach beschlossen, dass uns das nichts mehr angeht.«

Sie grinste über seinen Seitenhieb auf Litchfield, dem nicht das Wort erteilt war.

»Ich kann nachvollziehen«, sagte Fox, »dass Sie über unsere Zustimmung zur Entlassung von Frau Nelle verärgert sind, aber wir hatten eine Vereinbarung, dass alles von meinen Leuten abgesegnet werden sollte, insbesondere am Ende der Amtszeit.«

»Soweit ich weiß, arbeitet Litchfield immer noch für mich. Und Ihr Spürhund hat sich überall eingemischt und den Rückzug befohlen. Ganz entgegen meinem ausdrücklichen Befehl, möchte ich hinzufügen.«

Litchfield saß selbstbewusst auf seinem Stuhl.

»Er hat getan, was ich ihm aufgetragen habe«, erwiderte der designierte Generalstaatsanwalt. »Ich hätte sie nächste Woche sowieso entlassen.«

»Sie können mich mal«, sagte Stephanie.

Fox, Litchfield und der neue Generalstaatsanwalt sahen zu ihr hinüber. Selbst Cotton wirkte etwas erschrocken. Cassiopeia grinste nur.

»Ich schätze, Wunden heilen besser, wenn man sie nicht immer wieder aufreißt«, sagte Fox zu ihr. »Ich möchte mich für diese Bemerkung entschuldigen.«

Und falls ihn ihre Respektlosigkeit beleidigt hatte, ließ Fox es sich nicht anmerken. Stattdessen richtete er seine Aufmerksamkeit wieder über den Tisch zu dem ihm Ebenbürtigen. »Warum sind wir hier?«

Danny berichtete alles, was er über Zorin, *Narrenmatt* und den 20. Verfassungszusatz wusste. Sie fügte hinzu, was sie bei Kris Cox erfahren hatte, und Cotton steuerte bei, was sich in Sibirien und Kanada ereignet hatte. Weil Danny kein Wort über das verlor, was gerade im Park geschehen war, folgte sie seinem Beispiel und behielt es für sich.

Als sie fertig waren, lehnte Fox sich in seinem Stuhl zurück. »Das klingt alles gar nicht gut.«

»Willkommen in meiner Welt«, sagte Danny.

Fox sah seinen designierten Generalstaatsanwalt an, dann Litchfield, und fragte sie nach ihrer Meinung.

»Wir wissen nur wenig«, sagte Litchfield. »Das meiste davon ist Spekulation. Die wichtigsten Fragen scheinen doch zu sein, ob dreißig Jahre alte Atombomben noch da sind, und zweitens, ob sie noch funktionieren.«

»Die Russen gehen definitiv davon aus, dass die Bomben hier sind«, sagte sie. »Sie haben die betreffenden Teile auf Langzeitdauer konzipiert und gebaut. Deshalb können wir uns definitiv nicht darauf verlassen, dass sie nicht detonieren.«

»Aber Sie wissen nicht, ob es sie gibt«, sagte der neue Generalstaatsanwalt. »Das könnte alles nur ein Hirngespinst, ein Stochern im Nebel sein. Vielleicht will Moskau damit etwas anderes vertuschen.«

»Aber darauf dürfen wir uns nicht verlassen«, sagte Danny.

Fox wirkte nachdenklich. »Was erwarten Sie von mir?«

»Lassen Sie uns die Vereidigung an einen geheimen Ort verlegen. Dort leisten Sie mittags ihren Eid, so, wie es die Verfassung vorsieht, dann haben wir kein Problem.«

Keiner sagte ein Wort.

Schließlich schüttelte Fox den Kopf. »Ich weiß zu schätzen, was Sie sagen. Das tue ich wirklich. Aber die Vereidigung in letzter Minute zu verlegen, würfe nur jede Menge Fragen auf, und es ist ausgeschlossen, dass wir die ganze Sache diskret behandeln können. Zum gegenwärtigen Zeitpunkt wissen wir noch nicht einmal, ob die Bedrohung ernst zu nehmen ist. Im ersten Monat meiner Amtszeit würden die Nachrichtensender unablässig analysieren, spekulieren und rätseln, was wir getan haben. Unsere eigenen Themen würden untergehen. Ich kann meine Präsidentschaft nicht unter solchen Vorzeichen beginnen.«

»Würden Sie lieber sterben?«, fragte Edwin.

Das war eine berechtigte Frage, und wenn sie von einem

Mann mit einem messerscharfen Verstand kam, sollte man sie ernst nehmen.

»Ist jeder, der für Sie arbeitet, so aufsässig?«, fragte Fox Danny.

»Mir gegenüber nicht.«

Fox grinste.

»Verlegen Sie doch wenigstens die Vereidigung des Vizepräsidenten an einen anderen Ort«, sagte Danny, »dann sind Sie immerhin nicht beide am selben Ort.«

»Und wie sollen wir das machen, ohne dieselben Fragen zu provozieren? Alles ist für morgen Mittag vorbereitet, damit wir *beide* den Eid gemeinsam leisten.«

Cotton saß uncharakteristisch stumm da und sah zu, wie sich die beiden Giganten stritten. Stephanie wurde klar, dass es keine handfesten Beweise gab, die die Entscheidungen, die Danny herbeiführen wollte, untermauerten. Fox wollte mehr Details, die ihn davon überzeugen konnten, den Plan umzusetzen, ohne ihn eigenständig zu verändern. Und das war sein gutes Recht. Aber sie wollte Cottons Einschätzung. »Sie haben mit Zorin gesprochen. Und Sie haben auch Vadim Belchenko gesehen. Ist an der Sache was dran?«, fragte sie ihn.

»Diese Männer sind auf einer Mission. Ganz ohne Frage.«

»Dann bleiben Sie unbedingt dran«, sagte Fox. »Erledigen Sie Ihre Arbeit. Aber wir werden die Amtseinführung weder verschieben noch verlegen, bevor Sie nichts Konkretes haben. Eine echte, ernstzunehmende und nachweisbare Bedrohungslage. Sie werden bestimmt alle einsehen, dass dies die beste Entscheidung ist. Und abgesehen davon, findet morgen alles direkt hier statt, im Weißen Haus. Gibt es irgendeinen Ort, an dem wir sicherer wären?«

Sie wusste, was er meinte.

Die Verfassung bestimmte, dass die Amtszeit des scheidenden Präsidenten genau am Mittag des 20. Januar endete. Das stellte normalerweise kein Problem dar. Die Zeremonie wurde in der Öffentlichkeit vor Millionen von Zuschauern auf einem hohen Gerüst vor dem Kapitol abgehalten. Aber wenn der 20. Januar auf einen Sonntag fiel, wurde es schon seit Langem anders gehandhabt. Der neue Präsident und sein Vizepräsident sollten an einem Sonntag vereidigt werden, wie es die Verfassung vorschrieb, und die öffentlichen Feierlichkeiten, zu denen auch die erneute Vereidigung im Rahmen der vertrauten öffentlichen Inszenierung vor dem Kapitol gehörte, fand am nächsten Tag statt.

»Ich habe das überprüft«, sagte Fox. »Seit dem 20. Januar 1937, als der 20. Verfassungszusatz wirksam wurde, fand die Vereidigung dreimal an einem Sonntag statt. Morgen wird es das vierte Mal sein. Ich kann den Kalender nicht ändern und die Verfassung auch nicht, aber ich kann mich an den Plan halten. Und das werden wir tun, solange es keine gravierenden Enthüllungen gibt.«

»Ist Ihnen die Show so wichtig?«, fragte Danny.

»Das ist nicht fair. Sie hatten zwei Vereidigungszeremonien und beide Male recht pompös, wie ich hinzufügen möchte. Jetzt bin ich an der Reihe.«

»Sie machen einen Fehler.«

»Aber nur, falls Sie mit Ihrer Einschätzung richtigliegen. Was ist denn, wenn Sie sich irren und ich mich darauf einlasse? Dann stehe ich da wie ein Trottel, der sich von Ihnen führen lässt und Hirngespinsten nachjagt. Dafür haben Sie bestimmt Verständnis. Übrigens sind Sie bei meinen Unterstützern nicht gerade populär.«

Stephanie war stolz auf Danny. Er hatte weder seine Fassung noch seine Coolness verloren. Das war verständlich, schließlich bewegte er sich fast schon sein Leben lang gewandt durch das politische Labyrinth. Sie hatte nie beobachtet, dass ihm Konfrontationen zusetzten. Vielmehr schien er unter Druck aufzuleben, so als zöge er Stärke daraus.

»Aber ich will auch nicht untätig sein«, sagte Fox. »Bruce, erarbeiten Sie für mich die rechtlichen Hintergründe des 20. Verfassungszusatzes und des Präsidentschaftsnachfolgegesetzes. Ich muss gestehen, dass ich bei beiden nicht gerade ein Experte bin. Dann sind wir vorbereitet, um fundierte Entscheidungen zu treffen, falls sich die Beweislage verdichtet.«

Litchfield nickte.

»In der Zwischenzeit sollten Sie alle damit weitermachen, womit Sie sich gerade beschäftigen«, sagte Fox, »und dann sehen wir mal, was sich daraus entwickelt. Was Sie vorgebracht haben, lässt mich nicht kalt, aber ich brauche mehr, bevor ich handle. Wir haben noch Zeit für Änderungen.«

Fox schob seinen Stuhl zurück, und er und sein designierter Generalstaatsanwalt erhoben sich.

Danny deutete auf Litchfield. »Den da können Sie mitnehmen. Sein Anblick macht mich krank.«

Litchfield stand auf.

»Aber bevor Sie gehen«, sagte Danny, »müssen Sie noch etwas in Ordnung bringen.«

Litchfield warf einen Seitenblick auf Fox.

»Warum sehen Sie ihn denn so an?«, fragte Danny. »Bilden Sie sich bloß nicht ein, ich würde Sie nicht hier und jetzt fristlos entlassen. Dann können wir uns mal wieder um Sachthemen kümmern.«

Litchfield ging der beleidigende Ton gegen den Strich, aber er hielt klugerweise den Mund.

»Stellen Sie sich diese Pressekonferenz vor«, sagte Danny zu Fox. »Das gäbe einen Aufstand.«

Die Reporter im Weißen Haus waren aus einem besonderen Holz geschnitzt und galten als besonders intelligent und hartnäckig. Es war definitiv kein guter Ort für einen neuen Präsidenten, um sich am Vorabend der Amtseinführung dort auf den Zahn fühlen zu lassen.

Deshalb nickte Fox die Sache klugerweise ab.

Litchfield wandte sich an Stephanie. »Sie sind wieder im Amt.« Er griff in seine Tasche, zog ihre Marke heraus und reichte sie ihr.

Dann verließen die drei Männer den Kabinettssaal.

»Ich habe ihm gesagt, dass er die Marke mitbringen soll«, teilte Danny ihr mit.

»Ich bin froh, dass ich in Dänemark lebe«, sagte Cotton. »Diese Leute hier sind wirklich verrückt.«

»Was von ihnen verlangt wurde, war angesichts der Bedrohungslage absolut vernünftig«, sagte Edwin.

»Wer von einem Flugzeug aufs andere springt, will als Erstes wissen, wer das Flugzeug steuert«, sagte Danny. »Fox ist gekommen, um es herauszufinden, und in einer Sache liegt er richtig. Wir haben nicht den geringsten Beweis. Soweit ich weiß, sind Zorin und sein Kumpel noch auf der I-95 in Richtung Süden unterwegs. Sie kommen in unsere Richtung, aber warum und wohin genau wollen sie?«

»Sie werden morgen alle an einem Platz versammelt sein«, sagte Edwin, »der zukünftige Präsident, der zukünftige Vizepräsident, der Sprecher des Repräsentantenhauses, der Senatspräsident und das gesamte Kabinett, bis auf eine Ausnahme. Genau hier, mittags im Weißen Haus. Nehmen wir mal an, das Undenkbare geschieht, und sie fliegen alle in die Luft, dann würde der designierte Überlebende das Kommando übernehmen.«

»Wer ist es diesmal?«, fragte Danny.

Wie sie wusste, traf der Stabschef des Weißen Hauses die Auswahl.

»Der Verkehrsminister.«

»Der kann ganz toll Schnellstraßen bauen, aber er versteht sich nicht die Bohne darauf, dieses Land zu führen«, sagte Danny. »Ganz zu schweigen von den verfassungsrechtlichen

Problemen mit dem Nachfolgegesetz. Ich habe das überprüfen lassen.«

»Litchfield?«, fragte ihn Stephanie.

»Zur Hölle, nein. Die Rechtsberatung des Weißen Hauses hat sich darum gekümmert. Dieser 20. Verfassungszusatz und das Nachfolgegesetz sind Rohrkrepierer. Sobald sich der Staub der Bombe gelegt hat, wird es gerichtliche Auseinandersetzungen, politische Kämpfe und Chaos geben.«

Sie dachte an die Warnung, die die Telefonstimme in Kris' Haus ausgesprochen hatte. »Außerdem würde das Ganze wahrscheinlich vom SVR mit einer Fake-News-Kampagne angeheizt werden.«

»Das würden sie tun«, bestätigte Danny.

Sie sah zu ihm hinüber, und er nickte. »Wir haben auch noch eine zusätzliche Komplikation.«

Sie berichtete Cotton, Cassiopeia und Edwin, was in dem Park im Norden von Washington geschehen war.

»Ich hielt es für das Beste, es für uns zu behalten«, erklärte Danny.

»Er hat bestätigt, dass es die Bomben gibt«, sagte sie. »Aber wir können nicht verifizieren, ob es der Wahrheit entspricht. Keine Chance.«

»Noch nicht jedenfalls«, meinte Cotton. »Aber Zorin kommt näher. Mit Kelly, und sie sind mit Sicherheit auf direktem Wege hierher unterwegs.«

»Die russische Regierung wird bald mit ihrem eigenen Chaos konfrontiert werden«, sagte sie. »Die Leute, die da drüben Geld scheffeln, wollen die Dinge genau so haben, wie sie sind. Sie träumen nicht von einer neuen Sowjetunion.«

Danny wandte sich an Edwin. »Setzen Sie das Außenministerium darauf an. Ich will eine Einschätzung, wer auf der Abschussliste stehen könnte. Sie sollen die CIA informieren. Vielleicht können die ja etwas aufschnappen. Schließlich sind wir vorgewarnt. Wir können uns nicht mit runtergelassenen Hosen erwischen lassen.«

Edwin nickte und verließ den Raum.

»Das wird hier morgen eine richtige Party«, sagte sie.

»Meine letzte. Sie sind gerade dabei, die Kameras im Blauen Zimmer aufzubauen. Es dauert nicht lange. Vielleicht dreißig Minuten. Wir werden einen kleinen Empfang für die wichtigsten Leute machen. Er beginnt um 10.30 Uhr. Um 13 Uhr sind hier alle wieder weg.«

»Also gibt es einen Zeitraum von zweieinhalb Stunden, in dem sich dieses ganze *Narrenmatt*-Szenario zutragen könnte«, sagte Cotton.

»Eigentlich nicht. Fox und sein Vizepräsident kommen hier nicht vor 11.30 Uhr an. Deshalb sind es höchstens neunzig Minuten, um die wir uns Sorgen machen müssen. Aber 12 Uhr mittags ist ein idealer Zeitpunkt. Dann stehen mit Sicherheit alle vorn und in der Mitte.«

Sie wusste, dass die anderen Festlichkeiten überall in der Stadt erst am Montag nach der mittäglichen öffentlichen Zeremonie beginnen würden. Wenn Fox nach seiner Antrittsrede das Podium verließ, ging er gleich ins Kapitol und unterzeichnete die Ernennungsurkunden für sein Kabinett, damit sich der Senat an die Arbeit machen und sie bestätigen konnte. Danach aß er mit den Kongressführern zu Mittag und sah sich danach die Amtseinführungsparade an. Am Abend waren dann festliche Bälle vorgesehen, und der neue Präsident und sein Vizepräsident würden die Runde machen.

»Sobald hier alle raus sind«, sagte Danny, »ist die Sache ausgestanden. Dann sind sie über die ganze Stadt verteilt. Nein. Unsere Achillesferse ist morgen Mittag. Wo ist Luke?«

Der plötzliche Themenwechsel erwischte sie kalt.

»Er verfolgt weitere Spuren bei der Society of Cincinnati«, sagte sie. »Zorin muss einen Grund gehabt haben, Anya Petrowa dorthin zu schicken. Ich will wissen, worum es sich handelt.«

»Ich auch«, sagte Danny. »Und das wirft eine faszinierende Frage auf. Was hat eine über zweihundert Jahre alte Gesellschaft aus dem Unabhängigkeitskrieg mit der UdSSR zu tun?«

59

Luke saß am Küchentisch. Wasser brodelte in einem Kessel auf dem Herd, wo Begyn damit beschäftigt war, heißen Tee zuzubereiten. Sue saß bei ihm, und er fragte sich, wie viel davon sie bereits wusste und was sie gerade zum ersten Mal hörte. Ihre Bemerkungen vorhin schienen darauf schließen zu lassen, dass sie mehr war als nur eine passive Beobachterin. Er machte sich Gedanken über ihre Mutter, fragte aber lieber nicht nach. Im Nebenzimmer waren ihm ein paar Familienfotos aufgefallen. Sie zeigten nur Vater und Tochter, sodass er sich fragte, ob dahinter wohl eher eine Scheidung als ein Trauerfall zu vermuten war.

Ein antikes Messingchronometer an der Wand zeigte, dass es auf 17 Uhr zuging. Der Tag war schnell vergangen. Aus dem immer dunkler werdenden Himmel hatte es zu schneien begonnen, und der Wind peitschte unentwegt gegen die Fensterscheiben. Noch brannte ein Feuer auf dem Rost, das Wärme und einen goldenen Glanz ausstrahlte. Aber in der Holzkiste lagen keine Scheite mehr, und alles von draußen wäre zu nass zum Verbrennen. Doch er hatte bereits einen Thermostat entdeckt, was darauf schließen ließ, dass es im Haus eine Zentralheizung gab.

Begyn brachte den Kessel zum Tisch und goss für jeden einen Becher ein. Luke mochte grünen Tee, in seiner Army-Zeit hatte ihn ein Kamerad bei den Rangers auf den Geschmack gebracht. Aber er mochte keinen Schnickschnack. Keine Früchte oder Gewürze oder Sahne. Er mochte einen einfachen Aufguss, ganz schlicht und ohne Zusätze. Damit konnte Begyn dienen.

Sein Gastgeber saß am Tisch. Vor ihm aufgetürmt lagen die Plastikbündel aus dem Kasten in der Schmutzschleuse. Er hatte festgestellt, dass die Beutel vakuumiert waren, und durch den blickdichten Kunststoff ließ sich ihr Inhalt nicht erkennen.

»Ihnen mag das nichts bedeuten«, sagte Begyn. »Aber manche Dinge im Zusammenhang mit der Society of Cincinnati sind mir wichtig. Ich bin dort Mitglied, seit ich volljährig bin. Einer unserer Vorfahren kämpfte im Unabhängigkeitskrieg und war ein Gründungsmitglied.«

»Sind Sie der Erste aus Ihrer Familie, der die Society leitet?«
Der Alte nickte. »Das stimmt.«

»Und lassen Sie mich raten. Sie sind auch der Letzte, bis Miss Jim Bowie hier heiratet und einen Sohn bekommt, weil Frauen als Mitglieder nicht zugelassen sind.«

»Sind Sie immer so ein Kotzbrocken?«, fragte Sue.

»Nur wenn man Spielchen mit mir spielt, was Sie beide gerade zu tun scheinen.«

»Peter Hedlund hat Ihnen von der 14. Kolonie erzählt«, sagte Begyn.

Er nickte. »Amerikas Pläne zur Eroberung Kanadas. Das ist lange her. Wen interessiert das noch?«

»Uns interessiert das.«

Begyns Stimme wurde lauter, was ihn selbst zu überraschen schien. Deshalb ließ Luke locker und ließ sich erzählen, wie die Lage gleich nach dem Unabhängigkeitskrieg war. Eine junge Nation im Aufbruch. Kaum Führung. Eine praktisch nicht existierende Wirtschaft. Dreizehn Staaten, die einander bekämpften. Keine Vereinheitlichung. Keine Zentralmacht. Offiziere und einfache Soldaten waren nach jahrelangen treuen Diensten unbezahlt nach Hause geschickt worden. Ein neuer Umsturz war im Gespräch, diesmal in Gestalt eines Bürgerkrieges.

Aus diesen Wirren ging die Society of Cincinnati hervor, die im Jahre 1793 gegründet wurde. Sie blieb zunächst unbeachtet. Doch als in allen dreizehn Staaten Ableger organisiert wurden und ihr Vermögen auf über 200 000 Dollar wuchs, bekamen es die Leute mit der Angst zu tun. Die Gesellschaft verfügte über größere Geldmittel als das Land, und dass sich Soldaten organisierten, ließ die Alarmglocken schrillen. Die Tatsache, dass die Mitgliedschaft vererbt wurde, hatte einen üblen Beigeschmack von neuem Adel und einer Klassengesellschaft.

»Patrizier und Plebejer«, sagte Begyn, »so nahmen Kritiker die neue Nation war. Wie im antiken Rom, wo dasselbe geschehen wahr. Zwischen dem Jahr 1783, dem Ende des Unabhängigkeitskrieges, und 1787, dem Inkrafttreten der Verfassung, lebte das Land in Angst. Es waren schwierige Jahre, die in den Geschichtsbüchern reichlich beschönigt werden.«

Als es dann, wie Begyn ausführte, französischen Offizieren erlaubt wurde, Mitglieder der Vereinigung zu werden, und sie anfingen, Geldbeträge zu stiften, erwachten neue Ängste – Ängste vor ausländischem Einfluss und monarchistischen Tendenzen. Als die Society schließlich begann, die Kontrolle sowohl über die Gesetzgebung der Staaten als auch über den Kongress zu übernehmen und sich dort für Themen einzusetzen, an die sie glaubte, wurden die Stimmen lauter, die sich für ihre Abschaffung einsetzten.

»Sie nannten uns ›*Gegner der Idee einer unabhängigen Regierung. Ein Verstoß gegen die Artikel der Konföderation. Eine Gefahr für den Frieden, die Freiheit und die Sicherheit der Vereinigten Staaten.*‹ Ohne George Washingtons persönliche Intervention hätte sich die Vereinigung damals aufgelöst. Aber im Jahre 1784 schlug Washington massive Veränderungen vor, die schließlich akzeptiert wurden. Danach bestand keine Gefahr mehr.«

Fortan gab es keine Lobbyarbeit mehr. Keine Politik und keine vererbbaren Titel, keine weiteren Ausländer und kein

Geld mehr aus dem Ausland. Und um die Ängste vor Verschwörungen einzudämmen, sollten Vollversammlungen nur noch einmal alle drei Jahre stattfinden.

»Alle schienen sich mit der neuen und verbesserten Society zufriedenzugeben und wir gerieten in Vergessenheit.«

»Und warum ist das noch nicht das Ende der Geschichte?«

»Während des Krieges von 1812 appellierte man an uns, dem Land zu helfen«, sagte Begyn, »und das in einem Ausmaß... das unserer Neuausrichtung widersprach. Viele unserer Mitglieder hatten im Unabhängigkeitskrieg gekämpft. James Madison war Präsident der Vereinigten Staaten. Er wollte einen Krieg mit Großbritannien, und er bekam ihn. Dann verlangte er eine Invasion Kanadas. Das war das nächstgelegene britische Territorium, deshalb beauftragte er die Society, einen Invasionsplan auszuarbeiten.«

So hatte es auch Hedlund wiedergegeben. »Aber diese Sache lief nicht sonderlich gut.«

»Das kann man wohl sagen. Einige der versiegelten Journale hier auf dem Tisch enthalten jene Kriegspläne von 1812. Sie trugen den Namen ›14. Kolonie‹ und waren recht detailliert. Die Männer, die sie ausgearbeitet hatten, verstanden ihr Geschäft. Aber die Kriegsherren waren bedauerlicherweise inkompetent. Die Invasion war das reinste Desaster. Danach versteckten wir diese Pläne. Wir haben sie vor etwa dreißig Jahren aus unseren offiziellen Archiven entfernt. Man hielt es für das Beste, wenn nie jemand erfuhr, was wir getan hatten. Ich hatte den Auftrag, sie zu vernichten, aber ich brachte es nicht über mich. Ob sie nun peinlich sind oder nicht, ob sie unseren Satzungen widersprechen oder nicht – sie sind Teil unserer Geschichte.«

Ihm fiel ein, dass Hedlund noch mehr erzählt hatte: »Charon wusste von diesen Journalen?«

»Selbstverständlich, er war damals der Hüter der Geheimnisse. Sie waren in seinem Besitz. Aber er verletzte seine Pflichten und gestattete es einem Außenstehenden, sie sich anzusehen.«

Jetzt kam endlich der interessante Teil. »Wissen Sie, wem?«

Begyn nahm einen Schluck Tee. »Ich weiß nur, dass er ein Sowjet war und in der Botschaft in Washington, D.C. arbeitete. Ich erinnere mich nicht an seinen Namen oder seine Position. Das war in den späten 1970er- oder den frühen 1980er-Jahren. Brad gestattete ihm den Zugriff auf unsere versiegelten Archive, was ein absoluter Verstoß gegen unsere Regeln war. Beim ersten Mal haben wir ihn damit durchkommen lassen, doch als es ein zweites Mal geschah – etwa zehn Jahre später mit einem anderen Mann, diesmal einem Amerikaner –, enthob ihn der Generalpräsident seines Amtes.«

»Wissen Sie seinen Namen?«

Begyn schüttelte den Kopf. »Den habe ich nie erfahren.«

»Also, wenn wir diese Päckchen öffnen, werden wir nur die Invasionspläne für Kanada aus dem Krieg von 1812 finden?«

Begyn stellte seine Tasse ab und kramte zwischen den circa zehn Bündeln auf dem Tisch. »Erstaunlich, dass diese Dinge erhalten geblieben sind. Diese Vakuumbeutel funktionieren. Ich weiß noch, wie ich das Gerät gekauft und für Lebensmittel verwendet habe. Dann habe ich es zweckentfremdet. Ich habe schon seit Jahren nicht mehr daran gedacht.«

»Bis Hedlund angerufen hat.«

»Genau. Er erzählte mir von der Russin, die in sein Haus gekommen sei, und von der Schießerei.«

»*Wir haben alle gedacht, dass die Sache längst vergessen sei, aber anscheinend haben wir uns geirrt.*«

»Gibt es den Generalpräsidenten noch, der diesen Charon seinerzeit entlassen hat?«

Begyn schüttelte den Kopf. »Der ist vor Jahren gestorben.«

»Hedlund meinte, Sie wissen alles. Aber es klingt, als würden Ihnen eine Menge Teile dieses Puzzles fehlen.«

»Wir sind eine geschlossene Gesellschaft. Wir bleiben unter uns und machen niemandem Probleme. Heutzutage sind wir Philanthropen. Für uns ist es wichtig, uns aus der Politik herauszuhalten. Gegen diesen Grundsatz haben wir 1812 verstoßen. Aber das war nicht das einzige Mal. Wir haben danach unseren Präsidenten und dem Militär mehrfach geholfen. Und das bedeutet, dass wir gegen die Grundsätze verstoßen haben, die George Washington und die Gründer der Gesellschaft niedergelegt haben. Und wie ich zuvor bereits sagte, mag das für Sie nicht von Bedeutung sein, doch für uns ist es das. Brad hat die Dinge verschlimmert, als er Außenstehenden – Ausländern – Einblick verschaffte.«

Luke war verwundert. »Und trotzdem hat man nie etwas davon erfahren.«

»Kein Wort, bis gestern.«

»*Es fängt wieder an*«, so hatte sich Hedlund am Telefon ausgedrückt.

Sue hatte nur stumm dagesessen, an ihrem Tee genippt und zugehört. Papa redete mit seiner Tochter wahrscheinlich nicht über diese Dinge. Das meiste davon war nicht zu gebrauchen. Aber ein Teil davon musste noch von Bedeutung sein, sonst wäre Anya Petrowa nicht den ganzen Weg von Sibirien gekommen, um sich darum zu kümmern.

Begyn kramte in den Sachen herum, die auf dem Tisch lagen, dann reichte er ihm eines der versiegelten Päckchen. »Wir haben auch noch etwas anderes getan. Das nicht ganz so lange her ist.«

Er ließ sich das Bündel geben.

»Da haben Sie einen Angriffsplan für die Vereinigten Staaten zur Invasion Kanadas«, sagte Begyn. »Aus dem Jahr 1903.«

60

Zorin sah das Schild am Straßenrand, das anzeigte, dass sie jetzt den Bundesstaat Pennsylvania verließen und nach Maryland kamen. Er hatte sich seit dem Vortag weder rasiert noch geduscht und überdies einen furchtbaren Geschmack im Mund. Ein paarmal war er kurz eingenickt, doch seltsamerweise spürte er keinerlei Müdigkeit. Stattdessen überkam ihn ein Gefühl des Erfolgs, und er fühlte Schmetterlinge im Bauch, in seinem ganzen Körper breitete sich ein Vorgefühl dafür aus, die vermutlich letzte Gelegenheit für einen Triumph genutzt zu haben.

Er dachte wieder an Anya und fragte sich, was sie wohl gerade tat. Schon vor Stunden hatte er das Handy eingeschaltet und gehofft, dass sie anrief. Er hatte beschlossen, sie nicht anzurufen, nachdem er erfahren hatte, was Kelly gelungen war.

Sowohl seine Frau als auch Anya hatten ihm Freude geschenkt, jede auf ihre eigene Art. Es war sein Glück gewesen, sie gefunden zu haben, insbesondere Anya, die weitaus abenteuerlustiger war, als es seine Frau jemals hatte sein können.

Dennoch war seine Gattin eine wunderbare Frau gewesen.

Als sie sich kennenlernten, war er noch in der Ausbildung; sie heirateten heimlich, weil ihre Familie mit ihrer Wahl nicht einverstanden war. Dass er ein KGB-Mann war, erstickte jedoch jeden Widerspruch, den sie womöglich vorgebracht hätten. Sie lebten fast dreißig Jahre zusammen, bis sie der Eierstockkrebs dahinraffte. Bedauerlicherweise hatte sie noch so lange gelebt, um da zu sein, als ihr Sohn starb, und keiner von ihnen hatte die Trauer über jene Tragödie jemals überwunden. Seine Frau hatte ihn verstanden, akzeptierte ihn so, wie er war, und verbrachte den Großteil ihrer Ehe allein, während er von einer Station zur nächsten versetzt wurde. Bis sie zu krank dafür wurde, hatte sie sich während ihrer gesamten Ehe um alles gekümmert.

Doch selbst dann kümmerte sie sich noch um das Wesentliche.

»Hör mir zu«, sagte sie von ihrem schmalen Krankenhausbett aus.

Sie lag auf dem Rücken, die Arme seitlich, die Zehen nach oben gestreckt, und war nur ein kleines Häufchen unter den Laken. Sie war meistens sediert, aber es gab Momente, so wie jetzt, in denen sie trotz aller Medikamente zu Bewusstsein kam und einen klaren Kopf hatte. Die Klinik lag am Stadtrand von Irkutsk und behandelte nur Mitglieder der Parteielite und ihre Familien. Das Zimmer war groß, es hatte eine hohe Decke und vermittelte doch ein düsteres Gefühl. Es war ihm gelungen, sie dort unterzubringen, und obwohl sie nie darüber gesprochen hatten, wo sie lag, war dies ein Gebäudeteil, in dem nur todgeweihte Patienten untergebracht waren.

Er wischte einen dünnen Schweißfilm von ihrer grauen, bleichen Stirn. Ihr Haar war feucht von Öl. Sie war nicht schmutzig, die Krankenschwestern badeten sie täglich, aber der Geruch des Todes, den sie verströmte, war unverwechselbar. Die Ärzte hatten ihm bereits mitgeteilt, dass sie ihr nicht mehr helfen konnten. Sie konnten jetzt nur noch den Schmerz lindern und dafür sorgen, dass er keinen Grund zur Klage hatte. Auch wenn er nicht mehr beim KGB war – mit ihm und seiner Arbeit dort war es schon vor Jahren zu Ende gegangen –, war ihm sein Ruf vorausgeeilt.

»Ich möchte, dass du das tust, was du schon immer gewollt hast«, sagte sie zu ihm.

Seine Miene spiegelte ihren Schmerz wider, und doch wun-

derte er sich über ihre Bemerkung. »Was meinst du denn, was das ist?«

»Behandle mich nicht, als wäre ich dumm. Ich weiß, dass ich sterbe, auch wenn du es nicht über dich bringst, es mir zu sagen. Die Ärzte schaffen das auch nicht. Ich weiß auch, was dir so große Sorgen macht. Ich habe dich in diesen letzten Jahren beobachtet. Da steckt eine Traurigkeit in dir, Aleksandr. Sie war schon da, bevor unser geliebter Sohn starb, und sie ist geblieben.«

Der Schmerz machte sich wieder bemerkbar, sie lag nicht mehr ordentlich im Bett, warf sich hin und her und riss am Laken, das sie bedeckte. Gleich würden sie wieder mit der nächsten Spritze für ein paar Stunden Dämmerschlaf kommen. Man hatte ihm bereits erklärt, dass sie irgendwann nicht wieder aufwachen würde.

Er nahm ihre Hand in seine.

Sie fühlte sich an wie ein kleines Vögelchen, so zart und zerbrechlich.

»Was auch immer dir auf der Seele liegt«, *sagte sie.* »Tu es. Lass deine Wut heraus. Denn das bist du gewesen, Aleksandr. Wütend. Mehr als je zuvor in deinem Leben. Da ist noch irgendetwas in dir unerledigt.«

Er saß neben ihr und ließ ihr gemeinsames Leben vor seinem inneren Auge Revue passieren. Sie war eine einfache Frau, die immer mit Respekt von ihm gesprochen hatte. So viele andere Frauen, die er kannte, hatten sich von ihren Ehemännern entfremdet, manche setzten ihnen sogar Hörner auf und schufen so eifersüchtige, misstrauische und gequälte Narren, die ihre Arbeit vernachlässigten und deren Ruf den Bach hinunterging. Ihm war das nicht passiert. Sie hatte nie viel von ihm verlangt und nie mehr von ihm erwartet, als er ihr geben konnte. Sie zu heiraten war die klügste Entscheidung seines Lebens gewesen.

Sie wurde immer unruhiger und schrie auf. Die diensthaben-

de Krankenschwester erschien, doch er scheuchte sie weg. Er wollte nur noch ein paar Momente mit ihr allein sein.
  Ihre Augen öffneten sich, und sie blickte tief in ihn hinein.
  »Verschwende ... nicht ... dein Leben«, sagte sie.

Er erinnerte sich, wie ihre Augen offen geblieben waren und ihre Lippen sich zu einem halben Lächeln bogen. Ihr Griff erschlaffte. Er hatte oft genug den Tod gesehen und kannte sein Gesicht, doch er blieb noch ein paar Minuten sitzen und hoffte, dass er sich irrte. Schließlich küsste er ihre kalte Braue, bevor er ihr das Laken über den Kopf zog. Er hatte sie so viele Jahre lang in sein Dilemma hineingezogen, einen blinden Schritt nach dem anderen, und auch sie damit belastet. Sie kannte seinen Zorn und wollte, dass er verschwand.

Genau wie er.

Er erinnerte sich auch, wie ihm der Schmerz heiß die Kehle hinaufstieg und ihm die Luft zu nehmen drohte. Sehr einsam und wie betäubt fühlte er sich plötzlich. Er durfte jetzt nicht mehr an sie denken. Sie und sein Sohn waren fort, seine Eltern tot. Seine Brüder lebten weit weg, und sie hatten kaum Kontakt. Er war im Grunde allein, und ihm stand ein langes, leeres und sinnloses Leben bevor. Seine körperliche Gesundheit war ihm geblieben, aber seine mentale Stabilität war gefährdet.

»Verschwende nicht dein Leben.«

Und in jenem Moment erinnerte er sich zum ersten Mal wieder daran.

Narrenmatt.

»Wird Zeit, dass wir ehrlich zueinander sind«, sagte Kelly.

Er blickte sich im dunklen Wageninneren um und lenkte seine Aufmerksamkeit in die Gegenwart zurück. Draußen schneite es, nicht heftig oder zunehmend, doch Schnee lag unverkennbar in der Luft.

»Der Umschlag, den ich an jenem Abend von Andropow bekommen habe«, sagte Kelly. »Mir wurde mitgeteilt, dass der KGB in den späten 1970er-Jahren äußerst wichtige Informationen von der sowjetischen Botschaft in Washington, D.C. erhalten hat. Anscheinend hatte sich einer der dortigen Mitarbeiter mit einem Mann angefreundet, der ein paar ungewöhnliche Dinge wusste.«

Allen im Ausland tätigen Sowjetdiplomaten und KGB-Offizieren war beigebracht worden, wie sie Informationen gewinnen konnten, ohne dass ihre Quelle ihr Interesse bemerkte. Tatsächlich entstammte der weitaus größte Teil aller Informationen aus solch unschuldigem Austausch. In diesen Fällen war die Gefahr der Enttarnung nur gering, weil niemand einen Verdacht schöpfte. Es waren einfache Unterhaltungen unter Freunden und Bekannten. Was erzählten die Amerikaner und Briten über den Großen Vaterländischen Krieg? Man hatte es ihm schon in der Handelsschule eingetrichtert: *Plapperdrang heißt Untergang.*

»Diese ungewöhnliche Information hatte mit Kanada zu tun«, erklärte Kelly.

Nun berichtete er ihm von der Society of Cincinnati und dass sie Invasionspläne für Amerikas nördliche Nachbarn entwickelt hatte.

»Die Pläne sind bemerkenswert detailliert entworfen«, fuhr Kelly fort. »Der erste Plan von 1812 wurde von einem Mann namens Benjamin Tallmadge verfasst, der während ihres Unabhängigkeitskrieges für die Amerikaner spioniert hatte. Der spätere Plan für das 20. Jahrhundert wurde von etlichen Mitgliedern der Society entwickelt, die Erfahrungen in Kriegsführung mitbrachten. Ich habe beide gelesen. Ziemlich erstaunlich, was Amerika mit Kanada vorhatte. Andropows ursprünglicher Informant erfuhr davon und reichte die Informationen zusammen mit einer anderen, noch wichtigeren Sache weiter, die ich verifizieren musste. Das ist der zweite Zug beim *Narrenmatt*. Der spielentscheidende, nach dem Sie gefragt haben, Aleksandr.«

Ihn überkam ein Hochgefühl.

»Es ist mir gelungen, einen neuen Kontakt innerhalb der Society aufzubauen, und zwar zu demselben Mitglied, das zuerst mit unserem Botschaftsmitarbeiter geredet hatte. Er hieß Bradley Charon, und zwischen uns entwickelte sich eine Freundschaft. Dass die Society zweimal die Invasion Kanadas geplant hatte, war ein wohlgehütetes Geheimnis. Nur wenige Mitglieder wussten davon. Aber das tut eigentlich auch nur wenig zur Sache. Jene andere Information jedoch – die war schließlich ausschlaggebend. Trotzdem blieb noch eine Frage offen.«

Das wusste er. »War die Information korrekt?«

»Das war sie allerdings, Aleksandr.«

Jetzt konnte er nicht mehr an sich halten: »Diese Society. Von der habe ich gehört. Sie wurde in alten KGB-Aufzeichnungen erwähnt. Und auch dieser Name – Tallmadge. Er wird mit einem Journal in Verbindung gebracht, das sich im Besitz der Society befand. Ich habe herausgefunden, dass Andropow sich für dieses Journal interessierte, daraus habe ich den Schluss gezogen, dass Sie damit betraut waren, es in Ihren Besitz zu bringen.«

»Hervorragende Arbeit. So war es.«

»Dieser sowjetische Kontakt in unserer Botschaft«, sagte Zorin. »Er hat Andropow von einem Geheimzimmer im Haus von diesem Charon berichtet. Vor ein paar Tagen habe ich jemanden losgeschickt, um diesen Raum zu suchen, falls sich das Journal noch dort befindet. Ich muss mich noch mit ihr in Verbindung setzen.«

»Sie weiß tatsächlich, wo sich das Journal befindet?«

»Das muss ich in Erfahrung bringen. Von ihr.«

»Wir brauchen es nicht, Aleksandr. Ich weiß genau, was drinsteht.«

Gut zu wissen.

»Es ist wirklich sehr erstaunlich und amüsant. Und ich kann Ihnen versichern, der Inhalt dieses Journals ist für Amerika katastrophal.«

Es blieb nur noch ein Problem. »Allerdings nur, wenn eine funktionierende RA-115 in der Nähe ist.«

»Sie klingen geradezu, als hielten Sie das nicht für möglich.«

»Ist es das denn?«

»In etwa drei Stunden werden Sie es genau wissen.«

61

Überblick über militärische Operationen in einem Krieg mit Kanada
Datiert: 4. Juni 1903.

Im Sommer 1898 führten die Vereinigten Staaten einen Krieg gegen Spanien. Er dauerte lediglich dreieinhalb Monate und endete mit einem umfassenden amerikanischen Sieg. Das Vereinigte Königreich blieb neutral, betrachtete die Vereinigten Staaten jedoch danach mit wachsender Sorge. Der Besitz und die Kontrolle des entstehenden Panamakanals belasteten die internationalen Beziehungen zusätzlich. Amerika entwickelt sich zu einer Weltmacht mit einer schlagkräftigen Hochseeflotte, und das Vereinigte Königreich, das gegenwärtig die größte Armee und die mächtigste Kriegsmarine der Welt unterhält, fürchtet seine Konkurrenz.

Die kanadisch-amerikanischen Beziehungen sind bereits seit mehreren Jahrzehnten angespannt. Grund ist ein Grenzstreit im Nordwesten. Dass im Yukon Gold entdeckt wurde, hat diesen Konflikt noch verschärft. Das Vereinigte Königreich hat gerade einen kostspieligen Krieg in Südafrika hinter sich und ist zurzeit nicht bereit, den Kanadiern bei ihrem fortdauernden Grenzstreit mit zusätzlicher militärischer Unterstützung zur Seite zu stehen. Sowohl die Vereinigten Staaten als auch Kanada haben Truppen in die Yukon-Region verlegt.

Dieses geheime Dokument wurde vom Kriegsministerium angefordert und enthält einen Plan zur möglichen großräumigen Invasion Kanadas. Amerikanische Bestrebungen, sich Kanada einzuverleiben, reichen bis zum Unabhängigkeitskrieg und dem Krieg von 1812 zurück. Im Pariser Vertrag von 1783 wurde die Unabhängigkeit Kanadas (bzw. der Provinz Quebec, wie man das Land damals nannte) festgeschrieben. In letzter Zeit ist das zuvor mäßige Interesse Amerikas an Kanada von Neuem entflammt. Die Eingliederung des Gebietes durch gewaltlose Maßnahmen ist gewiss vorzuziehen, aber Kanada wird als ein wertvoller Bestandteil des Britischen Commonwealth angesehen, den Großbritannien mit Sicherheit verteidigen würde. Es ist die zweitgrößte Erzeugernation im Britischen Empire, mit Ontario und Quebec als den wichtigsten Industriezentren. Angesichts wachsender Spannungen zwischen den Vereinigten Staaten und dem Vereinigten Königreich gewinnt Kanada immer mehr an strategischer und lebenswichtiger Bedeutung für die nationale Sicherheit Amerikas. Jüngste militärische Auslandserfolge und der Erwerb neuer Territorien im Pazifik und in der Karibik haben ein erneutes Interesse an einer nördlichen Expansion Amerikas genährt.

Die folgenden Seiten enthalten eine detaillierte Analyse sowie alle wichtigen Informationen für einen Feldzug gegen Kanada. Doch hier ist eine Zusammenfassung des vorgeschlagenen Plans:

(1) Ein Erstschlag auf die Bermudas, um die Inseln nicht mehr als möglichen Hafen oder Nachschublager für die britische Kriegsmarine infrage kommen zu lassen.

(2) Die Besetzung von Halifax. Die Verteidigungsanlagen des Hafens in und um Halifax wurden zwar erst kürzlich verstärkt, aber die Bewaffnung ist nach wie vor veraltet. Ohne die Bermudas würde dieser Hafen zum wichtigsten Hafen für sämtlichen Nachschub aus Großbritannien werden. Eine Exkursion zum Hafen (die im Zuge dieser Studie erfolgte) erwies, dass die Werftanlagen verlassen vor sich hin rosten und nicht geeignet sind, langfristige militärische Operationen zu unterstützen. Diese Situation könnte jedoch behoben werden, weshalb der Hafen gesichert werden sollte.

(3) Besetzung westlicher Eintrittspunkte. Ziel ist es hier, die Kommunikation mit Ostkanada zu unterbrechen und Verstärkungen aus Australien, Neuseeland und Indien zu unterbinden. Der desolate Zustand des Hafens von Halifax findet an der kanadischen Westküste seine Entsprechung in Esquimalt, wo amerikanische Truppen leicht angelandet werden können. Eine weitere Inaugenscheinnahme vor Ort erwies, dass diese ehemalige britische Militärbasis, die sich jetzt in kanadischem Besitz befindet, schlecht ausgestattet und unzureichend bemannt ist. Auch die Kaianlagen befinden sich gegenwärtig in einem desolaten Zustand.

(4) Weitere ozeantaugliche Häfen in Yarmouth, St. John, Montreal, Quebec City, Prince Rupert, Vancouver, Victoria, Churchill, Three Rivers, Windsor und New Westminster sind gleichfalls zu besetzen oder zu blockieren.

(5) Bei einem ersten Truppenvorstoß sind alle Bahnlinien zu unterbrechen. Dabei sollte ein Vorstoß in Maine, ein weiterer in Montana und der dritte mit dem Hauptkontingent bei den Großen Seen erfolgen, wobei auch die Kanäle des Sankt-Lorenz-Stroms eingenommen werden.

(6) Die Kontrolle über die Großen Seen und den Sankt-Lorenz-Strom ist von entscheidender Bedeutung, aber die Brücke in Cornwall bietet den schnellsten Weg, um Truppen und Ausrüstungen nordwärts über die Grenze zu transportieren.

(7) Der Great Northern Railway, der Quebec mit dem Westen verbindet, muss eingenommen werden. Das gilt auch für das Pazifik-Terminal in Prince Rupert. Unter militärischen Gesichtspunkten bieten diese Bahnverbindungen exzellente Transportmöglichkeiten. Sobald sie besetzt sind, könnten Farmer der kanadischen Prärie entlang der Eisenbahnlinien ihre Produkte nicht mehr exportieren und geneigt sein, ausschließlich mit den Vereinigten Staaten Handel zu treiben. Dies könnte

die kanadische Wirtschaft durch weitreichende Lebensmittelknappheit in die Knie zwingen.

(8) Die Überlandstraßen müssen kontrolliert werden. Zwar gibt es riesige Gebiete, insbesondere in der Nordhälfte, mit nur wenigen oder gar keinen Straßen, die südliche Hälfte ist jedoch gut erschlossen. Das Straßennetz erstreckt sich über circa 95 000 Meilen, von denen die meisten eine Schotter-, Asphalt- oder Betondecke haben. Schotterstraßen erfordern einen großen Erhaltungsaufwand, insbesondere im Frühling.

Im ausgearbeiteten Plan wird eine mögliche offensive Reaktion kanadischer und britischer Verbände berücksichtigt, die in New England eindringen sowie weitere Operationen durchführen könnten, die auf Michigan, Pennsylvania und den Pazifik abzielen, um auf diese Weise an mehreren Fronten anzugreifen. Das wirksamste Mittel, um solchen Unternehmungen entgegenzuwirken, besteht darin, kanadische und/oder britische Truppen tiefer in amerikanisches Territorium zu ziehen, ihre Nachschubwege zu verlängern, ihre Kommunikation zu erschweren und sie zu isolieren.

Wir sind jedoch davon überzeugt, dass Kanada höchstwahrscheinlich eine rein defensive Position einnimmt, wie es das bereits während der amerikanischen Invasionen von 1775 und 1812 getan hat, als lokale Patrioten einen effektiven Guerillakrieg führten. Montreal und Quebec City müssten stark verteidigt werden, höchstwahrscheinlich von der regulären kanadischen Armee, während die britische Kriegsmarine amerikanische Handelsschiffe auf dem Atlantik angreifen würde. Diese Taktik kam bereits im Konflikt von 1812 zur Anwendung. Die amerikanische Seemacht ist heute jedoch ganz anders aufgestellt als zu Beginn des 19. Jahrhunderts. Unsere Flotte ist jetzt uneingeschränkt imstande, es mit dem britischen Gegner aufzunehmen.

Es wird angenommen, dass Kanada nur wenige Wochen lang imstande wäre, eine effektive Verteidigung aufrechtzuerhalten. Zur Unterstützung entsandte Truppen aus dem Vereinigten Königreich könnten einzelne Orte für eine gewisse Zeit verteidigen, würden aber schließlich schon durch zahlenmäßige Überlegenheit erdrückt. Selbst wenn es der britischen Kriegsmarine gelänge, die Seeherrschaft zu erlangen, wäre der Krieg zu Land verloren. Kanada würde sich aller Wahrscheinlichkeit nach darauf konzentrieren, Halifax und die Linie Montreal-Quebec zu verteidigen, um seine gegenwärtigen Aufmarschgebiete zu halten.

Wir kommen zu dem Schluss, dass die militärischen Möglichkeiten Kanadas begrenzt sind. Wir merken an, dass Frankokanadier, mit denen wir während unserer Aufklärungsreisen (bei denen wir wie normale Touristen agierten) sprachen, gerne prahlten: »Wir haben die Amerikaner früher schon besiegt und können es wieder tun.« Ein britischer Offizier sagte allerdings auch, die Verteidigung Kanadas sei schwieriger als der Schutz Indiens.

62

Luke las die Zusammenfassung der Invasionspläne, dann blätterte er durch die Seiten mit Daten und Statistiken, die die vorgeschlagene Taktik rechtfertigen sollten. Jetzt überflog Sue die Zusammenfassung und las sie Wort für Wort ebenso konzentriert, wie er selbst es gerade getan hatte.

»Es war eine schwierige Zeit«, sagte Begyn. »Amerika fügte sich in die Rolle, die der Nation nach eigener Überzeugung vom Schicksal zugedacht war. Wir kontrollierten Kuba, Puerto Rico und die Philippinen. In den Augen der Welt erschienen wir wie eine aufstrebende Weltmacht. In der Ära von Teddy Roosevelt haben wir zum ersten Mal auf der politischen Weltbühne unsere Muskeln spielen lassen.«

Bei Gelegenheiten wie dieser wünschte er, sich intensiver mit der Geschichte befasst zu haben. Er kannte einen Teil dessen, worauf sich Begyn bezog, aber nicht alle Details. »Wie kam die Society dazu, diesen Plan auszuarbeiten?«

»Beachten Sie das Datum: 1903. Zu diesem Zeitpunkt war das Army War College schon gegründet worden, die erste Generation Studenten zog jedoch erst 1904 ein. Deshalb gab es keinen Planungsstab der Vereinigten Staaten für einen Krieg, sei er nun real oder rein fiktiv gewesen. Niemand dachte über die Möglichkeiten nach, und niemand plante für alle Eventualitäten. Teddy Roosevelt unterstützte die Society. Er benötigte einen Plan, der im Geheimen ausgearbeitet wurde und keine Aufmerksamkeit auf sich zog. Diesen Dienst konnten wir leisten.«

»Nur dass damit das Image des ruhigen, wohltätigen Gesellschaftsvereins zerstört wurde.«

Sue hatte zu Ende gelesen. »Das klingt, als ob es ihnen wirklich ernst damit war.«

»Am 21. Mai 1916 hat das Army War College seinen eigenen Plan zur Invasion Kanadas vorgelegt. Viel davon baute auf diesem ursprünglichen Positionspapier auf. Von 1903 bis 1916 gaben die Vereinigten Staaten 71 Millionen Dollar – eine nach damaligen Maßstäben enorme Menge Geld – für Befestigungen entlang der Pazifik- und der Atlantikküste aus, wie wir es empfohlen hatten. Zum Bericht von 1916 kam es, weil England enge Bande mit Japan geknüpft hatte und nicht klar war, was die Briten den Japanern in Kanada zugestehen würden. Viel davon entsprang einer Hysterie, aber es war die Art von Hysterie, an die die Menschen damals glaubten.«

»Und dann hat der Erste Weltkrieg alles verändert?«, fragte Sue.

»Ja, richtig. Kanada wurde zum Verbündeten und wurde nicht mehr als Bedrohung oder Beute angesehen. Wir hatten alle einen gemeinsamen Feind: Deutschland. Aber Sie müssen noch etwas anderes wissen.«

Luke hörte zu, wie Begyn erklärte, dass das War College in den 1930er-Jahren noch einmal seine Aufmerksamkeit auf Kanada richtete. Im Mai 1930 wurde *Kriegsplan Rot* verabschiedet, der vielfach dem glich, was schon Jahre zuvor formuliert worden war. Man kann es kaum glauben, aber 1934 wurde der Plan dahingehend abgeändert, dass nun auch der Gebrauch von Giftgas gegen Kanadier und die strategische Bombardierung von Halifax autorisiert war, falls der Hafen nicht durch Landstreitkräfte eingenommen werden konnte.

»Dann«, sagte Begyn, »arrangierte das Kriegsministerium im Februar 1935 über den Kongress die Freigabe eines Budgets von 57 Millionen Dollar für den Bau von drei grenznahen Luftwaffenstützpunkten, von denen aus präventive Überraschungsangriffe auf kanadische Rollfelder gestartet werden konnten. Der Stützpunkt in der Region der Großen Seen sollte als ziviler Flughafen getarnt werden. Von dort aus wollte man die Industriezentren Kanadas und der Halbinsel von Ontario erreichen können. Und das habe ich mir nicht ausgedacht, ich habe es in den Protokollen der Anhörungen von 1935 vor dem Militärausschuss des Repräsentantenhauses gelesen. Diese Anhörung sollte geheim bleiben, wurde aber versehentlich publiziert.«

»Davon habe ich noch nie etwas gehört«, sagte Luke.

»Das liegt daran, dass es bis 1974 streng geheim war. Die Society wurde bei den Anhörungen im Repräsentantenhaus erwähnt, weil dort unser Bericht von 1903 analysiert wurde. Ich bekam die Aufgabe, alle Dokumente zu sichten, deren Geheimhaltung aufgehoben wurde, um mich zu vergewissern, dass es dort nichts gab, was uns Probleme hätte bereiten können.«

»Aber Ihnen ist doch klar, dass das War College übungshalber viele Hypothesen durchspielt, von denen die meisten überhaupt nicht ernst gemeint sind«, warf Luke ein.

Begyn wirkte unbeeindruckt. »Im August 1935 hielten wir das bis dahin größte Militärmanöver der Geschichte zu Friedenszeiten ab. 35 000 Soldaten wurden an der kanadischen Grenze südlich von Ottawa zusammengezogen. Weitere 15 000 standen als Reserve in Pennsylvania bereit. Das Ganze firmierte als Kriegsspiel, die vorgetäuschte motorisierte Invasion Kanadas.«

»Was es wahrscheinlich auch war«, sagte Luke.

»Nein, war es nicht. Dieses Kriegsspiel schuf die Operationsbasis für den letzten Plan, in Kanada einzumarschieren. Als Frankreich 1940 Deutschland unterlag, nahm unser Isolationismus groteske Ausmaße an. Im August 1940 unterzeichnete Roosevelt ein bilaterales Verteidigungsbündnis mit Kanada. Falls Hitler im Herbst 1940 Großbritannien eingenommen hätte, hätte sein erster Vorstoß in Richtung Nordamerika

Kanada gegolten. Unser Ziel war es, Kanada zu *verteidigen*, indem wir es besetzten. So wurden unser Plan von 1903, der Plan des War College und weitere Planungen zusammengefügt, um den letzten Invasionsplan zu schmieden, Plan Zero, der ebenfalls den Codenamen 14. Kolonie erhielt. Die Society fand es interessant, dass man zu ihrer ursprünglichen Bezeichnung aus dem Krieg von 1812 zurückkehrte – aber die Absicht und die Symbolik lassen sich nicht leugnen. *Dieser* Plan unterliegt bis heute der Geheimhaltung, aber ich habe mit einigen unserer älteren Mitglieder gesprochen, die dort waren und dabei mitgeholfen hatten, ihn zu formulieren. Der Gedanke war eindeutig. Wenn wir erst in Kanada waren, um es zu *verteidigen*, hätten wir es nicht mehr verlassen.«

Draußen war es dunkel. Der Wind hatte nachgelassen, und alles war viel ruhiger und friedlicher geworden. Auch Sue. Sie saß am Tisch wie eine pflichtbewusste Tochter und behielt ihre Gedanken für sich. Die meisten Frauen, die sich für ihn interessierten, waren für gewöhnlich das genaue Gegenteil. Verwegen, laut und aggressiv. Es entsprach der Wahrheit, dass er sie so mochte, aber auch die Stillen hatten das gewisse Etwas. Insbesondere jene, die sich so gekonnt verteidigen konnten wie diese attraktive *Flusskrieger*-Soldatin.

»Sind Sie immer so aufmerksam?«, fragte er sie.

»Man erfährt viel mehr, wenn man den Mund hält.«

Er lachte. »Diese Lektion habe ich mir noch nie zu Herzen genommen.«

Allmählich ging es auf 20 Uhr zu, und er hatte sich den ganzen Tag über noch nicht zurückgemeldet. Er sollte checken, wie der Stand der Dinge war. Eines allerdings musste er noch wissen. »Was hat das alles mit Brad Charon und seiner großen Klappe zu tun?«

»Da liegt der Hase im Pfeffer«, sagte Begyn. »Brad war sich all dieser Dinge durchaus bewusst, als er als Hüter der Geheimnisse diente. Und dies ließ er den sowjetischen Diplomaten und den anderen Außenstehenden lesen. Und dazu noch etwas anderes.«

Jetzt fiel es ihm ein. »Das Tallmadge-Journal.«

Begyn nickte. »Exakt. Und ob Sie mir glauben oder nicht – ich weiß nicht, was drinsteht. Brad hat das Journal für sich behalten.«

Das stimmte jedoch nicht ganz, weil die Sowjets, die Russen und Anya Petrowa alles darüber wussten.

Begyn lehnte sich in seinem Stuhl zurück. »Brad fand diese Geheimnisse total albern. Antike Geschichte, hat er immer gesagt. Er schien nie zu begreifen, dass *wir* sie für wichtig hielten und es vorgezogen hätten, wenn die Sache unter uns geblieben wäre. Ich weiß ein wenig über das Journal. Tallmadge leitete die Ausarbeitung des Plans 14. Kolonie für den Krieg von 1812. Er koordinierte auch ein paar andere Gefälligkeiten, die wir der Regierung am Anfang des 19. Jahrhunderts erwiesen. Er hat sie im Journal dokumentiert. Als Brad entlassen wurde, wurde es nicht in den Archiven gefunden. Man stellte ihn zur Rede, und er wollte nicht zugeben, dass er das Journal besaß – er hatte es aber.«

»Warum hat er es behalten?«, fragte Sue.

»So war Brad. Es war seine Art, es uns heimzuzahlen. Schwierig, wie ich bereits sagte. Wir entschieden uns dafür, es durchgehen zu lassen. So konnten wir den Frieden aufrechterhalten. Als er starb, hatten wir vor, es wieder in unseren Besitz zu bringen, aber der Erbschaftsstreit machte das unmöglich. Fritz Strobl erzählte mir, dass Sie ein verstecktes Archiv in Brads Haus entdeckt haben. Wir wussten davon. Brad hatte versprochen, diese Bücher der Society zu hinterlassen, aber das war noch vor den Auseinandersetzungen. Sie waren nicht in der Schenkung erwähnt, die er uns für unsere Hauptbibliothek machte, deshalb gingen wir davon aus, dass er seine Meinung geändert hatte. Wir haben nicht versucht, irgendetwas davon in unseren Besitz zu bringen. Wie ich hörte, hat Ihre Vorgesetzte allerdings Hilfe zugesagt.«

Was sich gegenwärtig als schwerer erweisen könnte, als zunächst angenommen, weil Stephanie Nelle arbeitslos geworden war und ihr übrig gebliebener Wohltäter schon in Kürze nicht mehr der Präsident der Vereinigten Staaten sein würde.

Er rekapitulierte im Stillen, was er erfahren hatte.

Die Society of Cincinnati war in einen frühen Plan zur Invasion Kanadas verwickelt, Plan Zero, der später ausgeweitet und während des Zweiten Weltkrieges vorbereitet wurde: die 14. Kolonie. Daraus war nie etwas geworden, von einem gewissen sowjetischen Interesse in den späten 1970er-Jahren abgesehen. In den 1980er-Jahren gab es da noch einen Amerikaner, der einen Blick hineinwarf, und beides zusammen führte zur Entlassung des Hüters der Geheimnisse der Society. Ebendieser Mann besaß auch ein altes Dokument, das Tallmadge-Journal, in dem ausführlich weitere Dienste aufgelistet wurden, die die Society in der Frühzeit der Vereinigten Staaten insgeheim geleistet hatte. Auch dies war, wie Charon selbst es gesagt hatte, größtenteils verstaubte Geschichte. Oder etwa nicht? Anya Petrowa war eigens gekommen, um danach zu suchen, sie war auf direktem Weg zum Anwesen Charons gegangen und war dort in den verborgenen Raum eingedrungen.

Gefunden hatte sie nichts.

Das führte sie zu Peter Hedlund.

Und ihn hierher zu Lawrence Begyn.

Er stand vom Tisch auf und ging zu einem der Fenster. Sicherheitsleuchten, die entlang der Dachtraufen montiert waren, warfen rötliche Schatten auf den rieselnden Schnee.

»Sie haben gesagt, dass die Männer in Ihrem Haus das Tallmadge-Journal erwähnten, bevor Sie sie töteten«, sagte er zu Sue.

»Das haben sie.«

Was bedeutete, dass auch Moskau von diesem angeblichen Geheimnis wusste.

»Ich weiß mit Sicherheit, dass sich das Journal nicht in dem Geheimzimmer in Charons Anwesen befand.«

»Aber es könnte trotzdem in dem Haus sein«, bemerkte Begyn.

»Wie kommen Sie darauf?«

»Ich kenne doch den guten Brad.«

»Sie wissen, wo es ist, oder?« Luke erriet es an seinem Blick.

»Ich glaube schon. Er hatte noch ein anderes Versteck.«

63

Malone kurvte durch die Nebenstraßen. Cassiopeia und er hatten das Weiße Haus vor über einer Stunde verlassen und fuhren in westlicher Richtung nach Virginia auf Front Royal zu, dann bogen sie von der I-66 nach Norden ins ländliche Warren County ab. Der Secret Service hatte Zorins Mietwagen über GPS bis zu einer Stelle in der Nähe getrackt, wo er angehalten hatte. Eine Drohne mit Nachtsichtausstattung wäre großartig gewesen, aber das Wetter machte einen Drohneneinsatz so gut wie unmöglich. Ein Schneesturm zog übers Land, Schnee klebte an der Windschutzscheibe, und der Lichtkegel der Frontscheinwerfer verlor sich im Dunkel und ließ die fallenden Schneeflocken funkeln.

»Das wird eine schlimme Nacht«, sagte Cassiopeia.

Ihm ging immer noch die Begegnung mit dem neuen Präsidenten durch den Kopf. Warner Fox war mit Sicherheit kein Idiot – schließlich hatte er es geschafft, die Wahlen für das mächtigste politische Amt der Welt zu gewinnen. Keine waghalsigen Manöver zu riskieren, bis sie sich ganz sicher waren, wirkte vernünftig, aber sich zu weigern, auch nur die Vereidigung des Vizepräsidenten an einen anderen Ort zu verlegen, hatte einen Beigeschmack von Kleinlichkeit, Arroganz oder Dummheit.

Schwer zu sagen, was davon zutraf.

Cassiopeia und er waren von Daniels und Stephanie gründlich gebrieft worden, bevor sie der Secret Service mit der Nachricht aufschreckte, dass Zorin und Kelly von der I-95 in westliche Richtung auf die I-66 abgebogen waren und jetzt auf Virginia zusteuerten. Das war vor einer Stunde gewesen. Jetzt waren sie auf dem Weg zu einem Treffen mit den Agenten, die Zorin fast den ganzen Nachmittag beschattet hatten.

»Wir müssen die Sache hier beenden«, sagte er. »Wo wir alles im Griff haben.«

Das war ihr einziger Vorteil. Zorin hatte keine Ahnung, dass er beobachtet wurde, erst recht nicht von dem Amerikaner, der eigentlich am Baikalsee verfaulen sollte.

Sie hatten es sogar geschafft, einen schnellen Happen zu essen und zu duschen. Er hatte sich schon etwas ranzig gefühlt, und eine Rasur hatte ihm gutgetan. Dem Weißen Haus sei Dank. Auch Cassiopeia sah erfrischt aus. Wenigstens standen sie das gemeinsam durch, und das gefiel ihm.

»Du und ich, wir gehen Gefühlen ganz gern aus dem Weg«, sagte sie zu ihm.

Dagegen konnte er schwer etwas einwenden.

»Wie wäre es denn damit: Einigen wir uns auf die Regel, dass wir einander nichts vormachen. Das gilt ab jetzt, zwischen dir und mir. Keine Getue mehr. Okay?«

Klang gut. »Abgemacht.«

»In Ordnung. Ich fange an. Man hat mich in den letzten 24 Stunden so oft in Überschallflugzeuge gestopft, dass es mir für dieses Leben reicht.«

Er grinste. »So schlimm war es nun auch wieder nicht.«

»Wie wäre es denn in einer umgekehrten Situation, wenn du irgendwo unter der Erde in einem winzig kleinen Loch stecktest, ohne dich rühren zu können?«

Er schauderte schon, wenn er es sich nur vorstellte.

Jeder hatte seine speziellen Ängste. Abgesehen von dem, was sie gerade beschrieben hatte, konnte er jedoch so gut wie alles aushalten. Er hatte einen oft wiederkehrenden Traum, wo er an genau so einem Ort festsaß, keinen Ausweg hatte und in allen Richtungen von fester Erde eingeschlossen war. Je enger es dort war, desto schlimmer der Albtraum. Einmal hatte ihn der Traum sogar in einen versiegelten Kasten gesteckt, in dem er weder stehen noch sich strecken und kaum atmen konnte. Das war der schlimmste, den sein Unterbewusstes jemals ausgebrütet hatte. Zum Glück war er in jener Nacht allein gewesen, als er in kalten Schweiß gebadet aufwachte. Er sprach nur selten von der Phobie und zog es vor, einfach nicht daran zu denken. Ab und zu war er auch schon eingeschlossen gewesen, aber zum Glück niemals so extrem, es hatte immer etwas Bewegungsspielraum gegeben. Er hatte Stephanie nichts von seiner Angst erzählt, und glücklicherweise war von Agenten des Magellan Billet nie verlangt worden, ausführliche psychologische Profile vorzulegen. Dafür hatte Stephanie sich nie interessiert. Sie vertraute lieber auf ihre eigene Einschätzung.

»Du weißt, wie man zum Punkt kommt, oder?«, fragte er.

»Verstehst du, worauf ich hinauswill?«

»Ja, Ma'am. Hab's kapiert.«

»Ich habe es dir bisher noch gar nicht erzählt«, sagte sie. »Aber als du mit dem Kampfjet runtergegangen bist und Zorin entkommen ließest, wurde über Funk ausgiebig palavert, was zu tun sei. Unsere Piloten wollten dich und mich eigentlich mit dem Schleudersitz rauskatapultieren.«

»Und was hat sie davon abgehalten?«

»Ein Befehl von der Bodenstation. Man hat ihnen gesagt, sie sollen uns abliefern und sich nicht anmerken lassen, dass es sie auch nur ansatzweise kratzte, was geschehen war.«

»Dann hatte diese Fraktion in der Regierung also schon da die Kontrolle.«

»So sieht es aus. Die wussten genau, wo dieser Kelly wohnte. Und sobald sie kapiert hatten, wohin Zorin wollte, sind sie dort sofort aufgetaucht.«

Und jetzt wussten sie dank Stephanie und ihres neuen Freundes Ismael, dass sie die Absicht hatten, Zorin zu töten und Kelly lebend einzukassieren, damit er sie zu dem Versteck führte.

»Nur weil sie in Kanada kein Glück hatten«, sagte er, »heißt das noch lange nicht, dass es ihnen hier genauso geht.«

»Ich wette, sie wissen, dass es hier irgendwo ein Waffenversteck gibt, vielleicht sogar mehr als eins. Womöglich wissen sie sogar, auf welchen Grundstücken die Waffen sich befinden, aber sie wissen nicht, wo genau. Es ist viel Zeit vergangen, seit diese Orte als geeignet angesehen wurden. Ganz zu schweigen von Sprengfallen.«

»Dann glaubst du also, sie könnten die Orte bereits identifiziert haben?«

»Der Schluss liegt nahe.«

Er gab ihr recht.

Was bedeutete, dass sie am Ball bleiben mussten.

»Die Vereidigungszeremonie eines neuen Präsidenten in die Luft zu sprengen«, sagte sie, »das grenzt an Wahnsinn. Nicht einmal Hardliner wären so dumm. Die Vereinigten Staaten würden sie vernichten. Wenn sie schlau sind, versuchen sie, die Sache in den Griff zu bekommen, es für sich zu behalten und diese Bomben für die Zukunft aufzubewahren.«

Vor sich sah er den McDonald's, zu dem man ihn dirigiert hatte, und bog auf den Parkplatz ab. Drinnen saßen zwei Agenten vom Secret Service, die angezogen waren, als hätten sie vor, auf eine winterliche Jagd zu gehen. Beide hatten einen Becher mit dampfendem Kaffee vor sich.

»Das Auto hat vor ein paar Minuten angehalten«, sagte einer der Agenten. »Circa zehn Meilen von hier.«

»Und wir sind nur zu viert?«, erkundigte sich Malone.

»So wie Sie es verlangt haben. Nur wir vier.«

Er wollte unbedingt vermeiden, dass jeder Geheimdienst und jede Polizeibehörde im Umkreis von hundert Meilen hier anrückte und Zorin aufscheuchte. Vor allem, weil die Gefahr bestand, dass dann jeder den Ruhm einheimsen wollte, derjenige gewesen zu sein, der dem Spuk ein Ende machte.

Denn hier ging es nicht um Anerkennung.

Hier ging es um Resultate.

»Wir sind ihnen seit Pennsylvania auf den Fersen«, fuhr der Agent fort. »Sie haben einmal an einem Supermarkt in Maryland gehalten. Als sie schon lange wieder weg waren, haben wir Agenten hineingeschickt. Aus der Videoüberwachung und dem Protokoll der Registrierkasse wissen wir, dass sie eine Schaufel, einen Vorschlaghammer, zwei Taschenlampen, Bolzenschneider, ein Bügelschloss und fünf große Sechs-Volt-Batterien gekauft haben.«

Eine interessante Liste, von der ihn besonders das Letzte interessierte. Edwin Davis hatte ihnen etwas über die RA-115 erzählt. Man musste sie an eine Batterie anschließen, wenn man sie transportieren wollte. Zorin hatte sich gut vorbereitet.

»In Dulles haben wir einen Hubschrauber startklar. Er kann schnell hier sein«, sagte ihm einer der Agenten.

»Lassen Sie ihn da. Fürs Erste. Bei dem Wetter wird er keine große Hilfe sein.«

»Sie beide wollen die Sache allein angehen?«, fragte der Agent skeptisch.

»Das ist der Plan. Wir halten es einfach. Sie müssen uns zu der Sache führen, die sie suchen, dann schalten wir die beiden aus. Am liebsten lebendig, weil wir viele Fragen haben.«

»Nach was genau suchen wir?«

Je weniger Leute davon wussten, desto besser war es, besonders wenn man in Betracht zog, welche Panik ausbrechen konnte, wenn es sich herumsprach. Ausländische Atombomben auf amerikanischem Boden? Schlechtere Nachrichten konnte es nicht geben.

Deshalb ignorierte er die Frage.

»Sagen Sie mir einfach, wo Zorin ist.«

64

Zorin saß in dem geparkten Auto und lauschte dem Prasseln des Schneeregens auf dem Dach. Bei dem plötzlichen Regenschauer kurz zuvor hatte er sich schon Sorgen um das Eis gemacht, weil sich bereits ein wenig auf der Windschutzscheibe abgesetzt hatte und die Scheibenwischer mühsam über die raue Oberfläche kratzten. Er musste nach der Fahrt seine Beine strecken, wartete aber darauf, dass Kelly ein paar Entscheidungen traf. Seit ihrer Ankunft studierte Kelly eine Karte, die er in seiner Reisetasche mitgebracht hatte. Er mochte diese Bedingungen: kein Hightech-Spielzeug, keine Elektronik, nichts, was irgendjemanden dorthin führen konnte, wo sie sich befanden. Nur bewährtes Handwerk, dessen Beherrschung er seinen guten Ruf zu verdanken hatte.

»Worauf warten wir noch?«, fragte er.

»Immer langsam. Oder werden Sie ungeduldig auf Ihre alten Tage?«

»Das Wetter verschlechtert sich.«

»Das gerät nur zu unserem Vorteil.« Kelly faltete die Landkarte zusammen. »Als mir *Rückständiger Bauer* meldete, dass die Waffen eingetroffen seien, war ich nicht ganz vorbereitet. Ich habe dem Offizier erzählt, ich wäre ebenfalls fertig, doch dem war nicht so. Die Vorgaben Andropows waren nur schwer zu erfüllen. Ich hatte den Befehl, rechtzeitig zur Amtseinführung des Präsidenten 1985 bereit zu sein. Aber Andropow starb im Jahr davor. Danach herrschte plötzlich Funkstille. Und dann, drei Jahre später – 1988 – erreichte mich plötzlich der Anruf, dass sich die Bomben in Amerika befanden. Ich war entsetzt, dass die Dinge immer noch weitergetrieben wurden. Deshalb musste ich mich beeilen, um meinen Teil vorzubereiten.«

»Vielleicht wäre alles anders gekommen, wenn Andropow noch gelebt hätte.«

Kelly schüttelte den Kopf. »Es wäre nicht der richtige Zeitpunkt gewesen.«

Er wunderte sich über diese Bemerkung. »Warum sagen Sie das?«

»Die Reaktion der Welt wäre eindeutig und vernichtend gewesen. Einen amerikanischen Präsidenten ermorden? Eine Atombombe in Washington, D.C. zünden? Unsere Sowjetführer haben ihre Macht und ihre Bedeutung bei Weitem überschätzt. Wir hätten niemals die ganze Welt besiegen können.«

Er hatte keine Lust, noch mehr über Schwächen zu hören.

»Die Geschichte hat das bestätigt, Aleksandr«, fuhr Kelly fort. »Ende der 1980er-Jahre war es mit der UdSSR vorbei. Es war einfach nur noch eine Frage der Zeit, bis alles zusammenbrach. Und 1991 war es schließlich so weit.«

Doch Zorin sah noch einen anderen Unterschied zwischen damals und jetzt. »Diesmal sind es nur Sie und ich. Es wird keine Vergeltungsschläge geben, weil es niemanden gibt, an dem man Vergeltung üben könnte. Wir werden die Wirkung erzielen, die Andropow sich wünschte, aber ohne globale Vergeltung.«

»Exakt. Das Timing ist perfekt. So wie Sie habe ich auch lange darüber nachgedacht, aber nie gehandelt – nur nachgedacht. Die Vereinigten Staaten sind aus dem Kalten Krieg als die einzige Weltmacht hervorgegangen, und im Laufe der letzten dreißig Jahre haben sie sich in ein arrogantes Monstrum verwandelt. Wir werden sie jetzt endlich in ihre Schranken verweisen. Erinnern Sie sich noch an den Schwur, den wir beim KGB geleistet haben?«

Zorin überlegte. Es war schon so lange her.

Kelly nahm seine Geldbörse hervor und zog einen gefalteten Zettel heraus, dessen Knickspuren und Farbe zeigten, dass er ihn schon lange bei sich trug.

Im trüben Licht der Innenbeleuchtung las Zorin stumm die aufgedruckten Worte.

Sie handelten davon, ein Sowjetbürger zu sein und sich den Reihen der Roten Armee der Arbeiter und Bauern anzuschließen. Man versprach, ehrlich, tapfer, diszipliniert und wachsam zu sein, alle Geheimnisse zu bewahren und allen Befehlen zu gehorchen.

Dann folgte der wichtige Teil.

»Sei bereit, dein Vaterland zu verteidigen, und verteidige es mutig, geschickt, glaubhaft und ehrenwert, ohne Leben zu schonen oder Blutvergießen zu vermeiden, um den Sieg zu erringen.«

Und schließlich der letzte Satz:

»Falls ich diesen feierlichen Schwur böswillig breche, soll mich die strenge Strafe der Sowjetgesetze und der universale Hass und die Verachtung der Arbeiterklasse treffen.«

Kelly reichte Zorin die Hand, die er gern nahm. Stolz erfüllte ihn, als jenes entschlossene Pflichtgefühl, das er längst verloren glaubte, zu ihm zurückkehrte. Er hatte lange in Angst und Isolation gelebt, und beides hatte ihn zermürbt, bis nur noch das blinde Verlangen nach irgendeiner ... Aktion übrig blieb.

Es war ihm wie Kelly ergangen.

Doch jetzt war er wieder da, er arbeitete gegen den Hauptgegner und verteidigte das Vaterland. Getreu seinem Eid. So viele hatten ihr Leben diesem Ziel gewidmet. Und mehr als zehn Millionen weitere Menschen hatten für diesen Zweck ihr Leben gegeben.

Das durfte nicht alles umsonst gewesen sein.

Ihm klang noch der Appell seiner Frau in den Ohren:

»Verschwende nicht dein Leben.«

»Wir ziehen das zusammen durch«, sagte er zu Kelly.

»Das machen wir, Genosse.«

Cassiopeia hielt sich für einen unabhängigen Menschen. Ihre Eltern hatten sie gelehrt, stark zu sein. Aber irgendwie mochte sie es auch, sich bei Cotton sicher und geborgen zu fühlen.

War das ein Zeichen von Schwäche?

Für sie nicht.

Sie hatte Cotton in Kanada das Leben gerettet, so wie er ihr zuvor auch schon oft das Leben gerettet hatte. Vertrauen war viel wert und etwas, das sie in früheren Beziehungen schmerzlich vermisst hatte. Sie vermutete, dass Cotton ähnliche Defizite bei seiner Ex-Frau erlebt hatte, von der sie wusste, dass sie früher einmal recht schwierig, inzwischen aber viel umgänglicher war. Eines Tages würde sie sie gern kennenlernen. Es gab vieles, worüber sie sich unterhalten konnten, und sie hätte liebend gern mehr über Cottons Vergangenheit erfahren, in die er stets nur kleinste Einblicke gewährte.

Stephanie Nelle im Weißen Haus zu begegnen war zuerst schwierig gewesen, aber sie hatte auch mit ihr Frieden geschlossen, und sie war erleichtert, dass sich der Riss zwischen ihnen nicht zu einem Abgrund ausgeweitet hatte. Sie hatten zurzeit einfach zu viel um die Ohren, um zuzulassen, dass Ereignisse, die sich nicht mehr ändern ließen, ihr Urteilsvermögen beeinträchtigten.

Was geschehen war, war geschehen. Worauf es ankam, war das Jetzt.

Cassiopeia bildete sich einiges auf ihre Professionalität ein. Und sie hatte jede Menge Erfahrungen. Sie und Cotton fuhren immer tiefer in die düstere Landschaft Virginias, und sie fragte sich, was sie erwarten mochte.

Erfolg?

Oder eine Katastrophe?

Das war das Problem, wenn man dem Schicksal auf die Sprünge helfen wollte.

Die Chancen standen bestenfalls fifty-fifty.

Zorin spürte, wie ihm der Schnee ins Gesicht fiel und schmolz. Auf dieser Seite des Atlantiks war alles so viel nasser. Er war mehr an die trockene sibirische Variante gewöhnt, die von Mitte September bis in den frühen Mai alles beherrschte. Der Sommer verwöhnte den Baikalsee nur kurz, aber er hatte die wenigen Wochen, in denen sich die Wärme zu halten vermochte, immer genossen.

Er hasste das Gefühl, alt zu werden, aber er konnte die Anzeichen, die ihm sein Körper aufzudrängen begann, weder ignorieren noch übertünchen. Der Sprung aus dem Flugzeug hatte ihm das Äußerste abverlangt. Glücklicherweise brauchte er so etwas nie wieder zu tun.

Allzu lange hatte er sich mit den verblassenden Leitsternen, die ihm den Weg wiesen, völlig isoliert gefühlt, doch in den letzten Tagen waren sie in neuem Glanz hell erstrahlt, und er selbst war es, der ihr Feuer nährte und sie daran hindern würde zu erlöschen.

Doch vor seinen Zweifeln konnte er nicht fliehen.

Auch dies war eine Frucht des Alters, die die Jugend ignorierte.

Reflexion.

Er hielt mit Kelly Schritt, als sie durch ein lockeres Kiesbett gingen. Die Stiefel sanken ein, das Fortkommen war mühsam; in einer Hand hatte er die Schaufel, die sie vorhin gekauft hatten. Er ging vorsichtig, weil er wusste, wie zerbrechlich Knöchel waren und welchen Preis ein Stolpern haben konnte. Kelly schleppte eine Einkaufstüte mit einigen der Geräte mit, die sie ebenfalls gekauft hatten. Vorschlaghammer, Bolzenschneider und das Bügelschloss waren im Auto geblieben, weil sie hier anscheinend nicht gebraucht wurden. Sie hatten jeder eine Taschenlampe in der Hand.

»Ich habe dieses Gelände vor langer Zeit übernommen«, sagte Kelly. »Damals war es sehr isoliert, und es gab im Umkreis meilenweit nichts. Es ist immer noch so, aber in den 1980er-Jahren war es noch extremer.«

Zorin hatte auf der Strecke nur einige wenige Farmen und nur wenige beleuchtete Fenster gesehen.

»Es ist natürlich auf einen anderen Namen eingetragen, aber ich zahle die Steuern und die Stromrechnung.«

Beim letzten Teil wurde er hellhörig.

»Die ganze Zeit?«, fragte er im Gehen.

»Es war meine Pflicht, Aleksandr. Und so viel war es gar nicht. Der Stromverbrauch ist minimal.«

Kelly blieb stehen.

Hinter den Bäumen vor ihm öffnete sich eine dunkle Lichtung. Dort waren die Umrisse einer Farm und einer Scheune zu erkennen.

»Es ist nicht sehr gut in Schuss«, sagte Kelly, »aber bewohnbar. Für mich war ein verstecktes Extra besonders interessant, das der vorige Besitzer eingebaut hatte. Ein Veteran des letzten Weltkriegs und etwas exzentrisch. Ein echter Kauz.«

Er fror in der kalten Luft, aber er atmete tief durch und ließ sich von der Kälte die Lunge durchpusten.

»Er hatte Angst vor einem Atomkrieg«, sagte Kelly. »Deshalb hat er sich einen Bunker gebaut.«

Jetzt ging ihm auf, wofür sie eine Schaufel brauchten.

»Der alte Mann ist vor Jahren gestorben. Der KGB übernahm heimlich seinen Besitz und plante, ihn als ganz normales Depot zu nutzen. Aber als ich das hier gesehen habe, wusste ich, dass es für *Narrenmatt* perfekt geeignet ist. Deshalb hat man mich darüber verfügen lassen.«

In Zorins Kopf schrillten Alarmglocken. »Dann könnte dieses Anwesen also in irgendwelchen Aufzeichnungen auftauchen?«

Kelly dachte einen Moment lang über die Frage nach. »Das vermute ich, ja.«

Sofort erinnerte er sich lebhaft an das, was auf der Prince-Edward-Insel geschehen war. Er wurde hellwach und griff nach seiner Waffe.

Kelly nickte, weil er sein Problem nachvollziehen konnte, und nahm selbst seine Waffe zur Hand. »Das war vor langen Jahren, Aleksandr. Vielleicht ist es in Vergessenheit geraten. Und selbst wenn sie von diesem Anwesen wissen, werden sie den versteckten Bunker niemals finden.«

Das beruhigte ihn nicht. Sie hatten Kelly aufgespürt, warum nicht also auch diesen Ort?

»Und vergiss die Sprengfalle nicht«, sagte Kelly.

Zorin machte ein Zeichen, weiter vorzurücken. Er sah auf die Uhr; die Ziffern verschwammen vor seinen Augen, als er den Blick auf das phosphoreszierende Ziffernblatt richtete.

22.40 Uhr.

Sie mussten sich beeilen.

Nur noch dreizehn Stunden.

65

Stephanie hatte das Justizministerium betreten. Am Nachteingang hielten die gewohnten Sicherheitsbeamten Wache. Sie war hier schon zu allen Tages- und Nachtzeiten ein und aus gegangen, und das Personal kannte sie vom Sehen. Sie dachte über Litchfield nach. Der Hurensohn hatte beim präsidialen Gipfel selbstgefällig dagesessen und nur etwas gesagt, wenn er angesprochen wurde, aber sehr deutlich zum Ausdruck gebracht, wem er sich verpflichtet fühlte. Danny hatte, obwohl seine Macht stark eingeschränkt war, sehr deutlich gemacht, wer noch das Sagen hatte. Nachdem Cotton und Cassiopeia gegangen waren, fragte sie ihn, warum er nicht einfach die Konsequenzen gezogen und Litchfield gefeuert hatte.

Die Antwort war typisch für Danny Daniels.

»*Es ist immer besser, seinen Feind im Zelt zu behalten, damit er hinauspisst, als ihn von draußen hereinpissen zu lassen.*«

Als Litchfield zwei Stunden später anrief und sie um ein Treffen bat, fing sie an, den Spruch zu begreifen. Was konnte er von ihr wollen? Aber Danny hatte darauf bestanden, dass sie hinging. »*Streite dich nicht mit einem Idioten, der hat mit so was mehr Erfahrung*«, hatte er gesagt. Momentan passierte ohnehin nicht viel. Cotton und Cassiopeia waren nach Virginia unterwegs, um sich um Zorin zu kümmern, und wo Luke sich herumtrieb, wusste sie nicht, weil er sich nicht zurückgemeldet hatte. Sie hatte einmal versucht, ihn zu kontaktieren, aber das Gespräch war sofort auf den Anrufbeantworter umgeleitet worden. Sie war neugierig, was der Generalpräsident der Society of Cincinnati zu sagen hatte. Dannys Frage, welches Interesse die ehemalige Sowjetunion an der Society hatte, war durchaus berechtigt.

Sie fand Litchfield allein in seinem Büro, wo er – von einer Auswahl Bücher und Dokumenten umgeben – arbeitete. Interessanterweise trug er hier eine randlose Brille, die seinen Augen einen eigentümlichen, intensiven Blick verlieh.

»Ich möchte mich entschuldigen«, sagte er. »Ich habe mich unmöglich benommen, das ist mir klar. Der Präsident hat mir dafür vorhin im Weißen Haus den Kopf gewaschen, und das zu Recht.«

Sie sah auf ihre Uhr. »Samstagabend um 22 Uhr, am letzten Tag der Amtszeit, ist Ihnen endlich klar geworden, wer das Sagen hat?«

»Präsident Fox hat mir ebenfalls die Hölle heißgemacht. Er sagte, ich solle entweder mit dem Team arbeiten oder mich heraushalten. Und Daniels gehört noch zum Team.«

»Dann hat man Sie also gezwungen, Abbitte zu leisten.«

»Okay, Stephanie, auch das habe ich verdient. Ich habe Sie hart angepackt. Aber wir haben hier ein ernsthaftes Problem, und ich glaube, dass ich zur Lösung beitragen kann. Wir stehen schließlich alle auf derselben Seite.«

Das klang beinahe glaubwürdig, aber Danny hatte ihr auch noch etwas eingeschärft. »*Schalte den Staubsauger ein und hole mehr Informationen aus ihm raus, als du ihm gibst.*«

»Ich habe die Unterlagen über den 20. Verfassungszusatz und das Präsidentschaftsnachfolgegesetz von 1947 gelesen«, fuhr er fort. »Falls der gewählte Präsident und sein Vizepräsident beide vor der Vereidigung sterben und weder ein Sprecher des Repräsentantenhauses noch ein Präsident *pro tempore* des Senats verfügbar sind, könnten definitiv eine ganze Reihe neuer Probleme entstehen. Es war mir nicht klar, aber selbst ich stehe auf der Liste der Nachfolger. Ich bin nicht der geschäftsführende Generalstaatsanwalt, aber als man mich zum stellvertretenden

Generalstaatsanwalt ernannte, wurde ich vom Präsidenten berufen und vom Senat bestätigt, deshalb bin ich nach dem Gesetz von 1947 geschäftsführender Generalstaatsanwalt und als solcher berechtigt, das Präsidentenamt zu übernehmen – vorausgesetzt natürlich, dass sechs andere tot sind.«

»Was wegen Fox' Unnachgiebigkeit durchaus geschehen kann.«

»Er hat mir, nachdem wir gegangen waren, gesagt, dass er den Ablauf der Amtseinführung ändert, sobald sich glaubhafte Beweise einer unmittelbaren Bedrohung abzeichnen. Das wollte er Daniels einfach nicht zugestehen. Er will, dass Sie und ich die Lage einschätzen und entscheiden, ob die Bedrohung real ist.«

Jetzt ging ihr ein Licht auf. Das war der Versuch, sie in *deren* Ecke zu ziehen. »Sie wissen so viel wie ich. Es gibt keine Geheimnisse.«

Das entsprach nicht unbedingt der Wahrheit, weil sie noch nicht wusste, was Luke in Erfahrung bringen konnte. Außerdem hatte sie Fox vorenthalten und mit keinem Wort erwähnt, was bald in Moskau los sein würde.

»Ich muss Sie um etwas bitten«, sagte er.

Sie wartete.

»Wären Sie bereit, sich mit jemandem zu unterhalten?«

Fast hätte sie gegrinst, aber sie beherrschte sich. Danny hatte ihr schon angekündigt, dass sie mit dem Versuch der Gegenseite rechnen musste, einen Keil zwischen sie zu treiben, um sie zu schwächen. *Divide et impera* – teile und herrsche. Es war einer der ältesten politischen Tricks, der überraschenderweise nie aus der Mode kam. Und das aus gutem Grund, denn er funktionierte. Menschen, die es in die höchsten Regierungsämter geschafft hatten, waren meistens sehr karrierebewusst. Aber diese Leute waren zugleich auch sehr ängstlich. Dass viele von ihnen verbeamtet und rechtlich vor Entlassung oder Einkommenskürzungen durch die zukünftige Administration geschützt waren, bedeutete nicht, dass sie dieselbe Stellung oder dieselben Verantwortungsbereiche behalten konnten. Versetzungen waren nichts Ungewöhnliches und wurden gefürchtet. Für politische Beamte wie Litchfield war die Situation sogar noch schlimmer. Sie behielten nur dann ihre Stellung, wenn die neuen Leute sie haben wollten. Es gab kein Sicherheitsnetz. Ihre Jobs endeten mittags am 20. Januar, wenn sie von den neuen Leuten nicht auf neue Posten berufen wurden. Danny hatte ihre Wiedereinstellung erzwungen. Jetzt versuchte die andere Seite herauszufinden, wie sehr sie an ihrem Stuhl klebte.

»Sicher«, sagte sie.

»*Gib dich bloß nicht zu entgegenkommend*«, hatte Danny gewarnt.

»Sie wissen, dass es mich einen feuchten Kehricht interessiert, ob ich bleibe oder nicht«, setzte sie deshalb hinzu.

»Verstehe. Ihre Loyalität Daniels gegenüber. Fox bewundert das.«

Litchfield bearbeitete hastig das Keyboard seines Laptops. Sie hörte die typischen Startgeräusche von Skype, und danach das Klingelgeräusch, das entstand, wenn man jemanden anzurufen versuchte. Er klickte auf das Trackpad, dann drehte er das Gerät in ihre Richtung. Nun baute sich ein Bild auf, und sie sah den designierten Generalstaatsanwalt.

»Stephanie, ich möchte mich ernsthaft für meine Bemerkung von vorhin entschuldigen. Sie war unpassend. Ja, Sie waren aufmüpfig, und ich habe Ihre Entlassung vorbereitet, aber eine Entschuldigung von Ihrer Seite hätte auch alles einfacher gemacht.«

Sie begriff. Jetzt war sie an der Reihe, sich zurechtstutzen zu lassen. Es waren Kinkerlitzchen, doch sie wusste, was getan werden musste. Deshalb sah sie Litchfield an. »Er hat recht. Ich hätte das nicht tun sollen. Es war hochgradig unprofessionell.«

Er nahm die Entschuldigung mit einem Nicken an.

»Ich bin froh, dass damit alles geklärt ist«, sagte der Generalstaatsanwalt. »Es ist wichtig, dass wir zusammenarbeiten.«

Sie hätte ihm am liebsten gesagt, dass er keine Ahnung davon hatte, was dazugehörte, eine laufende Geheimdienstoperation zu steuern, und erst recht eine, die etwas so Unberechenbares wie das neue Russland betraf. Ganz gleich, was dieser Mann in seiner Anwaltskanzlei in New York gelernt haben mochte, nichts davon konnte ihm dabei helfen, mit den anstehenden Problemen fertigzuwerden. Und deshalb brauchten Generalstaatsanwälte Menschen wie sie. Doch sie behielt ihre Gedanken für sich und sagte nur: »Ich habe einen direkten Befehl missachtet. Bruce' Reaktion war gerechtfertigt. Wäre mir einer meiner eigenen Leute so gekommen, hätte ich dasselbe getan.« Sie hätte am liebsten gekotzt. »Nachdem das jetzt geklärt ist – darf ich fragen, warum Sie sich mit mir unterhalten wollten?«

»Ich will, dass Sie dabeibleiben und für uns arbeiten.«

»Aber wofür? Das Magellan Billet gibt es nicht mehr.«

»Wir werden es neu aufleben lassen.«

Schon wieder bewahrheitete sich eine von Dannys Vorahnungen.

»Ich sehe langsam ein, weshalb das Justizministerium die Einheit benötigt«, sagte der Generalstaatsanwalt. »Aber ich brauche auch etwas von Ihnen, Stephanie.«

Endlich kam er zum Punkt.

»Wir wollen nicht blindlings in etwas hineinstolpern. Deshalb möchten wir von Ihnen, einem Menschen, der auch in den kommenden vier Jahren eine Funktion übernehmen will, wissen: Ist diese Bedrohung real?«

»Das ist sie. Aber Fox hatte recht. Wir haben bis dato nicht alle Puzzleteilchen für ein ganzes Bild zusammen. Da ist noch viel Spekulation dabei. Aber an diesen fehlenden Teilen wird, während wir hier reden, gearbeitet.«

»Davon bin ich ausgegangen. Wir möchten umgehend informiert werden, wenn sich etwas Neues ergibt. Ungeschönt. Eins zu eins. Können Sie das für uns tun?«

Sie nickte. »Ich kann meine Augen und Ohren offen halten und berichten, was vor sich geht.«

»Es geht nicht darum, jemanden zu hintergehen«, sagte der Generalstaatsanwalt. »Es geht nur darum, uns die besten Informationen zu verschaffen, damit wir fundierte Entscheidungen treffen können. Wir wollen in dieser Sache alle das Richtige tun.«

Es war interessant, wie er es schaffte, Verrat so vernünftig klingen zu lassen.

»Kommunizieren Sie direkt mit Bruce. Er wird alles an mich und den zukünftigen Präsidenten weiterleiten. Damit Sie nicht in Schwierigkeiten kommen. Fox handelt nicht fahrlässig. Er tut, was nötig ist, aber nur das. Die Daniels-Administration ist kurz vor dem Ende. Es ist wichtig, dass wir morgen einen guten Start hinlegen und uns von dem frischen Wind beflügeln lassen. So wie bisher soll es nicht weitergehen. Aber wir wollen auch keine dummen Fehler begehen.«

»Damit wäre niemandem gedient.«

»Ich wollte, dass Sie das direkt von mir hören«, sagte er. »So kann das, was gesagt wurde, nicht fehlinterpretiert werden. Sind Sie an Bord?«

Plötzlich spielte es für sie keine Rolle mehr, dass das Magellan Billet aufgelöst war – und aufgelöst war es, ganz gleich, was dieser Anwalt gesagt haben mochte. Dieser Mann hatte nicht vor, mehr oder weniger als das zu tun, was bereits getan wurde. Was ihm noch fehlte, war ein glaubwürdiger Spion von innen, und er bildete sich ein, gerade einen rekrutiert zu haben. Hielten die sie wirklich für so schwach und hohl? Auf Bruce Litchfield passte diese Beschreibung offensichtlich. Und der nächste Generalstaatsanwalt schätzte sie anscheinend genauso ein.

Memo an sie selbst.
Morgen 12.01 Uhr kündigen.
Doch fürs Erste ...
»Sie können auf mich zählen. Ich werde aufpassen, dass Sie nirgendwo blind hineinstolpern.«

66

Zorin schaltete die Taschenlampe ein, als sie schneefreie Stellen auf dem Boden entdeckten. Es war immer noch kalt, doch er zweifelte, ob es schon so kalt war, dass sich eine richtige Schneedecke bilden konnte. Der größte Teil des Bodens und die kahlen Äste über ihnen waren nur leicht mit Schnee gepudert. Er stieß beim Atmen weiße Wölkchen aus und wunderte sich, warum sie nicht bis zum Haus gefahren waren. Dann sah er, weshalb. Die Straße vor ihnen wurde von gefällten Bäumen blockiert.

Kelly stieg darüber hinweg. »Die habe ich vor ein paar Jahren gefällt, um Besucher abzuschrecken.«

Geschickt. Bis jetzt hatte dieser ehemalige KGB-Offizier gute Arbeit geleistet. Erstaunlich, dass keine einzige seiner Fähigkeiten mit der Zeit nachgelassen hatte. Doch ihm selbst hatte die Zeit ja auch nichts ausgemacht.

»Als ich in Washington wohnte«, sagte Kelly, »bin ich regelmäßig hergekommen. Jetzt mache ich das auch noch einmal im Jahr, aber normalerweise nur im Sommer. Ein paar Sachen müssen gewartet werden. Ich war gerade erst letzten August hier.«

Nur noch ihre Schritte waren auf dem harten, steinigen Boden zu hören, und das Einzige, was sich bewegte, war der leise rieselnde Schnee. Bisher gab es keine Anzeichen für andere Besucher. Vor ihnen lagen noch einige dunkle Winkel, in denen nichts zu erkennen war und in die nur der Schein ihrer Taschenlampen drang. Er strengte sich an, etwas anderes als den eigenen Herzschlag zu hören, konzentrierte sich auf seine unmittelbare Umgebung und mögliche drohende Gefahren, doch er fand nur noch mehr Stille.

Sie gelangten zum Haus, und er sah, dass die Mauern und das Dach intakt waren, die Fenster heil und die Tür geschlossen. Seitlich erhob sich ein gemauerter Schornstein.

»Der Zustand ist in Ordnung«, sagte Kelly. »Wenn ich komme, bleibe ich hier. Es ist nicht gerade eine Fünf-Sterne-Herberge, aber sie erfüllt ihren Zweck. Ich hielt es für wichtig, das Haus nicht verfallen zu lassen.« Kelly leuchtete mit der Taschenlampe. »Da drüben.«

Sie gingen um das Haus und auf eine Stelle der Lichtung, die noch circa fünfzig Meter weiterging, bevor der Wald wieder begann. Ein schwarzer rechteckiger Kasten stand grimmig und düster im Dunkel, etwa zehn Meter lang und fünf Meter breit.

»Eine Scheune«, sagte Kelly. »Die wurde aus einem guten Grund genau dort errichtet.«

Sie gingen hinüber, und Kelly nahm einen Schlüssel aus seiner Tasche, um ein Vorhängeschloss an der Tür zu öffnen. Innen roch es feucht und modrig. Über ihren Köpfen spannten sich unverkleidete Dachsparren. Fenster gab es nicht. Auf einer Seite waren Werkzeuge, eine Schubkarre und ein Aufsitzrasenmäher aufgereiht, auf der anderen waren gespaltene Holzscheite aufgetürmt. In einem Hauklotz steckte eine aufgerichtete, langstielige Axt, deren Klinge tief ins Holz eingedrungen war. Daheim in Sibirien sorgte Zorin auch immer für einen Vorrat an Brennholz, das meistens über ein Jahr lang trocken lagerte, bevor es in den Feuerstellen der Datscha verbrannt wurde.

»Er liegt darunter«, sagte Kelly und schabte mit dem Fuß über den Boden aus gestampfter Erde. »Darauf wäre nie jemand gekommen.«

Zorin entdeckte über sich eine Glühbirne und ging wieder nach draußen, um sich die Sache anzusehen. Er leuchtete mit der Taschenlampe nach oben und bemerkte ein Stromkabel, das schon mit Schnee und Eis bedeckt war und das er bis zum Hausdach verfolgen konnte.

»Der Vorbesitzer hatte da unten einen eigenen Generator. Ich brauchte eine konstante Energieversorgung, deshalb habe ich ein Stromkabel vom Haus bis durch die Wand der Scheune gezogen. Mit der Stromversorgung hat es nie Probleme gegeben. Sie war wegen der Stürme natürlich ab und zu unterbrochen, aber es gibt Notstrombatterien.«

Kelly legte die Einkaufstüte beiseite und stellte seine Taschenlampe auf den Boden. Er versuchte nicht, das Oberlicht einzuschalten.

»Wir müssen zunächst einen Teil des Holzes wegräumen.«

Malone und Cassiopeia musterten den Mietwagen, der mitten auf dem schmalen Feldweg zwischen Reihen kahler Bäume geparkt stand. Das GPS hatte sie direkt hierher geführt. Keiner von ihnen sagte ein Wort, denn sie wussten, dass sich die Männer, die sie verfolgten, ganz in der Nähe befanden. Vor ihnen, vielleicht eine Viertelmeile voraus, sah er ab und zu die Lichtkegel von Taschenlampen.

Er erinnerte sich, in den Aufzeichnungen Mitrokhins, die in den 1990er-Jahren veröffentlicht wurden, von Waffendepots des KGB und Sprengfallen gelesen zu haben. Bis zum heutigen Tag hatte der SVR nie öffentlich zugegeben, dass es diese Waffenlager gab, und erst recht nicht seine Hilfe dabei angeboten, sie zu entfernen. In allen Depots, von denen er bisher gehört hatte, waren lediglich Kommunikationsgeräte gefunden worden. So konnte er nur ahnen, welche Maßnahmen getroffen worden waren, um fünf RA-115 sicher zu verwahren. Kelly und Zorin waren vorausgegangen, deshalb nahm er an, dass sie wussten, was sie taten. Und das hieß auch, dass er und Cassiopeia ihnen genug Zeit lassen mussten, um das Lager zu entschärfen.

Da bemerkte er etwas auf dem Rücksitz des Wagens.

Es war ein blauer Nylon-Seesack.

Er öffnete vorsichtig die hintere Tür und den Reißverschluss der Tasche. Darin lagen ein Vorschlaghammer, ein Bügelschloss und ein Bolzenschneider. Die Agenten im McDonald's hatten erwähnt, dass alle drei Gegenstände zusammen mit ein paar anderen Sachen im Supermarkt gekauft worden waren. Auch eine Schaufel war dabei gewesen, die jetzt nirgends zu sehen war.

Er schloss die Tür leise und deutete nach vorn.

Sie bewegten sich tiefer in die Dunkelheit hinein.

Zorin warf noch ein Holzscheit beiseite, das mit Flechten überzogen und deshalb ganz glitschig war. »Haben Sie dieses Holz gehackt?«

»Jedes einzelne Scheit. Ich mag ja alt werden, aber ich bin noch gut in Form. So wie Sie, Aleksandr.«

Sie räumten einen Bereich des aufgestapelten Holzes in der Nähe des Zentrums der langen Reihe beiseite, sodass der harte Boden darunter zum Vorschein kam. Kelly nahm die Schaufel und fing vorsichtig an zu graben. Anscheinend wusste er genau, wo er die Schaufel in die Erde setzen musste. Seine Stöße mit der Schaufel waren sehr präzise, er stieß sie immer nur wenige Zentimeter in den Boden und hob so einen Kreis von circa einem Meter Durchmesser aus.

»Schließen Sie die Tür«, sagte Kelly zu ihm.

Er ging hin und schob die beiden Flügel zusammen.

Das einzige Licht stammte von ihren beiden Taschenlampen, die auf den Kreis gerichtet waren. Mit der Schaufel lockerte Kelly vorsichtig die gestampfte Erde im Zirkel. Schon bald legte er die Schaufel beiseite.

»Wir müssen vorsichtig vorgehen.«

Er sah zu, wie Kelly sich hinkniete und anfing, die Erde beiseitezuräumen, die sich wegen der Kälte in Klumpen löste. Nun wurde dunkles Metall sichtbar. Noch mehr Erde musste weichen, bis eine Klappe zum Vorschein kam.

»Kein Schloss?«, fragte er.

Kelly sah kurz zu ihm hoch. »Ich glaube nicht, dass das nötig ist. Wenn das hier nicht richtig geöffnet wird, zündet eine Atombombe mit sechs Kilotonnen Sprengkraft.«

Der Schreck fuhr ihm in die Glieder.

Kelly begutachtete die Klappe. »Sieht gut aus. Da hat niemand dran herumgefummelt. Können Sie mir mal die Schaufel geben?«

Er gab sie ihm. Kelly blieb auf den Knien und benutzte die Schaufel, um einen Pfad aufzulockern, der einen halben Meter vom Zugang entfernt war. Dann warf er die Schaufel beiseite, nahm eine der Taschenlampen und räumte noch mehr Erde weg, bis er ein kleines Plastikkästchen fand. Er putzte es sauber und pustete die letzten Erdreste von der kuppelartigen Form. Anschließend griff er an eine Seite des Kastens, drehte und nahm den Deckel ab, der seitlich ein Scharnier hatte. Im Inneren befanden sich drei Kabel, von denen jedes einzelne mit einer farbigen Drehverriegelung verbunden war.

Rot. Gelb. Schwarz.

»Man muss das richtige Kabel abklemmen«, sagte Kelly, »sonst explodiert alles. Wenn man alle drei abklemmt, gibt es auch eine Explosion.«

Clever, das musste er zugeben.

Kelly löste die rote Drehverbindung. »Ich habe die Farbe jedes Jahr geändert, nur um sicherzugehen. Dieses Jahr war Rot dran.«

Kelly trennte die blankliegenden Kupferdrähte und bog sie weit auseinander. Dann griff er hinter sich und öffnete die Klappe. Das Metallscharnier bewegte sich problemlos. Darunter befand sich eine Leiter, die in eine Seitenwand eingelassen war und drei Meter hinunter in die Tiefe führte.

»Gehen Sie vor«, sagte Kelly. »Da unten gibt es einen Lichtschalter.«

67

Luke fuhr, so schnell es die Umstände erlaubten, mit Sue und ihrem Vater im Schlepptau auf der I-66 an Washington, D.C. vorbei in Richtung Virginia. Lawrence Begyn hatte ihnen von einem anderen Versteck in der Charon-Villa erzählt. Begyn vermutete, dass Brad Charon das Tallmadge-Journal dort versteckt haben könnte.

»*Ich habe den Platz einmal gesehen*«, hatte Begyn ihm erzählt. »*Damals, als Brad und ich noch miteinander im Reinen waren.*«

»*Dann sind Sie sich also überhaupt nicht sicher, ob das Journal dort ist?*«

»*Brad war ein Gewohnheitstier. Wenn er erst mit etwas angefangen hatte, blieb er dabei. So ist die Annahme berechtigt, dass er das Journal dort in seiner Nähe sicher versteckt hatte.*«

Einen Versuch war es wert.

»Ich verstehe nur eines nicht«, sagte er zu Begyn. »Wenn Charon eine so große Klappe hatte und Ihre Archive zweimal kompromittierte, indem er sie Fremden öffnete, warum hat man ihm dann erlaubt, das Journal zu behalten?«

»Brad war in vielerlei Hinsicht eigenartig. Vielleicht behielt er das Journal, um uns auf seine Weise zu zeigen, dass er wirklich ein Geheimnis bewahren konnte. Dass man ihm trauen konnte. Wir beschlossen, nicht weiter nachzufragen. Und wir hörten auch nie wieder davon. Deshalb dachten wir ja auch, über die Sache sei längst Gras gewachsen.«

Seine Uhr zeigte kurz vor 23 Uhr. Er sollte Stephanie anrufen. Sie hatte es zuvor bei ihm versucht und eine Nachricht hinterlassen, aber es gab nichts zu berichten, und deshalb hatte er sich entschieden, es noch ein wenig hinauszuzögern.

Das Wetter in dieser Nacht hätte schlimmer sein können, es war windig und kalt, blieb aber trotz des Schnees noch eisfrei, was eine gute Sache war. Der Asphalt auf der Interstate war nur nass, die Schneeflocken schmolzen auf der Oberfläche weg. Klar, er ahnte, dass er womöglich einer großen Sache auf der Spur war, doch er bewegte sich im Blindflug ohne jede Sicherheiten. Er hatte nur sich selbst. Das gefiel ihm. Doch er hatte auch noch Sue, die auf dem Rücksitz saß und das Jagdgewehr ihres Vaters in den verschränkten Armen hielt. Begyn hatte sie zuerst nicht mitnehmen wollen, gab aber nach, als sie darauf hinwies, dass sie bereits drei Männer getötet hatte und es nicht seine Entscheidung war. Luke war ganz froh, dass sie dabei war.

Er fand die Ausfahrt und wandte sich wieder nach links auf dieselbe zweispurige Straße, über die er und Petrowa gefahren waren. Ein paar Meilen später fuhr er unter dem schmiedeeisernen Torbogen hindurch und dann durch das Wäldchen bis zu Charons Haus.

Sie traten in die Nacht hinaus.

Begyn hatte zwei Taschenlampen mitgebracht und ging ihnen voran auf das Haus zu. »Ich bin lange nicht mehr hier gewesen. Was für eine Ruine ist aus diesem Haus geworden. Es war einmal ein fantastisches Anwesen.«

»Das passiert, wenn sich die Leute nicht vertragen«, bemerkte Luke.

»Darf ich zuerst das Archiv sehen, das Sie gefunden haben?«, fragte Begyn.

Er war nicht erpicht darauf, sich die Zeit zu nehmen, fand aber, dass ein schneller Blick nicht schaden konnte; also zeigte er den Weg mit dem Strahl seiner Taschenlampe. Sie gingen ins Arbeitszimmer und kletterten durch den Spalt in der Wand.

Petrowas Axt lag immer noch an der Stelle auf dem Boden, wo sie sie hatte fallen lassen. Sue stand draußen im Flur und hielt Wache, Gewehr im Arm.

Er und Begyn sahen sich in dem Geheimzimmer um.

»Bemerkenswertes Material«, sagte Begyn. »Wir müssen es aus dieser Kälte rausschaffen.«

»Meine Chefin hat gesagt, dass sie es für Sie holen wird. Darauf können Sie sich verlassen.«

Begyn musterte das Buch unter dem Glassturz. »Das ist eine seltene Ausgabe und ungefähr 25 000 Dollar wert. Ich kenne mehrere Mitglieder der Society, die diese Summe und noch weit mehr dafür bezahlen würden.«

Ihn interessierte das nicht. »Fertig?«

Sein Tonfall machte deutlich, dass sie weitermussten, deshalb verließen sie das Arbeitszimmer. Der alte Mann stieg die Treppe voran in den ersten Stock hinauf, wo ein langer Flur an einer Reihe von Kassettentüren endete. Luke atmete in der kalten Luft ein paarmal tief durch und beruhigte seine Nerven, dann folgte er den beiden Begyns in ein großes Schlafzimmer.

»Ich habe gelesen, das Feuer war am anderen Ende des Hauses«, sagte Begyn.

Das Schlafzimmer war unbeschädigt, alle Möbel standen dort noch, und sogar das Bett war bezogen, aber alles roch stark nach Moder und Schimmel, und es war so feucht wie in einem Graben.

»Da drin«, sagte Begyn und deutete auf eine halb geöffnete Tür.

»Ihr beide geht«, sagte Sue. »Ich halte Wache.«

Er wunderte sich, dass sie so nervös war. »Stimmt etwas nicht?«

»Es gefällt mir nicht.«

Ihm sagte es auch nicht sonderlich zu, doch bis jetzt waren sie von nichts aufgehalten worden. »Irgendetwas Bestimmtes?«

»Es fühlt sich einfach nicht gut an.«

Er beschloss, ihr Bauchgefühl zu respektieren, deshalb gab er ein Zeichen, dass sie sich beeilen sollten. Er und Begyn betraten einen Wandschrank, größer als das Schlafzimmer in seiner Wohnung. An den nackten Kleiderstangen hing nichts und der fensterlose Raum enthielt absolut gar nichts, abgesehen von den leeren Regalen, Holzschränken und Ablagen.

»Hier war es«, sagte Begyn und zeigte auf den letzten Schrank, einen Mahagonikasten, in dem sich eine 1,20 Meter lange Kleiderstange und darüber Regale befanden. Es war der letzte einer Schrankreihe an der langen Wand, die Schränke der kurzen Wand gingen im rechten Winkel davon ab.

»Wir haben hier mal nachts eine Party gefeiert«, sagte Begyn. »Brad benahm sich mal wieder ganz typisch und prahlte herum. Er brachte ein paar von uns hier herauf und griff dann an diese Kleiderstange, an der damals noch Anzughemden hingen.« Begyn reichte ihm die Taschenlampe und fasste an die Metallstange. »Er hat sie in diese Richtung gedreht.«

Sie hörten ein Klicken, und der Schrank schob sich nach rechts, sodass deutlich wurde, dass die Ecke mit dem anderen Schrank nur Täuschung war. Begyn schob das ganze Ding weiter nach rechts, bis dahinter eine dunkle Höhle sichtbar wurde.

»Ich wette, Charon hatte was für Harry Potter übrig«, sagte Luke.

Begyn lachte. »Davon bin ich überzeugt. Er liebte Geheimnisse. Er hatte auch was von einem Schauspieler. Ja, er spielte immer Bob Cratchit, wenn die Society zu Weihnachten das Stück *A Christmas Carol* auf die Bühne brachte. Das konnte er ziemlich gut.«

Er richtete die Taschenlampe ins Dunkel, sodass ein kleiner Raum von vielleicht einem Quadratmeter erkennbar war. Darin befand sich nur ein schwarzer Aktenschrank mit vier Schubladen. In der rechten oberen Ecke war ein Schloss zu sehen. Er hoffte, dass es kein Hindernis darstellte, und war froh, als sich die oberste Schublade aufziehen ließ.

»Welchen Sinn sollte es haben, das abzuschließen«, sagte Begyn, »wenn man es versteckt hat?«

Luke stimmte ihm zu und war dankbar, dass Charon nicht besonders zwanghaft gewesen zu sein schien. In der obersten Schublade befanden sich Papiere, überwiegend Kontoauszüge, Steuererklärungen und Aktienunterlagen. Die zweite Schublade war voller Akten für Immobilien, Urkunden und Gutachten.

»Brad war ziemlich wohlhabend«, sagte Begyn. »Sein Vermögen betrug circa zwanzig bis dreißig Millionen Dollar.«

»Und dann konnten sich seine Kinder und die Witwe nicht darüber einigen, wie sie es aufteilen sollten?«

»Offenbar nicht.«

Die dritte war leer, aber die unterste barg den Jackpot.

Ein riesengroßer ledergebundener Foliant.

Begyn nahm ihn heraus und blätterte die erste Seite auf. Luke leuchtete mit der Taschenlampe und sie lasen beide den handgeschriebenen Absatz:

Wahrer und umfassender Bericht über sämtliche Aktivitäten der Society of Cincinnati im Auftrage der Regierung der Vereinigten Staaten und der Regierungen der verschiedenen Staaten während des letzten und großen Krieges mit Großbritannien, der vom 8. Juni 1812 bis zum 17. Februar 1815 dauerte. Hier sollen alle Geschehnisse aufgelistet und an sie erinnert werden, damit einem jeden, der es wissen will, zum vollen Verständnis ihrer vielen Absichten und Zwecke verholfen wird. Es sei gesagt, dass jedes Mitglied dieser Society ein wahrer und loyaler Patriot ist und es unser einziges Bestreben war, unserem Land ehrenhaft und würdig zu dienen.
Benjamin Tallmadge
8. August, 1817

»Das ist es«, sagte Begyn.

Oben aus dem Journal lugte ein Zettel hervor, mit dem eine Seite markiert war. Er beschloss, die Untersuchung an dieser Stelle zu beginnen, und machte Begyn ein Zeichen, das Buch an dieser Stelle aufzuschlagen. Es war ungefähr in der Mitte.

Am Abend des 24. August 1815 kam es zu einem schändlichen Zwischenfall, von dem ich nur sagen kann, dass ich es bedaure, so lange gelebt zu haben, dass ich ihn noch erleben musste. In der Hauptstadt hatten fast den ganzen Tag Kanonenschüsse gedonnert, und als das Krachen aufhörte, schwankten die Stadtbewohner ängstlich und bangend zwischen der kühnen Hoffnung, dass ihre Landsleute gesiegt hatten, und der furchtbaren Angst, dass alles verloren sei. Sie entdeckten schon bald, dass der Staub, der sich über den Wäldern in dichten Wolken zu erheben begann und schnell näher kam, von den britischen Truppen kam. Die amerikanischen Soldaten flüchteten bedauerlicherweise aus der Hauptstadt. Der Ruf »Die Krawallbrüder kommen!« ertönte allerorten von Männern, die hastig davonritten. Die verbleibenden Soldaten streckten die Waffen und liefen wie verängstigte Schafe kreuz und quer, nur nicht gegen den Feind. Und obwohl sie beteuerten, sich einen tüchtigen Kampf mit den Briten geleistet und all ihr Pulver verschossen zu haben, bemerkten jene, die einen Blick in ihre Patronentasche erhaschten, dass nicht ein einziger Schuss abgefeuert worden war.

In der Präsidentenvilla erwartete Dolley Madison die Rückkehr ihres Ehemannes, des Präsidenten James Madison, der zwei Tage zuvor zu einem Frontbesuch abgereist war. Er wurde gegen Einbruch der Nacht zurückerwartet und für ihn und sein Aufgebot war eine Mahlzeit vorbereitet worden. Doch der Anblick der Briten, die in die Stadt einzogen, änderte diese Pläne. Mrs. Madison wurde vorgeschlagen, eine Spur von

Schießpulver zu legen, das explodieren solle, falls die Briten versuchten, die Präsidentenvilla zu betreten, doch dazu verweigerte sie ihre Zustimmung. Als man sie zum Gehen aufforderte, wartete sie, bis gewisse Besitztümer für den Transport vorbereitet waren, von denen viele zu den großen Schätzen unserer Nation zählten, darunter auch ein großartiges Gemälde von George Washington, das zu sichern sie die anderen eindringlich beschwor. Es gab die große Sorge, dass Mrs. Madison womöglich ohne die Möglichkeit zur Flucht im Haus eingeschlossen werden könnte. Schließlich verließ sie die Stadt in einem Fuhrwerk, gerade noch knapp vor den anrückenden britischen Streitkräften, die die Stadt gleich nach der Abenddämmerung besetzten.

Sie stürmten zuerst das Kapitol, und George Cockburn, der britische Kommandant, setzte sich auf den Stuhl des Sprechers und stellte höhnisch die Frage: »Soll diese Heimstatt der Yankee-Demokratie verbrannt werden? Alle die dafür sind, sagen ›Aye‹.« Seine Soldaten brüllten ihre Zustimmung, deshalb erklärte er den Vorschlag für einstimmig angenommen. Stühle, Möbel, Bücher, Karten und Papiere wurden aufgetürmt und entflammt. Schon bald brannte das gesamte Gebäude. Das Feuer wütete so heiß, dass die Marmorsäulen zu Kalkstein schmolzen und einbrachen. Das Feuer loderte aus den Fenstern und entzündete leeseitige Häuser, von denen so manche Kongressakten verwahrten, die man dort sicher wähnte. Das Kapitol war schließlich in ein Meer züngelnder Flammen gehüllt, die das Gebäude zerstörten.

Luke fragte sich, weshalb diese Passage markiert war. »Jeder weiß, dass wir im Krieg von 1812 eins auf die Nase bekommen haben.«

»Das haben wir. Tallmadge hat es miterlebt. Dies ist ein wichtiger Augenzeugenbericht.«

Und auch für Anya Petrowa war es verdammt wichtig gewesen...
Vier kleine Explosionen hallten durch das Haus.
Das Geräusch war unverwechselbar.
Schüsse.

68

Zorin wuchtete die schwere Metalltür auf, die er am Ende der Leiter entdeckte. Die Luft, die ihm von innen entgegenschlug, war überraschend warm, aber modrig. Er drückte einen Schalter, und Neonröhren beleuchteten einen abgeschlossenen, fensterlosen Raum von zylindrischer Form, der circa zehn Meter lang und etwa halb so breit war. An einer Seite verliefen Metallregale, in denen Trinkwasser, Konservennahrung, Decken, Kleidung, Werkzeuge, Drähte und Waffen gelagert waren, darunter Handfeuerwaffen und Gewehre sowie Munitionsvorräte. Er erkannte auch tragbare Funkstationen – Standardausrüstung des KGB, die er früher selbst im Einsatz verwendet hatte. Alles war fein säuberlich aufgestapelt und in einem guten Zustand, blitzsauber und verriet sorgfältige und hingebungsvolle Pflege.

Jetzt kam auch Kelly herunter in den Bunker.

Die Innenwände waren mit einer dicken Plastikfolie überzogen. Zorin zeigte darauf und fragte: »Feuchtigkeitsschutz?«

»Dieser Bunker ist aus Beton und wasserdicht gebaut. Aber ich dachte, etwas zusätzlicher Schutz ist in Ordnung.«

Dann sah er sie: Sie lagen auf einem Metalltisch gegenüber den Lagerregalen. Fünf kleine Koffer, jeder Deckel fast geschlossen. Ein Kabel führte aus dem teilweise geschlossenen Deckel zu einer Hauptleitung, die bis ans andere Ende des Raumes verlief und dann hinauf und nach draußen führte.

»Dahinten gibt es einen Ventilator, der die Luft zirkulieren ließ. Ich habe ihn abgeklemmt, aber das ist der perfekte Ort, um Energie anzuzapfen. Die Elektrizität lädt die Einheiten und gibt gerade so viel Wärme ab, dass die Luft innen warm bleibt.«

Er war beeindruckt. Da hatte sich jemand viele Gedanken gemacht.

Er ging zu den RA-115 und klappte den Deckel der ersten auf. Die Außenhülle bestand aus leichtem Aluminium. Außen gab es nicht die kleinste Spur von Verfall. Darinnen lagen vier Kanister, die zu einem Zylinder von circa einem halben Meter Länge zusammengefügt waren. Er lag diagonal im Koffer, darüber eine Batterie und darunter ein Schalter. Ein Kabel führte vom Schalter zur Batterie, von dort zu einem kleinen Transmitter und dann zum Zylinder. Er erinnerte sich an seine Ausbildung. Wenn man den Schalter umlegte, löste die Batterie eine kleine Explosion aus, die ein Uran-Pellet nach vorn schoss, wo es mit weiterem Uran kollidierte und eine Kettenreaktion startete, die schließlich eine Explosion mit der Sprengkraft von 5000 Tonnen TNT auslöste.

Er checkte die anderen vier.

Alles wirkte unversehrt und makellos.

»Ich warte sie jedes Jahr«, sagte Kelly. »Neue Batterien, neue Kabel. Die Zylinder sind selbstverständlich aus rostfreiem Stahl und alle Inneneinbauten aus nichtrostenden Metallen.«

»Werden sie explodieren?«

»Selbstverständlich. Sie sind alle in einem perfekten, einsatzbereiten Zustand.«

»Hm. Ihnen ist klar, dass die Amtseinführung dieses Jahr im Weißen Haus stattfindet?«, sagte er zu Kelly.

»So wie die im Jahr 1985.«

Nun, das war Zorin nicht klar gewesen.

»Diesem Faktum entstammt doch die Idee, Aleksandr, der Grund, warum *Narrenmatt* überhaupt entwickelt wurde. Bei Reagans zweiter Vereidigung versammelten sich alle im Weißen Haus – mittags am Sonntag, dem 20. Januar. Aber Andropow war zu dem Zeitpunkt schon lange tot, und die Bomben waren nicht vor Ort. Ich habe über die ganze Sache nachgedacht, bis mich 1988 der Anruf von *Rückständiger Bauer* erreichte. Dann schien alles wieder aktuell zu werden. Trotzdem kam kein Befehl zuzuschlagen. Wirklich eine Schande. Die Amerikaner halten das Weiße Haus für ultrasicher, obwohl ihnen 9/11 diesbezüglich wahrscheinlich zu denken gegeben hat.«

Zorin hörte einen gewissen Unterton in seinen Worten. Gewissheit? Stolz? »Was wissen sie?«

Kelly grinste. »Die Amerikaner haben ihre eigene Geschichte vergessen.«

Cassiopeia hielt sich dicht am Stamm einer hohen Fichte und starrte zu den dunklen Umrissen eines Hauses und einer Scheune hinüber. Zorin und Kelly waren vor circa fünfzehn Minuten in der Scheune verschwunden, und seitdem war alles still geblieben. Cotton hatte einen Bogen zum hinteren Teil des Hauses geschlagen und sollte sich inzwischen in der Nähe des Scheuneneingangs befinden. Sie blieb in Deckung, um alles im Auge zu behalten, und stellte sicher, dass sie nicht von ungebetenen Besuchern überrascht wurden.

Die Winternacht war kalt, doch es war auszuhalten. Die französische Winterkleidung hatte sie zugunsten der amerikanischen abgelegt, die ihr der Secret Service zur Verfügung gestellt hatte. Sie hatte außerdem eine automatische Pistole dabei, das Magazin war gefüllt, und in ihrer Tasche befanden sich Ersatzmagazine. Auch Cotton war entsprechend angezogen, bewaffnet und bereit.

Und sie war mit ihm einer Meinung.

Zorin und Kelly mussten hier aufgehalten werden.

Malone schlich zur Scheune und achtete darauf, nicht über irgendwelche Äste, Wurzeln oder Steine zu stolpern. Vor ein paar Minuten war die Tür geschlossen worden, für einen kurzen Moment leuchtete ihr Umriss in einem fahlen Licht, das jetzt verschwunden war. Beim Näherkommen stellte er fest, dass sie nicht verriegelt oder abgeschlossen, sondern nur zugeschoben worden war.

Er musste hineinsehen.

Aber er hatte den gesamten Außenbereich bereits gründlich untersucht, und die Scheune hatte keine Fenster.

Es gab nur eine Möglichkeit.

Schlagartig begriff Zorin, dass das, was Kelly ihm gerade erzählen wollte, das fehlende Element darstellte, nach dem er gesucht hatte und das Anya in Erfahrung bringen wollte.

Der zweite Zug zum *Narrenmatt*.

»Man kann nicht einfach zum Zaun um das Weiße Haus gehen und dort einen Koffer abstellen«, sagte er.

Kelly grinste. »Das brauchen wir auch nicht. Es gibt eine viel einfachere Methode.«

Zorin starrte auf die fünf Bomben – fast dreißig Kilotonnen nuklearer Sprengkraft.

»Ich brauche jetzt nur noch bei einem dieser Geräte die Batterie zu wechseln, dann ist es transportfähig«, sagte Kelly. »Die Batterien sind erst ein paar Monate alt, aber wir sollten kein Risiko eingehen.«

Das erklärte, weshalb Kelly Sechs-Volt-Batterien gekauft hatte. Er wusste, wie es funktionierte. Wenn man den Schalter im Kasten betätigte, schickte die Batterie einen Impuls zum Zündsatz. Der einzige Nachteil war die niedrige Spannung, die Zeit brauchte, bis sie genug Hitze entwickelte, um den Auslöser zu aktivieren und das Uran auf Kollisionskurs zu schicken. Etwa fünfzehn Minuten, wenn er sich richtig erinnerte, und er fragte Kelly, ob es noch so war.

»Mehr oder weniger, das hängt von der Temperatur außerhalb des Koffers ab.« Was bedeutete, dass der Schalter morgen Vormittag spätestens um 11.45 Uhr betätigt werden musste.

Aber zuerst...

»Wo müssen wir sie für die Detonation platzieren?«

Kelly grinste. »Das ist eine faszinierende Geschichte, Aleksandr, die vor langer Zeit begann, als das Weiße Haus brannte.«

69

Luke stürmte aus dem Wandschrank und forderte Begyn auf drinzubleiben, aber der Alte ignorierte den Befehl und hielt sich hinter ihm. Im äußeren Korridor vor dem Schlafzimmer fielen weitere Schüsse, diesmal Gewehrfeuer. Sue hatte das Feuer anscheinend erwidert.

Aber auf wen?

Luke stoppte seinen Vormarsch an der Doppeltür, und kauerte sich mit Begyn an der Seite neben den Türpfosten. »Was ist da los?«

»Wir haben Gesellschaft«, rief Sue. »Zwei konnte ich sehen. Sie sind unten und versuchen hochzukommen.«

»Bleiben Sie hier«, sagte er zu Begyn, der jetzt auch einen Revolver in der Hand hielt.

Er verließ seine Position, schlich den Korridor entlang und hielt sich dabei dicht an der Wand. Weiter vorn, wo die Treppe endete, hinter der kunstvollen Balustrade auf der gegenüberliegenden Seite, entdeckte er Sue, die dort mit dem Gewehr im Anschlag kauerte.

Unten knatterten Maschinenpistolen, und die Streben des Geländers im ersten Stock wurden zerfetzt, als die Kugeln das Holz durchschlugen. Dann flogen zwei Gegenstände nach oben und schlugen auf den Boden.

Er kannte das Geräusch.

Granaten.

Er wich zurück, warf sich zu Boden, schlug die Arme über den Kopf und hoffte, dass Sue dasselbe getan hatte.

Beide explodierten.

Malone schob das Scheunentor auf und vermied jedes verräterische Geräusch. Er schlüpfte in das stille Innere und ging geräuschlos weiter. Sein Schienbein streifte eine Schubkarre. Etwas huschte davon, und er schreckte zusammen. Die Luft roch alt und verbraucht. Das einzige Licht kam aus einem kreisrunden Loch im Boden inmitten eines langen Holzstapels.

Eine Luke.

Von unten drang der Klang von Stimmen herauf.

Er sah sich kurz um und vergewisserte sich, dass er allein war. Anscheinend waren Kelly und Zorin unten.

Er schlich zur Luke und sah, dass sie keinen Riegel und kein Schloss hatte und nicht verschließbar war. Zu schade – das wäre perfekt gewesen. Doch das bedeutete nicht, dass er sie nicht unten einschließen konnte. Genug Holz auf der Klappe sollte ebenfalls ausreichen, um ihren Ausbruch zu verhindern.

Aber nur, wenn dies der einzige Zugang war.

Er musste es voraussetzen.

Ganz in der Nähe entdeckte er drei Kabel in einem ausgegrabenen Kästchen. Ein Kabel war abgetrennt worden.

Die Sprengfalle, klar.

Jetzt war sie entschärft.

Perfekt.

Er hatte sie genau dort, wo er sie haben wollte.

Luke rollte sich auf den Rücken und sah zu den orange flackernden Flammen und der Wolke von Rauch und Staub, die aufstieg.

»Sue.«

»Bin okay«, antwortete sie.

Er blickte nach hinten ins Schlafzimmer und entdeckte Begyn, der zu ihm gelaufen kam.

»Sie kommen die Treppen rauf«, warnte Sue.

Luke sprang auf und stürzte sich in den Qualm. Dann blickte

er nach rechts, wo nach seiner Erinnerung die Treppe endete, und sah eine dunkle Gestalt heraufkommen.

Er feuerte zweimal, der Mann taumelte zurück und polterte die Treppenstufen hinunter ins Erdgeschoss.

Das war zu leicht.

Dann merkte er, weshalb.

Das Automatikgewehr spuckte Feuer, und Kugeln heulten durch die Luft. Er wich zurück und ging hinter der nächsten Wand in Deckung, davor sah er aber noch, wie der Mann, auf den er geschossen hatte, aufstand und von Neuem die Treppe hinaufstieg.

Verdammtes Kevlar.

Das nächste Mal ziel auf den Kopf!

Etwas Festes schlug in drei Metern Entfernung in die Wand.

Dann noch mal und noch mal.

Danach hörte er ein bekanntes Geräusch, mit dem etwas auf den Holzfußboden aufschlug. Er hechtete zu Begyn und warf den Mann zu Boden; gleich darauf erzeugten drei Explosionen gleißendes Licht in der Dunkelheit. Die Flammen loderten gierig und breiteten sich schnell auf das trockene, morsche Holz des Hauses und den Stuck aus. Es qualmte immer mehr, und orangefarbene Flammen züngelten bis zur Decke.

Eine dunkle Gestalt kam aus dem Qualm. Sie war schwarz gekleidet, trug eine Schutzweste und zielte mit einem Gewehr genau dorthin, wo er auf dem Boden lag. Er flehte zu Gott, dass Begyn so schlau war, sich nicht wie Peter Hedlund als Held aufspielen zu wollen. Der Mann baute sich vor ihnen auf und richtete das Gewehr auf sie. Er suchte im Lichtschein des Feuers in dessen Miene nach Gefühlsregungen, nach Besorgnis oder Zweifeln – doch da war nichts. Seine eigene Waffe lag unter seinem Körper und war deshalb nicht zu sehen.

Er hielt es für das Beste, Schmerzen vorzutäuschen, und stöhnte.

»Liegen bleiben«, warnte der Mann.

Der Angreifer beugte sich vor, zog die Schultern hoch, neigte den Kopf und visierte sie über den Lauf seiner Waffe hinweg an, um sie einzuschüchtern. Luke rollte ein kleines Stück zur Seite, bis er in Begyns Richtung sah.

Der verzog das Gesicht, als ob er Schmerzen hätte.

»Ich habe zwei erwischt«, rief der Mann.

Luke rollte wieder zurück und richtete sich auf. Seine Waffe war jetzt frei, also schoss er gezielt auf den Oberschenkel des Mannes, der zu Boden ging. Dann sprang er auf und griff sich dessen Gewehr. Kurz spürte er einen Anflug von Mitgefühl, aber das ging vorüber. Keine Zeit für Sentimentalitäten. Er schickte dem Fremden eine Kugel in den Kopf.

Feuer und Qualm breiteten sich immer mehr aus und arbeiteten sich über den Korridor in Richtung Schlafzimmer vor.

»Sue«, schrie er. »Sue.«

Keine Antwort.

Das war nicht gut.

»Wo ist sie?«, fragte Begyn.

»Sie ist schon erwachsen. Wir müssen weg.«

Sie zogen sich ins Schlafzimmer zurück. Das Fenster auf der gegenüberliegenden Seite zersprang, als etwas Festes hindurchgeworfen wurde. Ein anderes Fenster zersplitterte von einem zweiten Projektil, das hereinflog. Er und Begyn gingen hinter dem schweren Himmelbett in Deckung.

Die Granaten explodierten.

Von der Zimmerdecke rieselte es, und ein weiteres Feuer brach aus, das den Fußboden und die Möbel erfasste und ihnen den Weg zum Wandschrank versperrte, wo das Tallmadge-Journal zurückgeblieben war. Aber das war jetzt seine geringste Sorge. Die Luft war voller Rauch und Kohlenmonoxid. Er und Begyn fingen an zu husten. Er deutete auf das kaputte Fenster, riss den Alten aber zurück, bevor dieser seinen Kopf hinausstrecken konnte. Stattdessen riss er ein Kissen vom Bett und warf es durchs Fenster.

Draußen knallten Schüsse.

Das hatte er befürchtet.

Man hatte vorgehabt, sie entweder mit den Granaten zu erledigen oder ans Fenster zu locken, um sie dort leicht erwischen zu können.

Ihnen gingen langsam die Möglichkeiten aus.

Cassiopeia behielt im Auge, wie lange Cotton schon in der Scheune war. Es war kein großes Gebäude, deshalb konnte es nicht allzu viele Verstecke geben. Er hatte es anscheinend für sicher genug gehalten hineinzugehen, was sie umso mehr rätseln ließ, was da los war.

Fünf Minuten waren vergangen.

Von der Kälte waren ihre Finger angeschwollen und steif geworden. Sie bewegte ihre Gelenke in den Handschuhen. Auch ihre Beine waren steifer. Da hörte sie rechts von sich ein Geräusch. In der Dunkelheit sah sie Schnee rieseln, wo etwas gegen die Zweige einer Kiefer gestoßen war. Ein aufgeschrecktes Tier? Das bei diesem Wetter unterwegs war? Wohl kaum. Sie blieb regungslos in ihrem Versteck, die Waffe schussbereit.

Da kam ein Schatten in ihr Blickfeld.

Und noch ein zweiter hinterher.

Beide hielten Gewehre schussbereit vor der Brust.

Luke lief zum Fenster, blieb aber seitlich davon, um nicht von den Scharfschützen unten erwischt zu werden. Der Weg vom Schlafzimmer zur Diele stand vollständig in Flammen. Dem Schlafzimmer selbst würde es schon bald nicht anders ergehen. Begyn hatte eine Position neben dem anderen zerschmetterten Fenster eingenommen, sodass sie beide atmen konnten – noch.

Er riskierte einen Blick nach unten.

Jetzt fielen Schüsse.

Aber nicht in seine Richtung.

Zwei Schüsse, bevor das Feuer erwidert wurde. Es folgten drei weitere.

»Luke.«

Er hörte unten seinen Namen rufen, als die Schießerei aufhörte. Dann sah er hinunter und entdeckte Sue, die nach oben starrte. Anscheinend war sie dem Feuer entkommen und hatte es geschafft, das Haus zu verlassen.

»Die sind alle erledigt. Ihr müsst da oben rauskommen.«

Er streckte den Kopf aus dem Fenster und schätzte die Höhe ab. Sechs bis sieben Meter. Das reichte, um sich einen oder mehrere Knochen zu brechen. Er konnte es womöglich schaffen, aber Begyn nicht. Dann entdeckte er draußen ein Abflussrohr an einem Eckfenster. Vermutlich dickes Kupfer. Das sollte ausreichen, um sich daran festzuhalten.

Er rannte zu dem Fenster und schob es hoch.

»Kommen Sie her«, rief er Begyn zu.

Der Alte kam und schüttelte sich vor Hustenanfällen. »Asthma. Das ist nicht gut für mich.«

Gut war es für keinen von ihnen. »Packen Sie das Rohr. Halten Sie sich daran fest, strecken Sie den Hintern raus, lassen Sie sich hinunterrutschen und bremsen Sie mit den Füßen ab.«

Er machte ihm vor, wie er sich das vorstellte.

Begyn nickte und versuchte erst gar nicht zu diskutieren. Er kletterte hinaus und hielt sich an dem runden Rohr fest. Dann stemmte der Alte die Füße fest und richtete sich aus. Er lockerte den Griff am Rohr und rutschte in Richtung Erdboden. Sue wartete unten auf ihn. Ein erneuter Hustenanfall stoppte den Abstieg.

Begyn schien Schwierigkeiten zu haben, sein Atem kam stoßweise. Schließlich verkrampfte er. Er rang nach Luft. Dann sah er hoch zu Luke.

»Sie schaffen das. Immer weitermachen.«

»Es ... ist ... meine ... Lunge. Ich ... kann nicht ... atmen.«

Begyn schien ohnmächtig zu werden und ließ das Rohr los. Dann rauschte er hinunter, aber nicht ohne zuvor mit dem Kopf gegen das Rohr und die Außenwand zu schlagen. Sue ließ das Gewehr fallen und stellte sich in Position, um ihn abzufangen, was sie auch versuchte, aber sie verringerte nur seine Fallgeschwindigkeit. Sein Gewicht riss sie beide zu Boden.

»Sind Sie okay?«, rief er zu ihr hinunter.

Er sah, wie sie unter ihrem Vater hervorkroch. »Ich habe ihn, aber er ist bewusstlos.«

»Bringen Sie ihn zum Wagen.«

Er sah sich im Schlafzimmer um. Er musste das Journal herausholen. Flammen züngelten an der Wand, wo es in den Wandschrank ging, alles war orange und brannte. Vielleicht konnte er es schaffen hineinzulaufen, sich das Ding zu schnappen und wieder zu verschwinden. Sie hatten erst einen kleinen Teil der markierten Seiten gelesen, und er musste herausbekommen, welche anderen Informationen es noch darin gab. Er blickte sich im Raum um, konnte aber nichts entdecken, was ihm seine Aufgabe erleichterte.

Es wurde Zeit, die Zähne zusammenzubeißen und die Sache durchzuziehen.

»Luke«, rief Sue von unten. »Lassen Sie uns verschwinden.«

Er streckte den Kopf hinaus. »Ich habe gesagt, verschwinden Sie hier!«, schrie er. »Verständigen Sie die Polizei. Ich hole das Journal.«

»Vergessen Sie es!«, schrie sie zurück.

Er winkte ihr ab. »Da draußen im Wald könnten noch mehr Probleme auf Sie warten. Bleiben Sie wachsam und ziehen Sie ab, Lieutenant.«

Dann konzentrierte er sich auf den Schrank.

Es war schwierig, etwas zu erkennen; seine Augen brannten

vom Qualm, Flammen schimmerten durch die immer dichter werdende Wolke.

Über seinem Kopf knackte etwas.

Laut. Beängstigend.

Er blickte gerade in dem Moment nach oben, als die Decke schwarz zu werden begann, weil sich das Feuer vom Dachboden aus nach unten arbeitete. Jetzt noch zu diesem Wandschrank zu wollen war auf einmal keine gute Idee mehr, doch schon der kurze Moment des Zögerns war zu lang, denn alles gab nach.

Brennendes Holz stürzte herunter und füllte den Raum. Er hechtete zum Bett, das in diesem Augenblick der einzige Schutz zu sein schien.

Seine Brust verkrampfte sich, sein Herz raste, und ihm wurde plötzlich bewusst, dass ihn der Rauch allmählich erstickte.

Bevor er ohnmächtig wurde, spürte er, wie ihn starke Hitze umfing.

70

In der Nacht vom 24. August 1814 zogen gegen 22 Uhr britische Truppen in Zweierreihen vom brennenden Kapitol ab und marschierten die Pennsylvania Avenue hinunter. Nur wenige Fachwerkhäuser flankierten die breite Straße, die letzte Meile vor dem Weißen Haus war von Bäumen gesäumt. Gegen 23 Uhr überquerte eine Abteilung von hundertfünfzig Mann die Straße und näherte sich dem Weißen Haus, das dunkel, verlassen und ungeschützt vor ihnen lag. Das Gebäude war das prachtvollste Haus der Stadt und von George Washington persönlich entworfen worden. James Madison, der vierte Präsident der Vereinigten Staaten, war nirgendwo zu sehen, weil er bereits Stunden zuvor zu Pferde geflüchtet war. Die Briten dachten, es könne eine Falle sein, weil sie nicht recht glauben konnten, dass es ihnen die Amerikaner einfach erlauben würden, nach Belieben in ihre Hauptstadt einzudringen.

Doch kein Stadtviertel leistete Widerstand. Die Briten betraten das Weiße Haus ungehindert durch die Vordertür und inspizierten die eleganten Räume im Schein von Laternen. Küchendüfte stiegen ihnen in die Nase. Im Esszimmer im Erdgeschoss entdeckten sie einen Tisch, der für rund vierzig Personen eingedeckt war, mit Damasttischdecken, passenden Servietten, Tafelsilber und feinen Gläsern. Verschiedene Weine standen eisgekühlt auf den Anrichten. Alles war bestens vorbereitet und hätte gleich genutzt werden können. In der Küche drehten sich mit Fleisch bestückte Spieße vor einem Feuer, außerdem gab es Töpfe mit Gemüsen und Saucen. Offensichtlich war ein Abendessen für einen Präsidenten vorbereitet, aber nicht verspeist worden. Also setzte sich eine erste Gruppe an den Tisch, trank den Wein, ließ sich das Essen schmecken; und alle prosteten sich immer wieder zu: »Frieden mit Amerika, Krieg gegen Madison.«

Hinterher versorgten sich die Soldaten mit allerlei Erinnerungsstücken, aber nichts von großem Wert, um einer Anklage wegen Plünderei zu entgehen. Und es gab dort eine Menge wertvoller Dinge: Sofas, Schreibtische und Polsterstühle füllten die Räume. Einige hatte Jefferson erworben, als er in Frankreich war, andere hatten Washington und John Adams gehört. Der größte Teil von Madisons persönlichen Besitztümern war ebenfalls zurückgeblieben. Ein Soldat nahm ein Porträt von Dolly Madison von der Wand und konfiszierte es für eine spätere Ausstellung in London. Das Paradeschwert des Präsidenten gelangte in den Besitz eines jungen schottischen Lieutenants. Ein Admiral nahm einen alten Hut Madisons und ein Stuhlkissen mit, von dem er verkündete, dass es ihm helfen würde, sich an »die Sitzfläche von Mrs. Madison« zu erinnern.

Als sie mit ihrem Gelage, dem Herumstöbern und Plündern fertig waren, stapelten sie die Stühle auf die Tische und schoben die Möbel eng zusammen. Die Fenster wurden zerschlagen und die Betten und Vorhänge mit Lampenöl getränkt. Dann bezogen fünfzig Männer an der Außenmauer Stellung. Sie hatten lange Stangen dabei, an deren Enden ölgetränkte Lumpenknäuel befestigt waren. Jedes wurde entzündet, und auf Kommando warfen alle die Stangen wie Wurfspeere durch die zerbrochenen Fensterscheiben.

Sofort brach eine Feuersbrunst aus.

Das gesamte Gebäude brannte lichterloh und wurde ein Raub der Flammen. Erst ein heftiger Regen löschte später in der Nacht das Inferno und bewahrte die äußeren Steinmauern davor zusammenzubrechen. So blieb nichts übrig als eine leere Hülle.

Zorin wusste wenig über amerikanische Geschichte, obwohl sie als junge Männer bei ihrem KGB-Training verschiedene Aspekte davon studieren mussten. Die Geschichte von den Briten, die das Weiße Haus niederbrannten, die Kelly ihm gerade erzählt hatte, hatte er noch nie gehört.

Aber sie gefiel ihm.

»Einer der Soldaten schrieb später, sie seien als ›Künstler am Werk gewesen‹«, sagte Kelly. »Sie waren ziemlich stolz auf das, was sie getan hatten. Der Überfall sollte Madison eine Botschaft übermitteln. Der Präsident und seine Gefolgschaft hatten den Krieg vom Zaun gebrochen. In jener Zeit hatte Großbritannien gerade mit Napoleon genug zu tun und erachtete eine kriegerische Auseinandersetzung mit Amerika als unnötige Ablenkung, auf die es sich nicht einlassen wollte. Es ging aber wohl auch darum, es den Amerikanern heimzuzahlen. Nicht nur wegen des verlorenen amerikanischen Unabhängigkeitskriegs, sondern auch wegen eines früheren Ereignisses aus demselben Krieg, als die Amerikaner in Kanada einmarschierten und Toronto niederbrannten. Nun hatten sie es ihnen heimgezahlt.«

Auch diese Geschichte gefiel ihm.

»Es dauerte zwei Jahre, das Weiße Haus wiederaufzubauen, und ein Dutzend weitere Jahre, bis alles endgültig fertig war. Stellen Sie sich vor, Aleksandr, sie wurden von den Briten total gedemütigt.«

Das alles war ja recht beeindruckend. »Und was hat das mit der Gegenwart zu tun?«

»Sehr viel, denn Sie müssen wissen, dass zeitgleich mit dem Wiederaufbau des Weißen Hauses etwas Neues entstand.«

Im Jahr 1814 wurde der District of Columbia Sitz der Nationalregierung. Obwohl es eine Präsidentenvilla, das Kapitol und andere Regierungsgebäude gab, war das Leben im District mit Einschränkungen verbunden. Die nahe gelegenen Städte Georgetown und Alexandria waren weitaus komfortabler. Es gab nur wenige, noch dazu ungepflasterte Straßen, fortwährend Probleme mit Dreck und Schlamm, dazu kamen die Sümpfe und die Überschwemmungen der Bäche und des Potomac-Flusses. Dennoch entwickelten sich langsam Wohnviertel, und es gab immer mehr Häuser. Menschen zogen nach Washington und siedelten sich an. Im Kapitol, im Finanzministerium oder einem der anderen Regierungsgebäude wurden Gottesdienste abgehalten.

Schließlich wurden auch separate Kirchengebäude errichtet. Zwei davon waren Episkopalkirchen, eine in der Nähe des Kapitol-Hügels, die andere weiter draußen in Georgetown. Nach der Zerstörung durch die Briten wurden Forderungen nach einer dritten Episkopalkirche laut, die im Westen der Stadt erbaut werden sollte. Am 14. September 1850 wurde auf dem Planquadrat 200, gleich nördlich vom Weißen Haus, der Grundstein für diese Kirche gelegt.

Ihre Architektur war schlicht. Ein griechisches Kreuz mit vier gleichen Seiten, ohne Turm, Vorplatz oder Kirchenschiff. Innen gab es eine von Säulen gestützte Galerie. Die Kirchenbänke standen auf dem Ziegelboden. Im Zentrum erhob sich ein Gewölbe mit einer Kuppel und einer Laterne. Halbmondförmige Fenster an den Enden der vier Querschiffe sorgten für Licht. Der Altar stand auf einer niedrigen Plattform, wodurch die Gemeinde näher an selbigen herankam. Das Gebäude wurde im Dezember 1816 geweiht.

Die Kirche existiert noch immer, inzwischen hat sie sich in Richtung 16. Straße, H-Straße und Lafayette-Platz ausgedehnt. Sie liegt nur wenige hundert Meter vom Weißen Haus entfernt.

Es ist die St.-John's-Episkopalkirche.

Mit ihrer gelben Fassade, dem Säulenvorbau und dem hohen

Kirchturm ist sie zu einer lokalen Sehenswürdigkeit geworden. Jeder amtierende Präsident seit James Madison hat dort mindestens einen Gottesdienst besucht. Madison führte die Tradition einer »Präsidentenbank« ein. John Tyler zahlte für ihren ewigen Gebrauch, und Bank 54 ist auch weiterhin der Platz für den Präsidenten.

»St. John's«, sagte Kelly, »ist der Schlüssel.«

»Und das haben Sie aus dem Tallmadge-Journal herausgelesen?«

Kelly nickte. »In der Kirche gibt es ständig öffentliche Führungen. Ich habe mich darum bemüht, den Hausmeister kennenzulernen, und er hat mir jeden Winkel und jede Ecke gezeigt. Bei der Gelegenheit habe ich verifiziert, worüber Tallmadge vor zweihundert Jahren in seinem Journal geschrieben hat. Der KGB suchte ständig nach amerikanischen Legenden. Und Andropow persönlich gelang es, eine aus dem Krieg von 1812 zu entdecken, die die Menschen in diesem Land einfach vergessen haben.«

Er sah die Aufregung in Kellys Miene.

»Erzählen Sie.«

Malone hatte versucht, den Stimmen unten zu lauschen, hatte aber nichts verstehen können. Er konnte es nicht riskieren, näher heranzugehen, daher entschied er sich, das Heft in die Hand zu nehmen, und ließ den Metalldeckel krachend zuschlagen. Dann türmte er Feuerholz darauf, mehr als genug, bis es unmöglich wurde, den Deckel nach oben zu drücken.

Da saßen sie jetzt luftdicht verpackt wie die Sardinen in der Konservenbüchse.

Cassiopeia wartete, so lange sie konnte, und beobachtete die beiden schwarzen Umrisse. Sie hörte ihre Sohlen auf dem schneebedeckten Boden knirschen, als sie sich der Scheune näherten.

Mit einem konnte sie es aufnehmen, aber wahrscheinlich nicht mit beiden.

Deshalb entschied sie sich für eine List.

»Cotton«, rief sie laut. »Du bekommst Besuch.«

Die beiden Gestalten stoppten ihren Vormarsch und drehten sich um.

Dann machte sich einer in ihre Richtung auf und der andere in Richtung Scheune.

Genau, wie sie es gehofft hatte.

Malone reagierte auf Cassiopeias Warnung, warf sich ans Ende des Holzstapels und ging dahinter in Deckung, als die Tür krachend aufflog.

Jemand eröffnete sofort das Feuer.

Es war ein schnelles Rat-tat-tat aus einem automatischen Gewehr.

Er kauerte sich tief hinter das Holz, das ihn zum Glück hinreichend schützte. Kugeln heulten vorbei, hämmerten in die Außenwände und zerfetzten die Holzscheite. Der Mann feuerte unkontrolliert ins Dunkel und versuchte, jeden und alles zu eliminieren, was bedeutete, dass sie keine Überlebenden wollten.

Ihn eingeschlossen.

71

Zorin hörte die Luke zuschlagen und dann das Klappern schwerer Gegenstände, die von außen dagegenstießen. Er vermutete, dass jemand sie mithilfe von Holz da unten eingesperrt hatte, doch er eilte zur Leiter, stieg hinauf und überprüfte seinen Verdacht. Er verfluchte sich selbst, so sorglos gewesen zu sein, aber die Aufregung dieses besonderen Moments hatte ihn seine gewohnte Vorsicht vergessen lassen.

Er kletterte wieder nach unten, wo Kelly auf ihn wartete. »Ich vermute, es gibt keinen anderen Ausgang?«

Kelly schüttelte den Kopf, doch in der Miene seines Genossen zeichnete sich keine Besorgnis ab. »Ich habe PVV-5A.«

Zorin grinste. Plastiksprengstoff.

Perfekt.

Kelly ging ans Regal, wo die beiden Kühlboxen standen. Die Deckel waren mit dickem Klebeband versiegelt, also entfernte er erst einmal die Bandage. Im Inneren lagen mehrere Ziegel eines olivgrünen Materials, das in dicke Plastikfolie eingeschlagen war.

»Das liegt hier schon sehr lange«, sagte Zorin. »Funktioniert es noch?«

»Ich lagere es schon von Anfang an so. Man hat mir gesagt, dass das Material, wenn man es richtig schützt, sehr lange lagerfähig ist. Wir werden gleich herausfinden, ob das stimmt.«

Cassiopeia blieb hinter dem Baumstamm. Ihr war klar, dass der Mann, der in ihre Richtung unterwegs war, keine Ahnung hatte, wo sie sich befand. Ringsherum standen glücklicherweise nur mächtige Bäume. Cotton hingegen stand unter Beschuss.

Sie hörte, wie die Scheune von Kugeln durchsiebt wurde. Dort musste sie hin, doch vorher musste sie sich noch um ihren eigenen Verfolger kümmern.

Sie bückte sich und fand einen Stein, der genau in ihre rechte Hand passte. Der Schatten war zwanzig Meter entfernt und steuerte auf die Bäume zu ihrer Linken zu. Sie schleuderte den Stein hoch und über den Mann hinweg, er flog geräuschvoll durch die Zweige und ließ einen Teil des angesammelten Schnees herunterregnen.

Der Bewaffnete zögerte nicht.

Er feuerte in die Richtung, aus der er etwas gehört hatte.

Falsche Entscheidung.

Sie stabilisierte ihre Waffe am Baum und drückte den Abzug.

Zorin kletterte mit einem der grünen Päckchen in der Hand die Leiter zur Ausstiegsluke hoch. Es war lange her, dass er zum letzten Mal Sprengstoff benutzt hatte. Ein ganzer Block kam ihm ein bisschen viel vor, aber er hatte keine Zeit, sich über die Sprengkraft oder die Wirkung Gedanken zu machen.

Kelly hatte eine Spule mit Kupferdraht und ein Cuttermesser gefunden. Im Depot waren alle nötigen Werkzeuge vorhanden, ganz nach Plan. Alles musste vorhanden und einsatzbereit sein.

Es war kein guter Platz für den Block zu finden, außer direkt über der letzten Stufe, ein paar Zentimeter unter dem geschlossenen Deckel. Er ging davon aus, dass derjenige, der sie hier eingesperrt hatte, Holz darüber aufgestapelt hatte, sodass es unmöglich war, die Luke aufzudrücken, aber das dürfte kein Problem für die Sprengkraft sein, die er entfesseln wollte.

Über ihm wurde wild geschossen.

Eigenartig.

Es war wie in Kellys Haus. In der Scheune ging etwas vor sich. Aber das bereitete ihm momentan keine Sorgen, erst musste er sich aus diesem Gefängnis befreien.

Kelly kam hinter ihm die Treppe hoch und reichte ihm die blanken Enden der beiden Kupferdrähte. Er wickelte sie um den Block, dann drückte er die Metallspitzen durch die Plastikfolie, in die der Sprengstoff eingewickelt war. Schließlich verstaute er das Päckchen bei der Luke und kletterte hinunter, wobei er darauf achtete, nicht an den Drähten zu zerren. Kelly hatte sie bereits quer durch den Bunker bis ans andere Ende verlegt.

»Machen Sie die Tür zu«, wies ihn Kelly an. »So weit es geht, ohne die Drähte zu beschädigen.«

Er begriff, wozu das gut sein sollte. Die Explosion würde mit Sicherheit nach oben drücken, aber es gab auch eine Druckwelle nach unten, und es war sehr wichtig, dass die RA-115 geschützt blieben. Ganz zu schweigen von ihm selbst und Kelly. Er schaffte es, die nach außen aufgehende Tür fast ganz zu schließen. Die Explosion würde sie also nur noch weiter zudrücken. Aber da war immer noch die Sache mit dem Luftdruck in dem abgeschlossenen Raum. Auch daran hatte Kelly gedacht, er hatte zwei Wolldecken genommen und warf ihm eine zu.

Für den Kopf und die Ohren.

Es war kein hundertprozentiger Schutz, aber ausreichend.

Sie zogen sich hinter die Regale und den Tisch mit den fünf Atombomben zurück und kauerten sich in die entgegengesetzte Ecke. Die anderen Enden der beiden Kupferdrähte lagen vor ihnen. Und eine Sechs-Volt-Batterie.

Man brauchte nur die freiliegenden Enden mit den Polen zu verbinden. Die Ladung sollte mehr als ausreichend sein, um ein Feuerwerk abzubrennen …

Malone wartete, bis das Schießen aufhörte. Er lag nach wie vor hinter dem Holzstapel und konnte von dem Mann am Eingang nicht gesehen werden. Das war das Problem, wenn man, ohne nachzudenken, einfach hineinstürmte. Drinnen konnte jemand sein, der seinen Kopf benutzte. Insbesondere nach einer Warnung. Das schien diesem Kerl aber egal zu sein, er wollte wohl ganz schnell alle umbringen.

Das Schießen hatte zwar aufgehört, aber nur für einen kurzen Moment.

Malone richtete sich auf den Knien auf, legte im Dunkeln auf sein Ziel an und gab drei Schüsse ab. Der Mann fiel zu Boden. Malone rückte schnell mit schussbereiter Waffe zur Tür, stieß das Gewehr mit dem Fuß weg und tastete dann am Hals nach einem Pulsschlag.

Tot.

Cassiopeia hörte die Schüsse, dann sah sie den Mann an der Scheunentür zusammenbrechen. Cotton hatte ihn anscheinend erwartet. Aus der Scheune kam eine Gestalt mit unverwechselbaren Umrissen.

Sie rannte über einen Streifen mit welkem Gras und rief: »Bist du okay?«

»Sind da noch mehr von denen?«

»Den anderen habe ich erwischt.«

Sie war noch zehn Meter von ihm entfernt.

Zorin hielt einen Draht, Kelly den anderen. Die Batterie stand zwischen ihnen auf dem Fußboden. Sie hatten sich die Decken um die Köpfe gewickelt, um ihre Ohren vor dem zu schützen, was gleich durch ihr unterirdisches Gefängnis dröhnen würde. Das war es, wofür KGB-Offiziere lebten und wofür sie jahrelang ausgebildet wurden. Endlich war er aus der selbstverschuldeten, tödlichen Trance erwacht. So lange war er wie ein Säufer herumgetappt, war unzufrieden voller Abscheu und Verzweiflung durchs Leben gestolpert, aber jetzt endlich war er in Gang gekommen.

Er hatte Fahrt aufgenommen. Es ging voran.
Und nichts würde ihn aufhalten.
Er nickte Kelly zu.
Sie berührten die Batteriepole mit ihren Drähten.
Funken.

Malone steuerte auf Cassiopeia zu und wollte ihr gerade berichten, dass er Zorin und Kelly eingesperrt hatte, als die ganze Scheune explodierte.

Die Druckwelle erfasste ihn und Cassiopeia, fegte sie zurück, riss sie hoch und schleuderte sie zu Boden. Sein Kopf schmerzte höllisch, und ihm war vollkommen schwindlig. Er ging auf alle viere und versuchte, Cassiopeia zu finden. Sie lag ein paar Meter entfernt. Er kroch zu ihr und zwang seine Muskeln zu arbeiten. Die Trümmer der Scheune regneten auf sie herunter. Er sammelte die letzte Kraft, die er noch hatte, und warf sich über sie.

Seine Muskeln schmerzten entsetzlich.

Dann verlor er das Bewusstsein.

Zorin und Kelly nahmen die Decken vom Kopf. Die Druckwelle der Explosion war fast nur nach oben gegangen, hatte die Bunkertür gewaltsam zugeschlagen, hartes Metall auf Metall gedrückt und ihnen so den größten Teil der Druckwelle erspart. Ein dumpfes unterirdisches Grollen hatte die Wände erzittern lassen, doch das hatte sich inzwischen gelegt. Alles hatte gehalten. Es gab noch Strom, und die Oberlichter leuchteten hell.

Sie standen auf.

Alle fünf Bomben befanden sich noch auf dem Tisch und wirkten unbeschädigt.

Zorin ging zur Tür und schob sie auf. Der Leiterschacht war frei, die Luke oben verschwunden. Er lauschte und hörte nichts.

Die Scheune darüber war nicht mehr zu gebrauchen. Von oben rieselte Schnee.

»Machen Sie eine der Bomben für den Transport klar«, sagte er zu Kelly. »Ich sehe mich oben um.«

Er schnappte sich eine Taschenlampe, zückte seine Waffe und kletterte nach oben. Von der Scheune war kaum noch die Hälfte übrig. Der Rest lag im Umkreis von zwanzig Metern überall verteilt. Der schwache Lichtkegel der Taschenlampe zuckte, als er auf den Schutthaufen sprang. Er ließ das Licht über den Boden wandern und entdeckte einen Körper. Er drehte den Leichnam auf den Rücken und sah drei Schusslöcher in der Brust.

Der hier war schon vorher umgekommen.

Bei der Schießerei, die er gehört hatte.

Er leuchtete mit der Taschenlampe über das, was von der Scheune übrig war, und entdeckte einen weiteren Körper. Er ging näher, hockte sich hin und räumte die alten Holzscheite beiseite. Nein. Zwei Körper. Einer auf dem anderen. Er rollte den obersten herunter. Im Licht entdeckte er ein bekanntes Gesicht.

Der Amerikaner. Malone!

Hier?

Unter ihm lag eine Frau.

Das war höchst beunruhigend.

Wie war das möglich?

»Aleksandr.«

Kelly war mit einem Aktenkoffer in der Hand aus dem Bunker gekommen.

Gehörte der andere Tote zu Malone? Oder war es ein Gegner? Die Schießerei, die er zuvor gehört hatte, deutete auf einen Kampf hin. Gehörte der andere zum SVR? Möglich. Nein, sehr wahrscheinlich. Er wurde plötzlich von Zweifeln überflutet, es war, wie durch ein Minenfeld zu laufen.

Kelly kam näher. »Sind das Amerikaner?«

»Der hier schon.«

»Woher wissen Sie das?«

»Der sollte schon in Sibirien sterben. Der andere drüben könnte ein Russe sein. So wie die Kerle an Ihrem Haus.«

»Der Mietwagen«, sagte Kelly. »Es ist möglich, dass sie uns darüber gefunden haben. Technisch jedenfalls ist das möglich. Ich bin einfach davon ausgegangen, dass uns hier niemand beobachtet. Sie hätten mir alles erzählen sollen, als Sie bei mir waren. Dann hätte ich die Dinge anders gehandhabt.«

Dazu war es jetzt zu spät.

Er stand auf und lauschte ins Dunkel, das sie umgab. Nichts. Wenn es Verstärkung gegeben hätte, hätte die Explosion sie mit Sicherheit auf den Plan gerufen.

Aber er hörte nichts.

Vielleicht waren das hier die einzigen Verfolger.

»Sie ist fertig«, sagte Kelly und hob den Aktenkoffer an. »Die Batterie hält mindestens noch ein paar Tage. Mehr als genug Zeit bis morgen.«

Er ließ sich viele neue Möglichkeiten durch den Kopf gehen. Vorkehrungen, die den Erfolg gewährleisten konnten, um mit den Amerikanern fertigzuwerden.

Improvisiere.

Denk nach.

»Wir nehmen alle fünf Bomben mit.«

»Sie sind schwer, Aleksandr.«

Er konnte sich erinnern. Circa zwanzig Kilo jede einzelne. »Das können wir schaffen.«

Und sie sollten ihren Aufbruch mit einem Fahrzeugwechsel verbinden. Er durchsuchte Malones Taschen und entdeckte seine Schlüssel.

»Wir brauchen die Sachen aus unserem Auto«, sagte Kelly.

Und Zorin wollte seinen Rucksack mitnehmen. »Ich hole

alles. Bereiten Sie die anderen Bomben vor. Ich komme zurück und helfe Ihnen beim Hochtragen.«

Eins noch.

Kelly war nicht mehr dazu gekommen, von der St.-John's-Kirche und dem Weißen Haus zu berichten und zu erzählen, was das Tallmadge-Journal enthüllt hatte.

»Sie müssen die Geschichte noch beenden, die Sie da unten angefangen haben.«

»Und Sie müssen mir zuvor die Sache mit Sibirien und diesen Amerikanern erklären.«

72

Malone öffnete die Augen.

Schnee bedeckte sein Gesicht, noch mehr Schnee tropfte ihm in den offenen Hemdkragen. Jemand schüttelte ihn, rief ihn beim Namen. Er erkannte das Gesicht. Einer der Agenten aus dem McDonald's. Sein Kopf war eiskalt und fühlte sich noch betäubt an, doch dass er überhaupt etwas spürte, war ein gutes Zeichen, wenn er bedachte, was geschehen war.

Die Scheune war explodiert, sie hatte ihn und Cassiopeia verschüttet. Sie lag neben ihm, und der andere Agent versuchte, sie gerade aufzuwecken. Er richtete sich auf. Sein Kopf tat weh, der Hals war steif. Er war benommen und hatte einen trockenen Mund, deshalb schob er sich ein bisschen Schnee in den Mund. Sein Atem kam kurz und abgehackt und bildete weiße Wölkchen. Er fühlte sich angespannt und erleichtert. Er sah auf seine Uhr. Kurz nach fünf. Sie waren ein paar Stunden bewusstlos gewesen.

»Wir haben so lange gewartet, wie wir konnten«, sagte einer der Agenten. »Dann sind wir gekommen und haben Sie gefunden.«

Cassiopeia richtete sich auf und starrte ihn an.

»Das hat verflucht wehgetan.«

»Ganz recht.«

»Was ist passiert?«, fragte ein Agent.

Er richtete sich auf und atmete in der kalten Luft tief durch, um das flaue Gefühl aus der Lunge zu bekommen. »Zorin hatte keine Lust, unter der Erde eingeschlossen zu bleiben. Also hat er sich den Weg freigesprengt. Haben Sie die Explosion nicht gehört?«

»Wir waren zehn Meilen entfernt, in einem Gebäude.«

»Was ist mit den anderen beiden, die wir erwischt haben?«, fragte Cassiopeia.

»Beide tot«, meldete einer der Agenten. »Wir versuchen noch herauszufinden, wie sie Zorin aufgespürt haben.«

So schwer war das eigentlich nicht. Wie Cassiopeia vorhin bereits vermutet hatte, wussten sie in Grundzügen von den Waffendepots, nur die Details kannten sie nicht, insbesondere, was die Sprengfallen betraf. Also hatten sie aufgepasst und Glück gehabt. Aber sie waren jetzt kein Problem mehr.

Er sah zu der Stelle, wo einmal die Scheune gestanden hatte. »Wir müssen uns etwas ansehen.«

Adrenalin pumpte allmählich durch seinen Körper und rüttelte ihn auf. Er borgte sich von einem der Agenten eine Taschenlampe, ging durch das Dunkel voran und fand den Einstieg unter die Erde wieder, jetzt fehlte der Deckel, ein ordentliches Loch war übrig geblieben.

»Diese Metallluke hat die Explosion wie bei einer Kanone nach oben gerichtet anstatt nach außen«, sagte er, »sonst wären wir jetzt tot.«

Es musste so eine Art Luftschutzbunker sein oder vielleicht eine Einrichtung, die der KGB eigens gebaut hatte. In seinem Kopf drehte sich noch alles, deshalb hielt er einen Moment inne und wartete, bis er wieder klar war.

»Ihr beide haltet hier draußen die Augen offen«, rief er. »Und es hat wirklich keiner die Explosion gehört?«

»Hier ist weit und breit keine Menschenseele. Die nächste Farm ist mehrere Meilen entfernt.«

Er kletterte hinunter ins Dunkel und hoffte, dass es keine weiteren Sprengfallen gab. Unten entdeckte er eine halb geöffnete Metalltür, die er sorgfältig untersuchte, bis er sicher war, dass an ihr nichts ungewöhnlich war. Dann drückte er die Tür auf und leuchtete mit der Lampe hinein.

Ein Lichtschalter war an der abgerundeten Außenwand montiert, eine Leitung führte zu den Neonröhren oben. Er zögerte einen Moment, sie einzuschalten. Dann zuckte er mit den Schultern und drückte auf den Schalter.

Die Röhren flammten auf.

Er schaltete die Taschenlampe aus.

Cassiopeia folgte ihm ins Innere des Raumes.

Die Reichhaltigkeit des Lagers überraschte ihn. Da war wirklich alles, was ein unternehmungslustiger Spion gebrauchen konnte. In einer Kühlbox lagen Päckchen mit Plastiksprengstoff, was erklärte, wie es Zorin gelungen war, sich zu befreien. Er ließ den Blick über die Faustfeuerwaffen, die Gewehre, die Munition und die Notrationen schweifen.

Aber da waren keine RA-115.

An einer Seite des Bunkers stand ein Tisch. Die Tischplatte war leer, aber es gab keine Hinweise darauf, dass sich hier einmal Nuklearwaffen befunden hatten.

»Na toll«, murmelte er. »Er ist weg, und wir haben keine Ahnung, ob er immer noch eine Bedrohung darstellt oder nicht.«

Dass es ihm nicht gelungen war, vorhin das Gespräch zu belauschen, erwies sich jetzt als großes Problem. Er rammte in hilfloser Wut die Hände gegen die Wand. Der Zorn stieg in ihm auf wie ein Schwindel und ließ seine Halsadern anschwellen. Er hatte versagt. Auf ganzer Linie. Er hätte die beiden Agenten oben zur Sicherheit mit einbeziehen sollen. Doch er hatte vermeiden wollen, dass sich die Informationen zu weit ausbreiteten. Der Bunker schien ihn zu verspotten, und obwohl er geräumig war, konnte er das Gefühl, eingeschlossen zu sein, nicht ertragen. Hier gab es für sie nichts mehr zu entdecken, also kletterten sie wieder hinauf.

»Steht der andere Wagen noch dahinten auf der Straße?«, fragte er einen der Agenten.

Es wurde ihm bestätigt, also marschierte Cassiopeia los. Der Wagen parkte in der Spur hinter der Stelle, wo die Bäume den Weg versperrten. Sie schien zu wissen, wonach er suchte, und sie spähten beide durchs Heckfenster. Der Nylonrucksack, der vorhin noch auf der Rückbank gelegen hatte, war jetzt weg.

»Also brauchten sie anscheinend einen Vorschlaghammer, einen Bolzenschneider und ein Bügelschloss«, sagte sie.

So war es auch.

Jetzt schlossen die beiden anderen Agenten zu ihnen auf.

»Ist unser Wagen noch da?«, fragte er einen von ihnen.

»Weiter hinten, in der Nähe der Landstraße?«

»Wir haben keinen gesehen.«

Einfach herrlich.

»Er hat ein paar Stunden Vorsprung«, sagte Cassiopeia. »Also ist er inzwischen mit Sicherheit da angekommen, wo er hinwollte.«

»Und was noch schlimmer ist – keiner hat ihn verfolgt.«

Es war an der Zeit, die schlechten Nachrichten weiterzugeben.

Stephanie saß an dem kleinen Schreibtisch in ihrem Hotelzimmer. Sie war vom Justizministerium aus hierher zurückgekehrt, nachdem sie Danny angerufen und ihm berichtet hatte, dass er sich als Wahrsager selbstständig machen sollte. Er lachte nur und sagte, dass man kein Gedankenleser zu sein brauche, um diese Leute zu durchschauen. An Schlaf war nicht zu denken. Draußen, vier Stockwerke tiefer, beleuchteten gelbe Lichter den Haupteingang des Hotels, Taxis und Mietwagen kamen und gingen. In der Nacht war leichter Schnee gefallen, von dem jetzt nur noch etwas Matsch übrig war. Das würde später ein Problem werden. Besseres Wetter bedeutete größere Besuchermassen, mehr Ablenkungen, mehr Möglichkeiten für Zorin.

Ihr Telefon klingelte.

Sie nahm das Gespräch an. »Ich hoffe, es sind gute Nachrichten«, sagte sie.

»Sind es nicht«, sagte Cotton.

Dann hörte sie sich an, was geschehen war.

»Wir haben hier überall in der Stadt Kameras«, sagte sie ihm. »Ich lasse das Material checken. Der Wagen muss hier irgendwo aufgetaucht sein.«

»Nur falls Zorin in die Stadt kommt. Vielleicht plant er ja einen Luftangriff von außen.«

»Unsere Luftüberwachung ist besser als die am Boden.«

»Das überlasse ich Ihnen. Wir sind auf dem Weg zum Weißen Haus.«

Sie beendete das Gespräch, beschloss, ihren Teil des Handels mit Fox einzuhalten und wählte die Nummer von Litchfields Handy. Der Schwachkopf ging sofort an den Apparat, und sie berichtete ihm, dass sie nichts hatten und Zorin noch nicht gefasst war.

»Kein Beweis, dass er eine Atombombe besitzt?«, fragte Litchfield.

»Ich fürchte nicht.«

»Fox wird an dem Zeitplan festhalten wollen.«

»Verstehe.«

»Ich werde gegen zehn am Weißen Haus sein«, teilte er ihr mit. »Falls es irgendeine Änderung gibt, lassen Sie es mich wissen, dann sorge ich dafür, dass er sofort handelt.«

»Sie sind der Erste, den ich anrufe.«

Sie beendete das Gespräch und verabscheute sich dafür, auch nur den Anschein zu erwecken, dass sie kooperierte. Bei dem Gedanken, für diese Leute zu arbeiten, drehte sich ihr der Magen um. Zum Teufel. Litchfield allein war schon schlimm genug. Sie konnte sich irgendwo eine andere Beschäftigung suchen. Vielleicht würde sie Cottons Beispiel folgen und ins Ausland gehen. Das hatte sie schon immer gereizt.

Ihr Handy klingelte wieder.

Luke.

Endlich.

Sie nahm das Gespräch an und wurde von einer Frauenstimme gegrüßt.

»Ich heiße Sue Begyn. Mein Vater ist Lawrence Begyn. Luke Daniels hat ihn besucht, um mit ihm zu reden.«

Nichts an diesem Einstieg verhieß Gutes. »Wie kommen Sie an Lukes Handy?«

»Er wurde verletzt. Ich habe es irgendwann geschafft, von einer Krankenschwester sein Handy zu bekommen. Sie waren die Letzte, die er angerufen hat, also habe ich einfach auf Wahlwiederholung gedrückt. Kennen Sie Luke?«

Sie bekam Angst.

»Ich bin seine Chefin. Sagen Sie mir, wo Sie sind.«

73

Zorins Laune besserte sich zusehends. Sie hatten es geschafft, Malones Auto zu stehlen und ohne Zwischenfall bis nach Washington durchzukommen. Das Morgengrauen war mit schwachem Sonnenlicht und einem böigen Wind aufgezogen, der niedrige dunkle Wolken vor sich herschob. Sie hatten alle fünf Bomben und sämtliche Elektroinstallationen entfernt, die Rückschlüsse darauf erlaubt hätten, dass die Bomben jemals in dem Bunker gewesen waren. Auf der Fahrt in die Stadt hatte er Kelly berichtet, was in der Datscha geschehen war, und er hatte nichts ausgelassen, was den Amerikaner Malone betraf. Danach hatte ihm Kelly ein paar erstaunliche Dinge erzählt, und er konnte jetzt gut nachvollziehen, weshalb sich Andropow so sehr für ein kleines historisches Detail aus dem Journal eines obskuren amerikanischen Vereins von Unabhängigkeitskriegern begeisterte, über das ein aufmerksamer sowjetischer Attaché vor vierzig Jahren gestolpert war.

Es war eine Information, die die Amerikaner – wie Kelly schon sagte – einfach vergessen hatten.

Sie hatten den Wagen zwischen einer Unmenge anderer Autos in einer Garage gegenüber der Union Station abgestellt, dem Washingtoner Hauptbahnhof. Er hoffte, dass der Wagen nicht gesucht wurde, und falls doch, dann dachten sie vielleicht nicht daran, ausgerechnet dort nachzusehen. Im Kofferraum lagen vier RA-115, die jederzeit scharfgemacht werden konnten. Vorhin im Bunker hatte er eine Idee, wie er die Aufmerksamkeit der Amerikaner ablenken und sie beschäftigen konnte, indem er ihnen das letzte, falsche Gefühl von Sicherheit raubte.

Bevor sie sich auf die Suche nach einem Schnellrestaurant machten, das schon geöffnet war, erkundeten sie die St.-John's-Kirche und machten eine erstaunliche Entdeckung. Das Gebäude war für Renovierungsarbeiten geschlossen und das schon seit dem vergangenen Jahr. Es waren umfangreiche Renovierungsarbeiten, für die ein Gerüst gebaut wurde, das bis zum Glockenturm hinaufreichte. Zurzeit wurden dort keine Gottesdienste abgehalten. Kelly hatte sich darüber Sorgen gemacht und geglaubt, dass sie schon früh hineingehen mussten, bevor die Leute ankamen. Diese Sorge erwies sich jetzt als unbegründet, denn das ganze Gelände war von einem hohen Bauzaun umgeben. Hatten sie den erst überwunden, müssten sie dort eigentlich ungestört sein. Weil niemand auf der Baustelle war, hatten sie sogar Gelegenheit gehabt, den Nylonsack, den sie aus dem Mietwagen herausgeholt hatten, im Schutt zu verstecken.

Auf der anderen Straßenseite gegenüber der Kirche schloss sich unmittelbar der Lafayette-Park an. Dahinter erhob sich in nur 300 Metern Entfernung das Weiße Haus. Das beeindruckende Gebäude war schon am frühen Morgen ausgeleuchtet gewesen. Es schmückte sich für den Amtsantritt des neuen Präsidenten. Als sie ihren Erkundungsgang beendet hatten, waren sie zügig ein paar Blocks weiter zu dem Restaurant gegangen und hatten sich Frühstück bestellt. Es wurde ihnen gerade serviert.

»Es gibt noch etwas, worüber wir reden müssen«, sagte Kelly leise. Die Tische füllten sich schnell mit Kunden, die ungeduldig darauf warteten, bedient zu werden. Zorin schnappte ein paar Brocken aus den Unterhaltungen von Touristen auf, er hörte politische Debatten und Klatsch. Wieder einmal war er vom Erzfeind umgeben. Aber heute war kein gewöhnlicher Sonntagmorgen. Bald sollte Geschichte geschrieben werden. Und das nicht nur in einer Hinsicht.

Er widmete sich den Eiern, der Wurst und dem Toast.

»Wir werden hier heute nicht wieder wegfahren, oder?«, fragte Kelly mit leiser Stimme.

Er warf seinem Genossen einen schrägen Blick zu. Es wäre keinem gedient, wenn er jetzt log.

»Ich nicht.«

»Von dem Moment an, als ich die Haustür geöffnet und Sie gesehen habe«, sagte Kelly, »wusste ich, dass auch für mich die Zeit gekommen ist. Und als es dann den Zwischenfall an meinem Haus gab, wurde mir einiges klar. Ich bin zu alt, um zu fliehen und ständig über meine Schulter blicken zu müssen. Ich habe mich gefragt, ob heute der Tag ist, an dem sie mich endlich finden werden.«

Er verstand diese Paranoia. Jeder Auslandsagent hatte sie. Wer in der Lüge lebte, musste die Wahrheit fürchten. Aber es hatte immer einen Ausweg geben. Falls man enttarnt wurde oder in Schwierigkeiten steckte, musste man es nur schaffen, nach Hause in die UdSSR zurückzukehren.

Diese Option gab es aber nicht mehr.

»Wir können nirgendwohin«, murmelte er.

Kelly nickte. »Niemand will uns, Aleksandr. Wir sind die Letzten, die noch von damals übrig sind.«

Er dachte an die Zeit in der Akademie zurück und an das KGB-Ausbildungszentrum. Damals hätte er sich nie träumen lassen, irgendwann der Letzte zu sein, der die Fahne hochhielt.

»Mir ist klar geworden«, sagte Kelly, »dass das hier für Sie eine Mission ohne Wiederkehr ist. Ich möchte Sie wissen lassen, dass es auch für mich keine Rückfahrkarte gibt. Wenn es losgeht, gehe ich mit.«

»Sie sind ein guter und loyaler Offizier.«

»Ich wurde in den KGB hineingeboren«, sagte Kelly. »Meine Eltern waren beide Offiziere und haben mich ebenfalls zu einem erzogen. Ich kenne kein anderes Leben, auch wenn ich lange, lange in einer Scheinwelt gelebt habe.«

Er hatte diesen Widerspruch am eigenen Leib erfahren.

Und das war nicht gut.

Er war überraschend hungrig, im Restaurant breitete sich der unwiderstehliche Duft von frischem Kaffee aus. Deshalb gab er der Bedienung ein Zeichen, dass er noch mehr bestellen wolle.

Kelly lächelte. »Die zum Tode Verurteilten scheint nie der Appetit zu verlassen.«

»Jetzt verstehe ich, weshalb. Es ist beruhigend, wenn man weiß, dass bald alles vorbei sein wird.«

»Ich bedaure nur«, sagte Kelly, »dass ich nie geheiratet habe. Diese Erfahrung hätte ich gern gemacht.«

»Meine Ehegattin war eine gute Frau, die viel zu jung gestorben ist. Aber jetzt bin ich froh darüber. Wenn sie noch lebte, hätte ich vielleicht nicht den Mut zu tun, was getan werden muss.«

Und dann war da noch Anya.

Er sollte sie anrufen und sich verabschieden. Bisher hatte er das hinausgeschoben, weil er wusste, dass er ihr nicht die Wahrheit sagen konnte. Sie hatte sich freiwillig für die Suche nach dem Journal gemeldet. Es war nicht unwichtig, dass es jetzt nicht mehr gebraucht wurde, und man sollte es ihr sagen. Er hatte noch das Handy dabei, das er in Irkutsk gekauft hatte. Seit ein paar Stunden war es eingeschaltet, doch bisher hatte auch sie nicht versucht, mit ihm Kontakt aufzunehmen.

»Sie haben sich etwas dabei gedacht, alle fünf mitzunehmen«, sagte Kelly.

Das hatte er, und eine stand sicher in ihrem schicken Aluminiumkoffer unter dem Tisch bei seinen Füßen.

»Vielleicht sollten Sie mir jetzt sagen, warum.«

»Wir müssen dafür sorgen, dass die Amerikaner beschäftigt sind«, antwortete er. »Und weil ich jetzt ihre Absichten kenne, habe ich etwas, das Sie tun können, um unseren Erfolg abzusichern. Eine vorletzte Überraschung für den alten Feind.«

Kelly beugte sich gespannt vor. »Schießen Sie los.«

Cassiopeia trat in das Blaue Zimmer. Sie und Cotton waren von Virginia aus direkt zum Weißen Haus gefahren. Der ovale Raum machte seinem Namen alle Ehre. Er war mit leuchtend blauen Teppichen und dazu passenden Vorhängen dekoriert. Türen führten in angrenzende Räume, und hinter einer Reihe von Glastüren sah man die Rasenflächen im Süden und ein Stück des Rosengartens. Vor der blassen Sonne erhoben sich Magnolienbäume. Man hatte die Möbel weggeschafft und durch Reihen von Polsterstühlen ersetzt, die vor einem Podium aufgebaut waren, hinter dem sich der einzige Kamin im Raum befand. Gegenüber vom Podium stand eine Fernsehkamera, in der Nähe der Türen, die nach außen führten. Es war niemand im Raum, und alle Türen waren durch Absperrungen mit Samtbändern blockiert.

»Hier wird bald eine Menge passieren.«

Sie drehte sich um und entdeckte Danny Daniels.

»Wir sind gar nicht richtig zum Reden gekommen, als Sie vor ein paar Stunden hier waren«, sagte er.

»Schön, Sie wiederzusehen«, sagte sie.

Der Präsident stellte sich neben sie.

»Cotton spricht gerade mit Edwin«, sagte sie. »Und ich dachte, ich sehe mich mal um.«

»Ein beeindruckender Raum. Und heute wird hier ein neuer Präsident präsentiert.«

»Sie klingen nicht gerade aufgeregt.«

»Dieser Job wird mir fehlen.«

»Und Ihre Zukunftspläne?«

Sie wusste von ihm und Stephanie, war eine der sehr wenigen Menschen, die eingeweiht waren. Zu diesem geschlossenen

Kreis gehörten nur der Präsident, die First Lady und Edwin Davis. Dass sie ebenfalls einbezogen wurde, geschah ungewollt während einer anderen Krise vor einigen Monaten. Cotton hatte gespürt, dass sie etwas wusste, aber sie hatte sich all seinen Versuchen widersetzt, etwas aus ihr herauszubringen. Sie konnte ein Geheimnis wahren.

»Pauline und ich haben uns voneinander verabschiedet. Wir werden uns trennen«, gestand er ihr und sagte es so leise, dass seine Stimme kaum mehr als ein Flüstern war. »Aber wie sagt man so schön: Man braucht keinen Fallschirm für einen Sprung ins Ungewisse. Den braucht man nur, wenn man zweimal springen will.«

»Sie haben es immer verstanden, die Dinge aus dem richtigen Blickwinkel zu betrachten. Das werde ich vermissen.«

Er zuckte mit den Schultern. »Nostalgie ist auch nicht mehr das, was sie mal war.«

»Cotton ärgert sich wahnsinnig über sich selbst.«

»Es ist nicht seine Schuld, dass Zorin auf die Idee kam, sich den Weg freizusprengen. Die Frage ist nur, ob es etwas gibt, wovor wir Angst haben müssen?«

Als sie eintrafen, hatte man ihm mitgeteilt, dass der Secret Service die Strahlung im Bunker gemessen und keine Werte festgestellt hatte, die Rückschlüsse zuließen. Außerdem hatten sie berichtet, dass Luke Daniels verletzt worden war und ins Krankenhaus eingeliefert wurde.

»Irgendetwas Neues von Luke?«, fragte sie.

»Stephanie ist bei ihm. In Kürze wissen wir mehr.«

Sie musterte ihn, als er sich im leeren Raum umsah. »Wie lange dauert die Vereidigung?«

Er schüttelte den Kopf. »Der Präsident des Obersten Gerichtshofes nimmt den Eid ab – zuerst dem Vizepräsidenten und dann dem Präsidenten. Wir stellen uns alle auf und glotzen für die Kameras. Es dauert höchstens 15 bis 20 Minuten. Keine

Reden. Das wird alles für morgen bei der öffentlichen Zeremonie draußen am Kapitol aufgespart. Eine halbe Stunde, dann sind wir damit durch. Aber Fox hat vor, noch etwas länger zu bleiben.«

»Wir haben noch immer keinen konkreten Beweis, dass die Atombomben hier sind«, fühlte sie sich zu sagen genötigt.

»Sie sind hier. Das spüre ich.«

Ihr Bauchgefühl verhieß nichts anderes.

»Wir werden Sie hier brauchen, um die Augen offen zu halten«, sagte er. »Sie und Cotton sind die Einzigen, die Zorin und Kelly zweifelsfrei identifizieren können.«

Sie hatten auf der Prince-Edward-Insel beide einen kurzen Blick durchs Fenster riskiert.

»Fahren Sie morgen wieder nach Tennessee?«

Er nickte. »Zurück nach Hause.«

Er schien gar nicht ganz da zu sein, sondern irgendwo anders, in weiter Ferne.

»Ich habe ein mieses Gefühl bei der ganzen Sache«, raunte er. »Ein richtig mieses Gefühl.«

Zorin erklärte seinen Plan en détail und war froh, dass Kelly damit einverstanden war.

Die Kellnerin brachte ihre Nachbestellung.

»Ist Ihnen klar«, sagte Kelly, »dass wir die Ersten überhaupt sein werden, die einen direkten Schlag gegen unseren Erzfeind ausführen?«

Das waren sie, und es bedeutete ihm viel.

Es verlieh ihm das Gefühl, etwas erreicht zu haben.

Endlich.

Er streckte den Arm aus, um Kelly die Hand zu schütteln.

»Wir tun es gemeinsam. Für das Vaterland.«

Sie tauschten einen festen Händedruck. Sie waren Genossen und sichtlich froh, dass es auf diese Weise endete.

»Essen Sie nur«, forderte er Kelly auf. »Ich muss kurz telefonieren.« Er hob seinen Rucksack auf und nahm das Handy heraus. »Es wird nur einen Moment dauern, und ich gehe dafür nach draußen.«

Er verließ die Sitzecke. Dabei fiel sein Blick auf eine Wanduhr hinter dem Tresen.

7.50 Uhr.

Noch vier Stunden.

74

Mit einem Wagen, der ihr vom Weißen Haus zur Verfügung gestellt worden war, fuhr Stephanie zum Krankenhaus in Manassas, Virginia. Nachdem sie von Luke erfahren hatte, rief sie Danny an, der sie drängte, sofort hinzufahren. Bei ihrer Ankunft traf sie auf Sue Begyn und erfuhr, dass Luke an einer Gehirnerschütterung und einer Rauchgasvergiftung litt, die er sich durch das Atmen im dichten Qualm zugezogen hatte. Er war bewusstlos und seine Lunge wurden mit Sauerstoff durchgespült. Glücklicherweise hatte er keine Verbrennungen. Er war unter ein schweres Bett gekrochen, das zusammengebrochen war und ihn so lange geschützt hatte, bis Sue ihn bergen konnte. Sie hatte bei der Rettung offenbar ihr Leben riskiert. Darüber war Stephanie nur so lange erstaunt, bis sie erfuhr, dass die Frau bei der Flussmarine diente.

Stephanie stellte sich neben Lukes Bett und sah bewegt auf den jüngeren Daniels hinunter. Er hatte sich als Glücksgriff erwiesen. Auch wenn sein Onkel ihn ihr aufgezwungen hatte, hatte er sich mit vorbildlichen Leistungen behaupten können. Selbst Cotton sprach von ihm in den höchsten Tönen. Der Arzt hatte ihr versichert, dass er wieder ganz gesund werde, doch zunächst für ein paar Tage dienstunfähig sei. Sie musste herausfinden, was er überhaupt in jenem Haus zu suchen hatte.

Sue war ins Zimmer ihres Vaters gerufen worden. Auf der Flucht hatte der alte Mann einen schweren Asthmaanfall bekommen und lag jetzt in einer Art Halbkoma, aus dem er jedoch wieder herausgeholt werden würde. Zum Glück waren rechtzeitig Rettungssanitäter und die örtliche Feuerwehr an den Ort des Geschehens gekommen und hatten die beiden

Männer umgehend ins Krankenhaus gebracht. Stephanie hatte gar nicht erst versucht, etwas aus Sue herauszubringen, weil sie sah, wie sehr sie der Zustand ihres Vaters beunruhigte. Außerdem wollte Stephanie sich um Luke kümmern.

Doch ihr lief die Zeit davon.

Der Mittag rückte unerbittlich näher.

Eine Beschreibung und die Kennzeichen des Regierungsfahrzeugs, das in Virginia gestohlen worden war, waren an alle Polizeidienststellen im Umkreis von fünfzig Meilen um Washington, D.C. weitergeleitet worden. Außerdem wurden Videoaufzeichnungen von Verkehrsüberwachungskameras ausgewertet, weil es zumindest eine geringe Chance gab, das Fahrzeug dort zu entdecken. Doch sie wusste, dass es solche Glückstreffer nur im Fernsehen gab. So viele Leute waren in der Stadt. So viele Autos. Und es gab Hunderte von Kameras und noch viel mehr Stunden Videomaterial, das gesichtet werden musste.

Der Secret Service hatte das Waffendepot gesichert, aber keine Hinweise auf die RA-115 entdeckt. Noch schlimmer war, dass sie nicht wussten, wie Zorin aussah. Es gab keine Fotos von ihm in amerikanischen Datenbanken, und die Russen waren nicht bereit gewesen, eines zur Verfügung zu stellen – wobei fraglich war, ob sie überhaupt ein neueres Foto von ihm besaßen. Der Mann war schon seit Langem nicht mehr im Geschäft. Aber Cotton und Cassiopeia würden ihn wiedererkennen, wenn sie ihn sahen. Auch Kelly hatte sich als Problemfall erwiesen, weil sie so gut wie nichts über ihn wussten. Auf Kellys Namen war aktuell kein amerikanischer Ausweis registriert, und es gab keine kanadische Fahrerlaubnis, die auf seinen Namen lief. Das war nichts Ungewöhnliches, weil man diesem Mann beigebracht hatte, sich unsichtbar zu machen. Kanadische Beamte hatten seine Nachbarn und seinen Arbeitgeber befragt, sie konnten aber kein aktuelles Foto von ihm finden. Er war verständlicherweise sehr kamerascheu.

Die Tür ging auf und Sue betrat Lukes Zimmer.

»Wie geht es Ihrem Vater?«

»Er wird durchkommen. Aber er muss noch ein paar Tage hierbleiben.«

»Ich muss wissen, was passiert ist.«

»Drei Männer haben das Haus mit Brandgranaten angegriffen. Ich konnte durch ein Fenster flüchten. Dann hörte ich aus dem Inneren Schüsse. Die Feuerwehrleute haben mir erzählt, dass sie eine Leiche gefunden haben, also muss Luke einen von ihnen erledigt haben. Die beiden anderen habe ich draußen erschossen. Wir haben meinen Vater herausbekommen, aber er hatte einen Asthmaanfall. Luke ist drinnen geblieben.«

»Wissen Sie, weshalb?«, fragte Stephanie.

Sue schüttelte den Kopf. »Ich war nicht dabei, als mein Vater und Luke hineingegangen sind. Ich habe draußen vor dem Schlafzimmer Wache gehalten. Es ging ihnen um das Tallmadge-Journal, aber ich habe keine Ahnung, ob sie etwas und wenn ja was sie gefunden haben.«

Allerdings hatte Luke sein Leben riskiert, um in einem brennenden Haus zu bleiben.

Ein Handy klingelte.

Aber es war nicht ihres, sondern das von Petrowa.

Es lief ihr eiskalt über den Rücken.

»Würden Sie bitte eine Minute draußen warten?«, bat sie.

Als Sue gegangen war, nahm sie das Handy aus der Tasche, das sie bei sich trug, seit Luke es aus Petrowas zerstörtem Wagen geborgen hatte.

»Anya«, sagte eine Männerstimme, als sie das Gespräch annahm.

»Nein, Genosse Zorin. Hier ist nicht Anya.«

Stille.

»Ich bin Stephanie Nelle. Ich arbeite für das US-Justizministerium. Wir wissen, was Sie treiben.«

»Das bezweifle ich.«

»Sind Sie sicher? Immerhin habe ich dieses Handy.«

»Wo ist Anya?«

»Sie ist tot.«

Wieder antwortete Schweigen.

»Wie ist sie gestorben?«

»Bei einem Autounfall, als sie versuchte, vor uns zu fliehen.« Sie versuchte es mit einem Bluff. »Wir wissen, dass Sie in Washington, D.C. sind und dass Sie eine Bombe haben. Das Depot in Virginia haben wir ausgehoben.«

»Das ändert nichts. Wie Sie gesehen haben, ist es leer.«

»Sie haben also alle fünf mitgenommen?«

»Fünf was?«

Er knickte nicht ein, aber was hatte sie erwartet? Sie hatte es mit einem Mann zu tun, der das Spiel schon spielte, als es tatsächlich noch ein Spiel gab.

»Sie schaffen es nicht bis zum Weißen Haus«, sagte sie.

»Ich bin schon längst da.«

Und damit war die Verbindung tot.

Gespräch beendet.

Wahrheit oder Lüge? Unmöglich zu sagen. Sie hatte ihr Bestes versucht, um ihn aus dem Konzept zu bringen, doch er war cool geblieben, selbst als er erfuhr, dass seine Geliebte tot war. Aber sie hatte keine Ahnung, wie nah die beiden sich gestanden hatten. Und selbst wenn es etwas Besonderes gewesen war, hätte ein Mann wie Zorin nichts preisgegeben.

Sie blickte auf Luke hinunter.

Was er vielleicht wusste, war soeben noch wichtiger geworden.

Eigentlich stellte er die einzige Spur dar, die ihnen geblieben war.

Zorin stand vor dem Café in der Kälte und versuchte, die Fassung zu bewahren.

Er schaltete das Handy aus.

Anya war tot?

Ein solches Gefühl des Verlusts hatte er seit dem Tod seiner Frau nicht empfunden, doch jetzt kehrte der vertraute Schmerz zu ihm zurück. Anya hatte sich aus freien Stücken für seine Sache engagiert, sie zu ihrer eigenen gemacht und war eine aktive Partnerin geworden. Hatten sie einander geliebt? Das war schwer zu sagen, weil keiner von beiden jemals viele Gefühle ausdrückte. Aber sie hatten eine befriedigende Beziehung geführt. Jetzt zu erfahren, dass sie nicht mehr lebte, bestärkte ihn nur noch in seinem Entschluss.

Dies würde seine letzte Mission sein.

Die Frau am Telefon – Nelle – wusste nur Details. Er war schon lange genug im Geschäft, um einen Bluff zu erkennen. Sie wusste von den RA-115, hatte aber keine Ahnung, ob auch nur eine davon in dem Bunker gewesen war. Und ganz sicher wusste sie auch nicht, wo er sich gerade aufhielt.

Doch sie kannte das Ziel.

Das Weiße Haus.

Aber das würde ihr nichts mehr nützen.

Sie würden ihn nicht einmal kommen sehen.

Stephanie wusste nicht, wie sie den Kontakt wiederherstellen konnte. Zorin war weg und lief irgendwo frei herum. Sein Handy war mit Sicherheit ausgeschaltet und würde demnächst zerstört werden.

»Sue«, rief sie laut.

Die junge Frau kam wieder ins Krankenzimmer.

»Gibt es gar keine Möglichkeit, mit Ihrem Vater zu reden?«

»Er ist noch bis mindestens morgen ohne Bewusstsein. Der Arzt meinte, er hatte Glück, dass ihn der Rauch nicht umbrachte.«

So blieb ihr keine andere Wahl.

Auf dem Monitor neben Lukes Bett zuckte eine grüne Linie über die Mattscheibe. Es war ein sanfter, präziser Rhythmus wie bei einem Uhrwerk. Sie griff nach unten und drückte den Knopf. Es war an der Zeit, ihre Autorität geltend zu machen. Als die Krankenschwester erschien, ersuchte sie die Frau, Lukes Arzt herzubringen, was bei ihr auf taube Ohren stieß, bis Stephanie ihre Dienstmarke vorzeigte und deutlich machte, dass es sich bei ihrer Aufforderung nicht um eine Bitte gehandelt hatte. Schließlich gab die Krankenschwester nach und verließ das Zimmer.

»Erzählen Sie mir alles, was Sie wissen«, sagte sie zu Sue. »Und wie Sie bereits bemerkt haben, habe ich jetzt keine Lust auf Spielchen.«

»Dad hat Luke von einem Journal der Society erzählt, das von Benjamin Tallmadge verfasst wurde. Er meinte, dass Charon es irgendwo im Haus versteckt haben könnte. Dad glaubte zu wissen, wo sich das Versteck befand, deshalb sind wir hingefahren, um dort nachzusehen.«

Petrowa hatte es auf dasselbe abgesehen, und sie begriff jetzt, wofür Luke sein Leben aufs Spiel gesetzt hatte. »Und Sie haben keine Ahnung, warum das Journal so wichtig ist?«

»Mein Vater hat es vor zwei Tagen zum ersten Mal erwähnt. Aber er hat Luke erzählt, dass womöglich vor langer Zeit einmal ein Sowjetrusse einen Blick hineinwerfen durfte.«

Davon hatte auch Peter Hedlund berichtet. Interessant.

Der Arzt kam ins Zimmer, und Stephanie forderte ihn auf, Luke aufzuwecken.

»Das ist unmöglich«, sagte er. »Viel zu gefährlich. Er muss von selbst aufwachen.«

Mit dieser Antwort hatte sie gerechnet, deshalb zeigte sie noch einmal ihre Dienstmarke. »Ich kann nur sagen, Doktor, dass es hier um eine Frage der nationalen Sicherheit geht. Mir bleiben weniger als drei Stunden, um etwas Bestimmtes herauszufinden, und ich muss mit meinem Agenten sprechen. Ich kann Ihnen versichern, es wäre auch Lukes Wunsch, dass Sie es tun.«

Der Mann schüttelte den Kopf und gab nicht nach.

Sie lenkte nicht ein. »Gibt es eine Stimulanz, die Sie ihm verabreichen können, damit er wieder zu sich kommt?«

»Die gibt es, aber ich werde sie ihm nicht geben.«

Sue trat ans Bett, riss Luke hoch und verpasste ihm eine heftige Ohrfeige.

Na schön. Dann musste es eben so gehen.

Der Arzt wollte dazwischengehen und sie aufhalten, aber Stephanie stoppte ihn mit vorgehaltener Waffe.

»Raus hier!«, befahl sie.

Der Mann machte ein erschrockenes Gesicht und flüchtete.

Sue verpasste Luke noch eine Ohrfeige, dann schüttelte sie ihn. Luke begann zu husten, dann öffnete er die Augen wie jemand, der aus einem tiefen Schlaf gerissen wurde. Er hatte dunkle Augenringe, und seine Pupillen brauchten eine Weile, bis sein Blick klar wurde.

»Das funktioniert an der Front immer«, sagte Sue.

Stephanie grinste. Das tat es allerdings. »Luke, Sie müssen aufwachen.«

Sie konnte sehen, dass er sich große Mühe gab, genau das zu tun.

»Ich muss wissen, ob Sie in diesem Haus etwas gefunden haben.«

Sie warf einen Seitenblick auf Sue, erkannte, dass sie keine Wahl hatte, nickte folglich und die nächste Ohrfeige klatschte in sein Gesicht.

Er machte große Augen und blickte auf Sue. »Haben Sie mich ... gerade geschlagen?«

Sie grinste. »Nur mit dem allergrößten Respekt.«

Er rieb sich die Wangen. »Das hat wehgetan.«

»Haben Sie verstanden, was ich Sie gerade gefragt habe?«, fragte Stephanie.

»Ja, habe ich. Aber ich kann noch nicht richtig atmen.«

An seinem Kopf waren Sauerstoffschläuche befestigt, die ihm die Luft direkt in die Nasenlöcher bliesen. Sie ließ ihm einen kurzen Moment Zeit für ein paar Atemzüge sauberer Luft.

»Das Dach ist eingestürzt«, sagte er. »Wie bin ich herausgekommen?«

Stephanie deutete auf Sue. »Sie hat Ihren Arsch gerettet.«

»Sieht aus, als ob ich Ihnen was schuldig bin.«

Stephanie nahm ihr Handy und wählte eine Nummer. Als die Verbindung hergestellt war, drückte sie auf die Lautsprechertaste. Danny hatte auf ihren Anruf gewartet; er wusste ebenfalls, dass sie in der Luft hingen und nur hatten, was Luke womöglich wusste.

»Das Tallmadge-Journal... ist in dem Haus«, sagte Luke. »Wir haben es gelesen, Begyn und ich.« Er rieb sich den Kopf. »Aber wir waren noch nicht fertig damit... als die Schießerei anfing.«

»Das Haus hat schlimm gebrannt«, sagte Sue. »Aber es steht noch.«

»Also ist das Journal weg«, sagte eine neue Stimme.

Danny. Via Handy.

Luke sah das Gerät in ihrer Hand. »Nein, ist es nicht.«

»Sprich mit uns, Luke«, sagte Danny. »Bei mir kommt gleich die gesamte US-Regierung durch die Tür. Muss ich sie hier evakuieren?«

»Dieses Journal«, sagte Luke, »befindet sich in einem feuerfesten Schrank in dem Wandschrank im Hauptschlafzimmer. Eine Geheimkammer, von der Begyn wusste.«

Er schien all seine Kraft aufwenden zu müssen, um das herauszubringen.

Sie gab ihm ein Zeichen, dass er sich etwas schonen sollte.

»Stephanie, niemand ist so dicht dran wie Sie«, sagte Danny. »Petrowa wollte das Journal um jeden Preis. Wir brauchen es.«

Und Zorin hat es nicht, aber trotzdem lässt er sich in seinem Tun nicht aufhalten.

»Bin schon unterwegs.«

»Ich werde mit dem Hubschrauber Hilfe schicken. Aber Sie fahren da jetzt sofort hin und überprüfen das.«

Malone starrte Danny Daniels an. Als Stephanies Anruf einging, war der Präsident über den Flur im ersten Stock in den Salon gestürmt, wo er und Edwin Davis ihr Hauptquartier aufgeschlagen hatten; unten war waren zu viele Menschen, um auch nur annähernd diskret arbeiten zu können. Die neuen Mitarbeiter brannten darauf, ihre Posten anzutreten, und die alten räumten gerade ihre Schreibtische leer.

»Ich sollte auch zu dem Haus fahren«, sagte Malone zum Präsidenten.

Daniels schüttelte den Kopf. »Sie und Cassiopeia sind die Einzigen, die genau wissen, wie Zorin und Kelly aussehen. Ich brauche sie beide im Sicherheitszentrum. Wir haben überall Kameras. Überprüfen Sie, ob Sie einen von ihnen draußen am Zaun entdecken können.«

»Das ist nicht gerade eine lückenlose Abwehr.«

»Es ist alles, was wir haben.«

»Müssten Sie nicht unten sein und die Gäste begrüßen?«

»Das interessiert mich nicht die Bohne. Außerdem bin ich denen völlig gleichgültig. Ich bin Schnee von gestern.«

Bis jetzt war es ihnen noch nicht gelungen, den Wagen zu entdecken, den Zorin gestohlen hatte, aber Agenten waren weiterhin damit beschäftigt, Verkehrsüberwachungsvideos zu sichten. Sämtliche Polizeidienststellen hatten den Befehl zu höchster Wachsamkeit, aber man schätzte, dass heute und morgen fast eine Million Menschen in die Stadt kommen würde.

»Er hat eine Bombe«, sagte Daniels. »Das wissen wir beide.«

Malone pflichtete ihm bei und fügte hinzu: »Er hat möglicherweise mehr als eine.«

»Er wird versuchen, den ganzen Laden hier in die ewigen Jagdgründe zu bomben«, sagte Daniels. »Und wir können nichts dagegen tun, ohne eine Panik auszulösen. Und falls wir uns irren? Dann wird man uns in der Hölle schmoren.« Daniels warf ihm einen finsteren, resignierten Blick zu.

Dass sie keinen konkreten Beweis für eine Bedrohungslage in der Hand hatten, erschwerte es ihnen auch weiterhin enorm, die nötigen Schritte einzuleiten.

»Ich verstehe nicht, warum wir diese verdammte Vereidigung nicht im Kapitol durchführen, Sonntag hin oder her. Wenn wir wirklich den Tag des Herrn respektieren wollen, dann sollten wir heute nicht härter arbeiten als morgen.«

Malone konnte die Frustration in seiner Stimme hören.

»Die Experten haben mir gesagt, dass Zorin sehr nahe herankommen muss«, sagte Daniels. »Das heißt, er muss diesen Kasten mit sich herumschleppen.«

Und dazu den Vorschlaghammer, den Bolzenschneider und ein Bügelschloss – alles Dinge, die sich Zorin extra zurückgeholt hatte. Daniels hatte recht: Die Videoüberwachungsbilder der Umgebung im Auge zu behalten war nicht dumm.

Er stand auf.

Ebenso wie der Präsident, der einen eleganten Anzug mit Krawatte trug. Bei seinem morgigen, letzten Auftritt auf der Bühne vor dem Kapitol waren dann Frack und schwarze Fliege angesagt.

»Außerdem haben sie gemeint, es sei nicht so wie im Fernsehen«, sagte Daniels. »Es gibt keine Digitaluhr an diesen Dingern, die den Countdown herunterpiept. Die Bomben wurden gebaut, bevor es so etwas überhaupt gab. Eigentlich gibt es überhaupt keinen Zeitschalter. Das hätte zu viele bewegliche Teile bedeutet. Sie haben es ganz schlicht gehalten. Um sie zu entschärfen, braucht man nur einen Schalter im Kasten umzulegen oder die Drähte aus der Batterie zu ziehen. Das unterbricht den Ladevorgang, der die Hitze erzeugt, die die Reaktion auslöst. Aber wenn genug Hitze entsteht und dieser Auslöser anspringt, gibt es keine Chance mehr, noch irgendetwas aufzuhalten.«

Das klang in seinen Ohren ganz und gar nicht gut.

»Ich dachte, Sie sollten das wissen«, sagte Daniels. »Nur für den Fall. Ich gehe jetzt nach unten und tue, was man tun kann, wenn man nichts tun kann.«

Malone sah auf seine Uhr.

10.20 Uhr morgens.

Noch eine Stunde und vierzig Minuten.

75

Zorin erreichte die St.-John's-Kirche.

Noch einige Blocks entfernt vom Weißen Haus hatte er einen Weg zur Kirche durch unzählige Nebenstraßen gesucht und war den vielbefahrenen Durchgangsstraßen ausgewichen, die an den Haupttoren vorbeiführten. Er hüllte sich in der Kälte fester in seinen Mantel und blieb wachsam. Achtete auf Überwachungskameras, auf alles, was ihm zufällig über den Weg lief oder ihn aufhalten konnte. Und war sich seiner Exponiertheit überaus bewusst, insbesondere nach dem Telefongespräch mit der Amerikanerin. Das war definitiv der heikelste Moment gewesen.

Glücklicherweise gab es in dem Bereich hinter der Kirche Bäume und Hecken, die jede Menge Deckung boten. Als es draußen noch dunkel war und sie keiner bemerken konnte, hatten er und Kelly die Tasche mit dem Werkzeug bereits versteckt. Jetzt hatte er den Aluminiumkoffer dabei – noch etwas, was ihn auffällig machte –, doch es war ihm gelungen, über die Zufahrt eines angrenzenden Gebäudes zu laufen und dann unbemerkt durch den Zaun auf die Baustelle zu schlüpfen.

Er hielt kurz inne und blickte zum Lafayette-Park hinüber, der nicht einmal hundert Meter entfernt war. Die Massen, die sich dort bereits sammelten und den gesperrten Teil der Pennsylvania Avenue vor dem Weißen Haus füllten, sorgten für einen hohen Geräuschpegel. Fahrzeuge waren dort schon seit zwanzig Jahren nicht erlaubt, aber Fußgänger durften nach Belieben kommen und gehen.

Dort würde heute eine Menge los sein.

Der Bauzaun rings um die Kirche bot eine perfekte Deckung,

weil er mit schwarzem blickdichtem Kunststoff bezogen war. Hier und da grenzten kahle Bäume an das Hindernis, deren Stämme so schwarz wie Eisen waren. Er hielt den Umstand, dass die Kirche geschlossen war, für ein Zeichen – kein göttliches, denn Gott hatte in seinem Leben noch nie eine Rolle gespielt, aber für ein Zeichen des Schicksals. Vielleicht war es ein Geschenk gefallener Genossen, die seine Fortschritte beobachteten und ihn anfeuerten.

Kelly hatte ihm alles erzählt, was er über die Kirche wissen musste, und er bewegte sich rasch mit dem schweren Aluminiumkoffer und der Nylontasche zur Nordseite des Gebäudes. Er passte auf, wohin er trat – und rutschte doch ab und zu auf dem Schnee aus. Unter dem Gerüst zwischen den Bäumen und dem Gebüsch entdeckte er hinter einem schwarzen Eisengeländer den Kellereingang. Dort stellte er Koffer und Tasche ab und holte den Bolzenschneider heraus. Der Eingang wurde von zwei klappbaren Metallplatten versperrt, die von einem glänzenden Schloss zusammengehalten wurden. Kelly hatte ihm von seinem Rundgang durch die Kirche berichtet und erzählt, wie ihn der Hausmeister in den Keller mitgenommen hatte. Der unterirdische Raum war überraschend geräumig. Er war etwa zwanzig Jahre nach dem Bau der Kirche hinzugefügt worden.

Er zerschnitt den Bügel, und das Schloss fiel scheppernd zu Boden. Dann packte er den Bolzenschneider wieder in die Tasche und stieß die beiden Metallplatten auf, hinter denen eine aus Beton gegossene Treppe sichtbar wurde. Ursprünglich sollte Kelly das Schloss durch jenes ersetzen, das sie gekauft hatten, und ihn innen einschließen. Wenn die Sonntagsmesse stattgefunden hätte, hätte man auf diesem Weg verhindert, dass jemand dort unten bemerkt würde. Dann wäre er schon vor Stunden hineingegangen und hätte einfach darauf gewartet, dass es Mittag würde. Dass die Kirche geschlossen war, hatte die Lage geändert und es außerdem ermöglicht, Kelly mit einer weitaus wichtigeren Aufgabe zu betrauen.

Dennoch hielt er es für ratsam, sich einer kleinen Täuschung zu bedienen.

Zuerst trug er die Bombe und die Nylontasche nach unten. Dann befestigte er das neue Schloss an einer der beiden Türplatten und zog sie von unten langsam wieder zusammen. Nur bei genauer Betrachtung ließ sich erkennen, dass das Schloss nicht mit beiden Platten verbunden war.

Er stieg die Treppen hinunter, fand einen Schalter und sorgte dafür, dass die Deckenlampen angingen. Der hell ausgeleuchtete Raum maß circa fünfzehn Meter im Quadrat und war mit Geräten vollgestellt. Dazwischen verliefen unzählige Rohre, Leitungen, Kabel und Ventile. Das meiste davon schien Elektro-, Heizungs- und Kühlungssystemen zu dienen.

Maschinen sogen summend angeheizte Luft in die Kirche. Etwas davon wärmte auch den Keller.

Er legte Mantel und Handschuhe ab und begutachtete die gegenüberliegende Wand.

Stephanie verließ Manassas und fand mithilfe des Navigationssystems auf ihrem Smartphone das Anwesen der Charons. Diese Sue hatte recht gehabt: Das Feuer hatte das Haus entkernt. Ein Großteil des Daches war Asche, ein Flügel war zusammengebrochen, aber der Mittelteil und ein zweiter Flügel ragten noch eine Etage empor. Das ganze Ding war zu einem verkohlten, qualmenden Durcheinander geworden, das nicht mehr den Wohlstand der Besitzer hinausposaunte.

Die Feuerwehrleute waren abgezogen und hatten einen Schauplatz hinterlassen, der nahezu Friedhofsruhe ausstrahlte. Die verbliebenen leeren Fensterrahmen hingen wie schwarze Schatten in der verkohlten Fassade. Das Sonnenlicht war blass und trüb, der Wind trieb Wolken vor sich her und verhieß noch mehr Schnee. Sie hastete zur Ruine und schlug den Kragen hoch, um sich vor dem kalten Wind zu schützen. Gelbe Tatortmarkierungen der Polizei umspannten das ganze Anwesen, was nicht verwunderte, denn schließlich waren hier letzte Nacht drei Menschen ums Leben gekommen. Die Ermittler würden irgendwann heute zurückkehren, deshalb musste sie sich ranhalten.

Die Zeit wurde verdammt knapp

Malone und Cassiopeia gelangten durch das Tor des Weißen Hauses auf die Pennsylvania Avenue. Die Fußgängerzone vor dem Nordrasen war so voller Menschen, dass viele der Überwachungskameras sich als nutzlos erwiesen hatten. Normalerweise wurde dieses Tor nur sporadisch benutzt und blieb aus Sicherheitsgründen verriegelt. Es war jedoch das Tor, das immer wieder im Fernsehen und in Filmen gezeigt und deshalb für den gebräuchlichen Eingang ins Weiße Haus gehalten wurde. Man hatte ihm gesagt, dass an dieser Stelle die Entfernung vom Zaun bis zum Haupteingang des Weißen Hauses nur sechzig Meter betrug. Das war so gut wie nichts. Die andere Seite des Gebäudes wurde von mehreren Hektar Land abgeschirmt, die den Südrasen bildeten. Der Ost- und der Westflügel wurden durch die Executive Avenue geschützt. Fahrzeuge benutzten andere Tore an der Ost- und der Westseite des Anwesens und waren weit vom Gebäude entfernt.

Sie hatten beschlossen, gemeinsam auf Patrouille zu gehen, weil nicht abzusehen war, auf welche Weise Zorin und Kelly versuchen würden, sich dem Gebäude zu nähern. Agenten checkten nach wie vor die Bilder von Überwachungskameras nach allem Verdächtigen, für das gesamte Sicherheitspersonal des Weißen Hauses galt erhöhte Alarmbereitschaft. Mit einem Auto in die Nähe zu kommen war so gut wie ausgeschlossen. Hier auf der Nordseite bildeten die Menschenmassen einen undurchdringlichen Puffer, und die Straßen rings um den Lafayette-Park waren für Fahrzeuge gesperrt. Auf der Südseite gab es eine ganze Reihe von Toren, alle mit ausgefeilten Vorkehrungen versehen, die ein Eindringen verhinderten. Doch mit einer Atombombe von sechs Kilotonnen Sprengkraft reichte es schon aus, bis zum Tor zu kommen.

Ihm fiel wieder ein, was Daniels ihm erzählt hatte. Man musste den Schalter im Kasten betätigen. Sofern die Hitze noch nicht den kritischen Wert erreicht hatte, war alles gut. Und wenn doch? Dann knallte es.

»So viele Menschen«, murmelte Cassiopeia.

»Aber er muss den Koffer dabeihaben, also konzentrieren wir uns darauf.«

Wegen der Kälte waren alle in Winterkleidung gehüllt, kaum jemand trug etwas bei sich, das größer als eine Schultertasche war. Viele Kinder saßen auf den Schultern ihrer Eltern und versuchten, einen Blick auf das berühmte weiße Gebäude hinter dem schwarzen Eisenzaun zu erhaschen. Das allgemeine Stimmengewirr spiegelte die Aufregung und die Freude, hier zu sein. Er wusste, dass auf der Südseite des Gebäudes Würdenträger eintrafen. Schon bald sollten sich die Machtverhältnisse ändern und mit ihnen die Loyalitäten.

Sein Handy vibrierte.

Er hörte zu.

»Wir haben das Auto.«

Er blieb stehen. »Erzählen Sie.«

»Auf der 15. Straße unterwegs in südlicher Richtung. Die Kameras haben es erfasst.«

Er wusste, dass das mächtige Treasury Building das Weiße Haus von der 15. Straße abschirmte. Aber gleich hinter dem berühmten Gebäude verlief die Straße direkt parallel zum Südrasen und der Ellipse. Ein Tor erlaubte Fahrzeugen die Einfahrt aufs Gelände.

»Sind Sie sicher?«
»Wir haben gerade eine Aufnahme vom Nummernschild gesehen. Es ist der Wagen. Er bewegt sich schnell.«

Stephanie arbeitete sich in die ausgebrannte Hülle vor und stellte fest, dass das Treppenhaus verschwunden, aber eine Leiter zurückgeblieben war, über die man in den zweiten Stock gelangen konnte. Das bedeutete, dass die Ermittler mit Sicherheit zurückkehren würden.

Sie kletterte die Aluminiumsprossen hinauf und ihr fiel auf, dass sie zum ersten Mal seit Jahrzehnten wieder eine Leiter erklomm. Interessant, dass sie am letzten Tag ihrer Karriere ein Außendienstler geworden war und dasselbe tat wie die Männer und Frauen, die für sie gearbeitet hatten. Dieses Finale hatte einen ironischen Aspekt, auf den sie gerne verzichtet hätte.

Die Galerie im ersten Stock, von der man einst einen Blick auf die Eingangshalle gehabt hatte und die die Flügel miteinander verband, war verschwunden. Die Leiter reichte höher bis zu einem noch betretbaren Flur, der an ausgebrannten Türen vorbei zu einem anderen Raum am entgegengesetzten Ende führte. Luke hatte ihr erzählt, dass es sich dabei um das Hauptschlafzimmer handeln musste. Sue erwähnte, dass die Feuerwehrleute rechtzeitig eingetroffen seien, um die Flammen zu ersticken, bevor sie jene Seite des Hauses zerstören konnten. Jetzt war fast alles den Elementen ausgesetzt, das Dach nahezu verschwunden und in einigen Bereichen, die inzwischen schon wieder abgekühlt waren, lag Schnee, der nicht mehr schmolz.

Sie blickte auf die Uhr: 10.46 Uhr.

Noch 74 Minuten bis Mittag.

Obwohl der Fußboden sicher wirkte und die Wände relativ intakt, setzte sie die Füße bei jedem Schritt vorsichtig auf; das Holz knirschte vom Wind. Sie schaffte es ohne einen Zwischenfall bis ins Schlafzimmer und stellte fest, dass es dort keine

Decke mehr gab und die meisten Möbel zu verkohlten Trümmern verbrannt waren. Die Tür zum Wandschrank war schnell gefunden, und sie ging hinein, wobei sie über geschwärzte Dachbalken klettern musste, die ihr den Weg versperrten. Aus einigen heißen Stellen stieg noch Qualm auf. Sie entdeckte die Geheimkammer, die Luke ihr beschrieben hatte, und auch den Aktenschrank, der noch intakt zu sein schien. Luke hatte ihr berichtet, dass er das Journal in die unterste Schublade geworfen und diese zugeknallt hatte, als die Schießerei begann.

Eine gute Reaktion, die für einen kühlen Kopf sprach.

Sie arbeitete sich über noch mehr Schutt vor, schaffte es, den Griff der unteren Schublade in die Finger zu bekommen, und riss sie heraus.

Da lag es!

Völlig unversehrt.

Lukes Vermutung, dass der Aktenschrank feuerfest sei, war also richtig gewesen.

Sie nahm das Journal heraus und ging ins Schlafzimmer zurück, dem der graue, wolkige Tag etwas mehr Licht spendete. Ein Papierstreifen markierte einen bestimmten Abschnitt, so wie Luke es beschrieben hatte. Sie öffnete das Buch und las, wie die Briten 1815 das Kapitol und das Weiße Haus abgefackelt hatten. Tallmadge schien entsetzt darüber gewesen zu sein, dass die amerikanische Infanterie ihre Posten verließ, aus der Stadt flüchtete und die Stadt samt ihren Bewohnern schutzlos zurückließ. Sie ließ den Blick über die dunkle, männliche Handschrift schweifen, die im Laufe zweier Jahrhunderte kaum ausgeblichen war.

Beim Blättern fiel ihr eine Passage ins Auge:

Die Präsidentenvilla soll wiederaufgebaut werden, aber Präsident Madison beharrt darauf, dass Maßnahmen ergriffen werden, um den Schutz der Bewohner zu gewährleisten. Mrs. Ma-

dison wäre beinahe in der Villa eingeschlossen und von den Briten gefangen genommen worden. Nur die Vorsehung und eine gehörige Portion Glück haben sie gerettet. Der Präsident hat befohlen, dass sicherere Fluchtwege vorgesehen werden, und mich damit beauftragt, diese Fluchtwege sowohl zu planen als auch zu errichten.

Jetzt überflog sie den Text nicht mehr, sondern las jedes einzelne Wort, das der oberste Spion aufgeschrieben hatte. Jeder amerikanische Nachrichtendienstler kannte Benjamin Tallmadge. Und jetzt stand sie hier und las seine privaten Aufzeichnungen. *Ganz genau lesen*, ermahnte sie sich. *Nichts übersehen.*

Sie las bis zum unteren Seitenrand, blätterte um – und dann fiel ihr die Information ins Auge.

»Mein Gott«, flüsterte sie.

Sie hörte das sonore Dröhnen der Rotoren, die die Luft zerteilten, und wusste, dass der Helikopter sich näherte, den Danny versprochen hatte.

Sie las weiter – und die Konsequenzen wurden immer klarer.

Jetzt wusste sie, was Zorin plante.

Der Hubschrauber bog jetzt über die Baumwipfel und schwenkte auf eine Lichtung vor dem Haus. Sie musste los.

Jetzt.

Und noch unterwegs Meldung erstatten.

76

Malone hetzte mit Cassiopeia an der Seite über das Gelände des Weißen Hauses. Sie waren über das Nordtor wieder hineingekommen, eilten über den frostigen Rasen und machten einen Bogen zur Ostseite, wo man das Gebäude des Finanzministeriums mit seinen gewaltigen Säulen und dem Portikus sehen konnte. Auf der gegenüberliegenden Seite des Monumentalbaus verlief die viel befahrene 15. Straße. Sie rannten über das Gras unter den Bäumen hindurch auf das Tor zu, durch das Fahrzeuge in die Ellipse fahren konnten. Er hatte das Handy in der Hand und erhielt die Nachricht, dass der Wagen auf die Kreuzung 15. Straße/Ecke Pennsylvania Avenue zuhielt. Zuvor waren alle Wachen auf dem Gelände über ihre Anwesenheit informiert worden, und Edwin Davis hatte den Befehl erteilt, sie ungehindert gewähren zu lassen – was insbesondere für die Scharfschützen und die Beobachtungsposten auf dem Dach wichtig war, die man in höchste Alarmbereitschaft versetzt hatte, weil man noch immer nicht wusste, ob die Bedrohung möglicherweise aus der Luft kam.

Weiter ging es die Executive Avenue hinunter, sie nahmen eine Abkürzung über einen weiteren Rasen, dann ging es an dem Denkmal für General William Sherman vorbei. Hoch über ihnen zogen stetig Wolkenfetzen am düsteren Himmel entlang. Die Ausfahrt zur 15. Straße lag nun direkt vor ihnen.

»Er ist fast am Tor«, sagte die Stimme am Telefon. »Einsatzkräfte vor Ort fangen ihn ab.«

Jetzt konnte man Sirenen hören, weil das Treasury Building den Lärm nicht mehr dämpfte. Hier verlief die Straße parallel und nahe am Zaun des Weißen Hauses.

Sie kamen zum Tor.

Der Wagen, der ihnen von der Regierung zur Verfügung gestellt und später von Zorin gestohlen worden war, raste auf die Kreuzung zu und bremste. Das Heck drehte sich einmal fast komplett im Kreis, dann rumpelte er über die Bordsteinkante und schoss in den Pershing-Park auf der anderen Straßenseite.

»Da gibt es eine Eisbahn«, sagte Malone. »Viele Menschen.«

Jetzt kamen die Polizeiwagen ins Blickfeld, die mit heulenden Sirenen und rotierenden Blaulichtern die Kreuzung für den Verkehr sperrten. Er und Cassiopeia rannten durch das Tor ins Getümmel. Das gestohlene Auto stand schräg auf einem gepflasterten Weg, nicht weit vom Bürgersteig entfernt. Gott sei Dank. Er sah keine Verletzten, das war gut.

Alles beruhigte sich.

Die drei Polizeiwagen waren in einem Abstand von etwa zwanzig Metern rings um den Wagen in Stellung gegangen. Die Polizisten stiegen mit gezückten Waffen aus und legten an. Er und Cassiopeia näherten sich von hinten.

»Zurück«, schrie ein Polizist, ohne die andere Straßenseite aus dem Auge zu lassen. »Sofort. Verschwinden Sie.«

Malone hielt das Handy hoch.

»Hier spricht der Secret Service«, sagte die Stimme durch den Lautsprecher. »Bitte tun Sie genau, was er sagt.«

»Hören Sie auf zu spinnen«, sagte der Polizist.

Zwei uniformierte Agenten vom Secret Service überquerten die Straße und rannten auf sie zu. Sie zeigten ihre Dienstmarken, übernahmen das Kommando und forderten die Passanten auf zurückzutreten.

»Haben Sie das verstanden?«, fragte Malone den Polizisten.

Der Mann senkte die Waffe und drehte sich um. »Ja. Alles klar.«

»Officers!«, rief Malone. »Wir übernehmen jetzt. Bleiben Sie alle ganz ganz ruhig.«

Die Tür auf der Fahrerseite des gestohlenen Autos öffnete sich.

Ein Mann stieg aus.

Malone erkannte das Gesicht.

Kelly.

Zorin nahm den Vorschlaghammer aus der Tasche. Die Kellerwände waren aus alten Ziegeln mit grobem Mörtel gemauert. Der gestrichene Zementboden wirkte viel neuer. Sein Ziel war die südliche Wand, circa drei Meter von der südwestlichen Ecke entfernt, ein Rechteck in der Größe und Form einer übergroßen Tür, und die Ziegel dort unterschieden sich ein wenig von den anderen. Genau wie Kelly es beschrieben hatte. Die Unterschiede waren jedoch so gering, dass sie keinen Verdacht erregten. Es sah eher nach einem Fleck in der Wand aus.

Er ging näher, verschaffte sich einen guten Stand, umklammerte den Holzstiel, holte weit aus und ließ den Vorschlaghammer hart auf die Ziegel krachen.

Sie erzitterten unter dem Schlag.

Beim nächsten Schlag bildeten sich Risse.

Zwei weitere Schläge, und erste Brocken fielen zu Boden.

Laut Kelly hatte das Gebäude ursprünglich keinen Keller gehabt. Dieser war erst Jahre nach Fertigstellung der Kirche hinzugefügt worden, als oben ein größeres Kirchenschiff benötigt wurde. Deshalb wurde eine Grube für eine Zentralheizung ausgehoben, die die alten Holzöfen ersetzen sollte, mit denen bis dato der Innenraum beheizt worden war. Zuvor hatte die gesamte Kirche auf festem Boden gestanden. Das tat sie immer noch, nur befand sich jetzt ein Keller im Fundament.

Nach weiteren Schlägen fiel in einer Staubwolke ein Teil der Mauer in sich zusammen.

Er hatte den Weg freigemacht.

Schweiß glänzte auf seiner Stirn.

Er legte den Hammer auf den Boden.

Hinter dem Loch in der Mauer gähnte ein dunkler Abgrund.

Stephanie stieg in den Marinehelikopter, der sofort startete und sich in den Mittagshimmel schraubte. Sie hatte das Journal dabei und wies den Piloten an, zum Weißen Haus zu fliegen.

»Dafür brauchen wir eine Freigabe«, teilte dieser ihr mit.

»Dann beschaffen Sie die. Und zwar schnell!«

Sie musste sich absolut sicher sein, deshalb warf sie einen letzten Blick ins Journal:

Januar 1817. Präsident Madison kam heute zu einem Inspektionsbesuch, lobte unsere Ingenieurskunst und zeigte sich erfreut, dass seine Anforderungen umgesetzt wurden. Seine Spezifikationen verlangten einen verborgenen Fluchtweg aus der Präsidentenvilla, der zu einem sicheren Ort führen sollte, welcher sich gut verteidigen ließ. Unsere Aufgabe war es, die Fluchtroute zu bestimmen, zu planen und zu errichten. Es wurden verschiedene Möglichkeiten in Betracht gezogen, die verlässlichste ergab sich jedoch, als wir es schafften, die wiederaufgebaute Präsidentenvilla mit der erst kürzlich geweihten St.-John's-Kirche zu verbinden. Die Entfernung war zu bewältigen, und der Tunnel ließ sich leicht als Entwässerungskanal für den Nordrasen und einen nahe gelegenen Sumpf tarnen. So kamen keine unliebsamen Fragen auf, als er ausgehoben wurde. Es gibt in der ganzen Stadt vergleichbare Konstruktionen. Wir entschieden uns für ein Mauerwerk aus Ziegelsteinen, weil es langlebig ist und um einen Wassereinbruch zu vermeiden. Der Eingang in der Präsidentenvilla ist unter einem beweglichen Möbelstück verborgen. Der Ausstieg an der Kirche erfolgt durch einen Abschnitt des gemauerten Bodens in der Nähe des südwestlichen Gebäudewinkels. Nur dem Präsidenten und seinen engsten Mitarbeitern ist die genaue Lage bekannt. Außerdem sind drei Mitglieder der Society eingeweiht. Daselbst befinden sich auch weitere Unterlagen, dazu eine Karte und eine Skizze der präzisen Lage zum späteren Gebrauch. Es können bisweilen Wartungs- und Reparaturarbeiten nötig werden, und der Präsident hat uns ersucht, die Aufgabe zu übernehmen. Diese Fluchtroute verschafft dem obersten Diener des Staates eine Sicherheit, an der es ihm zuvor gebrach. Wir betrachten es als eine Ehre, um unsere Unterstützung gebeten worden zu sein.

Es hatte also damals einen Tunnel zwischen dem Weißen Haus und der St.-John's-Kirche gegeben. Sie kannte das Gebäude, das sich nur wenige hundert Meter entfernt nördlich des Lafayette-Parks erhob. Das Weiße Haus selbst war viele Male renoviert worden, es wurden neue Räume hinzugefügt und Keller darunter gegraben, trotzdem konnte sie sich nicht erinnern, jemals gelesen zu haben, dass dabei ein mit Ziegeln gemauerter Tunnel entdeckt wurde.

Doch er existierte.

Zorin musste sich in der St.-John's-Kirche befinden.

Ihre Uhr zeigte 11.05 Uhr.

Sie wählte eine Handynummer und versuchte, Edwin Davis zu erreichen. Ohne Erfolg. Dann versuchte sie es mit Dannys Handy. Nur der Anrufbeantworter. Beide waren jetzt wahrscheinlich beim Empfang und bereiteten die bevorstehende Ankunft des zukünftigen Präsidenten und Vizepräsidenten vor. Aber warum sollte sie nicht die Mittelsmänner umgehen und den, auf den es ankam, direkt anrufen?

Sie wählte Litchfields Nummer.

Es klingelte zweimal, bis er das Gespräch annahm.

Sie presste das Telefon fest ans Ohr und schrie, um den dröhnenden Hubschrauber zu übertönen: »Bruce, es soll eine Bombe unter dem Weißen Haus platziert werden. Zorin befindet sich in der St.-John's-Kirche auf der anderen Straßenseite. Es gibt dort irgendwo einen Tunnel. Schicken Sie sofort Agenten hin. Er wird die Bombe wahrscheinlich um Punkt zwölf zünden. Finden Sie ihn.«

»Habe verstanden, Stephanie. Wo sind Sie?«

»Auf dem Weg zu ihnen, im Hubschrauber. Schaffen Sie alle aus dem Weißen Haus. Vielleicht reicht die Zeit noch.«

»Ich kümmere mich darum«, sagte er.

Sie beendete das Gespräch.

Und rief Cotton an.

Malone legte sein Handy auf die Motorhaube des Polizeiwagens und trat vor. Dabei wurde Kelly auf ihn aufmerksam.

Unter seinen Schuhen knirschte gefrorener Schneematsch, die kalte, böige Luft stank nach Autoabgasen.

Er zückte die Waffe. »Können wir Ihnen vielleicht weiterhelfen?«

»Klugscheißer«, sagte Kelly, »so jemanden kann keiner ausstehen.«

»Seine rechte Hand«, hörte er einen der Secret-Service-Agenten hinter ihm sagen.

Er hatte es schon bemerkt. Kellys Arm war an seinen Oberschenkel gedrückt, und seine Hand war zwischen ihm und der offenen Wagentür verborgen, so als hielte er etwas fest.

»Okay«, sagte Malone. »Versuchen wir es anders. Diese Polizisten hier würden nichts lieber tun, als Sie zu erschießen. Nennen Sie mir einen Grund, warum sie es nicht tun sollten.«

Kelly zuckte mit den Schultern – eine Geste, die Verachtung, Desinteresse und Ablehnung ausdrückte. »Mir fällt keiner ein.«

Jetzt zog er den rechten Arm heraus, und eine Waffe wurde sichtbar. Malone kam Kelly jedoch um eine Sekunde zuvor und gab einen Schuss auf seine Beine ab. Sie brauchten diesen Mann lebendig.

Aber die anderen Beamten sahen das anders.

Jetzt krachten zahllose Schüsse.

Kelly wurde von zahllosen Kugeln getroffen, die seinen Mantel durchschlugen und ihn vor- und zurückzucken ließen wie bei einem Krampfanfall. Er versuchte wegzuspringen, doch es gelang ihm nicht mehr. Er fiel aufs Pflaster und blieb im Schnee liegen.

Malone schüttelte den Kopf und blickte nach hinten zu Cassiopeia. Sie allein wussten, wie gravierend sich die Lage gerade verschlechtert hatte.

Ihre beste Spur war tot.

Zorin kramte die Taschenlampe hervor, die er in die Nylonrucksack gepackt hatte, und richtete den Lichtkegel in die Öffnung. Es ging etwa zwei Meter weiter, dort endete der Boden, und es öffnete sich ein weiterer dunkler Schlund. Er besah es sich genauer und erkannte, dass der Tunnel hier früher einmal mündete und etwa einen Meter weiter in Richtung Weißes Haus verlief. Der Gang vor ihm war u-förmig, und Wände wie Boden waren mit gemauerten Ziegelsteinen ausgekleidet. Er musste beim Gehen den Kopf einziehen, die Decke war keine zwei Meter hoch, aber der Tunnel war begehbar. Er hatte vorhin die Entfernung von der Kirche bis zum Zaun des Weißen Hauses abgeschätzt. Jetzt brauchte er nur noch seine Schritte zu zählen. Falls er ein wenig abwich, spielte das keine Rolle. Er war auf jeden Fall dicht genug dran, um alle auszuradieren.

Den Erzfeind.

Er machte sich auf den Weg.

Und zählte seine Schritte.

Cassiopeia stürmte mit Cotton zu Kelly. Der Wind verwirbelte losen Schnee zu Eiskristallen. Nach Lebenszeichen zu suchen erübrigte sich.

Cotton war wütend. »Sie hatten den ausdrücklichen Befehl, nicht zu schießen. Habe ich mich nicht klar ausgedrückt?«

»Wir haben Ihnen das Leben gerettet«, sagte einer der Beamten.

»Sie brauchten mir nicht das Leben zu retten. Ich hatte alles unter Kontrolle. Wir brauchten ihn lebend.«

Der Secret Service gab über Funk einen Lagebericht durch. Er sah auf die Uhr.

11.20 Uhr

Cassiopeia durchsuchte das Wageninnere.

Nichts.

Dann fand sie den Hebel und öffnete den Kofferraum.

Cotton ging ans Heck des Wagens. Sie folgte ihm. Vier Aluminiumkoffer lagen darin. Cotton zögerte nicht lange. Er hob einen heraus, stellte ihn auf den Boden und öffnete ihn. Er sah einen Schalter, eine Batterie und einen diagonal liegenden Zylinder aus rostfreiem Stahl. Alle drei Gegenstände waren mit Drähten verbunden und mit schwarzem Schaumstoff ausgepolstert, damit sie nicht verrutschten. Der Schalter war auf Kyrillisch beschriftet; sie konnte es lesen.

»Er steht auf ›aus‹«, sagte sie.

Cotton fühlte an der Batterie und dem Zylinder. »Kalt.«

Schnell räumten sie die anderen drei aus dem Kofferraum und machten dieselbe Feststellung. Keine der RA-115 war aktiviert worden.

»Sind das Bomben?«, fragte einer der Polizisten.

»Schaffen Sie die Leute hier weg«, befahl Cotton einem Secret-Service-Agenten.

Die Polizisten wurden weggescheucht.

»Kelly wollte sterben«, sagte sie.

»Ich weiß. Und er hat diese vier Spielzeuge mitgebracht, um uns abzulenken.«

Sie erinnerte sich an das, was Stephanie herausgefunden hatte. *Fünf* RA-115 wurden vermisst. Das bedeutete, dass Zorin die letzte hatte.

Aber wo?

»Malone«, rief jemand. »Da ist jemand am Telefon und sagt, es ist dringend.«

Er hatte das Gerät auf der Motorhaube eines der Streifenwagen liegen lassen.

Sie liefen über die Straße, die noch abgesperrt war, und Cotton nahm das Gespräch an. Er hörte einen Moment zu, dann legte er auf.

»Es war Stephanie«, sagte er ihr. »Zorin ist mit der fünften Bombe in der St.-John's-Kirche. Lauf zurück zum Weißen Haus und sorge dafür, dass alle schnell evakuiert werden. Stephanie sagt, sie hat Litchfield schon alarmiert. Hilf ihm. Ich schätze, uns bleiben höchstens noch etwa zwanzig bis fünfundzwanzig Minuten.«

»Ich brauche den Wagen«, sagte er zu dem Polizisten.

Dann sprang er auf den Fahrersitz.

»Wo willst du hin?«, fragte sie.

»Den Mistkerl aufhalten.«

77

Zorin hatte seine Schritte gezählt und war überzeugt, sich jetzt direkt unter dem Gelände des Weißen Hauses zu befinden. Er war verdreckt, weil die Tunnelwände immer näher aneinanderrückten, je tiefer er in die Erde vordrang, doch er fand ihn, Kellys idealen Punkt für die Zündung.
Andropow wäre stolz gewesen.
Seine Vision war kurz davor, Wirklichkeit zu werden.
Er lag flach auf dem Bauch, die Decke war hier nur zentimeterhoch, die Taschenlampe neben ihm beleuchtete den Aluminiumkoffer. Er löste die Schnallen, konnte den Deckel aber nur halb öffnen. Er wusste, dass es nach dem Einschalten der Zündung circa fünfzehn Minuten dauerte, bis sie ausgelöst wurde. Vielleicht auch etwas länger, wegen der Kälte im Tunnel.
Er sah auf die Uhr.
11.40 Uhr.
Kelly sollte inzwischen sein Ablenkungsmanöver durchgeführt haben, das die Leute wenigstens ein paar Minuten lang überraschen, verwirren, durcheinanderbringen, vor allem aber untätig machen würde. Wenn sie die vier RA-115 fanden, sollten sie damit so lange beschäftigt sein, bis die fünfte zündete.
Inzwischen müssten im Weißen Haus auch alle Teilnehmer der Zeremonie eingetroffen sein, die pünktlich um zwölf Uhr begann. Er kannte sich gut genug in den Traditionen der Amerikaner aus, um zu wissen, dass man daran nichts ändern würde. Die US-Verfassung bestimmte den 20. Januar um zwölf Uhr, und heute war es so weit.
Ein Zittern lief durch seine erschöpften Arme und Schultern. Seine Oberschenkel und Waden fühlten sich kraftlos an, doch

hier allein und von Erde umgeben zu liegen erfüllte ihn mit einem friedlichen Gefühl. Sein Ende schien vorherbestimmt zu sein. Es passte, dass hier alles auf diesen Punkt ausgerichtet war. Seine Asche war vielleicht der Dünger einer neuen Saat, eines neuen Kampfes, vielleicht sogar einer neuen Nation. Die Verbitterung, die er so lange empfunden hatte, schien verschwunden zu sein. An ihre Stelle war ein intensives Gefühl der Erleichterung getreten. Er war jetzt kein erschöpfter, gealterter und besiegter Mann mehr, sondern er hatte triumphiert.

Narrenmatt.

Zwei Züge bis zum Sieg.

Kelly war inzwischen wahrscheinlich tot.

Ein Zug war gemacht.

Er streckte die rechte Hand in den Koffer und suchte den Schalter.

Wie viele mehr würden heute noch aus dem Leben scheiden? Zehntausende? Eher Hunderttausende. Es war an der Zeit, den Erzfeind spüren zu lassen, woran sich die Sowjets schon lange hatten gewöhnen müssen.

Zu unterliegen.

Er fasste den Schalter mit zwei Fingern. Eine Woge der Begeisterung erfasste ihn. Dieser Funke würde die Welt in Brand stecken.

»Für das Vaterland.«

Dann betätigte er den Schalter.

Malone trat das Gaspedal durch, kurbelte am Lenkrad und raste mit dem Polizeiwagen in nördlicher Richtung über die 15. Straße, am Gebäude des Finanzministeriums vorbei und zwischen etlichen Fahrzeugen hindurch. Er nutzte die Sirene und das Blaulicht, um sich Platz zu schaffen. An der H-Street, einer Einbahnstraße in die falsche Richtung, bog er trotzdem nach links ab und raste auf einer Strecke von einer Viertelmeile um entgegenkommende Fahrzeuge herum, bis er zur St.-John's-Kirche am Lafayette-Park gelangte. Er lenkte den Wagen über den Bürgersteig und ein Stück weit durch den Park und fuhr so lange weiter, bis eine Barriere aus polierten Eisensockeln seine Weiterfahrt verhinderte. Notgedrungen ließ er das Fahrzeug zurück. Zwischen dem Park und der Pennsylvania Avenue war alles voller Menschen. Stephanie hatte ihm von einem Tunnel zwischen hier und dem Weißen Haus erzählt, der sich wahrscheinlich genau dort befand, wo er jetzt die Ecke zur Frontseite der Kirche umrundete. Das gesamte Gebäude war abgesperrt, eine Baustelle, die von einem Zaun umgeben war. Er hechtete hinüber. Leute auf dem Bürgersteig sahen ihn befremdet an, aber er hatte keine Zeit für Erklärungen.

Und auch keine Zeit, um sie zu evakuieren.

Die einzige Chance war, die Bombe unschädlich zu machen, bevor sie explodierte.

Cassiopeia lief zum Weißen Haus zurück. Einer der Agenten vom Secret Service, der Zeuge der Schießerei mit Kelly geworden war, begleitete sie. Sie bemerkte sofort, dass niemand das Gebäude zu verlassen schien. Sie betraten das Weiße Haus durch den Ostflügel und erfuhren von Agenten, die sich im Inneren aufhielten, dass die Zeremonie jeden Moment beginnen sollte.

»Warum wird nicht evakuiert?«, fragte sie.

Der Mann schaute sie nur verwundert an. »Wieso?«

Sie drängte sich an ihm vorbei und wollte ins Haupthaus.

Zwei uniformierte Agenten stellten sich ihr in den Weg.

»Da dürfen Sie nicht rein«, sagte einer von ihnen.

»Wir müssen hier alles räumen. Wissen Sie denn nicht Bescheid? Der geschäftsführende Generalstaatsanwalt Litchfield. Suchen Sie ihn.«

Der Agent sprach in sein Funkgerät und rief den Namen hinein.

Einen Augenblick später sah er sie an. »Mister Litchfield hat das Gebäude vor einer halben Stunde verlassen.«

Ursprünglich wollte Zorin einfach bei der Bombe bleiben, um zu sterben, wenn sie explodierte, doch er kam zu dem Schluss, dass es klüger war, wieder zur Kirche zurückzukehren, Wache zu halten und dafür zu sorgen, dass es keine Störungen gab. Weil er nur wenige hundert Meter vom Epizentrum einer Atombombenexplosion entfernt war, würde er trotzdem sterben, aber auf diese Weise versah er wenigstens bis zum letzten Augenblick seinen Dienst.

Er zog den Kopf ein und machte sich auf den Rückweg in dem alten Tunnel, der zwar modrig roch, sich für sein Alter aber erstaunlich gut gehalten hatte. Im Licht der Taschenlampe bahnte er sich einen Weg über den Ziegelboden. Erst weiter hinten, wo die Bombe lag, war der Tunnel eingestürzt, deshalb glaubte er nicht, dass es den letzten Teil des Weges zum Weißen Haus überhaupt noch gab.

Er gelangte ans Ende des Tunnels, richtete sich auf und sprang in den Keller der Kirche zurück.

Seine Uhr zeigte 11.47 Uhr.

Vor fünf Minuten hatte er die Bombe aktiviert.

Bald war es soweit.

Malone suchte das Gelände ab, das mit reichlich Schutt und einer dünnen Schicht Schnee bedeckt war und kaum Hinweise auf Eindringlinge bot. Er entdeckte eine Doppeltür aus Metall, die mit Sicherheit unter die Kirche führte. Er lief hinüber und sah, dass sie mit einem Bügelschloss abgesperrt war, doch beim Näherkommen bemerkte er, dass das Schloss nichts verriegelte, weil es nur an einer Seite eingehängt war.

Er zog an den Griffen, spürte keinen Widerstand, dann riss er die Tür auf und lief eine steile Betontreppe hinunter. Vor ihm lag ein beleuchteter Kellerraum voller Elektroarmaturen und Heizungsanlagen.

Auf der gegenüberliegenden Seite stand Zorin, eine Taschenlampe in der Hand haltend.

Er stürmte vorwärts und rammte den massigen Mann. Dabei setzte er seine Schultern wie ein Footballspieler ein und brachte sie beide zu Fall.

Zorin war überrascht und dann erschrocken, Malone zu begegnen. Der Amerikaner schien einfach nicht sterben zu wollen. Jetzt war er schon zweimal wiederauferstanden. Der Krach beim Öffnen der Metalltüren hatte ihn in Alarmbereitschaft versetzt. Er hatte seine Waffe nicht dabei, weil er sie im Mantel gelassen hatte, der ein paar Meter von ihm weg lag.

Doch Malone ließ ihm keine Zeit zu reagieren.

Krachend landete er auf dem Betonboden.

Cassiopeia blieb geschockt stehen. Litchfield hatte anscheinend das Weite gesucht, anstatt Alarm auszulösen, und nur die eigene Haut gerettet.

Jetzt war es zu spät, um hier noch etwas auszurichten.

Und Erklärungen verschwendeten nur wertvolle Zeit.

»Wo ist die St.-John's-Kirche?«, fragte sie.

Einer der Agenten sagte es ihr.

Sie lief durch die Tür hinaus, durch die sie hereingekommen war. »Sagen Sie am Nordtor Bescheid, dass sie mich rauslassen müssen«, schrie sie.

Malone musste die Sache schnell zu Ende bringen.

Er hatte keinen Aluminiumkoffer gesehen, und die zerstörte Ziegelwand konnte nur eines bedeuten: Die Bombe war platziert, und der Auslöser heizte sich auf.

Zorin machte sich frei und richtete sich auf.

Malone stand auch auf, doch Zorin hämmerte ihm die Faust gegen das Kinn und sein Kopf ruckte herum. Der nächste Schlag traf seinen Solarplexus, und er krümmte sich. Aber er ließ sich nicht unterkriegen, rammte den Kopf gegen Zorins Nase und hörte ihn stöhnen. Dann schickte er seine rechte Faust hinterher.

Zorin taumelte zurück, hatte sich aber schnell wieder gefangen. Er griff an und deckte ihn mit blitzschnellen Schlägen ein. Auf einem Zementblock lag eine kurze dicke Eisenkette. Zorin ergriff sie und holte damit nach ihm aus. Malone duckte sich darunter weg, und spürte den Luftzug der Kette. Diese schlug gegen die Wand und löste einen Regen aus Staub und Ziegelsplittern aus. Zorin holte aus, und Malone entging dem Schlag nur mit einem raschen Satz zurück.

Dieser Mann verstand sich aufs Kämpfen.

Das galt aber auch für ihn selbst.

Er nahm Position ein und schlug zu, platzierte einen Treffer nach dem anderen. Zorin raffte noch einmal alle Kraft zusammen, um die Kette zu schwingen, aber ein Aufwärtsstoß mit der Handfläche auf den Unterkiefer stoppte den großen Mann, und nach zwei weiteren Schlägen in die Nieren ließ Zorin die Kette los.

Malones Knöchel hämmerten in Zorins Gesicht und rissen ihm eine Wunde über dem Auge. Aus seiner Nase troff Blut. Er spürte, dass die Kräfte seines Gegners nachließen, deshalb konzentrierte er sich auf dessen Mitte, rammte ihm die Faust in den Magen und schleuderte Zorin von den Füßen und auf den Boden.

Er stürzte sich auf ihn, wickelte ihm den rechten Arm um die Kehle, griff fest mit der linken Hand nach und nahm ihn in einen engen Schwitzkasten. Schweißperlen flossen von seiner Stirn. Er blinzelte sich die Tropfen aus den Augen und erhöhte den Druck. Zorin versuchte freizukommen, doch er ließ ihn nicht los.

Er drückte fester.

Seine Atmung wurde unregelmäßig, er fing an zu röcheln.

Zorins Griff an seinem Arm, mit dem er sich loszumachen versuchte, wurde zusehends kraftloser. In seinen Ohren rauschte das Blut, so als würde er, statt seines eigenen, den Herzschlag Zorins hören. Er hatte noch nie einen Mann mit seinen bloßen Händen getötet, aber er durfte nicht zögern. Zorin musste ausgeschaltet werden. Ohne Zweifel, ohne Skrupel und unverzüglich. Im Kopf überschlug er die Zeit und wusste, dass ihm nur noch wenige Minuten blieben.

Zorins Muskeln verkrampften sich, der Körper zuckte mit flatternden Muskeln in seinem eisernen Würgegriff. Er hörte ihn röcheln, dann zuckten die Füße, der Kopf rollte zur Seite. Zorins Körper erschlaffte.

Malone löste seinen Griff und kroch keuchend auf allen vieren von der Leiche weg. Seine Ohren dröhnten, und er hatte rote Schleier vor den Augen. Zorin lag still da, sein Mund stand offen, noch sickerte Blut aus seiner Nase; sein Gesicht war voller Wunden und Blutergüsse.

Er fühlte den Puls.

Nichts.

Dann wurde es ihm klar.

Zorin hatte sich ihm mit aller Kraft widersetzt, aber nur der Form halber. Wie Kelly befand sich auch dieser KGB-Offizier auf einer Selbstmordmission. Er hatte geplant, bei der Explosion umzukommen. Dass er sich hier erwürgen ließ, diente nur einem einzigen Zweck. Er wollte mehr Zeit für die Bombe schinden, damit sie sich aufheize.

Malone verfluchte seine Dummheit.

Das alles hatte viel zu lange gedauert!

Er verdrängte seine Benommenheit und sprang auf die Füße, dann lief er zum Einstieg in der Kellerwand. In den Rippen spürte er einen heftigen Schmerz und eine dumpfere Version davon in seinem Rücken. Er fand Zorins Taschenlampe und kletterte in den Tunneleingang.

Beeilung, trieb er sich selbst an.

Dann stieg er ins Dunkel.

78

Stephanie sah den Stadtkern von Washington vor sich liegen. Der Helikopter näherte sich aus westlicher Richtung, flog am Pentagon vorbei und über das Lincoln Memorial. Tausende von Menschen füllten die National Mall, alle in Reichweite der Explosion. Sie in Sicherheit zu bringen war unmöglich. Sie konnte nur hoffen, dass Litchfield Fox und seinen Vizepräsidenten aus dem Weißen Haus geschafft hatte. So wie sie Danny kannte, war er nirgendwohin gegangen.

»Haben wir Landeerlaubnis?«, fragte sie den Piloten über das Headset.

»Ja, Ma'am. Direkt auf dem Nordrasen.«

»Beeilen Sie sich.«

Jetzt sah sie das Weiße Haus.

Cassiopeia lief durch das Nordtor auf die belebte Pennsylvania Avenue, wo der Lärm von Tausenden nicht unterscheidbarer Stimmen erklang, die auf die Mittagsstunde warteten. Lauter als alles andere hörte sie jedoch das Geräusch eines Helikopters, der durch die Luft schwebte. Als sie sich umdrehte, sah sie einen Militärhubschrauber im Bogen über das Weiße Haus fliegen, der rasch seine Höhe verringerte. Bevor er aufsetzte, verwirbelten die Abwinde den Schnee. Die hintere Luke wurde aufgerissen und sie sah Stephanie herausspringen, die etwas dabeihatte, das wie ein Buch aussah. Sie rannte zum Tor zurück, der Posten ließ sie wieder hinein, dann schrie sie und machte Stephanie auf sich aufmerksam.

»Litchfield hat es niemandem erzählt und das Gelände verlassen«, sagte sie beim Näherkommen.

Stephanie machte ein entsetztes Gesicht. »Die sind da alle noch drin?«

Sie nickte. »Cotton ist Zorin in die Kirche gefolgt. Da will ich jetzt auch hin.«

»Ich werde drinnen tun, was ich kann.«

Dann eilten sie in entgegengesetzte Richtungen davon.

Malone lief immer weiter, der schwache Strahl seiner Taschenlampe warf kaum genug Licht, um den Weg zu erkennen. Der Tunnel war zwar eng, doch es gab kaum Hindernisse. Was ihm gar nicht gefiel, war, sich mehrere hundert Meter weit unter der Erde bewegen zu müssen.

Das war eine lange Strecke, vor und hinter ihm nichts als absolute Dunkelheit.

Seine Uhr zeigte 11.50 Uhr.

Zorin hatte den Auslöser vermutlich vor circa fünf bis zehn Minuten scharfgeschaltet, weil er garantiert geplant hatte, die Explosion so zeitnah wie möglich an der Mittagsstunde auszulösen. Er versuchte, sich auf das Nötige zu konzentrieren, und kämpfte gegen die aufsteigende Panik, die zusehends die Kontrolle über seinen Geist und seinen Körper gewann. Er hatte noch nie irgendwelche Schwierigkeiten im Fahrstuhl gehabt, nicht in Drehtüren und auch nicht in winzigen Toiletten. Nicht einmal im Cockpit eines Kampfjets, wenn er sich in den engen Sitz quetschte und den Boden nicht mehr sehen konnte. Gleich hinter der Kuppel war immer der freie Himmel gewesen, und die Beschleunigungskraft des Nachbrenners hatte nie das Gefühl in ihm ausgelöst, eingeschlossen zu sein.

Eigentlich war das genaue Gegenteil der Fall, denn er hatte ein Freiheitsgefühl empfunden.

Im Lauf der Zeit hatte er viel über Klaustrophobie nachgelesen. Wie das Adrenalin, das durch den Körper strömte, einen Flüchten- oder Standhalten-Impuls auslöste. Aber wenn weder das eine noch das andere möglich war, blieb nichts als Panik übrig.

So wie jetzt.

Er stoppte und ließ ein paar Sekunden lang die atemlose Stille auf sich wirken. Die Dunkelheit wirkte jetzt sogar noch undurchdringlicher, die Luft war kalt und unbarmherzig.

Plötzlich erinnerte er sich, dieses Gefühl zum ersten Mal als Teenager empfunden zu haben. Er und ein Freund hatten sich im Kofferraum eines Autos versteckt und sich auf diese Weise in ein Autokino geschmuggelt. Er war durchgedreht, hatte die Lehne des Rücksitzes herausgetreten und das Weite gesucht. Er hatte so etwas ein paarmal erlebt und dabei festgestellt, dass es gar nicht die Angst vor Enge war. Nein. Es war vielmehr die Angst, in seiner Bewegungsfreiheit eingeschränkt zu sein. Bei Geschäftsflügen mochte er nie einen Fensterplatz besetzen. Und als er Cassiopeia wegen ihrer *Angst* vor dem Fliegen aufzog, war ihm immer klar gewesen, dass seine Schwäche weitaus mehr als nur eine Angst war. Ängste ließen sich überwinden. Phobien lähmten einen.

Beißende Galle stieg ihm in die Kehle und faulige Düfte in die Nase. Trotzdem setzte er sich wieder in Bewegung.

Aber dann brannte es in seinem Magen, und das Gefühl stieg höher, bis in seinen Kopf.

Der Horror begann.

Stephanie stürmte durch die Nordtüren ins Weiße Haus. Das Gebäude schien von leisen Gesprächen und einer erwartungsvollen Atmosphäre zu vibrieren. Nur noch wenige Minuten bis zur Vereidigung. Edwin Davis erwartete sie bereits. Sicher hatte die Ankunft des Helikopters seine Aufmerksamkeit erregt.

»Er befindet sich direkt unter uns«, kam sie sofort zum Punkt. »In einem Tunnel, den die Society of Cincinnati nach dem Krieg von 1812 gegraben hat.« Sie wedelte mit dem Journal in ihrer Hand. »Da steht alles drin. Ich hatte Litchfield alarmiert, aber er ist abgehauen, ohne jemandem Bescheid zu sagen.«

Und plötzlich begriff sie, weshalb.

»Mistkerl. Er hat mir gesagt, dass er nach dem Gesetz von 1947 in der Nachfolgeliste steht. Ich wette, dass der Generalstaatsanwalt einen höheren Listenplatz hat als der heutige designierte Überlebende. Wenn hier alles hochgeht, wird Litchfield Präsident.«

»Dann sollten wir dafür sorgen, dass nichts hochgeht.«

Sie starrte durch die Glastüren, zum Nordrasen hinter dem Portikus, zum Zaun und den Menschen dahinter. Als sie Litchfield anrief, hatte noch die Chance bestanden, Fox und zumindest einige der anderen in Sicherheit zu bringen.

Jetzt konnte nichts mehr getan werden.

Eine Explosion mit sechs Kilotonnen Sprengkraft würde im Umkreis von einer Meile alles ausradieren.

»Jetzt hängt alles von Cotton ab.«

Malone durfte nicht anhalten. Er musste weitergehen. Aber eine entsetzliche Furcht hatte ihn übermannt und überschattete all seine Gedanken bis auf einen.

Flucht.

Schwäche kroch in jeden seiner Muskeln. Er presste die Lider zusammen und vertiefte sich in sein Inneres, versuchte, die irrationale Panik zu unterdrücken. Schon lange hatte er sich nicht mehr so hilflos gefühlt.

Die altbekannte Panik kehrte wieder zurück.

Das Erstickungsgefühl, als ob seine Kleidung zu eng geworden sei. Schwindel, Orientierungslosigkeit. Die Wände rückten immer näher, stauchten ihn jede Sekunde mehr zusammen. Jemand hatte ihm mal gesagt, es ließe sich kontrollieren.

Dummes Zeug.

Es war wie in einem Käfig, in einem Käfig, in einem Käfig.

Furchtbar.

Das Einzige, was ihm erspart blieb, war, dass ihm jemand dabei zusah.

Der Tunnel wurde immer enger, die Decke rückte eindeutig näher, war an einigen Stellen eingedrückt und zusammengesackt. Er hatte seine Schritte nicht gezählt, aber er war schon weit vorgedrungen, hatte bestimmt schon den Lafayette-Park hinter sich gelassen, vielleicht sogar die Pennsylvania Avenue. Wie konnte dieser Tunnel nur all die Jahre unentdeckt bleiben? Erstaunlich. Aber hier war er. Intakt. Je tiefer er vordrang, desto größer wurden die Auflösungserscheinungen, die er sah. Er versuchte sich darauf zu konzentrieren und seine Gedanken auf etwas anderes zu lenken, doch es funktionierte nicht. Der Tunnel war wie ein Python, der den Verstand aus ihm herausquetschte. Die Angst lauerte im Dunkeln und durchbohrte ihn wie ein Pfeil.

Vor sich sah er die Stelle, wo der Tunnel nachgegeben hatte, nun war er nur noch einen knappen Meter breit und hoch. Kam er anfangs noch mit eingezogenem Kopf auf beiden Beinen voran, musste er sich schon bald zusammenkrümmen, und jetzt ging es auf allen vieren weiter.

Doch vor ihm, nur ein paar Meter entfernt, fing ein Bereich an, auf dem er sich auf dem Bauch liegend weiterschlängeln musste.

Es war wie ein Spalt in der Erde.

Er leuchtete mit der Lampe hinein.

Und sah den Aluminiumkoffer.

Kaum drei Meter vor ihm.

Mein Gott.

Aber wie dahin gelangen?

In allen Alpträumen, die er jemals erlebt hatte, war dies das schlimmste Szenario. Das Szenario, aus dem er immer in kalten Schweiß gebadet aufschreckte.

Er hatte keine Wahl.

Cassiopeia fand die St.-John's-Kirche. Das Gelände war von einem hohen Bauzaun umgeben, über den sie rasch hinüberkletterte. Auf der anderen Seite angekommen, hielt sie sich ans nördliche Ende und entdeckte die geöffneten Stahlklappen. Dort lief sie hin, dann die Betontreppe hinunter und durch eine geöffnete Tür in den Kirchenkeller. Ein warmes, süßliches Aroma schlug ihr sofort auf den Magen. Sie entdeckte seinen Ursprung. In der anderen Ecke des Raumes lag jemand.

Sie lief hinüber.

Zorin.

Tot.

Cotton war nirgendwo zu sehen, was bedeutete, dass er in den Tunnel gelaufen sein musste.

Also folgte sie ihm.

Malone arbeitete sich auf dem Bauch liegend weiter, er hatte die Hände vorgestreckt und schob die Taschenlampe immer weiter vor. Er war so eng eingeschlossen, dass er es nicht einmal schaffte, seine Arme an die Seiten zu führen. Mühsam schob er sich auf den Koffer zu, doch mit jedem Zentimeter, den er vorankam, kam ihm mehr Erde entgegen. Seine Kehle war wie zugeschnürt, seine Lunge fühlte sich an, als seien sie mit Flüssigkeit gefüllt. Er hustete und versuchte, Luft zu bekommen. Von oben kam Erde herunter, deshalb hielt er inne. Er fragte sich, ob er den Tunnel mit seinen Bewegungen zum Einsturz bringen konnte.

Diese Vorstellung paralysierte ihn, doch er rief sich ins Gedächtnis, dass eine Atombombe fast zum Greifen nah war. Wenn sie explodierte, würde er verdampfen. Das einzig Gute daran war, dass dann diese Folter – denn nichts anderes war es – vorbei wäre. Aber das durfte er nicht zulassen. Dort oben waren zu viele Menschen, die auf ihn zählten. Deshalb kroch er weiter, schob die Schultern mit den Ellenbogen voran, drückte mit den Zehen nach.

Er schaffte es bis zur Bombe. Hier war der Spalt höchstens noch sechzig Zentimeter hoch. Nicht genug Platz, um den Koffer weit genug zu öffnen. Damit herumzumanövrieren und ihn dahin zurückzuziehen, wo mehr Platz war, um ihn zu bearbeiten, würde Zeit kosten und könnte katastrophale Folgen haben. Er sah, dass die Laschen geöffnet waren. Also platzierte er die Taschenlampe so, dass ihr Licht auf den Koffer fiel, und öffnete den Deckel vorsichtig so weit, dass er mit der Hand hineinkam.

Er spürte den Stahlzylinder.

Heiß.

Ihm fiel ein, was ihm Daniels erzählt hatte, und er legte den Schalter um, aber um ganz sicherzugehen, tastete er weiter, bis er die Kabel entdeckte, die an den Batteriepolen angeschlossen waren. Er riss sie sofort heraus.

Im Inneren sprühten Funken.

Er riss die Augen auf.

Dann wartete er auf eine Explosion, die wohl so heiß und hell sein musste wie die Sonne, ein blendendes, phosphoreszierendes Licht, das er nur für eine Millisekunde sehen würde.

Aber nichts passierte.

Noch ein paar Sekunden.

Immer noch nichts.

Sein Gefängnis war eiskalt, die Luft kaum zu atmen. Er lag still da und starrte auf den Koffer. Seine Hand war noch drinnen. Dann bewegte er die Finger und kam wieder zum Zylinder. Er war schon längst nicht mehr so heiß. Nur noch warm, und er kühlte schnell ab. Er tastete weiter, berührte. Tastete, berührte.

Der Zylinder war definitiv dabei, sich abzukühlen.
Er hatte es geschafft.
Das verdammte Ding war entschärft.
Trotzdem Zeit zu verschwinden.
Er versuchte, sich rückwärtszubewegen, doch es gelang ihm nicht. Also versuchte er es noch einmal, aber der äußerst schmale Raum schränkte seine Bewegungen ein. Als er es mit Gewalt versuchte, fiel Erde herunter und beengte ihn noch mehr. Plötzlich schien sich um ihn herum alles noch mehr zusammenzuziehen, ihn zu bedrängen, zu zerquetschen.
Noch mehr Erde regnete auf seinen Rücken herunter.
Es gab keinen Ausweg.
Er saß fest.
Heilige Mutter Gottes.
Was zum ...
Die Decke stürzte ein.
Er schrie.

Cassiopeia eilte, so schnell es der Tunnel zuließ, weiter und schaltete die Lampe an ihrem Handy ein. Sie konnte nur ahnen, wie es Cotton gehen mochte. Er hasste beengte Orte. Das hier war schon für sie schwer auszuhalten, obwohl es ihr ja eigentlich nichts ausmachte. Sie war schon ein gutes Stück weit vorgedrungen, hundert Meter vielleicht, und der Tunnel wurde zusehends niedriger, als sie einen Schrei hörte.
Er kam von vorn.
Nicht weit entfernt.
Sie lief schneller und sah, dass der Tunnel so etwas wie ein Schlitz wurde, der sich zugeschoben hatte.
Da bewegte sich etwas.
Es sickerte Licht heraus.
O Gott.
Cotton war verschüttet.

Malone hatte verloren.

Er konnte sich nicht erinnern, wann er zum letzten Mal so geschrien hatte – oder überhaupt jemals. Er fühlte sich idiotisch und schwach. Seine miese Angst hatte ihn schließlich doch noch kleingekriegt. Entmutigt schloss er die Augen, als ihm seine Lage klar wurde, hievte aber dann seinen bleischweren Körper hoch, seine Arme und Beine verkrampften sich vor Schmerz. Er war verschüttet, konnte kaum atmen und hatte nur noch einen einzigen Gedanken im Kopf.

Raus hier.

Wie konnte ...?

»Cotton.«

Er fasste sich wieder.

Eine Stimme.

Fest, durchdringend und fordernd.

Und vertraut.

Cassiopeia.

Schon sie zu hören riss ihn vom Rand des Abgrunds zurück.

»Ich bin hier«, sagte er und gab sich große Mühe, nicht die Kontrolle zu verlieren.

Hände packten seine Schuhe. Allein ihre Berührung zu spüren beruhigte ihn.

Halte aus. Beruhige dich. Hilfe ist da.

»Ich bin eingeklemmt. Ich ... schaffe es hier nicht heraus.«

»Doch, schaffst du«, widersprach sie.

Cassiopeia hatte sich vorgegraben, die Erde hinter sich geschleudert und wie wild gebuddelt, bis sie Cottons Füße fand. Jetzt hielt sie ihn fest an den Knöcheln und wand sich rückwärts aus dem Gang. Dass sie kleiner war, ließ ihr ein paar kostbare Zentimeter mehr Platz für Bewegungen.

Er war es, der geschrien hatte, und sie wusste genau, weshalb.

Falls es eine Hölle gab – und das war eine Vorstellung, an die sie nicht unbedingt glaubte –, dann war dies Cottons Hölle gewesen.

Malone schlängelte sich rückwärts, Cassiopeia unterstützte ihn dabei und zog kräftig an seinen Beinen. Nur noch ein kurzes Stück, dann war er seinem Sarg entronnen. Den Koffer und die Taschenlampe hatte er zurückgelassen. Das konnten später andere holen. Er wollte nur noch raus. Seine Füße und Beine waren schon aus dem Spalt heraus, wieder zurück im quadratmetergroßen Tunnel, der verglichen mit der Stelle, an der er sich gerade noch befunden hatte, so groß wie der Hauptbahnhof wirkte.

Er war auf den Knien, sein Atem kam noch stoßweise, doch er beruhigte sich zusehends. Ein Handy gab Licht, und er sah Cassiopeias Gesicht. Wie ein Engel.

»Die Bombe?«, fragte sie.

»Ich habe sie gefunden.«

»Bist du okay?«

Er hörte die Besorgnis heraus und nickte.

Doch er war alles andere als okay.

Er sog Luft in seine schmerzende Lunge und kämpfte gegen einen Hustenanfall. Er wand sich mit dem ganzen Körper, die Kehle noch voller Galle und Angst.

Sie streckte den Arm aus und fasste sein Handgelenk. »Ich meine es ernst. Geht es dir gut? Hier sind nur du und ich.«

»Ich war ... verschüttet.«

Er wusste, dass ihm der Schmerz und die Verzweiflung ins schmutzige Gesicht geschrieben standen, dass seine Züge von der Panik verzerrt waren, doch er versuchte nicht, es zu verbergen. Weshalb sollte er? Sie hatte seinen Schrei gehört, der eine Verwundbarkeit offenbarte, die er sich niemals hatte anmerken lassen wollen. Aber sie hatten einen Pakt geschlossen. Kein Herumreden mehr.

Und er beschloss, sich daran zu halten.

Er sah ihr tief in die Augen, war dankbar für das, was sie getan hatte, und sprach aus, was er empfand: »Ich liebe dich.«

79

Weißes Haus
Montag, 21. Januar
17.45 Uhr

Stephanie musterte das Oval Office, aus dem jetzt alles entfernt war, das etwas mit der Amtszeit von Robert Edward Daniels jun. zu tun hatte. Warner Scott Fox hatte so, wie es die Verfassung vorschrieb, gestern um zwölf Uhr mittags seinen Amtseid abgelegt. Sie hatte einfach vor dem Blauen Zimmer gestanden und sich angesehen, was live in alle Welt übertragen wurde. Die ganze Zeit über hatten sie und Edwin sich gefragt, ob sie gleich von einer unterirdischen Nuklearexplosion pulverisiert werden würden, aber es war nichts geschehen.

Deshalb konnte heute auch die zweite Zeremonie draußen vor dem Kapitol stattfinden. Fox hatte in der Kälte eine halbstündige, überraschend eloquente, energiegeladene und mutige Rede gehalten. Danach hatte sich der neue Präsident die Parade zur Amtseinführung gefallen lassen und war dann ins Blair House zurückgekehrt, um sich für einen großen Ausgehabend zu rüsten, bei dem er und seine Frau einen Ball nach dem anderen besuchen wollten. Doch zuvor hatte ihn Danny noch um eine Unterredung gebeten und diesen Ort, seine alte Wirkungsstätte, für ein Abschlussgespräch ausgewählt.

Die Truppe war vollständig angetreten.

Cotton, Cassiopeia, Edwin Davis und sie selbst.

Sie hatte Danny gestern gleich nach der Vereidigung einen vollständigen Bericht erstattet. Auch Fox wollte sie informieren, doch Danny hatte sein Veto eingelegt.

Noch nicht, hatte er gesagt.

Sie wusste allerdings, dass er bereits einen Teilbericht über den Zwischenfall mit Jamie Kelly und die vier aufgefundenen Aluminiumkoffer bekommen hatte. Dass Fox bei diesen Informationen ein gehöriger Schreck in die Glieder gefahren war, konnte sie sich denken. Luke ging es gut, er wollte aus dem Krankenhaus, aber die Ärzte hatten ihm einen weiteren Tag verordnet. Man hatte den jüngeren Daniels aber über die Ereignisse informiert, und er war froh, dass alles gut gegangen war.

Die Tür ging auf, und Präsident Fox betrat unbegleitet das Büro. Er hatte bereits Smoking und Fliege angelegt und sah wirklich umwerfend aus.

»Also, wissen Sie«, sagte Fox lächelnd, an Danny gewandt, »es kommt wirklich der Moment, da müssen Sie ausziehen.«

Die unvorhergesehenen Ereignisse am Sonntag hatten den traditionellen Auszug des scheidenden Präsidenten zu einem Nicht-Ereignis werden lassen, das den Medien keine Meldung wert war. Normalerweise hätte man gleich nach der Zeremonie am Kapitol gezeigt, wie der Ex-Präsident auf dem Andrews-Luftwaffenstützpunkt den Reportern zuwinkte und davonflog. Diesmal nicht. Danny hatte gestern zugesehen, wie Fox seinen Amtseid leistete, danach eine letzte Nacht im Weißen Haus verbracht, sich heute alles ein zweites Mal zu Gemüte geführt und war dann hierher zurückgekommen, um seine Sachen abzuholen.

»Ich bin schon auf dem Weg zur Tür«, sagte Danny. »Aber zuerst müssen wir noch kurz reden.«

»Ich fühle mich etwas in der Unterzahl«, sagte Fox. »Sollte ich meinen Stab bitten, sich zu uns zu gesellen?«

»Wir sollten die Sache bei den Anwesenden belassen.«

»Ich habe das Gefühl, jeder von Ihnen weiß etwas, das ich ebenfalls wissen sollte.«

»Wir haben versucht, Ihnen beizubringen, dass es schlimm aussah, aber Sie wollten nicht auf uns hören«, erklärte Danny. »Stattdessen haben Ihre Leute hinter meinem Rücken versucht, mein Mädchen hier als Spionin anzuwerben. Und ja, sie hat dabei mitgespielt – auf meinen ausdrücklichen Wunsch hin.«

Fox erwiderte nichts. Aber Männer wie er ließen sich nicht gern in die Ecke drängen. Im Grunde mieden sie ihr Leben lang rechte Winkel. Aber das hier war Danny Daniels in Reinform. Die Tennessee-Folter, wie Kongressabgeordnete und Kabinettsmitglieder es genannt hatten.

»Meinen Sie die vier Bomben, die gestern sichergestellt wurden?«, fragte Fox. »Ich wusste Bescheid, die waren nicht einmal scharfgeschaltet.«

»Die waren Täuschungsmanöver«, erwiderte Danny.

Und der Secret Service hatte es gut verstanden, die öffentliche Aufmerksamkeit von ihnen abzulenken. Sie bezeichneten Jamie Kelly als eine Art Exhibitionisten, der etwas beweisen wollte und am Ende dabei umkam. Die gefundenen »Bomben« seien Attrappen gewesen. Auch dass der Hubschrauber auf dem Nordrasen gelandet war, wurde mit der ganz normalen Arbeit der Sicherheitsleute erklärt.

»Es gab eine Bombe«, sagte Danny. »Sechs Kilotonnen, platziert in einem alten Tunnel direkt unter dem Weißen Haus.«

»Und ich wurde nicht davon unterrichtet?«, fragte Fox.

»Dieses Privileg wollte ich selbst genießen.«

»Ich muss wohl mit dem Secret Service über dessen Loyalitäten reden. Seit gestern Mittag habe ich hier das Sagen.«

»Nicht bei dieser Operation. Sie haben uns aufgetragen, uns darum zu kümmern. Das haben wir getan. Jetzt ist es vorbei, also erstatten wir Bericht, so, wie Sie es verlangt haben.«

Dagegen ließ sich nur schwer etwas sagen, weil es der Wahrheit entsprach.

»Okay, Danny. Ich verstehe, was Sie sagen wollen. Zur Anwerbung Stephanies kann ich nur sagen, dass sich mein Generalstaatsanwalt in diesem Punkt ein grobes Fehlurteil geleistet hat. Als er mir berichtete, was er getan hatte, war ich nicht erbaut. Das ist nicht mein Stil.«

Danny nickte. »Verstehe. Ich hatte auch einige schwarze Schafe in meinen Teams.«

Ein paar haben sogar versucht, ihn umzubringen, dachte sie.

»Aber ich frage mich«, sagte Fox, »weshalb niemand von einem Tunnel unter diesem Gebäude wusste.«

Stephanie hätte fast gegrinst. Jetzt versuchte Fox, doch noch ein paar Punkte zu machen.

Danny streckte den Arm nach dem Präsidentenschreibtisch aus und nahm das Tallmadge-Journal zur Hand, das sie ihm gestern übergeben hatte. »Das hier ist eine interessante Lektüre.«

Danny erzählte Fox von der Society of Cincinnati. »Alles begann mit dem Krieg von 1812«, fuhr er dann fort. »Wir wollten, dass Kanada unsere 14. Kolonie wird und sich den Vereinigten Staaten anschließt. Aber die Briten wollten es uns nicht überlassen. Wir haben Toronto niedergebrannt, deshalb sind sie gekommen und haben Washington, D.C. abgefackelt. Wir haben nachgehakt und entdeckt, dass wir vor langer Zeit tatsächlich von dem Tunnel wussten. Aus den Aufzeichnungen geht hervor, dass er während des Bürgerkriegs geschlossen wurde. Zu diesem Zeitpunkt war er direkt unter dem Weißen Haus bereits eingestürzt, deshalb haben sie ihn auf dieser Seite versiegelt, dann sind sie zur St.-John's-Kirche hinüber, haben den Tunnel vom Keller aus ausgegraben und zugemauert. Die Kleriker wussten nicht, dass es diesen Tunnel überhaupt gab. In der Bürgerkriegszeit wollte niemand auf seine Existenz aufmerksam machen und deshalb hat man einfach das Mäntelchen des Schweigens darüber ausgebreitet. Wenn die Society of

Cincinnati keine Aufzeichnungen aufbewahrt hätte, wäre er vergessen geblieben. Und ohne die hervorragende Arbeit der Leute hier in diesem Raum, einschließlich meines Neffen, den diese ganze Geschichte ins Krankenhaus gebracht hat, wären wir jetzt tot. Cotton hat die Bombe entschärft – wohl nur wenige Sekunden, bevor sie explodieren konnte.«

Fox warf einen Seitenblick auf Malone, sagte aber nichts.

Danny fuhr fort. »Und um das Ganze noch zu toppen, wollte der Kerl, den Sie ausdrücklich als Mittelsmann bestimmt hatten, der Sie auf dem Laufenden halten sollte, selbst Präsident werden. Deshalb hat er Sie nicht darüber informiert, dass da eine Bombe war. Stattdessen hat er die Beine in die Hand genommen und versucht, so weit von der Ateomexplosion wegzukommen, wie es nur irgendwie ging.«

Das überraschte Fox dann nun doch. »Was wollen Sie damit sagen?«

Es war Stephanies Stichwort. »Ich habe vom Hubschrauber aus angerufen und Litchfield aufgetragen, Sie und alle anderen zu warnen. Es wäre noch Zeit zur Flucht gewesen. Aber Litchfield hat diese Zeit nur für sich selbst genutzt. Wären wir alle bei einer Atomexplosion gestorben, wäre er jetzt Präsident. Er war bei der Vereidigungszeremonie anwesend, er hat gesehen, dass der Außen-, der Finanz- und der Verteidigungsminister anwesend waren – und die standen in der Liste der Nachfolgekandidaten allesamt vor ihm. Als ich anrief und ihm erklärte, was los war, hat er sich kurzerhand aus dem Staub gemacht.«

Ihre Worte schlugen sprichwörtlich ein wie eine Atombombe.

»Dieser erbärmliche Hurensohn.«

»Stellen Sie sich vor«, sagte Danny, dem die Sache sichtlich Spaß zu machen schien, »der designierte Überlebende kommt aus seinem zugewiesenen Versteck, um das Kommando zu übernehmen, und plötzlich kreuzt Litchfield auf und sagt: ›Entschuldigung, aber ich bin noch da, und Sie sind nicht der

Nächste. Der Generalstaatsanwalt steht auf der Liste über Ihnen, und das Nachfolgergesetz sieht vor, dass die höherstehende Person auf der Leiter gewinnt.‹ Ich vermute, er wollte sich damit an uns beiden rächen.«

»Er ist gefeuert.«

Danny lachte. »Er ist noch etwas ganz anderes.«

Fox wirkte verwirrt.

»Cotton hat ihn vor ein paar Stunden aufgespürt«, sagte Danny. »Er hatte noch ein Hühnchen mit ihm zu rupfen, weil Litchfield ihn in Sibirien verrotten lassen wollte. Deshalb habe ich Cotton aufgetragen, ihm sein persönliches und unser aller Missfallen zum Ausdruck zu bringen. Wie viele gebrochene Rippen hat er, sagten Sie noch gleich?«

»Jedenfalls mehr als eine«, sagte Cotton. »Wir hatten eine angeregte Diskussion über die Regularien der Präsidentschaftsnachfolge. Bei der Gelegenheit äußerte Mister Litchfield den Wunsch, künftig eine andere Berufslaufbahn einzuschlagen und seinen Rücktritt einzureichen. Danach musste er dringend zum Arzt.«

»Sie haben ihn verprügelt?«, fragte Fox.

»Definitiv.«

Der neue Präsident schien zufrieden. »So weit, so gut. Dann ist ja alles geregelt.«

»Nicht ganz«, sagte Danny. »Stephanie hier hat gestern gekündigt, was Sie vielleicht wissen, oder auch nicht.«

»Man hat es mir erzählt.«

»Sie werden sie brauchen, Warner.«

Dannys tiefe Tonlage hatte sich verändert. Er sprach jetzt leiser, versöhnlicher.

»Ist das eine Erpressung?«, fragte Fox.

Das fragte sich Stephanie gerade ebenfalls.

Danny zuckte mit den Schultern. »Nennen Sie es, wie Sie wollen. Aber ich glaube nicht, dass Sie der Welt erzählen wollen, dass um Haaresbreite Hunderttausende von Menschen verdampft wären, nur weil Sie live im Fernsehen um Punkt zwölf Uhr unbedingt im Weißen Haus vereidigt werden wollten. Ganz zu schweigen davon, dass sich Ihre Leute ganz bewusst in laufende Ermittlungen eingemischt und es so erschwert haben, dass diese Pläne aufgedeckt werden konnten. Wenn ich dann noch die Absprachen mit Litchfield und seinen Verrat zur Sprache bringe... wow – dann wird daraus eine richtige Fernsehserie. Das läuft wochenlang über jeden Nachrichtenticker des Landes. Wie haben Sie das am Samstag ausgedrückt? ›*Unsere eigenen Themen würden untergehen.*‹«

Danny hatte Stephanie zwar nicht erzählt, was er im Einzelnen geplant hatte, doch sie hatte es auch so schon vermutet.

»Cotton«, sagte Danny. »Litchfield wird sich doch für Interviews zur Verfügung stellen, oder?«

»Er hat mir hoch und heilig versichert, dass er voll zu unserer Verfügung stehen wird, sobald der Schmerz nachlässt.«

»Sehen Sie? Da haben Sie es. Wir haben sogar einen Zeugen.«

Fox grinste. »Ich habe schon gehört, dass Sie schrecklich überzeugend sein können, wenn Sie es darauf anlegen.«

»Sie werden bald feststellen, dass das hier in diesem Becken eine sehr wertvolle Gabe ist.«

Fox ließ sich die Dinge einen Moment lang durch den Kopf gehen. »Dann sind wir jetzt im Reinen, richtig? Ich bin am Samstag nicht auf Ihren Zug aufgesprungen, weil Sie mir keine konkreten Beweise vorlegen konnten. Das Risiko war mir durchaus bewusst. Ich hatte nur keine Lust, alles auf *Ihr* Bauchgefühl zu setzen. Aber ich war dazu bereit, sobald Sie Beweise dafür vorlegen konnten. Die Sache mit Litchfield war mein Fehler. Wir haben bedauerlicherweise auf ihn gehört. Mein Generalstaatsanwalt lag komplett daneben, und wir hatten eine – wie Mister Malone es so schön nennt – angeregte

Diskussion, nur ohne Zuhilfenahme körperlicher Gewalt.« Fox sah Stephanie an. »Litchfield hat uns ein völlig anderes Bild von Ihnen gezeichnet als das, was Sie zu erkennen gaben. Ich entschuldige mich für diese Fehleinschätzung. Das Magellan Billet wird wieder aktiviert, und weder ich noch der neue Generalstaatsanwalt werden uns einmischen. Obwohl wir alle wissen, dass mir diese Idee aufgezwungen wurde, stimme ich Danny völlig zu. Ich will, dass Sie mir den Rücken freihalten.«

»Ich werde mein Bestes geben, Mister President«, sagte sie. Sie war der Meinung, ein kleines Entgegenkommen ihrerseits wäre jetzt wohl angebracht. »Ich werde mich Ihnen loyal unterordnen.«

»Und wer wäre ich schon, mich mit dem Mann anlegen zu wollen, der mit einer 65-prozentigen Zustimmungsrate aus dem Amt scheidet?«, sagte Fox.

»Ich wusste gar nicht, dass Sie ein Fan von mir sind«, sagte Danny.

»Da wir hier jetzt unter uns sind«, sagte Fox, »möchte ich Ihnen sagen, dass Sie meiner Meinung nach gute Arbeit für dieses Land geleistet haben. Ich habe sogar meine Stimme für Sie abgegeben. Und zwar beide Male. Aber natürlich gehört es sich nicht, so etwas in der Öffentlichkeit zu sagen, und deshalb tue ich es auch nicht. Das Meeting hier am Samstag war eine Show für meine Leute. Ab und zu müssen wir das alle tun. Aber ich möchte, dass dieses Land weiterhin so sicher ist, wie es das in den vergangenen acht Jahren war. Das ist für mich in diesem Amt die Hauptaufgabe. Ich weiß, ich bin gerade erst in diese Liga aufgestiegen, aber ich lerne schnell.«

Stephanie schätzte dieses Schuldeingeständnis, das für einen Präsidenten höchst ungewöhnlich war.

Warner Fox war mit Sicherheit kein Danny Daniels.

Doch erst die Zukunft würde zeigen, ob das gut war oder schlecht.

»Ihnen allen«, sagte Fox, »meinen Dank. Fantastische Arbeit.« Fox deutete auf Cotton und Cassiopeia. »Insbesondere von Ihnen, Mister Malone. Sie sollten einen Orden bekommen.«

Cotton schüttelte den Kopf. »Bezahlen Sie mir nur meine Zeit, und dann lassen Sie mich ein paar Tage ausruhen. Das wäre schon mehr als genug.«

Malone trat unter dem nördlichen Portikus des Weißen Hauses hinaus ins Freie. Durch die abziehenden kalten Wolken stachen scharf konturierte Strahlen blendend hellen Sonnenlichts. Die Stadt stand noch unter dem Eindruck der Amtseinführungszeremonie. Der Lafayette-Park und die Fußgängerzonen hinter dem Zaun wimmelten von kameraschwenkenden Touristen. Cassiopeia stand neben ihm, Danny und Stephanie folgten dicht dahinter.

»Ich wollte drinnen nichts sagen«, sagte Danny, »weil das unser kleines Geheimnis ist. Aber Stephanies krimineller Freund aus dem Park hatte recht. In Moskau rollen Köpfe. Gestern fing es an. Drei Attentate. Vor ein paar Stunden noch einer. Verschiedene Minister, zwei auf höchster Ebene, die anderen aus dem zweiten Glied. Ich glaube, da läuten die Glocken gerade laut und deutlich.«

Danny legte die Arme um Cotton und Cassiopeia und klopfte ihnen freundschaftlich auf die Schultern.

»Ich danke Ihnen beiden für das, was Sie getan haben. Großartige Arbeit. Und was ich da drin gesagt habe, war nicht nur so dahingesagt. Diese neue Administration braucht Sie alle. Helfen Sie Ihnen, wenn Sie können.«

Eine dunkle Limousine wartete unter dem Säulenvorbau.

Danny zog ein paar Autoschlüssel hervor. »Den habe ich mir ausgeborgt. Darauf habe ich lange gewartet. Endlich kann ich wieder mal selbst hinters Steuer.«

»Was sagt der Secret Service dazu?«, erkundigte sich Stephanie. »Ihnen sind doch Personenschützer zugeteilt worden, oder?«

»Ich habe mir ein Beispiel an dem ersten George Bush genommen und jeglichen weiteren Schutz abgelehnt. Ich will ihn nicht. Ich brauche ihn nicht. Von jetzt an bin ich wieder nur ich selbst.«

Stephanie schüttelte den Kopf. »Gott steh uns bei. Jetzt wird er ohne erwachsene Aufsichtspersonen auf die Welt losgelassen.«

»Das würde ich nicht sagen«, sagte er. »Ich habe ja dich!« Er deutete auf den Wagen. »Wollen wir?«

»Wohin fahren wir?«

»Zum Krankenhaus in Virginia, Luke besuchen. Um den Wiederaufbau des Magellan Billet kannst du dich ab morgen kümmern. Außerdem muss ich einem tapferen Marinelieutenant namens Sue Begyn die Hand schütteln.«

Stephanie hatte das Tallmadge-Journal dabei. Er hatte sie gebeten, es aus dem Oval Office mitzubringen. Danny zeigte darauf. »Das müssen wir Begyn sen. zurückgeben. Unsere Leute sind es durchgegangen und haben keine weiteren Geheimnisse entdeckt, die uns Probleme machen könnten.«

Sie hörte es mit Erleichterung. »Und ich schulde der Society of Cincinnati diese Bibliothek aus der Charon-Villa.«

»Das ist schon in Arbeit«, sagte er. »Ich habe erfahren, dass sie das Feuer erstaunlicherweise überlebt hat.« Danny griff nach der Autotür. »Und ich habe ein Geschenk für meinen Neffen. Ich habe seinen Wagen reparieren lassen, er ist jetzt so gut wie neu. Auf meine Kosten.«

Sie wusste, wie Luke sich darüber freuen würde.

Dann stiegen sie ein. Der Motor heulte auf, doch bevor er losfuhr, ließ Danny das Fenster herunter. »Passt auf euch auf, ihr zwei. Und macht euch nicht so rar.«

Der Wagen fuhr an, steuerte auf die südlichen Fahrzeugtore zu und verschwand nach einer Kurve zwischen den Bäumen.

»Was sollte das denn heißen?«, fragte er Cassiopeia. »Ich meine, als er zu Stephanie gesagt hat ›*Ich habe ja dich*‹?«

»Das ist eine lange Geschichte. Aber ich glaube, es ist okay, wenn ich sie dir jetzt erzähle.«

Er war fasziniert.

»Ich kann mir nicht vorstellen, dass wir Danny Daniels zum letzten Mal gesehen oder gehört haben«, meinte sie.

Er pflichtete ihr bei. Ganz sicher nicht.

Sie ließen das Gebäude hinter sich und gingen zum Fußgängertor im Nordzaun. Die RA-115 war aus dem Tunnel geborgen worden. Experten hatten bestätigt, dass sie, wie Danny es drinnen gesagt hatte, gezündet hätte. Die Kälte unter der Erde hatte den Prozess um die kostbaren Augenblicke verlängert, die nötig gewesen waren, um sie zu entschärfen. Die Untersuchung ergab auch, dass die Waffe, genau wie die anderen vier, uneingeschränkt einsatzfähig war. Der Secret Service hatte den Tunneleingang unter der Kirche bereits mit tonnenweise Beton versiegelt und plante, auch sämtliche Überreste des Tunnels unter dem Nordrasen aufzufüllen.

Sie schlenderten den gepflasterten Weg zu dem Wachposten hinunter. Er musste unwillkürlich zu dem Rasen hinübersehen. Gestern war er darunter verschüttet gewesen. Keiner von beiden hatte etwas anderes gemeldet als nur, dass die Bombe gefunden und entschärft worden war. Deshalb wussten nur er und Cassiopeia, was wirklich passiert war. Und das behielten sie für sich.

»Du weißt, dass du mir alles sagen kannst«, sagte sie. »Ich hoffe, dass ich das auch bei dir kann.«

Er sah sie an. »Jederzeit.«

Sie hatten einander in Momenten erlebt, in denen der andere am verwundbarsten war. So hatte er sie in Zentralasien und dann wieder in Utah erlebt. Und sie ihn gestern in der Erde unter ihren Füßen. Schon beim Gedanken daran schämte er sich. Aber er war froh, dass es Cassiopeia gewesen war, die ihn gehört hatte. Er spürte immer noch ihren beruhigenden Griff an seinen Knöcheln, als ihn die Erde fast eingehüllt hatte wie eine Mumie. Nie hatte ihn etwas so sehr beruhigt. Er war überrascht, wie emotional seine Gedanken geworden waren. Aber das war die Wirkung, die sie auf ihn hatte.

Ganz so, wie er es gesagt hatte. Er liebte sie.

Was sollte daran schon falsch sein?

Er zeigte übers Tor hinaus in Richtung Lafayette-Park. »Das Hay-Adams-Hotel liegt dort drüben, gleich hinter den Bäumen, an der Straße gegenüber der St.-John's-Kirche. Da wollte ich immer schon mal übernachten. Robert Ludlum hat es gerne in seinen Romanen erwähnt – irgendwelche Spione nehmen in seinen Büchern immer einen Drink an der Bar im Hay-Adams. Es klingt immer so geheimnisvoll.«

»Versöhnungssex im Hotel soll auch ziemlich gut sein, habe ich gehört.«

Sie wusste ganz genau, wie sie ihn um den Finger wickeln konnte, aber das war okay. Von ihr ließ er sich gern ... umwickeln, sagte er sich und grinste.

»Aber wie willst du ein Zimmer bekommen?«, fragte sie. »Hast du etwa vergessen, dass heute der Tag der Amtsübernahme ist?«

»Wir haben hochgestellte Freunde. Ich wollte gerade das Oval Office verlassen, als mir Fox das hier in die Hand gedrückt hat.« Er zeigte ihr eine Schlüsselkarte für das Hay-Adams. »Damit kommt man in die Präsidentensuite. Er sagt, es wäre die beste Suite im Haus. Wir können sie zwei Nächte nutzen, mit freundlicher Empfehlung des neuen Präsidenten der Vereinigten Staaten, der jetzt gerade dabei sein dürfte, von dort ins Weiße Haus umzuziehen. Das Hotel war in den letzten paar Tagen sein provisorisches Domizil.«

Der Vorschlag gefiel ihr, aber sie konnte sich eine Bemerkung nicht verkneifen. »Du bist ganz schön von dir eingenommen, das alles zu arrangieren, ohne mich zu fragen.«
 Er hielt ihr seinen Arm hin, und sie schob ihren hindurch.
 »Ja, bin ich.«

Anmerkungen des Verfassers

Für diesen Roman unternahmen Elizabeth und ich eine denkwürdige Reise zur Prince-Edward-Insel in Kanada, wir reisten dreimal nach Washington, D.C. und unternahmen einen Ausflug in den ländlichen Nordwesten Virginias.

Jetzt ist es an der Zeit, Fakten und Erfindungen voneinander zu trennen.

Das Treffen zwischen Ronald Reagan und Johannes Paul II. fand an dem im Prolog angegebenen Datum statt. Es war das erste Mal, dass sich ein Papst und ein amerikanischer Präsident unter vier Augen unterhielten. Das Einzige, was ich hinzudichtete, war der veränderte Zeitpunkt für den Tadel, mit dem Johannes Paul II. einen nicaraguanischen Priester bedachte. Das geschah in Wahrheit erst nach dem Juni 1982. Der größte Teil der Dialoge im Prolog stellt die jeweiligen Gedanken und Gefühle dieser beiden Männer akkurat dar. Sie redeten hinter verschlossenen Türen fünfzig Minuten lang miteinander, und bis zum heutigen Tag weiß niemand, was gesagt wurde. Was die bewusste Verschwörung der beiden zum Sturz der Sowjetunion anbetrifft, so haben wir keinen Beweis, dass es eine solche Vereinbarung jemals gegeben hat. Außer Frage steht jedoch, dass sich eine stillschweigende Kooperation entwickelte und jeder der beiden auf verschiedene Weise Druck auf die UdSSR ausübte (30. Kapitel). Tatsächlich reisten Sonderbotschafter zwischen ihnen hin und her, um Nachrichten zu überbringen, aber die Operation *Steilpass* ist ganz und gar meine

Erfindung. Die im Prolog bezifferte, in die Zehntausende gehende Zahl von Atomwaffen, die beide Nationen 1982 besessen haben, ist korrekt.

Die An-2 ist ein wirklich existierender einmotoriger Doppeldecker, der die Fähigkeit besitzt, bei starkem Gegenwind rückwärtszufliegen (1. und 5. Kapitel). Der Baikalsee (1. Kapitel) ist das größte Süßwasserreservoir der Welt, und seine Eisdecke wird jeden Winter zur Autobahn für Autos und Lkw. Die Hunderte toter Soldaten während des Großen Marsches und den Bau einer Eisenbahnlinie über seine winterliche Eisfläche im Russisch-Japanischen Krieg hat es de facto gegeben. (1. Kapitel). Das Observatorium, das im 10. Kapitel erwähnt wird, ist real, ich habe es allerdings vom Westufer ans Ostufer verlegt. Das Dorf Chayaniye ist ganz allein meine Erfindung. *Kozliks*, genannt Ziegen, sind tatsächlich russische Militärfahrzeuge. (21. Kapitel)

Cassiopeias Rekonstruktion einer Burg (4. Kapitel) ist an reale Bauvorhaben angelehnt. Das eine ist das Guedelon in Frankreich, das andere die mittelalterliche Burganlage Ozark in Arkansas. Beide haben Websites, auf denen Sie mehr darüber erfahren können.

Schwitzhütten existierten überall in Sibirien im Überfluss. Die im 6. Kapitel beschriebene entspricht einer historischen Darstellung. Verlassene Häuser sind in Virginia nicht selten (8. Kapitel), aber das von Brad Charon ist rein fiktiv.

Im Roman tauchen verschiedene Orte auf: Annapolis, Germantown, St. Andrews by the Sea, Eastport, Maine und Long Beach in Maryland. Jeder dieser Orte ist korrekt beschrieben. Das Mandarin Oriental ist ein hervorragendes Hotel in Washington, D.C. Sowohl Stephanie als auch ich genießen es von Zeit zu Zeit. Die Stadt Ulan-Ude befindet sich in Sibirien, dort gibt es auch eine riesige Leninbüste (22. Kapitel). Die Prince-Edward-Insel, Charlottetown und Stratford sind hinreißende kanadische Ausflugsziele, und an der Nordküste der Insel erstreckt sich ein Nationalpark (37. und 38. Kapitel). Die Confederation-Brücke, die die Insel mit dem Festland verbindet (40. und 46. Kapitel), ist ebenfalls real.

Spetsnaz-Einheiten (11. Kapitel) existieren bis auf den heutigen Tag, und die Informationen über sie im 19. Kapitel sind korrekt. Mitten in der Nacht aus einem in großer Höhe fliegenden Flugzeug zu springen ist etwas, zu dem jeder *Spetsnaz*-Offizier fähig war. Der Sprung, der im 37. Kapitel beschrieben wurde, beschreibt reale Erfahrungen. Es gab sowjetische Angriffspläne für eine Vorwärtsverteidigung gegen den Feind, bei denen diese Spezialeinheiten eingesetzt werden sollten (55. Kapitel).

Der KGB verstand sich meisterhaft auf Spionage und Spionageabwehr, seine Tentakel reichten bis in jeden Winkel der Welt, insbesondere in die Vereinigten Staaten, die von der UdSSR als *glavny protivnik* (Hauptgegner = Erzfeind) angesehen wurden. Der Großteil sowjetischer Spionageaktivitäten zielte darauf ab, für den unausweichlichen Konflikt mit Amerika vorbereitet zu sein (10. Kapitel). »Die Wälder« (49. Kapitel), wo das gefürchtetste Erste Direktorat des KGB sein Hauptquartier hatte, war ein großartiges Gebäude. Sein Aufstieg und Niedergang werden in dem Roman wahrheitsgemäß nacherzählt. KGB-Mitarbeiter kamen tatsächlich in den Genuss einer Vielzahl spezieller Privilegien und wurden von den Leiden gewöhnlicher Sowjets isoliert (49. Kapitel). Dieses Privileg könnte auch erklären, weshalb sie so vielen ihrer eigenen Leute bereitwillig Leid zugefügt haben. Intourist gibt es nach wie vor (45. Kapitel), obwohl die Firma inzwischen privatisiert wurde und nicht mehr das offizielle staatliche Reisebüro ist.

Die Society of Cincinnati ist und bleibt die älteste auf amerikanischem Boden gegründete Bruderschaft (14. und 18. Kapitel). Ihre Anfänge und die Besorgnis, die sie erweckte – was an verschiedenen Stellen des Romans geschildert wurde –, sind der Realität entliehen. George Washington persönlich bewahrte sie eines Tages vor der Auflösung. Benjamin Tallmadge, Amerikas erster Geheimdienstchef, war tatsächlich ein Mitglied der Society. Dass er ein Journal führte, über Kriegspläne der Vereinigten Staaten und einen Geheimtunnel unter dem Weißen Haus, sind meine persönlichen Ergänzungen zur Geschichte (14., 18., 20., 23., 34., 39. und 60. Kapitel). Das Anderson-Haus existiert jedoch tatsächlich und kann besichtigt werden (18. und 20. Kapitel). Es dient noch immer als nationales Hauptquartier der Society. Im Keller befindet sich die Bibliothek, zu der eine der weltbesten Sammlungen zum Unabhängigkeitskrieg gehört. Der Ballsaal und die Orangerie sind hinreißend, die Sicherheitszentrale mit der Videoüberwachung im ersten Stock (23. Kapitel) ist allerdings fiktiv.

Juri Andropow existierte wie beschrieben (33. Kapitel) – es gab jedoch kein *Narrenmatt*. Er hasste sowohl Reagan als auch Johannes Paul II. (52. Kapitel). Der Westen fürchtete ihn (50. Kapitel), er starb jedoch bereits nach einer fünfzehnmonatigen Amtszeit als Generalsekretär. Das im 33. Kapitel erwähnte zehnjährige amerikanische Mädchen, das einen in der *Prawda* veröffentlichten Brief an Juri Andropow schrieb, war Samantha Smith. Ihre Aktion und Andropows Antwort gingen 1982 durch alle Medien. Andropow nutzte tatsächlich die Gelegenheit, um den Westen zu belügen. Er verkündete, alle Arbeiten am Raketenverteidigungssystem einzustellen (33. Kapitel). Lügen wie diese waren Teil einer umfassenden Informations- und Propagandastrategie, die für die Sowjetunion nicht ungewöhnlich war. Im Jahr 1983 besuchte Samantha die Sowjetunion, aber Andropow war zu krank, um sie zu begrüßen. Sie starb bedauerlicherweise 1985 bei einem Flugzeugabsturz.

Die Strategische Verteidigungsinitiative (SDI) existierte und war so aufgestellt, wie es im 30. Kapitel ausgeführt wurde.

Historiker sind sich uneins, aber es gibt Hinweise darauf, dass ihr wirklicher Zweck nicht darin bestand, einen funktionierenden Raketenschild zu entwickeln, weil das die damaligen technischen Möglichkeiten bei Weitem überforderte. Vielmehr war beabsichtigt, die Sowjetunion davon zu überzeugen, dass so etwas möglich sein *könnte*, um sie auf diese Weise dazu zu bringen, Milliarden von Rubel auszugeben, die sie sich nicht leisten konnte (30. Kapitel).

Und genau dazu ist es gekommen.

Was den Niedergang des Regimes nur beschleunigte.

Bei der Arbeit daran erzielten die Vereinigten Staaten eine Vielzahl innovativer technologischer Fortschritte, aber ein vollständiger und brauchbarer Raketenabwehrschild bleibt nur ein Traum.

Das *Flusskrieger*-Geschwader der US-Marine gehörte zu den höchstdekorierten Einheiten des Vietnamkriegs und erlitt gewaltige Verluste. Erst seit Kurzem bilden Frauen einen Teil seiner Mannschaft (53. Kapitel). George Shultz (18. Kapitel) und Cyrus Vance (9. Kapitel) dienten den Vereinigten Staaten als Außenminister. Johannes Paul II. besuchte und vergab seinem Attentäter (52. Kapitel) tatsächlich. Die UdSSR gilt bis zum heutigen Tag als plausibelster Auftraggeber des Mordanschlags auf den Papst im Jahr 1981.

Das Gelände rings um das Weiße Haus, der Lafayette-Park und der Pershing-Park (76. Kapitel), sind korrekt beschrieben. Es gibt den Kabinettssaal im Weißen Haus, und Nixon erwarb und stiftete den Tisch darin (58. Kapitel). Das Niederbrennen des Kapitols und des Weißen Hauses durch die Briten im Jahre 1815 ist eine Tatsache (59. und 70. Kapitel). Der Krieg von 1812 wurde als »Madisons Krieg« angesehen, und die Briten ließen ihn sich nur sehr ungern aufzwingen (39. Kapitel). Im August 1815 flohen amerikanische Truppen ohne Gegenwehr aus dem Regierungsbezirk. Anders, als es die Legende will, rettete Dolly Madison damals nicht Gilbert Stuarts berühmtes Gemälde George Washingtons (das jetzt in der Nationalen Porträtgalerie im Smithsonian hängt, 67. Kapitel). Dieses Kunststück ist anderen zuzuschreiben.

Der Neubau der St.-John's-Kirche fiel in dieselbe Zeit wie die Rekonstruktion des Weißen Hauses (70. Kapitel). Ich wurde bei einer Führung durch die Kirche (die jeder machen kann) auf dieses Detail aufmerksam und kam zu dem Schluss, dass eine Verbindung zwischen den beiden Geschehnissen einen Sinn ergab. Die Präsidentenbank in der Kirche gibt es wirklich (70. Kapitel). Es gelang mir auch, in den Keller der Kirche zu kommen (das gehört nicht zur Führung), der im 75. und im 76. Kapitel akkurat beschrieben wurde – mit einer Ausnahme: Es gibt tatsächlich eine Stelle in der Wand, die sich von der Umgebung unterscheidet, sie besteht aber nicht aus andersfarbigen Ziegelsteinen. Die Lücke wurde in Wahrheit mit Zement versiegelt, vermutlich an der Stelle, wo es früher einmal eine Rutsche für die Kohle gegeben hat, mit der die Heizkessel befeuert wurden. Die versiegelte Stelle beflügelte jedoch meine Fantasie, deshalb fügte ich einen Tunnel von dort bis zum Weißen Haus hinzu. Außerdem wurde die Kirche im Laufe ihrer über zweihundertjährigen Geschichte mehrfach für Renovierungsarbeiten geschlossen – so wie im Roman (73. und 75. Kapitel).

Der Roman befasst sich mit dem 20. Verfassungszusatz und dem Gesetz zur Präsidentschaftsnachfolge von 1947. Beide Gesetze sind von rechtlichen Schwachstellen und Ungereimtheiten durchsetzt und werfen somit Fragen auf, die vom Gerichtshof geklärt werden sollten. Der Kongress hat bisher jedoch nicht die Bereitschaft gezeigt, diese Probleme anzugehen (42. und 48. Kapitel). Die Faszination der UdSSR für diese Probleme ist meine eigene Hinzufügung, doch die ehemalige Sowjetunion hat jeden Aspekt unserer Gesellschaft analysiert und nach Schwachstellen gesucht. Die Fälle, in denen der 20. Januar auf einen Sonntag fiel, wurden stets unterschiedlich gehandhabt und betrafen bisher zwei Vereidigungszeremonien (58. Kapitel). Eine davon wurde am Sonntag durchgeführt, die andere am folgenden Montag. Das war 1985 bei Ronald Reagans zweiter Amtseinführung der Fall. Den »designierten Überlebenden« gibt es tatsächlich (58. Kapitel); er oder sie werden vom Stabschef des Weißen Hauses bestimmt. Zutreffend ist auch, dass die hochrangigste Person auf der Nachfolgerliste (wie im Gesetz von 1947 festgelegt), die einen Angriff überlebt, Präsident wird, ganz gleich, ob es sich bei dieser Person um den designierten Überlebenden handelt oder nicht (48. und 79. Kapitel). In den seltenen Fällen, in denen die Vereidigung an einem Sonntag stattfindet, wird – anders als im Roman – der Vizepräsident immer separat und an einem anderen Ort vereidigt.

Die RA-115-Bomben bleiben ein Mysterium. Niemand hat bisher eine koffergroße sowjetische Nuklearwaffe zu Gesicht bekommen. Stanislaw Lunew (11. Kapitel), ein ehemaliger sowjetischer Militär und der hochrangigste Geheimdienstler, der jemals in die Vereinigten Staaten übergelaufen ist, beschreibt sie jedoch in seinen Memoiren *Through the Eyes of the Enemy*. In den 1990er-Jahren gab es im Kongress Anhörungen zu ihrer Existenz, und die Beschreibung in diesem Buch entstammen diesen Anhörungen (68. Kapitel). Dass sich der Zünder erst aufheizen muss (68. Kapitel), ist meine Hinzufügung. Und es gab einen Beitrag in der Sendung *60 Minutes*, dessen Glaubwürdigkeit die Sowjets mit Fake-News über den Produzenten diskreditieren wollten.

Versteckte Waffendepots des KGB wurden überall in Europa und im Fernen Osten entdeckt (19. Kapitel), bisher wurde jedoch keines in den Vereinigten Staaten gefunden (66. und 68. Kapitels. Ehemalige Archivare haben sich als beste Informationsquelle erwiesen. Der ultimative Bericht ist das 1999 erschienene Buch: *The Sword and the Shield: The Mitrokhin Archive and the Secret History of the KGB* (11. Kapitel).

Und schließlich ist da noch Kanada. Die Gründerväter wünschten sich sehnlich, dass es unsere 14. Kolonie würde. Die Artikel der Konföderation waren so formuliert, dass es sich automatisch der neuen Nation hätte anschließen können (39. Kapitel).

Doch das ist nie geschehen.

Und zwei Invasionsversuche scheiterten.

Zu Beginn des 20. Jahrhunderts gelangte Kanada von Neuem auf unseren Radar. Der Invasionsplan von 1903 ist real (59., 61. und 62. Kapitel), und das meiste, was davon im 61. Kapitel wiedergegeben wird, ist wörtlich zitiert. Am 21. Mai 1916 legte das War College eigene Invasionspläne vor, und es wurden tatsächlich die im 62. Kapitel benannten Mittel ausgegeben und die entsprechenden Vorkehrungen getroffen. Die massiven Militärmanöver an der kanadischen Grenze vom August 1935 hat es gegeben. Während des Zweiten Weltkriegs sorgte man sich erneut um Kanada, insbesondere für den Fall, dass England den Deutschen unterlag, und es wurde ein vierundneunzig Seiten umfassendes Dokument verfasst, in dem ausgeführt wurde, wie man am besten die Kontrolle behalten konnte. 1977 ist sogar ein Buch über das Thema erschienen: *The Defence of the Undefended Border* von Richard A. Preston. Dass die Society of Cincinnati etwas damit zu tun hat, ist selbstverständlich reine Erfindung.

Anders als in meinen anderen Romanen geht es bei diesem Buch um eine jüngere Epoche der Geschichte, den Kalten Krieg. Es war faszinierend, einige der Geheimnisse zu erkunden, die erst jetzt ganz ans Licht kommen. Zu seinen Hochzeiten beschäftigte der KGB über 700 000 Menschen, die auf über zwanzig Direktorate verteilt waren.

Ein scharfes Schwert und ein harter Schild.
So lautete sein Motto.

Sowohl die CIA als auch die NSA wurden als direkte Antwort auf seine Präsenz geschaffen. KGB-Agenten gaben sich als Diplomaten, Reporter, Geschäftsleute, Professoren, ja sogar gewöhnliche Bürger aus und infiltrierten alles und jeden. Nichts war ihnen heilig. Einmal wurde sogar der Klavierstimmer des Gouverneurs von New York als KGB-Informant enttarnt. In den oben angeführten Memoiren machte Stanislaw Lunew eine Bemerkung, die Stephanie Nelle so wichtig fand, dass sie sie nicht mehr vergaß (11. Kapitel).

Es ist ein guter Rat.

Ebenso beängstigend wie brauchbar:

Der beste Spion ist mit allen gut Freund, keine obskure Gestalt im Hintergrund.

Danksagung

Mein tief empfundener Dank geht an John Sargent, den Chef von Macmillan, an Sally Richardson, die St. Martins leitet, und an meinen Verleger, Andrew Martin. Großer Dank ist auch Hector DeJean aus der Öffentlichkeitsarbeit geschuldet, Jeff Dodes und allen im Marketing und Verkauf, insbesondere Paul Hochman; Jen Enderlin, der Koryphäe in Sachen Taschenbuch, David Rotstein, der das Cover gestaltet hat, Steven Seighman für die exzellente Buchgestaltung sowie Mary Beth Roche und ihren Leuten vom Hörbuch.

Und wie immer eine Verneigung vor Simon Lipskar, der wieder einmal großartige Arbeit geleistet hat.

Und für meine Lektorin Kelley Ragland: Danke.

Nicht unerwähnt bleiben sollen: Meryl Moss und ihr hervorragendes Team für Öffentlichkeitsarbeit (insbesondere Deb Zipf und JeriAnn Geller), Jessica Johns und Ester Garver, die weiterhin dafür sorgen, dass bei Steve Berry Enterprises alles glatt läuft, Colonel Berry King für seine Hilfe bei militärischem Gerät. Hayden Bryan von der St.-John's-Episkopalkirche dafür, dass er mir die Türen öffnete und alles zeigte, und Doug Scofield dafür, dass er mich mit Narrenmatt (Fool's Mate) bekannt gemacht hat.

Dank auch meiner Frau Elizabeth, die ziemlich brillant ist.

Im Jahr 2013 waren Elizabeth und ich Gastgeber einer Donaukreuzfahrt mit Fans. Wir wussten nicht, was uns erwartete, wenn wir acht Tage lang mit einer Gruppe völlig Fremder auf einem kleinen Raddampfer zusammengepfercht wären. Aber es war eine großartige Erfahrung, und am Ende der Reise hatten sich fast zwei Dutzend neue Freunde gefunden. Bei den verschiedenen Stopps auf der Tour folgten wir alle gemeinsam Elizabeth, die ein orangefarbenes Paddel bei sich hatte. Nach einer Weile fingen wir an, sie Mama Duck zu nennen. Das machte uns natürlich zu Babyentchen. Seit damals haben wir fast jeden dieser neuen Freunde besucht, manchen mehr als einmal; einige der Romanfiguren in dieser Geschichte sind sogar nach ihnen benannt. Diejenigen unter euch, die ich ausgelassen habe, brauchen sich keine Sorgen zu machen. Auch eure Zeit wird kommen.

Dies Buch ist also den Ducks gewidmet.

Elizabeth und ich sind stolz dazuzugehören.

»Hat alles, was man braucht: Kraft, Geschichte und atemlose Spannung. Ich liebe Steve Berry!«
Lee Child

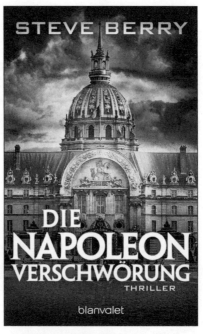

480 Seiten. ISBN 978-3-7341-0534-0

Als Napoleon 1821 starb, nahm er sein größtes Geheimnis mit ins Grab: das Versteck seines Privatschatzes. Selbst in seinem Testament wird es nicht erwähnt. Oder vielleicht doch? Nach einer Schießerei wird Ex-Spezialagent Cotton Malone von seinem Freund Henrik Thorvaldsen kontaktiert, der die heimtückischen Pläne des elitären Paris Clubs aufgedeckt hat. Mit Hilfe von Napoleons legendärem Schatz wollen die Klubmitglieder die Weltwirtschaft zum Kollabieren bringen. Um diese Pläne zu vereiteln, muss Malone Napoleons Vermächtnis finden, doch ihm bleibt nicht viel Zeit: Ein international gesuchter Attentäter wurde damit beauftragt, Paris in die Luft zu jagen …

Dieser Roman war zuvor unter dem Titel »Der Korse« bei Blanvalet erhältlich.

Lesen Sie mehr unter: **www.blanvalet.de**